未之聞齋

人文藝術論集

何懷碩◎著

什麼是幸福

什麼是幸福：未之聞齋　人文藝術論集

【目錄】本書總頁數592頁

第二輯　藝術論集

自序

十多年不出新書，這一次我一口氣出版四本，把近二十年所發表的文章，與過去已經絕版的舊文，在「立緒」的《懷碩三論》及《給未來的藝術家》之後，分類合集，編為四本，同樣在「立緒」出版。這四本書是近兩年多耗時費力編輯的成果。其中《批判西潮五十年》書名與內容一目了然之外，其他三書，一是有關人文藝術的論集（《什麼是幸福》）；一是批評文集（《矯情的武陵人》，分文學、藝術與社會批評三輯）。一是我的隨筆、散文集（《珍貴與卑賤》）。我歷年在各出版社出版的書，本書的附錄有「何懷碩著作一覽」，方便查知。

《什麼是幸福》這個書名，只是本書中一篇文章的文題。

我一生寫作，基本上離不開論與評。論就是論述：對萬事萬物的理解、分析、評論。評就是褒貶、評價、批評、批判。前者所論述的對象，比較抽象、普遍、廣泛；後者則較具體、特殊、個別。此書屬前者；我的另一本書《矯情的武陵人》則屬後者。

二〇〇〇年五月，台北泰山文化基金會邀我演講，「什麼是幸福」是當時的講題。我過去有過許多演講，沒想到那一次幾乎可用「人山人海」來形容。所有椅子滿座，走道坐滿，甚至講台上，我的腳邊也坐滿了人，門窗則站滿。我嚇了一跳：怎麼搞的？渴求幸福的人這麼多！那一次我講得特別起勁。其實，誰也給不出幸福的秘方，不過，我自信我的觀點使聽者耳目一新：我使人明白幸福的真相，領悟幸福的關鍵，總有我獨特的見解。那是我最得意的一次演講。編這本人文藝術論集時想起十八年前這個演講，我想用它做書名就對了。

許多學者、專家，一生在專業著述之外，大多也寫宇宙人生許多普遍性題材的文章。稱為散論，即散文式的論述，也可稱廣義的散文。近世最有盛名，如羅素與愛因斯坦，在專著之外寫了許多散文。更早，如羅馬時代西塞羅的〈論老年〉，蒙田的〈論恐懼〉、〈論人的差別〉，培根的〈論友誼〉、〈事物的變遷〉，蘭姆的〈窮親戚〉、〈酒鬼自白〉，休謨的〈論守財奴〉、〈論自殺〉，波德萊爾的〈論酒與大麻〉，羅蘭．巴特的〈埃菲爾鐵塔〉……。中國從先秦諸子的散文式哲理到歷代名篇，寓思想於故事、對話、寓言的文章太多了。發高論的散文，即思辨的散文，近世的梁啟超、王國維常令人醍醐灌頂，茅塞頓開。梁氏「飲冰室自由書」、「學問的趣味」，王氏的「紅樓夢評論」、「哲學辨惑」、「文學小言」等等。更近的如胡適、梁實秋、周樹人兄弟、林語堂、陳西瀅、費孝通、王元化、金克木、徐訏……他們的議論式的散文，或隨筆式的論述，對讀書人的影響，遠比某些像磚頭那麼厚重的大著更大更廣更久遠，最能使天下才人共鳴，使莘莘學子、求知若渴者分享其智慧。古今中外許多充分表現個人才情而人格高尚，熱誠洋溢，卓犖不群的絕色文章，構成一個展現人文價值與人生意義，百花齊放，多姿多采的智慧之海。人類活在世間，如果沒有這個深廣的「大海」，心靈就像魚兒沒了水，必因乾涸而死。我平生愛讀這些書，認為是生而為人的艱辛中，最值得的報償。

愛因斯坦文集第三卷「我的世界觀」中說到他時常體會到他外在的生活與內在的生活都受惠於他人（不論是活著的或已逝的），所以他急切要努力回報予世界。我一生讀過多少前人的遺產，接受前人的恩澤，豈能無報以涓埃之想？只怕負喧之獻，博君一笑而已耳。

本書分人文論集與藝術論集兩輯，從一九七〇年到二〇一八年，新舊文章聚集，前後思想並陳，可見我對價值之堅守不變，而對時代之反應與批判則絕不隨波逐流。梁實秋老師一九八六年為我的散文《煮石集》寫序，最後一段說：

> 這些篇文章，雖然各自獨立，其寫作的態度與立言的基準卻是一貫的，一言以蔽之，即是尊嚴與健康。尊嚴是指人性的尊嚴，健康是指心理的正常。為文之道多端，各人有各人的風貌，惟在基本上保持尊嚴與健康，不偏不倚，平正通達，並非易事，我覺得「吾友嘗從事於斯矣。」故為之序。

當時我還不知「尊嚴與健康」是何等褒獎，待我讀到梁老師〈關於徐志摩〉一文，才知此二詞是當年「新月」宣言楬櫫的宗旨，出於徐志摩手筆。「吾友嘗從事於斯矣」則我豈敢當得起哉？

（二〇一九年三月四夜在台北澀盦）

第一輯

人文論集

魏晉名士與現代嬉皮

從前梁漱溟先生論中國文化，常說中國「文化早熟」這一句話。中國文化，或者中國學問，其重心無疑是在「人生」問題上。而在「人生」問題的研究上予以指導者是宇宙觀（或言自然觀）與人生觀；在「人生」問題的實行上，便是倫理道德。對於人生問題之體驗與探討，為中國的學問中所最擅長，我們雖難斷言人類各種人生觀的型式在中國古代已發揮完備，但我們似乎可以說各種人生態度在早熟的中國文化歷史上，都有過反映。而且我們可以斷言，人生觀的學問，中國最深刻、最成熟，亦為中國學問之根本；中國文化之人文主義精神特別顯著，亦因此之故。

儘管人類文化數千年演進至今，內容之豐富，形式之複雜，不可一言道盡，而於人生思想，不外可大別為二種型式：一是淑世的；一為出世的。其他種種，大都可附麗於此兩大型式之下。

代表中國思想之二大主流，實即人生思想型式之兩極，便是孔孟之儒家與老莊的道家。此兩大人生思想型式亦可說是各為盛世與衰世所易於取納的兩種人生哲學；亦是個人春風得意與蹇連乖舛之兩種人生態度。自然，所有學術上的「二分法」難免獨斷與孤陋，在中國思想史上，實際是各種思想並行不悖的，而且孔老作為中國思想之代表，二者之間亦多有共通之處。大體上說在政治思想上、社會制度上以儒家為獨尊，而在文學藝術上，卻是崇尚老莊。帝王亦寫出人生無常的詩文來。所以我們只說「大別」為兩種型式。而此兩種型式有時是融合著的。有時是互相代替，甚至形成一種類似「輪替」的情況。

人類從蠻荒的自然中創造了文明的社會，而又從文明社會中逃逸，回到自然，這是西方文藝復興運動以來浪漫主義向主智主義的對抗，而盧騷是此中的主將，成為近代文明之先導者。如果說以人為補足自然，改造自然，堅信人類世界可由此漸求改善，就是淑世的態度，則反對與自然對立就是出世的態度，則前者如古典主義、理性主義，後者如浪漫主義、自然主義。所以我們說孔老的淑世與出世的人生思想型式，不僅是中國思想大別之兩大型式，乃是人類人生觀大別之兩種類型。

好多年以前，我們已耳聞目睹歐美社會之有嬉皮（Hippies）其物，大都被目為現代文明之怪現象，報章雜誌屢有各種報導與圖片，但多半只限於「現象」的報告，少見有關其「本質」之探討。我覺得「嬉皮」是一老問題，是人生思想史上一個古老的課題。每個人精神中本來便多少有一點嬉皮的成分，或如依照弗洛依德（Freud）的說法，這一點嬉皮的成分之所以別人看不到，自己亦覺察不出，只因它隱藏在潛意識心理之中的緣故。

中國的老莊，在思想本質上與嬉皮有異曲同工之妙，但西方的嬉皮是在西方文化演進的歷史上的產物，亦可說是科技文明社會的產物，中國的老莊，乃是飽經人生體驗與智慧早熟的產物。前者是在物的世界中被逼迫出來；後者是從心靈的感受中穎悟出來。西方的嬉皮與老莊都是一種悲觀退避的人生態度。而嬉皮沒有高邁的哲思作指導，流為行為上的實踐，是零碎的，淺陋的；老莊是一種深透成熟的人生憬悟，是一種哲學上的理想主義。西方嬉皮之明顯化在近十多年來至今已十分昭彰，而中國的老莊思想，早在魏晉名士間有了實踐的機會。由此分析，我們知道西方的嬉皮與魏晉名士在「現象」上雖有相似處，在「本質」亦有相似處，但兩者的相似只是應驗我上文所說人生思想逃不了兩大型式的前提下的一個巧合，並非是說完全等同，在我更沒有「西方此物中國古代已有之」的意思。更進一步，我要說在以人生課題為主的、早熟的中國文化中，像今日西方嬉皮其物，中國魏晉時期，發揮得更為精彩，就因為老莊的人生哲學，乃是最成熟的智慧，最深透的洞見，最永恆的憬悟，在人類精神的危機時代，它的影響力最大，它的啟迪性最大，這是遠非今日嬉皮所能表現出來的。東方是悲觀主義思想的發源地，如老莊，如印度思想。西方第一位悲觀主義哲學家叔本華（Schopenhauer）就是在東方思想的啟示下產生的。我們不在盲目鼓吹老莊哲學的頹放一面，但說到嬉皮，我們因為中國思想的早熟與豐富，以及其深沉透闢，而驚嘆感動！

老莊的哲學，建立在「天地不仁，以萬物為芻狗」這個宇宙觀上面，而演為各種消極的人生哲學。這種「宿命的不自由」形成一永恆而龐大的陰影，籠罩在五彩繽紛，不停變動的人生世界之上，此與現代存在主義者以為人生世界是荒謬的本質，有共通之處。老莊哲學在政治現實上，不能得到實踐，而在中國文學藝術中所佔的地位之重要是無可否認的。梁啟超先生說「老子『芻狗萬物』，楊朱『奚遑死後』之意也，雖我國二千年文學，大率皆此等音響，而魏晉六朝為甚焉。」那麼魏晉時代，為什麼成為老莊思想在生活與文藝上實踐貫徹的全盛時期呢？因為到了漢末，儒學的權威已動搖，加上政治動亂，內爭外禍，戰火不息，直至東晉兩百多年之久，民生疲困，厭世思想與人生無常的感慨大發，此造成消極主義思想之溫床，於是道家的人生哲學，加上佛教思想，互相糅雜，便是所謂魏晉的「玄學」。這玄學所談，無非是天道、人性、名理、宗教……等等虛玄要眇，遠離實際人生的學問，此即為魏晉「清談」之內容。而每好作「隱語」，以示玄秘，亦在避言禍。在文學方面，也反映了悲觀厭世，逃避現實的傾向。此時的文人學士，以隱逸出世以求解脫現世之苦。因為對於人生無常的哀感，而有各種對於生命的恐怖感，神仙方術既無法獲得長生不死，所以必須盡情享樂人生，所謂：「生年不滿百，常懷千歲憂。晝短苦夜長，何不秉燭遊。為樂當及時，何能待來茲。愚者愛惜費，但為後世嗤。仙人王子喬，難可與等期。」（此為漢朝古詩十九首之一。這種秉燭夜遊，狂歡達旦的享樂主義，在漢朝已經見端倪，成為魏晉思潮的先導。）

魏晉名士就在這樣的時代與思想背景中產生，其言行的「怪誕」與生活的「放浪」，確與現代嬉皮有相似之處。醇酒、美人、自然、詩、寒食散等等，構成魏晉名士生活之重要內容。有的嘯傲山林，以詩酒在自然間逍遙自在，標榜其曠達高邁的情操；有的沉湎酒色，縱慾無度，以為若非逞官能上的極端快意，人生了無意義。故寧可取得現世的快樂，不要死後的浮名，所謂：「使我有身後名，不如即時一杯酒」；有的抱養生的態度，正與縱慾者相反，有的還服用一種藥，叫「寒食散」，可以使人精神振奮，面如童顏，且能「輕身延年」。這頗類現代嬉皮的迷幻藥（L.S.D.）了。

魏晉名士中最以放浪形骸著稱者為劉伶，他性嗜酒，曾攜酒乘車，吩咐隨從帶著鋤頭，若因醉死，便就地埋葬。可謂豪放豁達之極。世說新語任誕篇載：「劉伶恆縱酒放達，或脫衣裸形在屋中，人見譏之，伶曰：我以天地為棟宇，屋室為褌衣，諸君何為入我褌中？」（按：「褌」為古代褲子之一種。）這種荒誕的行為，反映出對禮教的反抗，猶諸現代嬉皮對科技文明之反抗。與劉伶並時還有嵇康、阮籍、山濤、向秀、阮咸、王戎，合稱「竹林七賢」。他們都是有學問、富才情、嗜飲酒，酷愛自然，愛好研究易經和老莊。在生活上，放蕩不羈，任憑真性情之發露，蔑視儒學，反抗世俗道德，終日閒散而寄情酒色。

《晉書》阮籍傳記載：「阮籍嫂嘗歸寧，籍相見與別，或譏之。籍曰：禮豈為我輩設耶？鄰家有美色，當壚酤酒。阮嘗詣飲，醉便臥其側。籍既不自嫌，其夫察之，亦不疑也。兵家女有才色，未嫁而死，籍不識其父兄，徑往哭之，盡哀而還。」又：《世說新語》：「籍母將死，與人圍棋如故，對者求止，籍不肯，留與決睹，既而飲酒三斗，舉聲一號，嘔血數升，廢頓久之。」像這類記載魏晉文人名士放蕩的事跡，晉書與世說新語比比皆是。而且當時流風所及，連婦女也有類似狂放的行為。雖無如現代女嬉皮們之大膽與恣情縱慾，但在禮教森嚴的中國古代社會，無疑是更加駭人聽聞的奇談。

魏晉名士與現代嬉皮均為對現實之一種反叛。前有所反叛的是那個黑暗的時代和儒學的腐朽化（為漢儒所歪曲了的）以及虛偽的「禮教」（一方面是儒教自身的衰微，一方面是曹孟德之

「毀方敗常」之破壞，再就是魏晉文人有脫離儒學的桎梏，追求個人主義自由主義的要求）；後者所反叛的就是近二百年來作為經濟與技術的來源的科學所改變了的現代社會。

苟不論嬉皮們的行為與作法是否有何意義，現代西方文化之危機重重，確是不爭的事實。盧騷的返回自然與自由平等的呼聲之後，科技文明所造成之災害，漸漸顯現，大眾享受科技文明的恩賜，亦同時忍受它所帶來的禍患，西方哲學家如史賓格勒（Spengler）指出西方之沒落；史懷哲（Schweitzer）呼籲重新估計文明的價值；存在主義哲學家更高呼重新把握生命之本質。嬉皮之產生，正是以另一種姿態來表現他對現代文明的態度和追求人生的意義。在本質上，與諸哲學家在思想上是一致地對於科技文明與現代世界提出了批判的。不過前者是理論上的建設工作，後者只是以其頹唐荒誕的生活態度消極的破壞與反抗，在淺薄的實踐中建立一個「烏托邦」。嬉皮們藉著他們的生活實踐，過著幻想中回到古代的美夢。總括嬉皮生活形態與思想上的特點，即是他們是對現代的工業文明社會發生厭倦甚至憎恨；他們蔑視名利地位；他們渴求幻想中的絕對的自由，故反對人間的律法與秩序，反抗對個性的壓抑；他們是主張博愛的，不分人種施於普遍的愛；他們沒有財產佔有的慾望，他們反對一切的戰爭，追求安寧與和平，他們愛好自然，時常跣足流連於海邊或山野間；他們嬉遊玩樂，不分晝夜，累了便倒下休息；他們對性沒有禁忌，完全是開放的；他們因為憎恨工業文明，故喜愛手工製品，且時常自製各種手工藝術品販賣；他們不修邊幅，或不按文明社會男女的禮儀衣著形式，完全按自己的喜愛與別出心裁的設計，所以顯得奇裝異服，不辨男女；他們過著原始的群居生活，消除了人間家庭倫理的制度；他們生活的目的在求快樂，沒有什麼可以限制向快樂這個目標去追求的約束，他們喜歡尋求超乎肉體感覺的幻覺，故飲酒尚不夠，喜歡吃迷幻藥（Lysergic Acid Diethylamide，簡稱 L.S.D.），據說服用了這種藥，可以耳聰目明，而且產生各種美妙神祕的幻象，體驗到了超乎常人的感覺，有的時候可增加百倍勇氣，促進情緒的衝動，達到亢奮狀態。（但據醫學的研究，種種迷幻藥都是會上癮而且對身體有十分危害的。）他們並自己種植 L.S.D. 藥材，以及做這種買賣來賺取生活所需；他們沒有宗教，但喜歡學習印度的瑜伽術，以求靈魂的安定。而且以瑜伽術代替迷幻藥；他們重精神而輕物質……以上所列舉，只是嬉皮生活一個大概的輪廓。我們可以看出有許多與魏晉名士放浪形骸相同之處。在我們看來，他們是「不正常的」，但是，他們要問你：「什麼叫正常？為什麼？」一個人一旦把文明社會的律法、習慣、風俗、道德……等價值觀念完全解除，那麼，他很容易成為嬉皮。他自有其一套價值觀念以辯護「正常」的標準。

由嬉皮的出現，顯示現代西方機械文明危機的紅燈已亮起來，也證明了物慾的追求，畢竟不是人生幸福的最重要途徑，更非唯一的途徑，對於狂戀西方文化的人，亦正好提出一個警告，發出一聲嗤笑。人類文明到底是「進步」抑是「衰亡」？這是現代世界——這個危機時代之新課題。中國一千多年前之魏晉名士那一套消極反抗、放浪形骸的人生態度，在今日歐美社會重演一次，雖然各有不同，但是足見現代文明之不能解決古老的人生問題，甚至更助其惡化，產生更可怕的困擾。這亦無異對於人類近世以來盲目的努力之一大諷刺。（好像把一隻小老虎當小貓來飼養，等到它變成大老虎，亦就遲了。）

我們正在迎頭趕上西方科學技術的奮鬥中，但願中國傳統的人文主義精神在現代文明的創造中發揮它的新力量，免蹈西方覆轍。而對台北街頭的假「嬉皮」，我們只有鄙夷，因為中國現代社會沒有產生西方嬉皮的原因。

（一九七〇年三月廿三日於華岡）

傳統—現代；民族—世界

這個題目包容了兩組相對的概念：傳統與現代；民族與世界。相對並非對立或衝突。它們是可以分離而又統一的，所以我說相對。它們的所謂統一，是因為它們共同構成生存在歷史時間中的人類世界。歷史的要素是時間，所謂傳統與現代，是歷史的、時間的問題；所謂民族與世界是地域的、空間的問題。任何存在便包括時間和空間的統一，所以我說它們雖相對，但統一。而這兩組相對概念的建立便是根據時間與空間的概念相對性來的。既然是分離又統一，我們便要當心不要把它們割裂或敵對；亦不宜將它們混淆或忽略相對特殊性。

這個問題是包容了極其廣袤的範圍的。它可以做哲學的、人類學的、歷史的、政治的、經濟的、社會學的……等不同角度的學術研究，而藝術家是面對整個人類世界的，它不但應正視廣大的地球上現代的人類及其生活，而且要透視整個人類歷史的演化。故這個問題亦可以作為一個藝術的問題來討論。畫畫的人若只知筆墨、色彩，便很譾陋，很狹隘；而這個問題正好使我們獲得遠大的眼光。中國古代讀書人所謂要有「天下之心」，這是我們要效法的，文藝並不是僅供私人玩賞的長物。

我覺得我們對傳統的認識可以獲得一種歷史意識，才能加深對養育我們的文化背景以至自己個人的認識，而產生一種使命感——我們應繼承什麼？如何使輝煌的傳統在我們手裡不致枯萎，而能發榮。我深以為今日的中國畫家（不論用什麼工具作畫）對傳統的精神與技法都很少有真正的了解與研究。有些人反傳統，我相信很少有人知道要反些什麼東西？為什麼要反？盲目崇洋式的反傳統不可能有真正收穫。

自然，對傳統過分迷戀，亦步亦趨，亦削減個人的創造力，故對「現代」的了解與正視，可以使我們引起對傳統重新估定與檢驗的決心，而找到切實可行的新路，使傳統得以推向另一個新境界。

傳統與現代是有因果關係的，是血肉相連的，真正反傳統與絕對的創新是人類文化中所不可能有的，因為當你高喊「反傳統」，這三個字就有數千年歷史的意義，你還是繼承並運用了傳統。而自西方模仿來的，距離創新何異千里？

不少人對傳統反感，是因為他們以傳統為一個僵化的，固定不變的東西，有不少人不接受現代，是因為他們以為現代是一異端。其實傳統是一個活的流，不可看成死水一池，近代中國傳統的停滯，應該使我們猛省，努力疏導它向前奔流；而現代是人類文化進程所已經步入的一個新時空、新環境，退縮不了，歷史不會回頭。我想對傳統與現代我們要有這些觀念。

再說民族與世界。不同的地理環境與人種血緣，歷史文化背景造成不同的民族性，在藝術上就是民族風格或民族色彩。愛自己的民族，愛自己的文化，一如愛母親，並不落後，亦不羞恥，這是極自然的。而真正愛母親的人無不也敬重別人的母親的。民族性只是一種自尊心與民族感情的表現，我們不提倡狹隘的民族主義，認為自己是優等民族，他民族皆可為奴隸，應該接受我們的改造（其實文化較低，開發較遲的民族都自動會去接受別人的文化，如日本接受我國，我國今日接受西方科技等），在藝術上，民族色彩是一個民族真實感情的流露，一個民族文化的特色的表現，即使到了大同世界，也無法強迫各民族在藝術風俗、習慣、飲食、品味、情趣等價值選擇上通通劃一。我想大同世界只是在政治上、經濟上與技術上這些問題不牽涉到人生價值方面取得廣泛的認同與平等互惠。如果世界大同了，大家都必須吃一種大同菜、大同標準飲料……那麼，世界大同豈不造成更大的極權與螞蟻世界？大同世界是一個大花園，人人平等、自由參觀遊覽，奇花異卉，爭妍鬥豔，總比清一色的一種大同花為有價值得多。這原是很淺顯的道理，但偏有人以為藝術中的民族色彩是落伍的，要取消它，提倡什麼現代的「世界藝術」，這是極淺薄的觀念，究其實，今日西洋文化挾其軍事、政治、經濟以及大眾傳播等文武勢力，使不少人失去民族自尊心與信心，把西方的思潮視為世界性的，故群起效尤，爭相盲從，都因為他們（尤其青年一代）對文化沒有認識，對中西文化亦沒有認識，對中國文化尤其無知，故那可說是一種文化投降的行為。

世界藝術是沒有的，人類永遠會維護不同審美情趣的獨特性，以免世界成為一個只有同，沒有異的單調的牢籠，但各民族的藝術互相交流、觀摹，將使各民族的藝術互相激發，獲得新生命，並且取得更普遍的同情了解與共鳴。如果一定要說有「世界藝術」，那麼，應該是指各民族、各文化背景所產生的現代藝術在世界藝術博覽會中各各展示其光彩，匯成人類精神上萬千獨特的創造，而普遍為全人類所共賞共享。

世界藝術不可能、不必要是一種互相模仿的東西。嘲笑抄襲傳統，而轉向西方現代盲目附驥，亦為我們所輕視與反對。

中國藝術只有在觀念上有了正確的認知之後，方有偉大的創作出現，我期望我們應該深入反省，努力建設現代中國藝術。

我的態度還是「中庸」而已，因為文化永遠無所謂「革命」，只有演進，而人類各個文化的進步都是混合了外來文化的新血，故可說凡偉大文化都不是純粹的，都是混血的，中國如此，西方也如此，新的中國文化將不是盲目西化或頑固的國粹兩派所能建立得了的，我們不是提倡騎牆，而是要堅定我們自己的信念，深刻了解自己的文化精神，而保持開放的心懷，敏銳的觸覺去收取他人的長處與正視時代的演進。我們無同化他人的奢望，也不肯為人同化，在藝術上，我們便應該有一種冷靜的睿智，使我們不急躁，又不腐敗。我們有長遠的傳統，在現代的刺激之下，必可激起我們創造新生命的熱情。我們正有極長遠光輝的前途。

（一九七三年一月廿五日）

後記：這篇文字是應邀在國立歷史博物館演講的講稿。

有限的人生與無限的追求

——一種人生觀的探索

人生觀在人生的生活實踐中，表現為一種生活的態度，人生目的的追求；在哲學的研究上，便成為各種人生思想或人生哲學各派的主張（如實用主義的人生與理想主義的人生；享樂主義的人生與苦行主義的人生等等，不一而足）。人生觀是人生行為之價值取向的態度與原則之觀念。

文學藝術作為一種價值創造之行為，其文藝思想實在是某種人生觀念的奧衍。故自來諸如「文學、藝術與人生的關係」這一類的文字，雖不能說汗牛充棟，實也已屢見不鮮。最艱困的題目，常被作為最輕易拿來閒聊的風雅之談。故其間難免有許多陳腔濫調。

譬如有些人喜歡說：「人生追求真、善、美」，而且以為「科學以求真；道德以求善；文藝以求美」。這種界域分明，「乾淨整齊」的論調，是各種「陳腔濫調」中最普遍的「見解」。有人則提倡「科學的人生觀」（胡適之先生曾有一篇〈科學的人生觀〉的講稿，又有一篇〈科學與人生觀序〉，大體上為民國十二年「玄學與科學論戰」作了一個綜結。我以為胡適乃鑑於中國當時科學之落後以及科學觀念與方法之疏離，而有此論。他的「科學的人生觀」有兩個意思：「第一挐科學做人生觀的基礎，第二挐科學的態度、精神、方法，做我們生活的態度、生活的方法。」雖有偏頗與矯枉過正之弊，但在當時仍不失為有進步意義與能予人生一種切實、勤懇之激勵。一種針對時弊之言論，不應抽離其歷史的時空背景，而否定其貢獻。不過我對「科學的人生觀」一名稱，以其過於偏斷而無法首肯、「倫理的人生觀」、「藝術的人生觀」與乎超越這些的「哲學的人生觀」等等。我很不贊成這些浮調。

我以為一種有價值的、健全的人生觀斷乎不是追求人生孤立的某一個點或面所能建立的。而科學、道德、美藝也無法完美地為人生觀作孤立的基礎，而人生觀便是人生哲學，為哲學之一部分。固然不同的人生觀儘可以各採取不同的基礎（比如偏向於科學的態度與方法或道德的精神或藝術的情調等等），但作為「人生觀」，便無法不是一種哲學（此所以我以為「科學的人生觀」與「倫理」或「藝術的人生觀」均為一種偏斷而無法首肯）；而「哲學的人生觀」，嚴格地說只是一個冗詞。

另一方面，所謂「真、善、美」三者，被分割為三個孤立的概念，亦只是一種為討論與研究言詞上求便利的假設而已。在人生追求的目標中，或在一個健全的人格中，此三者是渾然圓融的。至於科學是否一定能求得真？只在於求真？其最後的價值判斷絕對可離開道德的範疇而成立？道德是否只限於求善？道德的追求可以毋視或違背客觀真理與自然的法則？……諸問題姑且緩論，藝術只在求美嗎？美自身的價值可以違背客觀真理與自然法則麼？美的價值判斷固然不是道德的判斷，但與道德全無干涉嗎？我以為不然。除了只供人娛樂，那種提供了感官快感的淺陋的「文藝」之外，文學與藝術實在統合了人生所追求的完整的價值內容。故我認為美是全人格的映現。它自然包含了理性、意志與感情。文學藝術便是來自人對宇宙人生的觀察、發掘、感觸與感受、認知、詠嘆與批評。故藝術不只局限於「藝術品」的創作一事，其廣泛、深刻的意義，還是一種人生的態度，以啟迪我們建立更恢宏、深刻與有崇高價值的人生觀。換言之，藝術可以作為一種人生觀的基礎。用這個觀點來看藝術，則藝術不是藝術家的專利品，實在是人生共同的渴望與需要。藝術就是人生生活中最可貴的發現，一種崇高的人生境界的體驗，一種有價值的、健全的人生觀的基礎。

破除了對藝術的一偏之見與疏離的態度，把藝術作為人類文化的靈魂，則藝術對人類文化的貢獻與啟導，作為文化的上層精神之象徵，其地位之崇高與重要，其與人生密切的關聯性，實無可忽視。如此，藝術之美的理解，方能超越感官娛樂的範圍，建立它作為文化價值觀念的表現之崇高、嚴肅的意義。藝術才能擺脫它有時誤入於優伶或弄臣的可悲的命運。

藝術到底對人生提供了那些啟示，提供了什麼貢獻？這是我們要探索的重點。我想分五方面來說：

一、生命的局限之超越

生命是什麼？生命的目的與意義是什麼？生命的來源與歸宿又是什麼？……這些艱難的問題，且留待哲學繼續去尋求答案（也許永遠沒有確切的答案）。我們只知道生命本身的種種特質，其中最重要的，我們體驗到生命是一個有局限性的存在：它的產生與毀滅不由生命個體意志所能支配；它佔有局限的、渺小的空間；生存在局限的、短促的時間中；它的能力極其有限，而且，每個生命還要面對肉體的疾痛、慾望的不得徹底滿足、以及感情上所遭遇到的種種困境。面對廣漠無垠的宇宙，生命的渺小與微弱，倉促即逝的特質，均造成生命不可克服的大局限，使每個生命個體深深的感染了對於卑陋的人生一種宿命的悲劇感。這種「生的苦悶」，恆非人生任何努力所能徹底擺脫與克服。

在這樣有限的現實人生中，欲求對生命局限的超越與解脫，遂出現了宗教與藝術。宗教的本質是一神論的。漂浮虛幻的人生得到一位永恆的「母親」（神）作為依附，在神的慈愛的懷裡得到安慰，免除生命的彷徨無依與孤苦無告。而藝術的本質，幾乎是汎神論的。藝術使吾人體認宇宙間一草一木，一石一水，都充盈著自然的精神，天地是一個有情的天地，在藝術的世界裡，渺小的、局限的自我可以與天地精神合一，生命遂得以擴大，得以獲得從局限中超脫的自由。

莊子的汎神論，表現了自然、人生與藝術的和諧與融貫。在藝術中，自我「獨與天地精神往來」、「上與造物者遊」，遂解除了渺小的自我的困迫，入於無限，故是超越的、自由的。莊子的哲學，最深刻地表現了藝術精神成為人生觀念的基礎，所建立的是超越的人生境界。

在藝術的天地中，自我的人格既與自然的精神交融同化，物我相忘，自我得以體驗自然的精神，便從卑陋的人生中超脫出來。它可以成為飛鳥，可以成為流雲，可以成為崇山，亦可以成為狂濤……在詩、繪畫與音樂的創作與欣賞中，生命遂得以提昇、得以擴大；生命與宇宙，生命與萬有，彼此融合交感，人生便從自我的渺小、微弱與倉促中進入廣袤、永恆的境界。所謂藝術能超越時間與空間的限制，就因為藝術使生命在現實的局限中解脫出來，而得到自由與安慰。

二、宇宙情趣的發現

藝術使吾人與廣大的宇宙、深刻而複雜的人生世界發生緊密的關聯；引導吾人關切並熱愛這個世界、人類以及萬有。從而使吾人發見宇宙無盡藏之諸般情趣。

天地、日月、星辰、山川、草木、飛禽、走獸……一切宇宙間的存在，藉著藝術的表現，與我們的生活結合起來，並使我們能深刻地體味這個豐富的宇宙之情趣，使人陶泳乎天地萬物之間。大畫家齊白石有一方圖章，刻著「草木有情」四字，表達了由藝術所引發的，對宇宙的愛。

宇宙自然與人生，恆為藝術表現之對象。每一幅畫，都是對宇宙情趣之一發現。藝術家通過深刻的觀察，敏銳的感應與高度的表現技巧，表現了他在宇宙中的感觸與獲得。欣賞者通過藝術品，同樣領略了這一番情趣。在音樂中，天籟常為創作的動力。或如山洪暴發，或如清泉嗚咽、夏夜蟲聲、秋風落葉、萬馬奔騰、雨打芭蕉……宇宙的音籟與節奏，在樂曲中體現了激越與徐緩；驚心動魄與優美悠揚。詩歌與文學，更常揭示了宇宙內蘊之種種情趣，如杜甫的詩：「感時花濺淚，恨別鳥驚心」，「片雲天共遠，永夜月同孤」；如姜白石的詞：「數峰清苦，商略黃昏雨」；李商隱的詩：「一春夢雨常飄瓦，盡日靈風不滿旗」；黃仲則詩：「夕陽勸客登樓去，山色將秋遶郭來」……幾乎信手拈來，盡為好例。這些詩，都把無情的宇宙，注入了詩人的感情，或將物人格化，而映現了情趣。宇宙情趣乃是一番創造；宇宙的生命化乃是詩人人格的外射。

不論是創作者或欣賞者，在藝術的天地中，均領略了宇宙、人生、萬物之生命與情趣，而感到宇宙人生之可愛，得到無限溫慰，從而激發吾人生命之熱情與對宇宙萬有廣博的愛。

三、生命情調的共感與共鳴

托爾斯泰說：藝術是促進人類兄弟般的感情的。

人生的孤獨無援，人與人間難以溝通的隔閡，是構成人生種種悲痛之一個因素。而藝術就是人類精神溝通最直捷有效的途徑。它不分古今中外，不分種族與貴賤，不分男女老幼，一切有情的生命，皆可在藝術中得到共感與共鳴，得到同情的了解。

藝術既為藝術家人格的反映，它裡面自然包括了藝術家的思想、觀念、感情與情操。他在這個世界所體驗的、所經歷而被激發的一切，藉著他非凡的想像力創造了一個超越於現實之上的藝術的新天地。這個藝術的新天地雖然蘊含著豐美而崇高的情思，卻具備了普通人性中的特質，而以強烈的感性形式來打動並開啟我們的心扉，使我們得到藝術家生命之火的點燃，而解除了我們壓抑著的苦悶，發現了自己的真性情。這種歡愉，實為無可比擬的強烈與滿足。而在藝術的共感與共鳴中，我們的人格亦得以提升，我們的生命得以擴大。在藝術的欣賞中，使我們歡欣鼓舞，或低眉默想，或感動飲泣，或激情洶湧之時，我們正同人類最高貴的精神匯合，我們正和古今中外一切偉大的心靈默契。我們卑陋的情操得到滌淨，我們的孤獨與心靈的創痛得到慰撫，而且，我們得能體驗一切偉大的創造的心靈所體驗的生命的情調。在藝術裡面，那些為藝術家所發掘出來的生命的歡躍，生命的動人，生命的壯麗與悲劇的崇高，都使我們感動而受到啟迪。

藝術正因為訴諸人類最普遍的感情，故不是知識，更非教訓；它以美的形式，給我們的感性以刺戟，故引發我們最深刻而親切的感受。在美感的共感與共鳴中，建立了人與人間最親密的關係，最深切的同情。

四、苦悶的抒洩與解脫

有限的生命，帶給人生無盡的苦悶。這是每個生命時刻深切體驗著的。廚川白村在他的《苦悶的象徵》中，有一段極精闢的話，極生動而深刻地論述了生的苦悶與生命個體與藝術的關係：

「生是戰鬥。在地上受生的第一日，——不，從那最先的第一瞬，我們已經經驗著戰鬥的苦惱了。嬰兒的肉體生活本身，不就是和饑餓、黴菌、冷熱不斷的戰鬥麼？能夠安穩地平和地睡在母親胎內的十月姑且不論，然而一離開母胎，作為一個『個體底存在物』的『生』一開始，這戰鬥的苦痛已成為難免的事了。和出世同時呱的一聲啼哭的那聲音，不正是人間苦的叫喚的第一聲麼？出了母胎這安穩的床，才遇到外界的刺戟的瞬時所發出的啼聲，是才始立馬於『生』的陣頭者的嘯傲呢，還是苦悶的第一聲？或者還是恭喜他在地上開始享受人生的歡呼呢？這些姑且不論，總之那呱呱之聲，在這樣的意義上是和文藝可以看作那本質全然一樣的。於是為要免於饑餓，嬰兒便尋母親的乳房，煩躁著。哺乳之後，則天使似的睡著的臉上，竟可以看出美的微笑來。這煩躁和這微笑，就是人類的詩歌，人類的藝術。生命力旺盛的嬰兒，呱呱之聲也宏大。沒有這聲音，沒有這藝術，惟有死。」

藝術是個體生命力激越奔迸中的一聲吶喊，在生命之過程中，藝術是歡樂時的狂歌，是悲痛中的號哭。生命力越健旺的個體，其感情的發洩越來得激烈。而藝術是人類感情的發洩中最有價值的行為。這在心理學家弗洛依德，認為慾望移向為社會所容許的路徑上去發洩，便成為文藝創造及其他有益人類的事業，稱為「昇華作用」（sublimation）。若慾望不得滿足，積為悒悶，不得發洩，復無法昇華，到人生恆為囚於肉體軀殼之囚徒，尚可引起生理與心理之病態，對個體健康有嚴重的損害；若外發為一股狂虐之力，則對社會人類，為一破壞，益形可悲。有人說希特勒如果得以遂其少年時作大畫家的職志，或許不致成為納粹魔王。而音樂家貝多芬素有「暴君」之稱，如果他不成為大音樂家，或許他成為「希特勒」亦殊難逆料。

希臘大哲亞里斯多德早已指出藝術具有使情緒得到發散（catharsis）之功能。此正與現代心理分析派大師弗洛依德之學說古今輝映。佛氏認為吾人潛意識中強力之原慾（尤以性慾為甚）因受文明社會意識之壓抑，常不得發露與滿足，固結於心，嚴重則成為心理之變態。治療之法即設法使此固結之「情意綜」（complex）得以發散。而上述昇華作用，為苦悶之情結最理想之出路。所謂藝術使人忘我，即因為在藝術中，慾望、私念俱皆昇華為創造之衝動，而免於肉體慾念之驅役。宗教教人摒棄慾望，便可得解脫（或涅槃），而芸芸眾生，有幾人能得道成聖呢！藝術對人生苦悶之解脫，毋寧說是一條更有普遍的功能與適應人性特質之路。

五、創造的歡躍

機械式的生活使人無聊與痛苦；而實世的生活常是單調而枯燥乏味的。人類自孩提時代的遊戲始，已伴隨著創造的衝動。

人生一切工作，若無創造的成分，只為實用，則毫無情趣，必索然無味，且成為一種苦刑。科技未發達的時代，一個鞋匠或織布者，他的工作，全由他一己去設計、經營與勞作，以達到願望的實現。他所得到的，不只是實用的目的的實現（穿鞋或穿衣），抑且在工作的過程中，他享受到工作中創造的歡樂。這種含有創造性的工作，使他感到生活的充實。這是現代人越來越不易獲得的體驗。因為現代的「生產」，漸以機械代替人工，而個體在生產的全程中只是一個部分的操作者，且機器的運作已無容他運用想像力的餘地，故剝奪了他工作中的歡愉。對現代人來說，創造的歡躍更有賴於藝術的活動來補償。

藝術是人類一切工作中，想像力最自由馳騁，創造的意慾最充分得到滿足的天地。現實是不完美的，人生常是殘缺的，命運是冷酷的，一切都是有局限的。但在藝術的天地中，對於無限的理想不懈的追求，提供了無窮的希望。詩歌、戲劇、美術、音樂與舞蹈，所有的藝術是人類在現實的局限中，在人生的殘缺中，依他自己的精神意願所建立起來的一個創造的天地：用以彌補現實世界的缺欠；用以撫慰受苦的心靈，以及對人生的戰鬥之壯美，發出禮讚的浩歌。創造的艱辛與所獲得的歡愉的崇高的報償，表現了生命的高貴價值。那種歡欣，那種溫慰，遠非財富與權力的獲得所可比並或代替。

上帝創造了這個價值中立的自然的宇宙，人類卻創造了一個正面價值的藝術的宇宙。也許因為夏娃與亞當為得到像上帝一樣的智慧，不惜冒大不韙偷吃禁果，人類才能成為另一個「宇宙」

的創造者。——人類必須付出創造的艱辛的代價，才能獲得創造的榮耀和歡躍。

上面五點論述，雖不能盡包藝術對人生所有啟示的全般內容；藝術天地之廣闊、奧妙，也無法盡為我們所能徹底窺探；而宇宙之玄渺，生命之神祕，更不是人智所已盡知。——這一切都永遠成為激發人生以有涯之生命向無限去追求的原動力。而藝術培養我們對自然與人生深廣的愛，引發我們的好奇心與想像力。在藝術的創造中，我們與自然宇宙連成一體，與一切的生命交融共感，即使人生充滿痛苦與危困，但我們終能體驗到生命之壯麗與世界之美好，從而鼓舞我們更昂奮之生命力，這便都是藝術給予人生的偉大的啟示與貢獻。

再回到人生觀的問題上來說。我們無法指出什麼樣的人生觀最有價值，那都聽憑每個人的價值取向之自由選擇。我們亦不能確定到底有多少種人生觀的程式。我們只能對人生各種境界廣泛的探索，對自己的人生態度時時自省，以建立我們更理想的、更有價值的、健全的人生觀。宗教、科學、道德均提供了一種人生態度的基礎，有時並提示了某些必須恪守的律則或誡條。但是，我們時常蔽於對藝術的誤解與偏見，或對藝術了解的浮薄與片面，「藝術」時常被用作浪漫、濫情或娛樂的同義詞，故使我們對人生的態度的取決，常陷於以宗教、科學或道德作為單一的指導者，而形成偏枯的人生觀念：不是迷信獨斷，便是冷酷枯槁，不然就是迂腐道學。我們得對藝術有更正確而深入的認識，以接納為一種健全的人生觀念之礎石。我以為藝術是包容了宗教的虔誠，科學的真與道德的善，以及哲學的睿智，而在人格的映現中，表現為藝術的美。美絕非純粹游離於文化價值之外的一個玩賞的對象，它是人格精神之感性的表現。在有限中映現無限的偉大創造。

藝術不是藝術家的專利，實是人生共同的渴望與需要，是一種崇高的人生境界之體驗。人生而無藝術，生命何其暗淡；人生而有藝術，雖蹇連困頓，復何憾哉！

（一九七三年十二月五日初稿，一九七四年三月三日完成）

創造與批評

第一個創造者是上帝：從空無創造實有。

第一個批評者是人類：因為讚賞是批評的濫觴。

藝術家的創造是繼承上帝的工作；從實有提昇為藝術。

批評家的工作則幫助欣賞者領悟創造的精髓與了解並判別創造的價值。

創造先於批評：因為上帝創造天地先於創造人類。

批評者先於藝術的創造者：人類在對宇宙的驚嘆之後才摹仿神的聖工以經營藝術的創造；沒有驚嘆，便沒有創造的靈感。——批評者可以不是創造者；創造者無法不同時又是批評者。如果他不立文字，至少他對創造有一份深切的感動與驚嘆。這已是批評的初步。

一

一般來說，創造常被理解為感性的，批評是理性的，其實，在創造與批評兩事中，究竟是否為感性與理性的分工，實是一個十分複雜而微妙的問題。

創造的工作，不論是文學、音樂或繪畫，總之，藝術創造的工作，已經有許多不同的派別。作為藝術表現的對象——大自然（包括人類）——是共有的對象；但作為藝術的創造，因以不同的觀念與方法，而有古今中外複雜的差異。在批評的事業上說，同樣亦已經有許多不同的派別。

創造本身非一種知識的工作，批評則是一種企圖將創造的底蘊抽繹或歸納為一種知識的工作。但是，一種非知識的工作，是否能確如其份地以知識的方法來描述或裁判？在中國的文藝批評，有許多是非知識的，甚至是以創作來「評論」另一種創作。如杜甫在贈、寄李白詩中，發表了他對李白的「批評」：

「飛揚跋扈為誰雄」（贈李白）

「李侯有佳句，往往似陰鏗」（與李十二白同尋范十隱居）

「筆落驚風雨，詩成泣鬼神」（寄李十二白二十韻）

「白也詩無敵，飄然思不群。清新庾開府，俊逸鮑參軍」（春日憶李白）

這種發感想，用比況的「批評」，近於西方所謂「印象批評」，在中國的詩詞中或「文論」「詩話」「詞話」中比比皆是。一種知識的工作常常是一種合乎嚴密邏輯的工作，即一種解釋的工作。但是，正如艾略特所說：「作為藝術作品，藝術作品是不能解釋的：沒有什麼是要解釋的；我們只能將藝術作品和別的藝術作品比較，根據一些標準加以批評；而解釋的主要工作在於提示讀者可能不知道的一些有關的歷史事實。」可見，批評不是嚴格意義下的所謂「知識」。自然更不是一種「科學」。

而「比較」也常常是主觀的，我們很難知道這一位詩人比較另一位詩人到底誰優誰劣。比如著《詩品》的鍾嶸，以陳思王曹植為上品，陶淵明只是中品，與後代把陶淵明放在中國詩最崇高的歷史地位，都是判斷的標準尺度各異之故。可見藝術的品評是因時因人而或可有異。

而「標準」也不是很可靠的辦法，以藝術的標準與規律來衡量，常被譏為「教條派」。因為創造本身雖可以遵循某些定則，但又時常打破或超越定則。而且準則常因時代而變易。

而「提示讀者可能不知道的一些有關的歷史事實」，就是「歷史派批評」的方法。這是「新批評派」所最大力反對的。因為遠離特定的作品而去追蹤作者的時代、環境與文藝史的演變，結果並不能對該作品的了解與欣賞提供直接有效的助益，常常變成考據。

「新批評」一反舊說，把眼光集注於作品本身，視作品為一獨立自足的宇宙，批評者的工作是在於考查其結構與技巧的諸特性，排斥其他一切的「干擾」。但其缺點是既切斷歷史的聯繫，而耽溺於作品自身的探索，時常無法作確切的評價，僅成為批評者的才華在作品的游泳中無窮機巧的表演。對作品的結構、技巧諸特性的暗示與象徵過分「敏感」的涉想，等於為一個軀體加上繁多的裝飾，反而使作品的面貌臃腫而曖昧。

上面這些話，僅在於說明批評並不像一種嚴格的知識那樣有客觀的規則可循。故批評無法是單純理性的工作。而古今中外一切批評的學說與派別，只有助於我們了解批評的種種方法與效果的差異，我們應當努力建立一套更適合當代中國文藝批評的觀念與方法。而且，每一個批評家也應有他自己所堅持的一種觀念與方法，只要不重蹈別人的缺陷的覆轍，各種不同的批評都有其價值：使我們能從各個不同角度的鏡子中窺見作品真相。既然批評不是一種嚴格意義下的知識，則唯一客觀的永恆的普遍的結論不可能有，那麼，我們對於批評的期許，只在於希求批評家廣度而深入的闡發作品之「主觀普遍性」（subjective universality）而已。

在創造來說，藝術是絕對理念（absolute idea，或曰絕對精神，絕對觀念。宇宙萬物皆按其自身的理性法則而存在，宇宙即絕對精神之表現。）表現於感性的形式，故藝術不單純是感性的產物。固然藝術的創造與欣賞都直接運用或接觸諸感官的媒介（如線條、色彩、音響、韻律、節奏、意象語言……），但這些感性的形式都為了表現了一個最高的觀念，這是最膚淺的形式主義藝術之外一切偉大創造的共通本質。

比方一部《紅樓夢》，不知有多少人作種種不同的研究與批評，其中有人說這部巨著，只是表達了「色即是空、空即是色」這一觀念，姑不論這個批評是否正確周到，假設《紅樓夢》就真的是表現了這一觀念，那麼很明顯的，作者所運用的小說的技巧種種感性的形式，絕不為講故事而講故事，其形式的創造是為了表現觀念而來。而「色即是空，空即是色」是一個理念，其本質是理性的，不是直觀或感性的。

藝術家可以不是哲學家與學問家，但「藝術是人格的反映」，故藝術家若沒有卓越的觀念與學識，光靠感覺的敏銳性，或光靠「感情」，那人格的內容是偏枯的、不健全的甚或低鄙的。一般對藝術缺乏認識的「藝術人」與大眾常常將藝術的創作視為各種感性媒介物的玩弄者（所謂媒介物即藝術創作所需的物質性材料；如「畫家」是色料的玩弄者、「音樂家」是音響的玩弄者、「詩人」是語言文字的玩弄者），都只看到藝術的感性形式一面，誤以為全部。自來藝術受到哲學家與道家（如柏拉圖與宋朝理學家朱熹及二程等）的鄙薄與攻擊，以及大眾時常把藝術的工作與弄臣或優伶的工作等同視之，泰半是對藝術表現理念一面的毋視或忽視。則難怪把藝術家與魔術師、養鳥玩猴者同等。畫家齊白石的自傳說到他少時喜歡畫畫，又喜歡讀書寫字，他祖母就說：「三日風，四日雨，那見文章鍋裡煮」，這實在表示了文藝在一般樸素的大眾心目中是「不正經的玩意」這一偏見；以前把文藝視為「翫物喪志」，與此偏見如出一轍。

自然，要糾正這一偏見，最重要的是文藝家首先要對藝術有正確與深刻的認識。自來沒有一個偉大的藝術家不同時具有卓越的思想、淵博的知識、深刻的體驗、崇高的道德、豐富的想像力與敏銳的感受力。屈原、顧愷之、王維、曹雪芹、歌德、莎士比亞、貝多芬，數說不盡的這些天才，無不合乎上述的條件。

藝術應該是全人格的映現（知、情、意三者都是人格內容不可分割的構成因素），故創造是極複雜的行為，感性只是藝術的存在形式而已。而對種種不同的藝術品之批評，以一種單純的或者時尚的新方法來施行，而排斥其餘，只能達成批評家學理上一貫性的自圓其說，對作品的分析、闡發與判斷，卻不一定是妥當的與周全的。

二

在批評中時常發生一種情況：由於深入的探索與分析研究，發掘了無限豐富的內容的意義與技巧的特性。批評家時常遭到詰難：這些是否為創作者當時所具備的構想？抑為批評者一廂情願地任意生枝造葉，望文生義，疊床架屋？因為對於一首短短的五言絕句，出現一篇一兩萬字的批評，也不為罕見。那麼，有人要問批評既非一種客觀的知識，難道就可以是一種純主觀的臆想？難道批評可以是一種自由聯想無邊無際的鋪張與發揮？

我認為這個問題，在批評來說，不同的作品，應運用適切的方法去批評，天下絕不能有一萬能的批評方法可以應用於一切作品的。故以時尚的新法為萬能，其錯誤更加明顯。比如批評達文西的《最後的晚餐》，歷史派與教條派（重規律與標準）的方法，無疑有其功用；而批評達利的超現實作品，自然心理學派的方法更可游刃有餘。中國文藝作品的批評與西方文藝作品的批評，因語言特質與傳統意識之差異，斷不可有一萬能的，至上的批評方法可以左右逢源。（對不同作品作批評，或對同一作品作不同性質的批評，各種批評的方法都有其功能。但對作品的價值判斷，一定不能遠離歷史的線索。把作品放在歷史中去評價，便是看它對過去繼承了什麼，吸收了什麼外來的因素，個人的創造性對後來有什麼啟示與影響等等，循此才能確切評估藝術的歷史地位與創造價值。故對作品闡發或分析、探微時，作品是可以孤立來看的，但評價時便無法不與歷史，時代以及別的作品，發生前後聯繫的考察與比較了。）

故某些神遊太虛幻境式的批評，如海市蜃樓，只贏得「想像力豐富」的讚美，只平添一段「奇文」以供「共賞」，實不為作品嚴謹之詮釋，更無法作適切的判斷。

但是，一種嚴肅深入的探索，用於一個高超的創造品上所作的批評，有些人士仍認為超過了作品的創造者當時的思想感情與構想，只是一種「靈魂在作品中的冒險」，只是批評者才智情思的外鑠，而認其批評為「想當然耳」的胡說。這種想法，實在不但是對有價值的批評的一種誤解，同時也是對創造本身的一種誤解。

作品的創造者把宇宙的精神與他整個人格映現於作品中，完成了統一、和諧的表現（在藝術中所謂一砂一世界，一花一天國。按莊子所說，道無所不在，甚至在稊稗與瓦甓之間，即所謂宇宙精神實充虧於萬物也），而此表現是感性的形式。藝術家以其體驗、學識與修養，在一個創造衝動之下完成了作品的創作（其過程自然倚重藝術的技巧），作家不但不是作品最確切的評判者，且不是作品最佳的詮釋者。所以，一個創作者無法按照其意願去創作一件最優秀的作品或次優秀的作品。也因此故，西方有以藝術家靈感來時有若魔鬼附身之喻。我們看某些一代文豪，其成名作往往也成為他一生作品的巔峰，難道當他成名之後反而不願意寫更優秀的作品？不可能的。這也說明了作家的創造，並不是完全按作家的心願來達到某種程度的成就。一如到目前為止，父母仍無法按照其心願生男或育女，至於子女的聖、哲、賢、不肖，父母所能從心所欲，還只是現代科學幻想小說中的「神話」而已。藝術家之創造作品，恰有幾分像生孩子，孩子是你所生，但對其體質的了解，是醫生而非父母；批評家就是醫生。

一個優秀的藝術創造，自成一個獨立自足的天地，它具備了飽滿而圓融的內蘊，便具備了提供批評家無限發掘的可能性；且不要說作者自己無法周詳詮釋，就是單獨一個批評亦無法做到。試看《紅樓夢》與「莎士比亞」成為中外文學二個研究與批評的主題，歷久不衰，正表現了圓融完美之偉大創造，具備了無限豐富的內蘊有待發掘。

偉大的、優秀的藝術品，一如《蒙娜麗莎的微笑》，永遠是一個「謎」；又如一未經雕鑿的玉璞，有待卓越的工匠去雕琢以發掘它豐富的意蘊。偉大的藝術，亦沒有一個明顯淺白的主題（那是「說教藝術」的特徵），故它允許批評者從不同的立場，不同的見解，不同的角度去探索，不免見仁見智，不必異口同聲。也許，這眾多的批評集合起來，才比較周全而確切地為創造品作了詮釋。可以預見地，這眾多卓見中，有不少是藝術家初未設想到甚或為他的知識與思想所未及之處。比方許多起於草澤山林，閭巷田舍之民歌，表現了卓越的藝術造詣，而其作者卻是一班村夫野漢，牧女茶孃，他們的觀念不來自書本知識，乃得自自然與生活的體驗；他們有高超的悟性與真切自然的感性，發為藝術，其作品之底蘊，自有待卓越的批評家來尋索與揭示，其價值也有待於批評家來判定。

所以，深入而廣泛地探索作品之批評，時常在揭示作品豐美的內蘊與結構形式所表現的卓越的和諧上超過一般觀賞者直觀的收穫，是很自然的，很有貢獻的。這種批評，與望文生義，誇誕臆測，強作解人的批評是有很大差別的。自然，越有才華的批評家，越能窺測作品的底蘊，但也越易失之主觀的臆斷。對於艱難的藝術（difficult art），對於偉大的藝術，其深刻的意蘊固非作者所全知，亦非批評家一蹴而得。我們只能說，在千秋萬世的評論中，使我們越來越接近於澈底地了解作品所已蘊涵的真相。也即是說，經得起反覆批評的偉大作品，其批評是無限的，正因如此，對荷馬，對詩經等千古名作，只要歷史不毀滅，永遠有人繼續批評的工作。

另一方面，批評本身因其不是一種嚴格意義下的知識，故批評，尤其是卓越的批評本身具有創造的成分，有時且自身就是一個創造。（如前舉杜甫評李白的詩句；此外，中國傳統的批評，最具創造的特色。如《全唐詩話》論及王維之詩曰「詞秀調雅，意新理愜。在泉為珠，著壁成繪」；又鍾嶸《詩品》評曹植詩文有言「陳思之於文章也，譬人倫之有周、孔，鱗羽之有龍鳳，音樂之有琴笙，女工之有黼、黻。……」……這種批評方式在各種傳統文學批評典籍中不勝枚舉。）雖然以意象的譬如來作批評，失之曖昧，但在其暗示或曉喻中國詩的精神之適切性與靈動性上來說，未嘗不有其別種批評所無之優越處。這種以感性意象為批評的獨特方法，與理性的分析，在現代來說，亦未嘗不能相輔相成。

不論是以創造性的感性意象來批評也好，以理性的態度來分析與判斷也好，卓越的批評本身就具有一種創造性的特質，故好的批評家時常同時是創作家，因為創作家最富有對創造的體驗與鑑別力，尤以文學的批評，往往是文學家同時又是文學批評家。其他藝術，這種例子也不勝枚舉。毫無創作體驗的批評家，時常只是教條的搬弄者，或抽象語詞濫用的文字魔障的製造者。而於想像力之表現的藝術，其批評往往只是隔靴搔癢。

三

批評最大、最廣泛而深遠的功績，如果因詮釋與評價難以達到客觀、妥當之地步而只能聊備一說，無法全然肯定，起碼，批評作為作品與大眾的橋樑，作為偉大與平凡的心智之間的溝通者，仍有其不可置疑的貢獻。

古往今來那些偉大的創造，在後世人群中，之所以能流傳，而且被景仰，被詠頌；或多或少，或深或淺地被了解並激起感動與共鳴，大半是因為批評家的解說、介紹、發微與啟導。貝多芬的音樂，有多少人能真正深入而全面地欣賞？莎士比亞與《紅樓夢》也一樣。了解故事與感受其神髓是很不同的，如果沒有批評（不論是偏於義理或偏於詞章，或偏於考據；偏於心理或偏於規律），我們可憐的「胃口」可能對於過於豐富的美食無法享受。如果沒有批評，絕大多數的玉璞將被視作「和氏之璧」，故批評對玉璞是卓越的「玉人」，有賴他「理其璞而得寶焉。」（但拙劣的批評者，常將「玉璞」以為「石」，或將頑石以為玉璞。）

批評乃是藝術的真價值得以維繫於不墜，得以闡釋、發揚與傳播的大功臣。就其消極的方面來說，批評同時又是鋤抑一切虛偽的、拙劣的、低鄙的、庸俗的作品的俠士劍客。所以，批評在褒貶之間，扶正抑邪，需要高瞻遠矚，修養有素，亦需要理性清明，感情豐富，而且要有相當的道德的勇氣。

自由誠然可貴，價值更不可無。無價值則無尊嚴。批評正是價值與尊嚴的捍衛者。以嚴肅的批評。來扶植良苗的茁長，來抑阻莠草的蔓延。所以沒有批評的社會，雖可為一自由的社會，但亦可能為一價值觀念混亂、崩析甚至蕩然的社會。

批評偶爾顯得無情冷酷，但它的正面，正是最高的誠摯與熱情。總之，它從事褒貶，必須公正。

在文學與藝術的創造上，我們要抨擊盲目的西化，抨擊一切以西方「現代主義」為附驥對象的創作，而在批評方面，似乎亦有過分倚重他人的原則與方法之傾向，我想我們亦應該建立現代中國文藝批評的新觀念與新方法：既非復古，亦非西化。而西方的批評自然可以對現代中國的批評工作提供種種助益。早於前清光緒卅年，王國維的〈紅樓夢評論〉，已為現代中國文藝批評作了範例。在該薄薄的巨著中，以東西方之人生哲學來探索《紅樓夢》的意蘊，評判其價值，其立論之高遠宏大，闡發之精闢透澈，在有關《紅樓夢》一切的論著中，如熠熠明星，其光輝無可掩蓋。自然這樣的批評家，其高超之人格精神，其學問淵博，又具備創造的經驗與批評理論的修養，原是不可多得。

創造與批評在今世已無法論先後，其相輔相依的密切關係，或為前所未有。創造提供理論嶄新的材料，以作抽繹或歸納，發展了理論的新觀念；批評對創作則為一種激勵，一個啟導或衝激，兩者不宜偏廢。

一個創造旺盛的時代，是一個生命力高揚的時代；一個批評嚴正而蓬勃的時代，是一個價值觀念清晰的時代。而認清批評的功能，重視批評的重要性，不但藝術觀賞者應有此需要，對於終日舞文弄墨或玩弄色彩的「藝術家」也一樣重要。我願延引艾略特的幾句話，讓他來提醒我們這個時代中對創造與批評認識不足的某些「藝術家」：

「有些作家在創作上比其他作家更為優異只因為他們具有更為優異的批評能力而已。」「有些作家似乎需要藉著種種磨練保持他們的批評能力以便寫出真正的作品；另一些作家必須在完成一件作品之後，把它加以批判以使批評的活動繼續不斷。」

創造絕不是一種無意識的行為。一個詩人或畫家在創作之前，選擇這個題材而不是那個題材，選擇這個方法，而不是那個方法，就意味著他正在進行著批評的殫精竭慮的工作。所以，儘管可有非創作家的批評家，但創造者必是批評者。

（一九七四年六月十二日於未之聞齋）

士的現代意義

中國傳統社會的「士」，由武士轉變為文士（「讀書人」），由一個社會階層轉變為階級（所謂「士族」或「世族」，因世代做官而形成，亦所謂「世祿之家」。隋朝以後行科舉考試制度，讀書漸為食祿，許多讀書人漸變為政治的寄生蟲。得意者或為統治者的鷹犬，奴臣或弄臣；失意者或為迂夫子，腐儒。陸游所謂「書生老瘦轉酸寒」，黃仲則所謂「百無一用是書生」。這都是士的傳統中不幸的一面，卑賤暗淡的一面。

「士」的傳統更有光榮崇高的一面。他們扛負了中國文化傳統承繼發揚的責任，所謂為天地立心，為生民立命，所謂繼絕學，開太平，充分表現了「士不可不弘毅，任重而道遠」的抱負。從古代到近代，中國歷史上出現過的一長串偉大的「士」的名字，他們構成了中國文化精神世界的天柱地維。不論「得意」與「失意」，在朝或在野，他們以道統對政統發揮輔佐、制衡與批評的作用。他們是天地間的良心，黎民百姓的代言人，社會正氣的中堅。即使在朝政最昏聵的時代，總有幾個「巖穴之士」在承續著中國文化精神的道統於不墜。

作為一個特殊階層，一個階級的「士」是隨著歷史的變遷而消失了。但是，從中國歷史中所浮現出來的抽象的「士」的意識，仍然是一切從事文化學術工作者普泛崇仰的精神。正因為這個精神有超越時代的不滅價值，所以是傳統中國文化的精華，現在仍有其現代的意義。

有人談論中國文化或藝術，動不動鄙薄「士大夫」，以為中國文化與藝術的種種毛病，都是他們壟斷包辦的結果。他們誤把「士大夫」暗淡腐劣的一面來概括全體；他們看不到中國文化最高貴、最光榮的精神，借著士大夫的人格精神與行事功業，才得以具體的映現出來。

共黨要打倒「士大夫」，是因為他們懼怕士大夫的精神，懼怕敢於「犯顏直諫」甚至批判暴政的讀書人。但他們還是需要一班沒有氣節的「士大夫」來裝點知識與學術的門面，他們挑選了最卑賤暗淡的一類，像郭沫若之流一類阿諛吹拍的紅色「士大夫」。他們代表中國文化的渣滓。

現代中國，傳統的「士」的消失，是因為知識的普及，知識階層與非知識階層再沒有嚴格的界限；其次，現代知識學術專業分工之細，傳統士人以「修齊治平」、「止於至善」偏重於道德與政治的抱負，不得不為各行各業的研究的專業精神所代替。現代的「士」，稱為知識份子。但只有「專業」沒有「通業」（所謂「天下之心」，即為「通業」也），在傳統稱為「學究」、「書獃子」，在現代也不得稱為「知識份子」。

現代的知識份子雖然與傳統的「士」有許多性格與目標不盡相同之處，但是，傳統「士」的崇高精神，那以天下為己任，把他的卓見與知識奉獻給大眾的態度，那種對道統的發揚，對未來的展望，盡了他作為社會文化、政治、思想意識的前驅者、督導者與批評和建設者的重任，這個光輝傳統的「士」的精神，是傳統的精華，可以與現代化接軌的。

「知識份子」在這樣的情況下，就不僅指知識的擁有者或使用者；儘管某些專家、學者所擁有的專門知識比一般讀書人為高深。如果他除了鑽研本行的高深知識之外，不曾超越專業的局限，盱衡國家社會的現實，留心時代與人生的動態，盡了他的言論與行動上的責任，還不配稱「知識份子」這個名號。

傳統的「士」之消失，我們並不惋惜，雖然我們對之有著一番深切的敬意。但是傳統的「士」的意識如果不得承續發揚，便使我們萬分擔憂，因為那是表明我們並沒有配稱「知識份子」的一群人。

當然，我們有這樣可敬的一群知識份子，不論在自由中國或在海外廣大的自由地區。但是，我們不能諱言，傳統的「士」中卑賤暗淡一面，不幸也在少數今日中國知識份子身上，時隱時顯地存在著。

海外某些以「臣妾言行」（許冠三先生語）對毛朝獻媚，依附權勢，甘作奴才，以博取一點現實利益或滿足個人虛榮心的「學人」或「文藝人」，是為中國傳統士人中的敗類，人格卑賤，固不言自明。海內某些鄙薄中國文化藝術，挾洋學洋藝以自重，引導自卑崇洋；以曲學阿世，譁眾取寵，以無聊的「亂蓋」為幽默，「騙稿費」為目的的「教授」「才子」者流，不但不能在國家民族艱難困厄的當前，負起知識份子莊嚴的使命，而且不斷製造論壇污染與文字垃圾；避重就輕，明哲保身，不敢正視現實具體問題，完全喪失知識份子的正義感和責任感；矯情自賞，鼓吹庸俗「性靈」，賣弄「才藝」，不自知其「肉麻」，卻鼓動青少年人的虛榮心和培養低級趣味；

炫懼地位，自恃「超越」，以「時代驕子」沾沾自喜……這樣的一些「文人」「作家」，還是傳統的「士」中暗淡一面的「現代版」。

現代的知識份子，漸漸有了他的「世界的性格」：沒有中外之別，沒有職業與專業之別；他所關切的是人生世界中普遍的有關人生的各種問題。傳統中國的「士」就其優秀一面來說，與西方最優秀的知識份子所懷抱的責任與使命，並無不同。

麥克阿瑟下世之後，有人感慨地說是廿世紀最後一位英雄之死。知識份子不必是一位英雄，但知識份子也不一定不能是一位將領。文武雙全的拿破崙、邱吉爾之輩，與中國歷史上橫槊賦詩的曹操，以及文采、政治與軍事兼為出色的歷代許多風流人物，所謂「出將入相」，沒有人能否定他們皆左右一個時代的傑出之「士」。偉大的事業都是英雄的事業。知識份子要擔負時代人生的良心與代言人，要擔當批判者與未來的謀劃者，無疑地是人類中任重道遠的傑出之士。

環顧當世，實在是一個英雄豪傑相當寂寞的時代。麥克阿瑟之後，美國已無英雄，卻盡多偽自由主義者，盡多懦怯苟且之輩。今日世界上有三位特別可敬的人物，他們在自己的專業上是傑出的專門學者與作家，但他們超越了一個學者作家的專業範圍，為大眾的生存、人的尊嚴而向極權政治戰鬥。他們是蘇俄的科學家沙卡洛夫，蘇俄的作家索忍尼辛與中國大陸八十四歲的社會、文化哲學家梁漱溟先生。他們憑著知識。憑著道德勇氣，憑著他們偉大人格在大眾心中的聲望，代表了我們這個時代的理性與良知。他們向暴政所作的批判，他們的言論與行動，震撼了兩個非人道的政權，並給予追求自由與人道的人類以無限的鼓舞與信心。他們是這個時代知識份子最高的典範。

現代知識份子不能是暴政的幫兇，不應是政治的寄生蟲或幫閒人物，也不當是飄然遠舉，自艾自憐，專門舞文弄墨，虛有其名的「雅士」。什麼是現代知識份子的形象與使命？

金耀基先生最近在台北出版的《中國的現代化與知識份子》這本書（言心出版社，民國六十六年四月出版），對這個問題為我們提供了極明確而富啟示性的答案。

對中國現代化問題的討論，台北出版的書不算太多。在青壯年一代學人中，我覺得金先生對中國現代化的見解，雖然沒有十多年前全盤西化論者那樣危言「動」聽，卻表現了更穩健而篤實的態度。當然，近十多年來中外學者對現代化這個世界性的問題的研究在智慧上進一步的成熟，也使金先生個人的卓見有了更博洽的理論上的依據。金先生是社會科學學者，他在討論中國現代化的問題與現代中國知識份子的問題上，拿西方社會科學的知識與方法，來探索中國的歷史社會與當代社會，沒有主奴亢卑的成見。他理論基礎的博厚與對中國歷史社會研究的精審，不論是分析問題、提出結論，都能啟迪讀者對現代化這一大問題深入思考，並提供了可靠的知識。

我因為探索現代中國藝術的出路，接觸到中西藝術的異同問題。因為深信研究藝術問題絕不能單純在藝術中求答案，便涉獵到中西文化的問題；而建設「現代中國藝術」，也可說是求中國藝術的現代化。我於是對中國文化的現代化問題極為關注，讀書的興趣範圍不期然而然地拓廣。從清代早期討論中西文化問題直到當代中外討論現代化問題的文章，都極吸引我。十年前我在嘉義服預備軍官役，便讀了金先生當時出版的兩本大著：《現代人的夢魘》與《從傳統到現代》。

我覺得金先生的書，對我的啟示極大。最近讀了他這本新書，促使我把來美國後，因為所見所思，亟想寫一篇「現代中國的士」的腹稿，改成這個題目寫了出來。至於「什麼是現代中國知識份子的形象與使命？」這一問題，本來在我的腹稿中正煞費思索。讀了金先生這本書中有關「知識份子」的三篇文章，也給我很完滿的答案，我希望喜歡讀書的朋友不應錯過。

中國現代化的大問題當然還會繼續討論下去，而且這個問題不應該只有社會學家唱獨角戲，實在是一個人人都應操心的問題。社會學家當然是研究這個問題的專家，提供我們理論與觀念上的啟導。但是推行現代化必然是全民的事，一切知識份子都要負起更大的責任。

金先生在本書〈自序〉中說了幾句話：

「我多少是以一個『知識份子』的立場寫的，而不是純以『學者』（應該說研究社會科學的人）的立場寫的。我總覺得在中國要做一個純學者是一種過高的奢侈。換句話說，我多少還有著中國讀書人好對全面人生與社會文化發表意見的傳統性格。」

我認為這就是傳統的「士」的精神在現代的發揚，也是現代知識份子的新精神中的老傳統。我們希望學者與專門家，不忘記同時也應成為一個知識份子；我們更應小心，不要玷辱「知識份子」這個可敬的、莊嚴的名號。

（一九七七年七月十六日凌晨於紐約）

士與知識份子

普林斯敦大學的「葛思德東方圖書館」，以收藏東方圖書著名；尤其是中文善本書的收藏之珍貴與豐富，更聞名於世。從十三世紀以降，宋元明三朝的木板刻印原版書或手抄本，十八世紀的活字木刻版，以及原木武英殿聚珍版叢書與殿本二十四史等等，這些藏書的數量與質量，在北美洲各大學中首屈一指。為這個圖書館催生的人是胡適之先生，並做了第一任館長，次年由童世綱先生接任，負擔了保母及領導者的重任。廿六年來由最初的十萬冊中文書籍發展到超過二十萬冊。去年童世綱先生退休，他對於葛思德圖書館的貢獻以及對圖書館學許許多多創造性的非凡成就（一九七三年，童世綱先生當選為美國東亞圖書館學會的會長），獲得了學術界極崇高榮譽。現在葛思德圖書館的目錄櫃上有一塊精美的銅牌，上面刻著幾行字：

「凡是利用本館圖書的人，都應該感謝童世綱先生對此館的貢獻。」

關於這個圖書館和兩位使它誕生，成長的可敬的讀書人的故事，陳紀瀅先生和屈萬里先生曾有文章記述。去年秋天我很榮幸蒙童世綱先生邀請到葛思德圖書館參觀，懇請世綱先生給我上了有關圖書館的一課。當時因為不久之前寫有一篇文章談到中國的「士」，在參觀葛思德圖書館的時候，有一件藏品，使我怵目驚心，悲憫之情，久久未能忘懷。

這件藏品是一襲白布短褂形的內衣，上面有人以蠅頭小楷，整整齊齊，密密麻麻的抄寫了許多經書文章的段落，原來是前清科舉考試時代一個應試士子作弊的「夾帶」。

科舉考試作弊者被發現的結果是殺頭。這件「夾帶」的主人，後來是僥倖騙取了功名，還是事敗被砍了腦袋，恐將永遠沒有人知道。但是從這件「夾帶」挖空心思的製作，其心力之苦來看；從其既冒性命之危險，在考房裡作弊時可以想像必然心驚肉跳，痛苦不堪來看；又從前清考場的照片，那一座座形同狗屋，又如監獄，戒備森嚴的情形來看，舊時代士子前途之渺茫黯淡，命運之逼仄悲慘，無不使人感歎不已！

這是中國的「士」經過長期專制時代現實政治的壓抑，學問與人格尊嚴業已喪失的寫照。歷代有識之士，都指出科舉考試造成士人墮落，是直接摧殘人才，造成國家積弱的原因之一端。

自隋朝開始實行這種考試制度以後，歷唐宋元明清各朝，中國傳統的「士」的性格、理想與命運之改變，兩漢六朝士人的風骨，義行與名節，大多漸漸淪喪。在政治，社會最黑暗，風氣最萎靡的宋明兩朝，維護了傳統士人崇高的學格與人格精神的，是程朱陸王，顧炎武、黃宗羲、王夫之、顏習齋這一班偉大的讀書人。

考試制度倡行以前，士的社會角色性格與出路，不是依靠「投牒自進」的手段，假借迎合朝廷好惡的文字考試去競進取寵，達到進身的目的。而是士人個人的進德修業，在地方得到了鄉曲清議（也即社會輿論）的擁戴，再由地方政府推薦，由朝廷徵辟。士人由民間社會中來，深悉民情，當他進入政府做官，便能起上下之間橋樑的作用。從漢的舉賢良方正到魏的九品中正，人才的辟召，士人品第的評鑑，都採納地方社會輿情為準據，皇帝也無權干預。而且兩漢以來，鼓勵直言極諫，且成為取士的重要科目。

中國歷史上這種理想的政治制度，實際上是士人的人格精神的發揚所促成政治上的成果。錢賓四先生說是「士人政府」，勞榦先生說「假如照中國過去政治的正當軌道來說，中國政治實在是一種信託制度。」徐復觀先生說「漢代的選舉制度雖有流弊，但其所表現的基本精神，則確是趨向真正民主的這一條路上。」這幾位前輩學者的話，使我們不但看到士的傳統之光輝，也明白中國傳統政治制度之進步與優秀。可惜，這個「正軌」並沒有一直走下去。科舉倡行以後，讀書只為利祿，士人漸漸脫離現實，也不專注於進德修業；考試既然可以代替社會清議，成為向上爬的唯一手段，便有人不惜使奸作偽，只求倖進。自唐至清一千多年的考試制度，雖然大小官吏皆來自地方士人，但是那些通過奔競趨赴而上昇的「士人」，大都是「貪仕之性彰，則廉潔之風薄」的人物。考試作弊，只是「士人」人格卑賤的一部分。從唐宋對舉子進入考場的防奸措施，實行嚴密搜身，以至「士至露頂跣足以赴試場」，「至於解髮袒衣，索及耳鼻」來看，士的廉恥之心蕩然無存，人格喪失，可見一斑。

要瞭解中國傳統士人的性格，遭遇與社會角色功能的演變，對歷史、政治和社會的影響或功過，必須從歷史政治社會的變遷上去把握。上面只是一個綱領性的陳述，只在說明士與現實政治的關係與士人命運在歷史中的變異。但對於構成中國文化精神支柱的士的精神人格，其光輝的傳統，並未因現實政治社會的變遷而全歸暗淡。相反地，士的精神人格一直到今天，仍成為中國有良心的讀書人所秉承，並且使這一傳統精神有所發展。今天所謂知識份子，應該就是傳統中國「士」的現代化。

明白歷史上中國的士有其光榮與卑賤的兩面，我們才能正確的有所發揚與貶棄。多少年來，許多文壇之士自以為時髦，故意或無知地貶斥士大夫，把士大夫當成一個罪銜來嘲罵。把士當成養尊處優的貴族，權勢的幫凶與弄臣，壟斷知識的惡霸，都只是只看到士的暗淡面。事實上，中國士的崇高精神，是一股最高的人格精神。在哲學上「士志於道」，追求最高原理原則的「道」；在道德上，追求「止於至善」；在文學上，表現「民胞物與」，憂時憂國，為民喉舌的情操；在現實人間，勇於任事，「先天下之憂而憂，後天下之樂而樂」，「天下興亡匹夫有責」；在個人的風骨志節上，「士可殺不可辱」，「殺身成仁」。一般人提到士，便想到「學而優則仕」一語，以至把士大夫官僚傳統的種種醜惡面，籠統地歸咎於士身上。其實，古代讀書人不像現在有眾多出路，而儒家以修齊治平為讀書人弘道行道的志向，我們不能說古代士之入仕就是讀書為當官發財。其次，「仕」字亦訓「事」，是任事繼業之意，也不一定當「做官」解。中國的文化，不論哲學、文學、政治等等許多偉大的遺產，可說就是歷代偉大的讀書人所創造與領導激發出來的，這少數人是中國文化的支柱。傳統的士大夫精神有一部分仍然可以和現代相融匯，籠統地嘲罵士大夫，便等於否定中國文化。這可是很冒失的事。

士最早是指武士。到春秋時代，是文武合一的，並不像後代僅以文士為士。上面說到，科舉考試的流弊，便是以文取士。以「文章」詞藻為人才的標準，甚至以八股為量才標尺，文人只會舞文弄墨，不但士的精神蕩然，連其文字也腐敗了。我們不能忽略，文人可能是士，但絕不一定。中國有一句話說「文人無行」，事實上，文過飾非，阿諛諂媚，也確是某些文人的特性。文武分途，有說在漢朝開始，有說在唐以後。我們知道戰國的卿士大夫，都能捧玉帛而誦詩書，也能執干戈以衛社稷。屈大夫不就佩長劍而賦離騷嗎？三國的曹操、孫權都曾舉孝廉，又是武將；諸葛亮為蜀相，又為軍中元帥，更是耳熟能詳的故事。唐朝李靖還有出將入相的事。士的文武分途，是由唐李林甫作宰相之後才有。尤其宋太祖與李同樣為了鞏固權位，以文人治國，武人專管作戰；文武分途，互相牽制。宋朝的士，如岳飛、辛棄疾之輩，還是文武兼擅的人物。但不幸生於崇文輕武的時代，權力操在文官手裡，便只得賫志以終。

文人有許許多多夠不上稱為士者。甚至文人有不少是與士的志節人格對照懸殊者。他們的德行不用說了，就是他們「為文」的職業，也只是「虛文」而已。這樣的文人，不但談不上壟斷知識，他們只是專擅堆砌文字，或應說是文字的奴隸而已。一般人對「士」沒有認識，可能受到誤以文人即士的影響。一個文人若沒有「道」（哲學，原則），沒有德（高尚的情操，道德），是不可能成為中國古代所稱的「士」的。中國現代社會中雖然沒有「士」這一階層與名稱，但士的精神還是為某些讀書人所繼承著，固執著。現代化了的「士」，今天稱為「知識份子」。或許這個名稱是英文Intellectual由日本人翻譯成的。

有些人對「知識份子」這一名稱與實質意義不大明瞭；正如對「士大夫」名稱一樣，都有了誤解。有人寫文章，說「今天的所謂『知識份子』亦非只隘於古之所謂四民之『士』，文臣武將與學人商賈，以及醫藥百工戲優樂人，全是知識份子。」因為他以為現代人人得受教育，文字知識既非為少數人所專有，故一切人皆為知識份子了。其實知識份子有其界說，非專指知識的有無而已。讀過書的人不一定就是知識份子，甚至一個專家學者，以其專業地位與貢獻之高之大，也不一定就是知識份子。金耀基先生在《中國現代化與知識份子》一書中引用了西方學者的界說：知識份子是「創發、傳播與適用文化的人」；「一個從於創發、詮解、傳播及適用具有一般重要性的觀念的人」；「一個關心他個人身處的社會及時代的批判者與代言人」。我們以中國傳統的說法，即一個具備知識的人是否可稱為「知識份子」，端看他是否有「天下之心」與「以天下為己任」的懷抱。這樣的人，就不只是有某種專門學問與專業技能，要點是他所關懷與操慮的問題，是否是普遍的人間問題。這樣的讀書人必然有哲學（觀念）上的原則與道德的原則。所以「知識份子」不是專業與職業上的不同，乃是一種心態上與抱負使命感的有無的不同。

中國傳統的士的現代化，一方面要棄絕士人、文人惡劣卑污的一面，發揚光大士的光榮一面；一方面要具備世界的心胸，吸取西方的與現代世界的文化。但中國的知識份子還必有自己的特點。西方的「知識份子」因知識的分工而漸漸缺乏人生智慧的圓融統合。而過分強調擺脫價值判斷而著重於事實判斷，道德勇氣便逐漸消淡於無形。中國傳統士的「天下之心」與「貧賤不能移，威武不能屈，富貴不能淫」的風骨，在現代的「士」身上還應體現並更加光大。

西方的「知識份子」的中國化，或中國傳統的「士」的現代化，應該形成現代中國讀書人的典型形象。兩者必然可以殊途同歸。

（一九七八年十二月廿一日於台北）

貧富・階級・人性

對貧富、階級與人性的誤解和誤斷，以及有意的曲解煽動和利用，對人生社會都可以產生莫大的禍害……

去年國內「文學方向論戰」的時候，我寫了兩篇長文（〈平心看文學方向論戰〉與〈綱領與警覺〉，均在聯副發表），指出「綱領派」把文學當作「社會運動」的手段，當作貫徹政治綱領的工具，不但背離了文學的本質，而且足可使文學枯萎。如果要談文學問題，便應該不危害文學的自由發展與多元價值的維護，也就是不能違悖文學的本質。挾持文學以作為達到某些人政治目的的工具，實際上便是對文學的踐踏。

參加文學方向論戰的某些人士，既有彰明的政治、經濟、社會思想的「綱領」，我們當然早知其志不在文學。最近這些人士中有些已直接參與現實政治的「角逐」，當為我們早先的評斷提供了佐證。「醉翁」之意，到底是在「酒」抑在「山水之間」，在民主自由的社會中自可任其自由選擇。不過，既以「社會改革家」的姿態問世，便應以坦誠昭信於社會，大可不必假「文學」與「學術思想」的奇談怪論為煙幕。「身在江湖，心存魏闕」，別人雖拿他也奈何不得（因為在我們國家裡，任何人不違法，均享有政治上平等的權利；政治參與，為民主社會所容許，甚至鼓勵）。但必須立意誠正。

年來這一場「文學方向論戰」，其實是一場「意識形態論戰」。在論戰中，各方論者對現實社會人生的許多問題有激烈的爭辯，可惜有許多是訴諸情緒的「固定反應」或架空的高調。「警覺派」的「結論雷厲，研析粗疏」，也難收說服之效。貫串著這一場雖然轉換地盤，實際上正方興未艾的意識形態的辯論，有關「貧富，階級，人性」三個根本觀念問題，最值得我們平心靜氣地來討論。

貧富問題是一個古老的問題。它既造成人間歷史中許多悲劇，卻亦是激勵人生奮發向上，社會進展的一個動力。實際上，人間貧富的差別，恐怕永沒有絕對消滅的可能。不過，這並不意味著人類應安於貧富的懸殊，任悲劇永不落幕；或故意留著它來激發歷史的演進。事實上，古今人類各種努力的目的，很大一部分就在剷除貧窮，創造富裕社會，追求均富。

「均富」一詞，照字面來看，是平均財富。但我想絕對的「均富」與絕對的「均貧」，在人類社會歷史上都從來不曾存在過；在未來的世代，必亦不可能存在。所以「均富」這個概念，相當富於理想的色彩。如果要讓「均富」在人間實現，便不能照字面機械的直解。這裡的「均」字不能作「平均」，而應作「均衡」來理解（「均衡」則不求兩側重力相等，以移動支點來求均衡）。所謂均衡，就是改變懸殊的狀態。

改變懸殊狀態有兩種方法：一種是剷除貧窮，使其富裕；一種是剷除富裕，達到「均貧」。

共產主義便用第二種方法。當其鼓動貧富間的鬥爭，提出「平等」「共產」等誘人的許諾的時候，確使貧窮者望風景從。但結果是人人失望的「均貧」，當然是一大騙局而已。而且，共產社會連「均貧」而不可得，因為有了「新階級」，某些特點份子仍然享有物質生活上的特權。所以只有第一種方法是我們所應採用的方法，但還是不能奢望實現絕對的「均富」。只有努力剷除貧窮，追求富裕。當普遍的「富裕」實現之時，便可說是實現了均富。

一個社會是否合理，制度是否優越，不能從社會成員財富是否平均上著眼，只能看這個社會是否提供每一個人追求富裕時享有均等的權利與公平的機會。如果權利均等，機會公平，即使仍有貧富對比，或者富裕的程度有差異，就不能歸咎於社會的制度。貧富懸殊之所以可能成為社會動亂的原因，是不合理的社會制度與惡勢力杜塞了貧窮的大多數人爭取生存，追求生活環境改善的門路。

另一方面，人間貧富的相對差異既然永難消除，社會又是很複雜的一個大東西，社會制度不可能達到盡善盡美，貧富的相對差異仍然可能引起某些動亂。近代以降，錯誤、虛偽的社會革命思想，正是以一種「英雄主義」的姿態迷惑大眾，造成本世紀以來歷史更大的悲劇。

對貧富，階級與人性的誤解，誤斷（更不要講有意的曲解，煽動，利用），造成意識形態的偏謬對人生社會可以產生莫大的禍害。

一切不同的意識形態的本質最後總歸結到對「人」的認知的分歧上。也可以說是歸結到對「人性」的認知與判斷的殊異上。所以，一切文學的，社會的，政治的，經濟的等思想或大或小的分歧：不論共產主義與私有制度；左派、右派或第三種人；社會寫實主義與理想主義，自由主義，悲觀主義與樂觀主義……彼此間的矛盾衝突，都是意識形態差異的表象，都可以說歸根究柢，乃是對「人」的理解與認知或大或小的歧異。最後的本質是一個哲學的問題，是一個「人性觀念」的問題。

「人性」是什麼？有那些內容？等問題，古今哲人，言人人殊。我們就常識來說，人性是人的普遍永恆的共性。是人所共有的諸特性。人性的內容極其複雜（這裡不必也無法盡舉）。諸如生存的慾望、自我為中心、權力慾、自私、同情心、愛與恨、道德感、榮譽感、自卑感、妒忌心、愛美意識、理性與感性，中國人俗語所謂七情六慾、喜怒哀樂……等是。所要強調的是：我們肯定人性的存在，並肯定人性的永恆性與普遍性。即肯定人性是超越每個個體的特殊性，超越每個人的種族、籍貫、性別、年齡、經歷、教養、財產、地位、職業、性格……的種種特殊差異。換言之，凡健全的人必具備的某些共通性。

對於「人性」有這樣常識性的，簡單的認識，就奠定了我們對社會與人生現實的許多觀念，有正確的看法。如上所言，這個「人性觀念」就決定了我們的意識形態的基本傾向。坦率地說，自由主義與極權主義在政治與文學思想上的差別，便在於是肯定或否定這個人性觀念的基本認識上。

否定了這個認識，便不見人的共同性。轉從貧富的問題上，發現「階級性」，並拿階級性來代換人性，於是產生了對歷史發展與人生社會的一套錯誤的觀念。

近年來國內的文字（包括理論與文學創作）與言論（包括最近競選的某些「政見」），就不少是有意無意誤入這個錯誤觀念的格局中。

有人說，人性太抽象，太籠統，沒什麼意思；有人說，有什麼人性呢？有錢有理，沒錢沒理。有人在高樓上欣賞煙雨，有人在漏屋裡咒罵他媽的。對一樣的雨，感受迥異，有什麼普遍的人性？因此，有人說「人性普遍永恆」只是規避現實，是粉飾，遂加以否定，提出「特殊的人性」，並說普遍的人性不可以否定具體的，個別的人性。有人說「什麼人唱什麼歌」，自然暗示什麼階級說什麼話。但「階級」二字太刺目，不少人換為「階層」，其實都一樣。有些小說裡寫到貧苦者與有權有錢者，則善惡判然二分，有如數理公式。他們強調同情「勞苦大眾」，暴露貧富不均，以貧富來分別善惡，激發「憤怒的愛」與怨恨。

「不談人性，何有文學？」——我認為否定永恆普遍的人性，文學還是有的，不過，只是一種「工具文學」。即拿文學為工具來「載」對於人的本質意義特性加以歪曲的「道」，拿文學來作為社會改革運動的武器與工具，文學只是一種偏見的表白，甚至只是一種政治野心的鷹犬而已。

我們的想法與這種錯誤觀念的分別，不在貧富與階級的有無。因為我們一樣認為人間不但有貧富的對照，而且有階級的差別。不同的要點是我們認為貧富與階級是變動不居的，不但沒有先天的普遍性，而且也沒有後天的恆久性。只有人性才具備了普遍與恆久兩個特性。所以，對於人的觀察、理解與表現，應該把人性視為人的最高（普遍的、統一的）本質屬性，把階級性，貧富，教育程度，性格差異等等視為人的較低層次的（特殊的，個別差異的）的屬性。我們與上述偏見的不同，乃在對人的這個認知的主從的分歧上。

人間有各種不同的階級，這是無法也無須否定的。軍隊中更明顯有階級；一個企業中也有上下不同的階級。不同的階級有其對立面，也有其和諧一致的一面。肯定人性普遍的共通性，並不意味著否定人的特殊性。在文學創作來說，主張人性的文學，對人物典型的塑造，還是要做到普遍性與特殊性的統一，才能產生有血有肉有靈魂的人物。沒有人能僅憑抽象的，普遍的人性而能成功一部小說。而必須透過具體的人物與事件去呈現人生的真相。把普遍的人性當作唯一的內容與把特殊的階級性當作唯一的內容來創造人物，一樣只有公式化，概念型的，沒有血肉或靈魂的人物。空洞的「人性樣板」的文學與僵化的「階級樣板」的文學，一樣是低劣的文學。

另一方面，我們與上述偏見的分別，也在對於產生「階級」的因素，有不同的見解。我們認為階級的成因與存在，不能一味歸咎於經濟的因素。所以，以經濟基礎決定意識形態（上層建築）的理論，我們認為武斷、偏頗。階級不只是經濟地位所造成，其他的原因也不能一概抹殺。譬如：才智、遺傳、性向、體格、教育、職業與機遇等不同，也足可造成人與人之間不同階級的差別。我們可以就性向一項舉一個淺顯的例子：有一句俗語說：「乞討三年，高官不受。」性向不但可以造成階級，甚至可以選擇階級。這句俗話，雖然沒有普遍性，但人間有這種性格，則無法否定。而由各人才智的差異所造成的階級差異，當更為易於理解。例如我們有一位可佩的工廠人作家，憑他的才智，身兼作家，頗獲佳許。最近這位作家又參加競選，如果當選，階級又一變。他便是由自己的才能與努力，突破階級局限的現成例子。

我們說只有人性是永恆普遍的，階級與貧富是變動不居的。有這個認識來看人，看人生，才能得其全，不入於偏。試看共產主義本來宣揚消滅階級，但他們社會事實上是階級差別最多的社會。中共批判巴金的人性論與古往今來一切非無產者的文學，結果共產主義的文學就成為僵化的樣板。

上述這些觀念在我們的自由社會與我們的生活經驗中，實在到處可以找到許多印證，證明其不是偏見。我們各人的社會角色身分，一直在變換，而且變換的主動權相當大部分是操之在我。比如一個人小時候是學生，中學畢業可能做工人、店員或其他職業，或者升學。高中或大學畢業入伍當軍人，服完兵役則有許多就業或再深造的途徑。許多人從青少年到中年，就已經換過好幾個行業，扮演了好幾種不同的社會角色。許多人從事農業、工業等工作，又教過書，當過作家，然後經商自己當老闆，不久又可能競選參加政治活動，成為官員，或參加普考、特考，成為各級公務員。這種例子不勝枚舉。如果從階級的觀點來說，我們隨時可以自由變換階級，端看主觀條件是否能配合客觀環境的發展，絕無政治上的力量加以干預。階級的流動性這麼大；一個人的階級頭銜可以有這麼多，很明顯的，所謂「階級性」絕無固定的色彩，更無固定不變的某一階級與另一階級你死我活的強烈矛盾。這雖然是現代社會的特色之一，即使在過去的世代，也沒有絕對不可變動的階級身分。以前許多農家子弟，貧民子弟，勤讀苦練，成為文人，塾師，甚至成為官吏將相，中國歷史上布衣卿相的例子太多了。在現代社會，在今日我們的社會中，因為競爭機會均等，「階級」也者，其實只有職業與分工上的意義，絕無強烈的對立衝突的階級性。

就貧富兩端來劃分階級，比如說分成「勞苦大眾」與「財閥，資本家」兩個階級，是否能找到比人性更本質，更有普遍意義的階級性呢？我覺得「勞苦大眾」與「資本家」這兩個階級的主人翁既非固定化，絕對化，而可以流動變換，則要把人性汰除，代以兩個極端對立的階級性，恐怕並無意義。要想藉此激發階級間的仇恨，在現代自由社會中恐怕也不可能。因為人人均享有均等的競爭機會，一個小工變成豪富的故事，在我們的社會中正層出不窮，有目共睹。而有幾幢樓房出租，自已仍克勤克儉，穿拖鞋為人家做泥水工的老先生，他一身正兼有兩個「階級」；父親務農，母親當了鄉公所公務員，大兒子經商，二兒子投考進入軍校，小兒子做建築工程，女兒教書。這樣的家庭，在現代台灣的家庭，大同小異者不計其數。就階級而論，這個家庭，士農工商官兵都是，究屬什麼階級？而且三五年後，這個家庭成員職業又有所改變，試問又如何「劃出階級界線」？一個小工昨天是「勞苦大眾」，今天成小老闆，明天可能變成大老闆；後天生意虧損，可能又一貧如洗。如果要談階級立場，其貧富與階級的起落變換之大，豈有固定的特性？可見階級性不但變動不居，而且虛無縹緲，無所依據。我們不能說昨天還正在同情這個小工，明天便要鬥爭他成了資本家。我們應問，我們是希望弱者變強，貧者變富呢？還是目的在於假同情貧弱之名，以挑起鬥爭，製造紛亂？而把富者鬥貧，也便是壓抑貧者致富，是在促進社會的發展，還是在摧毀社會成長的生機？

我們肯定永恆普遍的人性，但如上所述，人性的內容極其複雜，每個人所表現的人性並非等量齊觀。即使在同一個人，不同的時空中所表現的人性在分量與性質上也有所差異。一個人窮苦的時候可能特別謙卑，儉樸，但一旦富貴，也一樣漸漸有富人的德性（豪奢，傲慢等）；一個富人一旦貧窮，也一樣漸漸有窮人的德性；當獲得權力，此人可能驕橫冷酷，但一到老病，便可能懦怯消沉。這不是意味著人性無常，而是表現了人性的某些質素在人裡面有著起伏升降。要克服人性的弱點，消除人性的負面作用（諸如豪奢驕橫，淫逸專制等），必須通過教育與道德修養來抑制疏導。當人性的弱點與負面作用在某些個人或團體的行為上發揮作用，構成對社會人群的威脅與損害，便必須通過法律來制裁。階級的分裂鬥爭，不但不能解決人間的痛苦，而且將製造更可怕的悲劇。這是歷史給我們真切的教訓。只有認識到人性的永恆普遍，才能「推己及人」，人與人才能溝通，才有真正的博愛與同情心，人間才有安寧幸福。中國古代大哲如孟子、荀子、告子、楊子等人，不論主張性善，性惡，性無善無不善或善惡相混，對人性的看法雖有不同，但都主張有一個共通普遍存在的人性在。我們有些高唱民族主義的人，卻否定普遍的人性，似乎一反民族傳統的哲學思想；民族主義而背離民族思想，豈不是無稽之談！

在文學中，因為否定普遍的人性，把人分成兩個對立的階級——一邊是受壓迫受剝削，貧賤可憐，痛苦掙扎的「善人」，一邊是為富不仁，專施殘虐，面目可憎的「惡人」。這樣觀察，是從哈哈鏡中看人生社會，結果只是扭曲。專事把握人性負面的一般公式，拿來概括整體的人生，事實上是對人的侮辱，對現實不忠。人性的正面與負面都同時存在每一個生命個體之中，而貧富與階級既是流動不居，則以貧富階級來判別善惡只是謬論。人性的暗淡與光輝兩面不論在什麼人身上都可能出現。文學正要表現普遍的人性在特殊的時空與人物中極複雜的反應，或者說透過萬殊曲折的人生相去追索，反映普遍的人性。人生是廣袤、複雜、變幻多端的，簡陋淺薄的對立二分法必然無法涵蓋，只有歪曲。我們相信人間必有貧富懸殊而相交莫逆；相信有富貴或居高位而謙遜質樸，熱誠待人的人；也相信有貧苦挫抑而心胸爽朗樂觀奮鬥的人。我們相信各行各業，各種不同的社會角色中正有無數這樣可敬的人物，才促成社會的發展進步。自然，社會難以完美，文學家如果脫離現實，漠視人間疾苦，專找光明可敬的人物事件來寫作，未免矯情。所以深入民間，發掘現實，探索民隱，萬分可佩可敬，表現工農漁礦……各階層人生生活的真相，乃是古今一切優秀文學家的良心使命。階級文學的特色不是因為它寫了「工農兵」，而是它以有色眼鏡用二分法的階級對立觀點來分割人生。我們反對階級文學，不單是為了政治上的理由，更重要的是為了哲學上的理由與文學自身的理由。

人性永在神性與獸性之間擺盪，有其光輝，也有其灰暗。好的文學不但在揭露並批判獸性，也在激發神性，以提昇人性。這是一切正常人生所應努力的方向，政治人與文學人都一樣不能忘卻或背離這個方向。我們也相信有理性的人在這些問題上不至輕易為偏見所蠱惑。

（一九七八年十二月於台北）

變

現代人已不大相信有什麼「永恆」的事物。這大概是十九世紀以來，人類重大的悲哀的根源。但是「永恆」就是一成不變，不免孕育了僵化、老套、腐舊與枷鎖，似乎「永恆」並不都值得讚美與留戀。於是，「變」——由窮變富，由愚昧變智慧，由短命變長壽，由不自由變較為自由，由許多原來不可能變為可能……。「變」卻又是二十世紀以來人類比從前更幸福的原因。

人性的慾求實在矛盾；宇宙的律則實在弔詭。世事萬物沒有永恆不變的道理，唯一稱得上是永恆不變者，亦只有「世事萬物永遠在不停的變化中」。能否認知、服膺並掌握這個「變」的機宜，是現代人生苦樂、得失甚至福禍的關鍵。

「變」是永恆的律則，其實自古皆然。不過，「變」的頻率在歷史中加速度的運作，到了我們這個時代，「變」已不是積漸的緩變，而成為急遽的變遷。令人難以適應的正是這「變」的速率，似乎越來越快，快到以昨日的經驗，很難應付今日的局勢，便造成了今日人生世界種種新的困擾。

擁有豐富的昨日經驗的老一代，對於今日的變遷永遠是體認不足，反感有餘，因而很難對今日與明日有正確的判斷。而在今日成長的新一代，既沒有昨日的經驗，對事物便不可能與上一代有共同的理解；只能擁抱今日，他們的判斷便不免缺乏歷史的回顧。

很難有人能夠擺脫由自身成長的背景所塑造的習慣與成見。所以，人與人之間的「代溝」，不但不可能泯除，而且必然變本加厲；不必以三十年為一代，可能十年甚至五年的，彼此間在觀念與行為上都可能有明顯的差距。這種種差距，將使人生社會在橫的多元價值觀念之外，益增縱的多層人生觀與世界觀的分歧。

唯一能使我們從個人認識的管見中突破出來，使我們能免於偏見的自由；使我們能較正確而客觀的重新認識這個瞬息萬變的世界；使我們不至成為新時代中可厭的頑固或時代新潮中淺薄的浮漚，那麼，每個人都得時時刻刻不停的學習。學習了解這個世界過去的歷史；學習明瞭這個世界今日現狀的成因；也學習體認人類在生存奮鬥中所追尋的生命的意義和尊嚴，從而把握我們朝向明日所欲的人生世界的航向，以免迷失在急遽變遷的迷惘裡。

我們應該學習拋棄對任何事物持固定的成見，也應該拋棄對任何新事物盲目讚美、謳歌的淺見。要獲得這種智慧，在頑固與激進中求得一個平衡點，我們只有不停的觀察、學習、思考。

世界急遽的變遷，很好的可能變成壞，很壞的也可能變成好；福音可能變成惡耗，危機中卻隱含希望。禍福相依雖然古人早經道破，但是現代事物演變歷程之短暫也從未如此令人驚心動魄。變遷曾經造成進步，但進步卻亦生出危機。核能對安全的威脅，科技無節制的擴張對生態的破壞，人人切身感受。

在現實社會方面，最封閉的醞釀著解體，被迫漸行開放；曾經被奉為聖旨的教條與口號，已變成垃圾堆裡的破鞋；那被歌頌的，也有的很快成為被鞭笞的對象；「革命的」不與時俱變，就變成「反動的」；以前遊行示威的，今天看到別人向他遊行示威；許多禁忌與神話，變成嘲笑與挑戰的話題；對立不必就要殘酷的鬥爭，而可以成為互相監督的「畏友」……。

人間的變遷，只要在人性的掌握中，總朝著更合理，更以多數人的福祉為依皈的目標，一點一點邁進。「變」在這方面的表現並不可怕，而且很可欣慰。

科技膨脹所導致的生存環境的破壞，人類生活方式的改變，乃至價值觀念的崩析，是現代大變遷中最令人憂慮的問題。這方面的變，因為不但人為的阻力無濟於事，而且反過來脅迫著人跟從它的腳步踉蹌前去，造成「變」中負面的影響逐日增大，這是今日世界人類在物質豐裕中卻栖栖惶惶，不得安寧的根源。

制度、習慣、觀念的建立總嫌太慢，無法適應科技擴展所造成的快速的變遷。「變」的不平衡，顯示了不肯變的人為的阻力尚且過大。

如何消除人性的私慾、懶惰與偏執，或者如何以制度的理性來阻抑私慾、懶惰與偏執，使人的「變」朝著普遍的合理與人道的方向進行；如何從人性的正常需求出發去發展科技，或者以人文的精神來駕馭科技的成就，是今日與明日人類共同的課題。

所以，真正的民主與人文精神的高揚，終歸是世界在變遷中求安定的兩大支柱。

說到民主的理論，五花八門，教一般人莫衷一是。最近讀到一則言簡意賅的讜論，說「民主」可有三種：人民做主，為民做主，以民為主。其中只有「人民做主」才是真民主。「以民為主」是為老百姓「施德政」，比專制獨裁的「為民做主」為佳，但還不是真正的民主。其實真正實踐民主，也就是為人文精神的發揚奠定了基石。

世界急遽的變遷，其為福為禍有許多不可預測，只要社會往真正的民主去變，這樣的國家社會必能屹立不搖，必亦無懼於種種的「變」。

（一九八七年一月《中央日報》海外版）

西洋裸體藝術之謎

楔子

西洋美術以裸露的人體為題材或表現的對象，在雕刻與繪畫中，成為主流。所謂「裸體藝術」，在現代中國，雖然已經不再如過去那樣以極偏狹腐舊的觀點，視若洪水猛獸，但認為有關風化，多少存禁絕之念；或以為裸體藝術之成為美的形象，不涉生理之慾，純為審美之觀照，與秋月春花一般高潔，不含肉體的意念；或以為藝術與道德無關，是絕對獨立超然，即使裸體於風教有傷，於藝術則不必顧慮；等而下之，或藉裸體藝術之名，販賣色慾，譁眾取寵。凡此種種，皆對西洋裸體藝術的缺乏正確深入之瞭解，甚至為誤解與冒瀆。一般社會人士觀念固然或有偏失，藝壇知名之士，也不無誤解歪曲者。

不從西方文化思想探其源，斷無法瞭解西洋裸體藝術之發生、發展與真義。

追求「人」的完美，以實現靈肉的和諧

所謂「西方文化」，其實以西歐為主導；而西歐文化，最主要的源頭是希臘。希臘文明之結束，距今一千六百多年；考其發源，則年湮代遠，未有信史，難以斷定。但我們知道紀元前第九世紀，荷馬吟唱著克里特島的讚歌，其時希臘文明已在地中海大放光芒。起碼綿延了一千多年的希臘文明，成為西方文化不可動搖的基石。威爾．杜蘭（Will Durant）說，在西方文化中，幾乎沒有一樣現世事物不是自希臘流傳下來的；英國學者梅恩（Henry Maine）認為：「除自然的盲目力量之外，世界上凡是動的東西無一不源出希臘。」又說：「一切文明國家在一切有關智能的活動方面，都是希臘的殖民地。」此處自然有些言過其實，不免有西方文化本位主義的偏見，但希臘為西方文化之礎石，則絕非空言。在古代世界，足以與希臘文明相提並論者，只有中國文化。

雅利安種的健康與古代中亞文化的混合，成為希臘偉大光榮的文化。希臘得自東方的智慧者甚多，但其民族的健康睿智與活力，使希臘成為人類歷史上的黃金時代。

亞里斯多德說：「希臘人具有北方民族的蠻力與歐洲民族的聰明。」黑格爾在《歷史哲學》中稱希臘為青春時代：「這種青春在官感的現實世界裡出現為具有肉體的精神與精神化了的肉感。」精神與肉體，善與美，希臘人認為是一物之兩面，無法分離孤立。美好的身體與美好的靈魂是必須相結合的；均衡與和諧即是唯一的目的；他們幾乎不能相信有精神的美，除非他反射在美的肉體之上。、

希臘人特別注重體育。我們從古代希臘遺留的瓷器與雕刻上，看到希臘人筋肉發達，四肢勻稱，線條規則，大眼直鼻，是人類最完美的肉體的代表。他們之熱愛體育，不是為了工作的預備或長壽，而表現為精神的關切；是要將身體發展為伸展意志的完美機體。身體的訓練即是靈魂的訓練；體育變成審美的培育。柏拉圖說，體育與音樂，其為用相同，即為和諧的產生。

和諧，是審美的也是倫理的。希臘教育最高的理想，是追求「人」的完美，以實現靈肉的和諧。和諧即秩序。過與不及都不是秩序，故適中（Middle）或中庸（Mean）是希臘人的箴言。他們對人體美的追求與讚賞，是淫縱與禁慾的中庸，猶諸勇敢為強暴與懦怯的中庸；節制為奢侈與慳吝的中庸。希臘對靈肉理性的健康的態度，大不同於楊朱之「快樂主義」，特重肉體之快樂，也絕無羅馬與日後諸宗教之禁慾主義。雖然蘇格拉底之後有施勒尼學派之亞里斯提布斯（Aristippus）倡肉體之快樂在精神之上，為西方「快樂主義」之祖，但於希臘精神，畢竟只是支流而已。

肉體與靈魂的調和合一，道德與審美的統一，肯定人的光榮與意義，這就是希臘的人文主義精神。普洛達哥拉斯（Protagoras）說：「人是度量萬物的尺度」。希臘沒有一神教，她的神話充滿人文主義的色彩與濃烈的人間性。希臘的神完全以人為藍本，不是迷信，而是自然的人格化。飲食男女，悲歡離合，諸神與人無異。西方文化由希臘奠定了基調，乃是熱愛現實世界，熱愛理智與生命，讚美男子的勇武，女子的嫵媚，崇尚自由與個性，追求靈肉的和諧，肯定由靈智、體魄、慾望、個性均衡結合的「全德」。這也正是希臘人所發現的，貢獻於世界，至今猶為不朽理想的現代精神。

東方的神祕與西方的理性形成強烈的對比

中國文化在人文主義與中庸等方面，與希臘頗多接近。辜鴻銘在「中國民族精神」中說：「能夠瞭解中國民族精神者，只有古代的希臘」。但是中國的人文主義過於偏重道德倫理，於肉體不甚重視，甚至不予尊重。中國雖然不興禁慾主義，但對「人」的重視缺乏靈肉並重之「全德」觀念。德行在上，肉體屈服於下。試看寡婦為了「貞節」的美名，苦行禁慾，而竟得到社會之讚賞，可知中國文化對肉慾之鄙視。然而在道德上鄙視肉慾，並非在行為上棄絕之。把肉慾貶為卑污，遂視為黑暗中猥褻之事。如此維護禮教，不免生出虛偽。中國藝術之所以摒絕裸體，主要原因在此。人體在中國不成為歌頌之對象，像南宋梁楷《八高僧故實圖卷》「圓澤託孕」一段中汲水的孕婦露出乳溝，在中國畫中甚為罕見。而暗地裡傳觀的春宮圖，卻無代無之。這種虛偽的行為，源於對人體不健全的觀念，也即缺乏靈肉和諧合一的體認。偏枯的道德壓抑了對人體的審美感情，中國的人體乃至人物畫，與西方比較，乃不可同日而語。

在東方，靈肉二元的觀念在數千年的歷史中佔據首要的地位，基本上漠視西方人所謂的真實世界的事物。認為肉體、慾望可能只是把靈魂向下拉的東西，或根本只是幻夢。在這種文化觀念的背景之下，裸體藝術當然不像西方一般成為熱情歌頌的對象。

埃及人所關注的是死亡，金字塔成為埃及最負盛名的文明。這種文明的代價是無數人類的痛苦勞作與死亡。生活的悲慘，對現世的絕望，便把希望寄託於冥世。教士的勢力則建築在這些痛苦與黑暗之上，製造神祕以鞏固其統治地位。印度的情況在這方面與埃及相近。東方的悲哀由於悲慘的生活、困乏與暮氣，造成傾向形上世界的追求，捨棄現世的努力。東方的「神祕」正與西方的理性、愛智與發達的官能形成強烈的對照。

希臘人在野花爛漫的山坡放牧，或在燦爛的陽光下，碧波萬頃的海上航行。他們發現了古代世界任何地方所不曾有過的生之喜悅。希臘所處環境不如東方之肥沃而安全，必須以智慧與體力方能應付自然的挑戰，但東方古國不論是埃及、中國與印度都是平原、河流與沙漠。沃土與安定卻造成保守，安定與單調，激奮不起生命力的飛躍。希臘人裸露身體的舞蹈，歌唱，各種競技與遊戲（是今日奧林匹克運動會的濫觴），在東方是讀經書、唸經、冥想與修道。在希臘羅馬多的是劇院、競技場；在中國是豪奢的帝王宮殿，在印度是僧寺，在埃及是墳墓。世界古代亞洲國家人民對王權的屈服，在希臘由個人自由的觀念所取代。以上種種的論點，並不在證明東方文明沒有偉大光輝的地方，而在說明文化哲學的背景，世界觀人生觀的背景，是藝術發展的性格取向之根源。要瞭解西方裸體藝術之真諦，不經由這個方向深入探索，斷不能有真正的瞭解。

人體藝術是西方美術的主流，裸體藝術則是這個主流中的主流

但是，希臘的光芒，曾經為中古時代希伯來思想所掩蔽。象徵中古的歐洲的是教堂的鐘

樓——專事召喚靈魂捨棄罪惡的肉身歸於天國。著《思想自由史》的英國史學家柏雷（John Bury）稱中古為「理性入獄的時代」。拜占庭（Byzantine）的美術是枯槁嚴飭，平板而精細。聖嬰耶穌像一個衰敗的老人；成年的耶穌則像望而生畏的法官；聖母的雙眼像杏仁一般。任何人物都如同曬乾的魚脯；只是「靈魂」的符號，不是鮮活的肉體。到了文藝復興時代，西方文化的活力，藝術的生命才重新甦醒。以佛羅倫塞為中心的文藝復興，重振希臘藝術的光輝，乃是人文主義、自由、熱情的再發揚。義大利人覺得肉體並不可恥，而是美的，可愛的；人不是帶罪等死，預備進入天國的可憐蟲。拉菲爾的聖母是豐盈肉感的，一如健美的村婦；米開朗基羅的雕刻，聖母抱著裸體的基督屍體，聖母似乎比基督還年輕——他是把聖母當作人間最純潔美麗的女性來塑造，不是神化了的偶像。

自文藝復興以後，繼承希臘傳統的裸體藝術，一直綿延到現代。幾乎沒有哪一位偉大的畫家沒有裸體的傑作。而西洋藝術的習作，更一直以裸體為最主要的對象。可以說如果把裸體的藝術作品悉數剔除，西洋美術便將黯淡無光。人體藝術為西洋美術的主流；裸體藝術則是這個主流中的主流。這是無可爭辯的事實。

正如中國人找到煙雲縹緲的山水，負荷道德使命的「四君子」為永久的藝術題材，西方人以人體為永不怠倦的藝術題材。基本上說，中國藝術是比較觀念化的，高邁而虛緲；西方藝術是較現實性的，入世而真切。在宇宙中，人的肉眼所能審視最美妙的對象，也是人類最親切，最熱愛，最能引動激情的視覺對象，無過於人類的肉體——為靈魂之所寄託的生命實體。

西方數千年來美術巨匠的傑構，讓我們透過巨匠的心靈以及他們卓絕的藝術技巧，發現人體美；也讓我們經由視覺諦聽西洋藝術家對人體美永恆的讚歌。

美麗的肉體與純潔崇高如何有勢不兩立的矛盾？

人體之美，大概有其美學上的因素，甚至心理、生理上的因素。威爾．杜蘭說：「性愛之精力，灌溉著藝術家的創作熱情。」這種藝術家創造了愛情的詩、畫、音樂，但性愛和藝術焚毀了他們。而由理性與智慧所主宰的藝術家，克服了情慾之痛苦，昇華為藝術之光。不論是放縱或昇華，弗洛依德的所謂性力（libido），總不失為創造力重要的源泉，端看如何宰制。肉慾在宗教與道學心中普遍地被視作罪惡，究其實，肉慾本身不一定是惡。肉慾之成為罪惡，是在佔有，甚至非份的佔有，剝奪了被佔有者的幸福，而且造成社會規範的破壞，於是而為「惡」。性愛而只關注於器官的快感，則獸性增加，人性減少。貪婪的性愛不只造成社會的混亂，而且於個人為精力的消竭與疲倦。疲倦是靈感的戕害，美感的死滅。裸體藝術正好與貪慾相反。因為藝術的欣賞是普遍性的分享，不是獨佔，故永不疲倦。是在於提昇慾望為美的情感，非供給器官的滿足；是以引發對生命的欣悅，躍動生命青年之活力。辯稱裸體藝術完全與肉慾、性愛無關，是「無關心的美的觀照」，是「純潔崇高」，只能說不過為一知半解之言。希臘人不理解為什麼卓越的靈魂為美，健康勻稱的身體為醜惡？也不理解美的靈魂沒有肉體相結合，靈魂的美何在？如何表現？我們再試想想，美麗的肉體與純潔崇高如何有勢不兩立的矛盾？而肉體的愛何卑污之有？沒有靈魂、不道德（欺騙、賣淫、強迫、損人利己等）的性愛之卑污，乃是因其沒有靈魂，不道德而卑污，與天經地義的兩性之愛何涉？

美常常有從需要而起者。健康的心理與生理對肉體的需要，使我們發現人體之美。

此外，由美學上言，人體之美，首先因其具有形式美之條件。亞里斯多德所謂變化中的統一，一直成為美的形式原理。人體的結構正符合這個原理。四肢對稱，而以頭部為人體之中心，此是整齊統一。人體常在動作中，因而不停變化。但變化而不失均衡，乃因動作必須保持重心。如雙手向左上擺，右腳必向右方踢，才能保持自然的平衡。此外，雙腿與雙手形狀大同而小異；腹與胸異中有同；五指同中有異……變化中之統一或統一中之變化，雜多中之齊一，即是普遍性與特殊性之和諧統一，是為形式美之原理。

其次，凡圓的、柔軟溫暖的東西，給予吾人者為愉悅、圓滿、和諧之感。人體正具備這些特質。頭顱與圓柱形的肢幹，尤其女子的乳房與大腿都最充分具備這些特質。由明暗的變化來看，凡圓的物體，其明暗變化是緩慢的推移，形成漸層之美，最富於柔和的變化。

人體之色彩，是調和中有變化，而且是溫暖的熱色，予人以溫煦之感。血液在皮下運行，周流不息，故人體之色彩，時刻在微妙的變化之中。而頭髮明度最低，牙齒明度最高，形成對比，打破肌肉過於調和中的單調。眸子最光滑明亮，成為人體中最吸引視覺之處。

筋肉之張弛，身體曲線之律動，動作變化中之均衡，都使人體在複雜多樣中規律而統一；最完美的節奏與韻律，造物中以人體為極則。

在西方歷代傑作中，為什麼裸女多於裸男？

西洋裸體藝術，在十九世紀之前，大都以神話、宗教、歷史、文學為主題。繪畫在過去漫長的歷史中，不分中外，最重要的意圖無疑在將某一人文主題翻譯成視覺的形象。文學與繪畫尤其常常視同孿生姊妹。希臘哲學家及傳記家普羅太克（Plutarch）在〈希臘人的文治武功〉文中記載希臘詩人西蒙尼台斯（Simonides）曾說：「畫為無聲詩，詩為有聲畫」。中國也有同樣的觀點：「少陵翰墨無形畫，韓幹丹青不語詞」（蘇東坡）；「李侯有句不肯吐，淡墨寫作無聲詩」（黃山谷）。神話、宗教、歷史乃至思想，表現為語言文字，也是廣義的文學。繪畫一直確是文學的圖象。這些人文主題固必然以人為主角，但畫為裸體合乎事實者就不免太少了。然而西方人不以為忤，不以為褻瀆；尤其將「神」以裸體出現，在中國人看來更不可思議。此均表現西方人對肉體之基本態度。因為西方對人體赤裸裸的真實之正視，欣賞，讚美乃至崇拜，故在藝術的表現技法，積數千年之經驗，有極深厚之傳統。解剖學不只在課堂上講解，甚至在屍房實地觀察。中國之人物畫不合解剖，雖別有妙諦，但比較客觀的寫實主義傳統在中國未之曾有，也不能不說是一遺憾。

男子之健壯俊偉，女子之豐盈柔媚，西方歷代傑作，令人歎為觀止。從裸女遠多於男子的事實，也可知西洋裸體藝術明顯的傳達了異性愛的熱情。因為歷史上美術大匠為女性者猶如鳳毛麟角，故在男子的渴慕與激情中以女性的肉體為表現的焦點。女性之美，凡生命活力尚未消竭的人均將激起無限之嚮往，無限之熱愛。視覺形象之美感，不是文字語言所能取代。裸體藝術雖然以文學為主題，但其造形語言所建立之形象，本身具備了獨立而永恆的價值。

現代裸體藝術更傾向感性、現實的特色

近代以降，西洋裸體藝術有了本質上的改變。繪畫擺脫了宗教、歷史與文學的限制，尋求繪畫自身純粹獨立的意義。裸體藝術在內容上不再是故事角色的描繪，乃以純粹裸體美為主題；在技巧形式上，偏重於主觀造形語言獨特性的追求。結構、造形、色調、筆觸……等隨著不同流派，不同藝術家而呈萬花撩亂的特色。裸體藝術至此，真正是將裸體作為單純的對象來對待。藝術家所致力的在於對人體的個人化的感受；人體對於藝術家則為藝術表現所運用的素材。現代裸體藝術自藝術的獨立性、純粹性而言，是大量增加了；自內容而言，因為捨棄了過去的各種主題，以形式造形為主題，正逐漸走向形式化、個人化的傾向。視覺藝術如果完全摒絕與文學（廣

義的文學）的關聯，純以造形「手段」為「目的」，有沒有更光輝的未來？這正是西方現代藝術未有答案的疑問。

與過去的傳統相比較，現代裸體藝術更傾向於感性的、肉感的、現實的特色。相對地，過去的裸體藝術則呈現較多觀念化、理想化的素質。十八、九世紀以前，不論男女，裸體藝術主要在表現人體的韻律與神采，所塑造為肉體美的典型，對兩性器官絕少清晰暴露，而且予以概括或修飾。表現在常常以樹葉或巾帶的掩蔽，或器官部分的模糊。即使表現性器，常較其真實為小為簡單，且絕少描寫陰毛；器官的興奮更絕未曾有。現代裸體藝術以逼視肉體，故陰毛及器官之描繪甚為寫實。表現主義、立體主義等流派則去寫實較遠。有些畫風乃至發展為傾向於抽象之形式。但自所謂超寫實主義興，矻矻於纖毫畢現之「開麥拉眼」之模寫，裸體藝術的「典型」的觀念與造形獨特性俱失，成為赤裸裸肉體之還原。

弗洛依德學說使登徒子大為興奮，因為他們找到靈肉分離，放縱慾望的寶典。其實都是曲解。正因為有許多魚目混珠的裸體作品出自庸俗卑下的動機，遂使裸體藝術之誤解與曲解愈甚。大畫家如畢卡索有些素描作品竟與春宮無異，足見現代裸體藝術正暴露了西方現代文化重肉慾的特色。

整部西洋裸體藝術史，不僅是西方藝術發展主流的呈現，同時也是西方歷史、宗教、文學、生活、文化思想的反映。而回顧從希臘開端的西洋文化史，正令人不勝低迴，而興古典的懷念。

（一九八一年三月）

藝術與色情

一、表現的自由與兩難之局

民主社會對於「言論自由」的保障，為維護人權之一要項。廣義而言，所謂「言論」，涵蓋了透過語言、文字以及一切具有傳達功能的「符號」（包括色彩、形狀、聲音等媒體），表達對於宇宙萬彙、人生社會的種種思想、見解、感受與反應。言論的自由與表達的自由，是民主社會重要價值之一。在歷史上，人類為爭取這個自由，曾經長期付出了罄竹難書的血淚代價。民主社會之為近代歷史之主流，受到人類普遍的歡迎與愛戴；民主國家不惜以一切代價保衛這個制度；共產國家的人民不惜冒死投奔自由世界，都體現了對這個重要價值的嚮往、渴慕與追求。

表達的自由既然在民主社會不應受到限制，但是對於損害國家整體利益、曲解事實或傷害他人權益與名譽的言論或其他表達行為，則都仍須受到某些法律之約束。民主社會個人表達的「自由」與「節制」兩者不但有明晰的界限，而且相輔相成。某些「節制」是為了保證人人能享有表達自由的真正價值。

然而，藝術上的表現，在自由與節制之間，常常極難分辨兩者之界限。一方面為要維護創造性藝術表現不受阻抑，而竭力追求藝術表現的自由；一方面為要維持群體秩序與社會風尚不受毀壞，而竭力主張藝術表現的節制，如此遂呈現一個兩難的困極。造成這個兩難之局的原因，第一是藝術的表現，一般而言，不致構成對於國家或他人之損害，故無法由法律施以約束；第二，藝術的表現容許虛構，不能以現實之真偽為衡量；第三，藝術的表現為民族創發力之生機所在，藝術有其獨立之價值，不應假借其他藉口加以壓抑；第四，對於逾越藝術表現自由之界限與不當之表達，既非法律所能約束，只能訴諸道德。而道德訴諸良心的判斷，沒有如同法律具體之內容與強制力，而且道德規範常因時因地而有某種程度之變異，極難把握其標準與分際。

關於分辨「藝術與色情」的討論，極不容易有足以服人的見解，固然由於多數人對於問題的本質缺乏認識，亦正說明這個問題之複雜與弔詭。依個人的看法，「藝術」與「色情」並無清晰之界線。不過，客觀而深入的討論，則有助於對此問題的體認，以擺脫矻矻於尋覓子虛烏有的那條「一分為二」的界線的愚騃，亦有助於對藝術之本質更正確的認識。

二、超越的表現，不受現實的裁判

「色情」本是自然存在的事物。「色」，應該是指「異性的美色」（當然男女均有「色」；

「色」字在此即異性的肉體）；「情」，應指「情慾」（可包括精神到肉體各不同層次，如：「情愛」——「情慾」——「性慾」；「情慾」也可包括含有道德判斷的不同層次，如：「性慾」Sexual Passion 或 Sexual desire——不含褒貶。「色慾」或「淫慾」lust——含貶義）。由異性肉體的刺激而生情慾，或由情慾的需要而對異性肉體產生渴求，一種是「自然的存在」，一種是「自然的反應」，本來無所謂善惡，無可反對。人體本身就是一個「色情」的對象。但是有了「文明」，社會有了法律與道德的約束，為的是社會秩序的維護。「自然的存在」與「自然的反應」在文明社會中遂有了某種限度的限制（這限制因不同社會，不同時代而有不同觀點與尺度）。在游泳池畔的女郎不能完全裸裎；異性的某種「自然反應」不得公然暴露。違反了這些限制，便要受到法律的懲罰以及道德的指責。

所以，對於「色情」的反對，不能不先有明確的認識。第一是「色情」本來無可反對，也不能消滅；第二是「色情」行之於不恰當的對象，不恰當的時間與場所，足以引起對社會的危害，諸如秩序的破壞，道德的淪喪，才應該受到制止與反對。

而以上的限制（不論是法律或道德），都只能施諸「現實」中的人的行為。比如說，殺人有罪。但幻想殺人或畫一幅殺人的圖畫，或模擬殺人（舞台上或電影中）並不犯罪。藝術恰恰是超越「現實」的一種表現。藝術的表現，只在藝術中，不與「現實」短兵相接，而且與現實有極分明的「距離」。某些小說中的人名與情節在現實中似乎「呼之欲出」，但並不採用完全的真實，以免構成誹謗（有些時候怕因「巧合」而引起誤會，常附加說明，以免觸犯法律）。除此之外，法律不能對藝術發生效力，正因為法律只能對現實中的人的行為採取措施，故對於幻想的、虛構的、藝術創作的種種超越現實的表現，不能施其技。所以，藝術的表現，便不受現實的裁判。法律對某些藝術中的「色情」問題加以干預的唯一途徑，只有訴諸維護「公共道德」的理由。譬如：妨礙風化、敗壞善良風俗等名目。

三、道德與藝術各有不相同的獨立價值

道德對於人類文化，對於人類社會，具有崇高的價值，當無可懷疑。但是藝術與道德是屬於完全不同的範疇。正如真理不能以道德的判斷為判斷，藝術的價值一樣不能以道德判斷為依據。因為對於人類，真理的價值與美的價值都不是道德所能包辦或代替的。

藝術表現的對象，是整個宇宙人生，極其廣袤而自由。大部分情況，藝術的表現並不常常必然與道德發生衝突。但在有關表現人生、人性、人體的題材中，有時與社會的道德規範，習俗，宗教律則有某種程度的矛盾衝突，因而常為某些人所詬病。

我們得認清美與善有相和諧之處，也有不相和諧之處。尤其與現實的通俗的道德教條，不可能盡相合拍。因為藝術的表現，涵蓋了極廣袤的範圍，宇宙人生的各種存在，各種現象，藝術都可將之作為表現的題材。尤其對於人性的真相，藝術（尤其是文學、戲劇）企圖予深刻的揭示。

道德的對象是人的行為，而藝術有更遼闊的境域，有其自己的目標，也有其獨特的價值，斷不可能臣服於道德之下，在道德允許的範圍內活動，受道德的限制。古往今來許許多多偉大的藝術創造，不在於勸世，不在於給人生以道德的訓示，更不在於消極地告誡如何遠離罪惡，避免犯錯，雖然有時藝術亦提供了這種種功益。不論善惡，對於宇宙人生所有的一切，揭露其真面目，顯示其本質，提出藝術家別具隻眼的見解，抒發藝術家的感嘆，是藝術創造更高遠的目標。

以道德為唯一的價值標準，藝術將失去自由追尋的活力，為道德做宣傳教育，藝術將淪為道德的奴婢或工具，將喪失藝術的獨立價值，藝術的光輝亦將黯然失色。

所以，道德的判斷如果可以用來「整肅」某些不合道德規範的藝術創作，那麼，或許可以求得社會表面的「純淨」，但是，藝術的創造力將受到壓抑，藝術表現的範圍將因而狹窄，生命力不能奮強，意志不能飛躍，想像力創造力有了束縛，感情不能奔放，則整個民族文化所蒙受的深重損失，實難以估量。藝術如果只重視「道德的功利主義」，民族的生命力就要衰弛。所以，以道德來審判藝術，只是一般對藝術缺乏深刻認識的人一廂情願的「良策」。事實上，除了極權國家與宗教國家之外，自由國家從不容許假借任何理由，以強制的方式來阻抑藝術的自由。歷史上有以道德來禁止某些藝術的事件，但藝術自由終於獲得最後的勝利。

不過，濫用藝術的自由，打著藝術的幌子，從事低級趣味的假藝術或庸俗的商業藝術的製作，雖不一定受到法律與道德的裁判，終必在嚴正的藝術批評之下無所遁形。

四、真假藝術中的「色情」

有了上面的分析，我們已知道「色情」不能消滅，也不能含混「反對」；也知道維護藝術創作的自由的重要，差不多同人權與言論的自由同等。因為它關係到民族文化的盛衰，民族生命力的強弱。但是，假藝術之名，販賣色情，當然為我們任何人所反對。那麼，「色情」在藝術中到底真相如何？為什麼藝術有時會有「色情」的內容？而怎樣辨別低級趣味的、商品的「色情藝術」與純為色情的「假藝術」？

真正的藝術（包括文學在內），因為直面宇宙人生，任何人生真相都為藝術表現的題材。而許多藝術的創作動機、靈感、心理因素，正來自愛情與慾望。所以，含有「色」與「情慾」成分的藝術，並不妨礙它之為純正的真藝術。換句話說，這種藝術之好與壞，不因為「色情」而決定其好與壞，還是因為其藝術的優劣高低而決定其好與壞。有些「藝術家」辯稱藝術中沒有色情，心不「正」的人才從藝術中看到「色情」。殊不知這也是對於藝術的另一種無知。與色情有關的藝術，大約可分為三種：第一種是題材方面的。表現人生的愛與慾的糾葛；人生中變態性慾的一面（如亂倫、同性戀、強暴……）等等。譬如《紅樓夢》、《金瓶梅》、《查泰萊夫人的情人》、《威尼斯之死》、《洛可兄弟》……。第二種是色相方面的，多表現於繪畫上。如戈耶的裸體的瑪雅、雷諾瓦與莫迪良尼的裸體以及畢卡索的許多男女裸體畫作等等。第三種是由愛與慾的心理動機所激發而創作的藝術。這種藝術常常將性的渴望與激情，通過象徵性的表現而宣洩出來，或表現為苦悶、孤獨與發狂的激越。這種藝術不勝枚舉，梵谷、孟克、達利等畫家，都是典型的例子。

不論是哪一種情況，真正的藝術目的在揭露人生與人性的真相，表現藝術家的所思所感，讓我們更深刻地透視人生。就第一種而言，即使是表現人性的黑暗面，醜惡面（如亂倫、妒恨、淫慾等），亦為的是呈現赤裸裸的人生，啟迪我們的良知，引發我們的同情與反省，以為人類尋找救贖的途徑。這一類藝術有其嚴肅的題旨，並非以刺激淫慾，挑逗性趣為目的。黃色書刊電影之所以不是藝術，而是罪惡的商品，也正因為只是肉慾的展現，不能與藝術同日而語，當無庸贅言。

表現色相的藝術，多為視覺的造型藝術，如雕塑、繪畫、攝影的人體藝術。其為藝術，因為人身是一切自然造物中最具形式美條件的對象。所謂變化中的統一，正是人體結構之特色。四肢對稱而上下肢相似而不同；以頭部為人體之中心，肢體任何活動，都必須保持均衡；胸與腹以及五個指頭，都體現了同中有異……人體是統一中之變化或變化中之統一的典型例子。其次，人體基本上是圓球體與圓柱體所構成，其質感是柔軟而有彈性，其明暗為漸層變化，故最富和諧、婉約之美。人體的色彩，也為調和中有變化；溫暖的暖色，予人溫煦之感。而血液在皮下運行，周流不息，故人體之色彩，時刻在微妙變化之中。而頭髮明度最低，牙齒明度最高，形成對比，打破過於調和的單調。眸子最光滑明亮，成為人體中最吸引視覺之器官。五官之精緻與軀體之單純，亦形成對照，即聚散疏密，極盡變化。筋肉之張弛，身體曲線之律動，動作變化中之均衡，都使人體在複雜多樣中規律而統一。最完美的節奏與韻律，造物中以人體為極則，無可置疑。

以人體為對象的畫家或雕塑家，並非以肉體之「性感」為表現之目的，而是將人體作為造型的素材，表現其視覺形式美之形相，著眼於人體之結構、韻律、比例、體積、色調、質感、空間、色彩、光暗等元素之組合與主觀之經營，以顯示藝術家之造型風格，表現其對人體的觀察與探求的種種觀念與情趣。故真正的人體藝術並不在於「模特兒」是否漂亮，是否性感，是否青春美艷。

但是，販賣色情的假藝術或低鄙的商品藝術則迥異於是。不但毫無內涵，而且每以性感美艷的肉體，渲染肉慾的氛圍，誇大器官的描寫，或力求逼真，並以甜美的色調，引人產生純感官的快意。一切只有肉體與性慾的呈現，缺乏思想內涵，而且缺乏嚴肅的造型手段，獨特的表現技巧，只有誘惑的肉慾，沒有靈魂的製作，不論是文學或美術，都是假藝術或低級趣味的商品藝術。

其他以象徵手法來暗示性的興趣，如果沒有內涵，都談不上是真正的藝術。因為沒有精神上的提昇，造型技巧的耐人尋味，只是感官的刺激，赤裸裸的色慾的呈現，都只是對藝術的褻瀆。

五、「衛道」與「浪漫」的虛偽與庸俗

色慾為人生存在之事實。是歡樂與痛苦無盡之源。情慾可以使人生無限渴慕，激發人類的生命力與創造力，產生詩與藝的激情，但也可以成為卑污罪惡，戕害社會與個人的毒物。不論是歡樂與痛苦，情慾之成為文學藝術重要題材之一，乃是由人生之本質所決定。托斯陀也夫斯基在《卡拉馬佐夫兄弟們》那部小說中，神父向卡家老大深深鞠一個躬，不是向老大的德行致敬，乃是因為他有極強烈的情慾，他將承受人生煉獄最慘酷的摧折。研究金瓶梅的孫述宇先生說到這與對貪慾的西門慶一樣，「那是作者向人生之苦致意」。這一句深刻的警語，令人不禁掩卷太息。

真正的藝術，涉及色與慾，不論立意如何高深，態度如何嚴肅，技巧如何卓絕，都逃不掉受到「衛道」之士嚴苛斥責的命運，古今如出一轍。我認為「衛道」者一方面是對文學藝術根本缺乏體認，一方面是對人生真諦缺少同情了解，再就是顯示了「衛道」者本身生命力的衰頹。柏拉圖在《共和國》一書中說過：「我們寧肯讚美老年人，因為他們終於解脫了一直使他們不安的動物激情。」上了年紀的人，實在應多憐憫「血氣方剛」的青年與壯心不死的藝術家。異性的美色在青春為渴慕，老年卻為厭惡，這還是過於順從生理的作用，不是審美的態度。至於「衛道」者老年人較多，他們擔心表現人生真相的，有關情慾的藝術將使社會腐敗，下一代受誘惑而變壞，實在出於妒忌與健忘，因為他們忘了自己生命力正常時代的情況。不論如何，真正藝術中所表現的即使與色慾有關，我們都應持尊重的態度，因為藝術同人生一樣永恆。「人慾」也是「天理」

的一部分。衛道者不但看不到藝術的高情深致，而且企圖以道貌岸然的申斥來誅殺人生的真相，此只是虛偽。

而某些人則假借「浪漫」來為沉湎色情做藉口。我們認為一切沒有深度的藝術，尤其以肉感官能的刺激為目的的描寫，若不是商品藝術，即假藝術。因為那僅是單純的動物本能的膨脹。把肉慾當成人生最主要的內容，以縱慾為「浪漫」，是極庸俗的誤解。實在是對藝術的侮辱，也難怪連累到正當的藝術不為衛道者所信任，甚至屢遭反對。

六、人生世界，價值多元

藝術作品總要透過展覽、演出、紀錄、印刷等方式，傳播於人間。而站在公共道德的立場與站在藝術創作自由的立場，產生了矛盾衝突，所以有了在「色情」與「藝術」之間，找到一條分明的界線的期望。事實上，這個期望必定落空。道德與審美，本來就不若自然科學有客觀的標準，可據以做精確的判斷。藝術較道德，更缺乏客觀的普遍性。因為道德有其社會性，不由任何個人所創發，而藝術常常是由藝術的創造者不斷的開拓、創發而刷新標準，因而改變評價的觀點。要找到一個立足點，同時找到道德與藝術共同的裁判準則，實際上是永不可能的事。

沒有共同的評價準則，沒有共同的立場，似乎令人沮喪。事實不然。依我的看法，這毋寧是很自然的、很合理的事情。因為人生世界，本來就是複雜豐富；人生的需求，本來就是多種多樣；人性的內容，本來就是駁雜微妙。只有承認並尊重人生世界價值多元的本質，承認並尊重人生各有其志趣，各有其需索，各有其信仰，各有其品味，人生世界才能保持永遠的安寧，自由、豐富、廣闊與生生不息的繁榮綿延。價值的多元化，方能使得各個體保有其獨立的尊嚴。因為價值的一元化，必產生鬥爭、壓迫、互不容忍、互相殘害，而造成文化的枯萎，社會的死寂，人生的蒼白貧血。

篤信宗教，崇尚道德，酷愛藝術，都應該得到尊重，不應受到任何壓制。但是，欺騙大眾的「邪教」，動搖社會倫理道德的邪說劣行與挑動淫慾的「假藝術」，應受到社會大眾的拒絕與唾棄。

價值多元論者認為人間一切為增進人生的自由、安寧、豐美、幸福的事物，都有其價值；即使這些價值與價值之間，有時候有了齟齬，也絕不應以任何其他的手段來壓抑某種價值，助長價值的一元化。價值多元論者認為多樣的均衡，尊重與包容，和而不同，相異而共榮是最健康，最合理，最「文明」的態度。駿馬西風與杏花春雨各有情趣；獨善其身與兼善天下各有選擇的自由；格物致知與撚鬚苦吟各有貢獻；愛與美的追求與修身求道，各有志趣；鐘鼎山林、陽剛陰柔、獨木橋與陽關道、象牙之塔與十字街頭……皆各有價值。人生世界之廣大豐美，複雜繁富，生生不息，構成各種生命的情調，各種人生的型式。為要維護並保障人生世界永無止境的創化、發展、繁榮，必須承認價值是多元的。只有尊重各種不同價值，才有多姿多采的文化，繁茂壯麗的人生世界。儒家所謂「萬物並育而不相害，道並行而不相悖」，就是價值多元論的真義。

以「色情」的公開傳播來圖利，原是極卑污的行為，不但要受到法律與道德的制裁，在藝術上一樣站不住腳，必受到唾棄。而藝術與道德的矛盾，卻不宜用政治權力來解決。以政治權力來解決，雖然是最方便痛快的辦法，但是傷害了多元化文化生機的命脈，也即傷害了民主自由社會的元氣，得之於近，失之於遠；得諸小，失諸大，是得不償失。

如何透過嚴正的藝術批評來釐清真偽藝術之間的分際，來揭露批判庸俗低劣的作品，以維護藝術的價值不受歪曲；如何透過教育與文化環境的提昇，來培養國民的品味力，增進國民的氣質，使破壞公共道德，污辱藝術的「色情」販賣為社會所共棄，才是根本的途徑。

（一九八三年十月二十六日《文訊》月刊第五期）

什麼是「批評」

《藝術家》雜誌社要大家在紙上座談「當前國內藝術評論的檢討」這個題目，並擬了一張討論提綱，共七項問題。其中有「如何建立我國的美學和藝評制度呢？」及「如何推展藝術評論的公正和權威性呢？」等等。我覺得如果照「提綱」來談，不過是另一次「各說各話」，不能切中問題的核心，便只是空議論而已。我覺得應談的是這七點「提綱」之前的更現實而根本的問題，那就是：「我們真的要批評嗎？」

我認為中國社會缺乏嚴肅的、真正的批評，主要原因不是別的，主要是我們差不多普遍地不喜歡「批評」這東西；我們並不真要「批評」。雖然所謂「批評」的文章，寫的人也不少，報刊也常常發表，但是，什麼是「批評」？「批評」應遵守哪些紀律？「批評」的意義與價值何在？這些重要的問題，不但一般人不大瞭解，創作藝文作品的藝術家不大明確，就連寫批評的人也不盡深切認識，嚴格遵守批評的紀律。所以，在這樣的現實環境中來談藝術評論的功能與權威的建立，不如先談談我們為什麼不歡迎真正的批評？

國內兩本美術月刊，後面都有為數可觀的畫展「評介」。這些也應屬「文藝批評」的範圍之內的文章，但都用筆名與假名發表，而且一律是捧場文字。——我們藝術界真正需要的就是這樣的「藝評」，雜誌社也欣然支持。這不正說明我們並不真的希望有嚴肅的、公正的批評嗎？

說到「如何建立我國的美學和藝評制度」，這裡面在觀念的認知上頗有問題。我們在報刊上也常常讀到類似的說法。其實，「美學」怎麼可能有「制度」呢？而「藝評」也一樣不能有「制度」。六十九年七月《雄獅論壇》邀稿，我寫了〈評論與價格〉一文（現收入拙著《風格的誕生》中）。六年之後，大家還存在「建立藝評制度」的誤解，我不能不再予以說明：

「制度」（System）是指構成一個組織、系統、體系所遵循的法則與紀律。粗淺而言，制度便是「制約的法度」。藝壇並非一個有組織的系統，藝術家從事自由的創造，評論家自由的寫作，請問由誰來訂立制度？有誰肯接受制度的限制？又由誰來監督、檢核制度執行的情況？由誰來判決誰違反制度？而要受到什麼樣的「懲罰」呢？在自由社會中，學術與藝術自由競賽，批評也一樣自由發表，不可能、也不應該有一個「制度」來做裁判。批評的權威，完全在「自由的競賽」中慢慢形成——是在學理上，在分析的周密與客觀上，在對藝術的理解的正確與深入，有獨到見解，而且言之有據，在足以信服的判斷上建立了批評的權威——絕不是自「制度」所產生。自由社會與極權社會，正在此處有了分別。

「建立美學與藝評制度」的想法是錯誤的。批評的自由，正如「自由經濟」的自由一樣，並不至造成混亂。優勝劣敗，適者生存。那些立論不穩固，欠缺公正客觀，毫無學理依據，完全是主觀臆想，或夾雜非理性的情緒，甚至做人身攻擊或吹噓誇大的「批評」，必很難有發表的機會；縱使發表，讀者也少，而且無法引起共鳴。而且，批評的批評，也使之難有立足之地。所以，要使批評發達，批評水準提昇，最好的辦法不是建立制度，而是維護自由環境，推崇理性精神，支持嚴肅客觀的態度，對認真的批評者予以尊敬以及提高批評寫作的報酬。

在批評未發達，態度未端正認真的社會中，必不可能先求有一群專業批評家產生。我們便必須發揚古人所說：「不以人廢言」的精神。如果批評的言論本身持之有故，言之成理，便應得受到尊重。批評的權威應該在於「言論的權威」，而不在「人的權威」。任何能發表有價值的言論的人都有資格從事批評；真正優秀的批評不是仰賴專門唸「批評」的博士來做的。「因人廢言」，也是一種非理性的偏見。

批評（critique），包括批評對象優、缺點客觀的分析、評價、讚揚與批判，我們古人叫「褒貶」、「月旦」、「臧否」。孔子作《春秋》，「寓褒貶，別善惡」。數千年中國社會，雖然多半對孔夫子非常推崇與尊敬，但多少歪曲孔子實事求是的精神。孔子有「惟仁者能愛人，能惡人」的話，孔子也抨擊鄉愿。但後世津津樂道的是「中庸」、「溫柔敦厚」，而且歪曲成「中立而庸」的不辨是非真假，以及誤解「溫柔敦厚」，正造成相當普遍的鄉愿態度。連晉朝極有個性的狂士如阮籍，《晉書》也說他「籍雖不拘禮教，然發言玄遠，口不臧否人物。」可見他還相當滑頭。

中國社會缺少批評的精神，甚至可說對批評相當厭惡。「批評」兩字，在日常語言中，簡直變成「罵人」的同義語。一個所謂溫文爾雅的人，常能得到長者的稱美，他最重要的修養，便是明哲保身，對人、事、物不涉批評。或甚而一味奉迎巴結，美言抬捧。事物的真假、是非不重要，「人和」與「人緣」才重要。

中國社會缺乏嚴辨是非真假的意願，追求表面的「和諧」，卻普遍的虛偽和造假。顯示了理性不夠發達，這可能是中國科學不能不斷發展，社會進步非常困難的根本原因。對於求真缺乏強烈的意願，亦是中國文化中泛道德主義的流弊所使然。泛道德主義的特點是凡事凡物的評價，皆以道德為皈依；道德為一切事物價值判斷的最高、唯一的原則。批評在明是非、辨真假、別善惡、彰美醜，在對事物真相與本質的分析與判斷，在泛道德主義者看來，似乎在批逆鱗，發隱私，與人過不去。批評遂與和氣、與人為善、厚道等道德宗旨相背。其實，批評並非只是道德的判斷，還有知識與審美的判斷。況且道德的批評，旨在促進德行的提昇，不論褒貶，都有其正面作用。但中國人總寧可守「道德」而廢批評，並誤將批評視為有傷德行之事。總把批評當做說人「壞話」，是不給人「面子」，是打破人家飯碗，是破壞人際關係，是傷和氣，是「其器小哉」。中國傳統社會的通俗格言，如「病從口入，禍從口出」；「閒談莫道人非」；「處世戒多言，言多必失」；「是非只為多開口，煩惱皆因強出頭」；「閉門深藏舌，安身處處牢」……當然有某一面的至理在，但是中國批評事業之不發達，也由之可知其社會心理基礎之所在。在過去農業時代，人際關係範圍狹窄，批評難以發達。現代社會已與傳統社會大不相同，不論是學術批評、文藝批評與社會批評，都是促進進步與發展的巨大力量。但是傳統社會畏懼批評，厭惡批評的心理並未消退。受歡迎的「批評」只是歌功頌德與送花籃式捧場文章。真批評被視為「製造仇恨」，假批評是「廣結人緣」。期望批評之茁壯，難乎哉！

期望批評發達，首先要正確了解批評的意義、功能和價值。另一方面，要遵守批評的紀律。譬如：批評不可做人身攻擊；批評要謹守所批評事項的範圍，不可節外生枝，東拉西扯，遠離範圍，批評的對象若是事件、觀念或作品，不應涉及與該對象有關的人本身；批評不免要下判斷，判斷要有根據，而且要以理性的語言做盡量客觀的判斷，不可以情緒語言做主觀感情的宣洩。（舉例而言，如果我們批評某人文章的錯誤，要分析指出錯誤所在，是什麼樣的錯誤，我們不能說「這樣幼稚，連小學生都不如」。理性語言與情緒語言不同處正在此。）

凡公眾事物，或既公開於公眾的事物，或與公眾發生關係的事物，就可以成為批評的對象。反之，則屬於個人私密範圍，不可以作為批評的對象。比如一個人在家中唱歌，只要不妨礙公眾安寧，他人不必批評。如果上台演唱，就不能禁止任何人批評。批評一般對象是人為的事物與觀念，但人物的批評也不能禁止，如果此人成為公眾人物的話。古人所謂「知人論世」，西洋人對公眾人物作公開批評，許多傳記也寓有批評的意義。因為公眾人物就不屬個人私密。「人怕出名豬怕肥」，此之謂也。

我們應該期望有健全嚴肅的批評。沒有批評，就沒有真正的榮譽，也不可能不斷進步。批評好比防腐劑，沒有批評就容易腐敗；批評又好比醫生，能使學術、文藝與社會保持健康。當然，批評不能成為殺手，專門暗算；批評也不是媒婆或江湖術士的油腔滑舌或賣弄玄虛。

（一九八六年六月廿二日）

慾望・美感與藝術

中國社會對於裸體的美，或藝術上人體的表現，有很多的誤解。過去以為對道德和社會風氣有妨礙，視若洪水猛獸。這是對於人體、對於人性、對於人生普遍現象沒有正確的瞭解所致。現在有人相反，把裸體的藝術或是人體的美認為是審美的觀照，就和春花秋月般高潔，不該有肉體的意念，與慾望無關。這是矯枉過正，也是一種誤解。對於人體、裸體、甚至對於色情，很少不落入泛道德主義，而能通情達理者。

人體美的發現

對於人的肉體，中西各有許多不同的態度。或詛咒或讚美，都同樣在不敢直面慾望在其中作祟。每一個人都有身體，我們對於人體認識如果過分無知、矯情與偏頗，不敢去面對，這是何等愚昧！

人體美發源於慾望。可欲的成為欣悅的對象，因之發現此對象之美感。即從實用的快感昇華為視覺的美感。人體美即使提昇為美感，還是不能與慾望絕緣。不像一座山、一棵樹，我們可以純以形式的觀照，再加上聯想去體味它的美感趣味。人體美的聯想很難擺脫慾望，康德的「無關心說」在人體美上說不過去。而且，人體美因慾望的驅動而產生強大的意志，由心理影響到生理的變遷進化，非常明顯。我們可以看大猩猩，看沒有開化的民族，很多出土的骨頭或是考古學的根據，可以知道以前的人長相與比例、五官、頭顱和現在的我們不一樣，比較接近猿猴。他們與文明社會的人類的形體在美感上大不相同。

人身體本身的結構、比例、長相以及皮膚的顏色種種，在進化中因為人類有美感的要求所以產生一種驅力，這種強烈的力量就是要努力去滿足人類的心理願望。這個進化過程便是由心理驅動生理的改變。歐美的女性希望她們自己很健美、身體的曲線與比例種種，就形成一種心理的願望，透過營養、運動與醫學的技術去改良來幫忙促進發育成主觀意願之所欲。所以人的美感意識可以直接、間接促進人體的美。而很明顯的，人體美總與「性感」脫離不了關係。今日人類身體與猿類相比，在美感上是不可同日而語了。

唐朝認為胖女人是美，我相信他們那個時候可能就會想盡各種辦法來養胖；某一個時候大家認為瘦高是美的話，就形成另一個集體的心理願望，亦足以影響生理的變化。這就像尾巴沒有用，便退化的原理相同。

我大學畢業後到馬祖去當兵。幾個月中看到馬祖的女性胸部都比台北女性小得多，甚至很多都是平平的，我心裡覺得很奇怪，怎麼會都是如此？在那時的筆記裡寫了很多的觀點。其中一個觀點就是女性的某一部分發達與否，我認為受到社會的集體意識和個人意願的影響。覺得整個社會的要求和驅策力壓迫每一個人都希望是這個樣子，因之產生一個共識，女孩子就會想辦法要鍛鍊，或者以其他食物與藥物的辦法，希望美夢成真。因為心理可以影響生理。假設每個人都認為胸部發育得太好是累贅、無聊或很羞恥的，那麼，主觀願望便可使生理發育受到壓抑。

從生活的環境到心理的願望，我相信人類自從有了文明以後，可以在上帝之後共同來塑造人體。從我的觀察和體驗人體的美，如果說與人的欲望完全無關，這完全是不可能的。上帝創造人的身體，而文明人用自已的主觀意識和各種技術，來促進某種美感的完美，亦可說是中國「天人合一」的體現。自然和人的主觀願望合成現代人，已不完全是原來上帝所給予的長相。古人一般認為長得像夢露就很羞恥，所以努力加以掩飾；現代人大多數可能感到很驕傲。古今心理，可說是天差地別。

我們知道日本人以前很矮，戰後日本人漸漸長高了，這是人的主觀意願以及社會經濟發達，營養良好等客觀因素所造成的結果。身體修長是一種美。中文的「修」原來的意思就是很細長的意思，細長的東西比粗短的東西為美。營養學家研究如何改變日本人的體質，愛美的願望是原動力。這亦是「天人合一」而演化的例子。更有進者。女性性特徵的健全，為的是吸引異性。雌性的動物牠的一切雌性特徵絕對不是來引誘同性的，在同性的面前除了引起妒忌，毫無作用。它最大的價值在於異性；男人也一樣，可以從遠古時代男人來看，男人的美感表現在英勇之上，所以他們要在身上佩戴他所獵得的老虎的牙齒或是爪子，或各種動物的羽毛。我們看印第安人男人化妝得好像鬥雞一樣。對於他們來說卻是英勇的象徵，是一種美。而這種美就是從性慾來的，他們的打扮不是給同性看，顯示英勇是為了讓女性來佩服他。因為一個強壯的男人可以給女人帶來性慾的滿足與安全感，因此她愛他。別人不敢來搶她或傷害她，因為她有個孔武勇力的男士。性—英勇—美，是互相關聯，逐級上升的。

所以，認為美是超然獨立的，無關性慾，純粹是孤立的美的關照是沒有道理的。人體美和性慾有關，並不減弱人體美的價值，反而能真正體會人體美心理的根源，是對生命力的讚美，是對女性的崇拜。

研究藝術的起源、原始人類對於性與美感的發現，有一句話相當有意思，說：「原始的民族和動物，沒有老處女。」在原始的社會裡，向異性求愛多半是男人，因為男人比較主動，比較有攻擊性。所以在文明社會之前，對於肉體本身的態度，或是肉體的美感與慾望，非常自然、坦率而且誠實。進入文明社會，文明固然給人類帶來很多種貢獻，但是，對於肉體的認識，很多是不合理的，而且過多泛道德主義所造成虛偽的成分。

禮讚與崇拜

對於祖先，原始的人類，或者是文明社會以前的人類，要有深入的了解才能發覺我們長期以來對於性、色情、藝術、人體的美，存在很多錯誤的、偏頗的、虛偽的觀念。人是從動物來的，所以人性裡有很多是從動物性發展而來，人和動物在性方面並無絕然的不同。文明社會一夫一妻的制度，是為了維護文明社會的秩序而不得不違逆動物的人的本性，無可奈何的法律規範。對肉體的審美的限制與壓抑，是因為人體的美總是在青春與健康，而不在衰老與殘疾。但在婚姻的倫理中，「忠貞的愛情」不能依靠不永固的青春與健康來維繫。因此，法律、道德和審美有所衝突。

原始的人類對性很直接、大方、沒有忌諱，很坦然的面對，尤其是對生殖器的崇拜，是各個民族很普遍存在的事實。先民對生殖器的崇拜可以從祖先的「祖」字來探討。古文祖字原作「且」。而「且」字，就是男性生殖器的圖形。也有人說後來加上的這個「示」字旁，就是一個膜拜的人形象的側影。所以「祖先」和生殖器有關。

在原始的社會，有各種不同的婚姻制度，兩性關係很複雜，一夫一妻只是其中一種。其他有更多的群婚、共婚，甚至雜交等等。所以文明再怎麼進化，還是脫離不了人類過去已有的模式，比如現代歐美有換妻俱樂部，這與先民社會的群婚、共婚有相同的情形。

初期的人類以性為生活的重心，這已是不爭的事實。一切的努力，常是圍繞在性的欲求上來展開。社會的結構不管是父系或母系為中心都是由性的關係造成家族的或者是人倫的社會關係。

自從人類進入文明社會後，性慾在人的生活裡不如原始社會那般重要的地位，主要是因為文明社會開發了多元的價值，追求的目標多元化，也就不會把一切的目標集中在性慾之上。而性的滿足也因社會文明規範的壓抑而潛移轉化為其他方式來宣洩。

文明社會裡歌頌的愛情，是慾望的化粧，不再是赤裸裸的性問題。一般對愛情的了解，認為是靈肉的和諧。如果是兩方面過分不均衡，就不是理想的愛情。但是，文明過分把愛情的精神層次提高，歧視肉體的層次，我認為這愛情本身是殘缺的，因為沒有或缺少肉體的愛，不應該是愛情。

人與人的關係可以有很多種，友誼、道義，各種很親密的倫理關係，但是愛情和這些絕對是不一樣的。很多老夫妻說愛情永固，說實在愛情若沒有肉慾就不成為愛情。一對老夫妻如果肉慾消失了，嚴格來說愛情已轉變成一種友誼，甚至是生死不渝的友情，但嚴格說已不是愛情。因為愛情是靈肉兩方平衡的結合。當然，友情並不就是不如愛情。或許可以說，友情比愛情更持久可靠，因為友情是減去「動物性」的愛情。

人人所歌頌的愛情，不可諱言，它最重要的內容是慾望。沒有性慾就沒有愛情，而沒有肉體就沒有性慾。沒有肉體的欣悅與興奮，便沒有人體的美，所以在談到人體美，須對這些問題有所了解，不然根本不可能理解肉體，也不瞭解人體美。

愛情就是慾望的化粧，把原本強烈而短暫的慾望，透過人類的心智來使慾望「文化」就是愛情。「文化」原是把一個粗糙的東西，經過人的加工，把它變得更精緻、更美。愛情也可以說是道德化的慾望；把慾望道德化變成愛情，法律化就是婚姻，這是人類的文明工程之一。

如上所述，肉體美的發軔點，在於性的渴求，沒有性的渴求談人體的美，顯然是虛偽的。人體的美，慾望是根本的來源。我們也可從小孩喜歡裸露身體一事上來求證。性心理學家認為這是幼兒期性慾滿足的一種方式。心理學家認為這是人類對於「樂園時代」的一種回憶。因為在創世之初亞當夏娃都是光屁股的，在有了文明之後方把肉體遮蓋起來。因為小孩還沒有受到文明的約束，表現了對於遠古樂園時代的眷戀。後來「樂園」失掉了，所以人裸體是可恥的，違法的，講起來失樂園之後的人也是很可憐的。

異性之間對於肉體的欣賞很興奮，不但有美感，而且可以滿足慾望，但是如果每個人都不穿衣服的話，尊卑上下、社會秩序也很難維護，這便構成了兩難之局。人類要不要有文化？要不要群居？要不要有秩序？假設要的話，就是很多天性要捨棄，人性的渴求要壓抑。不過，文明社會中也有一些人突破文明法律限制，舉辦裸裎相見的天體營，這實在是人體很古老的一個夢想的死灰復燃罷了。

女性的人體美

人類對於肉體的熱戀與驚艷，而發現人體的美。進一步發展到可言說，可展示，能描繪，才進入人體美感的表現。從蒙昧、發現到表現，經歷很長的歲月，也突破很多的阻礙，才有裸體的藝術。表現為文學、繪畫、雕塑、攝影、電影。

為什麼人體的美多半是女人呢？古今中外，人體美的對象多半是女性，為什麼有這種現象呢？兩性心理的反應原本就不完全一致。兩性的互動，通常男性主動而女性被動；男性對女性的欣賞，比較起於感性，聚焦於肉體，所以人體美以女性美為主。

其次，男畫家多，女畫家少，女畫家在歷史上有地位的極少，這也是人體美就是女體美的原因。除了男同性戀者，男人覺得最美的東西就是女人的身體。因為有慾望在裡面，一個女人身體才能引起男性藝術家如醉如狂，有這種如醉如狂的熱戀，才有一切人體美的傑作。

粗淺、膽小而虛偽的藝術家說人體美是聖潔的，那是矯情。藝術在揭示人生真相，固不在專事淫穢，也不在表彰聖潔。進一步來說，把肉體與欲望認為「不潔」，心理就不健康。

欣賞和擁有人體美的藝術品，多半是男人。以男性為中心的社會，人體藝術為了滿足欣賞者、收藏者的需求，所以都畫女人。從這裡也可以體會人體的美不含有性是完全無法站得住腳的。

心靈與肉體

中國人對於靈肉之間的關係有很不合理，很陰暗的看法。希臘是個很偉大的時代，它是西方文化的奠基者。亞里斯多德說「希臘人有北方民族的蠻力和歐洲民族的聰明。」這句話讓我們了解，西方人最大的優點，是生命力的奔放與精神上智慧的追求的平衡。所以希臘是人類最寶貴的時代。

黑格爾說：「希臘是人類的青春時代。這種青春在現實的世界裡，出現為具有肉體的精神與精神化了的肉感。」所以他之所以稱它為青春時代，是因為他的肉體裡有精神，精神裡有肉體。精神和肉體是善和美。希臘人不像中國人，認為精神和肉體是二種東西。希臘人認為靈肉本是一物的兩面，這是很偉大的思想。他們一點都不認為這兩者是對立的，孤立的，他們說美好的身體必須和美好的精神結合，幾乎不能相信有精神而沒有肉體的美可以獨立存在；除非這種精神的美反映在肉體上面。所以希臘人非常注重體育。認為一個美好的靈魂不可能寄寓在一個殘缺的身體上。

他們熱愛體育，不是為了工作的預備、或為了長壽（這都太功利了）。而是表現對於精神上的一種關切，因為一個人若不健康，對事情的看法是偏頗的。多愁善感的林黛玉，她心中的人生世界是以她的有色眼睛來看，是陰暗的。所以要鍛鍊身體，使它成為伸張我們自由意志完美的有機體。一個健全的靈魂，只能住在一個健全的身體裡面，不會去找一個殘缺不全的身體來寄寓。

所以它們把這身體訓練與心靈的訓練一樣看待。希臘人他們也很重視藝術、音樂。他們的教育裡面，音樂是來幫忙訓練靈魂的高超。所以體育、審美跟智慧，這三方面即思考、藝術跟運動，最主要的就是要塑造一個完美的人。

希臘人追求一個完美的人，就是靈跟肉能夠和諧、能夠結合在一起。所以希臘最早表達了西方人對於人體極為健康的、積極的態度。

東方的老子有句話說：人的痛苦就是因為有肉體。佛教更是講肉體是慾望、永遠追求不盡，永遠不滿足、永遠痛苦。所以要把慾望的「六根」砍斷。東方對肉體的觀念多半是消極的，而且是違反生機的。要把生機斬斷。這是東方的哲學。也叫修養。看到異性不敢表示喜愛。六根清淨的人，生命力便死滅了。做不到的人占多數，但心中喜愛，口中否認，造成了虛偽與壓抑。所以暗中用錢買，或三妻四妾。中國哲學造成這種虛偽，造成更大的痛苦。古代中國的小說多半鄙視或憎恨女人。（譬如《水滸》）

愛一個人不能愛，不喜歡嫁給這個人卻不由自主。傳統社會裡這種悲劇層出不窮，此不限於中國，他國亦然。但這就是對肉體和性缺乏健全的了解，壓抑、陰暗、虛偽，製造許多悲劇。

西方青春健美的女性很願意展露肉體美。他們的體操、游泳、芭蕾舞、服飾設計……等都不以展露肉體為羞恥。這都表現了西方對肉體的光明磊落的態度，表現了他們對生命的熱愛。每個人只有一次青春。經過肉體的鍛鍊與精神的修養，才有健康、優美的身體，為什麼會認為見不得人？我們不能不承認，對肉體美，西方人的胸懷比較開放、比較坦盪。

所以西方有很多裸體的雕像，中國沒有。現代學習西方才有人體雕塑。

在印度各種宗教中，其中有一派是歌頌肉體的。但他們歌頌肉體和西方不一樣，他們歌頌的是對生殖之神的歌頌，所以對性的交合非常崇拜，因為這是創造生命的來源。另方面生命的短促，生命的貧苦，他們最大的享樂和能夠彌補人生缺陷的，大概只有性，所以有一種宗教的某一派把性狂熱神聖化了。獸、人、神都在做愛。印度有一個「愛廟」，舉世知名。

西方的美術題材，固然也有風景、靜物與人體，但人體幾乎是主流。他們的風景畫到文藝復興的時候還沒有獨立，宗教畫也是人體；神、聖母、聖徒都是人物畫。一般來講，風景畫到了文藝復興時代達文西《蒙娜麗莎的微笑》，她的背景算是西方風景畫的濫觴，但還是做為背景而已。到十七世紀才慢慢地有人專門畫風景畫。中國的風景畫遠比人物畫早而且成主流，在魏晉時已有山水畫，文學裡有山水詩。中國人物畫也以宗教佛道為先，從來沒有人體畫。裸體藝術卻可以說是西方美術主流的主流。他們對人體的美有豐富的發現。人體美具備了形式上美的條件。西洋美學認為任何美的東西，大概都具備了美的原則，就是變化中的統一；統一中的變化。人體的結構正好符合這個真理。因為人體基本上是對稱的，頭是人體的中心，若劈成兩半的話，兩半是對稱而有秩序的。但是人體在動作裡，為了求得平衡、整個人體的動作不停的變化，這種變化以不失去均衡為原則。另外左右兩手兩腳雖對稱，但手和腳在對稱中有變化，上下有別，兩手兩腳在對稱中有變化。

美的形式

尤其是女性的身體，差不多是由圓球體的結構組合而成。凡是圓的東西都給人很圓滿、愉快的感覺。女人的身體、乳房、大腿、臀部種種，可以說女性的身體是由很多大小不同的圓球組合而成，而各部分卻有變化，所以女性的身體特別柔美與和諧。另外人體的色彩，在調和中亦有變化，因為腳、腿、腹部和胸部一直到頭部，都是肌肉的顏色，但各部分在色彩上有差異。因為血液流貫全身，隨情緒、溫度，人體的色彩有各種微妙變化，所以這是形式美很重要條件。而人體的運動表現完美的節奏和韻律。所以西方人對於人體的研究和欣賞，積累的經驗是東方人不可想像的。因為我們不敢去面對裸露的人體，傳統中國畫家對於人體結構拙劣無知，缺乏表現的能力。從春宮圖就可以看出來。不合比例，又不合解剖學的常識。因為畫家從來沒有好好去研究人體，所以看春宮圖，就可以看出中國人對人體的幼稚與淺薄。幾千年不知道異性的身體究竟長什麼樣子，更不用說對人體美有什麼認識了。

中國文化的泛道德主義，玩物喪志，是墮落；物質的研究是雕蟲小技；奇技淫巧是君子所不為。這種泛道德主義文化在美感上無法像西方那樣活潑自如。而中國寫情慾的小說，如《肉蒲團》、《金瓶梅》其作者都還不敢以真姓名露面。

但是，很多人認為藝術若表現一些不道德的東西，怎麼能算是一種價值呢？怎麼允許呢？這也是對藝術和文學的不瞭解。藝術表現的對象是整個的宇宙人生，非常廣闊自由，在大部分的情況下，藝術不是專門跟道德作對的，故不一定有衝突。但有時在表現人性、情與慾方面，和社會的道德規範、習俗、宗教便有某種衝突，常為社會一些人所不能諒解。我們得承認，真、善、美有時有其矛盾，這些矛盾正是人生許多悲劇的原因。不完美，有局限，也是世界人生的本質。

讚美人生

藝術追求人生的真相，它沒有理由專為道德做宣傳教育的工作。也不應專與道德作對。我們中國人常講，藝術是「陶冶性情、美化人生」，這二句話其實是很膚淺的，不錯，許多藝術有這種「附加價值」，但藝術主要的目的，藝術創作的動機是在揭示宇宙人生的真相與本質。在發抒藝術表現者的感情、見解與所思所感，凡人生世界所存在的一切，都可以成為藝術表現的題材。

中國社會對於慾望的表現上過分的排斥、貶低、禁止，藝術的創造力在泛道德主義之下受到壓抑，範圍就變得狹窄，生命力也不能奮發，意志力也不能飛躍，想像力和創造力都受到了限制，整個民族文化的生機就會受到嚴重的挫折，民族的生命力也會衰弛。

雖然如此，但我們也應有智慧判別某些根本不是真正的藝術，是透過色慾的表現，毫無藝術的內涵，沒有精神理想，也沒有獨特的風格，以肉體為誘惑，訴諸感官的快感成為以牟利為目的的商品。那是假的藝術，或者低級的藝術，我們要有判別的能力。

如果對肉體沒有從人的本質、人性的內容有正確的認識，我想，我們就誤解了肉體；視肉體為罪惡，我們也永遠不會瞭解人生與人性。當我們對人生與人性的認知受到扭曲，我們對人的認識必也殘缺不全。對人的認識既殘缺，人體的美與人體在藝術上的表現，自然只有誤解與曲解。藝術批評人性，也讚美人生。人體美在藝術中的表現，基本上是抱持歌頌讚美的態度，永遠為千百代所熱愛，良有以也。

（一九九〇年四月）

寫給長大後的女兒

親愛的芃兒、茸兒：

現在妳倆姊妹正在半大不小的年紀，爸爸正在中壯年。十年後妳們長成婀娜多姿的少女，爸爸便已年近花甲了。這個時候寫下這一封給妳倆的信，將來妳倆長大了，可以想像當年爸爸對妳們的心情，讀來必別有一番滋味。

在妳們三、四歲的時候，各有一件使我難忘的事。有一回我帶芃芃到國父紀念館廣場去玩，把她放在升旗台上，我躲起來，她正在東張西望，沒有發覺。等她發覺的時候，我看到她眼睛裡驚恐無助的神態，張口大叫爸爸。那是芃兒第一次感到失落無依的恐懼。我立刻跑過去抱她。本來我很想多待半分鐘，多觀察她進一步的反應。但是，做父親的對兒女的疼惜，使我不忍為了多半分鐘的觀察而使小孩子擔驚受怕。我抱著芃兒，彼此感到親熱而溫暖；但我心中有說不出的傷感。我覺得每個來到世上的生命是多麼無告無助，又是多麼需要溫暖與安慰。當生命不曾形成的時候，沒有期待，沒有希冀，也沒有恐懼；但當生命出現，歡欣、牽掛、依戀、責任便結成了一個網；我們都在網中。

第一次做父親的喜悅與驚愕，留給我難忘的體驗。

茸兒學會走路不久，我帶她到街上溜達。在信義路水晶大廈一家籐具店，看到一匹籐製的「木馬」，我覺得很不錯，茸茸也喜歡。價錢很便宜，我記得是六百元，便買了。回家路上，我一手提籐馬，一手牽茸兒，很不好走。我便叫她背對著我，走在前面，兩手下垂反轉托住馬頭下面的橫檔，我則提著馬屁股下端的橫檔，兩人抬著它回家來。一路上，父女倆真開心。茸茸有了新玩具，又第一次幫著「做事」，心裡一定又興奮又自豪。我在後面看著她得意的樣子，又覺得小傢伙居然可以「共甘苦」，比她更為得意。

小生命的無告無助令人心疼；子女一天天成長，學會應付環境，令人安慰。這種心情，要等到妳們將來有了子女，才能真切體會。子女是牽累，牽累中必有苦惱掛慮；但沒有牽累，人生又不免空虛。擺脫牽累得到的是空虛，而填補空虛的正是牽累。人生矛盾又滑稽，總之是荒謬。子女既然給父母喜悅與希望，上下之間就不應該認為誰施恩，誰受惠。其間最真切的是情。這牽腸掛肚的情，雖無所謂永恆，但可以終我們一生；雖有煩惱，但亦溫馨。

許多父母諄諄教誨子女，希望子女品學兼優，或有崇高的德行，或事業成功，出人頭地，或做一個什麼樣傑出的人物。我當然也願意有類似的期望。但是，這些妳們在教科書或老師那裡都聽得到，我不想多說。而且許多做父母的自己並不能實踐，陳義過高，只是濫調而已。我想實實在在把我的期望告訴妳們姊妹，希望妳們不要輕忽忘記。

我覺得一個人要活得有價值，最重要的是要做他自己的主人。我不是叫妳們任意而行；任意而行絕不就是做自己的主人。一個人要努力求知，然後形成自己的見解，才能決定做一個什麼樣的人。要做一個自己覺得有價值，自己看得起，又適合自己的性向與興趣的人。不要為虛榮，為時代潮流的吸引，為了他人的期望與壓力，或為了一時盲目的衝動去選擇妳的人生方向。妳們應慎重地問妳自己，尤其在許多人生的十字路口徬徨的時候，問妳自己：妳真的要走上這個方向嗎？

我半輩子的經歷，深覺絕大多數的人不能做自己的主人。所謂「隨波逐流」，就是說他人生的方向並不是自己意志的選擇，完全是隨生存環境的偶然因素所決定。那是非常可憐的人生。但是，我也要告訴妳，沒有人能完全擺脫環境的影響。我認為，人應該有自己的理念，但並不是以自己的理念去與不協調的環境對立。我們應明白，如何借重環境的因素，化阻力為助力來實現自己的理念。當然，這要智慧，也要有耐心與毅力，而且可能要採漸進甚至曲折迂迴的方式。環境就是現實，就是客觀的世界。我們在客觀現實中的學習和體認，常常可吸收許多有益的經驗與教訓，也可以用來修改、糾正我們原來的理念。不過，我們不應在現實中被同化，那是同流合汙。一個與不理想的環境同流合汙的人，就不配稱是自己的主人。

我半生努力做自己的主人，至今頗感自豪。大學畢業我在中學教書，而我平生的理想是藝術創作和讀書、寫作。我白天教書，只有在晚上自修，常常夜裡兩三點鐘還不肯睡覺。半夜餓了就到學校宿舍中的廚房拿些冷飯，自己在房間中用小電爐炒蛋炒飯吃消夜。我的教員同仁夜裡也常常不睡覺，他們打牌，然後到外面吃豪華的消夜。二十多年前一個中學教員的薪水只有一千多元，許多同學轉入電視台，或到廣告公司去上班，每月可以有多一倍的收入。但是我始終不想做朝九晚五的「上班」工作。因為我夜裡遲睡，早晨遲起，上班的生活便使我必須放棄晚上的自修。教書雖窮，但我是美術教員，上午很少有課，可以睡覺，所以我有安靜的漫漫長夜可以讀書創作。因此，高薪不能吸引我。就因為我堅持從不間斷的讀書、寫作和創作，若干年後我已成為一個畫家、一個作家，而且有大學聘我做了大學教師。——如果我沒有自己的打算，不能堅持到底，我早已換了多少個待遇較好的工作，而放棄了自己原來的理想。我的例子，正好說明一個有自己理想的人，如何在現實中找到逐步實現理想的途徑。耐心與堅毅，不放棄，不動搖，理想不見得必為現實所毀滅。這便成為我人生的信念。但我多少次聽到別人歎氣說：「唉！人生理想哪能那麼容易實現！現實多麼無情，我年輕的時候，還不是滿腔豪情，但是，為生活所迫……」在我的體驗中，就不大一樣。

我覺得現實環境雖然有強大的力量，塑造每個人成為某種不由自主的型式。但是，我相信做一個什麼樣的人，大半是每個人自己所造成的，不必怨天尤人。凡不懂得運用上天賦予每個人的智慧、勇氣與毅力的人，就只好由「命運」來擺佈。「命運」，其實就是「性格」。

我上面說過父母與子女之間不該說施恩受惠的話。其實，從漢朝的王充到近代的胡適之先生早就有父母於子女無恩的觀念。我非常贊同這種論調。因為如果強調父母的恩惠，子女的「孝」便成一種債務，而父母存心期待子女的回報，又變成了討債。我認為親情若純粹是施與報，便只見利害，不免破壞了情感可貴的價值。親情與人間其他感情不應有本質的不同，只不過加上血緣與長時間的相處，其「情」更加深刻而熱烈而已。每個人的父母與手足，都不是自己所能選擇決定，我不相信也不贊同親情天生具有壓倒人間其他感情的優勢；更何況人間一部分的不幸、墮落與痛苦卻也來自親情。所以，我覺得如果不能無私的奉獻，熱誠的付出，努力呵護，就不能期待天生完美無缺的親情存在於「血肉」之間。親情也是需要珍護的。人間許多破滅的親情，可能正是因為對親情的誤解，或因為心存不合理的期望，或只想得利，不肯付出，或者既無熱忱，又不珍惜……所造成。如果能把親情視如友誼，必可益見其美；事實上，純潔的友誼加上血肉的關係，親情當然是人間最親密的情感。

芃芃、茸茸，妳們的爸爸我當然也不是妳們所選擇決定的。上蒼既把我們連在一起，我覺得很幸運。因為上帝將妳們這一對可愛的姊妹作我的女兒，我滿意極了。我一直不懈地努力成就我自己，也努力去愛妳們，好讓妳們長大了的時候覺得：這樣的一個父親真好！我有這個信心。

祝妳們健康快樂，不斷上進。

（一九九〇年爸爸寫於三八婦女節之夜）

感性膨脹的文化危機

文化是個外延廣袤而內涵籠統的名詞，不過，總有抽象與具體兩部分；也可說有其精神理想的部分與實用工具的部分。台灣自從富有之後，這三十年間，文化性格不幸走上了實用工具取向的偏執之路。

西方文化的批判者批判感性膨脹所導致的文化危機。「凡是在感覺之外的東西，懷疑它的真，不承認它的價值。」這句話確是台灣當代文化的寫照。拿到手的才是真的，所以無論用什麼手段，要拿到手，感官的真實才有價值。我曾在某個地方看到：「爽就好，姿勢難看有啥要緊？」這樣一句粗俗而傳神的話，這就是台灣今日文化墮落的寫照。這比「感性膨脹」更等而下之，因為這個文化的深層動力是「慾望」的無限上升。

口嚼檳榔，開著賓士蛇行於大街小巷，以及在廢氣瀰漫的路邊以保麗龍碗吃豬血糕，都一樣是「爽就好，姿勢難看有啥要緊」的心態。品質、秩序、和諧、氣氛、從容、優雅則比較不是感官直接所能認識的「真實」，屬於精神理想方面的，所以很難受到關切。

而即使精神層次的文化產物，卻一樣表現了慾望主導的趨勢。純理念的探討與辯論很少出現於報刊（政治的爭吵除外），商業化的暢銷書、流行音樂的膨脹，差不多打敗了所有知識性與學術性的出版物，也扼殺了純正的創作。

原本具有典型精神性的宗教也面目全非。巨額的善款使宗教成為大企業，甚至取代了政府部分功能。精神的力量要藉著金錢的力量才能顯於世，這無疑是宗教的變質與沒落。

在食慾、情慾之外，現世的榮耀、支配、壟斷、霸占以及政治的權力，都是人性本有的慾望。這些慾望在一定的規範下，可以是文化創造的原動力，但慾望成為主導，而且沒有規範，社會便成為叢林；文化儘管熱鬧，卻急速退墜。台灣文化失去規範，主要病根還是體制，我們厭惡泛政治文化，但政治的混亂失序是文化危殆之根源。

（一九九五年一月）

世紀末的「聯副」

副刊為報紙之母

報紙的創立，中外同樣以記事發其端。歐洲以手抄的新聞信與新聞書始，中國最早可推及《春秋》一書。即於春秋兩季采風記述。不過所記皆往事，多歷史而少新聞。一般說傳佈新聞的報紙，中國以漢唐的《邸報》，歐洲則以羅馬凱撒大帝的《每日紀聞》為濫觴。大概中國為先。

中國近代的報紙在未有專業的、嚴格的「新聞」之前，報紙其實就是「副刊」。因為早期的新聞都是報導，夾雜描述、分析與講解，形同後來副刊的「文章」。等到較為正規的新聞榮登「主位」之後，原來那些「文章」便附在新聞之後，稱為「附刊」、「副張」；俗稱「報屁股」。但不可不知，「副刊」乃「報紙」之母。即使今日，副刊之重要性仍無可取代。

早期報紙之副刊，在提供消閒娛樂，軼事奇聞，取悅大眾，以引人買報。其客觀的貢獻，卻在啟蒙民智，增廣見聞。大陸變色之前，各大報多由學者與文學名家主編副刊，報紙之聲譽，竟有以副刊之精采而名盛一時者。

台灣報紙副刊近半世紀以來，大體繼承上半世紀的餘緒。從過去戒嚴時期「萬山只許一溪奔」的《中央日報》，到後來居上的兩大報及近期的「眾山皆響」，副刊可謂負管領風騷，鼓動時代脈搏的大任。副刊的貢獻，不只在新聞史上，更在文化與社會發展史上有不可磨滅的功績。尤其在新聞長期受意識形態管制的時代，正面的新聞的「虛假」，大不如側面的副刊之「真實」，更能為時代之見證。近二十年兩大報副刊由名家主編，提升水準，擴大功能，開拓了全新的境界。不論廣度與深度，較諸大陸時期著名副刊均有過之。

聯副與瘂弦

「聯合副刊」四十多年來在多位各具特色的名家主持之下，有光輝的歷史。民國六十六年至今十九年來由詩人瘂弦主編，是歷任主編中在位最久的一人。

瘂弦先生是著名詩人。而他宏廣的通識，於知識與文藝博洽的見解，對人生社會多面向的關懷，中外歷史與思潮的知解，尤其是他對於中國文化的熱愛與深厚的涵養，他趣味的廣泛，人情的練達，處事的圓熟，可說是經歷了戰火與顛沛流離，而自我刻苦奮鬥有超越造就的他那一輩人中優秀的典型。

聯副在瘂弦的主持下，最大的成就與收穫在文學創作。這一部分本文不予涉及。我被交付的任務是談聯副在文學以外的其他各項藝術過去的表現。但當我翻閱自民國七十年至今的聯副（還是經聯副編輯精選過的部分，不然更是「卷帙浩瀚」），深感以一篇短文和一枝拙筆，根本無法勝任。瘂弦兄一句「這事難為你了」，只好勉力為之。粗枝大葉，不免譾陋、掛漏與個人偏見，現在自供在先，但求從輕發落。以下分別就五方面略抒淺見。

鉤沉與傳薪

聯副雖然在文學方面果實纍纍，但也極富歷史感。歷史中傳統的精華，不論是思想、藝術與卓越的人物，那些漸為現代噪音所淹沒的昔日聲華，聯副總盡力在歷史的折戟沉沙中鉤沉磨洗，使其重現光輝，嘉惠當代。將過去的文化成果與這一代聯貫起來，彌補斷代的遺憾，使文化的薪火得以代代相傳。這是遠見、器識與知識人責任感的表現。

這方面聯副一直很用心，瘂弦主事時猶甚。例如現在已很少人知曉的大學者王國維，毫無熱門價值，聯副以整版刊登他的一子一女兩篇紀實文字（七十二．八．八），這第一手史料，必是許多人剪貼簿中的珍品。而王國維先生的志業與人格的影響力，正不知在哪些個秉賦不俗的少年心中埋下了種子。「聯副專題設計」有「中國電影」三、四十年代經典國片特展（八十．三．九）以及龔稼農從影回憶的《九十自述》（八十．三．十）。還有大製片家的回憶，老影迷的舊夢（八十二・八・七）等等中國電影史的尋根溯源。這是「與時間拔河」的工作。因為老一輩電影人花果飄零，碩果早已無多。讀這樣翔實的文章，老者憶往，少者知來，從學術的角度與閱讀之樂兩方面來說，都是副刊的好文章。其他如元代大戲劇家關漢卿的筆談，乃至外國的古典建築、文學、影劇的歷史之美，都讓讀者從狹隘的生活中窺見歷史的豐富，而知個人只是過去的延續。鉤沉與傳薪，是聯副的一大貢獻。

時代的跫音

現代世界變遷之巨之速，為數千年文明史所未之曾有。在思想、文學、藝術等方面所造成的衝擊，有一部分表現在對傳統的否定與反叛，以及形形色色急速的立異求新；當然有更多是從傳統的繼承與發揚中求創造；也有匯合多元營養，追求獨特的創造性。這些都是這個時代的脈搏。不論是正面或負面的，而更多是一時難以論定的，副刊宜有靈敏的觸覺，開闊的胸襟，讓它的讀者認識這個時代多元的人文現象與藝術思潮，所以這方面的評介非常重要。

聯副歷年來評介國際文藝活動不遺餘力。例如巴黎的荒謬劇大師尤乃斯柯的訪問記與座談會以及介紹文章，占了五天的篇幅（七十一・三・二十四—二十八），又如對現代戲劇發展的中外比較討論（七十三・二・十五），「國際影展總覽」（七十四・十・六），其他如介紹世界名片大展的許多篇評介長文，滋養了影迷及下一代的電影愛好者。影劇之外，其他文藝新思潮新創造也有許多評介文字。傳導時代的跫音構成聯副多年來的另一個特色。

鄉土的激揚

對於本土的文藝，聯副投注極多心力予以支持、激勵與發揚。「樂神的午後」（七十七．二．十三）座談會是本地音樂家提供給社會大眾的盛宴。將世界與本土結合起來討論，一方面可看到我們自己的狀態與處境，一方面以別人的成果來借鑑、檢定自己的業績，再一方面是發掘本土的特色。如對於語言與音樂的關係精彩的探討，即使不是音樂家也感獲益匪淺。本土文化的主體性的建立需要有這樣的識見與修養。

劇場與電影在本土文藝占很重要的比重，也是最為鮮活亮麗的一部分。聯副「表演的玄機」，為兩方面代表人物的對談（七十七．二．二十九）。有「現代劇場巡禮」（七十八．一．九）對小劇場的支持激勵。由聯合報系文化基金會與聯副合辦的「兩岸歌仔戲的共生與共榮座談會」（八十四．十．十八）以數天的大篇幅刊登全部實況，這是前所未有對本土傳統戲曲的重視與鼓舞的表現，這將成為本土戲曲發展史上重要的歷史文獻。

台灣音樂家江文也在紐約的作曲發表會，聯副有報導長文，以及他的生平介紹（七十．五．

二十九），兩年後，他逝世於北京（一九八三年十月二十四日）。他一生的坎坷和奮鬥，他的成就和對故鄉深沉的懷念，由他的夫人吳韻真口述，吳玲宣整理，以〈伴隨文也的回憶〉（八十一．六．十一—十二）長文刊聯副。這是認識本土，重建台灣音樂史的重要紀錄。而「復活七夕雨」則記述了英年早逝的台灣舞蹈家許惠美的獨特成就（八十四．五．三十）。至於對「雲門舞集」的支持、推廣與激勵，聯副更是屢次大力贊助，使這個本土閃閃發光的舞蹈團隊得到空前的聲譽，成為當代台灣文化的珍寶。

眾星爍爍

在傳統、時代、本土之外，中外藝壇卓然有成的藝術家，以及在人類藝術史上光芒四射的大師，聯副表彰人物，揭示成就，同時也在呈顯典型，啟迪後來。歷史與現實中，如果沒有文藝界爍爍的眾星，那真是「萬古如長夜」。正因為有那麼多不同種屬，不同性格，不同層次，不同貢獻的藝術家，在汙濁的現實中使渴慕的心靈有了寄託，也使人生有了光彩與希望。民國七十年最像畫家的畫家席德進與病魔搏鬥，聯副刊登了他的〈最早的我〉自傳式長文（七十．六．十六、十七），到八月四日刊登了他的遺文〈病後雜記〉和好友的悼念文字。這是一位本土畫家生死交界的真切記錄，使人了解跨越中國斷裂的那一代畫家的生涯與甘苦。另一位同代的藝術家，巴黎的趙無極則擺脫中國的苦難，躋身西方現代的大潮，取得了不平凡的成就。民國七十二年四月二日，傳統繪畫的祭酒張大千以八五高齡逝世。聯副刊登了大千年表、悼念文、遺詩及其他文字，表達了最高的敬意，展現了大畫家在人間最大的哀榮。副刊一方面也是信史的寶貴資料。比如〈胡蝶回憶錄〉（七十四・八・三十一），她的一生就是一部中國電影開拓史。而馬瑞雪寫其父〈馬思聰的最後生涯〉（七十六・八・十四、十五）記錄了這一位致力於西方音樂本土化有大貢獻的大作曲家的哀樂平生。另一位是活了超過一個世紀的傳奇人物，中國攝影史的開山祖郎靜山先生以一百零四歲謝世（八十四・四・十四）。八十五年六月八日及九日；聯副刊登了中國書畫全才的江兆申先生的悼念文與江氏書簡及其大作。這一位名滿海內的畫家，才七十出頭，令人無限惋惜。聯副為這些藝壇巨星留下了充實的檔案材料，交付歷史。

在外國藝壇人物評介方面，只舉二例：一位是夢露，一位是柏格曼。以《推銷員之死》一劇享譽世界的作家亞瑟・米勒寫〈戲劇、生活、夢露與我〉（七十七・一・六）。夢露是他的第二任妻子，他說至今大家還忘不了她，為什麼？連他自己都覺得是個謎。夢露之美，之性感，之坎坷，之天真無告又奢豔放逸，最後是神祕自殺，表現了生命的奇詭與造物的殘酷，也許是一個內容永遠難解的象徵。第二位是柏格曼。聯副不只一次大力介紹推崇本世紀這一位最偉大的電影大師（七十四・九・二十一；八十二・八・一；八十三・六・十七）。不必辭費，其大名台灣的讀者耳熟能詳。因為若不知柏格曼，台灣還能稱得上有電影文化嗎？眾星爍爍，聯副在這方面的貢獻之豐富，不勝述說，實在使我與廣大讀者一樣，感激不盡。

聯副除了上面概略所舉的各項功績之外，許多討論問題，傳播觀念，介紹思想，甚至不同見解論難批評的文章也時時出現，使聯副在文學創作與評論，藝術的傳統與現代，外邦與本土，繼承與創新，以及藝術家與歷史人物的評介之外，更有知識、觀念以及富學術思想的論述文章以饗讀者。幾乎沒有哪一位可敬的著名學者不曾在聯副發表過文章。他們的學術專著可能更為精深嚴肅，但論對社會大眾及後學者的影響與啟迪，可能在聯副所寫的文章更為巨大而廣遠。廣大讀者幾十年來在聯副這個百科全書式的「教室」中，承受了先進們智慧的沾渥，榮幸與欣喜，必與我一般心存感激。

我屬於和聯副一起成長的一代。像我一樣將歷年來在聯副發表的文字出版成書的作家不知已有多少。聯副培育了一代代的新作家，這是無可否認的另一貢獻。民國八十三年十月，聯副竟以十一日的篇幅刊登拙作〈論抽象〉長文，那是一次破例。可見聯副也包容純觀念的探討。這種多元並包，不拘一格的風範，令人益見其大。瘂弦兄為副刊所做的探索與實驗，已建立了極富創造性的新風格。如今他寶刀未老，後繼者也人才濟濟，相信聯副既執牛耳，必與時俱進。

（一九九六年十二月）

人文之美與知識份子的責任

「人道」就是做人之道

德裔美國學者潘諾夫斯基有一本書，書中描寫歐洲十八世紀大哲學家——康德，在死前九天，他的醫生、朋友來訪時，風燭殘年的他，還是發抖著站起來，讓友人先入座。朋友問他為什麼這麼老了還要如此客氣，他說：「人道之情，還沒有離我而去。」

人道（humanity），在十八世紀是指人的一種高雅的氣質、禮儀。康德對人道精神終生奉行的行為，在他當時的情境，更加凸顯了這句話的意義，對我們瞭解人道、人文精神的意涵，很有幫助。潘諾夫斯基對康德這樣的行為，有兩種解釋：其一，是人對終生堅守的自我要求的原則，有一種悲劇意識與自豪感；其二，康德的表現，令人體會到，人對必死的命運、宿命一種徹底的屈服。

由此我們可以說，人道有兩個含意：第一，人類跟比較低等的動物間的差別，構成了人道的內容。人本是從動物來的，可是隨文明的進展，人的自我提昇、自我追求，使二者間的差別，越來越大，這是人自己創造的尊嚴與價值。第二，人類跟超越人的、宇宙間較高的存在，譬如說神、「道」之間的關係，構成人道另外一個內涵。也就是說，個體的生命的不永恆，構成人很大的侷限，因為人不是萬能、生命不能永遠，所以使人謙卑和反省。人道的精神應該包括這兩個層面，而人文主義，就是從人道中發展出來的。

人文主義、人文精神，其實就是對人的尊嚴的一種信念，它應該有的態度是：一方面是不斷追求的信念以及責任心；另外一方面是一種寬容、謙卑、仁慈的胸襟。像康德晚年所表現出來，對尊嚴、自我要求的堅持，就是人道，也就是做人之道。

「泛道德主義」造成的偏頗

我們所生存的世界，有三個層次：第一，物理的層次，它是沒有生命的、無機的；第二，生物的層次，它是有生命、有機的；第三個層次，是屬於文化的，這是人創造出來的，而人文之美就是文化光輝之美。中國文化中常常以為人文之美就是藝術上、美學上所謂的美，於是偏向重視加上許多裝飾來美化，社會上則喜歡美言「粉飾太平」。這種觀念對我們整體文化的開展而言，是很大的阻礙。

中國自古就重視倫理道德，儒家說：「教化行而風俗美。」不過，中國文化中對「美」的認識，和「善」同義，偏重在倫理道德上，也就是泛道德主義。把人文的價值，過分偏重在道德上，造成兩個缺點：第一，壓抑了文化其他方面的發展。我們的文化沒有西方那樣波瀾壯闊、既深且廣的追求。五千多年來，我們追求的，還是「一以貫之」。我常常很感慨，西方的哲學史，多少派別不斷地「百花齊放」，中國有什麼新的哲學嗎？我們對人生、宇宙有什麼新的看法嗎？當今最大的哲學學派，還是新儒家。有許多中國人智慧很高，在國外得了諾貝爾獎，可是思想、藝術、人文的體驗上與西方相較，就顯得非常薄弱、淺陋。這是因為泛道德主義壓抑了人類智慧對其他的議題的關注。

第二、泛道德主義讓我們將藝術工具化、狹窄化。我自己學藝術，常感覺到在中國作一個有自覺的藝術家之困難。中國許多藝術家，只是依附古人、抄襲、模仿，藝術只是裝飾品，表現美好、吉利、吉祥，來取悅別人，就像是馬戲團中的雜耍，或是古時帝王身旁說笑話的弄臣。另外一些藝術家則負責提供藝術薰陶性情的教化功能。你去問一個中國人：「藝術有什麼用？」他多半會說：「美化人生，陶冶性情。」這句話不是完全錯，只是把藝術看得多麼褊狹，多麼工具化。

於是，中國今日藝術的方向，以及一般民眾對藝術的要求，還停留在非常古代的觀念，沒有反省、沒有超越。

藝術主要的宗旨、目標，絕不是要娛樂人的，藝術早應擺脫美化裝飾或者娛樂功能和道德教化工具的角色，藝術應該是要表達人類共同的命運，或者個人所體會的宇宙人生最深刻、最本質的東西。若要表現這些東西，就一定會碰到康德老年時所陳述的人的侷限。西方的藝術家所表達的，是人複雜的內心世界或社會中真實存在的真相，這是多麼大而深刻的範圍。所以我們對「美」的理解的狹窄，造成藝術上的侷限。

藝術發達，是一個社會人文昌盛的指標之一，然而人文之美，絕不只是藝術之點綴而已。一個社會的人文之美，可以表現在幾個方面：第一，理性的精神。這是一種對知識的尊重，不為名利地追求智慧、探索宇宙人生的真相。第二，美感的創造、價值的追求，都可以體現出一個社會的人文之美。第三，是人的自我要求、自我提升。像康德一樣，遵守一種人道精神，自我約束。放到群體社會上來說，就是一種遵守律法的精神，因為法治是道德的另一面，也可以說是道德的延伸，所以守法的精神也是一種人文之美。一個社會的人文之美應該表現在這些方面，不該只表現在藝文活動和美術館、音樂廳等硬體設備的增加等表象上。

知識份子的使命

學歷很高並不一定就是知識份子，知識份子不是一種職業，它是一種心態。知識份子有時會以為，自己可以負起改造世會的責任，其實他們常會失望，因為改造社會不是那麼容易。我想，只有在兩種情況，知識份子才能起作用。第一種情況，在社會大眾被壓迫，沒有發言權、沒有自由時，大眾會希望知識份子出來，代他們說點公道話。不過對台灣來說，這一段時間已經過去了，現在人人說話聲音都很大，言論自由到了極點，尤其像電台的call-in節目，因為每個人的觀點都不一樣，所以台灣熱鬧得不得了。這樣的狀況下，社會大眾不欲聽知識份子的聲音了。

第二種情況，知識份子若能發揮作用，是要在一個尊重知識的社會。可惜台灣是一個不太尊重知識的地方，所以儘管台灣有第一流的知識份子，可是他們發不出聲音，那些說話大聲的，都是媒體寵兒或政客，大家也許以為他們是社會的菁英，其實，人類社會的菁英永遠應該是文化的創造者與知識份子。

中國的儒家思想，有很大的貢獻，可是也有問題。那麼重視「修身、齊家、治國、平天下」，狹窄得不得了，好像政治上的功名，才是人生的大成功。所以許多讀書人為了謀求自己的前途與名利，都向權力靠攏。很多大學校長、教授，不少都去做官了，好像留在學術教育界，是不得已的事。我剛剛說，知識份子不該是一種職業，可是在這工商社會中，它慢慢變成了職業，沒能做官，只好販賣知識。當它變成一種謀生職業時，知識份子的使命感就消失了。

我們真該檢驗我們的人文精神，對人文的理解是什麼？什麼是人的成功？人的價值、意義是什麼？我們的中國文化發展到今天剩下什麼？我們社會所呈現的是許多鬥爭，和赤裸裸的現實的利益的追求。所以我說，要在一個尊重知識的社會，知識份子才能有作用，不然，就算把第一流的知識份子擺在台灣，也是被糟蹋掉，發不了光。

台灣社會的反知識傾向

台灣社會反知識的傾向，越來越嚴重，我們看到社會中，風水、占星術、星座、姓名學、紫微斗數，都非常流行，騙財詐欺的神棍到處都是，電視台除了氣象預報外，還告訴大家今天是吉日或凶日，也有靈異的節目。這些東西基本上是反智的，只會造成人們對知識的不信任，我看到這些，只覺得台灣可憐，學歷越來越高，可是卻處處顯示出一個非常落後、無知、反知識、糟蹋理性的社會才有的現象。

說到這裡，讓我提一下武俠小說。最近有幾個電台天天談，書也十分暢銷，很多大學教授、學術界有權威的人對武俠小說之愛好、推崇，好像中國歷史、西方文學中就沒有什麼更值得推崇的東西。很多第一流的文學，大家不一定看，可是武俠小說大家都看。當然，大眾通俗小說沒什麼不好，就像西方有偵探小說，譬如福爾摩斯，它們其中的確有些文學造詣、寫作功力，可是那些是消遣娛樂，一個社會竟會為之瘋狂，報紙推崇備至，而且被稱為「學」，還有世界性的學術研討會，實在不可思議，這也難免令我為全世界文學界的作家、天才在台灣的寂寞，感到怨嘆。

現在故宮展出的畢卡索和張大千，他們是二十世紀明星藝術家，可是更深刻、更有成就的藝術家，我們長期冷落。傳播媒體願意出錢出力來辦一些藝文活動，當然是一種貢獻，可是有時也是一種偏頗。媒體更大的責任在擴大我們的視野，讓我們看到整個世界。

台灣的經濟非常發達，經濟上有很大的改善與進步，可是卻是一個非常缺少人文之美的社會。舉個不為一般注意的小例子．我曾經到俄國去觀光，看到他們的墓園，有很多感觸。俄羅斯雖然窮，可是他們許多文化上的偉人，像柴可夫斯基、托爾斯泰，或甚至一般人的墓園之精緻、莊重肅穆。在中國社會是見不到的。墓園旁有許多雕刻、裝飾，要是在台灣，一定早就被敲下來賣了。金門、澎湖很多清朝的石雕，都被破壞殆盡，可是俄羅斯那麼窮，卻沒有人去碰那些東西，這些藝術性極高的東西，沒有被盜賣、敲壞，而且沒有特別保護，仍安然無恙，看到這些莊嚴肅穆的墓園，可以感受到人的尊嚴，即使是死了，也是有尊嚴的。反觀中國的墓園，尤其是有錢人的墓園，都非常粗製濫造、設計粗俗，而價格高昂。我們所重視的是看風水、佔地皮，希望世世代代子孫升官發財，就是這個樣子充滿了勢利和貪念。中國文化就是這樣，對生命、人的侷限，完全沒有深刻的反省。

其實，台灣就連宗教也是有問題的，有的教主的照片，穿西裝打領帶、頭上還有光環。德瑞莎修女是全世界景仰的人，台灣不是沒有這樣的人，可是德瑞莎修女背後有那麼龐大的財富嗎？我們的宗教動不動就要籌組龐大的基金組織，差不多像政府與企業，有巨大的權力，擴大到政治、商業的領域中了。

愛情是人生很重要的一部分，可是在我們社會中愛情的境界非常低。我們常常從新聞中看到，許多受過高等教育的中上階層的人士，也不乏名流，處理愛情的方式，真是可怕。愛情只是利益、慾望的索取與滿足。社會中常發生許多恐怖的情殺事件。我們對生命的不愛惜、不尊重，已經使下一代受到很大的影響，少年人跳樓、上吊的事件近來頻頻發生，令人憂慮。從政府到民間、從學界到商場、從媒體到宗教，人人似乎都在追求權勢、追求感官慾望的滿足、追求財富。於是我們的人生宗旨變得非常簡陋、低級，就是權力、慾望、金錢。

人文精神講到徹底，就是人的尊嚴、人的意義的提升。台灣社會累積了許多財富，可是卻浪費了，因為我們不會運用理性的知識與人文關懷的心來主導社會的發展、運用社會的財富，使文化、人的品質能夠提升。這是很可悲的。很多人都在惋惜，如果台灣真的有嚮往人文之美的心願，生活品質不知會比現在好上多少倍。

結論

真正的知識份子，要具備關懷社會、關懷人群的使命感；另外，他還要超然於任何的利益團體之外，不屬於哪一個黨派，他所關注的是人文價值的維護與發揚，這才是真正的知識份子。

關心我們社會的前途和人文的美，需要我們好好去反省。中國人過去幾千年來，累積沉澱下來的文化型態、人生態度，並不足以保證我們有一個現代化的高文化素質的社會。儘管經濟再好，我們還要在這種不愉快、不安全、不安寧的低品質生活中過日子。因為我們都只注意現實功利與一人一家一族一黨之私，我們的文化只會越來越衰敗。在西方的文化不斷擴張、中國的文化不斷萎縮的情勢下，中國文化中最好的部分逐漸消亡，不良的部分或悖時的部分卻不斷膨脹，我們的文化當然沒辦法跟西方平衡交流，我們將喪失自尊與自信心。

我們許多優秀的人才要受西方的訓練，或者要到西方才能開花結果，在中國的環境中只能枯萎，這樣的情形不改善，我們的文化創造力將完全衰頹。在全球化的趨勢中，只能隨波逐流，仰西方強勢文化霸權的鼻息苟活。

知識份子不是一種職業，只要是有知識，受過文明的教養，有關懷、奉獻精神的人，都可以是知識份子。要改變台灣的現今的情況，還得從教育、社會制度、政治等多方面著手，雖然未來仍有一段痛苦的長路要走，我們的社會，還是會有希望的。不過，要看社會中是不是有大多數有覺醒的人。

（一九九八年十二月）

人的峰頂

歌德生於一七四九年，今年是他二百五十年冥誕。這一位代表西方近代狂飆奮進精神的歷史人物，寫《西方的沒落》那震撼世界的巨著的史賓格勒（Oswald Spengler, 1880-1936）就以「浮士德文化」來象徵西方的近代精神。更有甚者，史氏在書中特別表白：該書的哲學，得自歌德哲學以及尼采哲學。而取益於歌德者尤多。他還把歌德與康德的關係，比如柏拉圖之於亞里斯多德。（不過歌德比康德後生三十多年。）

歌德是多項全能的天才，他是詩人、作家、政治家、科學家、思想家。史氏為歌德不被列入西歐哲學家而不滿，而認為歌德的哲學雖然不曾成為嚴格的系統，並不影響他也是一位哲學家。史氏說：「歌德很多零星言論與詩篇之中，含有一些根本不可能以推理方式表達的概念，而這些概念，必須當作完美的形上原理來看待。」

如果我們想窺探歌德的藝術見解，也只能從他零星片段的言談、通信以及他的著作中去汲取。更特殊的是他的藝術觀念與他的整個人格精神完全融合為一體。所以，探討他的美學思想，藝術觀念，同時必關聯到他這個人。而他有八十三歲的長壽，一生又激烈多變，所以對歌德的論述儘管卷帙浩繁，也都不易探驪得珠。本文以閱讀與思考所得，略表對這一位巨人的體會與崇仰，也只是以管窺天，以蠡測海而已。

與歌德同時或後來者，常常異口同聲不但讚美他的詩文思想，更盛讚他的人格精神。說他是「人性中之至人」；「人性之完全」。這並不是指人格之完美，而是指人性之複雜與豐富的內涵，在歌德一人身上圓滿地組合，構成他磅礴廣袤，昇降浮沉，內斂外發，幽邃曲折，無比的好奇心與永遠躍動奮進的人格特徵。梵樂希（Paul Valéry, 1871-1945）說得極透澈：「他用一個生命去過無數生命的生活。」

寫了兩大本《歌德傳》的作者比學斯基（Bielsehowsky）說歌德的人格與生活有許多矛盾的表現，使人對他難有準確的認識。「有時他像物理學家觀察光色的曲折，有時他像解剖家研究骨骼與肌肉，有時像法學家討論破產法。他對人物事件有非常精細的觀察與分析，少年時就有政治家外交家的聰明與經驗。同時這一個人又創造了許多幻想和泉湧的詩歌，好像一個沉醉的夢想者穿過這實際的世界，觀照人事萬物醜陋的現實而反映以他自己內心的光彩。又常對物界關係不能用理智處理，在人群中如一天真無告的小孩。……他，這個最忠實最純潔最肯犧牲的朋友，這個最熱狂最傾心的情人，可以在感情沸騰時又常常傷害他的朋友與情人的心。」歌德常常是極端的兩造衝突因素的奇怪組合。他冷酷負心又柔情似水；是英雄又是弱女；嚮往超越的境界又沉湎於感官的快樂；自信又懷疑；堅強又懦怯。「所以他一生很像浮士德，在生活進程中獲得痛苦與快樂，但沒有一個時辰可以使他真正滿足。」

「浮士德」是中世紀民間傳說中的江湖醫生、巫師、魔術家，確有其人。十六世紀初有文字記載，後來被寫成暢銷故事書出版。萊辛（Lessing, 1729-1781）曾寫成劇本。但這再創造的偉大工作終於在歌德手下完成不朽的業績。大學時代已開始構思並寫作，直到歌德辭世前一年才完成，前後逾六十年。歌德的「浮士德」大異於以前的傳說與其他人的同名作品。這部巨著包涵了歌德自己的人格精神與人生體驗。也表現了人生的命運，自我懺悔與救贖，人生的意義，人類終極的追求與希望。

歌德的人生充滿矛盾，他的藝術觀念也一樣，不過，他都能將矛盾的兩端和諧地統合起來。浪漫主義與古典主義，自然與藝術，特殊與普遍，民族與世界等對立矛盾，所謂辯證的關係，歌德在他的藝術創造與人生生活中都得到圓融的統合，達到多樣的統一，化衝突為和諧。

寫《少年維特之煩惱》時的青年歌德是感傷，熱情澎湃，正是那個狂飆時代浪漫精神的代表。之後，歌德在宮廷作了十二年朝臣，終於厭惡其鄙俗而離開，到義大利去細心研究希臘羅馬的雕刻和文藝復興的繪畫，也做自然科學的研究。歌德自此回到「莊嚴的單純和靜穆的偉大」的古典主義，並與席勒並肩為德國的民族文學合作奮進。但歌德並不一概否定浪漫主義。從現實出發與展現理想的和諧結合，便兼顧了古典與浪漫。他與席勒在這方面是同心的。他們之間的差異是在「特殊」與「一般」（普遍）的關係與順序上。在與席勒的通信集中，歌德說：

「詩人究竟是為一般而找特殊，還是在特殊中顯出一般，這中間有很大分別。由第一種程序產生出寓意詩，其中特殊只作為一個例證或典範才有價值。但是第二種程序才特別適宜於詩的本質，它表現出一種特殊，並不想到或明指到一般。」

「為一般而找特殊」的創作方法是心中先有一個先入為主的論旨（意念、概念），然後找具體的形象或事件來說明論旨的正確。「在特殊中顯出一般」，歌德說是「把它表現為奧秘不可測的東西在一瞬間生動的顯現，那裡就有了真正的象徵。」也即普遍的精神（真理、理念）在個別特殊中生動的顯現出來。這是藝術的最高法則。從亞里斯多德到後來的黑格爾都有這個共同的發見。席勒主張從一般出發，歌德則主張從特殊出發。前者易於陷入藝術形象成為概念的說明或「圖解」的困境；而後者才能既表現了理念的普遍性，又能突破概念的局限性，更保持了特殊事物的豐富與鮮活，以及作者敏銳而卓越的感性經驗。

歌德在〈論狄德羅對繪畫的探討〉文中說：「藝術家努力創造的並不是一件自然作品，而是完整的藝術作品。藝術並不求在廣度和深度上和自然競賽。」歌德讚美自然，但反對自然主義。他認為藝術是「感覺過的、思考過的、按人的方式使其達到完美的自然」。即藝術是根據自然而又超越自然的「第二自然」。在與艾克曼的談話錄中，他說：「藝術家與自然有雙重關係：他既是自然的主宰，又是自然的奴隸。他是自然的奴隸，因為他必須用人世的材料來工作，才能使人理解；同時他又是自然的主宰，因為他使這種人世間的材料服從他的較高的意旨，並且為這較高的意旨服務。」自然提供材料，提供靈感，也提供了極豐富複雜的無盡藏。藝術家所創作的藝術來自自然，但透過藝術家的觀察、體驗、想像，更概括，更提煉，更理想化的表現，便更完整，更典型。所以藝術「根據自然而超越自然」。藝術是客觀與主觀，感性與理性的統一。

在藝術的民族性與世界性的問題上，歌德的見解到今天仍是最有價值的啟示。

在歌德之前，英國與法國的文學史有莎士比亞、莫里埃等大家，德國簡直不能相提並論。法國人認定德國人沒有文學天才。歌德一出，拿破崙說：「這才是一個真正的人。」英國的拜倫稱歌德是歐洲文壇之王。

歌德很早展望到世界文學的來臨，但這世界文學不是由某種特別「優秀」的民族文學為範本，去壓抑其他民族文學。而是由各民族文學的交流、借鑑、吸收、融會形成了世界性的思潮。他說：「我愛用其他民族的鏡子來照自己」，「每一國文學如果讓自己孤立，就會終於枯萎，除非他從外國文學吸取新生力量。」又說：「從外國文學所受到的教養固然帶來很多好處，但也妨礙了德國文學作為德國文學的發展」，「一種普遍的世界文學正在形成，其中替我們德國人保留了一個光榮的角色。」各民族的創造在交流之後所形成的世界文學，並不意味民族文學的特色全無意義，相反地，更應強調其獨特性的價值。因為只有具有鮮別獨特性的民族文學，才能以自己的優點對世界文學有所貢獻。沒有民族特色的文學，便沒有民族「光榮的角色」。

中外作家評論歌德都同樣強調歌德不止於是文學天才，更是人類傑出的「人」的典範。他是全才。這樣一位莎士比亞以後歐洲最大的文豪，同時又是卓有成就的自然科學家。在動物「顎間骨」的發現與「植物變形」的研究上，早於達爾文發表進化論九十年，可說開了先河。在兩次德國與法國的戰爭中，歌德表現了他謀國的政治才能與在大難中鎮定從容的膽識。在愛情上，歌德有一長串愛人，承受了他的甜美豐盛的愛，也受他負心的痛苦。但愛情是歌德生命力之源，他讚美永恆的女性，歌頌戀愛的高尚與神聖。他所投身的人間活動與生命的波瀾之激越、寬廣與深邃，而他自己最後完成了一位大詩人，大作家。根植於宇宙與人生深厚根基之上所誕生的文學之花果，絕不是文學才華與文學修養所能達到的。那是一個堅毅的飽滿的人才可能攀登的「一切的峰頂」。

梵樂希說：「歌德是一個『全人』，其他的人與他比起來都不過是人底斷片或人底初稿。」歌德使大詩人與思想家梵樂希用這樣的句子來表達對歌德的崇仰，我想，若沒有一個卓越的人在先，絕不會有另一個卓越的心智能寫出這樣非凡的頌讚。

（一九九九年七月）

什麼是幸福

幸福的悖論

人人希望幸福，但是「什麼是幸福？」如果經過一番深思，當知不易回答。我們只知要「幸福」，而不知它是什麼，我們怎麼能得到它呢？所以，我們應先弄清楚「幸福」到底是什麼。

古往今來沒有人曾擁有永久的、完美的幸福。這是現實的局限和人性的本質所決定了的。而且幸福須付出相當代價，起碼在付出代價的時候必有艱困痛苦。人生雖有快樂，但更多的是不如願。所謂「人生不如意者十之八九」。人間如果人人幸福，事事美滿，那麼一切的追求與努力都會停止。所以，「幸福」使人生有享受與安慰，「不幸福」則促使人生不斷努力追求，因而提升了人的價值，有了報償。這樣說來，幸福與不幸福都是好東西，豈不是詭辯，豈不更使人困惑不已？不過，的確如此。

人生不會有永久、絕對的幸福，幸福是變遷的、相對的。天才橫溢，少年得意如英國文豪王爾德（Oscar Wilde, 1854-1900）後半生非常痛苦。他有一句話使我永遠難忘。他說：「人生的悲哀有兩種：一種是你所渴望的卻得不到；另一種是得到了。」這是很有深意的智慧之語。尤其是下半句，真教人驚心動魄。這位天才作家付出了餘生慘痛的代價，才有此深刻的人生體驗。

所渴望的得不到，因而悲哀，很容易理解。為什麼得到了也是悲哀呢？因為過高的預期，過多的激情與熱望，當你得到之後，可能不如你夢寐以求的那樣完美；或許使你大失所望；即使相當完美，但一切事物都會變遷，也不是我們所能把握，當其變得面目全非，豈不又是失望；或者所熱切追求的事物裡面原就埋伏了無法預測的危機。所以「得到了」是另一種悲哀。世間許多人所渴慕的權位、財富、愛情、美色等等，因為得到之後而生出悲劇的例子太多了。

得不到是不幸，得到了也是不幸。可見「幸福」是一個矛盾的悖論（Paradox）。

普遍嚮往的幸福

幸福實在不是能把握的「實體」，但大多人認為假如能擁有許多最渴望的「東西」，便有了幸福。這些人間普遍嚮往的東西，大概差不多便是：財富、地位、權力、美貌、長壽、愛情、子孫、健康等。當然，上述八項的排列依不同的人有不同的優先次序。但差不多沒有一項不是普遍的渴求。它們的好處不必多說，無數人生為了獲得它們付出一生的精力甚至性命。因為它們確不失為人生幸福的積極條件。

問題是沒有人能得到全部理想的條件，缺少其中的若干項，便不可能有完美的幸福。即使就每個單項來說，要達到如何理想的程度才能滿足，恐怕也永無止境。沒有人會因為口袋中有一百塊錢而滿足；即使有了一百萬，也一樣不會覺得幸福。因為他會埋怨一百萬連買一部高級轎車也不夠，所以他永遠會悵悵不樂。其他的慾求也一樣。因為人的慾望永無止境，這是人性的一部分。

另一方面，非常弔詭的是：這些極令人動心的條件，並不永遠是積極的；當其過分增多、擴大、膨脹之時，每個單項都可能會變成消極的因素，使擁有者不但得不到幸福，反而招致不幸。以財富來說，過多的財富很容易腐蝕人的品格與健康，養成驕奢放縱。也容易引起別人的妒忌、覬覦甚至歹念，而生災禍。子孫因不勞而獲，容易變成紈袴子弟或者百無一用的廢物。而兄弟鬩牆，便因為爭奪財產，釀成悲劇。地位與權力也一樣，若過分的、不擇手段的爭奪，腐化、狂妄、殘酷、貪婪等必如影隨形，危機與悲劇必不在遠。含著金湯匙出生的權貴大賈的下一代並不全然幸福。驕縱、懶惰、奢侈、不求上進，常是命運的報應。

美貌也沒有止境。比別人美貌的人，為求更加美貌，或求永遠的美貌，求助於美容術，結果常弄得慘不忍睹。而美貌最大的損失是飽受讚美與寵幸，不費吹灰之力而可得到虛榮與財富，因而自少不努力，老大徒悲傷。美貌而有智慧是人間至寶，但寥若晨星；交際花與牛郎多為美女俊男，他們最難得到的是愛情、健康與尊嚴，故多為「薄命」。

長壽似乎有利無弊，但也絕非如此。周作人老年時說「壽則多辱」，有深意在焉。且不說在不合理的社會環境中因活得太老而多受折磨。「老賊」與「老番顛」常是老年人的雅號。老境的病痛、痴呆，是人生最壞的遭遇。老友凋零，子孫不孝，若再加上生活困難，長壽有時候竟是懲罰，哪有幸福可言。

愛情確是人生的珍寶，生命中至高妙、動人、美滿的賞賜。但愛情多半強烈而短暫。如長久持續，便必平淡而怠倦，必不動人。婚姻是愛情的墳墓，真是名言。因為愛情若不浪漫，便不成其為愛情。浪漫的愛情則坎坷而不持久，與現實人生也多扞格。愛情的狂歡與痛苦常相聯結，所以越動人的愛情越酣醉，也越痛苦。古今多少偉大的愛情，消融了多少才子佳人的熱血，不言而喻。

最後一項是健康。健康之重要，大部分人都會把它列為人生渴求的第一。健康與上述多項完全不同性質。其他項目過分追求必帶來不幸，唯健康不然。沒有人因為過於健康而招致災難。所以健康是多多益善，是幸福最重要的條件。但是健康受制於兩個主觀意志所不能左右的因素：一是先天體質的優劣之不可抗拒，二是生命機體逐漸衰敗之不可逆轉。保養與鍛鍊可以小有助益，但無法以主觀努力而能保證長久的健康。幸福必要建築於健康的身體之上，但健康不可依恃，生命的安危不可預測，所以健康比其他諸項更充滿變數，也是永遠的遺憾。

有人可能說上述各項之外，似乎漏掉「智慧」。因為智慧使人生不致走上歧途，使人煥發，受人尊敬，也是幸福條件之一。誠然如此。但是別忘了人之有智慧，更顯然的結果是痛苦，而非幸福。夏娃、亞當就是吃了智慧果，變得有智慧，才知羞恥，才得「原罪」，從此得流汗流血勞作方得食物。人生痛苦由此而生。蘇東坡曾說「人生識字憂患始」。亞里斯多德也說「寧可智慧而痛苦，不願愚昧而快樂」。的確，愚昧比較幸福，智慧即是憂患。我之所以不列入「智慧」一項，是因為這個緣故。

在現實人生中，除了上述各項之外，完美的幸福，還要有其他眾多因素的配合。比如說是否生在一個和平、安定、自由、民主的時代社會？有沒有良好的人際關係？上蒼有沒有給你很溫暖和睦的家庭與親人……。無數的因素都影響到一個人是否感受到幸福，這裡且略去不談。但僅就上述人人普遍渴求八個幸福的「條件」來說，要獲得這「八項全能」已難如登天。為了這些條件所付出的代價，必使人生長期辛苦拚命。就像薛西弗斯推巨石上山，永無止息。

幸福的矛盾與虛幻

幸福的積極條件，既然不可能各項全部倖得，只要缺少其中一項或數項，便不會滿足，幸福即不可能。進一步而言，即使僥倖所有優越條件全部得到，是否就萬事大吉，幸福無比呢？答案也不那麼簡單。於是我們發現另一弔詭：每一個過分「發達」的條件不但如上面所說會變成消極的因素，而且也會危害其他的條件，相殘相剋。

上述各種條件，有的彼此相輔相成，但也有彼此矛盾衝突，互相抵銷，甚至相殘相剋者。比如貪求財富或權勢，免不了招忌樹敵，免不了用盡心機，免不了酒肉徵逐，在健康、德行、真情、愛情、子女等方面都有負面影響。而對愛情狂烈的追求，不惜代價，則對財富、地位、健康等方面都有大損傷。

除健康一項之外，幾乎任何項目的過分追求都會損及他項。這些看似十分美妙的東西，時常魚與熊掌不可得兼。所以，人人都有同樣的感慨：為什麼幸福如此難於獲得？為什麼我們永遠不如意、不快樂？我們得回頭討論不快樂的原因。

不幸福的原因

人有種種慾求。當慾求不得滿足，便感到匱乏、殘缺，於是不快樂。慾望的滿足使人覺得幸福。動物飽食之後，沉沉入睡，這一刻是幸福。但醒來他又要為下一頓飯去廝殺爭鬥。

慾望無窮，是一切痛苦之源。這「無窮」包括慾望不是一次過滿足就永遠幸福了。短暫的滿足之後，幸福感煙消雲散，求滿足的慾望又困擾著生命體。這是一種「無窮」。另一種「無窮」是：某慾望初步滿足後，便希求更高，更大，更徹底的滿足。慾望的第三種「無窮」是種類繁多。有吃，還要性，還要穿，還要名利地位……，什麼都不匱乏的皇帝最後要長生不老。人的慾求無止盡，但是人生和世界都是有限的。這個大矛盾就是人生永遠不快樂，痛苦永遠與人生長相左右的原因。

慾望滿足而覺得幸福，但短暫的幸福之後又有更高，更大，更多的慾望求滿足。而人與世界的局限性，終究不能無窮盡地滿足人的無窮慾望，所以不如意、不滿足、不幸、不快樂是人生的常態；快樂、幸福反而是短暫的。而既得的幸福很快習以為常，馬上有旁的匱乏，旁的慾求升起，又使人陷入新的渴望與不得滿足的痛苦之中。所以，痛苦反而是實在的（常在、永在、遍在），幸福卻是虛幻的（暫在、偶在、特在）。

至此，我們當明白，幸福是一種感受，不是任何具體條件本身。感受是變幻的、不確定的、因人、因地、因時而異的。

我小時候有一次爬樹，爬到最高處，高興得不得了。這時候有一種自豪感與新鮮感，無疑是愉快的。但怎樣下來？頓時心慌、腳軟，快哭出來了。心中忽然後悔，既下不來，又不能跳下去，怕手腳折斷。這時候看到遠處在平地行走的小朋友，覺得好羨慕。心裡想如果我能下到平地，像他們一樣行走該是多麼幸福！但是等到擔驚受怕、連滑帶撞，下到地面之後，不到一分鐘，便一點也不覺得能在平地行走有何幸福可言。這就是「幸福」虛幻的本質。

身體沒有殘障的人，會因為四肢健全，耳聰目明而整天感到幸福嗎？失明的人若得到醫治而復明，其幸福感可能比一分鐘要長，比如說一個月。不過，我們絕對確信，他後來還是有無窮不滿足的苦惱使他不快樂。比如說他想發財而不成，或者失戀……。幸福感的虛幻是慾求無窮，永不滿足的人性所注定的。

對於遇到山難或空難的人，再多金錢也不能使他感到幸福，他渴望的是脫險；饑餓的人，有一個饅頭吃便是幸福。所以，幸福是變幻無常，沒有標準，其內容因不同的時空環境與不同的人，不同的年齡與處境而千差萬別，幸福感是不確定的，相對的，不是絕對的。

既然幸福不是追求具體條件所能得到，而且諸理想的條件，也永遠沒有完滿實現的可能。所以，要得到幸福，必應另覓其他的途徑。

幸福是永遠的追求

人間沒有獲得幸福的秘訣，但可以有比較可靠的追求幸福的方向。就是不要奢望直接去攫取「幸福」。反而要不怕痛苦（匱乏的痛苦、慾求不得滿足的痛苦、人與世界的局限帶給人生的痛苦），而且要勇敢去面對痛苦，克服痛苦。

首先是降低物質慾望（肉體方面所需所求者），向超越物質的廣袤領域去作無限的追求。

其實，這是一切宗教教人擺脫痛苦，求取內心平安的根本方法。最嚴苛的便是某些宗教的「禁慾」。而宗教要人超越物質世界的追求便是「信道」。但這是不信教者所無法滿足與認同的。要做到像弘一法師破缽芒鞋到處化緣渡餘生，一般人絕對達不到；更多的人則不想選擇那樣取消生命樂趣的人生道路。那麼，我們還有什麼路可走？

如果我們不願捨棄人生的樂趣，仍眷戀生命，並對這個奇妙的宇宙與複雜繁富的人間有強烈的好奇心（這好奇心裡面包涵了熱愛、渴望知解與體驗等心理意圖），而我們還是希冀尋覓「幸福」，那麼，我認為最重要的是改變心態，必要毅然決然地立志做到：不畏痛苦，永遠的追求。不如意、不滿足、不快樂既是人生的「常態」，要活在人生裡面，當然首先應該不畏痛苦，並且接受痛苦。所謂幸福，既然不是某些條件相加所能達成，也便說明不可能直接去獲得。幸福其實就是克服匱乏，戰勝殘缺，滅除痛苦，創造希望的過程。這個過程必伴隨著痛苦，但你懷著成功的希望與憧憬，便有安慰與歡愉。在努力奮鬥中，要能欣賞、享受這個「過程」，不以「結果」的優劣來衡量努力追求的意義，才能達到「成固可喜，敗也欣然」的境界。

我們應改變一般人的想法。除去「幸福就是在世界上得到什麼」的心態，而代之以如何創造有意義、有價值的人生；如何把短暫、渺小的自我提昇、擴大，以此作為人生的目標。即以創造有價值的人生生活為「幸福」的內涵。

我認為要達到這樣的人生，一方面要有所追求，一方面要有所寄託。

追求與寄託

主要是追求心智、情思的成長、擴大與豐富。知識的探求與文學、藝術的滋養，是主要的途徑，也即讀書與欣賞藝術。

讀書使我們知古今，知世界，了解文化與人生。讀書使我們的心靈與中外古今第一流的人傑溝通、對話，並擷取他們的智慧。而文學與藝術，則打開我們心靈的另一扇窗戶，使我們看到文藝的世界，也使我們更深入地領悟人生與世界的真相，與許多藝術大師發生心靈的共鳴。我們孤單、短暫、渺小的人生遂得以擴大、昇高。

如果有人認為這是不切實際，知識與藝術能當飯吃嗎？老實說，人間若連這些都不值得我們讚嘆、仰慕，便再沒有更可珍貴的東西了；生而為人，沒有親炙過這些文化瑰寶，事實上是白跑這一趟人生。

首先是感情的寄託。愛情、友情、親情乃至關懷、同情一切人。其次是信仰的寄託。宗教信仰永遠是脆弱的人生的依憑。除了宗教的靈修，還可培養了服務、奉獻的人生觀。許多行有餘力的人做救濟、教育、護理的義工，這也可說是另一種宗教。第三，培養有興味的、良好的嗜好。比如：運動、釣魚、收藏、旅行、參加各種活動。第四，創造有意義的志業。

我認識一位退休的王璞先生，他長期自費做「錄影傳記」。我們都知道劉紹唐先生創辦「傳記文學」，蜚聲中外，對歷史的認識與研究有非凡的貢獻。王璞先生則專做影像的傳記，把當代有成就的文學家、藝術家，訪問錄影，為歷史留下生動的記錄。許多退休的人百無聊賴，日子難以打發。但是，創造性的人生總可以找到有意義的志業，在工作的過程中發揮生命的毅力與善美。而工作的成就嘉惠人間，又受到尊敬與感佩，自然有莫大的欣慰。

追求、努力，工作當然艱辛，但是幸福就在艱辛的追求中感受到生命的樂趣與價值。幸福就是在人生的匱乏、殘酷、不完美中創造希望，在追求希望的過程中克服並超越痛苦，幸福的感受便在心頭。所以，人生的痛苦實在是人類追求幸福的動因。這樣改變心態，對痛苦便有全新的認識。

如果我們能從各個層面深入了解幸福的真相，雖然不可能因而取得通往幸福的捷徑，但是，起碼不會因盲目的徒勞而招致不斷的失望。如果我們能不斷創造希望，幸福感便不斷產生。在往成功的目標奮進的過程中，希望與憧憬使我們興奮，而充滿無盡的願力，那便是幸福。

（二〇〇〇年五月）

後記：本文由泰山文化基金會邀請的演講記錄修改而成。

新世紀之門

新世紀之門上面寫著：「從這裡，人類進入了感官極大限度膨脹放縱之叢林，與心靈無限空虛徬徨之深淵。」此後，人類的光榮只在金錢的閃光裡。

世紀飆車

文明史到了二十世紀下半最後的一段旅程，如醉漢在光滑、沒有邊緣的冰原（沒有分道線，也沒有路標）上飆車。

世紀中葉原子彈的蕈狀雲早已消散於車後的遠方；赤地萬里「文化大革命」野獸般的嚎叫已變成《上海寶貝》（上海年輕女作家衛慧今年上半年出版描寫縱慾的小說）的淫聲浪語；貧窮國家每日數以千計的餓殍臉上有蒼蠅爬行，富裕國卻為隆乳與瘦身不吝消耗千百億金元；以、巴及一切懷著宿怨族群的仇恨正分頭在編寫下一世紀各式各樣更大悲劇的腳本；鼓吹全球化的霸權暗地裡舖設了管道，抽吸「落後國家」的骨髓以代替行將枯竭的石油去餵飽未來世紀飆車的油箱；資訊工業與基因密碼成為雙渦輪引擎，裹脅全球奔向虛擬的天國——二十一世紀無量「進步」之夢。

進步的危機

世界在急速變化。變好，還是變壞？種種爭議難以有簡單的結論。不過，沒有人否認：這個世界變得陌生了，變得太快了；惶惑與憂慮襲擊著每個人。

十八世紀前半，盧梭參加「科學和藝術的進步究竟使人類向下沉淪或向上提昇」的徵文得獎，認為文明的好處抵不上壞處；智巧使人沉淪，心靈的培養與人間的愛才能使人類提昇。而四十多年後啟蒙大師康德對人類是否不斷進步的回答卻相當樂觀。兩百年後的今日，人類社會的「進步」遠非十八世紀的哲學家所能夢見。二十世紀三〇年代哲學史家威爾．杜蘭已有「我們以空前的速度在地球上奔馳，但我們不知道，也沒有想到，我們將往何處去，我們是否可為我們受磨折的靈魂找到幸福。我們的知識在毀滅我們，知識使我們陶醉於權力。沒有智慧，我們將無從得救。」這樣睿智的警語。如果他看到二十世紀末的人類世界，便知道他早年所憂慮的只是道德與信仰上的危機，現在更是人類生存與人性沉淪、地球岌岌可危的大危機。

石破天驚

以保守、溫馴聞名的新加坡人出了一個留美女學生郭盈恩，於一九九五年二十二歲時拍了一部破世界紀錄的色情片，記錄她十個小時內跟二百五十一個男人性交的盛事。該片大熱賣，製作人發了財，郭小姐則舉世聞名。問她想得到什麼？她說：想成名和享受性交之樂。

顛覆一切的價值與秩序，泯除事物的分際與原則；造反有理，革命無罪。自從一九一七年法國畫家杜象（Marcel Duchamp, 1887-1968）把一個白瓷男用小便池實物釘在木板上，僅用油漆在上面題名為《泉》，送到紐約參加獨立美展，從此開啟了從現代到後現代一切虛無主義藝術流派之潘朵拉盒子。而這一年也正是人類第一個共產政權誕生於俄國，紅禍初起的年代。杜象宣告藝術不再是以技巧去表現，藝術創造與有沒有良好的訓練無關，而是該如何去呈現。「現成物」（Readymade 現成的，同時也是陳腐的，非新創的；非常諷刺，最新奇的「創造」，其實回到最沒有創造的原點。）成為藝術品，挑戰傳統的招式便是反藝術。杜象還有把達文西的名畫印刷品《蒙娜麗莎》嘴唇上加了兩撇鬍鬚當做他的「創作」，成為玩世不恭畫派的祖師。

二十世紀末的「前衛藝術」，不論是裝置、觀念、身體、行為等藝術，把「現成物」推到極致，出現了以垃圾、廢物、屍體與真人的裸體，甚至是性器官與一切與性有關的事物。英國年輕女畫家展出她與許多名人性交的床，上面有精液的遺漬、保險套……，牆上貼著一張記載著曾為入幕之賓的許多男人姓名。而以動物屍體、糞便製作「藝術」作品也已不是新聞。

無法無天

中國大陸也急於邯鄲學步。在北京妙峰山頂由若干裸女疊臥的所謂行為藝術，題為《為無名山增高一米》。台灣藝術的西化更是由來已久。政黨輪替以後，連公立美術館也急速「國際化」。台北二〇〇〇雙年展，主題叫「無法無天」（這個標題不意中頗能凸顯台灣時局的實況）。裡面有一項作品完全與A片無異。這位「藝術家」是「國際知名女導演」，曾製作名為《IKU》的影片。據報導是「以科幻式的場景探討所謂的交媾與性高潮之間的關係，得到許多正面的肯定。」她在台北的「作品」，從前叫性變態，現在是藝術。

當代西方前衛藝術之驚世駭俗，最後竟與郭盈恩的A片異曲同工。據說東京與台北有少女「援助交際」。淑女與妓女二位一體，則藝術家與淫徒狎客笙磬同音；藝術品與廢物垃圾大同小異，已不值大驚小怪。

很少有人敢予抗拒與批判當代現狀，因為人人害怕被擯棄於時代大流之外，害怕被邊緣化，害怕被孤立。這是當代大潮流驚人的威壓。這個威壓龐大到難見其邊際，卻又渾沌不明。它的名字籠統而言曰「全球化」。極權社會也很少人敢於抗拒其權威，因為受制於強暴的政治力；當代自由社會中人卻自動盲目或無奈地接受這個威壓。不敢有自己的信念，不敢有自己的判斷與選擇。這是令人吃驚的時代。

全球化如烏雲罩頂。一個大迷惑從世紀末擴散、飄升，滲透人類生存空間的任何角落，也滲透每個人的細胞。第三個千禧黎明的曙光為烏雲所遮蔽，但「恨晨光之熹微」。

心靈殖民

「全球化」，已然是當代最具普遍性的時髦語詞。它是福音？是惡訊？

一百五十多年前馬克思和恩格斯發表《共產黨宣言》說，工業革命和資產階級「由於開拓了世界市場，使一切國家的生產和消費都成為世界性的了」。工業生產的大幅提升，消費市場的擴大，跨國公司的出現，國際貿易和國際資金的流動，首先出現了經濟的全球化。但是，全球化雖導源於經濟活動，也以經濟的全球化為重心，卻並不意味著全球化只局限於經濟，它也帶來文化上的全球化。因為商品不只是衣服、罐頭、汽車，也有聲音、圖像及軟體。西方經濟強國輸出的包括觀念、思想、信仰、價值、品味等等。透過無遠弗屆的資訊技術的擴散與滲透，對心智與心靈無孔不入的薰染，無時稍息的洗腦，不啻是一種新型的殖民，可稱為「電子殖民主義」。經濟、文化霸權不用槍炮脅迫，已可讓全球都像美國人一樣思考、判斷、生活。這是人類文化的倒退，因為差異的消滅必造成一元化的興起，而且必然是排他性與歧視的悲劇重演。

盲從全球同質化正是東方藝術枯萎、民族風格與文化心靈淪亡的原因。文化的世界主義與藝術的全球化，實則是西方文化沙文主義霸權極量化的擴張。其結果是非西方文化相形見絀，花果飄零。這是人類最大的不幸。諾貝爾文學獎與被西方表揚的東方「前衛藝術」，是因為「你與我們很相似，所以你是優秀的」。但有人沾沾自喜。

對常民生活來說，全球化也有可怕的多面向。麥當勞教你速食；好萊塢給你提供夢幻工廠的心靈糧食；《花花公子》教你欣賞性器官；麥可．傑克森與瑪丹娜給你狂醉迷亂；一切流行的風潮從紐約、巴黎向全球散佈，塑造你的身體，雕刻你的心靈，改造你的靈魂，使你喪失「自己」。面對全球化，每個人似乎不跟著追趕，便被遺棄。個體的孤獨感、空虛與惶惑，更造成每個人對全球化威壓的屈服。

殘陽如血

歷史上從未出現當代這樣一個商業主宰一切的世界。任何東西都成為商品，包括智慧、謀略、知識、美貌、青春、肉體以及敗德的表演，都可以發財致富。以前的電影明星以英俊美麗、氣質不凡，或以個性、涵養、悟性與知性上的獨特為取勝的條件，現代的明星似乎在美艷、性感、波霸或敢為敗德的言行與表演等方面有過人之處便成「天王巨星」。

地球變成一個大「賣場」。生產—消費是人生活動的全部內容。一切皆商品；市場唯一的「德行」是獲利。除了追逐利益，以維持個人享用一切物質，滿足所有感官慾望的能力，沒有什麼是人生更值得做的事。所以玩樂、吃喝、色情、淫慾、暴力、血腥、殘忍、迷幻、刺激、狂縱、背德……等等感官膨脹的行為顛覆了數千年人類建立的文明規範。十九世紀的偉大文學、十八世紀的偉大音樂、文藝復興以來數百年偉大的美術，在二十世紀百年之內裂變、衰敗。大概人類再難以出現像達文西、貝多芬、契訶夫、羅素那些一流的巨人；儘管出了富可敵國的比爾・蓋茲與雅虎等世紀末的財神。人類的光榮只在金錢的閃光裡。

一八六六年，法國畫家庫爾貝（Courbet, 1819-1877）畫了一幅《世界之源》（*The Origin of the World*, 1866）。畫女人陰戶的特寫，非常寫實。在古典主義與浪漫主義的繪畫中，畫裸女從不畫陰毛。庫爾貝此圖是西方繪畫史上展現女性器官最露骨的作品。女性陰戶是每一個人來到世界必經之門。庫爾貝以逼真不假做作的寫實主義來呈現人生的真相，不避醜的與平凡的事物。他的技法高超，手法多樣，不愧為一代大師，感召了緊接而來的印象派。但這已是人類繪畫輝煌歷史的黃昏。二十世紀西方繪畫是百年文化大革命。若非專事反叛與顛覆的「紅衛兵」便不被奉為「主流」。到了世紀之末，藝壇已無可供崇拜的大師。正如熱門音樂重金屬的嘶叫，取代了過去世代管弦樂的悠揚。配合搖頭丸的顛狂，「藝術」是消費的商品，藝術家也即商品的製造者。販賣的是迷醉、詭異、錯亂、蠱惑與排泄。人類創造最精純深刻，最崇高光輝的藝術品的時代似乎一去不返。夕照西斜，殘陽如血。商品市場猶如古代的戰場。弱肉強食，富者愈富，貧者益貧，社會的矛盾似乎又退回到久遠的舊時代。

新世紀之門

二〇〇〇年除夕最後一秒過後，二十一世紀之門在塵霧迷濛中顯現了。大門上黑壓壓刻著諸大國文字。（「台灣人」看不清中文簡體字，只好看「漢語拼音」與「通用拼音」混雜的符號；少數「精英」則扭轉頭去讀那些比他的母語——mother tongue——更為親切的日文或英文。）新世紀之門上寫的是：

「從這裡人類走進空前苦惱的時空。數千年文明史的光輝已被世紀末的顛覆所摧毀；過去慘痛的經驗教訓已被世紀末的狂妄所遺棄。從這裡人類進入了感官極大限度膨脹放縱之叢林，與心靈無限空虛徬徨之深淵。如果人類沒有自我救贖的覺悟與意志，再也沒有安寧、幸福與榮耀。走進此門的人，勿圖夾帶任何『希望』其物，以免灼傷自己。」

（二〇〇〇年十一月）

以石擊卵

——科技膨脹與人文毀棄

「科技與人文」的論題近年來很受重視。探討科技發展對人文價值的衝擊以及如何重建人文關懷與人文教育等議題，也時見各界精英發表高論。然而科技快速發展促使社會急遽變遷，對人文價值無情的衝擊，沛然莫之能禦的局勢，似乎日見加劇。

「轉知識為利潤」

一位令人敬重的新興企業家以「轉知識為利潤」來解釋「知識經濟」的含義。所以在報紙上曾以此為大字標題（四月二十三日）。另一位著名學者贊同這個說法，並說「我認為將知識轉換為利潤的過程本身也是一種知識」。但是企業家說「轉知識為利潤也是知識，我並不完全同意，我要回到柯林頓對新經濟的定義，他說轉知識為利潤需要創意、需要冒險精神，創意並不等於知識，固然知識往往是創意的基礎。」

在此論說中，利潤是目的，知識是工具，創意是發揮工具效能的心智活力。「創意」一般來自思考與想像力，思考與想像力才能開拓出突破成規的方向。不過，既局限於「利潤」這個目的，不但知識成為工具，心智活力也充滿功利色彩；功利趨向回過頭來又形塑了當代心智活力嚴重偏枯的性格。

這位可敬的學者在這個「語境」中也不知不覺有所妥協，對大學教育的宗旨有相應的「修正」：「大學不再是空空洞洞的所謂培植人才之場所，它明確跟國家的經濟發展，甚至全球的經濟發展有密切的關係。」

轉述企業家與學者的陳述，這裡完全沒有批評的用意，目的在突顯時代觀念的變遷這一普遍的事實。這就是當前人類社會文化的「主流思想」，所重視的是利潤與經濟發展。

文化的偏枯

西方文化從希臘到現代，逐步建構了龐大而秩序井然的知識體系。知識明確的分類，而且越分越細，才取得知識長足的進步、發展、壯大。非常遺憾，科學與人文的關係，由分類、區隔、疏離、對峙、猜忌、排斥、歧視乃至對抗的歷史演化，造成的文化均衡和諧的裂變。不過這是近代才發生的事。在十八世紀「百科全書派」的時代，科學與人文尚沒有對立；十九世紀中期，英文的science才開始將神學與形上學剔除在外，特指自然科學。及至科學發展出「科技」，不過兩百年光景。（羅素於一九五二年發表《科學對社會的衝擊》一書，說知識階層信任科學，大約只有三百年；科學成為經濟技術的來源，不過一百五十年。）先前科學與人文的分歧，到二十世紀演變成科技與人文的對峙與斷裂，其嚴重性大不相同。科技力量的膨脹，壓抑了文化中其他領域的生存空間，也衝撞、扭曲、融蝕其他文化項目，使人類文化只有科技一枝獨秀，橫行天下。這就是文化的偏枯。

科學是一種知識。知識本來有兩種作用：一是非功利的，為增進人的認識與智慧，滿足求知的好奇心；另一種是功利的，就是實用。

科學的實用便是科技。醫病、製器，初衷為造福人群。但當科技急遽膨脹，便挾持知識為工具，直接攫取無限大的「利潤」。這就變成一切皆成商品，人類社會只是一個大市場。於是，文化與整個人類世界皆商品化。直接追求利潤，因為金錢可以換取已成商品的一切，包括空氣、土地、水、一切人造的東西，進一步亦包括人——包括他的知識、能力、感情與肉體。

當前這個社會的可悲就是一切皆成商品。知識、宗教、藝術、權力、榮譽、愛情等都被納入商品市場這個大網絡中，文化中所有領域與項目都與「商品」異名而同質。大學的命運也與知識相似。本來大學有追求、創造知識，培養整全人格，造就高素質的人的一面，也有服務社會，培育職業人才（比如教師、醫生、工程師、官吏、律師等）的一面。現在一切既皆商品，大學也已不能不修改原來宗旨，直接與「經濟發展」發生「密切的關係」。「知識」與「大學」理想性下降，功利性提高，這是今日赤裸的現實。

從「兩種文化」到一種文化

二十世紀關於人文與科學分裂、對立，以致造成當代文化嚴重失衡的論述最有名的文獻，是一九五九年劍橋的文學家同時也是物理學家史諾（C.P. Snow, 1905-1980）的《兩種文化》。他提出文學文化與科學文化分離對立的事實，感慨彼此的誤解，期望縮小兩種文化間的差距。不過，史諾基本上重視科學，輕視文學。在半個世紀之前，當時科學教育確受到歧視，應用科學更甚。他希望文學文化不要阻擋科學文化的新生力量，不要低估科學的價值，並認為擴展工業化所帶來的物質利益是貧窮國家最大的希望。所以科學比文學有更強的道德性本質。

史諾的論述較早，沒有顧及近半個世紀以來世界日漸嚴重的危機：地球生態的惡化、資源的耗竭，物種的大量滅絕，以及貧富懸殊的差距、價值全面的崩潰與混亂。這不能說是科學發達的結果，因為科學裡面本來包含著人文的價值。我們只能說是對科學的誤用或濫用才產生今日的危機。這個濫用便是只取科學知識中純功利的一面予以無限擴大，發展出了科技；並以追逐利潤為最高的普遍的目的。結果是原來兩種文化的憂慮已變成更可怕的結局：世界只有一種壓倒性的商品文化。

數十年前史諾說年輕科學家感到他們所屬的科學文化正在起飛，而文學文化則日落西山，那些研究文學或歷史的同儕，再怎麼幸運也頂多只能拿到他們六成的薪水。現在完全出乎史諾意料之外。當代科技新貴與人文學者的報酬差距，絕不是一百比六十，而是千百萬比一吧。更令人吃驚的是，現在對立的兩端根本不是「科學」對「人文」，而是「能直接賺取利潤的知識」打倒「不能直接賺取利潤的知識」。今天埋頭研究天文的科學家，與人文學者同樣不是直接創造利潤的行業，豈不同樣蕭條？而邁可．傑克遜一場演唱會的收入比一個教授一生所得更多；愛因斯坦的「相對論」之所得「利潤」與「威而剛」的發明的利潤根本不能比較；《紐約時報》報導美國色情工業每年進帳超過一百億美元……。當代的危機比史諾所說「兩種文化」的嚴重性簡直不能相提並論。科技膨脹所形成一元化的商品文化較諸前期二元分裂，文化失衡，可說是由量變到質變，更令人悚慄。

對科學與藝術的誤解

在世界性危機之下，華人社會與文化不但不能倖免，更有我們自己更嚴重的問題。

簡單地說，我們大多數人，包括受過高等教育的學者、專家、教授，對所謂「兩種文化」最具代表意義的科學與藝術的理解與心態有太多偏失：不是過於狹隘，便是曲解或誤解；或者偏於一邊，完全忽視、漠視或輕視另一邊，以致於對於科學與藝術的精神、內涵、功能與意義所知甚為浮面，甚至無知。而對兩者的均衡、互補、交融才能建構對宇宙人生較為全面、整體性的認識更缺乏深刻的體會。在我所接觸的「文藝界人士」中，對自然科學毫無興趣，略識之無的極多。甚至連思想、哲學、美學也視為與其「專業」無關。而「學術界士人」（包括自然與社會科學）對中國書畫、藝術品與古今重要藝術家毫無了解的也極為普遍。很多年前，我正在讀《第三波》，一位文藝教育界長輩很不以為然，認為那是時髦思想；又有一次我很好奇讀一本很難懂的《超弦》，學術界一位朋友說讀這種書幹什麼？非人文學者對文學與電影只喜歡具刺激與娛樂功能的武俠小說或打鬥驚險的電影，覺得「文藝」太傷神而沒有耐心興趣。我深深感到科學藝術在中國人間形成斷裂的兩橛；更不要說科技與人文在華人世界中形同陌路（不要忘記我們高中已分甲乙丙三組）。

科學裡面有其人文的價值；藝術也是我們認識世界的途徑。我們缺少對這兩面的理解。

自從引進西方的「賽先生」，基本上我們的興趣還在利用厚生，醫病製器，在增進生產力，在創造財富，使國富民強。這種充滿功利主義與工具主義的科學觀，根本無法體現科學的人文價值。記得昔年吳大猷先生痛批我們只重實用科學，不重理論科學；只重技術，沒有原創力。我們在教育中後來為補救科學的實證主義、功利主義之弊端而增加文史哲的「通識教育」，也犯了把人文精神、人文價值等同於文人精神、人文學科或文學文化的錯誤。這些「通識課程」一時大為膨脹，師資多濫竽充數，所以，通識課程也只成「營養學分」，虛應故事，只是主菜旁邊點綴一朵小花作為裝飾，了無實質意義。

「人文主義」在文藝復興時代興起時，是以人為中心，尊重人與人性，當時的「人文科學」包括哲學、自然科學、文學藝術、古代語言、歷史、道德哲學等。並沒有把科學摒除在外。因為人文主義關注人的潛能，人的創造力的提昇，人文教育是要把人從自然狀態中超拔出來發現人性（humanitas）的光輝。所以科學是人文精神的一部分。科學所追求的自由探索的精神，理性客觀的精神，不盲信權威與沒有根據的事物，懷疑的精神，創新的精神，據理力爭，勇於批判的精神，不為私利，不屈不撓為真理獻身的精神，這些正是人文精神的重要內涵，也是人文價值不可缺少的部分。人文學者與藝術家，如果把科學視為身外之物，甚至視為對立面，他們所追求的目標，他們所自豪的人文價值還剩下什麼呢？

至於藝術（廣義的藝術在音樂美術之外還包括文學、電影等）所受到的曲解與誤解，窄化與貶低則更甚於科學。

也許，我們受到中國文化的實用主義、功利主義性格的影響，對藝術的理解與欣賞，心態上充滿了功利色彩。大部分中國人對藝術的文化功能與人生意義，都局限於「陶冶性情，美化人生」這八個字。充其量藝術只有教化、娛樂、風雅、裝飾等功能。我們對藝術最缺乏了解與體認的是：藝術揭露世界人生的真相與意義，是我們認識世界的另一種方式。所以我們不能體認到藝術與科學在認識論上平行的意義。不理解這一層意義，我們對萬物與人生，便不能有同情（的理解）與悲憫（的情懷）。

科學精神也同樣產生同情與悲憫。熱力學第二定律的「熵」，即「能趨疲法則」（the Entropy Law）說：物質與能量僅能以一種方向改變其形式——由可用轉變為不可用，由有轉變為無，由秩序轉變為混亂與荒廢。八〇年代寫《能趨疲》的雷夫金（J. Rifkin）說，這種新世界觀將取代牛頓的機械世界觀。愛因斯坦曾說過，能趨疲法則乃是一切科學的根本要則。愛丁頓爵士（Sir. A. Eddington）則認為它是整個宇宙的至高形上學定則。雷夫金並說：「能趨疲法則摧毀了歷史不斷進步的概念。也摧毀了科技必可創造出更秩序化世界的概念。」

這種強烈悲觀的信息，似乎並未喚起人類的謙卑、節制與悲憫。最近狂妄的小布希延續美國一向以地球資源為私產（美國以全球三十分之一的人口，消耗五分之一的資源）的能源政策，而且變本加厲，遭到世界的譴責。我們台灣一向追隨美國文化，再加上我們急功近利的「國情」，距離反省、悲憫與節制更遠。對於科學與藝術的理解，我們既偏狹又誤解，當世界面臨科技之「石」撞擊人文之「卵」的危機，我們更無憂患之心與批判之力。

科技進步，人性退墜

美索不達米亞古文物正在台北展出，裡面據說有罕摩拉比法典。依照該法典，兒子毆打父親，父親可斬斷兒子雙手；妻子不忠，丈夫可將妻子淹死。這些已被指為野蠻的道德。現在，最「進步」的「行為藝術」有表演啃食嬰屍（大陸「藝術家」蕭昱）；外國新聞女主播邊播報新聞邊脫光衣服；日本高中女生流行「援助交際」（台灣也已「見錢思齊」）；新加坡留美女大學生拍了一部破世界紀錄的色情片，在十個小時內跟二百五十一個男人性交，並在電視與電影上喧騰全球。這些說不完的令人驚悚的事例，各地每天都有創造性的「發明」。在某方面，人類似乎不在「進步」，而在「退墜」。

古老的法律與道德確有不少野蠻或不合人道之處，但今日人類的某些行為已不一定適合用野蠻來評斷，不過，與過去不同的是，一切驚世駭俗之舉都為了名利。或直接牟利，或出名以牟利。肉體、尊嚴乃至人自己都可以變成交易的商品。這是自有人類以來所未曾有的情況。

這種世界與人的商品化是當前一切文明與人類生存危機的總源。本來我在深思之後得出這個結論，以為不無一得之愚。但是最近閱讀「閒書」，知道馬克思《哲學的貧困》書中早已將這個問題點出了其根源。遂大有先得我心的欣然（我們過去一向禁讀馬克思，實在遺憾）。他說：「曾經有一個時期，例如中世紀，當時交換的只是剩餘品，即生產超過消費的過剩品。也曾經有這樣一個時期，當時不僅剩餘品，而是一切產品，整個工業活動都處在商業範圍之內。最後到了人們一向認為不能出讓的東西，都成了交換和買賣的對象，甚至像德行、愛情、信仰、知識和良心等最後也成了買賣的對象。這是一個普遍賄賂，普遍買賣的時期，或許用政治經濟學的術語來說，是一切精神的或物質的東西都變成交換價值並到市場上去尋找最符合它的真正價值的評價的時期。」在這裡，讓人想起布羅諾斯基的《文明的躍昇》（*The Ascent of Man*，漢寶德一九七五年中譯，景象出版社）說到：「機器是開發自然力的裝置。但機器開發了大量力源，卻一天天與自然的用途遠離了。為什麼現代形式的機器對我們造成威脅了呢？使我們感到驚異的這個問題繫於機械所能開發的力量的規模。我們可以換一個形式來問：機器的力量是與發明機器之目的所需之規模相當呢？還是力量過大，反過來支配了使用的人，因而改變了用途呢？因此這個問題自古有之。……每一種機器都是一種牲畜——核子反應器也不例外。」他又說到馬的出現，大大改變了歷史，尤其是發現了騎術。布氏認為戰爭由馬匹而促生。因為善騎術的遊牧民族以迅雷的速度掠奪農夫的餘糧，其情形好比一九三九年德國戰車長驅直入波蘭。——他的意思就是：人類發明技術新生的力量若超過當時生活的所需，便要變成為害人類安寧、和平的災難（核武器即是例子）。

期望再「復興」

今天科技大量增加物質產品，所以只能煽動慾望，鼓勵消費，不擇手段刺激市場的活力以追求無限大的利潤。大眾媒體、廣告、教育都有志一同為「市場」效力，「獲利」是當代最高的德行與光榮。科技的狂飆造成資源的大浪費（也引發資源的枯竭，物種的滅絕與自然環境的大破壞），也造成了人的德行的下墜。全面商業化的結果，宗教、藝術、學術、人際關係、愛情等都逐漸變質。偽詐、機巧、卑下、庸俗增生。除了金錢、財富，天地間幾無可敬可親，可仰可慕，可信賴，可寄託之事物，於是人徹底異化，如行屍走肉，如嗜血的禽獸。

偉大的西方文化經過不到三百年已變成世界罪惡的來源。中國人似乎特別欣幸，到處聽到「中國人的世紀即將到來」的論調。然而很難樂觀。只要看兩岸近二三十年瘋狂的開發，追求經濟成長與發展，盲目跟從歐美。貪婪利慾之心過之，理性法制之念卻大有不及，前途之危險更令人憂患。

今天世界的危急問題已不是科技與人文衝突的問題，而是科技過度膨脹，使全球文化商品化，一切都歸結到商品的價格上，也即價值的一元化。此與中世紀的宗教與二十世紀共產主義的意識型態的一元化一樣可怕。人已失去了自由、自主與尊嚴，文化意義也空洞、庸俗而失墜。這是很明確的局勢，再有多少次人文與科技對談的高調都只是另一種「市場行為」，於世無補。

可以肯定地說，若人類不肯反省，減縮消費，提倡節約與簡樸的生活，重整文化的多元價值，恢復人不可取代的尊嚴，追求人「詩意的棲居」（海德格語），把人從物質中重新解放出來，找到他不可交換的心靈的光，人類不會有安寧，不會有更好的未來。我相信人類會千方百計拯救自己，或許在另一番巨大的天災人禍之後，必有另一個「文化復興」。那也必是人類文化的大整合，將結束西方近代文化籠罩全球五百年的歷史。有沒有文化再復興的機會？端看：什麼時候人類才有普遍的、徹底的覺悟。

（二〇〇一年四月）

多元與價值

西門慶一生沉迷色慾；悉達多一生求道；安娜・卡列尼娜以追求愛情為人生鵠的，當愛情絕望，對生命便失去依戀；哈姆雷特以寶貴的生命為代價完成了他復仇的使命；有的人一生貪戀錢財，巴爾札克筆下的葛朗台是貪婪、慳吝的人生典型。也有的人一生為革命，為名利地位，為權力，為子女與家庭，為學問，為藝術，為探討宇宙的奧祕，為好奇與冒險，為嗜賭，為篤信宗教；還有人為安養流浪狗，為靈修，為練功，因情有獨鍾，都可以放棄或忽略其他人生的項目。

我們從文學（小說、戲劇、傳記），從電影，從現實人生都可以看到千奇百怪的人生型態；同樣是人，卻是多麼不同。到底什麼樣的人生才是好的？有沒有對與錯、正確與不正確、應該與不應該的區別？這個人生的判斷要以什麼為基準？由誰來判決呢？這是千古困惑的問題。

在一元化的權威時代，很簡單，訴諸權威，由它來決定。權威的來源有許多種：宗教領袖、掌握政治權力的人、傳統（經典、祖宗的訓示、悠久的慣例與習俗）、尊長（父母、教師、長輩）以及大眾（人民公審、多數決）。權威對個體的壓力非常巨大，但也有脆弱的一面，因為它背逆理性的精神。理性的精神是可以懷疑，可以檢驗，可以辯論，以理服人。權威之所以不能持久，以致站不住腳，以致崩潰，因為理性的精神終究不能長久被壓制。

在名副其實的民主社會，上述人生千古困惑的問題由誰來判決呢？答案是個體生命的主人自己。以什麼為基準呢？答案是對於個人的人生選擇，沒有（也不該有）普遍一致的基準；由每個人自己去抉擇。這就是多元價值的尊重。有人以為這必造成社會的混亂，其實不會，因為任何一個有「價值」的東西，其正面的貢獻必遠大於負面的作用。

很遺憾，許多人以為現在是多元社會，什麼都百無禁忌，「只要我喜歡，有什麼不可以」。所以，我們現在看到的是「什麼不像什麼」：狗不像狗，貓不像貓，老鼠不像老鼠，老虎不像老虎。我們看到賣弄風騷的麻辣教師；大學畢業典禮僱聘鋼管女郎以娛樂師生家長；保全人員性侵犯被保護者；警察與老鴇合營地下妓院或擄妓勒索；在上位者胡言亂語，違法違憲；民意代表言行與地痞流氓無異；我們也看到許多前衛藝術根本是色情表演，有的形同垃圾堆；寫文章以怪異噱頭為創造，大膽、另類、顛覆、唱反調是當代「文章作法」。似乎昨天的「優秀、高尚、上乘、誠實」與當下的「低劣、卑鄙、下流、謊騙」等同了。世界真的會變成這樣嗎？不！我們誤解時代的精神，我們只顧迎接「多元」的時代，忘卻了我們應該迎接的是「多元價值」的時代。

任何社會，若只有多元，不問價值，那是災難。社會如果沒有普遍共認的「價值」，必成叢林。殺人放火也是多元的一種。所以只有多元價值才是我們所要的，共同生活所容許的。一個公認有「價值」的東西，必要具備：一、於個體有利（我所喜愛）；二、於群體（他人、社會乃至全人類）有益（最低限度是無害）。兩者缺一不可。如果喪失價值，多元毫無意義。

多元價值就是尊重每個人選擇他認為有價值（他所喜愛）的人生方式，只要於他人沒有害處，便不許任何力量橫加干涉。即使是多數人認為好的東西，也應容許任何個體不予贊同。（所謂「愛國」、「本土」、「主流民意」也沒有理由構成對任何不表認同者的壓力。）這才是民主的真諦。

有人以色慾為人生追求之「志業」，應與貪財、求道、愛智、游藝為人生志業一樣要受到尊重與法律的保護，只要不違法，任何人有權經營他自己的人生。至於個人行為的高下優劣，則由輿論與道德去裁判。民主社會是理性的社會，不能用某個一元化的「人生典範」去判決各不相同的人生選擇；但對於侵害他人與公眾共同利益的所謂「多元」行為，也不容許。

多元價值的另一貢獻便是寬容。即使對同性戀嗤之以鼻的人，也應尊重並維護他人選擇他自己性趣的權利。而民主自由的社會中不同觀點與意見可自由發表、自由討論，但不能強迫別人接受，也不能做非理性的人身攻擊。對於尊重每個人經營他自己的人生的寬容，承認價值多元化，是人類歷史重大的進步。寬容的進一步便是悲憫，悲憫他人，也悲憫自己。人因種種性格、環境與偶然，各各背上他自己的十字架走他自己的路，都要承擔種種的榮辱成敗得失。因為每個人都徹底的孤獨可憫，於是生出同情。較諸高調、空泛的「愛」，同情更可貴。

（二〇〇二年一月《聯合報》副刊）

道德難題

一

近年來我偶爾思考有關愛慾、愛情、婚姻、性的自由自主、兩性關係中的道德原則等人生根本問題。因為這些問題在當代確越來越令人困惑；各種主張也各行其是，令人無所適從，很值得反思。因此，我也寫了些隨筆文字。

社會急遽的變遷，舊的制度、觀念與模式已無法適應新形勢的需要，也不能有效運作，因而喪失了提供每個人賴以安身立命的功能。而異化的情色與色情在書刊、傳播媒體與社會生活中氾濫成災，興風作浪，更加速摧毀了人倫社會原有的價值判斷的準繩，也干擾、阻礙新的價值規範的建立。

有關男女情與慾的學術性著述，從心理、社會、法律等角度，可謂汗牛充棟。但人生實際的問題從來不可能仰賴學術研究去訂立規範為天下法；只有在人生的實踐中，經過摸索、探險、適應，歷經痛苦與磨難，才可能找到較佳的人生之路。沒有相當的人生考驗，沒有見過滄海桑田必不會有深切的思考。但即使略具這方面思考的能力，也依然深感惶恐與迷茫。

正在這時，有一本由美國兩位多種身分的作者合寫的新書：《道德浪女：性開放的全新思考》（張娟芬中譯）在台北「智慧事業體」出版。出版社希望我寫序。我對這本書很有興趣，但我不打算寫一篇評介性質的序文，我想把這個令人困惑迷茫的人生大問題的想法寫出來，或許更有意義。

該書非常大膽、坦承、驚爆，類似「教戰手冊」，我恐怕它會被先入為主的成見所誤導，以為它是一本教唆浪子蕩婦離經叛道，專為誨淫誨盜的色情讀物。儘管我們對它的主張不一定都認同，卻也不能否認它確戳破人生社會長久以來的虛假與懦怯，直面真實的人性，探索本能解除束縛的途徑，追求有限的人生所可能有最大的歡愉。它充滿實踐的勇氣，在努力克服來自主觀的人的缺陷、客觀的社會的限制的謀略上有不尋常的膽識。她們的人生信條與大膽的方略，在實行中豐富的經驗、發見與心得，對於在愛與慾望中困惑、徬徨、不安的男女，不無借鑑之用。

我不是研究這個問題的專家；我與大多數人一樣是在人性、本能、慾望與制度、習俗、社會意志種種矛盾與困惑中思考、求索。通過這幾段彼此相關又各自獨立的自由文字，表達了我對這個大問題的所感所思，串連起來充當這本奇特勇敢的書的序，有點不按牌理出牌。但若對讀者有提示之助，或提供了同一個問題另一層面的思考，便不無小補。

人世間有些極粗淺的問題，足以把自詡博學的人考倒。

比如說，鼻子與性器官都是人身體的一部分，為什麼前者可以公然外露，後者不能？這不只是法律不許可的問題，那麼，是羞恥？因為性器官太醜，不能登大雅之堂嗎？不對，不論男女，它有時候固然可能像枯萎敗壞的殘花一樣「醜」，但它也可能像怒放的鮮花一樣「美」。況且很不美的雞皮鶴髮或鵠面鳩型的身體，也一樣享有自由行走於公共場所的權利。那麼，是傷風敗俗？因為性器公然外露容易引起旁人性衝動？這似乎也不對。因為餐館食肆以美味引人食慾，並沒引起非議，法律也無從取締。或有人說那是文明社會的道德規範，「不文之物」當眾暴露，與動物何異？——這也不能服人。因為經不起反問：為什麼與動物不同便成「道德」？難道相同就不道德嗎？而人與動物皆有飲食與性慾之需求，如何在人就不道德呢？為什麼性器官較鼻子「不文」？豈不又回到最初的問題：為什麼人類社會對鼻子與性器有如此不公平的差別待遇？

許多習以為常，以為不成問題，甚至天經地義的事，其實大可懷疑，大可討論、檢驗與批判性的反思。

二

人類數千年來對慾、愛、情、婚姻、家庭、兩性關係等重大問題，在觀念、行為、制度、習俗、法律等層面上古今一貫堅持的「模式」，越來越不能適應時代社會大變遷之下已然出現的新局勢，也越來越通不過與過去極不相同的人生生活的考驗。當代男女關係的「危機」，世界性的現象是：離婚率大幅升高，外遇、濫交與性騷擾非常普遍。（色情買賣是商業行為；強暴即是犯罪行為。很難說現在比過去更甚，也許古代尤烈。但不在我們所討論「正常」的男女關係裡面。）社會上普遍認為這是當代人倫的「危機」。要解析為什麼會成為危機，關鍵在於我們得認真面對並思考這些問題：婚姻制度的反思、合乎人性的滿足慾望的途徑、貞操觀念的真相、男女愛慾關係的一對一模式的原因與新思考、「性解放」的認知與評價……。

假如原有的婚姻制度已不合適當代的人生型態甚至違反人性，離婚便不是「惡」而是「善」；假如舊貞操觀念不合理，便沒有「外遇、濫交」的惡名；假如男女之間追求是人性的常態，是歡樂的重要來源，也就無所謂的「性騷擾」——讀者先別震驚，卑劣的性騷擾沒有人會贊成，因為以令人不悅的言行強加於人，當然有罪。但問題不在「性」，任何「騷擾」他人的舉動都是侵犯人權，都應予抗議；若把性騷擾無限擴大，變成恐怖的戒令，兩性間美妙的和諧反而破壞了。凡是矯枉過正，便類焚琴煮鶴。

叔本華認為宇宙間有一強大的意志，驅使生命體奮勇從事愛慾的勾當，目的只在完成生殖意志，使生命得以延續。性慾是「自然」設下誘迷「個體」的騙局。其實，「社會」也有一強大的意志，以婚姻與家庭來設藩籬以壓抑人性，剝奪人的自主權，為的是成全「社會」的秩序與表面的平靜。但是，古今多少愛恨情仇與人生悲劇，綿綿不絕，不值得我們在數千年後這一頭勇敢反思嗎？

三

「知君用心如日月，事夫誓擬同生死。還君明珠雙淚垂，恨不相逢未嫁時。」唐朝詩人張籍的〈節婦吟〉膾炙人口。其實此婦既「感君纏綿意」又把雙明珠「繫在紅羅襦」，後來為了對丈夫忠貞，還是退還示愛的信物。但心中卻「恨不相逢未嫁時」，嚴格說來，心靈中的貞操有些動搖，才有傷心之淚與憾恨之慨。這種痛苦在過去到現在的道德規範與法律制度之下，是千古難消。

如果那婦人敢於突破婚姻制度與所謂的「貞操」，便會有極悲慘的下場，中外並無不同。安娜．卡列尼娜與包法利夫人等等數不清的例子，揭示了制度、觀念大有不合理與反人性之處。大文豪在作品中表達了對「大我」（集體、國家社會、傳統權威）的控訴，對「小我」的同情。

每個人只有一生。人的真實存在而能感受歡樂與痛苦的也只有「小我」自己。「大我」為了維護其統治的權威與秩序，強迫「小我」犧牲自己。在過去鑄造了千古無數悲劇，在民主自由，人權覺醒的當代，是不可容忍的荒謬。但這荒謬並未絕跡。雖然當代離婚率的上升顯示了婚姻制度嚴重的問題，男女關係的複雜化，愛慾自主與性解放的渴望更突顯了貞操觀念違背追求自由的人性。

長久以來很少人認真思考「貞操」觀念的產生與意義。許多人以為它與對朋友、對國家的忠誠同樣「高尚」，其實大錯。我們可同時對好多個朋友忠誠，無所謂「專一」；「國家」對個人提供保護與福利，背叛國家足以危害其他國民的利益，何況國家的背後是文化、傳統、種族、血緣等養育我們成長的種種因素，對國家的忠誠不但是法律所要求，更是國民天生自然的情感之流露。貞操卻是強加的戒律，要求沒有婚姻不許有性事；婚姻之後雙方嚴格限定要專一、從一而終；男女配套之後不論任何情況都不許有其他任何自主與選擇的權利。

為什麼這樣荒謬的主張得以大行其道，當然有過去的時代背景。擇要言之，工業革命之前，人類最主要的財產是土地。若不是一夫一妻，子嗣混亂，財產繼承權的鬥爭必使社會永無寧日。貞操觀念就是社會維持和諧秩序不惜壓抑本能，扭曲人性所訂立的「道德」，可見貞操是社會意志（大我）的產物。同時，貞操觀念也是男性所宰制用以禁錮、奴役女性的偽「道德」。女子婚前不許有性接觸；婚後若另有性行為便罪不可赦。（女人出軌叫「偷人」，男人則叫「風流」）貞操的荒謬更加明顯。

即使男女真正平權，婚姻關係中的任一方，雖然擁有自己的身體，卻完全附屬對方；不論後來感情的狀況如何，因為既互簽「賣身契」，自己便不能做主。這種貞操觀念，其殘賊人的自主與尊嚴的本質，並無絲毫的改變。貞操觀念的迷思，至今仍根深柢固，形同另一種拜物教。遇有處女被強暴的事件，媒體往往用「被奪去最可貴的貞操」來陳述。怪不得許多無聊男性出高價買處女，也怪不得有人賣假處女。其實強暴不論對處女或非處女，都是最可恥的行為。強調處女最可貴，或者歌頌貞操，其實都把女性當「物」，「用過了是舊貨不值錢」。寫這種新聞與高價玩處女的行為，在心理上同樣是把女性物化，是對人的侮辱。

男女間有堅貞的愛情，是一樁美事。但是，以貞操觀念綑綁人性，徒見其荒謬與殘忍。

四

鑽石婚的老人回答夫婦怎能數十年牽手偕老的答案都是「互相忍耐」。對人生的快樂原則來說，長期的忍耐是痛苦的煎熬，無論如何不是人生理想的處境。

婚姻制度固然維持了過去安定有序的社會，但對人性的禁錮，製造了千古纏綿悱惻的愛情悲劇，是不爭的事實。西諺說婚姻是愛情的墳墓，是至理名言。為什麼如此，暫無法細說。以套上戒指定終身，用法律嚴定一對一彼此的權利與義務（包括房事的義務）的婚姻制度，不論婚後愛情是否永固，大概有兩種心態，又各有兩種結果。第一種是認命的心態；上焉者，雙方以道義、責任、互相依賴、互相容忍相處。不高談理想，面對現實，以現實利害為前提，當然愛情早已變質。這雖與美妙的憧憬相去千里，但已可算是人間極難得的婚姻關係。下焉者便是忍氣吞聲，放棄希望，無可奈何，做馴服的囚徒度過一生。第二種是不認命的心態：上焉者勇於突破藩籬，冒天下之大不韙，追求自由的愛情，不論成敗，甘願承受挫折與苦難。下焉者則互相虐待，終日鬥毆，或外遇出軌，或嫖娼養漢，終於以離散幻滅收場。不論是哪一種結果，都不是人人所渴望美好的愛情。

人生所渴望美好的愛情為什麼如此艱難，如此難以永遠維持不變呢？因為真正的愛情是情與慾美滿結合的結果。慾望之無窮，感情之善變，乃人性之本質。這些特色對人生可說有利有弊。感情與慾望自由奔放，多元豐富（不定，不專一，不饜足）使生命活躍，人生多姿多采，是一切創造性活動熱情與靈感之源，其弊則造成人生的曲折坎坷。相反的一面，是感情與慾望的壓抑，恆守節制與專一，好處是安謐寧靜，其弊是單調，是生命力的頹弛與倦怠。

婚姻制度與貞操觀念是針對人性的弊端，從法律與道德來設限，以強制限囿人的活動。在過去尚難以完全奏效，而產生了千古綿綿之恨，在現代更無法施展其權威。近世人權提昇，男女平權，每個人自主意識高漲，自立能力也大為提高，而性行為不再單為生育，客觀環境、技術條件與醫藥單器也空前完備，過去的制度與觀念，必然漸漸崩解。

但是不論愛慾如何自由，性如何解放，只要社會存在，人人生活在群體之中，道德與法律永遠必需。愛慾的新道德必將逐步建立起來。一方面要突破過去壓抑人性自由的那些教條，一方面要釋放本能，促進人性自由的舒張，使每個人能擁有更多歡愉與幸福。

愛慾的新道德第一點必是打破愛情與婚姻建立在彼此互相專屬的基礎上的老規範。每個人永遠是獨立自主的，有主宰、運用自己身體的權利。不論在什麼處境之中，人不應是另一人專屬的「用具」；否定所謂「貞操」的意義。第二點，愛慾的享有與滿足，以雙方情投意合，不應有任何附帶的、交換的條件為道德原則。相愛或結婚，不論是為付託終身，為財富與地位，為飯票，為家族聯結，為子嗣……一切帶有功利目的的婚姻或愛慾，都是「買賣」行為的變貌，與娼妓牛郎只是百步與五十步之差，皆為道德之缺陷。第三，兩性關係，不論是任何方式，關係的合與分，不必對方同意，每個人在自由意志下自主選擇的權利，應受到完全的保護與尊重。

很顯然，如此一來，原來的婚姻與家庭制度必備受衝擊。我想，新世紀的婚姻與家庭必然有重大變革。人類可能選擇自由戀愛——自由結合與自由分手；一個個擁有獨立自主人格的個體在自由的愛情追求與愛慾的滿足中生活，將是社會主流的趨勢，也必容許多元模式共存。那些要尋求依賴，願意長期忍耐婚姻的束縛者仍然可以男娶女嫁。但當有自由戀愛的一對愛人打算生育後代，就必須結婚（法律要求須如此遵守），因為沒有人有剝奪新生命享有家庭與雙親的愛的權利。子女的養育有法律保障，離婚不再須雙方同意。

世上永無完美的事物。新的兩性關係會不斷完善，將比過去更多滿足人性自由自主的渴望。

（二〇〇二年四月）

我拒絕並批判我的時代

二十世紀是一個大變遷的世紀。在藝術中的繪畫方面，變革之大，差不多把原來「繪畫」的規範顛覆了。繪畫原來是在二度空間（平面）表現三度空間，而且是用同類媒材來手繪。但在這個以革命為進步的時代，早有人開始用狂刷、拼貼、拓印、噴灑等伎倆。接著就是打破平面，加上有厚度甚至是立體的東西。從舊報紙、花布、樹皮、木板、鐵釘、鐵絲、塑膠，甚至麵包、保險套……毫無限制。打破平面的規範，變成半立體（好像浮雕）或立體的作品（即類同雕塑），繪畫與雕刻便混淆了。對，革命不是請客吃飯，就是要摧毀一切規範。而繪畫原來要用同類媒材（油畫用油彩；水墨畫用水性的墨與顏料；木刻版畫用木材雕版……）的規範也打破了，出現了所謂「多媒材」或「混合媒材」的「繪畫」。「手繪」也不必堅持了，既然可以用一切材料來拼裝，繪畫還一定要手繪嗎？不必手繪，嚴格的繪畫基本訓練也不要了。不會畫畫，或畫不好，也能當畫家，而且更絕。君不見曾有文盲的工農勞模給大學生上課嗎？革命就這樣麻雀變鳳凰。

從立體派、達達主義、波普、裝置藝術、地景藝術到觀念、身體、行動等藝術……千奇百怪。今年四月以來，全世界的報紙都刊登過美國藝術家湯尼克（Spencer Tunick）在許多國家邀集千百個男女自願裸體臥於公共場所地上供他拍攝的「藝術新聞」。這是攝影？繪畫？雕刻？裝置？地景、觀念、行動藝術？——什麼藝術？

是什麼重大的原因造成了藝術如此激烈的變異？

這牽涉到既深遠又廣袤的近代文明史大變遷的問題。其實，藝術的變革只是文化之變在上層較具指標性的警號。大變異何止藝術？從生產方式、器具、技術到生活、社會、倫理、道德、法律、人生觀與一切價值觀念，莫不在大變易之中，而且此變看來是只有加速，難以抑止。

當代世界，西方發達國家以全球化（不只是經濟上的全球化，還有文化、藝術與生活方式方面的全球化）來謀霸權的擴張。二十世紀的中國社會，一直由腐舊的傳統主義與激進西化分別宰制著文化與生活的各層面。面對著西方近代科技膨脹，人生活動只有交易，萬物（包括人）皆「商品化」的全球性巨浪的衝擊之下，腐舊的傳統主義已漸漸無法與激進西化對峙，傳統文化不是消褪，便是「下海」充當商品（以藝術來說，現在畫文人畫與舊戲新編都是假傳統，真商品），而激進西化更浸淫乎成為主流。請看兩岸三地美術館與藝術特區所進行的活動與展覽，多半是西方前衛的抄襲與附和可知。這難道是中國當代藝術發展「應然」之路嗎？

藝術與它所處的時代和現實應該是什麼關係呢？藝術對時代現實應當是依附、迎合、反映？還是抗拒、批判、揭露？或者是疏離、逃避、另建烏托邦？更重要的是「時代現實」就是「時代精神」嗎？兩者固可能相符合，相呼應，但有許多時候不也相分離甚至相衝突嗎？暴政的時代，鴉雀無聲，秩序井然是「時代精神」呢，還是悲憤壓抑，苦撐待變才是「時代精神」呢？

藝術有時映現了時代的精神，有時批判時代現實，要看這個時代的現實環境是有利於人性向更高的自由公義、合理與善美的追求，還是扼殺悖逆這個願望。信手舉幾個例子：魏晉時代要求個性解放，親近自然，讚美自然，於是有山水詩，中國山水畫也於此濫觴。清朝小學、考據、金石文字大盛，於是書風崇尚碑版與金石美感。文藝復興從神壇回到現實人間，歌頌生命肉體，於是聖母體現了溫柔豐盈的女性之美。十九世紀物理學家對光、色的發現，於是有表現陽光大地色彩絢爛的印象派。二十世紀的戰禍與人的異化，人間普遍的痛苦，而有批判的現實主義、表現主義；因為學術的貢獻，發現潛意識心理而有超現實主義的誕生。

二十世紀因為商品經濟逐漸發達，市場興起，於是同時也有許多為攫取名利的大師出現。畢卡索確有天分，畫也很多傑作，但他是商品化時代最早最有名的商業藝術家。他興風作浪，製造話題與驚世駭俗的高潮。他知道名聲便是鈔票，與其讓三五個專家稱讚不如透過新聞宣傳，讓億萬凡夫俗子折服。這裡面有許多附庸風雅的大商人、企業家會以耳代目來買如雷貫耳的大師作品。畢卡索與梵谷、孟克同為二十世紀大畫家，在我心中是聖徒與魔術師之別。當然，梵谷吃冷豬肉，畢卡索享受今生富貴。

二十世紀是資本主義與共產主義兩個意識形態對立鬥爭的世紀。我們都從這裡面走過來，來到二十一世紀之初的現在。過去只見兩者的敵對與差異，現在我忽然悟到兩者相同之處，豈止是異曲同工，簡直是連體嬰。相同之處何在？同樣走民粹之路（煽動大眾，發動群眾運動）而獲得史無前例的大成功。共產主義都成為獨裁暴君，利用人民，奴役人民，卻宣稱是為人民服務。許多實行民主的落後國家，假借民主為手段，選舉為工具，鼓動、蠱惑大眾，根本扭曲民主價值，走的也是民粹主義的道路。資本主義進入高度商品消費的階段，透過品牌的塑造、利用媒體的宣傳、全球連鎖推銷、生活方式的宣揚、消費的鼓勵以及無孔不入，花招百出的廣告去鼓動、蠱惑大眾，走的也是民粹主義。政治上的民粹主義，得到的是權力，經濟上的民粹主義，為的是獲得無限大的利潤。前者出現了納粹、史達林、毛澤東以及各色各樣大小獨裁者、民王與人民之子，真正的民主自由社會是鳳毛麟角。就連美國，內部種族、文化歧視問題層出不窮，對外，軍政經乃至文化頗多帝國主義行為，更何況亞非南美中東各國。後者則先進國吸食全球資源成富國，後進者赤貧。政治上的民粹主義，奪取權力之後還是為謀取利益；資本主義赤裸裸為財富的追求，有了財力也可換取權力。現在共產主義紛紛倒台，或轉向資本主義。西方富國所主導的所謂「全球化」就是以西方發達資本主義向世界推銷整套西方近代文化，讓全球各國各地成為西方總公司的另類「殖民地」。為什麼世界各地有許多反全球化的運動？因為不但全球化將使貧者益貧，更因為全球化策略對民族文化、生活方式、價值觀念、宗教……產生巨大的衝擊。非西方社會若不全球化便要邊緣化，便要被剝奪生存權；全面的全球化則意味著文化被「同化」。非西方文化與社會遂強烈感受到傳統族群命運的危機與文化上的自我逐漸消亡的恐懼。「恐怖攻擊」與「反恐戰爭」內情的深遠複雜，絕不是黑白分明。

共產主義以煽動群眾，暴力革命，企圖「赤化」全球。歷半個多世紀的浩劫之後，終於幻滅。但西方發達資本主義卻以柔性的商品化的文化（不只是物質產品，連人、知識、良心、愛情、慾望、信仰，道德、藝術等等自覺或不自覺的商品化了）來「同化」全球，透過流行與消費，來操控和制約全球人類的思想與行為。

二十世紀左、右兩派都同樣訴諸民粹主義。助長民粹主義的是近代一日千里的出版、報刊、影視媒體、電子媒體及當代驚人的信息科技。人人被意識形態化的資訊之網所包圍，真相與虛擬、真實與謊言都不易辨識，人人難以逃逸，都成為被操控的愚昧的大眾。你以為你擁有自主權，有選擇生活與商品的自由意志；政治上你擁有選票。其實，在這個「網」中，你的「選擇」多半是被設計好必掉入陷阱的結果。比如說，女人知道沒有起碼的外表不會有魅力，你不去減肥？美白？割雙眼皮、染髮、隆乳……？比如說若不如何如何便等於不愛國，而某黨某人代表國家的利益，你專唱反調？當人人生活在「潮流」之網中，便很難自主。文革時代人人高舉小紅書，當代追星族每逢外國流行歌星來訪，甘願機場苦候數小時，然後是瘋狂嘶叫，興奮的哭喊「我愛你」。你以為那是自發的行為，哪知幕後有精心的策劃。利用大眾的愚昧獲益，這是典型的民粹主義（Populism）。

上世紀中流行迷你裙，現在已是露腰及肚臍，必有一天以露陰毛為流行服飾。美感的商品化，一定要不斷推陳出新，製造「時代氣氛」。許多文明珍貴的價值則不斷被放棄。創造無止境的流行，為的是維持無止盡的商機，以攫取無限利潤。

說這些似乎與藝術有些離題，其實不然。現代藝術完全與流行商品同樣的情況。為什麼二十世紀以來西方的現代藝術幾乎完全發生於高度商業化的大都會（巴黎、倫敦、紐約）？為什麼一波正起，另一波又生？而且越來越新奇怪異，當代已有用垃圾、糞便、屍骸、炸藥及與性有關的影像、實物甚至行動來「創作」「藝術」。那麼，前衛藝術追求什麼呢？追求「成名」（popular）走民粹之路，透過媒體獲得「知名度」。搶攻媒體，便有機會得到論述權。奇特、怪異、聳動、噁心、淫穢甚至醜惡、背德，要不擇手段才能成為新聞，才能成名。成名之後自有許多其他途徑謀取利益。自一九一七年法國人杜象以一個真的尿盆展出，作為新的「藝術」以來，顛覆傳統文化的前衛藝術越來越變本加厲。他們深知創造了潮流，取得一時的「歷史地位」，自然有一番風光與利益。君不見不識之無的工農老粗一旦形成革命的洪流，取得了天下，豈不亦成了新貴。歷史的弔詭與荒謬從來不罕見。且看二十世紀中葉以來，前一時代西方的大畫家（如高更、梵谷、莫迪良尼、夏加爾、孟克、席勒、克林姆、珂勒惠支、科科希卡、恩斯特、魯奧、盧梭……）逝世以後，當代有什麼「大師」可與他們相提並論？那個表現人性，人生與人心靈深處種種哀樂、幻想、希望與絕望，表現理性、感性、慾望、愛與自然、人世的美與哀傷的藝術傳統漸入歷史，這數十年來接替他們的是什麼？後世會以同樣的崇仰去看波洛克、沃荷、勞森堡以及更後面的包紮、裝置與行動藝術……嗎？

我生於二十世紀中，我大半生都在拒絕並批判我所生存的這個時代。批判東方的因襲與西方的狂亂虛無。有時我因孤獨而灰心，我青年時代自己刻了「多餘生」的一個閒章，自感我是來到世界的一個多餘的人。但我多半自信我孤獨中的判斷——我相信會有另一個「文藝復興」在未來。我對當世那些淺薄激進的「新貴」十分輕視，對人性中許多尊貴的價值有永遠的信心。在我長期的論述與繪畫創作中，我的掙扎和追尋，顯示了獨特坎坷的軌跡。我不願臣服於時代現實，比如做個傳統書畫才子，或者西潮前衛英雄。從不。既不追隨，也不加入。自尋生路，被目為孤傲，實則，我忠於自己的認知和判斷，沒有游移，更無懊悔。

（二〇〇二年八月三十一日）

我們沒有「我們」

八月十四日人間副刊刊出王嘉驥先生〈在地文化孕育藝術風華——以傳統蘇州和當代台灣為例〉一文，想起八月十二日時報李維菁小姐報導：〈國家文藝獎畫家夏陽決赴上海定居——中壯輩藝術家韓湘寧、鄭在東、于彭等人已先一步赴大陸發展，似暗示台灣藝術市場日漸衰微〉。兩文連在一起，啟人深一層去思考其中的玄妙，以及更根本的問題。

王文告訴我們蘇州在明代成為文藝之都，是由於「一種對於在地文化自傲的意義覺醒。而這種覺醒，絕不單純只依賴藝術家的主體意識自覺，同時，更憑藉一個地區的藝術贊助與收藏系統，是否能夠有等量齊觀的認知、熱情與奉獻，以共同打造一個文化與藝術的城市。」王文感慨台灣從未有這一傳統，即使在八〇年代後期台灣一度錢淹腳目，文化與藝術的贊助仍微不足道。

王文又說「晚近一項莫大的反諷更在於，台灣當政者高喊台灣意識，然而充斥在坊間藝廊，及許多稍以嚴肅自許的台灣本土收藏家，他們卻有漸捨台灣藝術之收藏，轉而選擇贊助中國大陸當代藝術之趨勢。」如此，「台灣人幾乎不可能建立起對自己的文化與藝術（的）自傲。」

王文的觀點，在地的資源財力應該熱情支持、贊助本土文化藝術，任誰都非常同意。王文批評台灣收藏家購買藝術品是當買股票、期貨一樣投機商業行為，沒能熱誠奉獻，積極支持在地文化也是事實，但是王文忽略更重要的前提：第一是：我們有沒有一個王文所言的「我們台灣人自己」（像「蘇州人」或「德國人」那樣的「一個」彼此認同、團結的「我們自己」）？第二是：我們有沒有一個王文所說「可自傲的台灣自己的文化與藝術」（像可自傲的蘇州的文化，或法國、美國文化）？

就第一點說，「我們」是誰？在台灣，二千多萬人不是一個「我們」。其間有「台灣人」、「新台灣人」（則其餘是「舊台灣人」？）、「中國人也是台灣人」、「本省人」、「外省人」、「原住民」、「客家人」、「愛台灣的人」與「不愛台灣或賣台的人」……還有有拿了美國等外國甚至中共護照長期居住、出入台灣的台灣人，還有「僑選立委」（世上所無）、有外國籍長住他國但常常對台灣政治「說三道四」甚至當國策顧問的「台灣人」（世上所無）。台灣有一個認同而且團結一致的「我們」嗎？許多政客為了爭權、奪權，長期以族群問題為工具來作政治鬥爭，使台灣原本老早可以認同一體的「我們」，因「群體破裂」而動搖社會安定的根基（那些政客卻成為「愛台灣」的聖人），我們缺乏一個互相認同的「我們」。

第二點。台灣過去受外族統治，難以發展自己有獨特主體性的文化和藝術，可以體諒，可以理解。但光復之後至今已半個世紀，台灣曾發展出有在地獨特性像王文所言「可自傲的自己的文化與藝術」嗎？台灣難道沒有人才嗎？不！台灣人才濟濟。近百年台灣有許多極優秀的畫家，可就缺乏自己在地的自主性與獨特性。台灣的油畫基本上是法國的，膠彩來自日本畫，中國水墨山水畫幾乎全是「渡海」四大師的模仿。而張大千、黃君璧、溥儒、江兆申四人的畫都是因襲明朝以上的中原老傳統（清朝最有創造性的畫家如石濤、金農、任伯年等畫家對中國近現代繪畫推陳出新的貢獻，遠不是此四人所能望其項背）。這些外來藝術並沒有被本地精英很自覺的本土化。我曾寫過〈藝術上的台灣經驗〉一文（一九九八年一月十七至二十日，《自由時報》「縱觀與遠望」系列之三）對歷史稍作回顧。「台灣在藝術心靈的舞台上，沒有當自己的主角，常常為他人作替身。……雖大師輩出，但很少表現台灣的時空、文化傳統與人的特殊性，沒能鮮明地呈現台灣本土心靈的脈息。」六〇年代以來則是轉向西方現代主義的追隨。

台灣把李仲生、東方畫會與五月畫會當先鋒，形成了一個寄生於本土，卻虛懸於空中，無法扎根於本土的急進西化運動。從過去數十年中東方與五月畫會大部分畫家長年離開台灣，居留歐美，雄辯地說明了其寄生性格，與台灣本土文化扞格不入。直到現在，西方後現代前衛藝術是台灣的「主角」，以「國際化」與世界接軌沾沾自喜。文建會、文化局、公立美術館、藝術館、藝術特區、國家文藝基金會與各私立基金會都以此為台灣藝術的代表予以獎助支持的對象。目前就有「文件展」與「雙年展」之爭；那是本土東西嗎？從日本式的法國畫與日本畫，傳統中原的文人畫到西方的現代主義與後現代主義，台灣畫壇一向是一副依附的心態，所依附的是強勢文化，一向缺乏本土主體性的自覺。真正的台灣藝術在哪裡呢？而如鳳毛麟角的真正最優秀的台灣藝術家，如黃土水、洪瑞麟、余承堯（後兩位第一次畫展是我最早多次寫長文予以肯定），藝術界不是等他們暮年才發現嗎？有誰真心認為他們是現代台灣本土藝術的前驅而給予第一等的尊崇、珍惜，並思繼承與發揚呢？

王嘉驥先生慨嘆我們沒能像當年蘇州一樣，由「我們自己」對「我們自己可傲的文化藝術」予以熱愛、支持與贊助。不錯，這誠屬遺憾。但是更加遺憾的是我們有沒有這兩個「我們自己」？如果我們連這「兩個」都沒有，或殘缺不全，或「歧義多出」，甚至各說各話，爭論不休，王文期望像當年蘇州那樣，當然根本不可能。

很可惜，台灣光復，回到台灣自己手中已半個世紀，雖然早期中原文化對此地本土文化多有壓抑（主要在語言方面，其他宗教、生活風俗等方面甚少干預），但是畢竟台灣與大陸在整體文化上是共一源頭，歷史上改朝換代，天下分合，政權更迭，屢見不鮮，但相對於長遠的文化而言，政治的變易是短暫的，文化卻是無法取消與替換，是木之根，水之源。台灣近二、三十年來民主化程度越來越高，本來正好在尚未臻民主的大陸之外，努力建設「有台灣特色的中華文化」，或換個說法，台灣要有雄心壯志讓中華文化的現代化得到全球刮目相看的卓越成果。台灣本來有此條件。因為台灣匯集了中國各省的人才，而且最早有自由民主，教育普及，又有最佳途徑吸收歐美日本的文化精華。但是台灣沒有把握最佳機會，沒有走上台灣文化上應然的，也是最適宜的發展方向，而是自斷根脈，往最沒有前途的方向冒進。有兩個錯誤：一是因政治的歧見逐漸疏離以至試圖「去中華傳統文化」；一是西瓜偎大邊，急進西化，妄想與「世界性」文化藝術接軌，實則是讓台灣文化「殖民地化」。台灣的美術館不一直在做讓本土文化自我消亡的活動嗎？

回頭看李維菁小姐的報導。令人真不明白，什麼藝術家？當年國家窮了，不安全了，動盪了，便找一個富強之國去依附；當富國也不景氣了，台灣卻有錢了，便以「國際性畫家」回來接受名利。有的得「國家」文藝獎，有的說「我出國三十年，回來看到台灣現代藝術一點也沒長進」。好了，現在台灣經濟跌到谷底，上海由貧困的「匪區」變成新的「紐約」，藝術家又紛紛投靠。良禽擇木而棲，豈不有奶便是娘？藝術家豈不比一個商人還要現實？對時代沒有感應，對土地與人民沒有榮辱與共的感情，對自己的族群、社會、自己的文化沒有認同，也沒有道義與責任，對歷史沒有回顧、繼承與發揚。似乎「藝術家」就是一群身懷特技哪裡有好處、有名利，便往哪裡移居的人嗎？這不跟哪個大爺有錢便跟他去一個德性？現在，在台灣受國家「嘉獎」或受評論與媒體多方「肯定」的許多畫家棄台灣而去大陸，可以說是「良有以也」。台灣向來不是最欣賞「國際性」畫家嗎？現在一邊一國，這一群「國際性」藝術家正在「國」際間進出，不也名副其實乎？

如果台灣出了一個王嘉驥先生所欣賞的收藏家，懂得用他的財富來贊助、收藏「在地的文化藝術」，他會去支持這樣的藝術家嗎？當台灣更多有思想的收藏家看多了歐美前衛藝術回來，發覺台灣的美術館、當代藝術館、文藝基金會、新派的評論家與策略人所策展、鼓吹的「台灣當代藝術」原來是「西方三流四流」的貨色，他還有「贊助在地文化的熱情」嗎？（三個引號中語詞均來自王文）。

我一向主張「傳統應現代化、外來應本土化」。我們三十年來對傳統不是抄襲，便是顛覆與割裂；對外來的則奉為聖經，臣服膜拜。喪失「我們自己」的獨特性，不但不可能有讓人尊重的在地文化，而且，恐怕「我們」只是一群面目模糊的人，還妄想「我們的文化」在世界佔一席之地？

（二〇〇二年八月《中國時報》人間副刊）

悲愴與雄渾

——俄羅斯的文化與藝術

一

說起俄羅斯，台灣島上即使受過教育的人，大概印象都相當模糊。台北西餐廳有一道羅宋湯，知道其何所自來的人也不會太多。對於俄羅斯所知道的大概多是〇〇七電影中被美國「貼標籤」的「蘇聯」那個恐怖的惡魔，但太年輕的連「蘇聯」二字都很陌生。

不過，喜歡聽古典音樂、看芭蕾或電影，較「有文化」的人，可能知道《天鵝湖》、《睡美人》；聽過柴可夫斯基、穆索爾斯基、鮑羅丁、可薩科夫的音樂；看過《安娜．卡列尼娜》、《戰爭與和平》、《罪與罰》、《齊瓦哥醫生》等令人驚心動魄的名片。但是對俄國的繪畫、雕刻等美術作品與藝術家，知道、接觸過的就更為稀少。所幸二十世紀末葉以來，蘇共下台，旅遊開放，不少遊客已經去看過俄羅斯特有的洋蔥頭屋頂的奇觀；台北專門書店與「藝術家出版社」也有少數俄羅斯畫家的畫冊，稍稍彌補了長久以來的無知。台灣因為受政治的囿限，一向對世界的視野非常狹窄，對地球上許多國族的文化歷史的認知非常殘缺；唯對歐美日本俯首膜拜，馬首是瞻，卻遺漏了其他偉大的文化創造。

俄羅斯是唯一橫亙歐亞兩大洲，領土最遼闊（比中、美、印三大國面積總和還大），歷史最獨特的國家。在過去半世紀冷戰時代，足以獨力與歐美勢力抗衡，而且是人類第一個人造衛星發射到外太空（一九五七年）的大國。

一九一七年十月革命以後展開七十多年共產主義嚴酷的實驗，開始的時候曾經鼓舞世界上無數被壓迫者與各國多少著名知識份子的嚮往與期待。蘇聯赤化全球的宏願，雖然有稱霸全球的狼子野心，也不能不說與俄國人源自傳統靈魂深處，斯拉夫「彌賽亞意識」解救全世界被壓迫者的使命感有關。但是，後來歷史證明，彌賽亞變成獨裁者，解救者變成奴役者。歷史的荒謬與悲哀莫甚於此。一九九一年蘇聯解體，又回到俄羅斯。其間推行激進的改革（所謂「休克療法」），俄羅斯曾有過十多年混亂、衰敗、痛苦的日子。但是最近「金磚四國」的崛起，俄國正居其中。俄羅斯過激、狂熱、矛盾、勇猛、痛苦、剛毅、犧牲與不斷追求的精神，呈現了與東西方文化都不相同的獨特性。

二

俄羅斯大約有一百多個民族，是典型的多民族國家。不過俄羅斯族人口佔大多數，其祖先是東斯拉夫人。古俄羅斯起於世界最寒冷、陰暗的北方（後來被喻「北極熊」）。由氏族公社進入各個部落公國，長期歷經征戰、分裂、動亂、外族入侵與壓迫，到十六世紀才底定了俄羅斯民族的統一。其疆域自十三世紀以降對外不斷擴展，歷數個世紀而形成全球最大的帝國。十七世紀末十八世紀初，在彼得大帝勤勵而暴烈的統治下，去腐、改革、強兵；徹底學習並移植西歐先進文化、科學與技術，而且大興教育、翻譯西書……。十八世紀以後的俄國已躋於強國之列。俄羅斯從黑暗、落後躍上世界的舞台，令人刮目相看是近代的事。

背負著最曲折痛苦的歷史命運，俄羅斯有極矛盾、複雜的思想。揆其原因，過去長期遭受外族入侵與壓迫，而俄羅斯的統治者又是出名的專制、暴虐與殘酷。多少世紀一直處於落後、貧困、沒有公義的黑暗之中。而國土空間的廣袤無垠，嚴酷、荒寒的大地，除了刺骨的北風，只有因叛逆被流放者鐐銬拖地的鋃鐺之聲。歷史與地理決定了俄羅斯的民族特質。他不是單純的歐洲或亞洲，而是這兩個文化巨流交互沖激的鬥場。東方與西方在俄羅斯靈魂中搏鬥。非常特殊地，兩種極端矛盾的結合，竟鑄造獨特的民族性格與思想，展現了詭麗磅礴、雄渾剛毅，有鮮明的斯拉夫主義而又對全人類有宏大抱負的俄羅斯文化。

近代歐洲資本主義飛躍發展，俄羅斯卻因為受到殘暴的農奴制度所束縛，因之不能走上西歐的道路。十九世紀初對拿破崙戰爭的勝利而廁身歐洲列強。稍後，發生了「十二月黨人」反對沙皇暴政的起義，結果雖然失敗，但經過這兩件歷史事件，從此開啟了俄國近代民族主義與民主主義思想的新頁。在文化藝術上，激起了一個創造的高潮，從十九世紀初的普希金到二十世紀初逝世的契訶夫，一百年間俄羅斯忽然出現了一大群文學巨星，足以與驕傲的歐洲抗衡，甚且更為卓越。在音樂與美術方面，也大師輩出，與文學成就一樣睥睨世界藝壇。

三

俄羅斯近代深受歐洲的影響。德國思想界的康德、黑格爾、費希特、謝林；社會主義的聖西門、費爾巴哈、馬克思；法國啟蒙思想家伏爾泰、狄德羅，以及法蘭西大革命對俄國都有巨大的影響。這些名家甚至為俄國知識份子所追隨崇仰。

十九世紀初西歐文學是浪漫主義正興的時代。俄國出現了普希金（1799-1837）。他本來是浪漫派詩人拜倫的尊崇者。但俄國非人道的農奴制度，激起「十二月黨人」的起義，普希金曾有參與並遭受過流放，於是成為俄國批判現實主義的先鋒。與法國批判現實主義文學家司湯達爾、巴爾扎克、福樓拜、莫泊桑等，幾乎異地同時，互相輝映。而俄國批判現實主義文學持續時間更長，作家人數與作品的份量，比西歐的批判現實主義更有過之。普希金以下，有許多如雷灌耳的名字：萊蒙托夫、果戈理、別林斯基、赫爾岑、屠格涅夫、杜思妥也夫斯基、托爾斯泰、契訶夫等。他們的文學創作揭露殘暴黑暗的農奴制度的真相，人民的貧困與慘痛的生活現實，社會的墮落，人性的扭曲，善惡兩極的矛盾，人生的荒謬和痛苦，各具風格。

俄羅斯文學共同的特色是批判現實主義，富於思想性與哲學的深度。小說家杜思妥也夫斯基甚至被稱為哲學家（美國評論家蘇珊・李・安德森〔Susan Leigh Anderson〕，2002）。批判的現實主義在十九世紀很明顯飽含作家政治性的觀點，從普希金開始對黑暗的反擊即可看出。俄國文學又充滿深刻的道德、宗教與對人普遍的、終極的關懷。因此，俄國十九世紀文學壯闊、複雜而深邃，獲得全球普遍而深切的共鳴，而且成為探索社會、人生與心靈奧秘的經典。俄國這些偉大的作家的寫作不為娛樂人間，不為個人的名利，而渴望面對人的困境與罪愆，發出悲憫與宏願，以探索救贖之路。這些作家自己後來大多是殉道者。連貴族出身的托爾斯泰，因為同情人民，晚年拋棄財產，放棄貴族特權，甘願過平民生活，從事體力勞動，離家出走，寂寞地死於一個小火車站。

偉大的文學家為人類肩負苦難，他們的文學因真誠而高貴而不朽。

四

俄羅斯的繪畫也與文學出自同一個藝術心靈，充滿俄羅斯民族文化的獨特性。基本上也是批判的現實主義（十月革命以後奉行所謂「社會主義現實主義」。這時候藝術中的「政治性」就不是作家自發的思想，而是「黨的文藝政策」所規範的，所以不是真正的現實主義）。

現實主義有時譯為「寫實主義」，英文是Realism。與現實相對的是理想或想像。現實主義不指對現實機械的模仿或如錄影一樣的記錄。簡單地說，其宗旨就是面對不能逃避的、真切的現實世界，揭示其真相，發現其價值與意義。因為藝術是人的創作，所以現實主義必充分地飽含著作者主觀的人格精神。現實主義只是相對於其他藝術主張，認為藝術應當從現實出發而已。即使超現實主義或自然主義，甚至印象主義等派別，都與廣義的現實主義又有密切的關係。在繪畫方面大概只有「抽象主義」才與「現實」無關。所以頁布里希說抽象畫是「愉人的窗簾布」。因為它不能表現人文精神。俄羅斯不論是文學還是繪畫，都表現了鮮明的人道主義，以及對道德、宗教等終極問題的究詰與探求，對時代人生社會的逼視與批判，現實主義是共同的基調。在我看來，也是文藝永遠不可背離的基調。

近代俄羅斯繪畫最突出而重要的成就是「巡迴展覽畫派」。其時在巴黎有與官方和學院派唱反調的「落選沙龍」畫展，誕生了「印象派」，一舉成名。一八六三年，彼得堡皇家美術學院十四個應屆畢業生因不滿學院僵化的傳統，要求自由命題作畫不遂，而拒絕畢業，憤然離校，組成「彼得堡自由美術家協會」。一八七〇年與莫斯科畫家合組「巡迴藝術展覽協會」，也一鳴驚人，真正屬於俄羅斯的繪畫於是揭開序幕。這個巡迴畫派延續了超個半個世紀，開過四十八次畫展，產生了一大群有鮮明民族特色的卓越畫家。他們的傑作在世界藝術寶庫中獨特的地位永不磨滅。這些作品大多相當完整保存在兩大國立博物館中。一個是聖彼得堡的「俄羅斯博物館」，一個是莫斯科的「特列恰科夫國家畫廊」。從十九世紀初到二十世紀末，重要的畫家與他們的作品都集中珍藏在國立美術館，在世界各國是少見的。譬如中國，古代至近代美術珍品因為清朝故宮的收藏而得以有「故宮博物院」，但十八世紀至二十世紀國家的收藏出現斷層，許多傑作散佈世界各地，許多在私人的秘笈中不易與世人共享，是極遺憾的事。俄國人特別重視、珍愛他們民族天才的創造與成就，到過俄國的外國人都有目共睹。

五

近代俄國繪畫可分四大類別：歷史畫、風俗畫、肖像畫與風景畫。在此略作介紹。

按照皇家美術學院的陳規，學生畢業作品只能以聖經故事、古希臘羅馬和斯堪地納維亞神話為題材。青年畫家反抗這些束縛創作自由的鐐銬，要繼承過去的藝術傳統，俄羅斯的歷史畫要以俄羅斯的祖先，民族的歷史事跡為題材，表現對歷史的批判與歌頌。這些歷史畫的傑作，在份量與深度上都達到高峰。如《女貴族莫羅卓娃》（蘇里科夫作）、《伊凡雷帝殺子》（列賓作）等等，都成為世界性經典作品。

風俗畫表現的是現實生活。這是最能突出批判現實主義的表現題材。如：彼羅夫的《邊卡上最後一家酒店》、列賓的《庫爾斯克省的宗教行列》和《伏爾加河上的縴夫》、阿爾希波夫的《洗衣婦》等等傑作。

肖像畫拋棄了以前畫達官貴人、珠光寶氣的陳腔濫調，而以普通人或卓有貢獻的傑出人物為對象，著重在精神面貌與心理刻畫。列賓與克拉姆斯科伊最為傑出，名作甚多。其中一代大文豪托爾斯泰畫像最多。讓我們看到大畫家心目中許多歷史中人物的神采。列賓曾說肖像畫是「最有意義的繪畫題材」。

風景畫更是俄羅斯繪畫對世界特殊豐美的貢獻。

風景畫萌芽於北歐。三百年後法國柯洛（1796-1875）與米勒（1814-1875）可以說是最卓越的風景畫家，兩人同年謝世，是十九世紀歐洲最扣人心弦的田園詩人風景畫家。

十九世紀中期，俄國皇家美術學院開設「風景畫室」。這個創舉，培養了許多畫家，也使風景畫成為一個獨立的畫類，得到更好的發展。俄羅斯風景畫名家眾多，各人風格極不相同。其中最著名者有薩夫拉索夫（1830-1897）、希什金（1832-1898）、庫因吉（1842-1910）、列維坦（1860-1900）等。

薩夫拉索夫的作品被譽為「史詩般的風景畫」。希什金則為俄羅斯大自然的歌手。他畫高大的樹木與深邃壯闊的森林，最後手執畫板，在未完成的新作《森林王國》之前倒下猝逝。庫因吉是表現光與色，空間與空氣的魔術師，他與善於捕捉光、色的印象派畫家，探索之路各不相同。

他的夜景畫，冷冽、莊嚴、寧靜而幽深，堪稱獨步。《第聶伯河上的月夜》、《烏克蘭的傍晚》等作品創造了獨特的俄羅斯風格，悲涼而壯闊。

最出色的俄羅斯風景畫家要算列維坦。他天才橫溢，一生卻充滿窮困悲傷。他與契訶夫同年，曾結為知己。喜讀叔本華，但他告訴友人「不必擔心，我太熱愛大自然了。」不到四十歲就來到了他短促的一生的終點。他作品很多，尤以表現成千上萬流放西伯利亞的囚徒所必經之路《弗拉基米爾大道》一畫，被譽為「歷史風景畫」。他的另一幅《墓地上空》表現了俄國空間的悲壯，歷史的蒼涼，人生的哀傷。我沒有見過一幅風景畫飽含了如此深沉的思緒，動人的感情與濃烈的詩意。

六

俄羅斯的文化、思想、文學、音樂與繪畫一向在我心中有特別的份量。深刻、壯麗、雄渾與穿透心靈的力量，在歐洲只有貝多芬、歌德、莎士比亞、哈代、林布蘭、羅丹、孟克等等大師才能給我們一樣的震撼。

俄國繪畫力量之強，在技巧上要歸功於他們對學生的訓練之嚴格。基礎訓練的素描之深刻、嚴謹而不板滯，因為內在神采的捕捉使它比印象派素描著眼於形式的追求要來得更富精神性的內涵。當代美術教育基礎訓練普遍放鬆，尤其西方後現代的新潮的影響，繪畫的式微令人懷憂。俄羅斯繪畫在技巧之外，強調發揮文化的民族特色。——那些在時空推移中積澱而成的人文思想、生命態度、價值品味、生活風尚等等；吸收外來文化而不喪失自我；揚棄偏向於以技藝的巧變與視覺趣味的追求取代藝術表現人的心靈內在感受的形式主義。俄羅斯那個濃厚的人文主義的藝術傳統，應喚起當代藝術界的反省。

「形式主義」曾經引起正反兩種辯論。持平地說，繪畫本來就是視覺形式的藝術。造型、結構、色彩、空間等方面，都是形式；沒有形式或沒有卓越的形式手段的「傑作」是不可思議的。但形式的目的化，或過分玩弄形式，而忽略或拋棄繪畫藝術的思想感情——那些與人密切關聯的，人文關懷的內涵，藝術便可能變成技術的製作與視覺官能的噱頭，缺少心靈的深度，便是藝術的退墜。

俄羅斯繪畫在造型的技巧上獨樹一幟，學習西歐而能落地生根，發展出有民族思想與審美特質的風格。在題材上，以本土的歷史、生活、土地與人民為對象，使其藝術獲得源頭活水，便有旺盛的生命力，也才能自成一格。如果藝術的發展一味以強勢文化的潮流為依附，失去自己的根源與自己的道路，藝術便沒有生命。我們在俄羅斯的文化與藝術中可以得到借鑑，獲得某些啟示。

七

直到一九九三年我才第一次有機會去拜訪俄羅斯。當時俄國動亂而困苦。我發現世界上最雄偉壯美的城市是聖彼得堡而不是西歐的名都。那一年，我看到許多老婦人以家用雜物（杯盤、起子與鐵釘等小東西）與自製醬菜之類，列隊在街邊擺攤出售，以求換取些微金錢去度清苦的日子。那景象令人心酸。但我在街頭沒有發現任何俄羅斯人卑屈可憐可鄙的言行（許多旅行者在印度、義大利便常遇到詐騙遊客的浪人或宵小），令人心中肅然起敬。印證了我從文學與繪畫上所體會的俄羅斯的堅毅與有教養。參觀托爾斯泰、柴可夫斯基、杜思妥也夫斯基、普希金等大師的故居與陵墓，可以體會俄國人對歷史文化的珍重與虔敬。尤其墓園的許多金石雕刻或裝飾零件，似乎沒有人起盜心，保存得那樣完好，這是許多國家難以看到的。

台北立緒文化公司要出版這一本《俄羅斯美術隨筆》，邀我寫一篇小序。有兩個動機促使我不揣冒昧答應這個任務：我很想讓台灣的讀者能對我們一向因隔絕而陌生的俄羅斯藝術文化多一點了解，所以想借此機會寫點簡介。另外，我也想表達我個人對俄國藝術文化的觀感與「偏見」——我對她的欽仰之情。

本書的作者高莽先生是年已八十的前輩。他的背景、經歷與修養，不但是最有資格寫這種書的藝術家，應該說現在再難以找到像高莽先生這樣的「內行人」了。我一接觸這本書便贊成在台北重新排印出版，而且希望比原來大陸版品質更好。因此，建議增加了二十多頁彩圖。本書台北編輯馬與國先生的用心與功力，使它比原來大為出色。

高莽先生這本書不是美術史的寫法，也不是「畫冊」，而是一位對俄羅斯美術有深入了解，與許多俄國畫家為朋友，自己也是畫家、作家所寫的美術隨筆。其實這本書可以說是用親切的筆調寫近現代俄羅斯美術的「史論」隨筆。這本書可以引領你走進俄羅斯美術的天地中去嚐「鑊中一臠」。這本書會讓你打開另一扇窗，看到藝術世界中你知道最少的另一個廣闊豐美的花園。你可能就會贊同我寫這篇序文，向你推薦這本台灣「有文化」的人值得一讀的好書了。

（二〇〇六年一月於台北）

中文（漢字）發展的必然與應然

香港與台灣，中文一向使用繁體字。一九九七年之後，香港雖是回歸，但仍未跟大陸一起用簡體字。聯合國最近宣布二〇〇八年起，中文文件一律只用簡體字。台灣有點恐慌，香港卻老神在在。因為香港見多識廣，簡體字看多了，繁寫簡寫，「都無問題」。

對於中文（漢字）繁體、簡體的問題，向來確有許多疑慮與誤解。或認為簡體字不如繁體字優美，甚至破壞中國文化。這其實都因混淆了文字的實用與審美兩項功能，以及對文字的演化發展缺乏了解的緣故。

漢字發展史

漢字的書寫後來發展出「書道藝術」，在世界上獨一無二；但文字的創造原不為此，是為了實用。文字的產生與發展有幾個重要的基本原則：文字不是少數人一時所造作，而是族群大眾長期醞釀發明創造的，且在長久演化發展中建立了系統與規範。文字是發展演化的，不會永遠不變。文字規範的建立有兩個途徑：初由不斷修改、汰選，在大眾的使用中「約定俗成」而成規範；後來再經由權威單位（主管文化與教育的機關、學校、教科書、字典、辭書，有影響力的報刊與出版物）彙整頒布或示範主導而成規定與標準。

中文（漢字）在秦之前，各地寫法不統一，雖然大同小異，畢竟分歧，有礙文字的通達。秦統一文字，所謂「書同文字」，是歷史上第一次由權威實施的文字改革。此時的「正體字」是小篆，但仍然推行、使用當時的「簡體字」，就是隸書。到漢朝，隸書升格為正體字。而把隸書寫得快，筆劃省簡又相連，便有了「草隸」。草隸太雜亂，經過文人整理，有明確的規範，叫「章草」。後來發展成「今草」（始於漢末，筆劃簡化急就，連綿回繞，到東晉王羲之達到高峰）。「今草」之後，唐代張旭、懷素更發展成筆走龍蛇的草書，被稱為「狂草」。但因為一般人看不懂，只在上層文人間流行，遠離大眾，也不被貲用，變成書法藝術的奇葩。但是，朝野文書總要有明確通達的文字，於是又出現了行書和楷書。行書、楷書比草書明確易認，但也比草書「繁」得多。楷書和隸書繁簡差不多，筆劃也相近，只是筆勢改變而已（楷書因此又有「今隸」的名稱）。也即是由秦漢到魏，篆隸草行楷，一路演化，而以楷書為終局，取得正式文字標準規範的地位。（而手寫則多為行書）。這種狀況，直到今日並無大改變，已近兩千年。

由以上漢字發展史的簡述，可以知道：漢字的演化，基本上是由繁趨簡，有時也由簡變繁。其次，文字是發展、演化的，並非固定了但不再變動，還有一點，文字若已為廣大的人群所接受、使用，且行之有年，不論是自然演化或權威主導，既然已成為規範，便通行天下，成為標準。

激進與泥古

許多人心中有疑惑：現在中文（漢字）一邊使用簡體（以大陸為主），一邊使用繁體（以台灣為主），用哪一種才對呢？我認為，從現實來說，壓倒性大量人口長期使用，便成為另一次「約定俗成」，少數應服從多數。若從學理上來說，當代漢字的繁體與簡體的對立不是自然演變，而是政治所主導，都各有偏誤。大陸的簡體字以權威力量將文字由繁趨簡的規律推過頭；台灣的繁體字則相反，以權威力量阻止文字自然演化，限制並固定在古代楷書上面。一過於激進，一過於泥古。大陸簡體字確有些為人詬病的地方，比如「廠」、「廣」作「厂」、「广」；「麵」作「面」；「幹、乾」兩字均作「干」等等。但幾十年來大陸的簡體字是動員了許多著名專家學者研擬制訂的，絕大多數簡體字是依據古體、歷代書法名家書跡、行書與草書的寫法、族群大眾習慣通行的寫法……綜合汰選並加以整頓規範而成的，其中大多數是古已有之的寫法，新創的簡體字極少；即使新創，也有文字學的某些依據，絕不是許多對文字學、書法史、語言學缺乏認識的人所認為是胡搞與破壞中華文化。舉例來說，簡體字「無」字作「无」，這個无字見於古《易經》；「豐」字作「丰」，見於古《詩經．鄭風》，民間手寫也常常這樣寫；「見」字作「见」，蘇東坡《寒食帖》便這樣寫……。許多人說簡體字使漢字的美感喪失了，其實也不然。蘇東坡寫這個「見」字的行書寫法自有其美，不一定都要寫楷書才美吧？

中國文字有實用與審美兩用，實用功能重在簡樸明確，便利使用。審美的書法，並不因推行簡體而受影響，可以仍用繁體，甚至用小篆、古籀。海內外的書法家一樣可寫繁體，寫古今各體，毫無問題。學界中人，繁簡體都應熟悉，因為那是漢字源流。不過，近日新聞報導大陸招牌店名不得用繁體字，這是沒道理的政策，將來必無法認真執行。因為店招有藝術美感的一面，應容許自由發揮，政府管什麼呢？

台灣這幾十年來漢字規範走的是倒退泥古的方向。比如「國字標準字體表」規定，「木」字不能寫成「木」，「茶」字不能寫作「茶」。小學生寫得不合標準都算零分。這種冬烘學究式的「標準」，歷代大書法家都可能不及格。過分忽視文字演化發展的事實，以為堅守古代的規範就是維護中華文化，把文字弄成固定、僵硬的化石，以倒退復古為發揚文化，實在是焚琴煮鶴。

看不懂古書？

其實，「漢字改革」自明、清早已有人提議。明朝有方以智，清末有王照、勞乃宣與盧戇章等，近世則不勝枚舉。連飽讀古籍的大作家魯迅、許地山都提倡廢除漢字，主張改為拼音文字（一九七五年我曾發表過〈門外說文〉一文專論此事，收入拙著《藝術．文學．人生》，大地出版社，一九七九年）。大陸一九五一年毛澤東說了「文字必須改革，要走世界文字共同的拼音方向」。但是，政治權威並不能改變文字自己的生命與發展的規律。大陸數十年漢字拼音化之所以無法成功，只有一個簡單的根本原因：外國文字是聽覺型的文字，所以用拼音；中國文字是視覺型的文字，同音字太多，不可能變成拼音文字。而大陸的文字改革在簡化上卻取得成功，因為基本上遵循文字演化發展的規律，在學界精英的努力之下，積極推動而有了成果。雖不完美，但將來還可改進。

有些人擔心學了簡體字，將來便看不懂古書；台灣因為用繁體字，所以看古書能力較強。這也是一知半解的說法。因為現在印行的「古書」，原本有的是甲骨、金文，有的是篆書，有的是隸書、漢簡，當然也有楷書與行、草書，都經過後人的考據與轉換，變成以楷書為規範的「印刷體」，真正的「古文」，只有專家才看得懂。而大陸推行簡體字數十年，現在所有印刷物都用簡體字，大陸學術界的中國古代文化研究，何曾因簡體字而受影響？何況現代電腦的技術，兩種字體的轉換易如反掌，更不必擔心。繁體字與簡體字根本都是同一種中文（漢字），正如楷書（書本上的印刷體）與行書（手寫體）的差別一樣，稍一學習便能融會貫通，談不上多困難。繁體、簡體並非「兩種文字」，只是一種字的兩「字體」而已。更何況許多字兩體都相同（如一二三人手足刀尺大小中文……），簡體只是筆劃太繁的字予以簡化而已。用流行話來說，只是減肥瘦身，並非換心換腦。

行書沒規範

中文（漢字）的教育，長久以來忽略文字隨時代變遷而發展演化的事實。廢除科舉以來，中文（漢字）還是以古代的楷書為唯一的、不變的規範，無視於文字在廣大使用的大眾書寫行為中不斷變動，大體上由繁趨簡的方向。現實生活中，行草書已大量使用，而以嚴格的楷體為依據的印刷體卻不肯改變。簡化的行草書從未被採用為正規字體，更沒有一套規範化的行草書正確的書寫方式，讓學校有範本可教學，讓社會大眾有以遵循。這才是漢字教學的弊病所在。

台灣過去曾有一位位高德劭的大書法家，幾十年前當監察院長的于右任先生，他提倡「標準草書」。朝野人人敬重，但沒有人採用他的倡議納入中文教育課程。他的標準草書或因太草，不易看懂，但他的「觀念」有了不起的地方，卻沒有得到重視。我在上文提及的〈門外說文〉中對此有較詳細的評說，此處不容多談。簡而言之，我們的中文教育在印刷體的漢字之外，應有一套「標準行書」（手寫體）的規範。手寫體的行書基本上就是「簡體字」，就是大多數人天天筆下所寫的字。若有了標準行書的學習，才能使人人都能無訛地辨識彼此手寫的文字，不致一人一個寫法，常常看不懂對方的「傑作」。我們都知道英文印刷體有大小寫，手寫體也有大小寫。漢字的教學缺少手寫體的課程（即行書的規範），我三十年前呼籲過，明知是「狗吠火車」。想想做過監察院長的于右任的「標準草書」都得不到有關教育機構的重視，可見我們的文字教育有創造性的改革有多困難，因襲傳統的力量有多大！

簡體化是必然的！

現在，聯合國決定中文採用簡體字，意味著台港所使用的繁體字將漸漸保留在歷史檔案中，也表示簡體字將普及全球。許多習慣讀、寫繁體字的人會問：我們要如何面對？漢字的未來將會是什麼情況？這個答案，我想可以有必然與應然兩方面。

就必然而言，隨著國內外簡體的「市場」擴大，香港改用簡體字印刷、出版，沒有多少困難。台灣則不然。看看「漢語拼音」與「適用拼音」的爭辯，基於意識形態的僵持，台灣不理會國際所採納的前者而堅持後者，台灣不怕被「邊緣化」嗎？但連政經外交都無所謂，固執堅持繁體字是必然的。但未來將有另一種必然的情況，比如與外國往來的中文因為國際的要求，不能不送出一份「簡體字文件」。而隨著已經或將要去大陸留學、工作的下一代，以及要閱讀出版遠超過台灣出版的優秀讀物的人口不斷增加，愈來愈多人將會習慣使用簡體字。事實上，簡體字對中國傳統文化的繼承與發揚毫無影響。比如說，當代最好的《詩經》、《楚辭》、《史記》、杜詩、《紅樓夢》等經典的新版本（包括箋註與研究）都是大陸簡體字版，各種辭典也是。未來最多最佳的外文書中譯，也必如是。我可以預測：未來無關統獨，也不論什麼黨上台，漢字最後必完全簡體化。因為一種文字的新規範既已為族群中絕大多數所長久使用（包括手寫、印刷、資訊傳輸等等），其力量比政治、軍事更大。試想想德、日兩國曾經打敗別國，強迫人家改母語為德、日語，結果都無法成功。新加坡以華人大多數而採用英文為第一國語，雖然因為處境特殊，而且是自願選擇，我還是預估將來必恢復以漢語為第一語文。不然，這個可敬的東方小國即使經濟繼續繁榮，但在文化上必不可能有大發展，只是一個三流的「西方式小國」。因為語文的深層是歷史文化，是根與源頭，也就是文化創造獨特性的基因。語文絕不只是「工具」而已。

超政治的研究和協商

我的應然答案，當然帶著誠摯的主觀期待。目前兩岸三地同樣使用漢字，文化根源更無不同，所以在文字的規範上沒理由長期各行其是。繁體、簡體既然各有偏頗，便應有一個超越政治的漢字研究與協商的組織，由各地有資格的專家學者組成，長期關注、研究、討論、共商漢字的發展與規範，接納全球使用漢字者有價值的建言，發布有關的種種方案，為天下式。過去大陸有文字改革委員會，完全排除港台及各地人士的意見。現在社會已開放，資訊流通，應可廣納智慧。已頒布的簡體字還有些不大合理、不甚理想的地方，當然還有改善的餘地。此外，許多時代性的新名詞、術語，許多外文名物的中譯，許多「外來語」，如何擇優統一，共同採用（如「電腦」比「電算機」為優）。因為一種漢字而有各各歧異的字詞，總是缺陷。要使中文（漢字）成為世界上最重要、最優秀的語文之一種，不論如何，先要有超越政治意識形態的胸襟與遠見（其實應該說政治權力應有容許學界貢獻智慧，不受干預與阻隔的開明胸襟）。現在全球多國爭相學習中文（漢字、漢語），而我們的漢字卻「一文多體」，莫衷一是，如何談得上是最優秀、最重要？

漢字為世界五分之一的人口所共用，而且為世界愈來愈多他國人士所接納，有數千年連貫不斷的光輝歷史。保持視覺型文字獨特的、唯一的優點與特色，不僅是中國文化最珍貴的資產，也是全人類最珍貴的資產。漢字還要演化發展，提升、壯大與擴展。不但要繼續承載中國悠久豐厚的歷史文化，同時也要成為世界文化最佳的載體之一（所以翻譯是極重要的工作，中文的壯大與擴展不僅是為他國人士所學習、使用，更是將各文化的知識和智慧譯為中文，輸入漢字符號系統，使漢字的文化含量全球化）。能夠如此，中文（漢字）便遠遠超過歷史上任何時代（只能承載自己的文化歷史），而成世界文化的最佳載體，才可能與英文、法文一樣成為真正強勢語文。我們要有此認識與抱負。

目前，由於種種因素，或許還不容易很快達到，未來我相信是「應然」的。

（二〇〇六年三月於台北）

欲充前鋒，豈能當蝥賊

劉曉波因言論遭判刑與艾未未「被失蹤」事件，全球中文報刊多有報導。一個公民的基本人權，不應被「國家」隨便剝奪，是今日普世的共識。大國崛起，若只在經濟方面，而「國強民弱」，公民無思想言論之自由，則「人民共和國」仍須努力才能名實相符。

余杰〈我盼望早日與艾未未自由辯論〉一文（《明報月刊》五月號）表明支持艾未未言論自由的權利，也表明不喜歡艾未未的作風和他的「藝術作品」。啟蒙運動大思想家伏爾泰的名言：「我不贊成你的意見，但拚死也要維護你發表意見的權利」，這不是人人都能做到，余杰不含糊的做到了。余杰與劉曉波反對以暴易暴的民粹主義。余杰批評艾青「以弘誼取代公義」（引述白樺批判艾青「人格分裂」），遭到艾未未辱罵。所謂「知識份子」，除了正氣與率真、熱誠與敢言之外，還應有其他重要的品質。

在台灣「戒嚴時期」之末，社會上追求民主自由的空氣高漲之時，中央研究院史語所丁邦新所長在《聯合報》發表了〈一個中國人的想法〉一文（一九八七年四月九日），四月二十日，我在《中國時報》發表〈另一個中國人的想法〉與之抗衡。當時海內外各報刊有不少回應文章，形成一個「筆戰」。兩個月後台北久大文化公司出版了部分文章編輯而成《一些中國人的想法》一書。我當時批評丁邦新的心態是「以私恩取代公義」。一個受到「黨國」栽培的流亡學生，學而有成，感恩圖報。看到社會有批評政府的言論，寫文為政府說項，批評國民「訓政」不足，不足以享民主「憲政」。回想二十多年前那場筆戰，可知高級知識人亦不乏以私情取代公義的謬誤。

在艾未未「被失蹤」之前半年，我因應杭州中國美院之邀參加「林風眠誕辰一一〇周年紀念國際學術研討會」，另外寫了〈林風眠與其成為名畫家的學生——中國美術今日與明日的思考〉一文，發表於《明報月刊》今年一月號。文中有一段：「時代潮流主宰藝術的價值判斷，藝術家喪失獨立自主的判斷力而不自知。這是當代藝術界可悲的事。更可悲的是藝術界極少有覺悟或有抗逆當代荒謬潮流的勇氣與能力。許多人樂充新潮先鋒，當然也有人因依附潮流而名利兼得。典型的例子如已故名詩人之子，一方面是人權運動的勇者，一方面卻是充當西方後殖民文化的旗手而不自知。何其令人扼腕！」我不直書其名，因為基本上我對維護人權的勇者有敬意。

但是，我們對藝術家身分的知識份子為中國社會的公義發聲，表達支持與讚美；而對其藝術的良窳（非指其藝術成就的優劣，指其對中國藝術發展方向影響的良窳），我們也不能不加檢討。這才是理性和正確的態度。

二十多年來中國的藝術「新潮」，以西方的前衛藝術馬首是瞻，造成追隨、模倣、抄襲西方當代藝術的狂潮，以為那就是「國際性、世界性、全球化」的大道，就是中國藝術現代化的正途。艾未未現在成為西方前衛藝術的新教主。而且因勇敢參加維權運動，更加聲名大噪。艾未未整理川震死難學生的名字和生日，在每個孩子的生日到來的時候，便將孩子的資料發布在推特上。「劉曉波說，這也許是艾未未最好的一件行為藝術作品。」（見上舉余杰文）西方當代藝術有所謂「行為藝術」、「觀念藝術」、「身體藝術」、「裝置藝術」等。中國藝術家把它當「令箭」，亦步亦趨，奉為圭臬。四月十一日台北《中國時報》刊登艾未未在網絡發布一件「行為藝術作品」，稱為《一虎八奶圖》，是一張艾未未（一虎）與四個女子（八奶）全裸照片。這種「藝術家」，能因「維權」受到讚許，就連他的「藝術作品」也跟著「得道升天」，應該贏得讚美嗎？

這不能不使我想到過去一切都以「蘇聯老大哥」為宗師的時期，政治、經濟、文學、藝術都向蘇聯看齊。留學生以留蘇為首選，俄文為第一外語；繪畫也以蘇式油畫為範式。現在則棄蘇就美。艾未未曾「混跡紐約十二年」，其公寓「為許多中國未來藝術家在美國的中轉站」（見《明報月刊》五月號「艾未未簡介」）。這不禁使人猛省：為什麼中國新潮畫家半個多世紀以來，多依附一時之霸權，所謂「強勢文化」，不是蘇聯，便是美國？真正的藝術家對外來之藝術文化，不是有批判的吸收，並創造出現代的中國藝術，卻是不管思想觀念、流派名稱、工具材料到表現形式，一概從西方全盤照搬，以與文化霸權「接軌」為達成中國藝術「世界性、國際化」之目標。這種毫無獨立主體性、西式的「前衛藝術」，豈不是如假包換的自我殖民化的藝術？與大國崛起的願景，是何等巨大的落差？

民族的生存發展依恃武力與經濟不可長久，文化的維護、發揚與不斷有新的創造，才是不可動搖的根基。

恐怖攻擊的產生，根本上是文化的衝突。歐美近世對異文化的霸凌，在軍事的侵略和經濟的掠奪之外，文化的擴張，尤其是二戰之後，美國文化主宰全球的野心，以各種力量使全球「美國化」，來鞏固其霸主的地位，達到操控全球的目的，對異文化的輕視、敵視、壓迫、排擠、滲透、蠱惑與腐化，使回教文化各民族出現生存的危機。世界強權若不能自我反省，尊重而平等對待非我族文化，暴力報復將無止境。但希望強權反省遷善與希望恐怖攻擊放下屠刀，一樣困難。

假如中國的崛起，他日成為超強，但因為沒能維護傳統、創造新文化，而一味承襲西方現代文化，即使崛起也是枉然，因為只不過是一個西方式的中國。藝術是文化最高的象徵。二三十年來西方當代藝術駸駸焉成為中青年一代最「紅火」的潮流。不僅全盤「橫的移植」，在本土稱雄，而且衝擊了傳統一脈相承的本土文化，相當程度地扭曲、異質化與阻遏了中國藝術文化應然的發展方向。這是令人深深憂慮的極廣遠的問題。

我與大家一樣支持劉曉波、艾未未發表言論的自由，欽佩他們爭自由的勇氣與熱誠；但我覺得中國真正的知識份子對中國文化生命的承繼發揚，還應有一份深切的關懷與承擔。我相信民主自由不可遏阻，必會逐漸實現；而中國文化若異質化，其深遠的悲劇，將如臭氧層的破裂，永遠難以補回。

（二〇一一年五月十一日於台北，原刊香港二〇一一年七月號《明報月刊》）

略談兩岸的漢字與語文問題

兩岸漢字的問題

漢字從初創至今，考古學家告訴我們，起碼已有六千年。在世界所有古文明中，漢字是唯一歷史最悠久，而且從未中斷的文字。到今天進入科技資訊時代，漢字獨特的優點和強大生命力，不是其他文字所能取代。古漢字在先秦歷經長期的混亂、演變、裁汰與整編，在漫長的「約定俗成」的過程中成長，漸漸建成世界上最早、最卓越的表意的符號系統。秦帝國統一文字，使天下「書同文字」，對漢字規範的促進，符號系統的穩定（統一與穩定是文字卓越功能最重要的因素），有歷史性的大貢獻。數千年來以漢字為載體的中國文史哲龐大光輝的遺產，是世界的奇珍。

二十世紀國共鬥爭，國家分裂。兩岸各以政治干預語文，破壞語文自然發展的規律，漢字在大陸與台灣遂發生分化。「毛主席」於一九五一年宣佈「文字必須改革，要走世界文字共同的拼音方向」。其終極目標是要以拉丁（羅馬）拼音來取代數千年的方塊字。第一步先推行「簡體字」，採橫排字序自左至右的世界拼音文字的方式。「蔣總統」在台灣則堅守傳統的「繁體字」。為因應自「五四」以來橫排的新需求，但誤認漢字書寫的「橫披」為橫排的「傳統」，所以由教育部多次頒佈自右至左的橫排字序。從此兩岸漢字規範有別：左右異向，繁簡殊途。大陸急進，台灣守舊，其實各有偏頗。主要是兩岸政治權威破壞文字本來在民間緩慢經過「約定俗成」，汰劣存優的規律，也壓縮了精通語文的學者自由討論的空間。

四十年前在台灣，關於中文橫排，字序應該自右至左還是自左至右，爭論不休。我從一九七五年到一九八九年，二十多年間在各大報寫了五篇文章，主張中文自古沒有橫排的傳統；橫披或匾額看似橫排，其實是一行一字的直排；若採橫排，只有採用西方拼音文字自左至右唯一合宜的方式（一方面為配合引用西文與阿拉伯數字，一方面是書寫時手勢與目視的方便）。但好像狗吠火車。主管者行政院、教育部、新聞局充耳不聞。而且有許多一知半解的中文系教授，擁護政府，反對自左至右。直到前幾年，各報才悄悄先後「採用」我呼籲多年的主張。現在凡橫排皆自左至右，再沒有人出來反對了。不久前又有到底漢字拼音應該採用「漢語拼音」或「通用拼音」，又是爭論不休。因為政治意識型態的介入，不肯採用全球及聯合國都已一致採用的「漢語拼音」。掩耳盜鈴，以為不與大陸相同，便是維護主權。種種荒謬的理論與政策，充分反映台灣凡事泛政治化，自陷困境的不智。

近年有關「繁體字」與「簡體字」的爭議，我在台港報刊發表〈繁體與簡體〉、〈漢字爭論應超越繁簡〉二文，再次指出大陸急進，台灣守舊，各有偏頗。我不「靠邊」，自然兩岸「政治權威」都不會喜歡，又只是狗吠火車。

大陸急進，簡體中有少數用一個同音字代表多個不同形、不同義的漢字；又有些字簡過了頭，造成文字功能的破損；雖為數不多，但最遭詬病。台灣守舊，毋視文字自古與時俱進的演化規律；以僵化守舊為「捍衛傳統」。其實，簡化是自古已有的趨勢。漢初的草隸、章草，漢末的今草，唐代的狂草都是見證。使用文字的知識份子與大文豪、大書家以及大眾的書寫，可以說是代代人人都在追求簡化的方向。這數千年漢字書寫的史實，其實就是漢字力求簡化的歷史。大陸的簡體字大體上是回應歷史發展的要求的，容或有上述某些不合宜處，但絕不如台灣政治人物與抱殘守缺的「教授」誇大指控為「破壞中華文化」。我在文中說過「合宜的簡體，只是將筆劃太多的字簡化而已；是減肥瘦身，不是換心換腦。」也可說只是將某些行草書，經過楷化，納入「印刷體」，替換過於繁複的楷書而已。

幾年前，馬總統還是台北市長，曾打電話與我討論這個問題。我告訴他：將「繁體字」稱為「正體字」是錯誤的，因為毫無依據。漢字在歷史上並無鐵板一塊的「正字標準」，而是隨時代的推移而演變。其實世界各國都如此，幾百年前莎士比亞的英文已成古文，英文幾百年中也逐漸在變。漢字篆、隸、楷各體都曾經是不同時代的「正體」，秦、漢、唐宋，我們要採用哪個朝代為正體標準呢？何況李白、蘇軾、倪元璐、董其昌、何紹基……許多不同時代第一流人物都在寫「簡體字」（行草書），什麼叫「正體字」呢？又何況「繁體」對「簡體」，合乎「名言界定」的邏輯；「正體」與「簡體」，則暗含褒貶，便失去陳述事實的客觀態度。政府應謙虛。在其他事務上亦如此。我看對政府殷殷建言者，經濟方面如馬凱，政法方面如胡佛，其他方面如南方朔、余光中、嚴長壽、張作錦及入籍星國前的曹興誠等，他們的建言，政府似不大聽得進去。媒體丕變之後，現在諤諤之士的言論已經不多見了，政府應兼聽而不偏信，誠心察納雅言讜論才好。不能表面是溫良恭儉讓，其實只是傲慢武斷。莫怪有識之士不是遠去，便是噤聲。

三年來兩岸已經不再劍拔弩張，經貿往來頻密，但政軍互信尚未達成。我認為漢字因過去的對立所造成的分歧，亟應謀求協商彌補。在同一個文化體中同宗的語文，任其支離破碎，各執一「體」，對兩岸的交流與教育，對中華文化在世界的地位與影響力，都是大不利。語文是文化問題，可以超越政治。不管未來兩岸如何和平解決，漢字絕不應有兩套。對我們的子弟，對國際人士，繼承或學習中華文化，也是大障礙。如何重建漢字規範，我在〇九年六月《亞洲週刊》文中有具體的倡議，不再贅述。去年十二月，文化總會會長在「應先和大陸談文化」的標題中，說要「推動王道文化」；非常高瞻遠矚。而兩岸漢字繁簡長期分歧的問題，雖不如簽訂ＥＣＦＡ那麼急切與功利，但台灣誇言要做「中華文化的領航者」，豈不亦應當把它列入「談文化」首要的議題嗎？我們非常期待。

大語文與方言

我們沒有正常、良好的語文教育已很久了。因為島內藍綠對立，意識形態扭曲了許多東西，教育也是一端。今天，在台灣，什麼是「漢語、中文、國語、華語、北京話、普通話、方言、閩南語、台語、漢字、台語文……」？他們彼此的關係及正確而客觀的界說與認知，不但高中大學生，而且連大學教授、文字工作者，恐怕都是各說各話，各有立場，莫衷一是，不少人是胡扯亂蓋。我們知道一物可以有南轅北轍的多種解釋，就表示我們對它沒有可靠的、客觀的、確切的知識。缺乏客觀正確的認識，便不能傳道、授業、解惑，「教育」便幾近癱瘓。我們的語文教育就是這樣的狀況。

在台灣，「中國」這個名詞，只知有「中華民國」與「中華人民共和國」二者，完全忘記（或一無所知）上述二個中國只是這一百年來與六十年來才有的「國名」，而數千年之久原先「中國」這個概念，並不是一個國名，是泛指亞洲大陸最大的地域及其文化。因為亞洲大陸中心地區這一個文化最發達，認為居天下之中，故稱為「中國」。其周邊文化比較原始，便稱為北狄、西戎、東夷、南蠻。（古代也有「文化中心主義」，歧視低開發民族；東西方都有此病。凡文化不發達者，稱為蠻族，名多從犬從虫；北方文化發達，聽不懂，看不起南方方言，曾子說南人是「南蠻鴃舌之人」。）古代的「中國」不是國名，而是指「中國文化圈」（或曰「華夏文化」），範圍之大，甚至擴及日、韓、越南等地。而在大陸的這個中國文化，是亞洲各國文化上的「祖先」。我們看歷史上春秋戰國、秦漢……唐宋元明清，曾有過許多國家，許多朝代，都沒有用「中國」做國名者。天下分分合合，有統一有分裂，但大家都統一用祖先創發的方塊字（漢字），形成一個「大語文」。大語文的好處太多了，我們不能不佩服祖先的胸襟與遠見。大語文才能凝聚天下所有的知識、智慧與經驗，建立一個大文化。如果各國都自設文字，大文化便不可能建立。因為文字是文化的載體，只有大語文才能累積、容涵最大的文化涵量，成為先進文化。其次，大語文超越族群與地域的限制，不會因為政治的分合、政權的起落而受影響。第三，大語文成為大文化的載體，最能吸引後起的族群與國家加入，嘉惠天下，也壯大自己。第四，中國地域廣闊，族群眾多，漢字共有、共享、共用便打通了各地方言與不同口音的障礙和隔閡。當年孔子周遊列國，語言有異，而文字相同，所以沒有障礙。直至今日，也因為同文同種，所以中國各地之間與兩岸之間的溝通毫無困難。漢字與中國文化之可大可久，良有以也。這是漢字最獨特於世的地方。

台灣自有文化起，便屬「中國文化圈」之一員。台灣用漢字（日據時短暫「皇民化」除外），方言是閩南語（大都從福建帶過來），毫無疑問是文化中國的一部分。今天台灣若有人不喜歡近百年作為國名的二個「中國」，那是個人的政治信仰，應受尊重；有如有人拜天主，有人拜十八王公，都應受尊重。但想「去（文化的）中國化」，那是不可能的事，因為「去中國化」，得連閩南語與一切生活方式，宗教信仰……全部「去」才成。日韓是百分之百的外國，也不可能百分之百「去中國化」。道理是很明顯的。台灣的過去、今日與未來，都活在「中國文化圈」之中，是不可懷疑的事。更不用說台灣人都從大陸來台，土地在一萬年前都與大陸相連。根據中、日考古學家的研究，證明連台灣最早的族群（今天我們稱為「原住民」者）也來自大陸東南沿海地區。（蔣君章《台灣歷史概要》，遠東圖書，民六十年再版）。對近百年來出現的「中華民國」與「中華人民共和國」，有不滿，有批評的人太多了，但大多數人還是認同「中國」（就是歷史、文化的中國）。兩岸人民不想重啟戰端，要暫擱置主權爭議，唯一可以認同的也是歷史文化的「中國」。這是最重要的，不應有爭議的共識。

承載中國文化的漢字，是世界上最悠久、最獨特、最卓越、使用人口最多的文字符號系統。連有自己文字的滿族，坐上大清帝國寶座之後，也捨滿文用漢字，繼承中國文化。設想如果他們廢漢字，用滿文，能統治偌大的中國嗎？

大家都知道歐洲一直希望統一，因為若成為一個聯邦大國，便可與東亞的中國與北美的美國鼎足而三。雖先從「歐元」統一起，但後來便發覺歐洲成統一大國之夢，永難實現，原因就是歐洲各國語、文各各不同。歐洲各國的文字不是「表意文字」，而是「表音文字」，所以「語」「文」不能分離，便注定歐洲語文不能統一為一種共同語文。因為沒有一個國家願意放棄自己的語文（語文背後是自己的歷史、文化）。所以歐洲無法統一成一個大歐洲國，只能小國林立，吃足了語文不能統一之苦。為什麼美國與英國打獨立戰爭勝利，還用「敵國」的英文為「國語文」？因為英文到近代已是大語文。美國人聰明，當年他是新生國家，不可能以文化落後的原住民語文或另創一種新語文來表示「主權獨立」。他一用英文，立刻承接了一個大語文的文化，成為近代世界文化霸權。

近代中國屢受列強欺凌，憑藉它的大語文及背後的大文化才不至亡國，才有今日否極泰來的局面。可見文字—文化與國家民族長遠的命運有極重要的關聯。

我們自古方言很多，如廣東話、客家話、上海話、閩南話等。因為有數千年共同的漢字，所以這些方言有史以來從不認真要創發一套「文字」。並不是這些地方的人才智不足或懶惰（香港小報有以漢字改造成粵語讀音的「廣東字」，畢竟不成氣候，也不認真；香港大報都用漢字，現在通稱中文），而是沒有這種需求；即使造成功，也只像香港的「廣東字」一樣，狹隘而簡陋，而且行之不遠。況且若不以漢字這個大語文做根柢，根本無法自立。

閩南語（有人稱之為「台語文」，但「台語」在語言學的譜系上似乎找不到依據）能否創造「閩南文」？拙見以為光憑政治信仰的無比熱情，並不能在大文化圈中由一地的方言而能創發出一種異軍突起而有價值的文字，廣東文、上海文、閩南文都一樣。完全排除政治意識形態的偏見，從歷史與學理的認知來說老實話：「台語文」絕無成功的可能性，這種製作的苦心孤詣也沒有意義。因為中國文化圈有幾千年歷史的「漢字」，一切族群的智慧與努力都薈萃其中，包括廣東人、上海人、閩南人。漢字早已成為一切族群共同的資產。現在國際上已有「中文將成世界第一語文」之說，何以有此預言？豈不更值得深思。

在這個共同的大語文之下，過去不妨礙可以出現許多個「國家」與「朝代」，未來當然也不妨礙可以有多少個「政黨」，多少個「國家」。正如「德國語文」之下，可以出永遠的歌德，也可以出一時梟雄的希特勒。兩人都用同樣的德文；「英文」可以成為許多不同國家的「國語」。語文與文化是長久的，權力興替是暫時的。優秀的語文是天下之公器，也同樣「不為堯存，不為桀亡」，永遠無私。

這是我的拙見。應該是最近為「台語文」爭論不休的兩造觀點之外的第三個觀點。因為兩造的觀點與我都不大相同。負暄獻曝，以供參考。

（二〇一一年六月）

附記：今天有人舉魯迅等曾提倡廢除漢字，表示大名家亦與他「同邊」。我便想到當年羅素與羅曼．羅蘭等人都曾訪問新生的蘇聯，都有過讚美之詞。後來看到斯大林的專制殘暴，態度便完全翻轉，我們後人能說這兩位文豪是蘇聯的死忠份子嗎？生於十九世紀末的魯迅、許地山、錢玄同等確因漢字難學難寫，有過廢漢字之說。他們在熱心「救亡」的時代，當時「比較語言學」知識還不成熟，可以體諒。現在連大陸也承認「拼音」不能取代「漢字」，（主要是漢字同音字太多），只宜作為漢字讀音的注音，其功能，如同我們採用的「注音符號」。中文系教授不瞭解歷史的曲折與漢語文近代以來的演變，斷章取義，誤導青年，甚不可取。國立大學有這樣專業不足的教授不可思議。知識與學術亦能有「個人言論不代表本校立場」嗎？

（二〇一一年六月二十日）

功過・盲點・識楷書行

一、漢字變遷的古今功過

六十年來，傳統漢字在兩岸分化為繁、簡兩體。我說過是政治力不當介入的結果。不合理的，泛政治化的「語文政策」強迫性地誤導、阻抑了語文自然演化活潑的生機。其實，文化、宗教、文藝、文字都不應該有強迫性、定於一尊的政策，徒然製造干擾與悲劇，不會有好結果。因為到頭來，被壓抑的都將掙脫束縛，重回其生命的正軌。

不合理的「語文政策」的錯誤有二：一是違背文字「約定俗成」這個天生非「民主」不可的鐵則。二是不論以繁體或簡體為官定唯一標準，最大的盲點是忽略了傳統「識字」與「寫字」並不強求全然一致，而是識繁寫簡，並行不悖的原則。繁簡不是「兩體」，是一體的兩態，是萁豆同根。

許多人不明白，一樣是政治力介入，為什麼秦帝國統一文字，千古都是讚美；現代兩岸官定的「文字政策」，使繁簡對立，卻遭天下詬病？我認為原因是：秦代丞相，大書法家李斯等作秦篆（小篆），文字多取周代《史籀篇》之籀文及通行春秋戰國七國之文字（通稱「大篆」），選汰整編而成，即繼承了「約定俗成」的成果，使混亂多體的漢字有統一的規範，所以是一大功德。其次，當時還未發明紙張與印刷術，所以無法實行強迫性的「政令推行」；只能刻於碑石，提供天下觀摹傳習。因為確有貢獻，為歷代所稱美，至今大小篆俱為書法家所鍾愛。數千年來中國書學，綿延不絕，小篆發揮承先啟後的地位，不可磨滅。其三，秦在標準體小篆之外，還有因為標準篆書不易寫，辦事人員及民間為了書寫便捷而採用的古隸，為官方認可。至此「秦隸」，與端莊嚴整的「小篆」，並行不悖。可知秦代的漢字改革是採集、彙編、整合，不是自造新字，所以沒有違背文字「約定俗成」的傳統精神；同時也採納了兼顧嚴正的標準體與便捷簡易的書寫體並行的原則。所以秦代的「書同文字」工程，功存千古。

秦以後，魏晉唐宋至今，楷書成為漢字的標準體。但要到隋代開始出現雕版印刷書籍，標準體才有空前的權威。隋唐以降，雕版書都用楷體。宋仁宗時代，布衣畢昇發明活字印刷術，自此書籍大增，印刷體的楷書，普及天下，自然成為穩定的漢字規範。

古代讀書寫字的人究為少數。通文墨者，多諳文字學（漢代稱「小學」）。許慎的《說文解字》至今仍是文字學的宗典），對漢字的源流與結構有根本的認識，篆書與楷書，是漢字的正典，但他們手寫的，除特別正式的文書，都用便捷的簡體，甚至創發筆劃圓轉方折，連綿繞行的草書、行書。王羲之、顏魯公、蘇東坡、明清以至民國的大書家于右任，行草書的名家名迹，成為書法楷模，他們所書的漢字，包容大量異體、俗體以及行草化的簡體。都體現了與楷書相對應，有內在邏輯，又有書寫美感的「創造轉化」，因為要適用手寫方便的需求，又要呼應正典的規範，行草書是從楷書衍生而來，所以未造成繁簡的分歧與斷裂。

但在近代，漢字遭受一大波折。因為受西方文化的衝擊與帝國主義的侵凌，為救亡圖存，許多有心人開始懷疑中國的落後，罪在漢字難寫難學，大眾無法廣受教育，文明因之無法普遍提升，所以有改革文字，甚至廢漢字，仿效西方改用拼音文字的激進主張。

漢字改革的要求，歷史上早有先聲。明末大儒黃梨洲，喜用俗字抄書；清盧戇章提出「切音新字」；宣統元年陸費逵主張採用俗體字；大陸民國時期，錢玄同、魯迅、黎錦熙、許地山、胡懷琛、劉復……都曾主張改革甚至以拼音字取代漢字。不過，文化人的倡議與討論是激盪辯難的過程，也是「民主」的約定俗成的過程，沒有人能說了算。但是，大家大概忘了政治力不當介入，作成「定案」，始作俑者竟是一九三五年國民政府教育部公布「第一批簡體字表」。一九四九年以後，兩岸對立，漢字的命運，都由政治人物所主宰，而有上述泛政治化之病。

近六十年，兩岸官方的文字政策，因為意識形態的不同，各走極端，基本上都有違背文字自然演化規律之處。一邊以為是「維護傳統」，其實是不許發展，阻絕演化。一邊是為「普及教育」，而急切簡化。諸如自造新字、同音以一字兼代數字、過分刪削筆劃等等。結果造成兩岸漢字的分化，書不同文，各走極端。「美意」無功，反而有「過」。

以上所述，可知政治力介入可以有功，也可能有過。政治力不當介入才造成錯誤。所謂「不當」，就是強迫性以及定於一尊的政策。秦代被批「暴政」，但在漢字演化發展方面卻有大功。

現代統治技術的細密與威權，比秦代更有力，更無所不在。兩岸官方的「語文政策」既取消交由社會群體經過激盪、裁選與「約定俗成」的途徑，而以強迫性、定於一尊的行政命令頒佈為「法律」，透過教育與出版（教科書、出版品、辭書等）對文字的管控，遵行統一的標準，等於文字的演化的方向與程序全由政治力決定。文字自己的生命力，人民的智慧與意見全受壓抑。這是最大的不當。

凡有價值的總永難磨滅；凡沒有價值的，即便強力扶持，一時當紅，也終將失色、枯萎。文字生命力之微妙、頑強正是如此。

二、繁簡之爭的一個盲點

語文是極複雜、微妙的東西。它是天下人的共業，不應由任何政府或一群人所能包辦；它要成長、演化，不能死守舊規；它要為天下普遍服膺、接納然後才可能成立；它也不能急於速成，或用法律來強制。

兩岸漢字繁簡分歧，各行其是，造成六十年來的斷裂。我從七〇年代以來，思索其原因，才悟到是因為對於漢字發展史的認知，有一個「盲點」，而遭長期習慣性的忽略所致。小小的盲點，卻造成難解的大問題。

大陸方面，因為「偉大領袖」的指示，從一九五一年宣佈「文字必須改革，要走世界文字共同的拼音方向。」又指示「在實現拼音化以前，必須簡化漢字」。此後數十年間，大陸從中央到地方，包括各單位官員、學者、各省、各行業代表，歷經無數次大小語文工作會議；二〇〇〇年且在「人大」通過「語言文字法」。浩浩蕩蕩的「泛政治化」的語文改革，我數十年的觀察，覺得未來歷史將證明大半是徒勞無功，是錯誤的。但六十年來在大陸被認為「政治正確」的事，誰也不敢表示異議。大陸有極高明的語文學者，但因為只能奉命行事，費了九牛二虎之力，勉力製作了一批批「簡化方案」，結果可說是治絲益棼。

台灣也同樣是當權者說了算。自以為要「維護中華文化」，必須死守昔日的傳統。率由舊章的結果，是喪失文字與時俱進的活力。兩岸都泛政治化，弄成僵局。也可說是現實政治的荒謬，歷史的嘲弄。

凡有生命的東西總不會僵滯不變。文字自草創之時起，便不斷有更高，更完善的追求。其字形演化的大勢，是由繁趨簡。

但是文字目的在表達思想內容（即「所指」），便要求有穩定、嚴謹、規範一致的符號形式（即「能指」）。另一方面，文字的書寫要求簡便、快捷。所以穩定一致與簡便快捷構成矛盾。如何解決這個矛盾？我們數千年前祖先早有良方。就是：標準字形（也可稱「正體字」）。歷史上分別有篆、隸、楷三種）力求端莊嚴謹，而且表達了造字的依據（即所謂「六書」的法則），穩定而有統一的規範，是廣義的「繁體字」。另一方面，為滿足書寫便捷的需求，自古以來，流行由正體發展出來的減筆、簡化、方便、流暢的寫法。草篆、古隸、今隸、草隸、章草、今草、狂草、行書等，包括異體字、俗體字、手頭字等。是廣義的「簡體字」。

繁體與簡體，自古「兩條腿走路」。這是很明顯的漢字發展史的事實。歷代沒有任何時期將兩者視為兩種漢字，其情形亦如同一個人，可以有端坐與行走兩種姿態，絕不因動靜不同而被誤為二人。自從大陸文字改革派把「簡體」楷化，變成唯一標準的漢字；台灣守舊派堅持將「繁體」楷書訂為唯一標準的漢字，兩岸各執一「體」，互爭漢字的「正統」地位，但都沒有留意到漢字本來「讀（識）字」與「寫字」，有其不同功能與需求，自古雙軌互補，兩腿走路，有靈動的生命力。而繁簡各定於一尊，於無意間把這生命力扼殺了。正是這個「盲點」，徒然製造了兩岸的漢字六十年來的分化、對立。上文所謂「美意無功，反而有過」，豈不信而有徵？

三、識楷書行，徹底化解歧異

由上面的論述，似乎很明顯，把繁體當漢字標準體，簡体當漢字手寫體，繁簡的齟齬豈不解除？事實不會這樣簡單。因為現在兩岸同一漢字的繁簡兩形，並不完全相對應，所以不能發揮過去傳統中，一字兩形，雙軌互補，如響斯應的功能。而台灣與大陸現行兩種漢字既然都各有偏頗，則也必須有一番調整、改良與統合，才能完善。有了完善的楷書新的標準體，才能制訂相應的行書規範。

近幾年，大陸有「恢復繁體字」，也有「擁護簡體字」的呼聲，也有放寬招牌字准許用繁體的事實。兩岸也有「書正識簡」、「寫簡識繁」、「識正書簡」各種提議。可見長久漢字的分歧應予統合已引起重視。但因為缺乏深入的了解、研究，這些提議，都未能對症下藥。

唐宋以後，印刷書籍都用楷書，到今天印刷業的仿宋體、仿明體都是楷書（略經「美術化」，更方正整齊），千年以上沒有改變，成為漢字的標準字型，也即繁體字。台、港所用即此。事實上歷史上對某些難寫的漢字，自古不斷有改革。（真正繁體字的原形，「粗」應為「麤」；「法」應為「灋」；「明」字應為「朙」。相反的，今天「靈」字，六朝墓誌已有作「霊」；「號」字與「麗」字，北宋本玉篇作「号」與「丽」。不勝枚舉。）古本印板書的字，常見有不同字形可知。近代以來，教育普及，讀寫者眾，有些繁體字未能吸納社會大眾早已認可通用的新字，過於僵化遵古，當然應該斟酌改革，才能符合文字與時俱進的精神，適應時代的要求。

大陸的「簡體字」，不少是選用歷史悠久，早已在社會大眾間通用的異體字、俗體字與大書家的行、草書經過「楷化」的新字，呼應了漢字發展史的演化，極富合理性與時代的精神。而且今日訊息電子化，螢幕、電腦的應用及寫字鍵盤化的趨勢，筆劃多寡，已不成困擾。適當複雜的繁體字，對漢字形、義、音的兼顧，提供較多訊息，對於識字，大有好處。不過，筆劃過多的少數漢字（如「盡」、「齷」、「龜」等字），使螢幕一團烏黑，當然非簡化不可。

大陸的「簡體字」，雖有上述優點，但錯誤在於把它楷化之後，法定為唯一的標準漢字。其缺點是過度簡化，容易混淆。而使文字「所指」（字義）與「能指」（字形）喪失關聯性，破壞「六書」的原則，有損於古今漢字一脈相承的珍貴傳統。我的看法，應將原來的楷書繁體字做一番調整與統合，彙編為當代「新漢字」。太複雜的漢字，參照歷史文獻，予以合理合宜的簡化，而盡量保存原來的字形。

最重要的是，在「新漢字」（即新楷體）之外，建構一套適宜手寫的行書標準規範。如果把「新漢字」楷書標準體譬如為「禮服」，則新漢字手寫體便是「便服」。兩者各有規範，各自發揮功能，適應讀、寫的需求。也即恢復雙軌互補，並行不悖的傳統良法。

所以，「識正書簡」、「書正識簡」、「識繁寫簡」都不是好辦法。我認為「識楷書行」才是最佳途徑。

于右任先生曾苦心孤詣提倡「標準草書」。可惜沒有得到國民政府教育當局所重視。一方面也因為「標準草書」曲高和寡，對書法家很有幫助，但不適合普及教育的需求。

大陸的「簡體字」，因為是楷書形式，不是行書。但許多簡體既由行、草書變為楷書，當然也可回復其原來行書的形式，斟酌採納。制訂由標準體「新漢字」衍生的當代「標準行書」，以此達成「識楷寫行」，則繁簡體的爭論與各自定於一尊的缺點，便能徹底化解、消弭。

「標準行書」的制訂，宜由文字學專家、書法史家、對文字、書法歷史有研究的書法家，集合古今的智慧與經驗，提出方案，經過教育與推廣，成為有共識的一套規範。我們從有學校教育以來，只教標準體的漢字，從來不教手寫體的行書，所以人人自創簡單快速的寫法，文字的傳達功能，大打折扣。只有修養有素的書法家之間，可通文字。因為他們以古代名家的書法為典範。但非書法家的大眾，便只能互相猜字；作家寫稿，印刷品的錯字，都歸咎於「手民之誤」。三十多年前，我曾在《聯合報》寫文，提議高小語文教學應包含「標準行書」的課程，（君不見西方拼音文字教學，在小學階段便有印刷體與手寫體大小寫四種寫法）我三十多年前在《聯合報》曾發表過這個倡議，但可惜我不欲做官，也不做御用文人，沒人重視這個建言，現在古稀再說一次，很可能還是狗吠火車。（我們的教育部，所為專為教育提升？專為教育敗壞？真如杜正勝所說「罄竹難書」！）

四、漢字第二次「書同文字」的期待

兩岸政府先要檢討過去施行的語文「政策」的良窳，而思補救，便可能有第二次「書同文字」的盛舉。若仍堅持權力的傲慢，漢字的混亂與分歧還將延續。但我絕不悲觀，相信今日不做，有一天總有人會做。今日我所表達的看法若真有所見，未來也總有參考的價值。

承載中國幾千年文化的漢字，是我們今日及今後千百代中國人所應共同關切的大事。兩岸種種其他問題，只是歷史一時的波瀾，與文字無關。期望統合分歧已六十年的漢字，我還有幾點建言。

現代社會，政府比古代更有掌控文化教育的權力。文字統合的問題，政治力可以有作為，也應該有作為。但不要又「作之君，作之師」。再不要由政府發號施令，頒佈武斷的、強迫性的「政令」。而應負起召集、組織、協調與搭建一個研究討論的平台（應包括論壇，刊物與出版社），敦聘真正的專家學者與有識之士長期負起彙集、研究、整理的工作。經過研討，提供具體方案，供社會斟酌、品味、裁汰。慢慢產生共識，再由菁英機構（大報刊、出版社、教育機構）管領風騷，率先採用。只要是優秀產品，不怕沒有人「識貨」，共襄盛舉。傳統漢字的辭書與書籍汗牛充棟，漢字的「原典」永存。即使一時未達理想，也必可逐步完善。文字必須在試驗與激盪中不斷向前發展，不必急躁。有人可能不耐煩這個過程過於緩慢。但語文的演變本來不可能一蹴而成。從過去歷史的脈絡可得到啟示：凡優秀的，理想的，都必為大多數人所接納，才有不息的生命。「約定俗成」的原則永遠不可顛覆，這也是上文所言：文字演化天生要走「民主」之路。

當代「標準行書」規範的建立，也不必擔心難以有統一的形式。只要經過研究，提出良好的方案，納入教育，規範便可逐步建立；永遠可以修改，可以再提昇。回顧古代大書家的行草書，佳者必為百代所追隨，不理想者便無法成為法式，只保存在他自己的「書藝」中被欣賞。何況修養有素的書法家，英雄所見略同。古今行書優秀的典範太多了，經過當代專家有意識依「新漢字」的範式，參照歷代行草典範，斟酌損益，並無困難。文字的改革永遠不應「大破大立」，不應濫用權力。只宜一小步一小步的改善。因為文字規範要穩定，要統一，要為天下人所接納，也要重視歷史傳承，必然是穩步前進。

自負「中華文化領航者」台灣的「中華文化總會」，應該有所作為，不必太陶醉於復古的「文化表演」。在漢字六十年來繁簡對立，已然受傷，必須振作以面向未來的此時，號召兩岸三地優秀專家學者，共同為漢字的第二次「書同文字」催生，是責任，也是使命。不必做「領航者」，起碼不應做缺席者。

（二〇一一年十月三日於台北）

「老年」的隨想

論老年的文章，我沒有讀過比二千多年前古羅馬凱撒時代的哲人西塞羅（Cicero, 106 -43 B.C.）寫的更好。那時他六十二歲（翌年被刺殺而死），在當時當然是老人了。我青年時代讀過，現在再讀，其練達、精闢、透徹，尤其是樂觀優雅的心態，使我再次領悟到知識今勝昔，智慧無古今，而對這位古人拳拳服膺。

人到何時便是老年？現在九十以上都不算「古稀」。若把老年定在八十以後，又似乎太老了。恰巧今年元旦報上有一篇報導：

美國馬斯特民調（Marist）顯示，八〇和九〇出生的Y世代認為六十二歲就是老人；六〇到七〇年代的X世代則認為七十一歲算老。戰後嬰兒潮世代說七十七歲以上才稱得上老人；經歷二戰的「最偉大世代」則認為八十一歲以上才算老。男女認知也有差別。女性覺得男女分別為七十四和七十五歲才算老；男性則以七十和六十九歲才是老年。各世代期望死亡年齡差距不大，大致在八十九到九十二歲間。

不同世代對老年的界定竟有近二十年的差距。可知年歲已難為認知老年的標準。現代人壽命延長，普遍認為老年的年齡應該延後。但是以年齡來界定少年、青年、中年、老年，都只為一般言談方便而已，事實上以年齡分段切割的辦法，失之粗糙而機械。年輕者覺得六十已很老；年高者總期望把年齡推後。這種心理不難理解。

三、四十年前，黨國大老提倡「人生七十才開始」。我覺得是為了戀棧權位，不肯認老，心中鄙夷而不宣。我現在已經七十歲，雖然好似還沒有衰老之感，要努力做的事也不比前少，但我不會認為是人生「開始」的季節，而應是「收穫」的季節。我一生無當官與發財之志，不必多說，識我者自知。我之所以認為由年齡來劃分青年與老年，是舊時代的思惟，因為那根本不能彰顯人生各階段的意義，不妨把年齡放一邊。我的看法，人生的分段，以全新的觀點，應分為四個階段。

第一階段：出生——成長。包括生理與心理兩方面的成長。少數人因生理成長有障礙而致發育不健全；另有心理成長障礙，二、三十歲還停留在幼小時期，是心智的不健全。除此之外，絕大多數人正常成長，經由不斷的學習，成為身心健全的成人。

第二階段：成熟——奮進。銜接上階段健全的成人，繼續不懈學習、追求，努力工作。這是人生最重要、最有意義、最積極進取、最可讚美的一段。為自己、家庭、社會乃至人類而殫竭其精力，奉獻生命，取得成果。這也是一生中最長久的一段。每個人差別很大，有人十多歲已提前進入這個階段，以致耄耋而不停息；有人很遲才開始；也有人很早便結束。人各有志，也因之各人的成就的性質與大小，各不相同。

第三階段：停頓——換軌。停頓指第二階段結束，原來的學習、追求與工作宣告停止。可分為被動與主動兩類：被動的停頓，是因為疾病或其他原因而喪失學習、追求與工作的能力。包括心智的退化（癡呆、失憶等等）與生理的傷殘，便提前進入下面衰老的階段。其中心智的衰退，一無可為，最為不幸；生理傷殘次之。但有人以意志與殘軀搏鬥，仍奮進不懈。最典範就是寫《時間簡史》的當代科學天才霍金（Stephen William Hawking）。不過那畢竟是鳳毛麟角。

主動的停頓是第二階段的事業、工作或生計退休以後，轉換跑道，開始自由自主的人生生活。這也可分為兩種。有人滿足於已有的成果，自忖未來生活所需的種種條件已具備，要過自由自在的生活，享受辛勞得來的成果。不過，個人修養、興趣、能力與程度不同，故各由所好。含飴弄孫，唱歌跳舞，蒔花種菜，看戲聽樂，旅遊攝影，讀書寫字，下棋麻將，股票投資，運動健身，寵物骨董，茶藝清談，釣魚養鳥，公益義工，交遊酬酢，燒香唸經，風水命理乃至呼盧喝雉，酒色徵逐，五花八門，不一而足。有人專門，有人多元兼好，都適性而為，享受人生。

另有一種是在退休之後，開啟了另一個追求奮進的人生旅程。有人在第二階段所從事的工作，不盡是平生理想、願望與興趣之所在，此時正好是無所為而為，也不為稻粱謀，容許追求「自我完成」的黃金歲月。他們以辛勤學習、追求、創造、工作為「享樂」，不以官能的逸樂為滿足。歷史上許多人的貢獻與成果，不少就是來自這個階段。這是「換軌」，其實是「再生」。許多科學、藝術、文學、人道關懷、社會服務、文教事業的成就由之而生。其光輝之遠大，常有超越第二階段者。

第四階段：衰老——死亡。這是人生最後的階段。雖然深思熟慮，睿智穩重，但疾病侵擾，體力下降。當器官逐漸衰敗，或遇意外，最後以生命結束終。這一階段也不能以年齡論。有人來得早，有人來得遲；有人急速了結，有人經歷很長一段歲月。有人身體衰老，但頭腦清明；有人糊塗頑固，嘮叨終日。

上述人生四個階段，在第一階段身心沒有健全發展者，最為不幸；從第一階段即遽然進入第四階段者，更令人哀傷；有人一生沒有第二階段，終生為寄生蟲；有人一生沒有過第三階段，從第二階段堅持到老；也有人在第三階段換軌而再生，後面兩種最可讚美。若還是要套用少年青年與中年老年的稱號，從人生行為的形態與內涵來看，幼年、少年與青年，應為第一、第二階段；中年可從第二階段到第三階段；老年則可從第三階段到第四階段；而第四階段才是最名符其實的老年。各種稱號，並不與各階段互相對應，而是因人而異。最有福的人生是少老短而青中長。

把人生歷程以上述四階段來界定，完全擺脫以年齡來稱呼的舊思惟。所以所謂中年，有人自第二階段青年之後起，包含第三階段在內；所謂老年，有人包括第三到第四階段，有人則到第四階段才算老年。年齡實在只是人生經歷歲月的記號，並不盡符人生各階段的實質。正如有人名字叫「英雄」，但性格十分懦弱；懦弱才是實質，英雄只是名號。譬如有人四、五十歲退休，從此不再學習與追求，也不再工作，遊手好閒，以嬉玩享樂過日子。另一人與之相反，終生努力追求，辛勤工作，似乎沒有老年，八、九十歲仍與年輕時無異。試問此兩人哪一位在過「老年生活」？

老年並不一定只是黯淡無光；許多人越老越光亮，越令人敬佩。每逢一位智慧的老人逝世，我心中痛惜。因為他的智慧，他的學問，他的修養與志節，知識與經驗，一生的辛勞與追求所造成的崇高人格精神，隨著肉身的殞滅而不能發更多的光；當他的頭腦不再工作，是世間失去的珍寶中最無可彌補者。

人生於第四階段之前若好好珍惜，有所作為，則老邁死亡，不必過分怨嘆。而人生若能長壽，其好處應在於使人有更充裕的歲月去完成自己的理想，並不在於有更長的時間去貪圖官能的快感。如果一個人享長壽而沒有更值得讚美的作為，是辜負上天的賜予，則長壽只是羞慚而已。

自上智到下愚，皆有各人的人生觀。人生觀不但決定一生的方向、行為與態度，也決定如何去界定人生的各階段，理解人生各時期的責任與意義。我所論述的其實已洩漏了我對人生意義的「偏見」，其實就是個人的見解與信念。

能活到有資格寫論老年的文章真好。西塞羅說「人人都希望活到老年，但到了老年又都抱怨。人就是這樣愚蠢又矛盾。」我不敢對他討論過的許多問題發表意見，只敢斗膽寫二千多年前他所沒想見的。什麼是老年？老年有什麼意義？更值得現在的老年人努力創造的開拓，便不是年紀太輕的人所能體會與想到的；儘管年輕人的活力與純真是我們所永遠歌讚與嚮往的。

（壬辰正月初二，二〇一二年一月於台北）

老年奇譚

如果把人生切成「少青年」與「中老年」兩段，由你自由選擇，試問你要選哪一段？

前段依序是軟弱幼稚——成長發育、學習與記憶力強——體力充沛、感官銳敏、慾望旺盛；後段是心智成熟、能力超強，工作成果豐碩——經驗豐富、功成名就——老成持重，體力衰退、慾望下降、疾病漸多，最後是日暮途窮。

如果只能二選其一，我想，或許大部分人會擇前段。最可能的原因必是懼怕後段的終點是死亡。

但若聲明不管你選的是哪一段，過完了，生命便同樣結束，我相信多數人會選擇後段的人生。因為人生的事功與成就，才是生命意義的重心所在。前段只是春種，後段才是秋收。

或許對某些人而言，終生是少年與青年，不必多負責任，卻有用不完的精力，無窮的慾望，揮灑徵逐，日日笙歌，不種不收，坐享其成，豈不爽哉。不過，成長的苦澀，血氣方剛，魯莽衝動，時時犯錯與心智不成熟的幼稚淺薄，活到中年或以後的人大概不願意再從襁褓開始，度過只有前段的人生。

少青年自己也不見得滿意自己所處的階段。過去受父兄師長的壓制，若不至形同小奴隸，也只能當乖乖的羔羊。現代社會民主開放以來，少青年的地位驟升，常使父兄頭痛。他們普遍敢於叛逆，為過去所罕見。過去的過分壓制是大不合理；現代過分的放任，也是大不合理。因為放任，不啻鼓勵少青年儘情擴張人性中負面的因素：感性的膨脹，慾望的衝動，好逸惡勞，追求無節制的享受。少青年心智、地位、能力、經濟的獨立等均不許可他們能像成人一樣獨立自主，因而心生憤懣，所以叛逆。他們的肆無忌憚不只製造大量社會問題，更嚴重的是當代太多少青年耽於逸樂，糟蹋了寶貴的成長歲月，放鬆了知識的追求、德行的薰陶、技能的訓練，進入中年以後，沒有能力負擔起社會中堅的責任，是現代的大悲哀之一端。

現代老年人則從過去的「喜老」變成「厭老」。不到一百年間有極大的反差。這是很有趣而弔詭的問題。過去四、五十歲便擺出一副「老前輩」的姿態。從儀容、衣飾到風度，都要顯「老」。因為過去尊老敬賢的傳統，大多數平庸的人既難因賢而受敬，自然要以老而稱尊。過去這個「老」，不啻為尊榮與特權的代名詞。以前既然七十稱古稀，如果五、六十歲還不「賣老」，更待何時？所有與「老」字連結的多為褒詞。老成、老師、老手、老練、老到、老宿、老爺、老斲輪等等，不老便無此權威。為了表示對特定身分的尊敬，即使年紀尚輕也冠上「老」字，如老闆、老師。只有老虎與老婆，「老」字與年紀無關，也不涉褒貶。不過，鼠輩即使新生，也稱「老鼠」；賺到「老」字，卻依然受人厭惡。老也是姓氏。我曾有一學生姓老，每為其姓所苦。她芳華正茂，被呼「老小姐」，想必對「老」字恨之入骨。

大約二十年前，一位報社朋友乘計程車，付車資時司機找他五元，他說「不找啦」，司機說「多謝老伯」，他竟然光火，說「五元還我」。原來他五十多歲滿頭白髮，一臉滄桑。司機的禮貌，尊稱老伯，反惹他生氣。

社會新聞年輕記者，動輒對五、六十歲男女稱「老翁」、「老嫗」。倒楣的事件見報，已經不快，被稱老翁老嫗，其不快豈不加倍。

細考從喜歡賣老到厭老而充少的原因，乃時代變遷所使然。營養、養生與醫學的進步，造成健康與長壽為過去所不可想像。所以人人不必也不願服老。當代老年人除了在乘車半票與「老人座」上得點小惠之外，過去在家庭與社會上老人的特權大概已經蕩然，充老毫無好處。在這個感性膨脹，物質豐富，刺激消費，鼓勵享受的現代社會，人生的福樂，包括各式美食、視聽之娛、周遊世界，五光十色的官能享樂之外，愛情與肉慾，也都自由開放，各取所需。政商顯貴還有豪宅名車、二奶小三、權勢地位與賺錢事業。一息尚存，豈肯放手，所以當然厭老。不過即使達到老當益壯，外表還是雞皮鶴髮，如何與少青年競爭？所以，治標的大工程也必不可少。所幸時潮與整形科技，提供老年變貌的條件。（這裡面是多大的商機！）從頭髮到腳趾，有染髮、植髮、假髮、義齒、植牙、拉皮、豐頰、削骨、抽脂、除皺、換膚、打針、隆乳、豐臀、漂白、除斑、美甲……，再加上各式花俏帥氣，不分老少的流行服飾，一個老翁或老嫗，經過一番折騰，可以比不修篇幅的兒女更年輕。老爹老媽與子女，形同手足，這或可稱之現代版的「亂倫」。不過老人充少年若過了頭，不是恐怖，便引人發噱。健康長壽，青春永駐雖造福，也造孽。不擇手段充少，無疑擴大、延長人性之貪婪；能做到老驥伏櫪，勇邁精進，不辜負天賜延年者，總是少數。

十九世紀美國文豪霍桑（Hawthorne, 1804-1864）的短篇小說《青春之泉》，寫三個顫巍巍的老翁和一位殘花敗柳的風流寡婦，從老醫師那裡得到「仙水」，霎時回復青春。卻因舊態復萌，爭風吃醋，幾乎演出仇殺的悲劇，四人頓時重回原來的老邁。霍桑在小說中對人性有痛切的諷諭，發人猛省。

老年人懷念青春，渴望重返少年，正透露了人生無可補救的遺憾。但人在青少年時代常常不知珍惜，沒有為未來的人生好好努力做準備。生命所擁有的歲月其實短促。知堂老人說過「常常登上座，漸漸入祠堂」，非常諧妙而深重。到年華老去，有多少人能毫無愧悔？我們每個人的晚景，都是過去大半生行為的果報。有人老了，回顧過去，不禁為自己困頓而奮發的少青年時期寄予無限的同情與憐愛，此中是欣慰與幸福；有些人老來潦倒，回想從前的放縱與跋扈，沒有自責，卻有不盡的嚮往與戀棧，注定他晚年沒有救贖，只有怨尤；也有些老人，對過去身強力壯時的魯莽滅裂，強烈的後悔與自責，以謙抑悔恨終老。

現代科技延長生命的活力，確是對現代人空前的恩惠。但若不加珍惜，卻一味貪慾，「青春之泉」也不能使無常的人生增加什麼價值，只是醜劇延長而已。知堂老人又有引用古人「壽多則辱」之說，其中的深意，豈是庸愚所能領會？

（辛卯歲暮，二〇一二年一月十八日於台北）

觀天下，說自處

前幾天那個下午，剛剛有一點疏爽的秋意，多年沒聯絡的老友忽來電話，一時之間興奮得談個沒完。他對時局、人生深有憂慮。我說一切都來自價值崩壞。有兩個因素造成價值崩壞：商業化與大眾化。這一切歸因於近代西方文化全球化的擴張的結果。你的憂慮不是你一個人的，乃是全球性的。世界早已一步步在劣化。我對世界非常失望，包括物質的地球，快不適人類生存了；也包括心靈的世界。一切有價值的，美好的東西都一一被摧毀，被虛無、庸俗與荒誕所取代了。他問我近年在忙什麼？我說忙得很。書畫創作較少，但讀書、思考、寫作比以前更勤。用功的態度與過去無異，只是過了古稀，比較注意休息與飲食而已。老友笑著說：對世界失望，卻又用功工作，不矛盾嗎？我一時失笑：確似矛盾。但我告訴他，若轉換心機，設定不同的角度，兩者便可互為因果，不成矛盾。他說，怎麼說呢？我說：如果我們能從世界中跳離開來，遊騁於世界的邊緣、內外或上下左右，把世界作為一個客觀的「東西」來考察、審視、研究、思考；把握它的現象，追尋其本質與根源。那麼，我們的好奇心，求知的渴望，發現的趣味，就有了一得之愚的欣慰。不管世界好壞，都將使我們覺得世界的複雜豐富，知識與學問、思想的無窮與奧妙，自身的渺小與短促。而驚嘆、興奮、謙卑、敏求的快樂與自得的快慰。如果我們的努力完全不為功利的目標，而是心靈的嚮慕，無所為而為，所得到的歡欣，反而使我們熱愛生命，絕不因失望而厭倦或厭世。觀察、讀書、研究、思考、寫作、創作，忙極了。一個人若只恨歲月太少，時間太快，他便給自己找到喜樂。

我很樂意把我對當代世界的感想和自處之道寫出來供參考、指教。

我們對這個世界，先應有清明的認知。這個世界包括自然與人為兩部分。自然世界有其自然之道，按其必然運作，嘉惠人類，也給人類帶來災難。人以智慧鑽研自然必然之道，探其原理與規律，以適應自然之道，逃避災難，亦改造了自然以利用厚生。所以人生世界便有一個自然加上人為的實然世界。面對人與自然，人與人，人與群體，人與物，人類過去長期的努力就在使實然世界成為一個價值與道德的人文世界。可以稱為「應然」的世界，人的尊嚴和光榮全在這上頭。

有關中西文化與自然相處之道，相對而言，中國自來崇尚尊重自然，天人和諧相處。近代西方則努力征服自然，追求慾望無限滿足。兩者有明顯差異，關於這一點，中外學者，大概沒有太大歧見。中國從秦代以來，在歷史文化、經濟國力等方面領先全球二千多年。近代約兩百多年來才由西方取代而落於其後，這是客觀的歷史，無可懷疑。雖然李約瑟的《中國科技史》證明中國人在科學上也領先世界，但近代從文藝復興以後，西方科技突飛猛進。十八世紀工業革命以後到十九世紀已成為全球在經濟、工業、軍事等方面之強權，直到今日還是事實。不過，今日是單極獨強的美國，歐洲變成老弟了。

一九六五年我讀到羅素一九五二年出版的《科學對社會的衝擊》，如醍醐灌頂，啟迪我對「科學」與「科技」這兩個概念有清醒的理解：它們是母子的關係，但其本質以及兩者對人生與世界的影響，是不可同日而語。

科技對人文世界的衝擊，最嚴重的就是價值的崩毀。自然世界本無「價值」其物，價值是人類離開動物之後建立起來的。人類之所以有光榮，有尊嚴，乃在人類創造了價值。「價值」與「價格」完全不在一個層次；有時兩者甚且相反。我們都知道，實然的世界就是客觀存在的時代社會，它由許多自然與人為的必然因素相激相盈而構成，因為世界有局限，人性有優劣善惡，所以它不可能是完美的，局限性極大，有時甚至極為邪惡黑暗。人類不甘永遠受客觀現實的宰制，即不願馴服必然因素的威壓，不願向不理想的實然俯首低頭，人類要以其智慧與意志，排除萬難，不懈地去追求那個理想的目標，那就是上面所說，在必然與實然之外，追求「應然」的世界。

全球感染美式文化病癥

數千年來，人類反覆戰勝黑暗，追求光明，有可歌可泣的歷史。到了近代，西方激發了兩個前所未有的新因素。這兩個新因素，從開始時的造福人類，到二十世紀中期以後逐漸變成腐蝕人類品質、威脅人類生存的大危機。第一個便是「科技」。科技的發達最直接的後果是「商業化」。這個趨勢隨著科技一日千里的飛躍，生產力的空前提高，商業化的規模不斷擴大，力度不斷增強，加上西方強權的威脅利誘，巧取豪奪，以跨國企業，國際貿易與掠奪性的金融手段等等高明的策略，商業化快速全球化。

第二個就是「民主」。民主是二十世紀人類最歡迎的國家政治的新制度。因為過去政權都是專制與極權，以世襲或以武力奪取。近代西方的「民主政治」是由「人民做主」，前所未有，普遍受到人民壓倒性的歡迎、擁戴。資本主義的民主政治與共產主義政權，在二戰之後成對峙之局，即所謂冷戰。西方的目標就是以民主來戰勝共產。

二十世紀末資本主義「民主政治」隨共產世界的自動解體，改革開放而成天下歸一之勢。美國日裔學者福山遂有《歷史之終結》一書，鼓吹西方的民主政治、自由市場經濟、資本主義，將永遠造福世人。很遺憾，「民主」與「科技」一樣，起初確實造福人群，但是世紀末以來，民主政治即使在號稱「先進」的歐美，也已顯示了它漸漸走上窮途末路。它未能拯救人類社會，而且製造了更大的不公、黑暗與痛苦。對世事稍有涉獵的人都知道全球對西方民主政治希望幻滅，因為貧富空前不均，生計艱難，政客墮落，民粹興起，官員貪污或淫亂，治國無方；當代社會憤青與城狐社鼠藉故暴走（台灣太陽花、香港佔中之類）；大眾抗議不斷，反對黨、投機政客與媒體煽動民意，政府的無能與被「民意」裹脅。民主政治毛病百出，危機重重。

單舉一例，可見一斑：《紐約時報》去年有英國前首相布萊爾專文：〈民主政治是否已壽終正寢？〉（Is Democracy Dead?）別忘了英國是西方最老牌的民主國家。西方「民主」早年的憧憬已完全幻滅。

我國「五四」時期，熱血青年所追求的德、賽二先生，即「科學」與「民主」，不到一百年間已經從造福人類走到它自身的反對面，成為物質生存環境的殺手與人文價值崩毀的地雷。科學轉為「科技」，科技成為生產財富的手段，造成商業化，也即倫理學所稱的金錢拜物教（money worship，也稱拜金主義），使人格墮落。商業化社會一切價值都可用金錢衡量。愛情、親情、孝道……皆因而變質；智慧、肉體、忠誠、性感、慈善、權力、地位、榮譽……皆可換取金錢或用錢得到，所以造成普世倫理道德的淪喪，人類品質普遍下降；「民主」發達了「民粹」，一切以大眾為依皈。因為爭奪選票而討好大眾，思想觀念、品德教養、審美品味都要竭力迎合大眾，或由最符合大眾性格與品味的人來領導時代風尚，必然是反智、去精英、膚淺、粗糙、無厘頭、鄙陋、色情、庸俗。「商業化」與「大眾化」兩隻巨獸是「地球末日」與「價值淪喪」的源頭。這個悲哀、可怕的趨勢已讓許多先知向人類提出強烈的警示，人類似乎還很難切實懸崖勒馬。商業生產與消費照常追求最大利潤，物種絕滅與地球浩劫束手無策。國族、宗教、文化、資源矛盾衝突的戰爭不絕，大眾的麻木與無知沉湎於娛樂與物質享受，強國的暴斂與弱國的貧困、戰亂、顛沛流離……令人驚嘆世界的無望。

人類在過去數千年，尤其是近數百年所積累的傳統文化，各國族偉大的人文、藝術創造，到此為止，成為古董。代之而起的是在西方近現代文明膨脹所鼓吹的創新，其實是大量製造新奇刺激，吸引感官的商品化產品，以取悅大眾品味與嗜好的流行風潮。以弱智、粗陋、庸俗、搞笑、古怪、刺激、性挑逗、低級趣味甚至荒謬、醜惡、反智、反文化，來顛覆傳統，鄙薄傳統，蔑視規範，踐踏規範……稱之為後現代前衛風格。在建築、繪畫、音樂、文學、語文的運用、服飾、廣告，乃至一切文明產品都表現荒誕與反美學的傾向。二十世紀中期以後，像瘟疫一樣，全球都感染了美式文化的病癥。這正是美國宰制全球，採取像鴉片使人上癮的伎倆，以蠱惑人口絕對多數的無所適從的「大眾」，來成全他全球霸主的地位。以最先進的科技昂貴定價的產品來吸取全球大眾辛苦所得的血汗錢。蘋果手機是最明顯的一例。它使該公司富可敵國，而全球青壯年為之俘虜，而且在手機上無日無夜接受美國意識形態的洗腦而不自知。世界原本多樣差異的多元價值慢慢被排斥而萎縮，向一元化邁步。這是一個美式的全球化，也即一個全球的美國化的可怕趨勢。

世界一步步陷入危機

這是我對今日世界的感受與對其根源粗略的看法。我覺得我們很重要的是首先應明白當前人類的危機是西方近現代文化全球擴張的結果，不是世界必然的命運；是強權有計劃宰制的結果，不是各國族的意願。當商業化與大眾化成為流行之後，世界一步步陷入危機而措手不及了。很遺憾的是我們似乎放棄像過去在醜惡的實然中勇猛追求應然的勇氣。當代人類的慾望被挑起而且不斷激發、膨脹，人性中不完美部分，如好逸惡勞，耽於肉體、感官的享受，追求無止境的放縱而不受約束，那個潘朵拉的盒子被「現代主義」打開之後，全被宣傳美化成自由、開放。而且誇大、利用達爾文、尼采、弗洛依德等人的學說（有人為討好大眾，為了商機，故意曲解，非常失德）。認為人本來既是動物，適者生存，不適者被淘汰，所以商場、職場競爭不擇手段也是天理；以為上帝已死，人已沒有束縛，百事可為；以為一切動力來自性慾，充分滿足欲望不但是天理，而且是健康的保證，所以許多道德是虛偽無聊的教條。西方後現代「大師」如德里達、福柯等人的理論更驚人，不容贅述。西方的現代哲學與文學，影響全球，留洋學人回來，都以這些學問而高人一等，都在販賣這些學問，紛紛在追求中國的「現代性」，藝術界則在探索中國的「當代藝術」……。一切都以西方近現代文化為圭臬，盲目崇拜、努力附驥。學者與文藝界多數人否認民族傳統的特色，以為政治軍事的民族主義是惡的來源，連文化上的民族精神也應拋棄。這些西方現代及後現代思潮，成為我們的認同與信仰，在中國學界與文藝界幾乎佔主流地位已超過半世紀。我們多少人甘為「西崽」，怪得了誰？

我最近在編一本書，收集我過去五十年來對西方現代思潮全球擴散而且成為時代主流的反思批判的文章。書名就叫《批判西潮五十年》。雖然粗枝大葉，但五十年堅持不動搖也算不太容易。處於這個大錯亂，大毀滅的時代（猶記上世紀中出了好多本談「危機時代」的書。以哈佛教授素羅金〔Sorokin〕為中心。今日應比上世紀的危機嚴重得多），一個知識人如何自處？我覺得只有一要事：找回自我，建立你誠心相信與熱愛的觀點、方向與生活。中外古今的學問知識皆為人類珍貴財產，要入而能出。要能超脫出來，不為一國一派一家一時的偏見與潮流之奴。要有自己獨特見解，不要依附強國或西潮中各類「大師」。要堅持文化的民族主義，不要相信一元化的國際性或世界性的鬼話，那是狂妄頑固的西方中心的另一說法，西方中心就是最強的民族主義。以撒．柏林（Isaiah Berlin, 1909-1997）有一句話先得吾心：文化的單一化，文化將走向死亡。今日美式宰制全球的「當代藝術」與美國生活方式就是如此，正走向藝術的死亡，與人類文化的危境。不要活在錯亂時代的主流中，那只是向實然屈服。不要羨慕那些榮寵。要做你所相信的應然的自己，永不改其志。

（二〇一五年十一月十一日於台北）

第二輯

藝術論集

中國繪畫的欣賞

中國繪畫，現有畫蹟可考，為春秋戰國及西漢之帛畫，迄今已有二千多年。悠久的繪畫傳統，造成了極豐富而光輝的歷史。就欣賞方面來說，必先了解中國繪畫的起源與發展，進而了解其特質。本文擬為中國繪畫的欣賞提供一些必需具備的常識。

一、中國繪畫的起源與發展

中國的繪畫，同中國文化一體，具有極長遠的歷史。但上古時代，因為年湮代遠，缺乏可資實證的史料，很難斷定中國繪畫究起於何時。只能根據各種古籍的記載及各種傳說，知道有巢氏作木器、繪輪圜螺旋；伏羲氏作八卦，為天地風雷水火山澤之標記。此即為中國繪畫之濫觴。到黃帝時代，其臣倉頡創造文字，字有「六義」，第一即為「象形」。中國文字由象形為發軔，以簡單的線條，描繪物象之特徵，奠定了中國文字與繪畫的基礎，所以有「書畫同源」之說。

唐堯、虞舜時代，於祖宗廟祀及工藝、衣飾等方面，美術已漸發達。及至夏商周三代時期，不論建築、工藝、壁畫均有輝煌的表現，其中尤以青銅器的創造，為中國古代美術煊赫於世之偉大成就。中國古代美術，先從實用開始，而漸趨向政教之功用。繪畫猶未獨立。漢代受到域外藝術之影響，繪畫漸盛，仍為輔助政教之用，多為人物及佛像。到東晉顧愷之，除人物、佛道之外，始畫山水，為中國山水畫之始創。

唐朝至宋朝，為中國畫史上最輝煌鼎盛的時代。中國繪畫至此，由政教而進入文學性的繪畫，成為「文人畫」，支配了此後一千多年中國繪畫的發展趨向。不論人物、道釋、花鳥、山水，均達到空前的成就，中唐以後至宋，中國繪畫，以山水畫為盛，故有中國畫以山水為正宗之說。其中以吳道子及王維所開創的水墨淡彩寫意山水與李思訓、李道昭父子所開創的青綠工細山水，成為中國山水畫兩個創作風格之對照，後世稱為南北兩宗。明朝董其昌輩褒南貶北，近代以來，此偏見已遭指摘，實則南北兩宗，各有優勝，匯為中國山水畫豐富之傳統，應無所軒輊。

元朝異族入主中原，文人學士，多借筆墨以寄故國之思，故狂怪放逸，各表其性，更促進了以簡淡超然為其特色的文人畫之發展。明清兩朝，是為中國繪畫之衰滯時代。其間畫家，雖不乏大匠，如沈周、仇英、唐伯虎、陳洪綬、王石谷等人，但由於崇古摹古之風太盛，創造力相對銷沉，畫壇之頹風，每下愈況。值得景仰者，首推明遺民畫家中之「四僧」及「揚州八怪」，其中尤以八大山人及石濤兩人，為明清滯頓的中國畫壇中傑出之士。

民國以來，受西潮之衝擊，中國畫壇漸知覺醒，復努力從事創造。或捐棄以往士大夫文士之風格，為質樸通俗之鄉土感情之表現，如齊白石；或參以西畫之特色，仍保留中國畫之優長，如劉海粟、林風眠及嶺南諸家。但亦有堅守傳統，勉力從事新技法之創造者，如張大千。廿餘年來，中國之畫家，不論追隨西方繪畫思潮，或堅守古老傳統，或希圖以中國繪畫之特質，吸收外來文化之精華，融合創造一種現代中國繪畫，以上三種方向均為現代中國畫家為振興中國藝術各自自由之主張．中國繪畫之光輝的明日，有待自由中國畫家更大的努力創造。

二、中國繪畫的特質

中國繪畫，亦中國文化傳統精神之表現。中國文化之精神，於先秦諸子之思想已大體底定。其中影響中國繪畫思潮者，為道家及儒家最為重要。兩家之思想雖各相異，而於自然之觀念，頗表現為中華民族之共同特質：尊重自然，崇尚自然，以及歌頌人與自然之和諧，成為中國繪畫之精神特質。

中國繪畫由於與文字的創造有密切的關係，所以除了描摹物象基本技法的寫實之外，很早就有象徵主義、浪漫主義、古典主義及超現實主義等傾向。但中國繪畫中這些特色與西方繪畫史上這些流派是不盡相謀的；西方是分，中國是合。中國傳統繪畫中最優秀的作品，絕不是西方單純一種繪畫思想所能闡發的。

從春秋時代韓非子傾重寫實主義的理論、莊子的自然主義與浪漫主義以及受老莊思想所啟迪，來自佛教的禪宗思想對中國繪畫的影響，象徵主義、超現實主義及表現主義的色彩，遂在中國繪畫中交相輝映。

中國的繪畫理論，汗牛充棟，而以南齊謝赫所總結並提示的「六法論」中的「氣韻生動」，可說為中國繪畫思想之集大成者。中國繪畫一方面著重自然的形貌，另一方面更追求自然的神韻。「師法造化」，而反對「謹毛失貌」；從「中得心源」，以達成「遷想妙得」。繪畫成為「自然」與「心」諧合之創造。藝術家之心對於自然生命之感悟以至默契，藉筆、墨、色彩以表發之。故「氣韻生動」成為創作與欣賞的最高準則。

從技法與形式上來看，中國繪畫的特色，可分三方面來說明：

第一，中國繪畫超越現實限制的主觀表現。在時間與空間方面，中國繪畫時常超越了現實的限制。比如四季花卉可同時出現於同一畫面，萬里河山可濃縮於尺幅之內。立軸山水畫常見峰巒重疊，乃是將遠處的山峰往高處提升，毋視現實空間的機械法則。此外，中國繪畫中頗多空白，乃是刪棄了枝節的繁瑣，對表現主體的強調，這種超越現實時空的主觀處理手法，是西方繪畫所無的。

空間於視覺的映像法則，所依據的透視原理，在中國繪畫中都作一番創造性的表現。所謂中國畫的「散點透視法」，相對於如同攝影機的「焦點透視法」的西方繪畫來說，中國繪畫主觀心靈的創造，無疑地更為自由。所以中國繪畫能像中國詩一樣表現超越時空限制，創造一個主觀的藝術天地。

第二，中國繪畫線條的運用，造成它最明顯的特色。線在中國畫中絕不是單純地只為了消極地把物象的外形界出而已，而更進一步是為了表現物象的神韻。故中國畫的線是有它自身積極的意義。那就是說，線條的大小、粗細、乾潤、濃淡、疾徐、長短、抑揚、頓挫、縱橫、轉折……等因素，造就了它豐富的表現力。透過對物象的刻劃描寫，以提擷其神韻。中國繪畫的線，從剛柔並濟的「鐵線」與「游絲描」到飛舞生動的「蘭葉描」，以及由此兩大類發展出無數種的線的型式，充分表現物象本身的屬性與心靈的領悟。線的另一發展，為山水畫中山石的「皴法」，如「斧劈皴」、「披蔴皴」等等的創生，大大地豐富了中國繪畫的技法。線的運用，離不開用筆與用墨的方法，故用筆與用墨又成為中國繪畫技法中最重要的題目，甚至把中國繪畫的技法，以「筆墨」二字來代表，這是了解中國繪畫技法特色最重要的關鍵。

色彩方面，中國繪畫較諸西方，色彩似乎稍遜一籌。事實上，中國繪畫因為超越現實的限制，捨棄了許多現實的機械法則，達成其主觀的表現，色彩方面的貧弱，並非傳統中國繪畫的缺陷，反為其特色之一。我們都已知道色彩的來源是光，中國繪畫不畫現實中所見的明暗與光影，而以主觀的手法，另闢蹊徑，以高低、虛實、陰陽等對比手法來表現物體的立體感與空間感。色彩因光源的變易而變化，而物象終不受外光的影響而守其常態。中國繪畫要表現物象的神韻，表現其內在的精神，故不斤斤於浮光掠影的色與光的變易之捕捉，而以極素樸的黑白二中性色來描畫物象最本質的形體，以筆法的高度洗煉來表現其氣韻精神。色彩在中國繪畫中終居於輔助的地位，這也可說是以線為主體的繪畫所必然的現象。況且中國的壁畫、宮殿建築、工藝美術中所表現的色彩運用之高妙絕倫，足證中國繪畫之有意抑低色彩之作用，乃是為完成中國繪畫素樸超逸的精神風格之手段。

第三，中國繪畫與文學之密切關聯，亦是其特色之一。這個特色，自然與士大夫文人畫的勃興，有極大的關係。所謂「詩中有畫，畫中有詩」，正表達了中國繪畫的一個特質。因此，文學的題材時常成為繪畫的題材。更有進者，中國畫空白之處時常有詩文題跋。故中國畫時常結合了畫、書法、詩文而稱為「三絕」。明朝以後加上畫家自製的印章，中國繪畫在形色上，便加上一項有深遠歷史與高超造詣的篆刻藝術。這些因素的有機結合，造就了中國傳統繪畫的典型風格。

三、中國繪畫的再認與展望

豐富而悠久的藝術傳統，造成了明清以降畫人普遍崇古、摹古的風氣。這個風氣，直到今日，餘波未息，仍為中國繪畫在現代的創造力發揮之障礙。民族藝術傳統，一至固守舊規，即形僵化，便無新生命力可言。另一方面，若盲目離棄傳統，追隨西方，則中國繪畫勢將式微，畢竟亦不是正確的方向。所以在現代，中國繪畫正面臨一個嚴重的考驗：如何再認中國傳統繪畫的價值與特質，方談得上如何發揚傳統；如何加深對世界藝術各優秀傳統的瞭解與現代世界的認識，方談得上吸收來文化的營養。總之，傳統與現代這兩個課題，如何批判的認識，然後如何融合，造成中國繪畫新傳統的建立，這是對於現代從事繪畫的中國畫家一個嚴重的考驗。未來中國繪畫的發展，必顯示出中國悠久而優秀的繪畫傳統在新時代中受到新時空諸條件的刺激而激起一股新的生命力，它絕非復古，亦非西化，乃是在優越的中國藝術的根基上，以開放的心靈所培植出來的現代中國繪畫。

（一九七三年二月）

「拙」美淺釋

——明末四僧書畫展隨筆

甫歸國土，恭逢國立歷史博物館「明末四僧書畫展」。這是戊午開年藝術界的大事，史物館又一大手筆。前此已曾舉辦的「民初畫展」與「揚州畫派作品展」和這次的四僧書畫展一樣，是在故宮精博豐贍的典藏之外，做近代中國美術鉤沉補缺的工作；在史物的維護之外，致力於發掘拓展的工作。其擘劃構思的宏遠，搜求羅致之艱辛，都令人感佩。

中外有關四僧生平，節操，遭際，藝術風格與成就以及在近代美術史的貢獻等研究，尤其有關八大山人與石濤的研究，已蔚為大觀。近日國內報章也有大文對四僧其人其藝詳為評介。這篇短文且談談四僧藝術之美的一個重要的表現。

在中國藝術的美的範疇中，「拙」之美是很獨特的審美趣味。要欣賞元代以降的中國藝術，尤其是八大二石的藝術，不瞭解「拙」字，實在是只坐廊廡，難以升堂入室。

藝術的史的發展，與一個人學習藝術的進階有某些相似：由稚拙而熟練而熟能生巧，乃至爐火純青，入於絢爛。然而至此並非能事已盡。進一步，便由絢爛而復歸平淡；平淡中再無纖巧，可反入於「拙」。這裡的「拙」就不同於「稚拙」，乃是「老拙」、「古拙」、「樸拙」等極高的境界。

「巧」極而生流弊，便成為「甜熟」。西方到印象派之後的「現代藝術」中如後期印象派、野獸派、表現主義、超現實主義、抽象主義等異軍突起，就技巧而言，主要是反工巧、反甜熟、反寫實，反對理性秩序之下的視覺樣態，回復到「生拙」、「稚拙」之路，回到文明發達以前的「原始趣味」。這實在是一個大「復古」。「現代主義」的反知識、反文化、反人生秩序，而趨向虛無主義，是西方美學思想的大困境。西方的文藝與他的社會文明的發展，關係過於密切。其優點是隨社會的變遷而不斷躍動，但是被動的追隨現實，機械的反映現實或者以非理性的反叛來宣洩現實人生的苦悶，卻造成現代藝術本身的無能症，自暴自棄的自瀆。中國藝術比較「超越」現實，故無此病；而過分偏重「載」固定、空泛的「道」，卻使中國藝術滯留不前，遠離現實人生的真際，而漸形僵化。

西方藝術自希臘羅馬，中世紀，文藝復興至近代，不論古典，浪漫，寫實，自然等流派，都不曾有中國藝術中「拙」美的概念。現代主義回歸原始的「拙」，是原始文明的「生拙」，是兒童的「稚拙」。即使如馬蒂斯、魯奧與畢卡索晚年的「拙」，與中國的「老拙」，「古拙」還大異其趣。現代風靡一時的祖母畫家或所謂「素人」畫家，只是西方現代思潮中反人文者的虛無主義所簇擁的偶像。其趣味只是原始人與兒童的稚拙。雖天真可喜，但從藝術的正道來說，畢竟只是支流。

中國藝術的「拙」是經歷了匠心的工巧，進入絢爛而復歸平淡之後的峰迴路轉。我想或許因為中國藝術雖然據「道」不變，過於「超然」，過於遠離現實「人間煙火」，但在數千年歷史中反覆磨礪，積蓄富厚，而有了「以形寫神」的藝術思想與手段；有了「神韻」，「氣韻」，主觀的「心源」，「象外之意」等發現，才啟發了「拙」之美的創造。「拙」是對人生宇宙極幽邃的透闢力與藝術技巧極沉奧的修養的結晶。「拙」或許就是歷史的富厚所孕育的。中國藝術沒有像西方那樣各時期各種主義派別的競鬥興替的變動，所以能在久遠的靜定中使藝術有從容修煉的機會，而有極豐沛的蘊蓄。中國的書法、繪畫，歷史的悠久，自成為心智靈思千百代的匯集；鐘鼎彝器，碑碣瓦甓等古文物的斑駁陸離，實在是歷史之美，時間之美的大發見，而啟迪了中國藝術心靈對樸茂，殘闕，遒勁，渾厚，古拙，沉雄，蒼老等美的趣味的勃興與嗜癖，使「拙」的美在中國藝術美中佔據了一個獨特的地位。中國書畫中所謂「金石味」，講的就是古拙之趣。清末篆刻名家黃牧甫的學生說趙之謙與黃牧甫的不同是「悲庵之學在貞石，黟山之學在吉金；悲庵之功在秦漢以下，黟山之功在三代以上。」其實所謂「金」「石」的趣味，就是老與拙。明清美術上承元趙子昂的復古趨勢，在美學上的一大收穫應該說是對「拙」美的發展與再創造。三代秦漢之美經過三四千年歷史時間的淘洗琢磨所發見的古拙趣味，成為中國近代美術品鑑追模的風尚，沒有中國歷史悠久而穩定持續的特性，恐怕是不可思議。

中國藝術的書法，即如一點一劃也要秉承歷代積累的智慧與經驗。秦篆、漢隸、晉唐楷書以至各代各派的精義、法規、神髓，固使學習者汗流浹背，舉筆艱難；但是豐厚的藝術遺產使後來的才俊在精融傳統之後，他的一點一劃可以貫通數十個世紀的蘊蓄，而達到古拙蒼老的境界。此外，不論詩文書畫，一個優秀的少年人如果被評為「老到」，便表示他達到極難得的造詣，這恐怕也是西方人所更不可理解的事。杜甫說「庾信文章老更成」，又說「老大意轉拙」。「老」常常是「成」與「拙」的要件。如果不是年齡的老，也要氣度、修養，風格上的「老」。這是中國傳統人生與藝術共同的理念。只有「清而不薄，新而不尖，所以為老成也」（《升庵詩話》評庾信詩）。不薄便見拙厚，不尖便是「鈍拙」。中國文藝老年氣息之濃厚，便因為歷史傳承之久遠豐盈所致。

「拙」包括蒼老，古樸，質實而沉勁，但都出之「平淡」。平淡不是貧乏簡陋。而是從極綺麗精審，從極豐腴濃郁而來的。有如大匠運斤，不見鑿斧痕跡。陶淵明的平淡，蘇東坡說他是「質而實綺，癯而實腴」。中國文藝以雖媚濃麗為下品，但卻要「寓剛健於婀娜」；不能超越這些矛盾，便只是枯槁瘠陋，既非平淡，也不是「拙」。

「拙」的概念，實出《老子》：「大巧若拙，大辯若訥」。由這一個人生哲學的概念引申成為美的概念，是二千多年中國的藝術發展在近代的完成。

四僧的書畫，以漸江偏重高古簡潔，而八大、石谿、石濤都致力於「拙」美的追求。我認為以老拙論筆墨，八大石谿為最；石濤有時不免有「斧鑿痕」。

就意境，佈局等方面來說，四僧都發揮了拙美的特色。難在「拙」中見嫵媚纖巧，而不露經營痕跡。四僧藝術的極高品評以此。黃賓虹說「以禿筆見纖細，二石之畫，每每如是；以尖筆寫禿勢，則八大山人之畫是也。」中國藝術高古老拙之美，經四僧至揚州八怪至吳昌碩，可說登峰造極，後無來者。齊白石雖然也極樸拙渾厚，但其藝術獨特創造在於不再停留在士大夫文人畫古拙的趣味上，而別開「平民的文人畫」，「以極濃厚的中國鄉土社會的風味，極濃厚的泥土氣息，使文人畫士大夫的書卷氣轉變為民俗的，鄉土的色彩。白石老人的貢獻便在這上頭。」（這幾句加上括號的話，是我十一年前評齊白石所寫的。見拙著《苦澀的美感》第二三七頁）當代傳統「老」畫家的高古老拙，如果不能「陳言務去」，便顯得做作而迂遠了。

李長吉七歲能詩，死時才廿七歲。評家以為他「慧心未入於拙，將為年歲所限歟？」詩眼說他「無古氣」，因為他做詩嘔心瀝血，太工匠心，故大不如老杜「工拙相半」，可見入「拙」之難。我覺得中國因傳統社會綿延數千年，社會性質無大變化，故藝術上得以從容蘊蓄，加深加厚，而創發獨特於世界藝壇的「拙」美。但老年氣息的過於濃厚，未免永遠徘徊於古松孤石之間，也正是中國文藝滯頓不前的原因之一。當代中國藝術在歷史、社會，文化的大變遷中，不論內容與形式，當不能以重覆傳統為滿足。

不過，傳統的豐美永遠是啟示，孕育新藝術創造的重要源頭。四僧藝術的永恆藝術價值也不因時代的變遷而有所影響。「知新」的重要一步是「溫故」。這個展覽，對藝術家的珍貴不必說，對一般人認識民族藝術精華，提高民族自信心與自尊心，其社會的、文化的、教育的意義，更其深鉅。

四僧懷著亡國之痛，寫下這些作品。他們的氣節與人格精神，對當代中國藝術家，當代自由的一切中國人，應有深切的感應。史物館舉辦這個展覽，當別有深意在焉。

本文發掘了中國美學中一個獨特的「點」，但來不及深入探索。謹希望它對這個四僧畫展的一般欣賞者有點滴助益，則不勝榮幸。

（一九七八年・戊午正月寫於台北）

一九七八年回台北個展自序

我在藝術的學習、嘗試、探索與創造的長程中，夙興夜寐地追求，不但為了對藝術的熱愛，更因為我對生命情境的體味、發掘與表現，有著激烈的熱情和渴求。回顧以往，展望未來，我覺得我所開始的是漫長的一步，至今尚未完成。這篇文章想把我在創造的歷程中的感想、思考與心得作一番剖白，也為我回國後第一次畫展序。

苦澀的美感

自從我提出了「苦澀的美感」（並且作為我第一本論述的書名）這一概念之後，「苦澀」兩字在文壇出現的機率頗多。這一偏於感性的美感概念的產生是源於我個人審美趣味之傾向，源於我對藝術本質的體認，而且也直接與時代、民族的際遇等因素有密切的關聯。

一個熱情澎湃的少年藝術家，對於藝術有宗教的虔敬與迷醉，必為悲劇情調的偉大藝術創造所感動而甘願以自身為獻祭。與提供感官的快感與舒適的秀美（grace），漂亮（prettiness）相對的悲壯或崇高（sublime），鮑桑葵（Bosanquet，英國美學家）所謂「艱難的美」（difficult beauty；與「快適的美」easy beauty相對），深達人格精神之感動，對於少年的我有無比的吸引力。大概個人的體質、性格、遭際與環境等複雜微妙的因素，尤其我自童年到少年時代特殊坎坷患難的遭遇，不期然而然地形成我審美趣味的傾向。（雖就中年以上的眼光看來，少年的敏感與浪漫氣質，對理解力的渴求與自信，對於人生種種境況情調的窺測與想像，即使有早熟的穎慧，也難免有淺薄的成分。不過，就我的觀察，一個人的審美品味力與趣味傾向大概在少年時代就決定了。對宇宙人生最敏感，情感最豐盈，意志最飛揚，熱情最真摯，在整個人生中唯有少年時代。而對藝術有真正的鑑賞力與感受力的人與藝術家同樣是能夠永久保持少年時代的真摯，熱情與想像力的人）。投身於藝術的追求，可以說是將生命作為籌碼悉數下注，是人生極壯偉莊嚴的事，而不得不為艱難苦澀的歷程。屈原，杜甫，米開朗基羅與梵谷等等偉大創造的心靈都負荷過人生深重的災難，而以心血鑄造其藝術的崇高。我自少年時代以來，對這樣悲壯的生命情境與藝術創造的嚮往，正如太史公司馬遷所說：「高山仰止，景行行止。雖不能至，心嚮往之。」

個人因素之外，對時代環境與民族的處境的感應，也決定我的美感意識與藝術觀念。嚴格來說，個人的所謂藝術觀是先天氣質與後天因素的統一；而對時代與民族的關切，思慮及所懷抱的態度，在後天的教養、閱歷、領悟中所形成的思想，回頭去影響或融匯先天的氣質秉賦，而構成藝術觀的基礎。藝術觀就是一個藝術者的人生觀、世界觀在美學上的反映。藝術觀的基礎不在藝術，事實上是應建立在對於極廣袤、駁雜的人生世界感性理性雙重認識之統合上。

就我們所處時代之危亂、民族處境之堅苦悲痛而言，這一代文學藝術之悲劇情調，是時空交會必然的反響。如何提昇我們的心靈境界，展現悲壯，尋求民族文化的新希望，確立現代中國人與中國文化的自信，應該是中國藝術家的抱負。

上面是一番概念性的自白。我在藝術道途上所開始而尚未完成的漫長的一步中，面臨許多具體的問題，遭遇到挫折、惶惑、焦慮，因而尋求答案。深深體悟到中國藝術的未來，不是孤立的一個問題，根本上就是中國文化未來前途問題的一部分，也就是中國文化現代化的一個章節，因而提出「建設現代中國畫」的目標。

現代中國藝術家所面對的第一個難題是對於西方現代思潮與「現代藝術」究竟應有什麼看法，抱什麼態度，如何批判與借鑑。下面就若干具體問題試談我的感想、思考與心得。

西方人文精神之危機

一九七六年夏天，詩人余光中先生赴倫敦參加國際筆會之前，我們曾在紐約碰面，一同到惠特尼美國藝術博物館（Whitney Museum of American Art）去看看。美國的「現代藝術」形形式式，令人不勝描述，其中有一件「作品」是在地板上畫一個方塊，鋪上一些砂土，上面散落著一些破布的纖維與鏽鐵絲之類的小東西。詩人與我相視失笑；靈機一動，趁四周無人，詩人從褲袋中掏出一個「辨尼」（penny，美國硬幣一分，紅銅所製）往該「作品」上一丟，並說：沒有人敢動這個「辨尼」，即使博物館的工作者也會以為這是這件「作品」的一部分。詩人對美國「現代藝術」開這個玩笑，意味深長，盡在不言中。

實際上，西方的「現代藝術」之不可究詰，不可理喻，該「作品」還不算荒謬之尤。而這一切荒唐、虛無、頹喪的藝術風氣，也並不是突然、孤立地冒現。從印象主義以降，伴隨著西方文化思想與社會現實的變異與危亂，西方「現代主義」的文藝可說像世紀的鬼魂一樣趁著暗夜，四出滋擾，狂叫亂舞。

近代以來西方文化的墮落與危機四起，早為中外哲人與一般世人所有目共睹。而藝術的「現代主義」正是西方人文精神沒落下墜的產物之一，絕非孤立突現的現象。在政治上的馬克思主義，哲學上的存在主義，學術上的弗洛依德心理學乃至一般人生生活上，宗教信仰瓦解，道德崩潰，理念淪喪；社會上出現嬉皮、裸奔，大麻，冷血的殺戮，劫機……已成習見的事態。西方

「現代藝術」可以說是與上述各種大家耳熟能詳的文化思想、社會現象同根生發的「惡之花」。

畢卡索的自白

我們略提西方人文精神之危機，並不表示全面否定西方現代文化。對西方近代以來的藝術，即使是「現代藝術」，也不表示我們籠統的否定。第一，我以為並非一切西方現代的藝術家都跟「現代藝術」隨波逐流（大家都熟悉的美國畫家安德魯·懷斯便很「我行我素」）；第二，「現代藝術」指從印象主義以來西方現代的藝術主流，許多第一流的、頗有建樹的畫家某些成就也不容抹殺。但是，進一步說，即使像塞尚、畢卡索、艾恩斯特、米羅、達利、克利等等大名顯赫的畫家，也不能卸脫引導西方「現代藝術」漸趨的絕境之責任。久居美國的程石泉教授在他出版於六十五年（台北）的《文藝評論集》中，曾翻譯畢卡索的一段自白（原註該自白見於法國雜誌 *Le Spectacle du Monde*, 1962，又重刊於法國 *Jardin des Arts*, 1964 月刊中。程先生根據 Krutch 的論文集 *And Even If You Do* 中的英譯而來），讀了使人難以置信：

「當我年輕的時候，我把偉大的藝術當作是我的宗教來崇拜。後來我年歲漸長，我體認得出人人心目中的藝術，自從一八八〇年起已經開始死亡了，被判死刑了，完蛋了。同時我也體認得出，今日那些裝腔作勢的藝術活動，——不管那些活動是如何多姿多采和多產——畢竟是在那死亡過程中所做的掙扎。儘管在表面上，現代人如何愛好文物，實際上他們所真正愛好的是機器，是科學發明，是財富，是如何控制自然和全世界。……等到藝術不再是至高無上的精神食糧，於是藝術家們心志外馳，使用新的公式（Formula），利用各種各樣的幻想虛構，利用各項可能的知識上的欺騙，來從事於各種新嘗試、新實驗。……無非在掙扎中要求藝術不死。

「我不過是一個小丑」

「談到我自己，自從我開始採用立體主義來畫畫，我滿足了那一班富商鉅賈，因為他們喜愛高價的奢侈品；同時我的畫也滿足那一班評論家。我用了種種離奇古怪的想頭，畫種種離奇古怪的畫。他們越是不懂，越讚美我的畫。今天我已經是一個富翁，並且享受大名。但是當我在靜中良心發現時，我簡直沒有膽量自認為是藝術家。談到真正的藝術家，只有從前那一班大師，如葛雷柯（Greco）、提香（Titian）、林布蘭特（Rembrandt）、戈雅（Goya）等人可以當得起。我不過是一個小丑為一般觀眾變變戲法，逗他們開一開心而已。」（文中畫家名字中譯改為「俗成」譯名）

癡狂者的自瀆

這一段自白，把西方「現代藝術」卑劣荒謬的一面已說得淋漓盡致，不勞旁人辭費。就我的默察，兩世紀以來世界的「畫都」先是巴黎，今為紐約，而東京正大有蠢蠢欲動之勢。藝術在近代的「世俗化」，也表現在漸向經濟勢力最大的都會趨炎附勢上。西方現代最優秀的藝術，或許在後世的評斷中只在歐洲，尤其中北歐。如德國的人道主義大畫家珂勒惠支（Kathe Kollwitz, 1867-1945），挪威的表現主義畫家孟克（Edvard Munch, 1863-1944），奧地利的表現主義畫家席勒（Egon Schiele, 1890-1918），克里姆特（Gustav Klimt, 1862-1918），高戈契卡（Oskar Kokoschka, 1886-1980）等大家，我們藉以窺見西方文藝的偉大心靈之延續（即如晚年在藝術與人格上下墜的畢卡索，早期也是與這些心靈共呼吸的）。而俄國畫家康定斯基以後，不論是抒情或幾何的抽象主義、超現實主義，還有以後之美國式「現代藝術」如普普、歐普、硬邊藝術、超寫實主義等等，大概近乎畢卡索所說是在變戲法；稱得上偉大的藝術確是鳳毛麟角。大部分的「現代藝術」只是對人的尊嚴的否定，是癡狂者的自瀆，是文明的雜耍。

承受加倍的孤獨

面對西方藝術的巨大狂潮，而且面對由西方的狂潮所激起的世界畫壇的波動與不安，一個不肯俯首貼耳的中國藝術家，不肯向西方認同，而懷抱著藝術與人生嚴肅、崇高的信念，其處境可說「四面楚歌」。因為藝術的崇高信念，在我們這個時代的巨變中，卻漸漸顯得「不合時宜」。即使最固執堅定的心智也不免有些半信半疑。當大多數人都對現實妥協的時候（且看台北畫壇不是抽象主義、超現實主義、新寫實主義……等等均比照西方「現代藝術」的出場先後一一搬演嗎？），叛逆時代現實的苦果，便是承受加倍的孤獨。

另一方面，中國傳統繪畫的山水、花鳥、仕女、草蟲；雙鉤、白描、沒骨、寫意；詩畫合一等等節目，相隔數世紀的畫人還正在聯歡沉醉。面對這第二個難題，便迫使一個有志建設現代中國畫者，不能不痛苦自尋生路。實際上，當代中國藝術的現代化的問題，還輾轉掙扎於中西文化論戰早期「西化」與「泥古」二分法簡陋偏弊的泥淖之中，毫無長進。

建設現代中國藝術

十幾年來，我對藝術所懷抱的信念，對西方「現代藝術」的批判，對國內畫壇的觀察與見解，對我所堅持建設現代中國畫的想法，雖然見諸言論，也實踐於創作之中，但是，為了求得進一步的了解與證實，好修正並堅定我的信念，自六十四年至六十七年四年中我在美國居留。足跡雖未「走遍」歐美，但歐洲與美國比較重要的博物館、畫廊已看過不少；西方人文社會學術人生等方面的省察，也竭盡所能，有了皮毛的認識。四年後回國，覺得很幸運的是，我十多年來所苦思苦想，大膽妄為所持的見解，所堅守的方向，大致不差。

這個方向，簡單地說，從中國藝術傳統出發，堅持中國文化的人文主義精神；借鑑西方藝術，批判地吸收，以建設現代中國藝術。這個方向與中國文化現代化的大方向一致；中國藝術家不能自外於這個歷史使命。

「革新」與「保守」並重

中國藝術在現代要求發展，而又要求保持它獨立特行的精神，在目前國族遭遇患難的時候，藝術家確要有巨大的能耐與堅強。藝術「革新」固然重要，有見地的「保守」，不畏「違反時代潮流」的攻擊也很重要，而且需要有更大的信心與勇氣。衡量民族的文化與藝術之價值，不是看它在現實世界中有沒有勢力；當民族遭受挫折，處於逆境中，尤其要有文化精英份子來做堅苦卓絕的承續發揚（不是因循守舊）的工作。只有勢利眼的市儈才往最熱門、最有勢力的目標去「認同」。

更加奮力走下去

我在紐約四年，沒有帶什麼時髦回來，我這次展出的畫也沒有「脫胎換骨」的「蛻變」，這一點可能會使某些朋友有些失望。不過我覺得建設現代中國藝術是這樣艱難，一個現代中國畫家應該有他自己的走法；這漫長的一步，必得更加奮力走下去。

（一九七八年六月二十四日，原載《中國時報》〈人間〉副刊）

繪畫九題答客問

管：您一直在關心中國繪畫的前途，也一直在強調「現代中國畫」。相對於傳統的中國畫而言，「現代中國畫」具有什麼特別的意義？

何：我十多年來提倡建設「現代中國畫」，一方面以之與盲從西方現代主義來的「現代畫」相頡頏，一方面企望傳統中國畫突破陳舊僵化的內容與形式，使之發展並賦予現代化的意義。我特別強調中國畫的現代發展，必然要同中國文化的現代化共其方向，不能自外。全盤西化與倒退復古都不是中國文化生存發展的正確方向，也不是中國藝術的方向。畫壇上一直存在的兩個偏極的對峙，是當代中國畫發展受挫的原因。

所以，倡導「現代中國畫」，目的是在對於矛盾衝突的融合，使時代性與民族性成為一個統合的新風格。文化的演進不會回頭；而生硬照搬，把外來文化與本位文化拼接，也不是文化發展的途徑。因為外來文化如果不能融化在中國文化中，不是「出主入奴」（即反被外來文化所同化），便是為原來文化所排拒；不然，外來文化也無法在原來文化中生根茁長，便將枯萎。藝術是文化之一部分，不能例外。「現代中國畫」是從整體文化意識中產生的觀念，沒有炫奇之處，是很平實穩健的一個觀念。

管：我們既明白藝術應有其時代精神，而「生活的現實面」應不應該是重要的表現對象？如果答案是肯定的，請問：藝術的所謂「時代精神」究應作何解釋？

何：藝術的時代精神，在藝術作品中的呈現，可以有「顯」有「隱」；可以是開門見山，更可以是隱晦曲折。某些題材的現實性較高，某些較低。現實性高的題材，可能時代精神較彰顯，反之，則可能較隱晦。比如描寫台北街景，現實性較高，時代特點就很明顯。但藝術的題材現實性高，絕不保證作品的時代精神一定比較強烈與深刻。一幅造境出自想像的作品，雖然不是現實題材，但如果能映現出現代中國人的心境，能表現現代中國人的感受與觀念，雖然幽邃隱晦，其時代精神或更比彰顯的更強烈而深刻。比如八大山人的鳥，桀驁不馴，零丁傲岸，比較一幅「反清復明」的宣傳畫，雖無彰顯的時代呼聲，但時代精神更深沉而感人。

「生活的現實面」要成為藝術的內容，還須加以高度的鎚煉，才能成為藝術。一般人以為要表現時代精神，就必須「反映現實」，就必須描寫生活中的場景，這是對藝術的誤解。試問若果如此，明月，流水，花鳥，山川怎樣具備「時代精神」？既然不是現實生活中的富時代特色的事物，豈不統統應該拋棄。事實不然。「時代精神」雖可以因題材的現實性而具有，更可以因作家的情思、觀念以及藝術手法而賦予非現實性的題材以時代精神。同是山水，北宋的崇山峻嶺，壯偉磅礴與南宋的殘山剩水，分明氣象不同。

藝術的時代精神不同於歷史學、政治學、社會學所描述的那樣具體而清晰。持急功近利態度的人，總希望藝術像鏡子一樣反映現實，但藝術不是政治學、歷史學、社會學。藝術如果不著眼於整個時代氣息的體驗與表現，而企圖具體清晰地說明時代的現象與觀念，成為現實的紀錄或被動式的反映，則藝術的想像力、創造力將降低，藝術價值也將降低。

藝術的時代精神除了在於表現了時代現實的脈搏與氣息之外，也在於表現了一時代的趣味傾向、審美的情調。時代精神在藝術中有時是體現了美學的時代性格。造型美術在形式上即有其時代精神。最粗淺地說明可舉唐人的肥碩為美，近代以瘦削為美做例子。自然，形式美感的趣味傾向之變遷，還是來自時代的風尚與人生情調的相異。形式不能脫離內容而存在。形式也有時代性。

錯誤地理解時代精神在藝術中的含義，以為現實性越高，時代特色越彰顯，藝術成就便越高，那麼，宣傳畫、諷刺漫畫與照片，便最具有這個資格了。其實，藝術的時代精神是在於一個時代的精神哲學（人生的情調、心境、時代的氣象等）的呈現，往往高於生活的現實面所呈現的表象。純粹的繪畫藝術不可能為攝影與漫畫所能代替，其理由在此。

管：對於中國畫面上出現道袍策杖的古人，或飛機汽車的現代交通工具，您持著什麼樣的看法？有人以為這是過與不及的表現。依您的看法，怎樣才能夠把我們當代人的生活、思想觀念，很自然地融進中國畫裡去？

何：沿襲古代的審美情調與形式技法，自然畫面非古人不可；以為「時代精神」僅在於題材的現實性，便有飛機汽車出現。我覺得繪畫的思想觀念與感情趣味若不同於古人，山水中安放道袍策杖的古人便格格不入；沒有通盤的「創造」，即使在古意盎然的山水中安置幾個現代人物，也徒見雞兔同籠的滑稽而已。至於飛機汽車，不是不可入畫，但以為畫上飛機汽車才能「反映時代」，才具備「時代精神」，便是膚泛之見。

繪畫的題材，雖不可限量，但總以能「遷想妙得」、「感情移入」的對象為佳妙。如果不能從煙囪與馬達上引發想像或聯想，煙囪與馬達總不會是最高入選紀錄的「題材」。在表現生活場景的作品裡，偶或必須有飛機汽車之類的事物出現，那麼，飛機汽車的造形與表現技法，必須與該作品構成一個完整的、有機的生命。如果在傳統山水中硬安插飛機汽車，不但不協調，而且徒見淺陋。我還是一句話，時代精神、現代人的思想觀念的表現，絕不是依賴現代事物的描寫而可獲得成功。藝術不是形而下的、工具性的東西，整個創造性的造型的成功呈現才足以反映作家的人格與時代的精神。

管：您的繪畫，在布局上顯然與傳統不同。如果我的記憶沒錯，您好像不大欣賞中國畫中所謂「空靈之美」，您不以為「空靈」是國畫很重要的因素嗎？（當然不是指那些假空靈之名製造噱頭者；那只是「空白」而已。）

何：我認為「傳統」應是一條有源頭，有去向的活水，「傳統」一直要演進，不是死的，固定的。中國畫講空靈，是虛實的一種，是對比而來的。沒有重實，何來空靈？空靈只是相對的。絕對的空靈，便成空白。一張白紙卻不成其為「畫」，儘管空而且白。唐宋的山水（且不說壁畫），有空靈，也有重實；虛實相生相映。總的說，其可貴處在有結構，絕不是隨便留大片空白，而可美其名曰「空靈」。元朝以後，文人畫的發展，逸出繪畫的常軌，逸筆草草，只重筆情墨趣，不大注重構圖。

空白之濫，卻可以大量題字，以炫詩文書法之能事。我覺得我們要惜墨如金，也要惜白如金。空白的氾濫成了「習氣」，以「空靈」為護符，不重結構，不求整體構圖之嚴飭，實在是把繼承近代「文人畫」的弊病而以為是「傳統之精華」。唐宋人的嚴密結構，尤其「巨碑派」的作風，是傳統在結構上的優秀所在。王蒙與龔半千，現代的傅抱石、林風眠等人，都是有意繼承那個優秀傳統的大畫家。我從西方繪畫中汲取營養，取法西方構圖，即一個例子。西畫之重結構，值得我們吸收。我絕不無緣無故留一大片空白；畫面上或大或小的空白，是一樣用心經營的結果。現代人以空白的濫留為得計，是草率、馬虎、求速成的藉口。老子說「知白守黑」，黃賓虹很得其真義，曰「密不透風，疏可走馬」。妄留空白，一張小幅也就成了「大畫」，其實不無投機之嫌。要革除中國畫的貧弱，煙霞滿紙，不食人間煙火以及種種玄機妙諦的虛妄，我以為注重嚴飭的結構，是很重要的一大步。

管：恕我提出一個批判性的問題：我覺得在您的作品中表現的文學性遠超過生活性，這跟您

所強調的「現代中國畫」的「現代」精神，似乎未盡符合，您的意想呢？

何：就您的說法，我以為「文學性」與「生活性」並不背道而馳。因為文學是由生活體驗中來的。您的意思，還是離不了總覺得藝術得反映現實人生的生活；而且把現實、生活等概念，限制在民生的層面上。

我以為現實、生活本身十分廣袤。一隻小鳥，一座山與一群人在趕車上班，一樣是現實，一樣是人生生活中的存在的事物，而某種藝術樣式與體裁，比較切近於民生的現實與生活（如小說、戲劇、漫畫等），有些樣式與體裁，卻較不與民生的現實生活發生直接的干涉（如抒情寫景的詩歌、樂曲、造型美術等）。繪畫是造型美術的首要一種。一切藝術（包括美術、音樂）的內容，都是思想與感情，故與文學的意義相合；凡表情、達意，如果變成文字，無法不是「文學的」。

藝術的獨立性不在於排斥「文學的」意義，而是在於強化該藝術的「語言」（即技巧）的表現力，不使淪為「文學」內容的圖解。繪畫不是文學的插圖，就要求畫家獨特的運用形、色、線條，使之建立一個獨立的「造型世界」。但這個造型世界的意義，與文學世界的意義並無二致，因為兩者俱來自人生的體驗。作品非常「文學的」，便必是非常「生活的」，故必也非常「時代的」。因為「生活」有其時代的特色。作品缺少「生活性」，必是非常「概念的」或者「背離人間現實的」，則必不可能是非常「文學性的」。所以我不以為「文學性」與「生活性」有何矛盾。

理論上如此，但我不敢說我的作品必然十分「文學的」且又「現代的」。我只是希望觀畫的人不要以為凡畫必以民生生活中的現實（即「第二自然」——包括人工製造的道路、工廠、建築、器物、都市等等）為題材，才具有「時代精神」。我以為題材無新舊，無進步與落伍之分。李白說今月曾經照古人。月亮、山川等千古題材，一樣可表現出不同的「時代精神」來，端看作家如何取捨，如何想像，寄託什麼感情，啟迪什麼意念，採用什麼方式與技巧去表現。

管：有人說您的畫「變」的速度太慢，不像您的文章那樣犀利，您自己的看法呢？

何：藝術形式的變化，完全是因為時代與觀念的變革而來。時空不管如何變遷，人生、生活、人性總有其內在的穩定性，所以藝術形式的演變，是內在穩定性與外在的變異性統一的結果。為形式的變而變，是淺薄的形式主義。西方自近世以降，形式主義、虛無主義支配了藝壇，激發了現代主義中大多數「形而上」的荒謬的藝術。影響所至，凡沾染西方藝術唾餘的地方，皆以「變」為藝術創造的要領，以千奇百怪為創造的本義。

我以為一個畫家與詩人、文學家、學者一樣，有他自己的方向，有他自己的道路。他不斷往他所嚮往的目標一步步往上走，以達到最充實、最成熟、最卓超的峰頂為至上，藝術不是變戲法，更不是廣告與時裝。沒有崇高的理想與堅定的目標，而不斷「變」，只是商業性藝品的噱頭，以新聞性的怪異來引起大眾的注意，譁眾取寵。「現代主義」的藝術只是西方大都會畸形的文化。我們頗有不少模仿西方現代主義噱頭的畫家。那只是自欺欺人。

我覺得藝術的「變」，一是出自本身內在自然的需要，一是發自文化意識所驅使的使命感，即理性的解悟所引導的創造性的「變」。而藝術上的修鍊絕無「大躍進」之可能。藝術家如果對藝術夠真誠，且具備相當充實的文化意識，他必感到藝術的宮殿是通過一磚一石來建造成功的。那些見異思遷，不斷變換設計圖與材料，必只是兒戲，對藝術只是褻瀆。

我的文筆力求公正無私，而且不肯說自己毫無見解的敷衍的話，便給人一個「犀利」的感覺，其實是過獎。而我的文章所建構的個人思想，也與我的畫一樣絕不朝三暮四，追逐時髦，自相矛盾。在藝術思想上，理想總是較高，實踐總自嘆不如，這也是很正常的。我的畫可以說是在理性認知指導下的感性表現。今年我的創作自覺有某些「變」，但主導思想還是一脈相承。藝術是一生的事，我不肯毫無原則地為變而變，有一些「弄潮人」大概會失望。

管：您以為中國繪畫在內容與形式的表現上，該再有什麼突破？

何：我覺得現代中國畫不僅包括水墨畫，也包含油畫、水彩、版畫等其他外來的畫種。古老的傳統中國畫要「現代化」，外來的畫種要「中國化」，共同成為中國繪畫的品類。

在內容方面，現在除了以西方現代主義的思想意念為內容（如視覺主義、觀念藝術、抽象主義等）之外，便是以攝影寫實主義來表現對業已凋退的殘舊事物的棧戀。前者是崇洋，是附驥，後者則是觀念感情上的復古——雖然它運用襲取自美國新潮的超寫實主義的形式。至於傳統派的畫家，還在畫古人的煙寺晚鐘，楓林晚坐，山堂聽雨，紅袖翠荷等老題材而毫無新意（傳統泥古派不一定是老先生，青壯年一代也大有其人），在內容上說更是蒼白貧血。

盲目依隨西方與酣醉於復古的幻夢，不論內容與形式，皆不是現代中國畫的道路，如果不能有所突破，中國繪畫的前途還是雲遮翳障，迷茫得很。

每一個真正有創造力的畫家都要親身投入現代中國畫的建設工作，自尋生路。只要大方向能予認同，即使各走各路，結果必殊途同歸。千百種風格，都應成為現代中國畫壯闊的大道上怒放的百花，爭鳴的千鳥。我個人在創作中的體驗，要謀突破西化與復古的樊籠，首先要有自己的繪畫思想。一切繼承西方什麼主義，什麼流派或繼承過去什麼上海派、嶺南派，而不能兼採中外之長，放懷接納，匠心熔鑄，卻門庭自囿，沾沾自喜，都不大有什麼希望。

有了自己的繪畫思想，便要在題材的尋覓上與處理上有所突破。再次，便要有一種清新獨特的情思注入題材。情思與題材交融之後，就要以創造性的技巧來達成表現的使命。所以任何現成的、固定化、公式化的主義或派別在創造中都不能直接派上用場；不經咀嚼、消化的技法，只是匠家製器，距離「畫家」尚遠。而技法上的突破，斷不是弄巧玩奇。以水墨來畫照片，以畫布來畫潑墨，都是走捷徑而已。

這個問題，我只能在觀念上概說如此，因為內容與技法是每一個畫家要艱辛探索的。我的具體經驗不一定合適於別的畫家，而且篇幅所限，恕不盡言。

管：您也是知名的畫家，怎麼始終沒見過您當眾揮毫表演畫技？為什麼？

何：我以為所謂「示範」，只在教學上可能，且只是技法的闡釋而已。畫家當眾表演畫技，霎時間完成一幅完整的作品，在我是不可思議。因為一個畫家的可貴，在於他的創造，而表演「創作」，其實只是「背誦」一種固定了的公式，這種「絕活」，不是藝術的行為，我自己在創作中最怕有人在身邊窺伺，精神不集中，下筆便不知所云。在人群中「創作」，多少要養成一套不假心思而能速成的「慣技」。古人以為熟不如生。熟而不思則為「習氣」。表演揮毫其實只是「習氣」的展覽，我不以為這種行為對藝術的發揚有什麼益處。在國外表演，則徒然暴露傳統中國畫在近代以來的積習難返，使人覺得「中國畫」之無尊嚴而已。一個西方畫家或藝術有修養的觀眾看了這樣的揮毫表演，便要懷疑中國藝術的價值，因為用一套公式化的運作，如何產生「藝術」？

有人可能以為我上面所說，皆因我反對中國傳統藝術而產生的偏見。但不是如此，我不會說沒有依據的話。我可以說，當眾揮毫示範的做法，才真是反傳統的。我們中國古代的畫家，絕不是這樣草率求速成。他們對藝術創作的虔誠與嚴肅的態度，我們在畫論與詩文記載上，在作品的原跡上，都可領悟其中三昧。古人作畫，要明窗淨几，甚至沐浴焚香。杜甫「戲題王宰畫山水圖歌」中說：「十日畫一水，五日畫一石。能事不受相促迫，王宰始肯留真跡。」都表示古代畫家創造的慘澹經營。

我曾聽人家說林風眠先生作畫，下筆雖快，但同一幅畫，他要畫一二十幅，挑最好的一幅留下，餘皆廢去；傅抱石作畫閉門不出，外人不許入；徐悲鴻作畫先得有草稿，再斟酌成畫。揮毫示範是最近二十年間事，往往成為助興節目，畫家與觀眾皆樂此不疲。就傳統來說，古人的認真，還是今人應法式的。我的畫要加染多遍，層層皴染，無法限時完成。而且沒有新意，即無畫興，常常多日不入畫室。在實際上與觀念上，我都不能當眾揮毫。我希望我們對這一個小問題，通過深入思慮，宜作取捨。對現代中國藝術的發展，不論問題大小，皆不能輕視，而應有明晰的態度。

管：水墨的用具材料，國內畫家常感困擾，您以為有那些困難？應如何克服？

何：歷史上的許多名跡，從其風格特性來說，工具材料的因素，絕不是無關重要的問題。甚至可以說，某畫家用某種紙絹，是造成他的風格很重要的因素之一，換了另一種材料，便面目大異其趣。遷台以來，因為台灣盛產棉紙，所以造成了一種「棉紙的畫風」，與宣紙或其他畫紙的品味大有不同。棉紙有其特色，但墨色單調，日久變黃或起毛，影響作品品質甚巨。但棉紙易落筆，也助長草率之畫風。近年來台灣畫紙不斷改進，已能生產較高品質的紙。但紙商把高品質畫紙出口賣給日本人，對國內小額售量不感興趣，使在台畫家難有好紙，實在是藝術文化繁榮之一大損失。

而海關對由香港入口的中國畫具材料嚴加杜絕，使畫材畫具更加難以獲得。我以為畫材畫具不是大宗物資，更非食用或奢侈品，乃是文化發展的工具材料，似應特別寬限。這一代中國畫家沒有較優良的材料應用，將來留下的藝術品便蒙受巨大的損害，從國家民族文化長遠的利益著眼，實在應允許有特別的對待。我們在此願作建議，希望有關當局予以個案處理，以解中國水墨畫家工具材料之困。則畫家幸甚，文化藝術發展幸甚！

（一九七九年六月四日《民生報》管執中先生訪問）

後記：訪問者是當年《民生報》文化版主任管執中兄。執中兄原是畫家，河南人，一九三一年生。不幸於一九九五年九月二十四日因參加韓國光州國際藝術節雙年展時心臟病發而驟逝，享年六十五歲。執中兄在新聞工作三十年中，對文化的提升，卓有貢獻，他為人的正直與熱誠，更為人所敬重。

數千年中國繪畫一夕談

中國的第一張畫

從中國美術史的觀點來看中國的繪畫，就這個題目而言，首先我們要求的不是一種史料的整理，而是如何尋繹出一條中國美術的命脈。

中國美術包括甚廣，舉凡金石、書法、建築、繪畫等等皆是。現僅就繪畫來談中國美術。翻開世界各國的美術史，沒有一個國家的美術史能告訴我們，它們的美術真正開始在什麼時候。

根據現有的歷史材料，春秋戰國時代，中國已有很成熟的美術作品。長沙出土的帛畫，是目前所發現最早的一幅中國畫。根據此畫，我們可判定在這之前，中國已有繪畫作品，在這幅畫中，我們可看出中國繪畫的基本型態已被確立下來。這幅畫畫的是一位婦女在祈禱，天上有一夔一鳳，夔代表惡，鳳代表善，善惡相鬥，而這位婦女所祈求的便是善戰勝惡。這幅畫以線條表現在帛上，我們可知，中國很早就發展出線條，這和西方的繪畫在開始就有很大的不同。不畫明暗、光影，不斤斤於立體感，而是留空白的背景。同時很主觀，夔鳳相爭便是以象徵的表現法表示人對善惡的抉擇，而有善善惡惡的觀念。以今天來看，它有點像漫畫一樣，但在春秋戰國時代，我們有這樣的繪畫是很值得驕傲的。就繪畫史而言，中國繪畫的起源是很早的。再者從稀少出土的東西來鑑定，戰國時代漆器上的畫，多畫打獵、種田等日常生活，線條複雜、結構完美，在在顯示出到了春秋戰國時代，中國繪畫已有很不平凡的成就。

中國畫中國字中國文化

中國出現第一位大畫家是顧愷之。他的作品現今流傳有《女史箴畫》，此幅畫目前在大英博物館收藏。根據多位考古家鑑賞家分析結果，認為這幅畫並非真蹟，而是由後人臨摹的。這幅畫是根據張華的一篇文章〈女史箴〉而畫的一幅長卷，文章內涵主要是給女孩子的告誡。基本上，這幅畫和春秋戰國時代的帛畫是一系相承，同樣是以線條作基礎。顧愷之這位大畫家留下很多畫論、文章。他的原作就如同王羲之的字一樣，現今流傳的都是後代所臨摹。就根據臨摹的作品，我們仍可看出中國繪畫的兩大特點：

（一）中國畫很早就跟文學結合在一起。〈女史箴〉這幅畫便是張華的文章和顧愷之的畫結合在一起，畫的每一段旁邊就有一段張華的文章，很像後世的連環圖畫。

（二）中國繪畫和中國文化的特性分不開。中國文化往往呈現一種道德的追求，〈女史箴〉

這幅畫即附有道德教訓。

魏晉時代，佛教思想傳入中國，同時佛教的美術、音樂、器物用品也跟著傳進來。這是最早的中外文化的交流，對中國本土文化在精神、意識及風格上都有很大的影響。中國文化在歷史上，即不斷地接受外來的刺激，經過消化、融化之後，中國文化不斷有活躍的生命力。我們甚至可以這樣說，世界上沒有一種文化是百分之百的純種文化，而且純種文化也沒什麼可貴，一個文化必須和多種優秀文化接觸，結合在一起，如此它才會有新的生命，才能更博大、豐富。

中國藝術之精神，於先秦諸子之思想已大體底定。**其中影響繪畫思潮者以老莊思想為最，老莊思想偏重於人與自然的關係，建立了中國人的自然觀**：這影響中國繪畫上尊重自然，崇尚自然以及歌頌人與自然之和諧的精神特質。在繪畫上，儒家思想的影響就遠不如道家之巨，因為儒家重實用，所以對藝術的影響力較小。中國的藝術思想以老莊最豐富，但真正實踐在藝術表現上要等到魏晉時代。

魏晉時代，在中國文獻裡有山水詩的出現，從文獻的記載，中國在魏晉時代已有大量的山水畫出現。但這些畫現今我們都無法見到，就連東晉顧愷之的畫亦復如此。據文獻所知，顧愷之除人物、佛道之外，始畫山水，為中國山水畫之始創。他有一篇〈畫雲台山記〉，是記載他個人畫《雲台山圖》的過程，他這篇文章引起後人很多的討論。一般而言，研究美術史的人只能根據已有的文獻資料及實際材料，去了解中國的美術在某一歷史時代已發展到什麼樣的程度。根據此文，我們知道，這幅畫基本上的線條已具備，而且結構、佈局方面已相當成熟。至今，我們雖然無法見到真蹟，但我們知道中國山水畫很重要的技巧「皴」法，在魏晉時代還未出現。

山水畫與人物畫

一直到隋朝時，「皴」法還是一直沒有出現。隋朝的畫至今流傳下來有《遊春圖》，有人說是展子虔所畫；這是一幅相當有規模的畫，有山、水、人、馬，是一幅重彩的青綠山水。在這幅畫上，也沒有「皴」法，今天研究美術史，隋朝這一代它所留存下來的資料這麼有限，但是根據這樣的資料，我們亦可推算當代山水畫不可能只有一張，因為一個朝代不可能只有一幅畫流傳下來，一個歷史上留名的大畫家也不可能只有一幅畫，再加上我們根據歷史材料，雕刻以及唐代的壁畫等亦可推測出一些美術史發展的痕跡。

到了唐代，開始時山水畫依然和隋朝一樣。中國繪畫史上，人物畫的發展早於山水畫，這在全世界的繪畫史都是一樣的，因為畫是人畫的，與人的關係最近，觀察也最多，再其次便是牛、老虎、花、鳥、樹木等生活上所見的對象，最後才發展到山水。人雖然是生活在大自然山水之中，但對山水發生感情，有了寄託，這總得等到文化發展到相當高的程度。像西方的風景畫也一直要等到文藝復興之後才開始出現，一幅《蒙娜麗莎的微笑》的完成相當於我國明朝的正德年間，在這幅畫的後面開始有山水的背景，西方的風景畫是在這之後才慢慢發展出來。西方的風景畫真正獨立出來，亦不過數百年而已。中國山水畫真正出現是從東晉的顧愷之開始（公元五世紀初）。顧愷之之前或許有山水畫，像漢刻石上有山、水、花、草、樹木等，但我們只能說有山水畫的端倪，（有人認為顧愷之的畫現已不存，我們僅從他的文章來判斷中國的山水畫起於他是不確實的，中國的山水畫真正成功應在隋唐。但是，最合理說法是中國的山水畫開始於晉朝。）

另一方面，人物畫還是一直為中國繪畫的主流，由於佛教傳入中國，道、釋人物畫也極發達。

前文所言，**中國的山水畫在晉朝時已出現；而真正開始發展成熟是在唐朝。到了五代和宋朝，是中國山水畫發展的顛峰時期。**

在宋朝以後，中國文化和藝術均有很大的改變。先就唐朝以前中國歷史上的幾個特點來談。中國的藝術很早就走上單線平塗的技法，這跟中國人的民族性，審美觀以及和大自然和諧之情均息息相關，因為藝術上形而下的表現必與思想上形而上的探討密不可分。

歷史的意義在確立綿延不絕的文化生命。在今天，文化的探討，首先要面臨的問題是西方的考驗。中西文化的不同，主要便是對於自然的觀念有異，西方的自然觀念是主觀的自我和客觀的存在互相對立，這種對立的結果，西方遂發展成精緻的科技文化，這種科技文化發展的結果，強調條理清楚與準確性，在這種條理清楚地劃分結果，西方的文化藝術遂發展成強調個人的自由、發展和進步的觀念。中國對於自然的觀念就和西方截然不同了，中國人主張天人合一，物我兩忘，人和大自然之間是和諧的。這種和諧的結果發展成文化藝術上超越現實與重主觀的特性，這也是中國藝術的最大優點，但自然也有欠缺處，因為它缺乏準確性的結果，會使一個早熟的文化走向定型而沒有進步。正如梁漱溟先生所言「中國是一個早熟的文化」，今天我們談文化問題，絕不可落入「大國沙文主義」，認為自己的民族文化最優秀。認清中西文化不同之處，由於對自然之觀念不同，影響整個中西繪畫的歧異，我們再向中國的文化歷史溯源，由這溯源中我們可認識整個中國的繪畫問題。

歷史溯源談繪畫

歷史的因素影響文化的發展，文化的發展和整個民族的生活型式和生活狀態均息息相關。中國到了唐朝，已歷經了相當的時間，不論在文化觀念或哲學思想上的發展已相當成熟。就中國藝術上講求單線平塗技巧而言，主要是中國人對於天、地、我之間有一個不變的觀念，那就是「道」的存在。「道」是一切的本質，它貫通天地無所不在，像老子所言，瓦罐等物亦有道。道不是現象，而是永恆不變的最高的理念。中國人在藝術的表現即是在表現這種最高的理念。西方人和中國人觀念不同，人和自然之間是主客對立，山是山，我是我，我是主觀你是客觀，我來改變你征服你，遂有一種進步的觀念存在。由於中國人對自然的觀念如此，表現在繪畫藝術上是一種「道」的追求，所以一切物體受外界的作用，均表現為現象，現象是最表面的，故只見其

「變」，所以像太陽的昇起，它的光線便是瞬息萬變，表現在繪畫上，顏色和背影陰暗等問題，均只是現象，中國繪畫要表現的是物內的本質不是物外的現象，所以中國畫注重的是所畫之物的「神」，注意其「常」，對於顏色，光影的問題不像西畫隨現象的變化而追求變化，所以中國繪畫遂走上固有色平塗的技巧，而西方文化由於注重準確性，所以對於顏色、光影等問題都要把握得一絲不苟，這在中西繪畫發展藝術上在開始時就有很大的不同。

再就單線的技巧而言，中國人對於線條的觀念，主要是一種純主觀的看法。因為任何物體的本身都沒有邊緣線，邊緣線是人主觀地賦予物體。西方由於注重物體的準確性，它的線條是用來界定物體的分際，而中國線條的作用，則已不限於此，它希望藉著線條表現物體的精神與生命，如美女的肌膚、粗糙的石頭等的不同，均由於線條不同而呈現有異的生命力，所以中國的線往往超越單純線的意義。又如水是流動的，水紋的畫法便是要呈現流動的生命力。中國人用線條去表現質量的感覺，而西方人則是用明暗去處理。從線條的技巧觀點看，中國在繪畫上很早就有它的藝術思想，它對人生、宇宙感官認識上的獨特性是早已確立下來。

除單線平塗技巧外，中國繪畫有一重要的技巧，在此亦必須提及，即「散點透視法」也是中國畫獨特的創造。比如說中國人物畫上往往主角大而配角小，如書生總是較大，而一旁烹茶的書童則較小，在透視上，往往不符合科學的原理，但藝術不是純依科學的理則來創造，它容許無限的想像。中國畫它要求的是如何合主觀的需要，至於它是否合於科學的透視學之「理」，則是次要的問題。「散點透視法」畫者沒有一固定的立足點，所以沒有固定的視平線與視心，這在中國畫華山，泰山等名山時就運用到這種手法。這種手法是很超現實的，畫者重在畫它的精神風貌，上面說過，中國人的哲學思想在「常」，而西方人則是在「變」，在繪畫上注重的是「常」而忽略其「變」，「常」的重點即是在於它的永恆性。就「透視法」觀點而言，《長江萬里圖》在西方人而言是不可思議的，它猶如電影的鏡頭，觀者隨其畫片可觀察幾千萬里。研究「散點透視法」，我們很微妙地發現，中國是早就有超越時空局限的想像力，西方的「超現實主義」是在第一次世界大戰之後才出現的。

而中國畫另一大特點即是打破時間局限，它往往在一張畫中容納許多不同的時序，像《長江萬里圖》即是如此，這種打破時序間隔的方法，亦與散點透視法同樣是主觀浪漫的表現手法。敢於打破時空的局限，這裡面需要不凡的意象經營，這一點不能不說是古代中國畫家偉大的創舉。

以上所言，是中國繪畫上幾個重要的特點，大抵而言，中國繪畫的技巧及基本概念，在唐朝以前已奠定。

南北兩派畫中國

唐朝以後，山水畫漸居主導地位。開始有南方、北方兩派風格，這種風格在當時人並沒有意識到。明董其昌研究畫史，認為中國山水畫自古即有南北兩派之分。南宗和北宗的判斷，根據其個人的興趣，崇南宗貶北宗。明朝以後受董其昌的影響，對於畫的觀點愈來愈偏狹，最後「文人畫」遂日漸貧弱。

王維被視為南派的開山祖，但王維的畫已失傳，根據後世臨摹他的作品看，王維的山水畫畫法和後世南宗的畫法是有很大出入的，我們甚至可以說，王維的山水畫是比較接近北宗畫法的。北派的畫法大致是繼承單線平塗的技巧，顏色比較濃烈、豐艷。而南派的畫法比較注重淡彩，筆墨比北派複雜，這跟自然條件有關。北方多峻石喬木茂盛，南方多土山，草木葱蘢，北方枯寒較光禿，而南方濕潤則多是綠茸茸。客觀環境的影響與人物性情的差異，遂造成南北兩派不同的畫風。

中國文化的發展由北至南，南北二地各有不同的文化特點；文學上，《詩經》和《楚辭》已表現出不同的精神和趣味，一般而言，南方較浪漫，北方則較古典。在繪畫上亦復如此。中國文化至唐時，南北在地理上、文化民風習俗當然各有特性，在繪畫上也如此，各有優勝，不能輕於褒貶。

中國山水畫室宋朝時已大放異彩

宋朝時山水畫大家輩出，如范寬等均是。宋朝山水畫有一特點即是根據唐朝已有的基礎而更往前推進。以結構來說，宋朝人畫山比唐朝人畫山更雄偉、密實和豐厚，同時在技巧上有很多「皴」法，結構上也開拓了縝密壯偉的格局，像范寬的《谿山行旅圖》在畫史即是很大的突破。

元朝是異族統治的朝代，由於異族統治，所以在文化上就漸漸走向下坡。言論不自由，知識份子不能像以前一樣在社會政治上發揮大的力量，因為朝廷上多是元人的天下，漢人知識份子中國文化的精英份子漸漸從政治舞台上退下，在人情上在感受上愈漸消沉，所以在文化舞台上也不像從前那麼活躍了。大體上說，中國的畫開始走下坡是在元朝。在畫山水畫時，元人的畫已不像宋人面對山水而畫出那麼密實雄偉，它開始呈現空疏蕭瑟之態。

大體而言，中國的山水畫至南宋開始有「文人畫」出現，像蘇東坡等人均是又能詩又能畫，古代有專門畫廟堂壁畫的工匠，這其間亦不乏才氣橫溢之士，而這些畫家則不一定是大學問家。至宋朝以後，則有大量的文人從事繪畫工作。這使得中國的繪畫更進一步接近文學的趣味，由於詩好又好書法便開始在畫上題詩，隋唐、五代，北宋畫家名字多題在石縫樹根上，往往不易尋覓。畫上題詩，即是從宋朝開始。遂有了「文人畫」，「文人畫」這名詞卻不是在當代即有，元朝由於國勢改變，文人雅士不得志，個人的煩悶及對故國的懷念要寄託在筆墨上，所以繪畫的表現就呈現一種不食人間煙火，對現實的疏離的態度。因為注重的是個人胸懷的表達，所以跟文學就更合一。另一方面，元朝承繼宋朝那麼豐厚的蘊積，在技巧筆墨上亦有少數超越宋朝的地方，比如技巧更成熟，筆墨更成熟，但另一方面，元朝畫在氣象上已遠不如宋朝開闊、密實、雄偉。在內容題材上表現出更蕭疏、跌宕、縹緲、蒼白。

中國繪畫在明朝又開始漸漸走向重複之路

明朝由於承繼元朝高人雅士文人畫的傳統，除了少數畫家表現而對現實自然山水去體驗去描繪外。由於傳統的累積非常深重，要精通唐宋元幾乎都要花去半輩子的時間，要再創新的路則已非常困難。再加上宋明理學的約束，人的活潑創造力漸漸削減，再加上傳統力量太強，沒有以前雄莽的氣勢。因為歷史太長。加上中國人對祖先的崇拜、師長的尊敬，不敢越雷池一步，所以中國「文人畫」漸漸定型化，僵固化，多為模擬前人之作。

明朝在繪畫上，亦不乏大匠在，如沈周、文徵明、仇英、唐伯虎等人，但和宋朝比較起來。宋朝是開創及奠基時代，而明朝則是守成，由於崇古摹古之風太盛，創造力相對銷沉，畫壇之頹風，每下愈況。但明朝尚能保持一些宋朝遺留下來的優點。到了清朝，由於政治因素，它的創作就更不自由了。

清朝除了幾位「遺老」畫家像「八大山人」及石濤等人外，全部都是古人的奴隸，一味摹擬古人而不敢有所變，中規中矩不敢有個人的意見。由於如此，清朝時整個畫風愈漸頹靡、消沉、虛無，最後幾乎可說是不知畫者為何物？就如同作詩一樣，最後成為文字遊戲，用一定的技巧去作，而缺乏藝術的精神、創見及生命力和感情。

另一方面，從明朝開始更直接急遽地接受西方的衝激，到了清朝時正如李鴻章所說，幾千年來最大變局的開始。中國這樣的一個社會裡，在清朝中期晚期，西方的文化已經大量地介入了。

同時中國的經濟結構及社會各方面也發生很大的變遷。在中國江浙幾個通商的大商港，已開始有了初期的工商業，社會變遷，所以在文化藝術上亦有很大的改變。

由於沿海浙江、杭州、上海等地受西方的影響，在社會型態上有新的改變，如小市民階級抬頭，在繪畫藝術上亦產生另一流派。那就是「揚州八怪」等人，他們的畫風開始走上反傳統的約束。從明到清一直為主流的院畫，就是承繼董其昌一派而下，崇南抑北，推崇文人高雅，排斥世俗的個人的創造性。清朝晚期「揚州八怪」及繼承者如趙之謙、金冬心等人突破傳統，精神上仍是承繼傳統的，他們反叛的便是傳統的約束以避免傳統走向僵化的路線，而基本上，傳統中好的一面他們仍是繼承的。

尤其清朝末年任伯年這些畫家，他們的貢獻便是表現市民大眾的感情，把文人畫的清高、疏離、虛無拉回人間。

民國締建，軍閥混戰，北伐統一，抗日戰爭，中共竊國到今日自由中國的堅韌奮鬥，不屈不懈，可以說是中華民族從徬徨頽頓，坎坷辛楚中，面對數千年來未有之大變局，在中西文化的衝突，列強的侵凌，禍亂的頻仍之痛苦中，不斷躍起民族再創造的生命力，追尋中華民族與中國文化在現代世界適應，求存，振興，自尊與發展的大方向之一個歷史長程，「五四」是這個尚未終了的歷史長程中一個最可紀念的日子。

五四以後的中國美術

「五四」新文化運動的遺憾是除蔡孑民先生外，沒有人對藝術運動予以關注。藝術運動在「五四」中缺席，其中原因，固甚複雜。藝術運動的時機未成熟與藝術運動的健將尚未嶄露頭角，是為主要關鍵之一。

中國新藝術的激揚，要待到民國十幾年以後才見澎湃之浪潮。首先，它是受到西方文化藝術的刺激與啟迪，其次，近代日本的影響，也佔相當重要的成分，但日本近代美術也是接受西方的感染而來的，所以，我國之從日本所吸收的內中有一部分，間接還是得自西方。

民國十幾年到卅幾年在新文化運動中的畫家如劉海粟、徐悲鴻、林風眠等人，他們在中國美術上的努力，使得現代中國美術的發展，欣欣向榮。正當此際，中共竊據大陸，赤化運動，藝術的生命也整個被扼殺了，在「無產專政」之下，藝術文學註定成為受奴役的工具。

再回過頭來看自由中國的台灣，半個甲子以來的最初年代，人才物力在早期的貧乏，遂造成復古主義的抬頭。中國美術孤懸於中國文化變遷之外，自外於中國文化現代化的歷史使命遂漸漸式微。民國四十幾年以後，新起的一代漸漸形成一股和復古派對立的勢力。

民國四十幾年以後十多年間，新起的一代開始追逐西方抽象表現主義。但是中國的追逐者絕無法趕上西方潮流的晨光初露，而只能是在西方殘照裡，做西方潮流的附庸。西方的抽象主義，是自十九世紀印象主義之後，經過極紛紜駁雜的繪畫流變而後湧出的一個新潮，在抽象之後至今，一個否定一個，成為一股變亂譎詭「現代主義」。就中國繪畫史發展的內在必然性與時空背景的外在條件而言，中國美術的現代階段，斷無以西方現代主義為依皈的理由。崇洋自棄，這是個極大的錯誤。

在盲目西化的時期中，有一些追求中國藝術的現代化的畫家，接受西方的衝激，懷抱發展傳統的意向，不以抽象主義為法寶，雖然在復古與西化兩極對峙中有些徬徨游移，但卻是較穩健誠懇的態度，經過多年的思索與實驗，確有某些難能可貴的成績。他們聲勢不張，但是這種健實的態度，正是現代中國美術的追求之信念，不絕如縷的象徵。

根據整個中國美術史來看，有幾個重點是值得討論的：

（一）**外來的文化往往是刺激中國美術有力的因素**：歷史上幾個朝代受外來文化刺激比較少時，它在美術的發展就停滯。這在西方亦復如此。文化的生命是不斷往前進，如果停滯，文化必枯萎；接受外來文化的刺激，文化的生命才能有新生的活力。中國的漢、唐，即是在文學、藝術不斷接受西方影響之後，在美術上有飛躍的發展。

（二）**任何藝術一定要紮根在自己的土壤上**：不能離現實自然太遠。如果那一個朝代它過分從畫史上去學畫，它的生命力就比較薄弱。那一個朝代比較面對現實自然，它就比較有豐沛的生命力，能蓬勃發展。如宋朝的畫，元氣淋漓有現實的生命力在，反觀元朝的畫，它的筆墨高古卻缺乏現實性，「游談無根」，只是形式主義。

（三）**時代的因素非常重要**：以前的畫大都能表現那個時代的精神，雖然中國的時代精神數千年來一直是不明顯，因為改朝換代，也不過改個國號換個皇帝，對於本質上的改變卻很少。因為中國社會一直以來就是一個靜止的社會。但是社會一有改變，藝術就能很敏感地表現出來。宋朝的畫是對自然的靜觀，採取一種理性的態度，這與當時理學的盛行有極大的關係。往往某一時代它的文學發達時，它在藝術上的發展也特別大。所以時代的風尚往往在藝術上是能夠很敏感地表現出來，而一件好的藝術品亦能包容它。尤其到了清朝以後，在不斷地接受西方文化刺激後，一個好的藝術家更應該積極地要自己的作品面對這種不同的時空變化。

青年中國繪畫的方向

把握幾項歷史的原則之後，我們展望整個未來繪畫的方向，尤其在今天是個千古未有的巨變的時代，藝術工作者更應該體認到他不但要繼承傳統文化特質，同時他要大膽地有魄力地去改變傳統，不能只停留在傳統優秀文化中，致使傳統呆滯而缺乏新生命。如何改造傳統，個人認為有以下三個途徑可尋：

（一）回到藝術發源地去尋找活力。（二）從外國文化中尋找刺激、啟發。放開心懷，用批判的態度去吸收外國文化的營養。（三）創作者自己向內發掘。

因為藝術的發展是從人的生活而來，到了某一程度，由於不斷地提高、精緻化，或加上文人、畫家對它加工、潤飾，使藝術達到一個相當的水準，但是到了顛峰就要走下坡，變成脫離現實。這在任何藝術發展上是不可避免，它不斷地在循環，到了某一高度後會變成形式主義，為了挽救這個危機，只有回到藝術發源地去尋找活力。所以一個畫家往往畫了很多年之後，沒有任何進展，他就要回頭深入到民間生活，在現實自然中去尋找。或許他畫自然，他就更應該回到自然去體驗。否則，當一個畫家技巧愈來愈成熟，他的作品必愈來愈枯竭愈沒有內涵沒有個性。

另外一方面，單靠「本土」文化是不夠的。應該放開心懷去看這個世界。西方有很多東西正足以刺激我們。學習西方的東西，不是全盤西化，他應該用的是一種帶批判的態度去吸收。我們首先要有的是包容的態度，但也要警惕，不可盲目追隨。

傳統與現代，中國本土與西方，一直是文化上的大問題，亦是現代中國繪畫所面臨的困境，以上所談二點，即是針對此二點而言。未來中國繪畫要有新的氣象，我們期待建立一個「文化大國」的美術。面對歷史，展望未來，以時代的氣候與社會的條件來說，我們應該比以前更具信心。中國的美術要負起參與中國文化現代化運動的使命。

（本文由作者口述，經雜誌社記錄整理而成，因為沒有時間重寫，甚為粗疏，敬請讀者原諒。）

（一九七九年九月號《青年中國》雜誌）

媒材・特性・觀念

——關於水墨畫的一點感想

「水墨畫」這個名稱，是最近數十年中浮現的。在「中國繪畫」、「中國畫」與「國畫」之外，出現「水墨畫」這個名稱，絕不是毫無原由。大概因為「國畫」已成僵化了的模式，亟思突破創造的中國畫家為另求出路，便給它一個新的名號。其次，因為現代中國面對西方的衝擊，在繪畫方面亦已不似往昔僅有毛筆宣紙獨霸天下，為了使「中國畫」這個概念能包羅油畫、水彩、版畫等項目；故以媒材來分類、命名、而有了「水墨畫」這個名稱出現。又因「水墨」沒有色彩的含義，故又有「彩墨畫」名詞出。

以「水墨畫」一詞為「註冊商標」，努力開拓中國畫的新路，差不多是近數十年來中國畫家共同的方向。從事「水墨畫」的畫家，也差不多是既不滿足於奉「國畫」成法為圭臬，又不甘於捨棄中國傳統繪畫媒材的一群藝術家。像徐悲鴻、林風眠等本來攻習洋畫的畫家，到頭來還是以水墨為回歸。總之，中國的水墨傳統是大有拓展的天地，也需要有人在這天地中鑽研開闢。

「水墨」是指媒材而言。任何媒材都有無限的可塑性，但相對於別的畫種，媒材的可塑性則各有其局限，並非絕對的無限。比叫版畫，其格局與技巧可有無限的變化，其演化永無止境，但相對於油畫，它不能變成與油畫全然混同的形式。

媒材既不是絕對「中性」，則運用媒材必須考量其性格。換言之，媒材有其特性，運用媒材必須發揮其優點，用其所長，去其所短。就雕刻而言，石雕、銅鑄與木雕因為媒材的不同，才造成各自獨特的風格。如果把木雕翻模鑄銅或把石雕模仿泥塑，不是弄巧成拙，便是大煞風景。就因為不同的媒材各具性格，故不能將其各備的特性視為無物。

我們當知不同的品類之所以具有不同的風格與況味，有相當重要的一個原因就是媒材自己有其特性。明白了這個道理，再來探討我們的水墨畫存在著什麼問題？原因何在？當很容易得到啟示。

不瞭解，不深究水墨的特性，企圖僅以特異新奇的想法來駕馭水墨，以為便可以事半功倍，其實只是幻想。比方說，拿水墨來作「幾何抽象畫」，或作點描，或畫西式素描，或畫英國風格的水彩，或作剪貼畫，都忽視了水墨自身的優勝，有時可說是捨長就短，當難有可觀。

水墨畫的媒材，最佳者為毛筆與宣紙（棉紙性能次之）。宣紙的特性是吸水，能暈開，要求筆墨準確，不能塗改。所以水墨畫極注重筆法（即西畫稱筆觸 touch）。沒有筆法的塗抹填描，就不能取得水墨的特色和優長；把宣紙當畫布，必也費力不討好，從前畫家講究先練字後習畫，也有其道理，即是先要熟習運用工筆的方法。不先練字，當然也可以，但把毛筆當毫無特性，毫無歷史淵源的工具，胡塗亂刷以為是技法上的「突破」，便太低估了中國水墨畫功夫的艱深。受制於書法的筆法，固然易落窠臼，而不精研中國傳統的筆墨方法，要開拓水墨畫的新境界，可能為時尚早矣。

水墨的工具材料，今天多在「技術」層面變花樣，故有小發現則欣然雀躍不可自勝。比如用「水印法」，拓印法，噴槍噴射法，乃至點臘撕筋，不一而足。我認為繪畫之事，先要有高超的觀念來駕馭不入俗套的技巧，而不是僅以不加批判的新奇技術而可奏功。而技巧必要考量媒材的特性，做到物盡其長。

總之，什麼技巧都儘可發明，但若沒有卓絕的觀念做主宰，便只停留於技術的層次。而媒材的特性與觀念必要密切配合。中國水墨畫的特色一方面是繪畫觀念所造成，一方面也是媒材特性所促成。我覺得當前國內水墨畫的情形，除抱殘守闕，為古人所拘限者外，大多只有在技術上動腦筋，是為不足。現代中國水墨畫繪畫觀念的建設，或應提到首要的地位。

（一九八〇年二月）

為中國繪畫藝術現代化探路

這些年來，國內已有許多人對我們自己的文化、傳統的態度有所反省，大家對發展中國藝術的信心提高了許多，這是很可喜的現象。可是，最近很多西方留學或長期居留國外的華裔畫家回來，再度引起畫壇觀念與態度的游移，實在值得我們關切。

我感覺到我們今天藝術界的最嚴重問題，有一部分人失去了判斷力。多年來我感到擔憂，激發我不斷寫文章，就是痛感我們失去了自己的判斷。我們介紹了許多西方的藝術思潮，西方流行什麼，我們就照樣翻譯過來，我們很少看到介紹西方畫家或畫派的文章中，有中國藝術家或中國知識份子自己的判斷。我們幾乎沒有自己的聲音。

對東西新舊、傳統與現代，我們應是站在民族化的立場來判斷，不失文化主體性的宗旨，才能稱為有判斷力。中國的藝術為什麼停頓不進？主要是中國的傳統藝術缺乏就藝術價值獨立評價的觀念。中國文化中，任何事物的評價，不是立在它本身的價值，而是從人格、道德觀念來評斷。「天人合一」的觀念，是否為中國的藝術觀？我覺得太籠統。「天人合一」是一種宇宙觀念，是中國文化在人與自然相對待中最高的原則性見解，但落實在談中國藝術上是否嫌空洞？

「天人合一」的觀念，可以體現在我們衣食住行生活中，在道德和社會生活中，但如果要談藝術特質，我認為要縮小範圍，要往下探索，要更具體才行。探討中國所獨有的特質，將中西藝術拿來相比，看何者獨特？許多人說中國藝術特質是空靈，氣韻生動，這些西方藝術也不一定沒有，算不得中國所獨具。所以，如果要討論這個問題，我覺得不要落到傳統文人學士的窠臼中，以免失之空泛。

至於談到中國美學的建立，至今沒有建立完整的系統。朱光潛曾經談過，但也是由西方美學入手。今天要想建立中國一套美學，得要從中國古代繪畫、音樂、詩詞歌賦、散文、哲學及歷代畫論、詩論、詞話、歷代文藝批評（像《文心雕龍》）等大量材料中搜取，從而歸類綜合，再抽取出中國美學的原理。這需相當多人共同努力，經過相當時間的討論研究，中國的美學才能漸漸地浮現出來。

可惜，讀書、著述比畫幾筆畫苦得多，現在的畫人都漠視思想與著述，這就很難了。

談到中國傳統繪畫的反省，我們從清末就已有對傳統繪畫批評的言論。中國傳統繪畫的檢討，來台之後，在西化派甚囂塵上的時期，對傳統的批評有時過分，比如連「中鋒」也有罪，未免荒唐。事實上，中國傳統繪畫，不是不可批評，但近年我覺得西方現代藝術的氾濫更要批評。年輕畫人競追西方現代主義，這是很不平衡的發展。

今天傳統的力量是比較式微了。卻也面臨了另一問題，對傳統的認識過於淡薄、冷漠甚至陌生，對西方現代派的藝術一窩蜂地崇拜、跟隨，正反映了對中國文化的漠然無知。

我覺得我們今天要先強調及建立共同的認知點——即是中國畫要走向現代化。每個人所致力的路途不一定要相同，像鄭善禧的畫由民藝、壁畫，甚至自道教畫中吸取營養，或許有人多吸取了西方的營養，這都無妨，但不能失去中國藝術的主體性，為追求中國藝術現代化的大方向必須一致。

至於在世界藝術潮流中，當代中國藝術家應有的自覺是什麼？我認為我們先要建立自己的判斷；沒有判斷，根本談不上自覺。今天我們對西方現代畫派，很少有人敢於表示不同意或抱持懷疑態度；如果有人懷疑，就會被譏為落伍、保守。其實所謂自覺，便是要自覺自己的存在，民族文化的存在。忘卻了自己，隨波逐流，便只是人家的影子而已。

許多人談到東西方文化接觸頻繁，將來會趨於世界大同，中西藝術不必分別。對這種看法，我不贊同。我認為所謂世界大同是否能達到還是一個問題。過去有人提出今天世界的紛爭是由於語言分歧的關係，以為如果有「世界語」，就可以泯除中西之間的鴻溝，結果並沒有成功。我個人的看法是，語言的產生有許多背景，像歷史、文化、宗教、風俗、生活習慣等，這些因素牽涉很廣，如果真是那般容易解決，羅素理想中的世界政府早已建立。而就藝術來說，大同牌的藝術未免太單調。各民族自己的創造力的多元發展，多樣化才是百家爭鳴。中西藝術之間的差異，正是世界文化的繁榮多樣的重要因素，在藝術上，人類斷不能捨多樣求單調。而尊重多元價值，正是現代化的精神。

我覺得中西兩方還應各自發展自己的文化，至於中國人吸收西方藝術的新品種，要把它融合在中國藝術中，西方人能夠吸收中國藝術的因素或技巧，甚至材料，融合在西方藝術裡相互滋長，這是正常的現象。其實從歷史上來看，中國有許多文化是由西方傳入，時間久了，反變成中國文化的一部分。中國的紙傳到了西方，也發展、變化成西方的紙。我覺得在未來世界大同來臨時，許多涉及價值觀念的文化、宗教、道德、藝術的差異，沒有必要，也不可能相互取代或畫一。

今天，我們面對著西方現代藝術的衝擊，固然要繼續發掘、探討，發揚傳統，但也要對西方的藝術有批判的接納。如何使中國藝術家對未來發展的方向，在觀念上彼此認同，這才是重要的。

今天國內畫壇常強調藝術的世界性，問題是世界性的標準在那裡呢？有人說在紐約，為什麼會是紐約？這還不是美國的強勢文化造成。一個國家的文化有獨立自主力，不被同化，即能立足世界，不必趨炎附勢，自甘屈從。我們今日的國勢與國際環境誠然不利，但藝術是千秋事業，我們要有自信，也要耐得住一時的冷落。為歷史留下我們這一代中國藝術家的成果。有人說：「有容乃大。」意思並沒有錯，重點在容器是主體，所容即使再多，也是客體。不要忘記容器是我們自己。否則，若喪失了文化的主體性，就不是包容，而是被外來文化所擊潰，所同化了。

有些海外畫家回國高聲疾呼要發展「整體文化」，所謂「整體文化」是什麼？各國的文化，尤其是政治方策，各適其是，比如經濟制度、法律、宗教、道德等差異之大，有目共睹，目前有什麼「整體文化」可言？藝術是一個民族的精神、觀念、品味力、感情、人生理想……等的表現，沒有一個有歷史、有獨特性格的民族願意捨棄自己的文化特性去追隨別人。所謂世界性的

「整體文化」只是胡說。

另外，有許多畫家常喜歡說一句話，是「要保存中國的精神、技巧和工具，材料並不重要」。這一觀念，我不盡同意。今天如果捨棄了技巧和材料，那中國畫的精神藉什麼表現？精神是空洞的名詞，是要透過物質、材料、技巧而表現出來的。比如說黑白的木刻，它的特點即是建立在木料和刀上，建立在黑白二色的對比上。如果今天只取形而上的精神，不理形而下的工具和技巧，那精神又從何寄託？把藝術的精神與形式分割開是不對的。

我們當然可以採取西方材料。但必要創造一種中國風格的技法，才能和中國文化精神結合在一起。比如油畫，如果不能創造一套中國式的技法，油畫即無法融合在中國文化中，還只是「西畫」，不是中國的油畫。而一個中國人一輩子畫「西畫」，豈不與郎世寧一樣，對祖國文化有什麼貢獻可言呢？

中國的藝術精神在於人文主義，也即是以人為判斷的準則，以人本身做為萬物權衡的標準，這和現代西方科學文化，追求人主觀之外的另一「客觀準則」的觀點不同。中國的人文主義精神一向以人的立場來判斷世界，這也是中國道德發達的原因，相形之下，西方藝術偏重物的認知與分析，故有寫實、印象、立體、幾何構成、超寫實等現代流派。藝術一旦失去了人的因素，失去人本精神，便很難避免不走上形式主義與虛無主義的困境。這豈不是中國藝術家從西方現代藝術的危機中所應獲得的教訓。

（一九八〇年五月三十日《民生報》座談會發言紀錄）

中國美感的特質

「中國美感」一概念的提出，即表示了在不同民族文化中，「美感」有其不同的特色。美感的特質可以從藝術品中反映出來，也可以從對於自然與人生生活的審美態度中反映出來，涉及的範圍極大。我們只略舉美感的觀念以及在藝術中所顯示的較重要的美感特質。

「美感」是客觀存在的「美的對象」（如自然、人生、藝術品等）在審美主體的人的觀照之結果。基於人性的共通性，不分古今中外，「美感」有其「同」（普遍性）；基於民族特性、生存環境、文化歷史……的差異性，「美感」在不同族群，不同文化實體中又有其「異」（特殊性）。

對於美感的觀念，在中國最早應說到孔子。他最先重視美藝教育，所謂「詩教」與「樂教」。從他對「韶」與「武」的評價，可知他是以道德和政治為美的判斷之最高依據。這在古希臘如蘇格拉底與亞里斯多德也有相似觀念。不過，中西的道德規範不大相同，對肉體與慾望的態度不同，中國的泛道德主義，更加嚴格而持久。西方自文藝復興以至近代，美不但從道德中獨立出來，而且走上純粹藝術之路，甚且容許反道德的表現。中國社會在清末以前，從未有大幅度的變遷，政治教化的功用與道德的使命，在美感的判斷中一直是一個權衡的準據。不論儒道各家，對美感的體認雖各有精闢的見解，但人格精神，道德情操，是中國美感觀念的核心。

從藝術來考察，以繪畫而言，繪畫的第一問題是人（主題、主觀）與宇宙（客體）的關係問題。中國的美感特質，簡言之，是主客體兩者的融合，統一。西方則大不同，是主客體兩者偏極的對照。西方繪畫之波瀾起伏，大不似中國之平和沖淡，主要由此。由極真實到極不真實，反映了西方主客體兩者矛盾衝突之激烈，永不止息。中國從來沒有如同西方那樣嚴格意義下的寫實主義，也不可能有那樣嚴格意義下的抽象主義；中國永不走超寫實與純抽象之路，因為中國的美感以人的意義、人的價值判斷為依皈。物象的藝術表現要透出人格精神而後有價值；心性情思要假借物象的傳達而後有著落。心物的分離或互為主奴，便是自然主義的「執」與抽象主義的「虛無」。在中國是融合統一，此即中國藝術的人文主義精神。

西方是兩極化，中國是取中間點。此是所謂「常」。但在常之外，兼顧其「變」。如宋人的花鳥畫，較偏重客觀世界的觀察與描寫，但仍不失理想色彩，故不致成為徹底的自然主義；宋元以後的文人寫意畫，較偏重主觀性靈的抒發，但不失「神全形具」（莊子），故不至成為虛無主義。

（一九八一年七月）

寫景與造境

我常常在我完成的畫上題「何懷碩造境」，幾乎成了「註冊商標」。有些朋友常問我為什麼稱「造境」？今年九月十二日下午至二十日，我在春之藝廊的個人畫展，用的題目正是「懷碩造境」，現在就以這個題目來談談。先講中國畫中畫家的款署。

畫家在畫上自署姓名，宋以前極罕見。偶有自署，也往往在石隙樹根，以蠅頭小楷為之，令人不易看到。文人畫興起以後，詩書畫合一，空白處大書特書，不但款署，而且題詩跋文。古人不在畫上題字，甚至連姓名也不寫，大概覺得在畫上寫字，不但於真景不合，且破壞畫面之完整。

後世畫家地位日高，書畫家為表示對作品負責，也為日後作品鑑別之便利，畫家自署姓名，越來越普遍，也越來越重要。甚至畫家的簽名式成為個人鮮明的標誌。

畫家自署，除姓名外，在姓名之上有時加上籍貫，姓名之下偶爾有「筆、畫、作」等字眼。我不喜歡用「作」與「畫」這些字，而用「造境」為多。因為這些字眼沒什麼意義，形同蛇足；「造境」則表示我創作的意圖，隱含個人對繪畫的觀念與懷抱。

民國六十七年，歷史博物館曾邀我演講，我用了「寫景與造境」的題目。就繪畫來說，寫景與造境是一個對照。寫景重真實、生動；造境則重想像、神韻。前者比較側重客觀；後者則以主觀創造為主旨。一般而言，西方繪畫傳統與中國繪畫傳統在性格取向上的差異，也正是這兩者的對照。

寫實能力是西方繪畫在技術上共同的要求。即使表現潛意識夢魘之形而上的世界，如超現實主義的達利，其形而下之視覺形式還是依憑寫實的技術，遵循客觀自然的邏輯。「寫生」、「寫景」是西方繪畫的基本性格。

與西方比較起來，中國繪畫就沒有嚴格意義下的寫實傳統。中國最重寫實的時代，以宋人的工筆花鳥為最。但是中國畫以線描為基礎，顯然與視覺上所呈現的自然的「真相」有相當距離。對色彩、體積與空間的處理，與西方的寫實傳統相去更遠。正因如此，中國畫的造形特質，有更突出的主觀色彩。西方的表現比較上偏重客觀的「形象」，中國畫則為主觀的「意象」。

這個特色，我認為是中國畫在現代應加以發揚的傳統之精華。我所要努力的，就希望能將形而上的意念與形而下的視覺形式統一起來，創造一個客觀自然以上的情意世界。這個繪畫世界，既不如中國傳統繪畫之陷入泛道德主義的空疏迂闊，也不同西方現代主義之拘限於形而下的物質世界。我認為意念要貫徹在造形之中，所以造形的手段不以寫實、寫生、寫景為滿足。主觀的情意世界之創建，一方面是境界的探索與營造，一方面是獨特繪畫語言的醞釀。中國與西方傳統的優秀遺產，都可成為我用之不竭的源頭活水。我所謂的「造境」，就是上述這個觀念在創作上的實踐。

「造境」，有人可能覺得有一點「杜撰」的意味。不錯，藝術本來就是經營塑造。客觀現象的「真實」不是藝術所追求的，藝術所追求的「真實」乃是本質的真實，所謂更高的真（higher reality），有人或許又覺得「造境」有「閉門造車」的意味。也不錯。「閉門造車，出門合轍」。藝術家正應在默察世界萬象之後，胸有丘壑，關起門來嘔心瀝血，經之營之，而後產生他的作品。古今一切偉大文學藝術哪一件不是「閉門造車」的結果？哪一件不是在寂寂長夜中產出的傑作？當然，藝術家要到十字街頭，到人群中，到山野鄉曲中去觀察、體驗，去蒐集素材，然後回到他的畫室來創作。

上帝創造這個物質的世界；藝術家則創造充滿人格精神與主觀情意的境界。「造境」乎云者，也是個人對藝術的體認與實踐。

（一九八一年九月三日）

釋「造境」

東西方造形藝術皆由於文化哲學的不同而顯示了不同的精神特質與風格。

西方的一神論，人處於旁觀上帝傑作的客位。科學昌盛以後，人的客位並沒改變，因為西方的科學還只是旁觀者的人「客」觀物質世界，窺探其奧秘，發掘其原理的工作。西方的宗教與科學，決定了藝術上的寫實傳統。神或神所創造的宇宙是被觀察的客體，人是觀察的主體，所以存在的真是至高的真。「凡存在皆合理」（黑格爾的名言）。西方的寫實方法，與西方科學的方法在基本態度上是共通的。此亦正是為什麼當科學發達以後，西方近代藝術便很明顯地呈現了受到科學的衝激、影響的結果之緣故。

「物理學」與「化學」是人「客」觀物質世界所探索而獲得的知識。對物質的體認，諸如比重、密度、質量、分子結構、運動、變化等，以便在知識上把握對物質的瞭解。西方的造形美術，固然不像物理化學成為純理性的認識，而是視覺感性的呈現，但也還是偏重於理性的分析來建立視覺的形式，著重的是：比例、光源及投影、質感、量感、透視、空間關係……等要素。自然與人主客對立以及強烈的理性主義，成為西方繪畫風格的基因。

中國則不同。西方只有希臘時期比較接近中國的情況。中國是泛神論，而且以人為中心。很早就有「人為萬物之靈」（《書經》〈泰誓〉上：「惟天地，萬物父母；惟人，萬物之靈。」）的觀念。在「天地」之上，並沒有「一神」。人可以「獨與天地精神往來」，可以「上與造物者遊」。因為「天地與我並生，而萬物與我為一」（《莊子》語）。所以中國的藝術不以客人身分去看宇宙，而是以主觀的心去觀照物，去領悟客觀世界的情態。即使「格物」（為的是致知。朱子所謂窮致事物之理，當為理性的求知。）也是以心的觀照去窮理。所以中國的文化，「同情」比「格物」更成功。中國的科學沒有良好的發展，在人文藝術上的成就卻更高度發達，或許原因在此。因為物我沒有矛盾衝突，沒有對立的主客關係，所以中國美術所表現的客觀世界，就是主觀心靈所體驗的意象世界。因此，西方嚴格意義下的「寫實」傳統，中國未之曾有。

我初由西方繪畫的學習者，後來轉變成中國繪畫的創作者，就因為我覺得西方的寫生、寫景、寫實，不如中國藝術引我狂醉。而我之所以希望中國藝術現代化，要擺脫傳統停滯而漸趨僵化的模式，卻因為我對西方繪畫在觀念上、技法上的認識，使我有所借鑑，而思「更化」與創新。

中國藝術哲學的高邁，而在元以後卻漸形僵化，是因為領悟物情之後，藝術的情調固結在某些固定的格式中，成為公式化的意象。而以道德意識為藝術價值的極則，便導致中國藝術活潑生機的枯萎。杜甫有二句詩：「新松恨不高千尺，惡竹應須斬萬竿。」在中國畫中，「竹」是君子。幾乎沒有人把竹當小人來象徵。中國藝術很早就發見把物象的性情以人格精神去頓悟，創造性地表現了物的意象，但是歸結到道德精神之後，便成了「固定反應」，卻杜絕了意象的自由開拓之路，自然僵化。杜甫的深度與突破因襲的創造性，真不愧為第一流大詩人。

西方的流弊在首先太拘礙於現實（客觀表象的真實），後來厭倦現實束縛，進而破壞、否定現實，現代主義的千奇百怪乃生。

西方的寫實與東方的泛道德主義，我們在現代應當有所覺悟，有所超越。我的「造境」云者，乃是繼承中國的意象主義，以主觀情意世界之創建為目標，追求「境界」多元性的開拓（不以道德為惟一依皈），而借助西方的觀念與方法來豐富現代中國畫的「語言」，以求能表現傳統中國畫所不曾有的意境。

西方式的「寫生」與傳統式的遠離現實，成為「套式」，都不能滿足我藝術創造的衝動。獨特的境界的追求與營造新境界的手法的探索，是我所謂「造境」的涵義所在，也是我體驗、融會中西繪畫的心得與實踐。

（一九八一年九月四日）

淨化與圓融

——談中國古代雕刻

楔子

自從民國初年開辦西方式的藝術學校以來，不論觀念與技法，都以西方人體美術為主。人體美術基本訓練的教具，都是西方雕刻翻模的石膏像。中國美術的人像造形，從未在我們的美術教育中發揮作用。近百年來中國美術因為得到西方美術的外來滋養，有了十分可觀的新成就，固未可抹殺，但基本訓練所採用教具的全盤西化，不免鵲巢鳩佔。最近若干年來，大家漸漸覺得有必要改變長久以來過分仰賴西方美術傳統的做法。但苦於國內難覓中國雕刻藝術黃金時代的作品，自然無從翻製石膏像來供應我們美術教育的需要。這個遺憾一直留在有心人的心中。

最近，國立歷史博物館再次懇邀海外中國美術遺珍，舉辦了「南北朝隋唐石雕展」。我在古代石雕之前流連欣賞，對先人的業績，無限敬佩。但想到不久這些民族藝術的瑰寶，又將四散回歸番邦的公私收藏，不禁悵然若失。如果我們能把其中最好的，可能辦得到的，哪怕只挑其一、二，予以複製，對今後國人的欣賞以及我們的美術教育，將有多少價值！剛好碰見藝專的何昆泉先生正在拍攝石雕的幻燈片，他非常同意我的意見，立刻拉我一同去見何館長浩天先生。我們都知道史物館在人員編制、經費、空間場地都受先天限制，以這樣的客觀條件卻有大志做大展，館長及諸同仁的辛勞、刻苦與貢獻，實在令人欽佩。石雕的複製，館裡沒有錢，不能老做賠本的事。但我認為國內有五個美術大專科系，加上許多美術同道，一定踴躍訂購，這一次絕不會虧本。何館長從善如流，非常熱心，說做就做，馬上與何昆泉先生談妥由藝專與史博館合作。當然，更重要的是得到大收藏家陳哲敬先生的慨允。中國古代雕刻進入美術系的畫室，將很可能在史物館這一創舉之下第一次實現。數典追祖，這是美術界有心人額手稱慶的事。「功德無量」，我們謹向陳先生致敬、致謝！

我們對民族雕刻藝術長久以來十分漠視，固然因為客觀上缺欠雕刻原作，但是西化教育既久，只知維納斯，不知觀音菩薩；國內雕刻難以有拓展民族新風格的可能。我們在觀念上不重視，在實踐上沒有熱切的追求，實在應該回頭猛省。

本文擬就中國雕刻造像的源流發展及特色，做一點粗淺的闡析工夫，或許對追慕先人的藝術創造有一點考參之用，並在最後提出我一個懇切的祈願，希望得到廣泛的支持而能以實現。

中國雕塑的起源，必非常古遠。煉五色石補天的女媧氏有「摶土為人」的傳說。荒古之世，已有用泥土塑造人形的技術。韓非子與戰國策，亦有泥塑土雕的記述。秦漢的雕塑藝術我們都能大量目見，可知不必等佛教藝術傳入後始有雕塑。不過，中國人像人體立體造形的藝術，要在佛教藝術傳入中土後才逐漸成就了中國典型的創造。

釋迦牟尼創始佛教於公元前六至五世紀。但到一世紀中葉馬鳴創大乘佛教，才開始佛像雕刻。此即所謂犍陀羅藝術。此種美術發源於希臘人統治印度的末期。最初製作佛陀雕像的是希臘的藝術家，故最早的佛像，不論頭面衣服，完全是希臘羅馬的風格。故初期的犍陀羅藝術，西方美術史家多將其歸之於希臘羅馬系統，或視之為希臘羅馬藝術在東方的一個支流。犍陀羅後期，漸漸本土化，樹立了獨自的風格，為印度人所建立的大帝國——笈多王朝的笈多派藝術預備了基礎。這個時候醞釀著印度民族的新美學理想，融合了印度本土藝術、犍陀羅藝術及歐羅巴其他外來因素，形成了中世紀印度藝術的黃金時代。此時的雕刻，希臘式的披衣為好像溼貼在身上的、透明衣服的波紋所代替。（此影響中國初期佛畫。「曹衣出水」，可謂淵源有自。）在人體的造形上，不再以希臘人的幾何造形為原則，而以大自然的生命形相的領悟，建立了自然生命的造形轉化之原則。這是東方美學的大創見、大特色，也是東方美感法則的精髓。在中國，傳說中「庖犧氏仰觀象於天，俯觀法於地，又觀鳥獸之文與地之宜。近取諸身，遠取之物而畫八卦。」；

「倉頡仰觀奎星員曲之勢，頫察龜文鳥羽山爪掌指禽獸蹄迒之跡，體類物象而製文字。」；「黃帝作冕旒，正衣裳，視翬翟草木之華，染五采為文章，以表貴賤。」早在紀元前兩千多年，距今約四千年，中國有此傳說，可知東方以自然生命為依皈的美學原則，更早已發源於中國。

笈多朝的雕像，就是採擷了從大自然中所發現的活的曲線為造形準則。如面部是卵形或蒟醬（betal）葉狀；眼眉要像彎弓或楝樹（neem）葉子；女子的眼睛在急瞥時如鶺鴒，溫柔時如小鹿；諸神的眼則比之蓮花；女人的鼻子要像胡麻子花；脣與紅相思果相比；下頦作芒果核；手指豐滿如豆莢；肩部與前臂要彎曲得似象鼻；腿的腓部要隆起如產卵的魚……。這些動植物自然曲線轉化為造形的法則，遂使造像的美學典型有了新的生命。

歐羅巴與印度本土藝術交配而發皇的佛教藝術，越過克什米爾而進入西藏，越過葱嶺而入中國。佛教的精神與藝術，很快為中土所接受而融化。經魏晉南北朝至隋唐，而達到中國雕刻光輝燦爛的時代。中間有東晉的戴逵，是佛像雕刻中國風格的創始者；隋朝有韓伯通，唐有宋法智、吳志敏、安生等塑造名家，更著名的是共同師法張僧繇畫法的大藝術家吳道子和楊惠之，都是雕塑大匠。吳道子以畫稱雄一時，楊惠之便專攻雕塑。當時有「道子畫，惠之塑，奪得僧繇神筆路」的諺語。

自東晉到隋唐中國雕塑大匠之改變印度雕刻的風格，建立了中國佛像獨特的品味，主要在於由空想走向了現實人間。唐朝更重視心理與性格的刻劃，更加寫實。「世俗化」的特色，就包括了：個性的強化、人間性與本土化、肉感的增加，即神人的界限漸漸銷融合一。唐時有「宮娃如菩薩」的說法，即是很有力的說明。唐代的菩薩，如袒胸露臂的美女：身段秀美，腰部曲斜，眉眼修長，嘴巴嬌小，脣角微笑，絲質衣裙薄貼身體如水波蕩漾，在在都表現了女性的風韻。羅漢則表現為陽剛的力士。其親切的人間性之美感，神性與人性的結合，達於極致。

文化性格的映現

中國的雕塑藝術，抽去佛教雕刻，當黯然失色；中國的佛教雕刻，如果沒有犍陀羅與笈多風格的傳入與影響，也不可想像。但是，中國之吸收外來文化，有源自中國文化性格而來的選擇。而且對外來文化慢慢予以統合、融化。

古印度在紀元前三至四千年已有高度文明，有原始宗教。母神像有豐碩的乳房、懷孕的大腹及懷抱小孩的形象，表現印度民族對生殖繁衍的祈願。男神像則有三面帶角，為後來溼婆神像的原始形象。此外還有男女生殖器的崇拜像及自然神像。大概印度人生命短促，對生殖的崇拜更為渴望，故肉體與生殖的意念特別強烈。比較不受希臘影響的印度本土雕刻，在笈多王朝之前，有秣菟羅與阿瑪拉瓦提的雕刻，都是豐滿而肉感。笈多藝術雖然承繼了此兩個傳統，但佛教的宗教精神加強了，不再那麼崇尚肉感，而表現了肅穆與莊靜。但是印度本土雕刻那個崇拜肉感與生殖的傳統，在中世紀印度教藝術中復活，而且更加變本加厲。遊覽印度的人看到大量肉感的與縱慾的雕刻，而對佛教產生疑問，其實是將印度教與佛教混淆了。印度教是婆羅門教演化而成。印度教諸神是縱慾的，他們的殿堂，有極「色情」的雕刻，他們的古愛經（Kama Sutra）中對肉慾有毫無諱忌的敘述。印度佛教以外的宗教雕刻，大量生殖崇拜與肉體性感的作品。纖腰，肥臀，巨大渾圓的雙乳，妖嬈魅惑的體態。似乎人生需以肉體的縱情享樂來逃避無常的悲哀。

中國雕刻接受的是佛教中莊嚴靜穆與聖潔的部分。印度雕刻的肉感部分，在中國雕刻中未之曾見。（中國禮教防患之嚴，出軌的言行只能在社會的地下層暗暗活動。此雖然有時因過於不合自然人性而近乎殘忍，但它維持了一個文明的基本秩序，亦有其巨大功能。）人體雕刻最能反映對於肉體與生命的態度，而這些態度又與民族文化的性格息息相關。希臘的雕刻表現了人類文明的青春時代。黑格爾說：「這種青春在官感的現實世界中出現了具有肉體的精神與精神化的肉感。」希臘人開啟了西方文化對肉體的觀念。近代以來，西方感性文化的過度膨脹，精神萎縮，肉慾狂肆，希臘精神也蕩然無存。中國文化不能允許面對希臘式的赤裸人體，對印度教的肉慾表現更避之唯恐不及。中國雖有人物畫而缺少人體藝術，今日即使真正的人體藝術有時仍不免遭到貶抑，實在有其長遠的歷史文化因素。感官、肉體之貶抑，犧牲了藝術，卻成全了道德教化，這是泛道德主義的文化所自甘自足者。情與慾是驅策創造力的動機，但也破壞倫常紀綱與典章制度，必須予以壓抑。故中國社會與文化一般的表現是沒有浪漫的激情，老於世故，缺乏朝氣。梁漱溟先生所謂中國文化是早熟的文化，十分有見地。實則，相對希臘而言，中國文化是老年的圓熟。

中國人說：「金剛怒目，不如菩薩低眉。」中國對陰柔之美，有一種特別的心儀。此可能與老子哲學之景慕有關。儒家主和諧、秩序、靜定，也不尚激情與官能之奮張。從孔子斥「武樂」未能盡善而讚揚「韶樂」盡美又盡善，以及惡「鄭聲淫」，可見倫理道德的判斷在中國是審美判斷之代庖。

中國雕像之美，我們可看到的是淨化與圓融。

淨化，含有相當的宗教與道德的意味。不論心靈或肉體，淨化都有聖潔與清淨無垢的意思。中國古代有稱閹割叫「淨身」。在中國文化意識裡，有時視肉體為污垢，恰與佛教有所共鳴。但在希臘看來，「淨身」是破壞了自然的完美，是醜惡，如何是潔淨無垢？我們此地說的淨化，不全指宗教與道德的意義，也相當於亞里斯多德之「發散」（catharsis，亦有譯淨化purgation）或弗洛依德之「昇華」（sublimation）。

東方的美的觀念，從自然生命形相的靜觀諦視中得到啟示。如上所述，這是東方美學的大創見，在中國數千年來一直是審美的基準。從《詩經》、《楚辭》到現代人的詩文談論，以自然生命形相轉化為藝術審美的法則的例子可說俯拾即是。尤其在詩的「比、興」上，在譬如與象徵上（如：《詩經》的「桃之夭夭」、「楊柳依依」；李白「雲想衣裳花想容」；一般語、文中常用的「櫻桃小口，柳眉鳳眼，手若柔荑……」）。中國式的人體之美，從肉感的人體引向自然形象的「比喻」上去。中國美術所走的路向從來與西方嚴格的寫實主義是根本不同。在自然的形象中發見人體之美，便遠離了肉體的慾望，而得到淨化。慢慢地從自然生命的造形轉化的體驗中，造形法則越來越洗練，越醇樸，而形成觀念化的造形原則；一代一代大匠的雕琢，中國佛菩薩的形象，漸漸超越了現實人體而鑄造了觀念化的規範（如頭大、耳垂長大、軀體簡化、五官典型化的塑造等），也是通向淨化之途。審美法則與現實有相當距離，適足以成全美的觀照，而得到淨化。

圓融，本是佛教語。楞嚴經：「如來觀地水火風，本性圓融，周遍法界，湛然常住。」圓融是圓滿融通。諸法有別，而一體融通也。圓融在此指包容廣袤，無法割裂分立。與「圓融」相對立的概念，就美術而言，是西方現代主義中的新造形主義（Neo-Plasticism），絕對主義（Suprematism）等形式主義藝術觀。

圓融是各種對立元素的大綜合：理性與感性；神性與人性；視覺與理念；自然與人工；靈魂與肉體；特殊與普遍等等的大綜合。中國佛像的莊嚴與親切；自然形象的聯想、興發與對稱的，觀念化的造形；以人的形像造神而泯除了地域、年齡、男女（佛菩薩不分性別）的拘執——人間性與超現實的融合，這就是圓融的境界。

此次石雕展中那一個花崗石晚唐的佛頭，如一滴水的造形，澄澈華嚴，慈悲莊靜而又充滿肉感的溫煦；尤其那菱角似的嘴唇如胖娃娃，低眉微笑如溫婉的美女，豐盈的兩頰給人飽滿豐潤的感受，令人嘆為觀止。

一個祈願

最後，我有一個祈願，希望國內博物館不惜代價將其中私人收藏部分（包括宋代木雕）留下來；希望我們政府拿出僅僅是興建文化中心百分之一的決心魄力，使這些民族文化藝術至寶回歸國家收藏。不論從一時，從千秋，從文化，從政治，從國際形象，從藝術，從引導社會價值觀念的端正與提昇，從表現我們對歷史對未來的信心與抱負……都是大有為政府不應忽視的大事，是後世子孫永遠感念的大事。機會並不常有。我們將引頸渴望這樁心願成為事實。

（一九八三年三月卅一日《聯合報》）

後記一：我曾建議故宮博物院擇精收藏部分古代石雕，後來這個「祈願」落空；楔子所述，歷史博物館打算複製石雕，提供美術系教學之用，令人歡喜慶幸的事，後來也成為泡影。不勝悵然！

（一九八六年六月記）

後記二：本文「楔子」中「功德無量」的事後來沒促成；陳哲敬的收藏願由國際專家鑑價，再以其中三分之一捐獻，由故宮收藏。我寫信給當時故宮管理委員會主任委員嚴家淦先生作此建議，也沒成功。故宮的回答是將收藏清朝一批木傢俱，已沒有多餘預算了。這一批珍寶後來不知去向，陳先生也作古了，今天想起，仍非常可惜，故宮錯歷史良機。

（二〇一七年五月十八日）

傳統・風格・創造

——《成大建築》訪問記

繪畫和建築間密切的關係，從立體畫派及新建築我們可以得到明證。何懷碩先生在繪畫界有其深廣的影響力，我們希望能藉此訪問得到些思想上的啟發。

於是在二月溫暖的冬陽下，訪問小組走進何先生位於台北四維路的家，甫一進門，即沉浸於深咖啡色調而簡潔的佈置，外邊不時傳來細微的喧鬧聲，令人頗有「大隱隱於市」的感覺。何先生招呼大夥兒坐下，訪問即正式開始。

藝術家是「代天地而言心」。代天地表其心聲（宇宙人生真相），而且透過了藝術使我們了解到藝術家心靈中的反應。

首先談及工作的時間，何先生謂他習於夜晚工作，並說明這乃是為心靈上的安靜。因為創作是發自於自己內心的表現，須要面對真實的自我，所以安靜的夜正是一個絕佳的時刻。

「那麼什麼是藝術的創造呢？」

他以為藝術的創造是在表現對於自然與人生的感受。各個藝術家的見識不同，其表現也就各有各的風格，而藝術的可貴就在於不雷同，在不同創作中呈現宇宙人生的多樣性，提昇人生的境界、豐富生命的經驗。

藝術家是「代天地而言心」。代天地表其心聲（宇宙人生的真相），而且透過了藝術使我們了解到藝術家心靈中的反應。使我們能與崇高的創造心靈交通，從而領略宇宙人生的奧妙。

接著何先生談及藝術創作的歷程。他認為藝術的創作雖因各藝術不同而不同，但大體上有某些相類似的情形。譬如說創作時會因各藝術的獨特個性及素材的特質不同而有異。如建築和繪畫雖同是視覺藝術，但建築比較起來就略偏重形式、結構與實用性。而相對地，繪畫就比較自由。而共同點是先要有意念，然後構思、構圖、作草稿、反覆修改，最後完成。他認為雖然創作過程有一定的步驟，但是，創作並非產品製造，整個創作的過程也是一個一直摸索的過程。至於有些意念經過了多次的嘗試而仍未成功，但等到某一天靈感突然降臨，也許就得到成功，創作實在是一個慘澹經營的歷程。

在詢及是否因技巧的成熟或理性的成長而導致於此？何先生解釋說不盡是，機緣配合不斷變動的感情，於是一個完美的藝術品可能誕生。在文學上，往往有時在二十幾歲的創作成為那位作家一生中最好的創作，有的詩人、小說家等常常只有成名作是他一生最好的作品。所以藝術造詣不一定和知識及技巧的進步成正比、成一必然關係。但雖說如此，如果見識增長了，對其創作必然有所幫助，因此一個藝術工作者仍需不斷地充實自己。

何先生接著又再三強調反覆修改的重要，他指出在西方從超現實、抽象後有種理論，認為藝術就是表現內心的衝動，不必要做草稿，直接表現才是真實。這是很害人的主張，在日常生活中如果一個人的行為不經過精密的思慮，表面上好像比較接近本性，接近真實。但是藝術雖也是行為，可是它是文化的行為，要透過不單純的客觀的媒介來表達，因此比普通行為複雜多了。舊建築來說，需要透過多種笨重的材料如金屬、水泥等來表現。繪畫、雕刻亦需透過媒介才得以展現於世人面前，如欲使觀眾在欣賞時能得到深刻的、動人的、真切的感受，藝術的表現，沒有仔細的「設計」是不可能達到好效果的。杜甫說「慘澹經營」就是這個意思，藝術是主觀的創造，但藝術品則是客觀的存在，藝術家生命有限，但藝術品卻永存，欲使欣賞者經由藝術品得到創作者的感受，藝術家的創作不嘔心瀝血，難有佳作。

了解到何先生對藝術創作的嚴肅態度，我們請何先生說明理性與感情在創作中扮演什麼角色：創作意念是一股很強的創作衝動力，想要去表達感受。如果意念不強烈，創作的驅策力就比較弱，這就好比火牛陣一樣。意念就是那燒在牛尾巴上的一把火，如果沒有此火，則火牛沒有如此大的衝力。但是如要有效地、成功地表達自己的感受，則須接受理性的輔導才能表現出，否則會漫無目的地亂闖。

對一個藝術家來說，他應有他自己的風格，
意味著他在內容形式上有其強烈而獨特的偏好。

接著何先生談回到創作時雖技巧繁複，感情細緻，但一個藝術工作者本身是有其一貫原則來貫穿整個創作的，那就是個人的風格，對一個藝術家來說，他應有他自己的風格，意味著他在內容形式上有其強烈而獨特的偏好。在人生的修養上常是希望能夠求全，但在藝術上則往往求獨特，因為如果什麼好處均吸收，最後會成為沒有了個性，而所謂風格者，就是獨特，就是創造。在美術上有地位的美術家並不見得是百科全書式的全能，沒有自己的風格，只會依附於前人的窠臼的，在美術史上不會有地位。因此有些國畫名家雖然技巧熟練，無所不能，但他的感情，他的精神，他的內容與技巧移襲自古人，儘管他有些作品不錯，但那不是創作的好，而是技巧的好。藝術固然含有技巧的成分，但技巧不等於藝術。

「然而風格是如何形成的呢？」

何先生認為風格的誕生，其來源十分複雜微妙。宇宙世界廣漠浩瀚內容非常複雜，一個藝術家以其有限的生命對宇宙人生的體驗不可能包羅萬象，這是不可能同時也是不必要的，有些人對某種題材、某類景象很自然的因接觸到而去表現它，例如農村生活所培育的孩子和都市環境中長大的兒童，其表現往往有很大差異。而另一個跟風格有關的就是偏好，這偏好真正追究起來和他的人生觀、世界觀有密切的關連。氣質、稟賦、後天環境等等都造成每個人的品味、偏好有所不同。例如有些人生下來體質羸弱，這是個生理上的事實，可能培養出林黛玉型的性情，看什麼都是愁雲慘霧，這就是生理、心理相互影響。所以種種複雜的因素作用，構成了一個人的人生觀，這些就會在他選取宇宙人生的事實來表現時有所偏愛。

我們這一代對自己的傳統及文化了解得太少，只在理性上認為應該有民族自尊及民族獨立性，但在知識領會與感性體驗非常薄弱。

了解了風格的內蘊，我們想到對創作影響很大的「傳統」這個問題，於是也請何先生提出他的看法。

何先生認為不論繪畫、建築、音樂、雕刻、文學……，任何時代，任何地方的藝術家都要面對「傳統」這個問題，傳統愈短，相對之下，問題也愈少、創作愈自由，但在今天，傳統已積累幾千年，加上傳播媒介的發達；知識的爆發，對資料是無法完全掌握的。由於各式各樣的風格大體上均已表現過了，傳統常成為創造者的包袱，好容易有一點獨特創造，常發現古人已先得吾心。所以在這時傳統不但不是營養，反而成為包袱。所以藝術創造，談何容易。就常使人有「白髮三千丈」之嘆。但正因為難，所以藝術創作上的一點成就即能受到後世的推崇。

此外，處於此時代別有某些好處是正因為文化交流多了，所以今天的人能夠做一個大綜合。百分之百的個人創造固然不可能，所以一流的藝術家是綜合式的再創造。而今天的創造也因外來的刺激使歷史對我們有一種不同的要求。如果能將東西兩方面那麼不同的藝術思想，以及在藝術風格及技巧上的大差異，加以某種程度的融合，這樣也能做到前無古人的境界，這一點是古人所無法夢見的，因為古人比今人「孤陋寡聞」之故。所以在今天我們是生存於綜合的時代。一個藝術家如只懂得一種傳統，那是不夠的，在單一的傳統中想要超越，必定很困難。

如何正確看待傳統與外來文化，它也不是件很容易的事，很多人往往易入於歧途。往往有人不知不覺中將西方的主流當成其最高的標準。這種迷惘可能是因今天我們國家面臨著極為艱苦的挑戰。但是一個有遠見之藝術家應明白歷史上國勢有盛衰，但文化上來說，其發展曲線並不和政治上相同。文化上的價值具有永恆性，藝術家要能看清楚過去和未來，不必因一時的挫折而自卑。

我們這一代對自己的傳統及文化了解得太少，只在理性上認為應該有民族自尊及民族獨立性，但在知識領會與感性體驗非常薄弱。我們拿什麼來支持自己？何先生強調——由於文化傳統的豐富與深厚，我們仍是樂觀的，但是何先生希望我們這一代應為明日的中國文化有所貢獻而不被歷史否決，更希望能夠提供一個明日中國文化發展的方向。何先生以為我們在台灣的這一代如能奠定這個基礎，我們的生命在歷史上才有意義。事實上今天自由中國在繪畫、音樂、文學、電影……等已有相當的成績，拿小說來說，既不是章回，也不是西方小說的翻版。我們目前不一定有當得起「偉大」這個字眼的文學家、藝術家，但融合中國和西方、傳統和現代，探索試驗了一個新的方向，這是一個基礎，將來後代的人可能在上建立起摩天高樓。而中華民國存在的意義就在這裡。比起大陸上摧殘人才，破壞文化，我們如此少的人在如此艱苦的環境不但克服了生存的問題，還能為明日中國文化奠基，我們不要妄自菲薄。

中國的藝術有個傳統是人文主義精神；至於不完全拋棄經驗世界中的事實，則是另一特點。

「那麼何先生的心目中，哪些是中國藝術的優點，可供我們保留發揚？」我們不禁提出這個問題。

何先生認為中國的藝術有個傳統是人文主義精神，這是中國文化的基本特點。西方並不是完全沒有這個東西。但是東西方所偏重的不一樣，我們比較偏重道德、倫理、政治……等，西方則偏重於感官上的因素，在視覺上，他們重視視覺構成，認為一個視覺的構成本身即有它的價值。中國並不是不重視，同樣有眼睛，見到和諧的比例同樣感到順眼，但更重要的是道德倫理。西方比較多元化，比較進取，往往有其浪漫精神，中國則因重安定，當創造力和安定衝突時，往往犧牲前者。西方是比較多元的文化，宗教有宗教的價值，美術有美術的價值。中國則是道德籠罩住一切，是所謂「泛道德主義」的文化，但是也因為中國文化以此貫穿為主要骨幹，故人文精神特別強烈。我們講道德當然跟人生的幸福、安全、舒適為主，所以中國文化始終未遠離於人，今天如要繼承中華文化，就必須保持以人的利益為主的中心思想，而不應該也應不會走向西方現代主義以來的形式主義與虛無主義的路上去。例如八大山人，如果以西方的角度來看，有點表現主義與超現實主義的味道，同時很簡單，有一點符號主義像米羅那樣，不是具象而是帶點兒抽象的但不至抽空了人的意義。此外，西方描寫感官上的真實，寫實主義實在就是一種機械主義。這種訓練，其最高也不過達到和照片一樣。但中國畫很早就以主觀想像去改變自然，而不以自然表象的追求為滿足。而到了最高境界，卻也不完全拋棄經驗世界中的事實。這是中國藝術的另一特點。如果拋棄了經驗，藝術是無法立足的。此可以看雲的經驗為例。雲的變化萬千，一會兒像牛，一會兒像狗，但它不是藝術，因為它沒有人的慘澹經營，它是「自然」而非「藝術」。在今天，抽象畫模仿自然的偶然性，觀賞者每人觀賞時所產生的想像不同，它的藝術功能就沒達成，絲毫沒有脈絡讓欣賞者了解到創作者的感受，中國畫不走這條絕路。

偉大的藝術品要有偉大的藝術批評家才能看得出深度及正確的評價，而批評家也是藝術與大眾之間的一道橋。

隨著時間的飛逝，訪問已近三小時，我們向何先生提出了最後一個問題——「如何做藝術的評價？」

何先生回答說藝術的評價之難，是因為沒有一個客觀的標準來衡量。好的藝術品往往有待後代批評家發掘。在當代的批評家常因受到干擾，如時代風潮，現實情勢……等等，使得藝術品的真正藝術價值不容易浮現。何先生舉例說他在巴黎時曾去羅浮宮欣賞蒙娜麗莎，《蒙》畫周圍保護得異常嚴密，人山人海似乎朝聖。而何先生舉目四望卻發覺還有好多相類似的題材的達文西作品，但於其前欣賞的簡直「門可羅雀」，是否其藝術價值如此懸殊呢？何先生以為未必，因為《蒙》畫附和上許多傳說，成為「明星」之故，所以何先生認為藝術的批評很難，雖過了幾百年仍不免有時還有偏差。

有些人認為藝術批評是批評家生枝造葉，這種態度是不正確的。藝術家的創作雖然沒有聲明他要表現什麼哲學或美學原理；但他努力去創造一個具獨立而完整的藝術世界，這就好像母親生小孩，孩子是媽媽生的沒錯，但是最了解嬰兒的仍是醫師，孩子的體質，醫師比母親更瞭然。所以只要是好的藝術作品，批評家可能從作品本身的豐富而飽和的感受性中，分析出作品的內涵特質。批評是有根據的探索，絕不是作文章，耍嘴皮。當然，今日許多「評論文章」是為了吹捧，送人情，但那根本不能算評論，那是阿諛諂媚，那是「應酬」。

偉大的藝術品要有偉大的藝術批評家才能看得出有深度、正確的評價。而批評家是藝術品與大眾間的一道橋。偉大作品的光芒經由批評家而釋放出來，照耀世界。

（一九八三年九月《成大建築》二十期）

生於競爭，死於保護
——開放外國影片，取消保護國片的倡議

對於日片進口有各種不同意見的爭論，我個人認為，對國片長期的保護政策，不能不說是最不應有的錯誤做法。國片之不振，長期保護政策正是最主要的原因。

日本電影為什麼最使國內拍電影與賣電影者恐懼？因為日本的人種、文化、國情、風俗、生活方式與國人最相近，而且，日本有的是遠比國片優秀的電影。反對開放日片的人最主要的理由是假借愛護國片之名。這似乎就等於「維護中國文化」，似乎就等於「愛國」。其實完全為了商業利益，藉以達到強迫愛看電影的大眾去消費那些禁不起競爭的「貨品」的目的。

站在社會群體利益的立場，站在一個文化人的立場，我曾在某些有關決策的會議上提出呼籲：一個大有為的政府不應該因保護國片的理由剝奪國民大眾欣賞世界各國第一流電影藝術的權利。可惜，似乎沒有什麼人相應和。

國家保護民族工業，因為關係到國計民生，關係到國家的存亡。但長期過分保護，或過多國營，亦適足以妨礙進步，故有逐項開放民營的倡議與措施，電影界既已爭取到電影視同文化事

業，因為電影根本上是藝術的一環，則藝術的盛衰豈可強化政治力量加以保護？我們能因國內美術不如人，而限制外國作品書刊輸入，以免對國內美術「有摧殘作用」？我們能因國內音樂不如人，而強制外國樂團來台演奏先得繳交百千萬元「國樂扶助發展基金」？我們能因恐怕翻譯小說搶了讀書市場，而規定外國小說中文版必須繳納若干新台幣作為「輔導」國內小說家「創作」的基金？這些似乎是笑話。但是我們新訂的電影法規定對輸入之外國影片，得徵收「國片輔導金」，我們的電影「藝術」在溫暖的襁褓中正好安然大睡，聽不到笑聲。

或許有人憂慮，如果各國電影「侵略」本土，國片豈不坐以待斃？我們看法是「置諸死地而後生」。你等著瞧，你將發現漸漸有許多有才華的新人起來開拓國片的新領域，新境界。讓我們驚覺，中國確有人才；讓我們慚愧而悔恨，什麼人享受了保護政策，阻塞了人才的成長，教我們對中國電影長久充滿沮喪！

保護足以致死，自由平等的競爭才有生路。「國片輔導」政策不取消，我敢斷言，國片必無長久可期的希望；外國影片不開放輸入，我們永無下一代的電影藝術人才，因為他們不知道世界第一流的電影是什麼味道。而沒有新人才的代謝，中國電影亦不會有希望。保護政策只保護了拍「國片」、賣「國片」者的商業利益，對於電影藝術人才的培育與獎掖，電影觀眾的權益，中國電影水準的提昇，不但沒有絲毫功益，反而只有損害。保護政策絕未保護「中國電影」的生機與發展，只是保護國片既得利益壟斷市場。

我們部分官員還不能認識電影不只是娛樂的商品，根本上是藝術。因為缺乏這個認識，所以許多措施產生偏差。前天（七日）時報三版有「大學院校教師能否曝光，教部官員認為不宜沾光」的新聞。教部官員的理由有一項是「有損教師形象」。此充分反映了他們把演藝工作者視為倡優皂隸者流的舊觀念。教師從事商業與其他活動，比比皆是，為什麼對偶然參加拍電影者持如此的反對意見呢？我們只要問雷根為什麼不因為做過電影演員而當不上美國總統？便可知「有損教師形象」的理由多麼腐舊與不公平。

如何根本救起中國電影？如何爭得國民大眾欣賞世界第一流電影藝術的權益？恐怕還要多予研討，恐怕種種困阻，一時亦未能消除。我們希望主管當局與藝術界同道有此共識：生於競爭，死於保護。

（一九八四年一月）

無聲的狂歌

遊唱詩人、聲樂家，藉聲音來表達他的情感，宣洩他的積愫，那是最痛快的人生。人類大概最不喜歡納悶，不管是高叫、狂歌，甚至大哭或大笑，皆能獲得巨大的快慰。或許嬰兒的啼哭，到了成人便必須以狂歌來代替，以求得身心的舒暢與心靈的滌淨，免為污垢所悶塞。所謂「狂歌當哭」。不幸每個人不一定都能歌，既不能狂喊，又不能如嬰兒般盡情啼哭，故發明樂器。不論是吹彈擊打，皆以聲音的迸發來宣洩胸中塊壘。而一般既不能唱，又不能彈的人，他也一樣需要有一種來代替嬰兒啼哭的發洩方式，比如飲酒，藉以擊潰理智嚴格的約束，得到一時任由感情的放浪形骸。

繪畫則為無聲的狂歌。它不及音樂的酣暢，不如飲酒的激越，而作為感情的表達，它雋永。那些不能說的，不能唱的，便適合繪畫，所以，要一個畫家來解說他的作品，實在是十分艱難的事。我的畫時常是一種心境的表現，是情思的圖象。

這個宇宙在不同的心眼中，各顯示出不同的情態，一個畫家對別人的貢獻，在於展示他所理解的、所感觸到的這個宇宙萬物的形相。這個形相是客觀自然世界在他的直覺力所涵攝之後所建立的一個主觀世界。一個畫家的天賦、性格、教養、知識、品質、歷練等等決定了他所建立的主觀世界的氣象與調性。

複雜的自然世界有種種不同的面目，予每個人的感動也各不相同。譬如纖秀的花朵、輕盈的燕雀、中秋之夜和一群人共賞的清麗的明月，往往沒有使我興起深切的感動，而一壁苦澀的蒼巖，數棵蓊鬱的巨樹，獨於荒野凝視初昇的大得可怖的月球，時常使我激起磅礴的感情。我們都只曾見宇宙的局部或片面，而且僅能以自己本身的條件接受宇宙給我們的感動。在一個畫家來說，他要把這種感動之情表達出來，真正的寫實主義是沒有意義的，他便得捕捉這個感動的特質，去經營他的主觀的視覺世界，我想這便是把視覺藝術的創造稱為「造型」的意義所在。

所以，一個畫家不必要成為百科全書式的能手：既能畫自然風光，又能畫花鳥蟲魚，復巧於為走獸寫生。正如小說家總應該表現他最熟悉的，最感動的，最深切了悟的人物與題材一樣。

題材的選擇雖然不是藝術的決定因素，但常常是建立風格的第一步。

但是，題材並不是藝術表現的目的，只是寄寓情思的對象。決定情思的特質的，無疑是我們對宇宙人生所已建立的觀念。藝術永遠是藝術家觀念化的形象之表現。讀書與體驗，是建立觀念僅有的途徑。

我自小便喜歡畫畫，許多長輩與朋友都說我是天生的畫家，其實，我只承認我對視覺的形象特別偏愛，並沒有刻意要成為一個畫家的偏執。我的作品只是渴求對這個世界與人生有更深的了解和體驗，同時渴求表達我的感應。所以，我讀書、生活、寫作、畫畫，都為同一個渴求所激發。如果我善於歌唱，我一定狂歌，但我的喉嚨比心腦和手笨拙，我便只能作無聲的狂歌，表達我對宇宙人生的驚嘆、激賞、慨嘆與感動。

（一九七四年七月於台北）

繪畫獨白

楔子

許多人知道我是喜歡思考與寫作的畫家，又是專擅繪畫的寫家。有人認為兩者兼任，似乎不妥，而我本人不作此想。如果智能許可，生命無限，我倒想從事更多的學習與嘗試。因為宇宙與生命太豐富，太動人；弱水三千，只飲一瓢，實在心有未甘。

做兩種工作，唯一的壞處是時間更不夠用。不過，好處甚多。僅就使感官的耽美與理性的思索取得剛柔相濟，可說已受用無窮。

雖然如此，我常常還是覺得這兩枝筆都力不從心。繪畫之筆很難將思想觀念表現得夠深刻，而以文字來自剖我對藝術的所思所惑，卻又覺得某些微妙的情思意念，語言有時而窮。

似乎我最強烈的願望並不是專門做一個畫家和作家，而是做一個遨遊四方上下，往古來今（這在中國稱為「宇宙」）的能歌能哭的人。我之酷愛藝術，便因為藝術最能使我們有限的生命，真切地體驗宇宙人生的真相與萬種風情。假如不是自小畏懼數學，我可能喜歡透過哲學來看人間宇宙；也許因為我的眼睛沒有喉嚨那麼笨拙，所以我選擇了繪畫。

一般人總喜歡要求畫家來一番自白，正如看完了魔術表演便很渴望魔術師公開他的祕密。但是觀眾永遠只有失望。那不單是因為魔術師總不肯自斷生路，而且也因為一經揭穿，便索然無味。畫家的情形亦與此相似，不過更無什麼驚人的祕密。作品的背後更無機關，只是躲著一個人，便是畫家自己。其實，見其人不如觀其畫，有本領的眼光在畫面上已可透視到畫家的心靈深處。

關於「現代主義」

藝術家最高的目標在於表現他對人間宇宙的感應，發掘最動人的情趣，在存在之上建構他的意象世界，並不志在描繪悅目的景色，提供他人最風雅的裝飾品。不過，藝術到了現代，西方許多以前衛自許的藝術家，並不為裝飾，也不在表現宇宙人生之感受，卻在經營一個非常個人化的視覺樣式。其間風格之龐雜多樣，觀念之空前怪異，而且後浪推前浪，爭奇鬥巧，到了無所不用其極的地步。

繪畫的個人化，走到極端，便與人間疏離，與觀賞者隔絕。藝術品成為啞謎，成為視覺形式的遊戲。西方現代主義繪畫有一部分且是反理性、反文化、反傳統的，因而很難在最後不走入形式主義與虛無主義的泥淖中。

可貴的個人風格與極端個人主義並不相同，因為個人風格在「特殊性」之外，兼顧了「普遍性」的因素。這個普遍性根源於人類對藝術共同的渴求，共同的認知，以及包括了人類共同的感性，共同的人生體驗與恆久不易的人性。極端的現代主義不但毫不顧及藝術的軌範，切割與傳統一脈相傳的紐帶，而且也漠視藉以引起共鳴的普遍性。這種藝術，對觀賞者是嘲弄，對藝術卻是褻瀆。西方現代藝術的狂風，雖然受到西方第一流的思想家、文化哲學家、人類學家與歷史學家的批判，但是東方許多所謂「開發中國家」或「未開發國家」卻招架無力，競相俯從。

就我的觀察，西方藝術極端的現代主義，以新奇為創造，而且陷入了以不斷製造新潮流來延續藝術創造的生命的危境，以及將宇宙人生萬殊的現象還原為形式化的基本原素（點、線、面、體、色相），是受到西方近代科技衝擊的結果。對於「進步主義」的迷信，以新奇為進步，以進步為價值；對於科學的「減約主義」（reductionism）的誤用，便是以形式化的視覺元素的分解與組合為藝術創造的能事。準此而言，塞尚（Paul Cezanne, 1839-1906）雖然對西方現代藝術有很大貢獻，被稱為「現代繪畫之父」，事實上，西方現代藝術自此走向形式主義的岔路，他亦是始作俑者。

我個人從西方藝術中學習並吸收了許多營養，任何人在我的畫上都可以感受到這個事實。但對於西方極端現代主義的藝術，我始終持批判的態度。因為我認為藝術總是人生有崇高價值的活動，是具有文化意識的行為，它應追求並創造更豐富、更深刻的人生意義。我覺得中國藝術那個人文主義的精神，很可以使中國藝術家不致為西方進步主義的眩惑而盲目跟從。

當代最受推崇的西方人類學家，「結構主義」（Structuralism）大師李維史陀（Claude Levi-Strauss）曾對西方藝術追求新奇，有這樣的警悟：「新是好，但是不那麼常見。千萬不要想像我們能跟噴泉一般不斷地創新。『新』必須長期醞釀才能成熟，才能在約束中錘打出自己的道路。」他對於紀德的這句話：「藝術誕生於約束，死於自由」非常讚佩。時代不能變遷，但人生宇宙有其恆常不易的本質。漫無節制地追求新奇與自由，以致遠離了人的價值；藝術如果不能喚起人類最深切的同情與共鳴，哪怕多麼玄奇詭異的發明，都只是藝術的衰落。

關於「苦澀」

自從十五年前我寫了〈苦澀的美感〉那篇文章，然後又用了它做了書名以來，「苦澀」兩字幾乎成為我的藝術的標誌。這是我當初所不曾料到的事。

許多人對於「美感」之上加上「苦澀」覺得十分奇異，因為「美」在中國人常識的概念中，斷無「苦」味，而是「甜」味。「美」字從羊從大，所以漢代許慎的《說文解字》說「美，甘也」，「羊在六畜主給膳，美與善同意」。原來「美」字是指食物的「甘美」。（其實「美」下面的「大」不是大小的大，是「人」的象形字。茲不細論。）有了這個淵源，中國人對於藝術所創造的「美感」，總希求能使觀賞者獲得好像吃到美味一樣的享受。以繪畫而言，一般人總懷著非常功利的態度。似乎繪畫是用以「補壁」（好像壁畫），或用以裝飾（所以應與地毯、傢俱調和），或來美化環境（其功用與栽種花木或擺設相同）或者說「陶冶性情」（這算是高一個層次了。不過，還是不脫實用的態度）。以至於視為「玩物」，還提防「喪志」。

對於「美」既有這樣功利主義的觀念，連帶與「吉祥」、「喜氣」、「好運」等概念不相符合或者相悖的藝術，便予排斥。這個民族風尚導引了中國藝術產生了某些淺薄的功利主義性格。這對西方人來說，可能覺得難以理解。中國人喜歡討個「吉利」，所以畫個大壽桃以祝壽；松鶴則「延年」；「九如圖」（九條魚）表示大如意，或「有餘」；牡丹是「富貴」的象徵；鴛鴦是「佳偶」的暗示……。中國的戲劇也一樣，忌諱「不祥」，總喜歡熱熱鬧鬧、喜氣洋洋。即使是悲劇，也多半有一個大團圓的結局，或者有某些安慰人心的結尾。這個風尚，本來不能說一無是處，而且也多少構成中國藝術的某些特色。但是，與西方藝術比較起來，那些驚心動魄的悲壯、深沉的哀傷，人間可感可懷，可歌可泣的以及淒涼孤寂的感情，在中國繪畫上，不可否認的是受到壓抑與排斥。而這些卻正是人生最動人心弦的經驗，最普遍的際遇，也正是古今中外第一流文學最偉大最雋永的主題。中國的詩詞，大半是這種人生的體驗的抒發，然而中國繪畫卻缺少這方面的表現，不能不說是中國審美為功利主義所籠罩，一直缺乏突破的自覺。

中國繪畫講究什麼東西可以「入畫」，什麼東西就不能「入畫」。「入畫」與「不可入畫」，不但是一個「雅」、「俗」的問題，也是一個道德態度與功利思想的問題。所以中國繪畫的題材比較狹窄。而對於直面慘澹的人生，對於生命堅苦危殆的體驗，缺乏深沉的表現，不能不說是中國繪畫的一個缺憾。

有人以為，人生本來已夠痛苦，藝術正應表現甜美，來減輕痛苦，來愉悅人生。但對我而言，藝術中的悲劇精神給予人生的慰撫與愉悅比起甜美雅麗更為深廣而持久。因為甜美傾向於官能的感受，較為浮面，而悲壯能直達精神深處，滌淨心靈的污垢，激發生命力，提升我們的情操，使我們經由痛苦的歷練而得以淨化，得以解脫，而獲得安慰與歡愉。許多人以為悲劇的美感必是消極沮喪，其實是大誤解。因為在痛苦挫折中所激起的昂揚的鬥志，其樂觀與希望，不是淺薄的樂觀主義所可比擬。

我雖然常強調古往今來最偉大的文藝，無疑地以悲劇的美感居大多數；自亞里士多德、到康德、尼采，對悲劇美感的功能價值已有了極精闢的詮釋。但是我也不否認不同的美的追求，可以人各有志。也許，我對藝術，對美的觀點與品味，乃由先天後天種種微妙複雜的因素所造成。而這種審美情調，事實上乃是宇宙觀與人生觀的反映。繪畫本雕蟲小技，重要的是藝術家對宇宙人生有沒有深刻的獨特的看法。

傳統的創造轉化

中國繪畫傳統有極綿長的歷史。任何傳統在現代都無法原封不動而得以存在與延續。中國繪畫在今天的困境，一方面無法抵抗西方現代主義的衝擊，一方面又不能從傳統的精神中發展出新生命。因而在西潮與傳統之間徘徊瞻顧，痛苦萬分。在我們這一代，不論是文學，繪畫與其他藝術，都共同面臨這個困局，有過若干爭論，亦各自從事藝術創作的實踐。似乎「橫的移植」與「縱的繼承」往往成為不可調和的兩派意見。我認為，中國繪畫如果不能有一番創造轉化，超越東方與西方，傳統與現代的爭執，必難有成果。創造轉化，正必縱橫交錯，陶熔鍛鍊，別開新局面的工作。

這些觀念上的討論，一說到融合中西，容易成為陳腔濫調，我不想再談。我主張從中國傳統出發，吸收外來營養。創造轉化的過程，同時也就是對傳統與西方現代藝術批判的吸收過程。我認為對中國繪畫的現代化，應先全盤瞭解傳統，不能僅僅從枝枝節節或技巧上來著手。

首先是繪畫的思想問題，我認為我們中國畫史雖長，但繪畫思想非常一元化，那便是中古的繪畫思想因襲了一千多年，並無重大進展，更無多元化的發展。簡單地說，魏晉時代那個遠離俗世的隱逸思想，韜光遁世，飄然遠引，追求世外桃源，歌頌高士與神仙的文藝思想，成為中國畫永遠不變的中心主題。中間雖有宋代入世的「寫實主義」（與西方的寫實主義不大相同），但可惜不能開拓出足以與之抗衡的另一條路。自南宋以降，歷元明清三代，文人畫大行其道，更助長了這個一元化的中心思想。直到今日，我們的「國畫」大致還是如此。我們幾乎沒有能力好好畫天天頂在頭上的天空，好好畫踏在腳下的土地。中國畫的一切技法都已成為僵化的固定符號，這一切都是繪畫思想定型化的結果。在現代，我們希望發展傳統，但是「近代」繪畫思想的闕如，使現代的發展倍加困難。所以突破傳統，開拓新的繪畫思想領域，使具有時代性與多元化的新觀念，方能一掃千餘年來的陳腔濫調。我個人的創作，殫精竭慮於此，因為它是最困難，也是最主要的問題。

中國繪畫將客觀自然主觀化，使主客合一。所以中國畫沒有西方寫實與抽象兩個極端的矛盾與偏頗。如果以西方的理論來說，中國繪畫當為「意象主義」（Imagism）。而以意為重點，中國藝術的人文主義精神特別濃厚亦以此。不過，這個「意」浸潤於文學與道德中過久，忽視了物象的觀察，不免顯出造形手段的貧弱、雷同與簡陋。中國傳統繪畫好似中國的章回故事，由眾多「零件」堆砌、串連而成。例如各種樹木、皴法、亭台、山石、流水、瀑布、苔點……集合在畫面上，構成「豐富」，而每一個單項卻都是定型的符號，本身在造型表現上實在十分貧弱。我多年來努力的目標之一，就是試圖改變這種傳統的因襲。我以一條河，一間房子，或幾棵樹木為題材，企圖在極簡單的題材中表現「豐富」。主要用力於造型語言的創新，對物象觀察的精微，表現的多樣、希望擺脫概念化的窠臼。傳統繪畫只顧及物象的普遍性因素，而捨棄特殊性的因素，造形技巧當然趨向概念化，定型化。例如松樹的畫法，傳統繪畫確把天下松樹共同特徵發掘得很扼要，但每一棵存在的松樹的「個性」就被抹煞了。其他表現技法類同的缺失，在中國畫中可說積弊甚深，由來已久。我試圖使中國繪畫不再由許多陳陳相因的概念堆砌而成「意義」，而要以獨特的造型與結構自身強有力的表現來蘊涵「意義」。所以題材單純，常常把物象置於近、中景的位置，而且注重氣氛（mood）的渲染；注重畫面的整體結構，一反傳統的空疏與零碎；畫幅比例應依據題材與結構的需要來決定，一反傳統構圖依據紙張原來的比例以及傳統「中堂」、「條幅」、「橫披」等固定化的形式。正方形的構圖我所偏愛，完全是我個人二十年前所獨創（中國歷史上從無正方形構圖的體制，只有冊頁近似。最近若干年來得以看到林風眠先生大量作品，發現他更早採用正方形構圖）；對於中國傳統的詩文題識，我同樣採取批判的吸收，注重視覺整體的效果，揚棄文人畫喧賓奪主的老套；對於色彩，主張創造性的開拓，不以傳統為拘限，但不應破壞水墨畫以水墨為主的特色。從大處到小處，我認為都應該有與繪畫思想相一貫的設想，比如圖章的文義、形式與用法，裝裱的格式……等，不勝枚舉，都以傳統的創造轉化為依皈。

以上是我個人在創作生活中所思所感和一些體驗。希望有助於認識中國繪畫的現代化，亦以就教於同道。

（一九八四年六月十日於台北）

人文藝術教育有什麼用

人文藝術教育本來不能問有什麼「用」，但這個標題或許對於功利的現代人較有興趣；不過，這個「用」應解作「無用之大用」。

一、國民素質與文化教養

許多年前，我到瑞士，住一家小旅店。他們給我一把鎖匙，是一根圓潤光滑的青銅「棍子」，上面有大小錯列的小圓孔。用這根鎖匙，可以由大門開到房門，不必換第二根，不但方便，而且小偷的萬能鎖匙也無所施其技。在歐洲，一個門扣或衣架都別具匠心，精緻、合理而有創意。威尼斯水都見不到一個輪子，還是以坐船與走路為生活，絕不會有一條高架公路橫亙頭上。歐洲古老房屋的修護完全按照本來形、色，不允許另建高樓或者別出花樣，事實上也沒有人願意破壞原來的形象。許多大音樂家、作家的故居一、二百年來都保留原貌，這可從古今照片中對比而得知。梵谷畫上的吊橋，在荷蘭還可以見到。

這一切表現透露了什麼消息呢？是否歷史久遠的民族特別懷舊？並不全然如此。這顯示了他們對於歷史傳統的尊敬；對於智慧、巧思、藝術、意匠、辛勤的勞作的尊重與愛惜；對於人生情調與文化風格的維護。這就是文化教養。

台北幾個古城門翻修油漆一新，北門還為高架道路所包圍；鹿港民俗文物館與板橋林家花園緊鄰是紅紅綠綠的新公寓，晾衣服的竹竿伸到花園中來；新公園博物館常常改變顏色，施以油漆、粉刷；理教公會任它倒塌，最後為一把火所毀滅；林森南路仁愛路交界的那座日式門樓釘滿破木板，成為「民宅」，下面擠滿違建戶，以賣水餃出名；「觀光」大理髮廳精美的大理石門牆旁，擺一個擦皮鞋攤；有錢人的客廳裡擺滿非洲的象牙，波斯地毯，中國瓷器，山地雕刻，日本武士刀……。這一切顯示了粗魯、俗氣，沒有風格；暴露了品味力的喪失，文化教養的欠缺。這種社會環境中的藝術界，也一樣：造假、抄襲、模仿。文學則求刺激、消遣、矯情造作。至於電影電視，更為有心人所詬病。文藝尚且如此，一般社會生活之粗俗，當不足為奇。而詐欺、冒仿、貪瀆、髒亂、暴力與交通之亂等等社會病象，雖然與現代工商都市生活有關，但根本上還是一個國民素質與文化教養的問題。

二、不是點綴社會的花瓶

中國是文化古國，我們常以此自豪。那麼，為什麼今天我們的文化教養失墜到這個地步：我們比不上歐美，連日本、新加坡也不如，在某些事實上，韓國與香港都有教我們自嘆不如的地方。我們朝野若不肯急切研討這個大問題，改弦易轍，來一番大改革，恐怕我們不但不能保證國家社會未來持續的繁榮，或許我們的民族、國家、社會將沒有長久光明的前途。

我們在台灣三十多年來的努力，取得了舉世矚目的成果，為什麼現在漸漸發覺社會的進步遇到了阻礙，社會的問題，越來越嚴重，以致損蝕了我們努力取得的某些果實，乃至令人怵目驚心？最重要的原因，是我們長期以來的人生生活目標只有政治與經濟。而政治，關切的只是「權力」；經濟，關切的只是財富與技術。

現在我們開始關切人文教育，注意文化教養，重視文化藝術。但我們不能不對此有正確、深入的認識。人文藝術不是點綴社會的花瓶，不是外表優雅的化妝，實在是使人生活得更有意義、更豐富、更充實的追求目標。缺乏人文修養與文化內涵，欲求科學的進步，民主政治的實行，經濟技術的不斷創進，也必然緣木求魚。

在我們的教育中，為補救過去長期的偏失，已著手加強大專青年人文修養與通識教育。人文學科為任何科系學生所必修。人文學科是什麼？我認為對於人生終極目標的探索，人生意義的追求，生命價值的建構之學問，皆為人文學科的範疇。包括語言、歷史、哲學、宗教、文學與藝術等。與科學及技術依據客觀事實有所不同，人文學科都涉及價值判斷。

我們應該有的教育，包括在學校及在社會中人人所能吸收的教育，本來應該涵蓋人類肉體與精神兩方面的要素，滿足一個人全面健康發展的需要。尤其應滿足人類與其他動物全然不同的特性，諸如智慧的成長，道德的良知良能，追求真理的理性與審美的情操。過於偏重物質財富與滿足肉體享受的技術，以及權力的爭奪，事實上在動物的生存層次中也有類似的需要，算不得是人的尊嚴。而且，這些物質性的慾望的擴展是有限制的：權力的爭奪帶來不安與大破壞，甚至毀滅；物質的過分貪求則使天然資源枯竭，而且汙染了生物層面，造成人類生存的威脅。宇宙間允許人類無限追求的只有心靈活動的精神領域：智力、藝術、道德修養與宗教的追求。這正好是人文學科的範疇。

人文與藝術的追求，不是一般人所想像的只是精神上的寄託，近乎「望梅止渴」的自我安慰，而更重要的事實則是因為人文藝術提供了一套價值判斷，用來宰制由人類的知識、科學與技術發展出來的那個巨大的力量，用於增進人類的福祉上；用來克制人類恣縱貪婪的意慾，使人類免於自我毀滅的危險；用來使人生生活更豐富，更有意義，更能提昇到最崇高價值的層面。

孤立地來看人文藝術，似乎沒有實際的「用」處，似乎科技才最有用。中國社會對藝術與文學尤其有一套淺薄的看法，充其量不過承認文藝可以「美化人生、陶冶性情、提供健康的消遣與娛樂」。從古代到現代，大人先生都這樣訓示民眾。我們如果不能從一個民族文化的整全觀念來看待文藝、哲學與宗教，過分短視而急功近利，僅著眼於其「用」處，則不但我們的「文化」偏枯，前途可慮，而且正如許多科學學者所慨嘆：只問實用，不肯在理論上下功夫，結果是連科技也不可能發達，或者永遠只能為先進國家的驥尾。因為這種只求近利的技術是無根之木，無源之水。而功利主義之下的文藝，亦必然是淺薄的仿襲與迎人的商品而已。

三、要有長期性與普遍性

我們已經開始重視人文藝術教育，這是十分可喜可慶的事，但是，要注意的是應該有普遍性、長期性；要有正確而有深度的內容，及良好的方法。

如果僅僅提出這個口號，以及在各大專增加幾節「人文藝術課程」，由某些不大適當的人兼兼課，一如國中的「公民」課隨便當作教師工作的「搭配」，則毫無作用，而且反而加重青年學生對人文藝術學科的疏離與輕視。

所謂普遍性與長期性，就是要長期地重視整個社會（包括學校、家庭與大眾社會）有關人文藝術的教育。就社會文化建設與措施而言，其成敗良窳，不但關係到大眾的福祉，其本身就有人文藝術教育的示範作用，對於民眾，尤其是下一代的心理影響極大。譬如現有的市立美術館，自開幕以來，種種不按牌理出牌的舉措，弄得滿城風雨，新聞批評不輟，又如近日已在加緊籌備中的省立美術館，其目標是：「典藏現代美術作品，形成本館典藏特色」，我在會議中已指出此並無特色之可言，並建議省立美術館應將「台灣文獻」書畫家（如謝官樵等）的作品以及日據時代許多優秀的本省美術家（如黃土水等）的作品先予搜集典藏，然後才是光復前後至今天台灣美術界的佳作收藏；省立美術館的收藏又是含糊籠統的「現代」（是否包括中外的現代？），而不能展示本省美術發展的歷史面貌，這個美術館就沒有個性，沒有特色。我這個建議苦口良言，大概不易為主辦單位與「現代畫家」所接受。我們一下子出現了許多大有問題的「文化中心」，好幾個花費不貲的、錯誤的「美術館」，實在令人扼腕。美術館與文化中心是人文藝術社會教育的重鎮，假使不能充分發揮其功能，反而有某些誤導與反面的影響，豈不冤枉之至！政府重視人文藝術教育，以提昇國民素質，以促進社會進步，但若不注意普遍性與長期性，沒有全面通盤的籌劃，並加強督導，只是一聲令下，各地紛紛湊熱鬧，則良法美意，收不到多少效果，實在可惜！

人文藝術教育之「用」，不但一般大眾應有正確的認識，各級政府官員，更應有正確而深入的認識。本文謹提供朝野有關此一問題之參考，並為紀念孔子誕辰二千五百三十五年之獻禮。

（一九八四年九月十八日）

藝術之門

許多人喜歡問：如何進入藝術之門？

好像買一張票，即可進入；又好像遇有熟人帶路，即有方便之門。

其實藝術無門，因為藝術並非一間密室。

藝術是遼闊的天地，我們每個人早已置身其間。

藝術在人類史前期即已發生。

歐洲庇利牛斯山洞穴中者舊石器時代人類所留下的美術傑作，描繪莽象、犀牛、大角山羊、野牛等野獸，以及人類與猛獸戰鬥的景象。

研究史前藝術史或藝術起源的學者告訴我們，在我們的祖先茹毛飲血的遠古，便於生活中創發了藝術。在極簡陋、艱困的生活中，人類不憚其煩經營著藝術：一杖一斧、一罐一缽，都刻劃花紋，乃至在身體上紋身，或雕刻人形，繪製「壁畫」。

今日某些未開化部落中，藝術仍為生活中重要之部分。

生活在現代文明中，藝術遍及整個人生生活，更不勝述說。美術館、音樂廳、歌劇院等專門藝術的展演場所之外，廣袤的人間社會，幾乎無一事物不包含著藝術或與藝術發生關聯。電視、報刊、服裝、各種電器、機械、商標、包裝、建築、室內裝潢……，都與藝術緊密結合。

從太空梭到一個髮夾，都與造型藝術有關；從飲食到娛樂，從宗教到禮儀，從自然環境到人為造作，種種事物都藉著藝術而更豐富、更精緻、更充滿著美感，更適合人性的需求。

說我們每個人都生活在藝術之中，實不是誇大其詞。

藝術的節奏和旋律，並不是文明社會的藝術天才發明的，乃是最早的人類從泥土、天象、植物、動物、流動的空氣和水，以及生活動作中的人身上發現的。

《呂氏春秋》〈古樂篇〉上說：「昔葛天氏之樂，三人操牛尾，投足以歌八闋。」說明上古的歌舞並未分家，而且是生活中自然發生的「感興」。三個人手執牛尾，一邊唱歌，一邊手舞足蹈，這正與全世界各地原始歌舞一樣。

打獵的歌，則描述打獵的情景。相傳最古老的詩歌，有黃帝時的彈歌：「斷竹，續竹；飛土，逐宍（古肉字）。」

《山海經》說刑天「操干戚以舞」，「干戚」就是盾與斧。舞干戚，是戰鬥，也是跳舞的濫觴。

音樂最早源於節奏，最原始的節奏是心的跳動，然後是步伐聲，以至天籟（自然界的聲音），於天籟中發現節奏之外有音階與旋律。

任何民族最早的樂器是打擊樂器。手中有木，則以木敲擊；手中有石，則以石敲擊。所以，石器時代有石磬，銅器時代有鐘。弦樂則是由狩獵工具弓與弦中發現的。

不論什麼形式的藝術，都與生活的內容、方式、環境與工具發生密切不可分割的關係。而生活、工作、戰鬥與藝術之間，本來很難劃分界線。

但是，近代以來，藝術確已從人生生活中漸漸分離、退位。藝術與生活水乳交融的境況，現代不如古代，甚至不如先民社會。

自史前期，到大約不到二百年前農業與手工業時代，極漫長的歷史中，人類生活與藝術一直是密切結合的。

今日健在的老祖父、老祖母，他們明白打造一把犁頭的曲線，應該怎樣才實用而且「巧」；做一雙繡花鞋，要描上什麼圖樣才適當。工作、生產與藝術創作實是同一件事。

然而，他們的子孫——我們這一代，使用的是耕耘機與「愛迪達」鞋子，雖然造型色彩也很考究，但我們對藝術只有「消費」，沒有創造與製作的體驗。

我們遠離了藝術，藝術也遠離了我們。

機械取代了人工，藝術便從生活中退隱，成為博物館中的陳列品。這是工業革命以後短短二百年間的巨大變遷。

現代世界是藝術最普及的時代，但僅僅是藝術品消費的普及，並不是親自創作、體驗的普及。而所消費的「藝術品」，其實多半是機械複製的，大量生產，缺乏個性。

以前每一個生產者，多少都兼具「藝術家」的身分；現代則因運用機械生產與職業分化，由少數人去扮演藝術家的角色。他們之間，不免有許多成為不事生產、專門製造噱頭的「怪人」。

有所需求，乃產生能力；沒有必要，能力即逐漸退化。現代分工、消費的人間社會，藝術便成為一種特殊的專業，不再是每個人生活能力的一部分。所以，難怪一部分對藝術念念不忘的有心人，希望藝術重新回到生活中來。

希圖到藝術遼闊的天地中來，領略藝術的趣味，從而使生活更豐美，使人生更有價值，可說是現代有教養而不虞匱乏的中產階級，相當一致的願望。

如何達到這個目標？如何進入「藝術之門」？許多專家都會勸告你——多看畫展；多赴音樂會與歌、舞、劇表演會；家中在地毯與沙發之外，不可沒有畫；結交一些藝術家朋友……。有人更深入一點，勸告你參加某些藝術的學習與活動，買些藝術書籍看看……。許多人可能已經常出入歌廳，家中有了第一流的音響設備，以及許多名貴的成套畫冊。誠然，這一切都極有益處，多少也能有良好的效果。

不過，有些人把藝術作為化妝品，或為炫耀的工具，或者交際的途徑，不見得真能使藝術進入生活裡，也不見得真能體味藝術，自更難得到藝術對人生的影響與提升之效益。

要使藝術與生活結合，更重要的前提，是培養一種人生的態度。

首先是對生活不應處處錙銖必較，應該學習抱持一種非功利的態度。

藝術的欣賞是美的觀照，即康德（Kant）所謂「無關心」的態度。所謂無關心，就是摒除理智的計算，不考慮應不應該、是否合理、有什麼用處，純然從美感中得到精神的領會，是一種超越現實利害之上的主觀趣味判斷。

事事求合理、求實用，精打細算、毫髮無失，這種過於功利、過於實用的人生態度，有人以為得計，其實所失更多。

人生在功利實用之外，還有廣闊的天地可追求，生命才更有彈性、更有餘裕、更見生機活潑。

比如說，買一間房子，坪數、價格、地段等是實用、功利的考慮，而房子的造型、色彩與窗外的景致，則為非功利的考慮；強迫孩子考第一、爭得獎，是功利的態度，而讓孩子按照他的個性、健康，自然地發展，是非功利的態度。

其次，要有「當下即是，細心品賞」的覺悟。一個人當然要有遠見，以安排、計畫未來。但是，未來的目標不應剝奪現在生活的樂趣；現在的生活也不應成為未來目標達成之前，無意義的等待或難耐的煎熬。

每一天、每一夜、每一事物。都可以發現它的意義，品賞它的趣味；生命過程中的每一寸，都有它不可取代的價值。如果不細心品賞，那麼我們只是人間粗心大意的匆匆過客。

許多人只盼望未來，犧牲當下的生活；達到一個目標而不滿足，又幻想著未來。於是人生如囚徒，盼畢業、盼事業成功、望子成龍、望退休後含飴弄孫……，永遠不滿意，永遠在渴望中，而放棄了「當下即是」的人生情趣，失去體味、享受生命各階段不同情調的機會。

這種空白的人生，就因為缺乏這種覺悟，以致許多當下即是的快樂，為未來的期盼所扼殺。羅素在《權威與個人》一書中就說：「這種總在想著未來之事的習慣，是對任何審美才能的致命傷，其為害的程度，甚於所能想像到的一切心理習慣。從任何重要意義上講，如果藝術要長存不滅，創立許多莊嚴矜持的學院只是徒勞；必須重新喚起那種以整個心靈沉緬於快樂和憂傷的能力！這種能力，已經被審慎持重和顧慮未來的態度摧毀殆盡了。」

再一方面，就是應該保持「生活內容的均衡」。生活中只知有「功利」，只知有「未來」，固然如前所述，有所偏失；而生活內容多著重於物質、忽略精神，也是偏失。所以，減低物質生活的慾望，才能有餘暇、餘力，去追求精神生活的豐美。

現代是物質泛濫的時代，生活的空間為物質所壅塞，生命的時間則為與物質有關的事務所填滿。每個人疲於奔命，都在企求「幸福」，但是沒有餘地可接納精神方面的資料，沒有從容不迫的餘暇可享受精神方面的情趣，結果只是棲棲遑遑不可終日。

幸福絕不是大量的物質所能換取。我們應該學習拿出決心、魄力、精力與金錢，去換取美感的享受，及藝術的想像與創造性的生活方式，去追求超越物質之上的人生情趣。

我們應該在功利的追求之外，重新學習「遊戲」。遊戲本是藝術的原始形式，它包容了創造和欣賞的心理活動。一個成人厭棄了遊戲，就說明他已經沒有像小孩那樣的赤子之心，而趨向枯槁、蒼老了。

我們應該培養一些嗜好，在「一本正經」的人生「戰場」之外，有寄情遣興的遊樂。有人喜歡釣魚，有人喜歡玩古董或者品茶、下棋，或者收集善本書、字畫，或者玩樂器、做票友，或者參加某種愛好的研究社……，有嗜好則生機活潑。而一切嗜好中，確是以藝術方面的嗜好最博大精深，最持久不厭，最能引動無窮興味。

藝術無門，因為藝術不是私人的「鑰匙俱樂部」；藝術是遼闊的天地，任何人都早已置身其間。

只要我們肯調整生活步調與內容，培養一種能容納藝術的人生態度，我們必然能體悟藝術對人生的滋養，而慢慢提升我們的人生境界。

（原載一九八五年四月《我們的》雜誌）

牛津與台北的對話

——讀徐小虎教授〈何懷碩與中國畫〉之後

讀了徐小虎教授這篇應 Free China Review 之請所寫的有關我的文章，心中感受十分複雜。但我即將有印度與尼泊爾之行，一時沒有時間細細咀嚼這份感受，形諸文字；而對於別人的批評，也不好刻意辯護。行前匆匆，略寫一點感想，或者是讀者所樂於一顧的。

徐教授元旦前由倫敦回台北渡假，匆匆見了一面。她告訴我已請藝術家雜誌社將她的文章的中譯寄給我，要我提供圖片；並說文章若有不妥，請我修改。我讀了一遍，覺得中譯任、嚴兩位專家，不但文筆極高，而且對中國繪畫必也甚有研究，我豈可擅改！全文我只就事實（如我說過的話及我畫上原來題跋的文字等）有極少數幾個字的改動，對於小虎的話，我即使看法不同，也不妄改。不過，我讀後第一個感想是，小虎的見解以及對我的畫的評語，不管我是否完全贊同，我都覺得她所說的某些話很值得回味，她似乎跑到我心中，窮探了連我自己也不大自覺的某些祕密。我們過去幾年同住台北，但各人忙自己的，見面暢談的機會不算太多。小虎有這樣點點滴滴都十分深入的看法，頗使我心中一震。這顯示了她洞悉事物的天分，以及她做一個有創見的美術史家不同於一班死抱資料自炫的人分別所在。小虎目前在牛津攻讀博士學位，不久即可修成正果。她將可以出一口因沒有學位文憑而飽受歧視的怨氣。其實文憑只表示一個人做過某種「研究」，而藝術批評卻要有見解的人才能從事。見解來自智慧與對各種知識高度的綜合融匯。有這種能力的人不多，也不是讀了研究所就能有的。

有幾點和我的想法不太一樣，不妨在小虎的文章之後略說幾句，當作牛津與台北間，批評者與創作者間短短的對話。不同的看法不見得不好，也不表示對的在我這一邊，比較客觀的結論在有心的讀者那裡，更在未來的歷史中。我們當代人尤其我是當事人，留下雪泥鴻爪，可能給旁觀者與後來者提供許多第一手的資料，必有益處。雖然有點自辯的嫌疑，但理性的陳述，應可容許。

第一點是：傅抱石受到日本的影響，而我自少年憧憬斯人，都正確。但傅氏的畫還是屬於小虎所說的文人畫那種自由揮灑，我則不刻意走這條路，因為文人畫已走到頂點，現代中國畫應另外多方探索新路。我對結構與筆墨上採取殷勤的態度，並不多受日本影響，應該說是西方的影響。如果照小虎所說，文人畫多留空白是為後人題跋之用，我覺得現代中國畫家不必在這種地方承襲前人。我過去深受西方繪畫的訓練，覺得西方有某些觀念可以拿來做他山之石，為中國畫開拓另一番天地，增加一些不同風貌。不能因為不走文人畫之路，便是與中國傳統「背道而馳」。

第二點是對手卷的看法，我確如小虎所言，企圖將給一人把玩的手卷變成一幅可公諸於眾的橫幅大畫。我覺得小虎的觀察非常深入，不過，說這樣就失去文人畫的「輕鬆自然，平淡天真」，就「離傳統價值越來越遠」，似乎武斷。因為古人的自然與天真確是一種價值，而「層次繁複，沉重憂鬱」也是一種價值，多元的追求，各有風格，不能軒輊。而傳統如果只許「輕鬆、平淡」，也不免太狹窄、單調，更應該另求出路。何況傳統中如龔賢、石谿諸大師，也不無「層次繁複，沉重憂鬱」。其實傳統中豐富極了，平淡輕鬆只是一面而已。我們所謂的「新路」，有時也只是傳統在現代的變貌而已。

當然，平淡自然也可以有多種風格。從絢爛復歸於平淡，在中國文藝的境界是達到最高層。那不是刻意追求的結果，而是隨歷練與歲月的積漸而有。杜甫所謂「老大意轉拙」。我尚未達到那個階段。我覺得青年的勇猛，中年的嚴密與老年的老拙天真，各各顯示了生命各階段的特質，都極可貴。如果只重老年的境界，或刻意追求老境，未免也不「自然」。范寬的《谿山行旅圖》，李唐的《萬壑松風圖》那種慘澹經營的巨構，在元朝以降越來越沉寂了，可能也是文人畫過分追求平淡自然，而至蕭疏枯淡，逸筆草草，有以致之。

最後一點是關於「抽象畫」的話。我認為任何畫大自結構，小至技巧，都必然含有抽象的因素。我的畫也不例外。但我無意畫純粹的抽象畫。抽象畫是否「缺乏人性」？此話太籠統含混，我是否曾如此措詞，已「不可考」。此處不容細說，我只是覺得抽象畫不能真切引動共鳴，而且以為純形式可以傳達感情，未免過於粗疏，其人文精神因之甚為薄弱。因為視覺形象若不能喚起人生經驗的聯想，其感動只有情緒的表層，不能直達心靈深處。

小虎這篇文章對我的評論，使我覺得許多我不曾與她談的話她都能由觀察而直入本心。像這樣有見解的文章，在中文寫作的千百「畫評」中是少見的。她對我的批評，即使有些地方我稍有不同看法，但都將懸於心中，有待慢慢反省檢驗，對一個畫家而言，非常有益。小虎寫我的文章，都是他人要求或她自己的動機而寫。我們是好友，但絕不鄉愿。這種熱烈的感情與冷靜的理性並存的友誼，在今日不算太多。她在牛津寫博士論文，忙碌可想！但竟抽空寫這篇文字，為我的畫做一番剖析指點，我不但感激，而且感幸。希望她今後對我更多針砭，使我在為現代中國畫探求新路的努力中多得到些逆耳忠言，以避免許多觀念上的偏頗。

（一九八六年二月號《藝術家》）

後記：今年一月讀了徐小虎教授〈何懷碩與中國畫〉之後，感受良多。當時馬上就要赴印度，匆匆寫了〈牛津與台北的對話〉一文，五個月後，我的學生黃健文（師大美術系畢業，現在香港任教職）給我來信，他說：「讀了四月號《藝術家》雜誌〈何懷碩與中國畫〉一文，徐小虎寫得頗深入，只是太武斷了點。」我細看健文所陳述也言之有理，覺得應該附在這裡，讓大家在傳統中國畫與文人畫的思考時做參考：

懷碩吾師：

……徐小虎的文章武斷之一：徐文說：「懷碩認為自己的所做所為和藝術方向都是中國的，而他的理論和畫作，卻正好跟六百年來文人畫傳統的理想背道而馳。」我不難發現徐對文人畫有所偏好。文人畫只是中國繪畫史中的一段，只是整個中國繪畫的一部分而已，我不明白「與文人畫傳統的理想背道而馳」就一定如何不「中國的」；武斷之二：徐文：「（傅抱石）在日本畫裡發現了中國消失了幾百年的技巧和表達成分，立刻帶了回來。以言技巧，那些設計經營、匠心獨運、肆意渲染，都是宋朝院畫的特點，十分強調完美，不免犧牲了文人畫的特色──那種自由的揮灑，正是文人追尋的直率而空靈的寫照。以言表達成分，那些詩意、傷感，那些纖巧、細緻，都是南宋畫風的特點。」又說：「懷碩不知不覺地發揮了日本畫的特性。」徐文為什麼不說何正是受宋畫的影響呢？武斷之三，徐文：「中國文人畫著重脫俗，主張自發，尤重興之所至，信手拈來的態度，懷碩的作品和這些基本原則是相悖的。」但如徐文所指六百年的文人畫傳統亦包括沈周、文徵明、唐寅、仇英的話，那麼，我真不明白沈周的廬山高、文徵明的古木寒泉、唐寅的山溪漁隱、仇英的秋江待渡如何興之所至，信手拈來？又如龔賢的深山高隱圖，豈不是慘澹經營？武斷之四：徐文：「文人畫有個特色，畫面的空間極富彈性，常常不惜浪費，留下很多空白，以備賞畫的人自行思索玩味，也讓朋友和收藏家在上面題跋。……也是一大樂趣。」後人在畫上隨意題字、濫蓋圖章，破壞畫面。最霸道的如乾隆皇帝，徐小虎認為是「一大樂趣」？至於構圖，古人有「粉本」，也有「經營位置」、「搜盡奇峰打草稿」，都足以證明並非盡是興之所至，信手拈來。不追隨傳統中部分戲墨的文人畫家，便是「所走的路卻離傳統價值愈來愈遠」？徐文不免把自己對文人墨戲的過分偏愛來要求別有懷抱的畫家了。

學生　黃健文　一九八六年五月二十日凌晨於香港沙田

〈附錄〉

何懷碩與中國畫

徐小虎

何懷碩算得上是現代中國畫壇當紅的大畫家，去年九月中旬我離開台北市的前一晚跑去看他，他跟我談到他對所謂「變」的看法，特別強調他的繪畫手法一直是很中國的。他說：

「變有很多種，一種是突然的變，一種是慢慢的變。像樹葉從夏天到秋天，慢慢變黃、變紅，不是一天的事。像酒變得更慢，愈來愈好，愈來愈醇，一百年的酒貴得不得了，就因為很醇。

「突然的變像臺灣的天氣，今天變好的，突然之間冷得要命，明天太陽一出，又跟夏天一樣熱死人。美國的藝術就是突然的變。

「歐洲就不是突然的變，你看英國房子的牆壁，幾百年的風吹日曬雨淋，該黑的黑，該裂的裂，該長青苔的長青苔，慢慢變成中國人說的很古拙，很古老，很有深度。那種美經過很長的歷史，不是一天能達到的。美國的歷史很短，一天到晚只想明天就要變得比今天好，殊不知愈變愈亂。

「中國的歷史很長，跟歐洲一樣。我覺得藝術要跟以前人不一樣，老一樣沒意思，天下一切東西都會變。但你一定要它一天變個樣子也沒意思，因為那不自然。中國人講自然之道，凡事都該順其自然，變也不能強求。我自己從來沒想過我明天要怎麼變，後天要怎麼變。

「有些人覺得我的畫變得不夠多，這就是受了美國的影響。美國的文化在臺灣力量很大，汽車一年一個樣子，什麼都講流行，衣服在變，鞋子在變，頭髮也在變，都是刻意求變，好像不變就落後了。

「藝術沒什麼落後和進步。藝術都是描寫人的感情、人的思想、人的心理，而我們這個人並沒什麼太大的變，一樣要吃飯喝酒，一樣要哭要笑，一樣要生病。人既然不變，藝術就該有它不變的地方。很抱歉，我不怎麼看得起美國的藝術，我覺得沒有深度。藝術描寫人的感情，古往今來，感情都是一樣的，可貴或不可貴，真的或假的，很深或很淺，很熱烈或馬馬虎虎，只有這種不一樣，沒有好跟壞，進步跟落後。

「我自已是個中國人，讀過很多中國書，也走過世界很多地方，我覺得歐洲好，中國好，好在悠久的歷史。尤其是藝術，有幾千年幾萬年人類共同的感情。全世界看到秋天都很悲哀，看到春天都很高興，因為秋天葉子掉了，顏色少了；春天開始，又有了綠意，又覺得有希望了。凡是人類，看到可以哭的地方，大家都會哭；看到可以笑的地方，大家都會笑。藝術就是表現這些東西，所以不能要求它一直在變。

「有些人說：『啊！你的畫變了！』有人說我沒變不好，我覺得似是而非。說不變就是壞，實在沒道理。我想最好的是不變中的變；變中的不變，沒什麼痕跡。我當然多少有點變，現在的我和十年前的我就不一樣，讀的書多一點，看的事情多一點，想法看法也比以前成熟一點，這種變是自然有的，我覺得一個藝術家不要太關心變不變的問題，你只要想：我對這世界、這人生，是不是看得更多、看得更廣、看得更深刻？我在藝術上是不是比以前更努力、更認真？你自然會變。假使你活到八、九十，那時跟現在一定不一樣。古今中外很多好畫家，都是愈老愈好，像酒愈陳愈香。

「我創作以來大概二十年了，不斷發現很多新的技巧，這些技巧不是特地去想出來的。有時靈感一來，想畫張特別的畫，可是以前有的那些技巧不夠，沒辦法表達這種以前沒有的感覺，自然就要用另外的辦法來試試看，新技巧就這樣出來了。有時一張畫弄半天弄壞了，一氣之下，把水一潑，把墨一抹，準備扔了。等它乾了以後一看，有一兩個地方感覺好得很，於是立刻作番研究，看看它為什麼會造成這種效果。後來再試試看，新技巧出來了。新的技巧不一定常常會發現，有時往往從壞的、失敗的作品中得到收穫，所以你要留心。

「像我們走路，常碰到一些小花，以為沒什麼好看，就走過去了。如果留意一下，也許會發現一朵沒見過的花，很奇妙。我的經驗就是一方面要用心，一方面要做得多，不管成功失敗。從失敗中得到教訓，發現另外一個天地，不也是成功嗎？我最近兩三年的畫，像這次在歷史博物館展覽的，有些技巧是以前沒做過的，甚至是前人也沒有的。但這些技巧都是很自然來的，因為畫多了，常常留心，就會吸收累積。有些人不用心，今天發現個好效果，畫這兩張畫，改天就忘了。我自己比較好的是，我有記錄。

「有時發現某種紙或墨，某種顏色或用水，會產生某種效果，我會記下來，記在每張畫的記錄本上。另外一個記錄是照片，我任何一張畫都有照片。我常常看自己以前的東西，像回頭看以前走過的路，哪一段走得好，哪一段走得不好。因為長期有這樣的記錄，自己常回去批評檢討，所以我很多技巧發現後不會忘掉，以後再用，就會用得更好，更豐富了。」

何懷碩不管是演講、發表文章、還是開畫展，一向都受國內人士的注意。最近，他在國際畫壇也漸露頭角。第一個對現代中國畫下苦功的畫商莫士撝，在香港、紐約、倫敦等地，為何氏舉行了幾個極具震撼的畫展。

莫士撝是個四十出頭的英國人，對中國畫有濃厚興趣，讀遍了有關中國畫的英文著作。他在研讀之際，學會了欣賞藝術上的登峰造極之作「文人畫」（又叫「內行人的畫」），中國古代那些有藝術修養的文人作的畫）。文人畫因人而異，各有風貌，要想深入了解和欣賞，必得先懂一點中國的筆墨，自己最好也能畫幾畫。莫氏於是拜懷碩為師，拿起毛筆學中國畫。如今，他不但臨摹古畫頗有可觀，自己的創作也頗具水準。懷碩覺得這個洋弟子不失為可造之材。虧了莫氏替他開的畫展和出的作品目錄，懷碩的國際聲譽於焉奠定。也虧了莫氏的全球經銷，懷碩的畫行情看漲，大有供不應求之勢。

何懷碩在母校國立師範大學和新成立的國立藝術學院任教。這些年來，他自創了一套獨特而逼人的風格，日益影響其他的老少畫家。很多人覺得他的理論和批評多半不留情面，甚至微有敵意。不過，看他的中國藝術承傳，他所受的現代西方繪畫訓練和他的博覽群書四處遊歷，他的藝術哲學還是相當保守而固執的，這多少代表了他這個時代的矛盾。他念茲在茲的，是「革除傳統國畫的弊病」，保留傳統的精華而揚棄他認為沒有意義和反創造的部分。他在尖銳抨擊現代畫壇時，每每苛責幾點：

——以古人為摹本，輾轉複製，全無思想感情。

——結構鬆散，畫中的東西（像樹木、石頭、人物……）隨便增減也無損於全畫的面目。

——人物或山水的周圍濫留空白。

——主題非甜媚綺麗即討巧迎人。

——缺乏詩意。

——筆墨低劣。

懷碩自己喜歡畫結構嚴飭、質感纖密、設色深沉的山水，其中每一吋都事先設計好，務期以最經濟的手法求得構圖或感觸的最佳效果。他的畫是他所謂「苦澀的美感」的樣本。懷碩相信，最高貴的藝術是從痛苦和苦澀中產生的，所以他的畫從來避免濃豔媚人的色彩和造形，多的是沉鬱憂傷，有時叫人看了好不難受。他的畫正如他的立意，絕不枯索無味，也絕不輕浮流麗，卻叫人每看一次，都在腦海中留下愈來愈深的印象。

從懷碩的言談舉止，可以清楚地感覺到，他熱愛中國文化遺產，決心獻身文化復興，而且相信他的畫路是拯救現代中國畫的途徑之一。但是，他和很多二十世紀末期的中國畫家一樣，都不免有認同上的無所適從之憾。他們一方面都受中西兩種文化的薰陶，一方面又在意識上傾向沙文主義的理想。懷碩認為自己的所做所為和藝術方向都是中國的，而他的理論和畫作，卻正好跟六百年來文人畫傳統的理想背道而馳。

我們無意貶低懷碩的繪畫水準或他現有成就的重要，但是，釐清他在二十世紀中國畫壇中的地位和角色，是很重要的。懷碩是繼林風眠和傅抱石之後，第二代「改革派」的前鋒；林傅二人開拓了二十世紀中國畫的新貌，懷碩則加以整理奠基。林傅二人留下的風格，在懷碩的作品中紮下渾厚的根基，卓然而成現代中國畫壇的一大流派。可是，我們得注意，林傅二人的遺風是新的，是從日本和西方進口的，並不全是從中國傳統來的。

從畫前的構思，到每一吋畫面的精心設計，到賦予全貌深沉的感情，懷碩不知不覺地發揮了

「日本畫」（NIHONGA）的特性。他的偶像和精神導師傅抱石（一九〇四－一九六五），是現代中國畫壇的前鋒之一，曾從日本引進了很多東西，造成畫壇的劇變。傅氏在日本學西洋畫時，日本一百多年的西化反應深深影響了他。他在日本畫裡發現了中國消失了幾百年的技巧和表達成分，立刻帶了回來。以言技巧，那些設計經營、匠心獨運、肆意渲染，都是宋朝院體畫的特點，十分強調完美，不免犧牲了文人畫的特色——那種自由的揮灑，正是文人追尋的直率而空靈的寫照。以言表達成分，那些詩意、傷感，那些纖巧、細緻，都是南宋畫風的特點。

古今中國畫和日本畫的主要對比，在於國畫主張自然之道與超然之理，重視大我而忽視小我（相反的，筆墨就很強調個性，利於辨認）；日本畫則刻意強調個性，以特定的構圖表達特定的情緒。中國畫家在作畫時，也會先打個大略的草稿，但總給畫面留下很大的彈性——石頭或樹木可以隨意加減而不影響整個畫面的平衡。日本畫的畫面緊湊，毫無移動的餘地，一點小變動都會影響整幅畫的效果。國畫的畫幅多半是直的；日本畫則從最親切的手卷到屏風和滑門上的畫，都是橫的，可以具體表現時空的推移，像四季和生命的消長，像連環故事畫等。國畫立軸裡的時間，就比手卷抽象得多，似有若無，四季或朝夕都只隱喻而不白描，意會而不言傳。所以西洋人總認為中國畫比較冷漠，比較沒有個性，比較玄奧；日本畫就比較溫馨，比較富有感情，比較可親。

懷碩的畫多半是橫的構圖，畫中主題總是人文的，帶有強烈的個性，著重人生的悲愴，隱含詩意，感情洋溢，畫面緊湊——移動任何東西都會破壞布局的平衡。這個年輕而熱情的畫家，不自覺地呈現了這些日本畫的特性，卻口口聲聲說他在改良國畫！懷碩從來沒在日本住過，甚至可能因為抗日戰爭而對日本心存餘恨，但畫出這種特色也不足為奇，因為他很欣賞二十世紀的日本畫，還收藏了一套日本畫大師的畫冊。說起來，懷碩的貢獻倒不在「革除國畫的弊病」，而是他介紹並提倡了一種新的繪畫態度及方向。

中國文人畫著重脫俗，主張自發，尤重興之所至，信手拈來的態度，懷碩的作品和這些基本原則是相悖的。古代文人在紙上揮毫之際，必是把自己完全融入筆墨之中，不是絕不費功夫地皴滿事先設計好的畫面（好比油畫用油彩塗滿畫面那樣）；他們隨心所欲地揮灑自如，因為揮毫作畫的本身就是目的，就是藝術經驗的對象，並不是用來完成一幅設計好的作品的手段。

文人畫有個特色，畫面的空間極富彈性，常不惜浪費，留下很多空白，以備賞畫的人自行思索玩味，也讓朋友和收藏家在上面題跋。題跋成習，文人畫便有了集體創作和歷史文獻的特質。藝術作品一直在成長和變化，幾百年來代代加上的題跋，就是作品成長和變化的歷史。過去的人收藏文人畫，除了畫作本身足堪玩索，大家能在上面落款題跋用印，也是一大樂趣。這種集體創作的趣味，是明朝以來文人畫創作及收藏的中心所在，是很道地的中國農業社會的產物，和今天的工商業社會難免格格不入，所以深為懷碩所反對和排斥。懷碩的觀念和學問都是二十世紀的產物，受西方個人主義的影響，認為「我」是至上的，與古人筆意的承傳毫無關係，我的畫作一旦離開畫室，就必得保持那最後的、唯一的面目。懷碩用西洋藝術觀念否定了文人畫的集體創作趣味，也就拋棄了傳統文人畫的方向、技術和造境，再設法重新建立一種比較適合國際性的國畫。

何懷碩以前的畫，常有個自傳性的人物——夕陽殘照裡，一個乾巴巴的老頭，不堪生活重壓而彎腰駝背，或背對著觀眾走入森林，或愁眉苦臉地倚著老樹根和古牆。這樣的畫除了觀照大我的可能性，只剩了小我的哀怨，不像畫作，倒像插圖。有些評論家認為，這是許多畫家成長中必經的少年維特的階段。這兩年來，一些比較特定的文化偶像，逐漸代替了那些半自述性的人物，像神秘的莊子和隱遁的陶淵明。他們都是反對現狀、崇尚自由、不受任何約束的個人主義的代表，他們的出世精神，一向是中國藝術追求的最高境界。而懷碩本人卻是個積極的入世者，非常關心現實社會及中國文化的前途。從復興中華文化到設立博物館、文化中心、藝術學院的大小會議，他都應邀出席，發表意見，甚受當局的重視；公私的藝品收藏群中，他也有相當的影響力。懷碩的雙重表現，正如中國傳統的藝術家一脈相承的，志在宮室廟堂，私心所願，又嚮往無拘無束、自由自在地發揮藝才。

一九八四年，懷碩畫了幅很長的手卷，意義非比尋常，因為手卷早就淘汰了。手卷是種很親切的形式，傳統上是藝術家和賞畫人（不是站得遠遠的觀眾）一對一溝通的媒介。賞畫人坐在寂靜的書房裡，拿出手卷，悠悠閒閒地欣賞。每次打開不過十八吋，有些地方「讀」得快，有些地方「讀」得慢，有時還可以倒回去看已經捲起的部分。因為每個人的速度和興趣各有不同，手卷只宜獨觀而不能共賞。莫士撝有次給幾位畫家出了個難題：「手卷在現代畫壇還有地位嗎？」香港中文大學的劉國松教授，就畫了幅三十呎的「驚濤拍岸、捲起千堆雪」的山水長卷來答覆他。何懷碩也畫了幅結構嚴密的四季山水長卷來答覆他，懷碩的畫中布滿飽經風霜的岩石和枝椏交錯的大榕樹，他故意把樹都連在一起，這棵樹的樹枝很清楚地接到那棵樹的樹幹，如此一來，結構上和視覺上，便是個連成一體的樹叢。

懷碩畫的樹和石頭最足以表達他的意思。他用複雜的結構、濃厚的質感，把樹和石頭擠滿整個畫面，中間點綴一些房子、人物、鳥、船來作對比。那些水強烈地往下衝，那些岸石整面地往上推，造成的效果常給人留下窒息之感和不祥之兆——那種無所不在的、深入人心的孤寂和無奈。懷碩的畫裡總有個惶惑的表情，悲涼而堅忍地壓抑著「孟克式呼喊」，盡管他用精心設計的畫面極力遮掩，這個表情依然若隱若現。

何懷碩畫二十世紀的手卷，都不知是有意還是無意地，失了手卷的本意——那是個私人的、標著時代的、只給一個人在近距離欣賞的藝術品。像畫立軸一般，用粗筆技巧來畫，顯然把作品想成遠觀的壁畫了，從這點也可以看出，現代中國畫壇價值的改變。那種私人的一對一的文人畫，風流不再，今天的職業畫家靠賣畫過日子，不能，也不該和傳統的文人畫混為一談，誠然，今天中國所有的重要畫家都受過高深教育，即使未受西方藝術的影響，大多數的人也都深受西方思想的影響。他們可以自由探索和學習中國繪畫遺產的精華，但也永不可能加入傳統文人畫這個悠閒階級的藝術活動，因為那樣的時代早已一去不返了。

回到懷碩所畫的手卷。畫中那種活潑的筆觸頗有抽象畫的性質，但懷碩可不承認他的畫中有任何抽象畫的傾向。他覺得抽象畫「缺乏人性」，也始終認為抽象畫家的作品總有點比不上具象主義的藝術家。他在那幅四季山水長卷後面，很得意地題了自跋：

「長卷之作要在氣勢推移，血脈連貫。四季山水秀潤蒼拙，難於統調。須既分且合，大不同於獨幅。惟慘澹經營耳。又跋：予客紐約曾於一紙作四季山水。納須彌於芥子，觀四時於一瞬，唯中國畫能之。」

懷碩畫這幅手卷，光是設計全畫的面貌，就花了整整一年。正式動手的一個多月，每天筆不停揮，反覆修改，常常到半夜三、四點。他一共用了八張四呎的畫紙和八張小條幅，畫幅幾乎長達三十六呎，整幅畫像油畫那樣層次繁複、沉重憂鬱，一點不像傳統文人畫那般輕鬆自然、平淡天真。畫完之後，他像以往那樣，滿心歡喜地玩味一番，然後又花了好多功夫設計題跋的內容和字數。懷碩很懂得題跋的重要，他說：「誰知道呢！說不定百年後人家看了這幅畫的題跋，才會了解我對手卷的觀點。」

何懷碩就像從前所有的中國畫家一樣，不爭一時的名成利就，而爭千古的青史留名。他熱愛中國文化，自以為很中國，所走的路卻離傳統價值愈來愈遠，不過，不管怎麼說，以懷碩現有的成就，已足可在二十世紀後期的中國畫壇，佔上重要的一席之地了。

（嚴以恕、任秀姍合譯，一九八六年二月號《藝術家》）

談「金石味」

清代以前，沒有「金石味」「金石氣」的概念。「金石味」也應該是中國繪畫美學獨特的一章，大概從趙之謙、吳昌碩以後，才有後人所謂「金石畫派」的說法。那麼，到底什麼才是「金石味」呢？

王國維曰：「書契之用，自刻畫始。」刻畫之材料，有竹木、甲骨、金石三者。竹木易朽，甲骨只用於占卜，唯金石最重要、最耐久。故研究古代之文字、歷史、文學、器物、美術乃至生活、風俗等，金石為極可靠之證物。研究此學，是為「金石學」。

《拾遺記》以黃帝時為「銘金」之始，《管子》有「刻石記曆」，《墨子》有「鏤於金石」，秦《琅邪台刻石》有「刻於金石，以為表經」等語。金石學濫觴於漢，歷代皆有承繼，宋朝最盛，元明兩朝器物發現者少，難以為繼。清代金石器物出土極多，遁於樸學之士，乃群起研究，著述之富，為前古所未有。

而「金石味」雖來自「金石」，卻非理性的「學」，而是感性的「味」，屬於康德所謂「趣味判斷」（judgment of taste）。

「金石味」是中國視覺美術獨特的美感發現。許多人知道以篆隸筆法寫真、行、草書（如鄧石如、伊秉綬），以六朝碑志入書入畫（如趙之謙），以篆隸、碑碣、石刻入書（如吳讓之），以及「以石鼓文與篆刻的筆法入畫，並參以漢武梁祠石刻、南北朝造像等，因此筆法無往不留，無垂不縮，呈現著濃厚的金石氣味」（王個簃，《吳昌碩先生傳略》）。但未見對金石味的特質有深入的探討。一九七八年我寫〈拙美淺釋〉，其中有這樣一段：

中國書畫中所謂「金石味」，講的就是古拙之趣。「拙」是對人生宇宙極幽邃的透闢力與藝術技巧極深沉的修養的結晶。鐘鼎彝器、碑碣瓦甓等古文物的斑駁陸離，實在是歷史之美、時間之美的大發現；啟迪了中國藝術心靈對樸茂、殘闕、遒勁、渾厚、古拙、沉雄、蒼老等美的趣味之勃興與嗜癖，使「拙」的美在中國藝術美中占據了一個獨特的地位。

清末篆刻名家黃牧甫的學生說趙之謙與黃牧甫的不同是「悲庵之學在貞石，黟山之學在吉金；悲庵之功在秦漢以下，黟山之功在三代以上」。其實所謂「金石的趣味」，就是「老」與「拙」。明清美術在元趙子昂的復古趨勢之外，美學上的一大收穫應該說是對「拙」美的發展與再創造。三代秦漢之美經過三四千年的淘洗琢磨所發現的古拙趣味，成為中國近代美術品鑒、追模的風尚；若無中國歷史悠久而穩定持續的特性，恐怕是不可思議。

吾師王壯為先生在一九五九年於《大華晚報》曾有〈金石氣說〉一文，言簡意賅，道出了「金石氣」的發生及其精神特質：

今日所可見最古之墨迹，為甲骨上朱墨原書未刻者，為長沙出土之帛書，為長沙出土之戰國楚簡，為西北發現之兩漢竹木簡。凡此諸迹，論時代且古於若干金石刻辭；論筆意筆勢，雖皆古而不今，然與習見秦漢六朝金石拓本中之氣息，又復大異其趣。其中較多圓渾，較少方峻；較多自然，較少造作。因念古賢自已古矣，當其援筆為書時，自然有古氣流露，然未必蓄意以為金石氣，有類懸鵠而擬之者也。是則所謂金石氣者，實出自吉金樂石，出自鐘鼎盤盂，出自碑碣摩崖，出自紙墨槌榻。易言之：非直接出於書者之手，實間接出於器物者也。……今日之趣，實千年磨蝕致之也。人始為之，天復渤之，人又從而學之，天人之際，出入其實難分矣。

「人始為之，天復渤之」正道出「金石氣」之來源，「天人之際，其實難分」正道出「金石氣」之精神特質，乃是人為與天工難解難分。此與我所謂「實在是歷史之美、時間之美的大發現」未嘗不有相通相應之處。但是他又認為「因此知金石氣者，亦即失真之謂也。曩與羅志希先生論書，為述此意，公笑曰：可謂強為之辭矣。羅公蓋未深解之耳」。我不知羅公是不同意「金石氣」乃「失真」之結果所產生？或不同意因來自「失真」故以「金石氣」不如墨迹值得學習？

但我因此而悟出壯為先生之書法因何帖韻多碑味少，追求的是「剝去其刀鐫槌榻之外痕，而得其遺墨運毫之真致」。壯為先生似乎暗示「金石氣」只是「失真」，畢竟不是書法正道。他的書法光圓雅淨，與「金石味」失之交臂。而金石美感，在刀鐫、天泐與乎槌榻之下發現金石趣味，再加以融會創發，而有書畫金石派之新路，乃可謂清代諸大書畫家石破天驚之新創發也。

近代揚碑抑帖，許多大書家在趙孟頫、董其昌那條羊腸古道之外，另外「託古改制」，從「吉金樂石」中尋求靈感，「發現」金石趣味，而別開近代書道的生面。這裡面有鄭簠、金冬心、鄧石如、伊秉綬、趙之謙、何紹基、陳曼生、吳讓之、康有為、吳昌碩等大家，有強烈的個人風格，不讓古人。

（一九八六年十月）

後記：本文取自《大師的心靈》中一段（頁七五），因為「金石氣」是中國書畫特有之美感，宜獨立成一小文。

藝術

——詩性的智慧

傳統派與西化派的多年對立，
使我們的藝術始終無法健全合理的發展。
本文作者認為藝術不是孤立的，
而是與民族文化在具體的時空處境中密切相關的；
同時也提出在社會邁向現代化的關鍵時刻，
中國文化如何現代化，才能避免文化的畸型與偏枯。

藝術在我們社會與文化中所扮演的角色身分，常有錯亂。這種角色身分的錯亂，造成了我們藝術發展的偏差。許多人抱怨政府與民間對藝術不夠重視，抱怨藝術發展所必需的物質支持與精神鼓勵，不足以讓藝術茁壯成長；另一方面，儘管因為有了文化建設的政策，為了回應藝術界的呼求，而有了許多美術館、文化中心及表演藝術所需的豪華劇院與音樂廳，乃至有了主管策動文化藝術發展的專職機構與多個文藝獎基金會，但是，由於對藝術在文化中角色身分認知上的含糊、偏頗或錯謬，這一切物質與精神的支援與鼓勵，並不能使我們的藝術健康、合理的發展。

藝術家自認藝術是「美」的創造，但是不懂得這「美」不是孤立的、不變的，而是與民族文化在具體的時空處境中密切相關的。而藝術的「美」是美學的（aesthetic），並不是一般的「漂亮」。藝術家以外的人，包括達官巨賈，學者專家乃至社會大眾，大多數也不能深切、正確地瞭解藝術的真義，不能洞悉藝術的本來面目，總認為藝術是裝飾或玩物，並無多麼嚴重的意義，能承認藝術有陶冶性情、增加生活情趣之用者，已經難能可貴，勉強算是藝術的「知音」了。

自外於中國文化現代化的目標

藝術既被認為只是生活中的「花瓶」，自然難以得到重視，藝術的發展也必然畸型。藝術家自外於中國文化現代化目標的追尋，便不能達成時代的使命，也很難創造屬於我們的文化領域中真正的成就。藝術在文化與社會中角色身分的錯亂，表面上雖然也呈現了中西新舊雜陳的面貌，但並不是多元價值的成果。

不明白藝術在社會、文化中的角色身分，便不能認識到藝術現代化的意義與必要，便只能在追摹前人或描繪自然美中自我陶醉；不瞭解中國文化的現代化，又不簡單地以西方現代主義移植過來為捷徑，結果便只能望西風而景從，盲目附驥。因此，傳統的依賴與西潮的追逐，是大部分當代中國畫家所逃不脫的兩條前景黯淡的舊路。因為藝術家自外於中國文化現代化的目標，這些藝術家的藝術便不能不孤立於中國文化現代化之外。傳統派與西化派的對立，顯示了藝術創作與文化思想完全隔閡，也表現出藝術界重術輕學的孤陋狹隘。

結合傳統與西化

我們的社會、學界，經過自鴉片戰爭以來一百多年的艱苦摸索，到今天在中國文化現代化的題旨上已經有了明確的方向，獲得普遍的共識。那就是中國現代化必須在傳統的基礎上發展，結合、融化近代西方文化。也即是既不能將傳統連根拔起，代以外來文化的某種「現代模式」；也不能毫無批判地繼承傳統，而要傳統在現代創造性地發揮其可能有的價值。很明顯地，中國文化現代化是整體相關，而且各文化類項是互相影響、互相勾連。不論是政治、經濟、宗教、藝術……，中國的現代化不能忽視中國傳統文化的特色，而中國傳統文化在現代化中亦必在各種不同的項目，各種不同程度上發揮獨特的功能與價值。

換言之，沒有一個標準化的世界性的現代化模式，也沒有一個沒有傳統的現代化。例如社會學家與人類學家對儒家文化在現代企業經濟中發揮了什麼作用等問題的探討，便顯示了民族文化在現代化的各文化層面或類項，不論在今日或明日，都將表現其獨特的性格。政、經尚且如此，藝術當然尤有進之。不但現代化的結果必然呈現民族的、傳統文化的特色，社會學家甚且覺悟到研究方法也沒有世界性的標準，而提出「社會及行為科學研究的中國化」的響亮口號（見楊國樞、文崇一等合著《社會及行為科學研究的中國化》）。這是我們國內現代化問題了不起的進步，了不起的成就。只有在建立現代中國文化思想，而且成為一切文化人的共識之後，中國文化的現代化才能夠更順利、更快速地進展。

功利與實用的工具

回頭看我們畫壇，卻全無這份共識。歷史博物館的國家畫廊多半是國粹派與傳統派的據點；台北市立美術館則幾乎是西方現代主義台北支店產品的地攤，我們便可知中國美術的現代化比張之洞「西學為用，中學為體」的時代還處於更古遠的階段。也當明白沒有文化思想的共識，藝術的中西新舊雜陳，並不是多元價值的道理了。

中國社會一般人心目中，藝術的角色身分非常實用，是姬妾、倡優、玩具與禮品，有時也充當教師與精神美容師。在中國功利主義的心態裡，藝術是人生「正事」以外的「餘興」（正如孔子說「行有餘力則以學文」）。中國文化、科學難以發達，道德則一枝獨秀，而藝術也常常是因為能「寓教化，助人倫」（唐，張彥遠）才得到泛道德主義的傳統文化的青睞。而道德特重倫理，倫理則協助政治。「修身、齊家、治國、平天下」說明了在中國，道德與政治連在一起，有時且充當政治的工具。所以中國文化更正確的說應該是泛政治主義的文化。當然，藝術更是工具。只有在政治理想（抱負或者野心）受挫折的時候，藝術才成為一時的人生寄託，成為「目的」，因而有了曹操的「對酒當歌，人生幾何」；有了陶淵明的「歸去來兮」；有了李白、杜甫、辛棄疾等人的偉大詩篇。

近代以來，政治以經濟為支柱，在中國泛政治主義之外，更加上泛經濟主義，成為主宰文化的雙雄。我們社會文化的偏枯與畸型的發展，到今日感到問題重重，實在是「源遠流長」。文化中某些類項不能獨立發展，不受重視，而且常受到政治與經濟的壓抑、排斥與限制，我們的學術、藝術都不大能獨立自主、蓬勃發展，固然是學術與藝術的損失，更重要的是，我們的學術與藝術不能回過頭來成為社會文化的奧援與源頭活水，是更大的損失，所以也才出現文化偏枯與畸型的種種病態。

現實主義氣氛濃

我們社會對藝術的瞭解太片面、太輕率，甚至如吳大猷先生對我們的學術所批評的——「太膚淺」。政治人物、學者專家、大學教授如此，一般大眾更是如此。我們的人才，儘管不無卓越之士，但普遍的是現實、功利而狹隘。這雖然常常被歸咎於教育，但是社會上下追求政治權力與經濟技術濃厚的現實主義氣氛，窒息了追求人文價值理想的意志，斷非教育獨立能挽狂瀾於既倒。

認識宇宙人生的途徑

對藝術的輕視、忽視、誤解與無知，是其中原因之一。

藝術，在藝術家手中創作出來的是「藝術品」，對不創作的任何人，也絕不是不相干的「身外之物」。藝術是一種對宇宙人生的觀點，與科學實證的研究同為認識宇宙人生的途徑。由培根、維柯（G. Vico,1668-1744）到十九世紀的赫爾德（J. G. Herder）、康德、歌德、黑格爾，確立了既重感性經驗、也重理性批判的認識論。本世紀初最重要的美學家克羅齊（B. Croce）的「美學」，開頭就說：「認識有兩種：形象認識（conoscenza intuitiva），和邏輯認識；得自想像的認識和得自理智的認識。」藝術就是感性經驗、形象認識、直覺力、想像認識的產物。不創作藝術品的人，對藝術不能以門外漢自居，因為藝術是認識宇宙人生的一條途徑。維柯稱為「詩性智慧」，現在也有稱為「形象思維」者。

文化發展的源頭活水

所以，我們可以明白，藝術不單是藝術作品，它更是人類必須具備的一種思維的方法。這種方法，培養了我們的態度、情操和氣象，有助於我們建立較完美、健全的世界觀和人生觀。感性經驗、品味力、價值判斷、同情與悲憫，是理想的人格所不可缺少的內容。我們輕忽藝術、誤解或歪曲藝術，人格成長所需要的這些要素付諸闕如，我們民族整體人格於是偏枯。即使經濟繁榮，但我們的「人」的品質殘缺不全，我們便不可能有健全的文化，也難有長遠樂觀的未來。

如果我們能夠把藝術與整體文化的發展結合起來思考；如果我們能從長遠的眼光，認識到藝術與其他人文學術是民族文化（包括政治與經濟）未來發展的源頭活水，是民族文化繁盛或衰落的關鍵，我們才能領悟到藝術深遠的真義。

（一九八七年四月）

夕陽西風竟何之？

——四十年來中國美術演變的台灣經驗與檢討

楔子

《美術》雜誌第一次與台北《藝術家》雜誌交換編輯一九八九年一月號部分內容，主要以兩岸美術演變昨日的經驗與今日的狀況作雙向的交流。《藝術家》雜誌社希望我就中國繪畫在台灣的演變發展為大陸《美術》雜誌的讀者與美術界同道寫這篇文字。我覺得兩岸門戶半開以來，透過探親、旅遊以及各種零散的、半直接半間接的文化接觸（也包括了許多「散兵游勇」式的美術交流活動），無疑的，兩岸長久隔閡的堅冰漸漸解凍，彼此的瞭解得到一些促進。因而，期望進一步對於美術界的真相有更深入、更有系統的瞭解的意願益為增高。《美術》與《藝術家》共同策劃的這一個「交流」，其功能與意義非比尋常。實在說，過去一年多以來兩岸畫家作品良莠不齊的「交流」，固然增加瞭解，有時也產生誤解。加上其間所夾雜種種政治性與商業性的不純正動機，以及某些不擇手段的宣傳吹噓的行徑，造成交流途上有了霧陣，不免令人卻步。《美術》

與《藝術家》這種從歷史經驗的敘述與檢討，從觀念的認知上的雙向交流，更能撥開現象的迷霧，從內在本質去互相認識四十年來兩岸的美術界的真相。

但是這是一個包容廣袤的大題目，本文只能概括地做一番鳥瞰式的報導，並以我二十多年來所堅持的基本理念對於畫壇的演變有所檢討。我認為藝術不管如何變革，藝術的時代性、民族性（包括地域的特色）與個人創造是三個不可缺少的元素。在藝術演變中，這三個基本元素時常難以維持均衡的狀態，這正是藝術批評者所應該確切把握的批評基準。在這篇文字中，有許多值得中國繪畫界重視的問題，並不限於台灣，乃是中國畫界共同存在的問題。換言之，中國美術演變的台灣經驗固然有台灣特殊的一面，也不無涵蓋整體中國美術的普遍性。或許，也正因如此，兩岸的交流可以透過差異認同，互相借鑒，互相激勵，來謀求整體中國藝術未來光明的前途。

這也正是兩岸藝術交流最高的目標。

一、社會變遷中的台灣美術

自從一九四九年國家分裂，隔海對峙以來，台灣成為孤懸於海上的「中國社會」。許多人員與許多重要文物（如故宮博物院的「國寶」等）倉促渡海東來，文化藝術界一部分人士也來到台灣。從此，中國東南這個島嶼，扮演了現代中國歷史上極為重要的角色，其社會成員是大陸各省象徵性的集合；在文化藝術上，是中原文化最大規模而快速的一次移植。當然，另一方面，我們不能忘記這個海島原來早已有它自己的社會與文化性格，也不能忽略了長期以來，海島社會所承受的外來文化交流衝擊的巨大影響。所以，四十年來台灣社會政經文化等方面的發展變遷，是集合許多複雜因素的結果。

這些複雜的因素，彼此間有隔膜，有衝突，有影響，有濡化，有共存，也有融合。總的來說，台灣社會的文化，一方面要堅持文化中國的歷史精神與文化特質；一方面要在現代求發展，以求在現代世界爭取生存、壯大的機會。同時，也不無保持地方文化獨特性的強烈要求。這些主觀與客觀的因素，構成了四十年來台灣社會文化的獨特性格。所謂主觀因素，主要是堅持文化中國正統的歷史精神與文化特質，而客觀因素，則包括：社會成員百分之九十為本省同胞與本地的山川文物，文化風尚乃至歷史背景，都有其獨特性。雖然從歷史上言，台灣同胞與台灣文化都來自中國大陸，台灣與大陸只有「夷夏」之分，並非民族與血統的分別，但台灣經過荷蘭與日本長期殖民統治，以及其特殊地理位置等等歷史上、地理上的客觀因素，造成了文化藝術上特殊性格與習尚，殆無可否認。

台灣社會文化四十年中的變遷既然受到上述主客觀因素的影響，而有它獨特的性格，那麼，台灣的「現代中國美術」，不論內涵與風格，必然與此獨特性格有重大關聯。所以，現代中國美術的發展，台灣經驗固有重要的歷史意義，並取得可貴的成就，但也不能沒有因時空條件之獨特性所造成的某些局限。

我曾在〈社會變遷與現代中國美術〉一文（見台北《中國論壇》雜誌社出版的《台灣地區社會變遷與文化發展》，一九八五年）中，將台灣美術發展的歷史回顧，分五個階段、五種狀況分別陳述。茲略述其大意：

（一）倒退復古與地域隔閡

新美術之倡導，蔡元培先生為觀念之開拓者，但美術界在「五四」運動中並無表現（林風眠先生在一九三六年的《藝術叢論》中說美術「到底被『五四』運動忘掉了」），一直要等十年之後，徐悲鴻、林風眠、劉海粟、呂鳳子等人留學回國，方揭開新藝術運動的序幕。從民國十幾年到一九四九年之前僅二十年上下的歲月中，中國畫壇正開啟了現代中國美術一個百花怒放的序幕。這時候畫壇上老中青傑出的畫家，已有了如齊白石、黃賓虹、徐悲鴻、林風眠、傅抱石、潘天壽、高劍父、高奇峰、關良、龐薰琹、蔣兆和、李可染……等等。現代中國美術正欣欣向榮的時候，中國卻因內戰而分裂。社會急遽的變遷，原來的發展方向受到政治的影響而改變。就台灣而言，因為上述富於革新精神的重要畫家沒有一人來到台灣，加上播遷台灣之後社會與文化上的挫折感，最容易產生保守甚至返退的心態，表現在畫壇上就是倒退復古的傾向。

另一方面，來台的中原畫家與原來台灣本地的美術界，不免有「中原」與「邊陲」之異，遂有地域的隔閡。

（二）激進西化

一九五七年，第一個受西潮激發的「前衛」繪畫團體「東方畫會」出現，與接踵而起的「五月畫會」，掀起了「現代畫」的藝術革命熱潮。雖然成員背景各異；但都是西方「現代主義」的中國支流。他們便是激進西化的兩股主力。

（三）兩極對峙

第一階段的倒退復古與第二階段的激進西化，到此平分畫壇秋色，兩極對峙，已壁壘分明。直到目前，大體而言，復古與西化，傳統與現代，或者說西畫與國畫的並存或對立，還是台灣美術界普遍存在的現象。

（四）鄉土意識的抬頭

文藝界鄉土意識的抬頭有極複雜的原因。概括而言，有藝術界本土新生代要求新陳代謝的內在原因，也有源自國內外政治與社會變遷中因挫折、屈辱而思抗逆的外在原因。美術的鄉土運動是受到鄉土文學的感召而起的。要深入瞭解鄉土文學運動的興起，可參看尉天驄主編的《鄉土文學討論集》（夏潮雜誌社出版，一九七八年。該書收入一九七六年到一九七八年鄉土文學論戰的許多文章）。在我的《藝術．文學．人生》一書（大地出版社，一九七九年）中也收入我當時評論該「論戰」的兩篇文字，在此無法細說。

（五）商業化與國際性的盲目追求

隨著台灣經濟的繁榮與商品市場的向外開拓，藝術商業化的傾向越來越明顯。

另一方面，激進西化的潮流，吸引了不能從過分泥古的中國畫得到滿足的年輕一代，因而將西方現代主義當作藝術的「國際性」模式，尤其以美國為仰慕與追隨的目標，盲目追求。除了水墨畫以及比較傳統的西洋畫之外，中青年的畫家競相以西方的現代為「前衛」。因為資訊的發達，出國留學或旅遊、參觀的便利，差不多西方所有現代主義的形形式式畫派在台灣都有追摹附驥者。他們既以為最前衛的西方現代藝術乃是「國際性」的藝術，便鄙棄民族性與地域性的藝術，以為經由橫的移植，便可成中國的「現代畫」。

中國水墨畫與比較傳統的西洋畫受到商業畫廊的青睞與鼓勵，因為較能銷售，不免有逐漸商業化的傾向，而商業化的結果是量的增加，求得的是「利」；西化的現代主義沒有多少商業利益；多半為青年學生與反對商品化的時髦畫家所鍾情，他們求得的是「名」。當然，在這兩者之外，也有既以民族文化傳統的承續發展為使命，也以中國藝術的現代化為抱負的畫家。不過，相對「商業化」與「國際性」的潮流而言，究為鳳毛麟角。

二、「國畫」與「西畫」割裂的中國畫壇

「中國畫」這個名稱，在歷代有關畫論、畫法等文字中不曾出現。大概到了歐西繪畫作品傳入中土，漸漸引起注意，並以「西畫」稱之，才有與之對舉之「中國畫」（或簡稱「國畫」），之名稱出現。但是，在歷史的演變中，「國畫」所指謂的意義，甚為模糊，無意之間，造成中國繪畫發展演進重大之障礙，是意料之外的事，似乎未見有人對這一問題予以深究。

「國畫」若係「中國繪畫」之略稱，則初無特指任何固定畫種之意義，乃泛指發生、發展於我國之繪畫。那麼，我國之繪畫，歷史悠久，各階段、各朝代有不同表現；在歷史中又有各家各派，畫家所屬不同階層與不同地域又各有不同的審美傾向，而有各不相同的風格（如院畫、文人畫與民間繪畫、壁畫等等）；在繪畫材質工具上，不論石刻、壁畫、帛畫、紙絹之作也各不相同。我們很難說中國繪畫在歷史上一共出現過多少種類的繪畫形式。所以，「中國繪畫」本當作為所有我國繪畫之泛稱，不應特別指某一類為「國畫」。但是，因為元朝以降，文人畫以水墨為上，而且幾成畫壇「正宗」。所以與「西畫」對舉的「中國畫」，不自覺間便是文人水墨畫的代名詞。

這種不知不覺的「錯誤」，造成了兩種嚴重後果：第一，「中國繪畫」的狹隘化，即無形中摒除了其它中國繪畫種類與形式於「國畫」範圍之外；第二，後來由域外引進之畫種，也無法為「中國繪畫」這一概念所包容。比如西方最重要的畫種——油畫——雖自明朝利瑪竇等西方傳教士帶入中土，民國以來，且已成美術學校教學之一科，但始終只能以「西畫」或「油畫」之名稱，孤立於「中國繪畫」之外。也即是說，「中國繪畫」自演變成「國畫」，而且成為水墨畫之代名詞以後，外來畫種的「中國化」已甚困難。此與中國文化史上將外來雕刻中國化，將佛教中國化，將外來音樂與樂器融合吸收成為中國音樂的包容吸納，以壯大中國文化的胸襟，實不能相提並論。

這個問題，雖然四十年來海峽兩岸政經制度大不相同，社會文化也各自發展，但是把文人水墨畫視為「正宗」，稱之為「中國畫」或「國畫」卻「有志一同」。這大概到底同為中國人，對藝術史認識的偏頗，對中西美術的主流，對中國美術現代化所面對的如何融合外來文化，如何拓展中國美術的領域等問題，在觀念上沒有深入研究，缺乏高瞻遠矚有以致之。大陸美術學院向來分「中國畫系」與「油畫系」；各地有「國畫院」；若國畫院加入雕塑與油畫，便不再稱「國畫院」，而稱「美術院」。且不說在二十世紀當代由公家設立「畫院」到底是促進藝術發展還是促退，單就名稱之不合宜而言，較諸古代更認識不清。宋代畫院最盛，「畫院」就是「畫院」，豈有「大宋畫院」之名？比如說，北京或江蘇設畫院，為什麼要用「北京（或江蘇）中國畫院」的名稱呢（北京中國畫院到一九六五年因吸收油畫、版畫和雕塑工作者，才改為「北京畫院」）？從名稱上我們可推知，「中國畫」所指即為「水墨畫」（一九八二年北京人美出版的《北京畫院中國畫選集》即可證明）。所以，在中國美術界，「中國畫」並不就是「中國繪畫」。因為油畫、版畫等根本不算「中國畫」，一加入就需改名稱。而加入雕塑仍用「畫院」兩字，怎麼說得通？（湖北省就稱為「美術院」，這是對的）。老實說；中國美術界對中國繪畫現代化的思考太貧乏了，畫畫的人太技術本位了。觀念的含糊與錯誤，中國美術界至今還未能建立起屬於當代的美術思想。所以，不是因襲傳統，便是追隨西方，良有以也。

台灣的情形與大陸相仿。台灣美術系中分「國畫組」、「西畫組」等。只有在我參加草創工作的「國立藝術學院」美術系，我堅持用「水墨」、「油畫」來分類。台灣其它美術系還用「西畫」這一名稱，大陸用「油畫」的名稱，比起台灣用「西畫」的名稱，當然算是略微「高明」。

但「國畫」一詞，兩岸和同樣指「水墨」，就都不對。我們若不能把狹窄化的「國畫」這一名稱與觀念去除，若不能將油畫等外來畫種吸納到「中國繪畫」範疇中，我們的美術中西割裂對壘的局面，永難消除，我們也永難有整體的、多元化的、包容廣闊而地位平等的、真正百花齊放的「現代中國繪畫」！

似乎以上所言扯到題外。但是，這個很重要的問題，我必得在這個難得的機會對大陸讀者與大陸美術界同道提出來，希望大家好好思省，革新舊觀念與老習慣。

三、夕陽西風，我們往哪裡走？

就美術發展的台灣經驗而言，「復古」與「西化」還是畫壇存在著兩個表面「和平共存」，而內在「矛盾對立」的割裂之局。

我雖然反對將「水墨畫」（那是唐代王維最先標示的正確名稱）稱為「國畫」，也反對視這「國畫」為正統或正宗。但是，在中國繪畫界，數十年來以水墨為主要畫種（畫家和作品最多），則是事實。

台灣的水墨畫，因為民國初年以來那一群開拓現代中國水墨畫，第一流的畫家和教育家沒有一人來到台灣，所以台灣的水墨畫與現代中國畫的成就形成一個斷層。現代中國水墨畫前期的成果，台灣的學畫者無法繼承或借鑒。若干年前，黃賓虹、林風眠、傅抱石、李可染……等名字，連美術系學生尚感陌生。過去多年來資訊的隔絕，資料的缺乏，加上政治禁忌與美術教育者心懷的封閉與狹隘，台灣的水墨畫教學，不論是大專學校美術科系或私人設帳授徒，全以在台畫家為各門派「宗師」。許多人籠統地說，那是「學傳統」，其實，台灣水墨畫教育中所謂「學傳統」，極少指導學生面對唐宋以來的畫史上去學習，根本只是從門派師承中學習一家的技巧而已。具體的教學法就是臨摹老師的畫稿。這種荒謬的教學法數十年來已成台灣的「傳統」，延續到今天。這種情況，造成了台灣的水墨畫界門戶幫派色彩鮮明，學習者後來要花偌大力氣才能洗脫從一家一派那裡養成的先入為主的定型化技法（當然，也有人一生願做某家的「門人」），從頭開始，廣泛吸收，才能建立自己的面目。少數能嶄露頭角者，老實說，是全憑自學。

在題材方面，台灣水墨畫還是沿習傳統中以山水、花鳥、人物三分的老套。山水與花鳥因為有寫生一途，多少能表達某些時代與地域的特色。人物畫方面，是最弱的一環。除了「仕女、高士」的臨摹，只有少數嘗試人物寫生。但因西式素描的基本訓練與水墨寫生技法格格不入，所以台灣的人物畫始終無法脫離幼稚，走向成熟，人物畫的師資極其欠缺，能面對一個活人，作寫實的描繪的畫家太少了，更不用說有超越寫實的表現。

觀念的建立與嚴肅深入的美術批評更不容易在台灣社會開花結果。美術思想的探索與建設，需要廣泛的知識與對藝術深刻的瞭解。完全把藝術思想的探討交由學術界去負擔是不切實際的事，況且也沒有什麼報償來鼓勵這艱難的探索與研究。而美術工作者本身往往注重技巧訓練（也即上述技術本位），在知識、研究方法、思考與表達能力方面往往無法勝任。不大讀書的畫家可能還是最多。傳統水墨畫的現代化，缺乏觀念上的革新，思想上的現代化。因此，期望它不因襲傳統，不走形形式式復古之路，簡直無路可走。傳統水墨畫的觀念及其思想內涵，基本上是傳統農業社會產物。除了遠遁山林，清高絕俗，謳歌自然，表現士君子的氣節與道德格言，就是某些吉祥、富貴、祝壽、喜氣與自然美的描摹。思想觀念上不能超越這些範圍，在題材上也當然還是老套。這種一直被稱為「國畫」的傳統水墨畫，顯示了腐舊與僵化，很難為對藝術追求抱負熱情的年輕一代所嚮慕。不過，走傳統老路的水墨畫還是有最大的市場需求，尤其近年來中國熱方興未艾，所以水墨畫家在畫家人口中大概會長期占優勢。在這一方面，台灣與大陸情形相同。

台灣四十年來在各方面與美國有最密切的關係。在藝術上，因為大量美國資訊的輸入，以及與美國的文化交流，包括留學生大多以美國為留學國，加上參觀旅遊的方便，語言障礙也較少，所以，西方，尤其是美國的現代主義長期以來成為台灣年輕畫人景慕甚至膜拜的對象。不論是五十年代的抽象表現主義，六十年代的波普藝術和以後的最低限藝術、概念藝術偶發性表演藝術、身體藝術、地景藝術、超寫實主義、裝置藝術，新表現主義……等等，在台灣都有追隨者。差不多美國有什麼「出品」，不久之後，台灣便有「仿製」。學習別人，取人之長，本來並無不對，但是，沒有批判地盲目追隨，而且以為西方的現代主義便是「世界性」的模式，這正是缺乏自主性文化思想，對自己民族文化特質、歷史傳統與時代處境沒有認識，對自我創造缺乏信心的表現。

一方面是傳統水墨畫的夕陽西下，一方面是西方現代主義的西風狂掃，現代中國繪畫顯然在表面上一片萬花撩亂，實際上卻在此兩極對峙與割裂中，何去何從，徘徊不定。

中國傳統繪畫如何現代化？外來藝術如何中國化？這兩個問題，仍是台灣美術界無法逃避的問題。遺憾的是，認識到這兩個問題，或承認這兩個問題是現代中國美術發展的關鍵所在者，在今日畫壇，似乎還是極少數。

我對大陸畫壇有些瞭解，主要是透過《美術》及其它書報雜誌，但因為資訊殘缺不全，難免瞭解不全面，也不深入。不過，就我所知，似乎今日台灣美術界所存在的問題，有一些也一樣是大陸美術界的問題。自從大陸開放政策以來，大家看到大陸美術界有一窩蜂西化的現象，連水墨畫界也已經紛紛「變貌」；這種過分快速「轉變」的現象，令人不能不有些擔憂：最近在深圳某個「中國畫大賽」，評審者包括大陸知名藝術界前輩與香港藝評家；在北京也有海內外水墨大展，兩展獲獎作品都以「摩登」為尚。一位香港藝評家告訴我，大陸評審委員皆以「摩登」作品為佳作，似乎很怕別人說他保守，紛紛表示「前進」，所以真正佳作當然得不到獎。這使我想起一九八六年香港中文大學與《明報》合辦當代中國繪畫展覽和座談會，聽說大陸一位中老年畫家說要創新，西方現代藝術應多吸收，甚至去偷去搶也應該。這些都是令人擔憂的問題。

最近我在台北看到《河殤》錄影帶。我覺得不論大陸年輕一代對歷史與傳統文化的見解是否完全正確，他們對腐舊批判的敏銳與勇猛，令人感佩，也寄予期望，但是，拿什麼做自己出發的基礎？現代化絕不是拋下傳統、赤手空拳「走向海洋」而可得。更重要的是，我們大陸文化工作者（包括畫家）能不能有同樣的敏銳勇猛去批判西方的現代主義呢？如果丟下自己破舊的汗衫，披上別人的牛仔夾克，是否就是中國文化與藝術的出路呢？現在已有不少大陸畫家奔向歐美，居留下來。漸漸地，他們的藝術生命之泉乾涸了，不是完全成為西方現代主義的驥尾，便只能在夢中畫些僵化了的中國風景或花鳥，這實在是很無可奈何的。藝術文化若切斷了與傳統、土地和人民的韌帶，是否還能生存壯大？還能保持個人與民族的特色？這都是我們應該深深省思，不能迴避的問題。

商業的發達，社會的繁華，與外國交通的便利，確使台灣的美術呈現一片活躍。大陸畫家作品也幾乎已無日不在台北展出。這是不是理想的「交流」呢？美術品的市場的熱絡，並不意味著現代中國繪畫的茁壯。夕陽西風，傳統與西化的對壘，兩岸畫壇根本上還難逃這共同的困境。

如何面對傳統與西方，從觀念上認識中國藝術的特質，以及世界藝術的變遷；如何批判地整合，然後建立現代中國的美術思想。改造我們的美術教育，改變中國畫家的創作態度（比如相同的題材與定型化的技法，不斷重複自己，草率急就，千篇一律，這在水墨畫家已成了不可救藥的病），改革藝術環境，建立嚴正的批評（不是捧場文章）……，都是海峽兩岸共同的嚴肅課題。目前那些草率的、為統戰或出鋒頭的、應酬式的、沒有嚴格的學術意義的、急功近利的與不誠懇、不認真的交流畫展與座談會都難以期望對兩岸美術交流有實質的助益。如果我們滿足現狀，對中國美術的困境無所感無所憂，像《河殤》所說的，我們將無法在現代世界找到我們的立足點。中國畫與西方比起來，人家是巨製，我們只是速寫、漫畫與草稿；人家是創造，我們只是傳統夕陽的倒影與現代西風之下的偃草而已。

這不值得全體中國美術界人士深思嗎？

（一九八八年十一月於台北）

淺論居家設計

如何經營一個屬於自己的「家」？這是一個耐人尋味的問題。「家」，當然是每個人的「歸宿」處。所以是休息、消閒與個人化自由生活起居之所。但除此之外，有的家也包含工作（讀書、研究、藝術創作等）與特殊活動（比如運動與視聽欣賞等）的內容與功能。所以，「家」不應是一個概念式的，雷同的，毫無個人特色的生活空間。

如何經營一個「家」，首要問題不在如何「美化」，而先得了解自己的個性、興趣、需要，然後設定空間的佈局與功能，再就這些大原則去決定形式的設計。

形式的設計是審美趣味的問題。許多居家設計只顧及形式美，所以有許多刻板的範式。比如法國式、日本式、中國式、美國式、西班牙式等等。我們有時為了調劑單調，或為了享受異國情調，偶爾會選擇某些外國式的餐廳、旅館、咖啡廳、俱樂部。但大多數人回到他的「歸宿」處，當然不會期望又是異國情調。（不過，休假時用的「別墅」例外。）不僅如此，每個人都期望他的家不論在內容與形式兩方面能適合他個人的習尚與品味。因為一個沒有個人獨特品味的家，便只是租來的「旅店」或借來的棲身之所而已。

個性、功能、審美觀、生活趣味與客觀條件（比如房屋的大小與格式，個人的經濟條件等等）是形式設計的主導原則。根據這些原則的設計，必然有獨特的風格。

「樣榜」化的設計最乏味。居家設計應以個人為中心，善用古今的形式、材料與趣味。最優秀的居家設計要能體現文化主體意識，又能廣納現代文化與外國文化，融合成現代的中國風味，而經由設計者的吸納取捨與創造，表現個人獨特的美學意境。

居家空間要有人味，便要適應生活的佈局，尤其要發揮空間的機能。懂得空間虛實相生，所以「實有」的空間規劃要合理、經濟而且成為有機的整體，「空無」的空間才能成為有生機的舒暢的活動空間。也就是說設計不但要重視「有」，更要重視「無」。空無的空間才是人活動的空間。堆砌許多沒有功能，沒有意義的「美麗」的家具或裝飾，就只是只重「有」，不重「無」。所以，千方百計利用空間來貯藏物品，做到「寸土必爭」，目的就在讓出更寬敞的空無的空間供人活動。許多設計只注意「加法」，其實「減法」也很重要。

不應將家居裝潢成西式的夜總會、酒廊或皇宮，也不應像中國古典劇的舞台、寺廟或茶藝館。家居是生活的場所，其風格與趣味不但表現了主人的個性，也塑造下一代的品味與生活風格。有的家裝潢成展覽中的「樣品屋」，就缺少人味與獨特的個性，生活在其中，變成人要去適應環境，不免本末倒置。所以固定的裝潢部分不可過多，要有許多可以移動的部分。因為櫃、桌等物應容許變換位置，在生活中不但增加新的趣味，而且也可以不斷調整，追求空間最合理的安排。

本來建築與裝潢應連成一氣，但台灣的建築無法體現明確的功能性，因為法規不合理，一棟大樓可以住家也可以辦公，所以不易在建築設計時追求明確的功能。加上施工的粗糙，樑柱不平不直，牆面與天花板也常有斜欹凹凸的情況。建築只完成一個粗坯，裝潢變成極其重要的「整型」工程。而中國人習慣以裝飾來把原來的一切弄得面目全非，不大大裝潢貴重材料似乎太寒傖，當然另一方面也為了補救建築設計的簡陋或缺失。這已然成為一種「文化」。「上帝給你一張臉，自己又再造一張。」這種重視「加法」的化妝術，可說是「假面文化」。總統府每次慶典都以釘木板、上油漆來表示「美化」。這是世界各像樣的國家罕見的現象。把虛假與庸俗當作美，很值得我們深思。

台灣目前居家設計大致分二大類：一是全盤西化，一是中國古典的復古。前者欠缺主體性的文化，以西洋雜碎來媚俗；後者則與現代化相當扞格，過於矯情。我們應該追求的應該是「西洋的中國化」與「中國的現代化」。換言之，現代中國的居家設計應該表現出現代中國人發展傳統文化與吸取西方文化的雄心壯志，以及綜合融匯而成現代中國空間設計的智慧。有共同認知的大方向，卻又是多元風格的展現。

最佳的設計是看不到刻意斧鑿，而能營造出情調與氣氛，卻又極具功能性與實用性。至於材料，應力求簡樸、大方、質實以及整體的和諧。

中國的設計家最感痛苦的是業主過分的「指揮」，而業主最感困惑無奈的是自己既不是專家，所知甚少，把一個家交給設計家去裝潢，最後只得住進並不適合自己口味與習慣的，設計家的「作品」裡邊。我認為雙方事先應多溝通，互相尊重，互相了解。然後應尊重設計家的專業能力。從另一個角度來說，並非每個業主都有他的生活哲學。因為不少人並未曾用心去思考生活的意義，經營生活的內容，樹立生活的風格。室內設計師可以透過了解與合作，點醒業主的需求，協助並引導他去建立一個合乎他的需要與特色的生活空間。在這一點上，室內設計家偶而也可以扮演教育者的角色。

發現個性，尊重差異；負起建設現代化中國文化的使命，發揮多元化的創造性。這應該是優良設計家共同的信念，家庭生活是成人的歸屬，是小孩子的搖籃。策劃、經營這個時代大眾私人的生活空間，不啻在製作生活的「模範」，以「鑄造」這個時代的人。家居設計的重要性，設計家的重大貢獻，當可想見。

（一九九三年七—八月雙月刊）

中西美術的旨歸

中國畫與西洋畫構成世界上兩大畫系。有關兩者異同比較研究的論述實在不少。不過若從美術專業者的立場，枝枝節節的對比，往往只在兩者不同的「現象」上著墨；而兩者差異的「根源」，才是本質性的問題所在。這就不能不從文化差異上來著眼。

繪畫是文化的一部分，它雖然獨立，但不是孤立游離於文化之外；它是文化體系中有機的一個環節。中西繪畫之差異，乃文化之差異所致。而中西文化之差異，也不是優劣高低，先進與落後的差異，乃是文化「性格」之不同。故若想了解中西繪畫的差異，必先了解中西文化之不同。一九七一年，我寫了〈從文化性格看中西繪畫〉一文。便試圖從宏觀角度來析論中西美術之特色。後來收入我的第一本文集《苦澀的美感》中。一九九四年天津百花文藝出版《何懷碩文集》亦收入此文。

「海峽兩岸弘揚中華傳統文化學術研討會」有關中外文化比較的議題中，我想從傳統文藝「載道」與「言志」這個古老的角度來討論中西美術，尤其是近現代中西美術的旨歸及其歧異。

傳統有「言志」與「載道」兩派，①歷來爭論不休；「言志」與「載道」互貶，都振振有辭。但是「言志」與「載道」的差別何在，卻沒有好好釐清，所以近乎打混戰。周作人對此別有妙解，而且非常深入而有創意。他說：「言他人之志即是載道；載自己的道亦是言志。）」②，這樣來說，言志與載道並沒有不共戴天的矛盾。如果我們把「志」與「道」當作藝術的「內涵」看，便只有那「內涵」是否自己獨特的創發，還是竊取、模仿、移植或借用他人之所已有的區別；「志」與「道」既都是「內涵」，則「言志」與「載道」的差異對立便不那麼明顯了。

周作人那兩句話，可以這樣理解：一、「志」與「道」都是可以是藝術作品的內涵；二、兩者沒有高低、對錯、優劣之分；三、端看是否為創作者自己的創發，以及其「志」其「道」是否有意義與價值；四、所言之「志」若是他人所已有，鮮少獨特性，則只是陳腔濫調，與八股式的「載道」無異；五、所載的「道」若是自己的發明、發見，大自天人之際，小至秋毫之末，只要有自己的所見，自己的心得，都無異「言志」。

擴大來看，文學藝術中所宣揚的「道」，可以包括：思想、觀念、主張，以及對任何事物的發見；所抒發的「志」可以包括：抱負、意念、願望、感興、感情、感受、情緒等。那麼，中外藝術，不論有多少差異，亦無不都以「載道」與「言志」為其旨歸。除此兩者之外，當別無其他「內涵」。

中、西繪畫同樣載道的例子太多了。西畫中宗教畫佔有極大比重，無非是宣教傳道。許多表達宇宙觀、人生觀的哲學內涵的繪畫及反映時代思潮的歷史畫、風俗畫都有「道」在其中。中畫的「道」則以「成教化助人倫」的道德、倫理為主。宣揚節操、品格是傳統中國繪畫最普遍的主題。

「言志」方面，那更是人類藝術創作主要的意興之所寄，中西繪畫也不例外。在中國繪畫中主要是以自然的美為題材來寄託感興，抒發感情。而以山水、四君子等花木為主要。西方繪畫則以人的題材——包括人體畫、人物畫與肖像畫——為主要。

從「言志」與「載道」的角度，可以明瞭中西繪畫確有「大同」。然而，從近代到現代乃至當前所謂「後現代」，中西繪畫的差異，卻「大異」其趣，似乎與上述的「大同」的說法矛盾，其實不然。

從一般美術史家將「印象派」的出現為西方現代繪畫之始，③也即是十九世紀下半至今百餘年來，西方的現代主義儘管派別紛繁，主張各異，爭奇鬥怪，波譎雲詭。但仍然逃不掉分屬「言志」與「載道」兩大範疇，或者同時兼有兩者的特色。

我們可舉出比較重要的西方現代主義繪畫流派分屬「言志」或「載道」的例子：

印象派（Impressionism）是受到十九世紀物理學中「光學」的新發現，更進一步明瞭了光與色的關係，於是走出傳統的畫室，到戶外去捕捉光色的微妙變化，謳歌太陽。如果從「光學理論」的視覺實驗表現上言，有其理念與主張，含有「載道」的成分；但從其不再把繪畫的內容局限於人生社會的使命和責任，表現大自然光色之美，偏重個人的感受與感興一面來看，也有「言志」的特色。印象主義中的點描派（Pointillism）畫家秀拉（Seurat）被稱為藝術家中的科學家，他對當時美國與法國科學家的色彩學新理論潛心研究，他的畫可說是理性的陳述，與後印象派（Post

Impressionism）的塞尚（Cézanne）都是「載道」範疇的好例子（他最有名的理論說自然的形象可用圓錐體、球體、圓柱體來處理）。而後印象主義的梵谷（van Gogh）與高更（Gauguin）「言志」的傾向之明顯更人盡皆知。

立體派（Cubism）基本上是塞尚理念的進一步發展，並接受非洲土著雕刻的影響，以幾何形體與結構來建構繪畫的造型，無疑地這也是傾向於「載道」的。後來抽象畫中的幾何抽象，更進一步變成純幾何形式的視覺圖象，以蒙德里安（Mondrian）為代表，都是「載道」的。

從梵谷、高更那一條路發展出表現主義（Expressionism）一派，表達心靈內在的真實，自我的探索，主觀精神的呈現，當然傾向「言志」。而抽象主義中「表情抽象畫」（Gesture Painting）即「自動性技巧」（Automatism）的抽象畫，在發洩情緒，當然亦屬「言志」派。而超現實主義（Surrealism）就其受奧地利心理學家弗洛依德（Freud）學說的啟迪方面說，當然也是「載道」。不過，畫家在表現個人潛意識心中的幻景，或宣洩心理的壓抑，又有「言志」的一面。

達達主義（Dadaism）在西方現代主義中最為激烈，是現代破壞與顛覆的濫觴。它不在創造新畫風，而在否定傳統。達達主義的典型作品是杜象（Marcel Duchamp）以瓷器小便器與一件「蒙娜麗莎」（原是文藝復興巨匠達文西的名作）印刷品用鉛筆漆上男人的鬍鬚。從此，西方現代主義開啟了完全破壞、拋棄傳統以來一切繪畫的規範的絕路。任何物體，任何作為都可以當成「藝術品」來標榜，只要提出某種諷刺、反叛、顛覆的「內容」即被認為藝術品，後來的普普藝術（Pop Art），偶發藝術（Happening），概念藝術（Conceptual Art），裝置藝術（Installations）等等不一而足，都在表達反叛、否定、顛覆；表達對文明、對社會、政治與人性的批判、諷刺與揶揄。他們強調「觀念」的提出，不在美感的建構與表現。各種奇奇怪怪的念頭都可為「內涵」，任何事物都可當作藝術的「表現」。不過，儘管形形色色的現代、後現代藝術行為令人瞠目結舌，但因為標榜「觀念」的表達，當也屬於「載道」的範疇。

為什麼中西繪畫都脫離不了「言志」與「載道」兩途，但近現代中西繪畫的演變卻出現了巨大的歧異？自清末到今日，西方現代主義如狂飆巨浪，對傳統的變革石破天驚，千奇百怪，到了無所忌憚的地步。而中國藝術界除了全盤西化，抄襲、仿製、追隨西方（尤其是中國大陸自開放以來，因為壓抑過久，亟思發洩；也因為想與世界接軌，將「先進」國家的藝術潮流誤為「世界性」的標準；或也因為「崇洋媚外」，渴求得到外面的肯定，對內則可以自炫「前衛」種種心態，西方的現代、後現代一下子風靡了大陸藝壇中青年中相當一部分人。大陸的新潮美術遂呈現抄襲剽竊，邯鄲學步、囫圇吞棗、生搬硬套的粗糙幼稚作風，令人憂慮）之外，一方面是復古、仿古、泥古的情形紋風不動，另一方面是「中西合璧」、「引西潤中」、「洋為中用」、「中西折衷」、「中體西用」、「融滙中西」等等做法。

本文不可能對中西繪畫在現代巨大的歧異的原因提出周備的解釋。現只能就個人思考所及略舉數端，或有助於對此問題進一步的認識與研究。

第一個有影響的因素，可能因為西方文化的特色是「分」，中國則為「合」。分門別類，以使各門類具獨立之地位，有利於發展而建構成井然而獨立之系統。此在學術、思想與知識皆然。

而中國則重「合」。正如方東美先生所謂「宇宙萬象，賾然紛呈，然剋就吾人體驗所得，發現處處皆有機體統一之跡象可尋，諸如本體之統一，存在之統一，生命之統一乃至價值之統一等。」④

因為「分」而獨立，藝術之價值與其他文化、人生之價值分離，而有西方現代主義藝術之極端「自由」，即使與人文價值相背也不以為忤。而中國則因「合」而堅持「價值之統一」，而以人文價值為中心。

其次，西方文化注重創造性的開拓與個人獨特性的成就，而中國文化因為祖宗崇拜，過分依賴傳統。孔子也說「述而不作」，處處標示湯武周公，所以陳陳相因是中國文化的明顯缺點。兩種文化走到極端，表現在藝術上，西方是以反叛為創造，以新奇為價值；中國則復古的夢魇揮之不去，各有其弊。

第三，我認為西方文化近代以來以科學為重心，主導並影響了文化中其他領域的發展。而中國則一向以道德為主軸。科學的發見日新月異，而道德（尤其是中國的道德比較強固而教條化）則歷久常新。科學不但提供西方現代藝術創新的理念與方法，而且成為現代藝術仿效的精神典範——即無止境而盲目地追求去舊迎新。不過，藝術不同於價值中立的自然科學，藝術是人的價值追求。把科學的理念與方法用到人文價值的藝術領域中，造成了價值的空洞化與虛無化，不能不說是西方現代藝術最大的危機。

追逐科技的後塵，就產生了第四個原因：相信藝術也應追求「進步」。「進步主義」成為西方新潮藝術振振有詞的目標。所謂前衛（Avant-Garde）藝術，就是這種心態的告白。英國當代藝術史大師貢布里希（Gombrich）指出十九世紀以來科技的進程產生了「時代前進」的不可抗拒的觀念，是二十世紀中葉以後西方現代藝術千奇百怪的原因。他還說很少人敢批評它們，因為「來自盲從主義的壓力，害怕被視為落伍。」⑤

第五個因素應該是現代商業社會的「流行」或「潮流」的趨勢，使商業高度發達的西方社會，尤其是產生「現代主義」的大都會的藝術界（包括畫商、畫廊、畫家、大眾媒體的藝術評論和指導）不能不受影響。不斷以新的，流行的主張與式樣來刺激大眾，造成風潮，以求名利雙收。

最後簡要的表達我的看法，作本文的結語。

藝術是人類共有的創造，基於人性的共通特質，藝術可以共鳴。人類心智感情表現於藝術上，不外是「言志」與「載道」。中國這兩個古老的概念，對中西繪畫的內涵足可包容無遺。不過因為中西文化性格的不同，藝術的表現也有許多差異。這些差異構成了藝術的多元價值。

近代以降，中西繪畫的旨歸及表現方法有重大的差異，已不是價值多元的問題，而有價值的扭曲與取銷之虞。中國繪畫復古的保守派，缺乏獨特的創造；而西方激進的現代主義，則遠離了人文價值，走上虛無主義之路。

獨特的創造與人文價值的堅持，不論在任何時代，應為藝術所不能偏失的兩個要素。

（一九九六年五月廿九日於台北）

後記：本文是應北京中國社科院之邀，參加「海峽兩岸弘揚中華傳統文化學術研討會」所發表的演講稿。

註釋

①《今文尚書．堯典》：「詩言志，歌永言，聲依永，律和聲。《詩大序》：「詩者，志之所之也。在心為志，發言為詩。」至於這裡的志，也即意、情、懷抱。「文以載道」是宋周敦頤最早提出的口號，後來成為道學家的文藝理論。

②周作人：《現代散文導論》。

③美國美術史家 Arnasan 在一九六九年的《*History of modern Art*》中說，最通常採用的是一八六三年巴黎的「發選沙龍」展出印象派畫家馬奈（Manet）的《草地上的午餐》，是現代派的開端。

④方東美：《中國哲學之精神及其發展》第一章。

⑤貢布里希（Gombrich）：《藝術發展史》（*The Story of Art*）後記。

簡樸美學

一九九七年三月一日下午在台北誠品敦南店演講，由行政院文建會與立緒文化公司聯合主辦。

「簡樸美學」有三個重點：一、藝術形式上簡樸的美感，二、藝術境界上簡樸的美感，三、簡樸美學在生活上的質踐。

嚴格來說，古代中國並無與西方同樣的美學或哲學。在中國的歷史上只有「天人之學」。如此並非表示中國的文化不如西方，而是中國文化不同於西方的形態；今日所談的哲學、經濟學或是美學都是西方式的學問。不論是孔子、老子或是孟子所談的天人之學都是從人到宇宙自然的大學問，也就是所謂的「道」。

中國的學問有其優點，但其致命傷，就是我們無法分門別類建立起如西方規模般的系統。雖說美學是西方的，但並不因此而意謂著中國就無美學的觀點，即使是鄉村的老婦人都有屬於她自己的審美觀。只是我們並不像西方那樣自希臘一直到現代，有一套系統的各家各派主張，我們現在是借鑑西方的方法來重建中國美學。

多樣的統一

古典美學有個基本定律：多樣的統一是一切美感的基本條件。這句話直到今日仍顛撲不破。許多古典美學的法則不因時代的變遷而改變，反而屹立不搖，那是因為許多古典美學的法則是建立在心理和生理的需求上，所以它們也可說是建立在人性的需求上。雖然時代日異月新，科技不斷的突飛猛進，社會環境或生活環境都發生了重大變遷，但人性並未有什麼變化。自古至今，人之所以為人，人基本的特性還是相當的穩定。所以古典美學因其建立在人的心理和生理的基礎上，所以有其恆久的普遍性。

何謂「多樣與統一」？多樣就是變化，就是豐富；統一是單一，若只有單一便是單調。但變化若過多，就會成為混亂並引起煩躁，甚至不安。過分變化和過分單一，便矛盾衝突。如何將兩造相衝突的東西，圓融的調和在一個作品中，這不是件容易的事。這也就是自古以來藝術家創造力的用武之地；偉大的藝術家一定有這種能力將豐富與單純整合起來，藝術家使兩者相輔相成並均衡的結合成為一體，便呈現了「美」。

再現藝術與表現藝術

一般而言，藝術有再現及表現兩個範疇。再現所指的是古典主義、浪漫主義直至印象主義，都屬於西方寫實主義的傳統所涵蓋的範圍。自十九世紀至今所謂的現代美術與過去最大的差別，乃在於較重視表現，而十九世紀前半段仍是以再現的藝術為主。

照相術發明之前，靠畫畫來記錄視覺所見，故以前的繪畫是畫花像花，畫人像人，一切有如複製一般，竭盡所能將其再現在畫面上，繪畫只是由立體轉化成為平面而已。

再現是如實反映。早期的畫有如鏡子一般，將眼目所及的現實世界再現在畫面上。再現較重視客觀。把客觀的對象忠實的記錄下來。表現則較重視主觀，注重人的心思感情。不重視如實的再現，追求帶有個性、創造性及個人心靈活動的方式的表現。

再現的藝術絕不可能是簡樸的，因為世界本身就是一個混亂複雜的存在，其變化是很細微而繁瑣的。藝術家希企自由的表達個人的意志感情及想法，而能夠擺脫現實客觀事物的限制，便要去蕪存菁，並大量採用提煉、誇張、取捨、變形等藝術手法予以表現。這需要高度的想像力與概括力，使造型更精純洗鍊。

簡樸就藝術形式上的美感而言，就是精純。刪削表現對象的瑣碎與繁雜。但若只求簡易亦有**危機：**平淡無奇，**一目了然。**那便不能稱之為簡樸，應叫做簡陋。簡樸應該是精簡與樸茂。高明的藝術家力求表現事物的精華，並以具有崇高理想的藝術家個人的特質，透過想像力去統攝、型塑兼具客觀的精華與主觀的特色的造型，那才配稱簡樸。**故簡樸在藝術形態上必定得具備多元及統一這兩個條件。**

明末清初的畫家，以八大山人及石谿為例。八大山人為精簡的代表；石谿則以繁複見長。但**兩人都表達了意境上的簡樸**。

簡樸形式上的美需具備簡單及豐富兩個條件，缺一不可。否則，不是粗陋簡單，便是繁雜臃腫。簡單與豐富這兩個矛盾又對立的因素，不論是在很少的東西中使其繁多豐富，或者是由雜多中使其歸於純一，對立的兩造都要能趨於和諧統一，才可能成為簡樸形式美的典範。八大山人在單純的筆墨中經營豐富的變化。八大與齊白石的畫中可以看到一塊石頭，在潦潦幾筆中，筆墨本身的變化非常的豐富，以濃淡、輕重、虛實等變化來表達物體的精神，亦表達了作者對事物的體驗和感情。簡單的筆墨不但表現了藝術家高超的技巧，也表達了藝術家銳敏的感受性與無以言說的精神境界，這是寓豐富於單純。

另一種是自多種元素的集合中，努力使其歸於單純，這也是一種簡樸。

以印象派大師莫內為例，他的題材很單純，如稻草堆，橋或教堂，但卻表現了豐富。若要表現那些內容非常繁複的題材，一定要使它趨於單純，因這是美的基本法則。而莫內如何能讓如此單純的事物豐富了起來？他使用了印象派中相當重要的手法——光線和色彩。外形簡單的稻草，在莫內的手中自晨曦、日正當中到夕陽時分，各呈現不同的風貌，用無數的色彩變化來表現，如此歌頌豐饒的光色變化，除莫內外無人能出其右。這就是在少許中經營繁複的很好例子。

簡樸不單是在形式美感方面，同時也是一種境界

為何有些人畫得很出色，但總無法在繪畫上達致高度的成就呢？因為他們並未建立個人獨特的風格。十七世紀畫家林布蘭獨創採光的方式，將光集中在人物重要的部位，其它都隱在陰暗之中，如此便能使畫面有統一的組織，透過光線的處理把複雜的對象單純化。他以獨特的手法，塑造了個人的風格。

再以梵谷為例，他如何處理他的畫面？他不像林布蘭用調和的顏色，卻用衝突對比的顏色，再以統一的線條筆觸來馴服衝突的囂張，使複雜化為單純。

不論多複雜的形式，終歸要達到整體的渾然與和諧。簡樸不單是在形式美感方面，同時也是一種內涵的境界。不論是藝術或人生，同一種題材在不同的藝術家手中會呈現不同的風貌和趣味，因每個藝術家的個性、品味、精神思想都不同。所以藝術的境界不同於自然，因自然是非人為的。**我們會自藝術家的創造中得到啟示，使我們更了解宇宙人生的多元情趣，經由不同的藝術家所揭示出來的千萬種獨特的美感，更使我們體味了自然和人生的無盡藏。所以藝術可使我們更熱愛人生。**藝術的世界，使貧乏的人生增加了豐富的內容，讓狹窄的人生有了更廣闊的天地，也突破了現實的局限，而有了心靈上無限的理想的嚮往。人類因為有了藝術，原本平凡的生活，變得多采多姿並且煥然一新。這都是藝術給我們的啟迪、安慰和恩賜。

自然才是生命源頭

現代因受西方科技的影響，大量人造物質帶來了太多的享受，能過簡樸生活的人已經很少了。相對於簡樸就是豪奢。現代人生活的豪奢，卻加深心靈的空虛，因為過分役於物質生活，精神追求的空間相對狹窄。在目前的社會中要過簡樸生活並不太容易。我們應珍惜用錢買不到的東西，其中有較多的精神和心靈的追求，這需要敏銳、細心與耐心去發掘和體驗才會有所得。

自然才是生命活力的源頭。越遠離純樸的自然，我們越物質化、空洞化。許多藝術作品的題材以自然為主，因其中含有鮮活的生命。所以我們的生活和藝術都不能疏離或背離自然。

中國人在現實生活中有個錯誤的觀念，認為多就是好。因此身兼數職，貪戀種種庸俗虛矯的名位，以為是「成功者」的標誌。財富、地位、金錢也都是多多益善。其實我們應該用「減法」，減去我們過多的慾望及貪念。因為生活過於駁雜繁冗，物質過分奢侈糜費，足以壅塞我們的心靈空間，使我們墜入現實的泥淖中不能自拔。減法是拯救我們免於庸俗虛胖的最佳途徑。

美國的布里辛斯基不久之前著了一本書叫做《失去控制》（*Out of Control*）。其中分析了二十世紀所留下的問題造成對二十一世紀的影響，其中有一篇「豐饒中的縱慾無度」指出富裕國家因縱慾無度，將面對極大的災難；道德準則的中心地位日益下降；物慾上的自我滿足之風越來越熾熱……。他認為即將來臨的二十一世紀將比二十世紀災難更慘重。

我個人常感美國文化終將在下一世紀受到人類的譴責和批判。因為它以膨脹感官的享受，掠奪並糟蹋自然資源而崛起，並以其「國力」衝擊、毀傷許多其他文化。美國在二十世紀的不可一世，也許將是二十一世紀中葉以後，全人類聲討、索債的對象。

我們要珍惜這個世界和人類所曾獲得的精神上的無上價值。以簡樸取代貪慾，並從精神上追求更高的境界。在這一精神境界上，藝術與生活並無隔閡，而且是相得益彰，互相感應。

（一九九七年三月）

中國「現代性」的探討

「現代性」泛指與「傳統的」相對的一切現代特質。「現代性」雖然具有全球的某些普遍性，更有不同文化體在特定時空中的獨特性。

草擬這份講稿的時候，剛收到三月底的《亞洲週刊》，裡面有一篇〈難擋美國文化攻勢〉。文章說加拿大不准美國期刊發行加拿大版，並決心上訴世界貿易組織。目前加國書報攤中美國及其他國家的報刊佔了八成。分析家認為，面對美國文化的攻勢，法國等國目前也在為保護本國文化而戰，加拿大經濟上長期是美國的附庸，這場文化對抗勝算甚小。這則報導使我感慨良多。

法國與加拿大這種大國，一方面有自己獨特的文化（尤其是法國），一方面有獨立的國格，尚且不容易阻擋美國文化的攻略。像台灣這樣小的「文化體」，過去在政經文化又長期依賴美國，甚至「崇美」已久，自然更談不上「抵擋」。更令人感慨的是他們同屬所謂「西方文化」，尚且有維護文化獨特性自覺的要求；台灣與美國在文化歷史淵源上完全不同，但我們數十年來唯恐附驥不及，何曾有批判性對待西方現代文化的自覺？即使近年「本土文化」高唱入雲，也不過把西方現代主義的「曲調」換填「台語歌詞」而已（這與以前把日本歌曲翻成台語情形完全一樣），我們還不曾有真正的具有遠見的本土文化獨特性的覺悟。

「中國」在二十世紀下半分成大陸與台灣兩部分。本文要討論的偏重在我熟悉的，我生活的所在地台灣這一部分。好在另一場演講由大陸學者葉秀山先生主講。這樣，海峽兩邊不同的時空處境與不同的社會氣候所展現的藝術精神的不同追求（積極主動的）與不同的軌跡（消極被動的），應有兩面俱到的省思。

省思與表達者是人，人皆有主觀，所以任何表述都避免不了主觀和偏見。不過，許多遠見或創見初時常被視為偏見。當然，我還是盡量力求真相的呈現與審慎的思考。

（一）中國藝術現代化的坎坷與迷誤

台灣早期追求的現代化差不多就是西化。更明白地說，是美國化。不但在經濟社會層面受美國化的影響，就是教育、文化與藝術的範圍內，西化與美國化也是主宰「現代化」方向最巨大的力量。

時至今日，在學術界、藝術界還不知有多少人持現代與傳統對立而且褒貶分明的態度。因為沒有認識到「沒有一個沒有傳統的現代化」（社會學家金耀基兄在一九七九年為我的一本書寫序，正用了這個標題）。多數人以為現代化即是西化，也沒有認識到即使是西化，英美法德與北歐等所謂「先進」國家也因文化、歷史、制度等等差異而各自大不相同。所以，台灣文化上的「現代化」，是依賴、抄襲、仿製的、虛假的西化，是簡陋的、狹隘、扭曲、誤解、附會穿鑿的「現代化」。

西方從文藝復興以降，經過十七、八世紀啟蒙運動、工業革命，十九世紀的進化論，以致本世紀科技與工商業高度發展，西方直線型的時間觀念在近代工具理性的膨脹中，「進步」的概念成為全球所追逐的文化指標。

半世紀以來，中國文化分裂出來的台灣這一個小文化體，一方面因為專制政治的宰制，傳統的教條幾乎窒息了新一代的生機；一方面是貧瘠的本土無力支撐一個反傳統的文化藝術運動。所以，認同西化為現代化，追隨西方，謳歌進步，標榜前衛的風生潮起，在過去數十年間，與謹守傳統的死水無波，恰成強烈的對照。

當傳統的現代化之自覺尚在蒙昧之中，中國藝術（在台灣）的「現代性」已預告自我迷失的命運，中國藝術的現代化從此走上坎坷之途。

我個人在二十多年前發表〈傳統、現代與現代藝術〉（一九七二），〈傳統—現代；民族—世界〉（一九七三）等文章，一九八五年發表〈藝術的進步〉，批評把西方的現代主義當作我們的現代藝術，也批判「進步主義」與「世界性」的謬誤（均見《苦澀的美感》、《十年燈》、《煮石集》等拙著）。這些都是台灣藝壇最早、最孤獨的聲音，雖然引起許多人的重視，也遭受藝壇某些人士的反感。九十年代以來，歐美有關科學、理性、進步的討論不斷，對真理、效率、效益與現代價值原則逐一檢討、反思，形成一種影響深遠的思想運動。一九九三年法國《新觀察家》雜誌、聯合國教科文組織《信使》及《洛杉磯時報》等歐美報刊在巴黎召開了有四十多名國際知名學者參加的關於「進步」的討論會，提出了「進步」概念能否成立的問題。九五年冬季的美國「世界策略」雜誌進一步發問：進步這一概念是否已經壽終正寢？

由科技—工業所改變的人類世界，今日已在承受「進步」所帶來的惡果，正在對進步大聲質疑與批判。在藝術領域，進步主義更是無稽之談。以西方現代主義為進步的型範，是中國藝術現代化的迷誤。

（二）文化的自卑與藝術的殖民化

西方的現代化觀點、進步主義的概念以及國際性與世界性的現代性迷思，是西方殖民帝國主義擴張文化、侵凌「不發達國家」的霸權思想。這個思想，產生了文化中心主義，而與此不同的文化體，便成為次級文化。於是便有中心—邊陲的理論。認同這種思想，雖然獲得匯入「世界性」文化的幻覺，畢竟不是本土文化現代化的正途。近半世紀以來，台灣的現代化在那個幻覺中度過了，現在還在延續。這是藝術殖民地化的典型。在心理上，因為面對強勢文化，產生深重的自卑。由此自卑激起了追慕崇拜之情，然後以獲得接近「中心」的榮耀感為補償。回過頭來對已成「邊陲」的母體文化，則難免有不屑與傲慢的神態。

扮演西方藝術「現代主義進步觀念」傳播者的傳教士或商業上的洋商經紀人（compradore）那樣的角色自來代不乏人。其中，常被提及的重要者有受李仲生教導的「東方畫會」和由學院派出身的「五月畫會」。（有關這兩個畫會的歷史，成功大學歷史系講師蕭瓊瑞在東大圖書公司一九九一年出版有《五月與東方》一書，收集的資料非常詳細，史料的蒐集很有功績。不過對歷史的解析與藝術的判斷，我個人的見解與該書在許多重要的觀點上存在許多差異。）

不論是李仲生，五月或東方，很值得回味的是，這些現代主義的搖旗吶喊者大多是流亡來台的「外省人」。這就說明了當時台灣本土美術不是非常羸弱，便是受到外來勢力的壓抑，也不可忽略地顯露了從大陸來的這些後來成為「播種者」、「前衛先鋒」的畫家，必帶著他們在原來的文化和社會中種種挫折、失望，近代中國種種腐敗所產生的自卑以及由之激起崇仰西方強勢文化的熱情。李仲生的成長背景以及他曾經參與過三十年代上海激進西化的美術團體「決瀾社」的經歷，可知台灣早期的現代風潮是大陸全盤西化思潮的餘波。李仲生以半世紀前所接受西方現代藝術的觀念的薰染，大陸變色來台，此後未出國門一步，直到他一九八四年逝世，他一直是台灣現代繪畫的教父級導師，他的「新觀念」竟永遠不會「過時」，這裡面顯示了多少值得尋味的問題？

事實上，台灣藝壇本來並不羸弱，雖然一直缺乏文化主體性的自覺。只是因為國民政府遷台以後，依附政治勢力的中原傳統「國畫」成為主流，充滿日本味的台灣本土化畫家不免受到壓抑。除了極少數如藍蔭鼎、楊英風等較具政治活力的畫家之外，大多數本土畫家只好謙抑自退。這個苦悶在三十多年後本土文化「出頭天」之後才有戲劇化的反彈。

政治勢力不論對文化藝術是否採取某些箝制的手段，它本身的意識型態自然而然地對文化藝術的生態與變遷就有著決定性的影響。遷台以來，與政權密切關聯的文化傳統、文化處境以及語言等因素，改變了本土原來的文化情境，以國語為正統與主流論述語言所建構的中原文化以泰山壓境之勢移植到台灣。這就是台灣早期作家、詩人、畫家、文化人等大多數為外省人的根本原因。他們掌握了語言以及語言後面的文化，他們有了權力。

但是年輕一代的外省籍藝術追求者，在來自中原的前輩主流的宰制之下，要嶄露頭角談何容易。他們在國家動盪中沒有機會好好接受教育，他們對那「傳統的、正統的、主流的中國文化」所知有限，當然無法「取而代之」。他們對「傳統、主流」基本上因而有厭惡與反叛之心。近代中西文化論戰在台灣的延續，其中激進西化派最能獲得他們的傾心擁護。而西方現代主義在全球的殖民擴張，對「未開發國家」的滲透與宣傳，使熱情而苦悶的他們找到一條可以宣洩他們的精力和感情，極端自由地揮灑的出路，把自己匯入「國際性」的巨流中去爭取他們的成就和地位。

不論是早期的現代詩人、畫壇的五月與東方等「現代派」，為什麼絕大多數是流亡者、隨軍來台的軍人、失學者、遺族或名門巨室之後……等外省青年？從這一個層面去了解，當可找到答案。他們的才智、奮鬥與成果，很可佩可感。他們的故事也反映了現代中國藝術在台灣社會的特殊環境中的弔詭。

中國藝術追求應然的現代化的失敗，才有以西方現代主義為依皈的現代化。自從這個方向開啟以來，這數十年的進展，台灣藝術現代化的殖民化性格早已養成。早期這些先鋒們，不論是李仲生、「五月」與「東方」，在語文論述中還不忘提及中國傳統文化，雖然在創作上基本是受知於西方現代，而當前的台灣「現代畫」，與中國文化距離更遠了。藝術的殖民化，因「世界性」的幻想而使本土文化的自卑心獲得補償。從五月畫會不只一位畫家曾得到美國政府與基金會的邀請和獎勵，以及近年台灣現代畫家以參加西方藝展入選或得獎為榮，可以看出台灣藝壇對中國藝術現代性的追求的全盤西化成一邊倒之勢，評論與媒體也漸漸不聞反省的聲音了。

（三）傳統的僵化與麻痺

如果說台灣藝壇是文化意義上的中國藝壇的一部分，則大小兩岸藝術上相同的地方就是中國的與西方的、傳統的與創新的、古代的與現代的……相對峙的兩造間的割裂。

相對於由自卑情結轉向西方現代主義的依附而歡欣鼓舞，另一頭卻是麻木不仁的傳統幽靈的「處變不驚」。這兩極共存的現象，由來已久，是近代以來中國文化現代化的坎坷歷程在藝術上的反映。

中國的繪畫，與中國文化共命運也共特色，不是直線型的進化，而是一個圓圈型的封閉系統。中國文化兩千多年來政治制度、生產方式、生活方式、審美心理、思考模式等方面基本上沒有不斷「進化」。姑且以美學家宗白華在《美學散步》中描寫中國繪畫的一段文字為例：「在宋元人的山水花鳥畫裡，畫家所寫的自然生命，集中在一片無邊的虛白上，空中飄盪的視之不見、聽之不聞、搏之不得的道，老子名之為夷、希、微，在這一片虛白上幻現的一花一鳥一樹一石一山一水，卻負荷著無限的深意、無邊的深情。萬物浸在光被四表的神的愛中，寧靜而深沉。深，像在一和平的夢中，給予觀者的感覺是澈透靈魂的安慰和惺惺的微妙的領悟。」這樣的藝術，即使千年不變，似乎有永遠的價值，但是，當封閉系統早已被擊破，千年的酣夢在近代的風雲激盪中也已破滅。中國美術的變革應是中國文化現代化的一環。清末以來，從思想觀念到藝術創作，出現了像康有為、呂澂、陳獨秀、徐悲鴻、豐子愷、呂鳳子、林風眠、潘天壽、傅抱石、高劍父等人，試圖為停滯痲痺已久的中國美術開拓新路。在大陸易幟之前，數十年間，這些現代化先行者及其後繼者已有了輝煌的成果。

非常遺憾，那些革新派大師沒有一位隨國府來台灣。來台最有名而且影響台灣半世紀以來中國繪畫的畫家，有張大千（大陸赤化時他並沒有來台定居。一九八三年逝世之前五年才定居台北外雙溪）、溥心畬、黃君璧、馬壽華等傳統派畫家。台灣的傳統中國畫不但沒有向現代化的方向開發，反而走復古的舊轍。

所謂的「中國畫」，自從中國文化大量吸收外來文化（基督教、天主教、西式學校、政治制度……都成為現代中國文化的內容的一部分）以來，本應包容一切傳統中與外來傳入的繪畫形式。然而，至今「中國畫」仍指的是傳統本有的形式（其實也只是傳統中國繪畫中「文人水墨」狹窄的範圍而已），傳入中土已超過百年的油畫與外來品種仍稱為「西畫」。（也有稱「油畫」；但都一樣不隸屬「中國畫」這一名稱之下。這是相沿已久的錯誤，兩岸都同犯此錯誤。）這不但造成中西融滙的困難，造成傳統藝術現代化的困難，也造成外來藝術本土化的困難。

傳統中國繪畫自外於中國文化現代化的目標，也有與藝術無關的現實面的原因。傳統派教主每因政治勢力而獲得地位名聲，壓倒群倫，一枝獨秀，管領風騷。半世紀以來台灣的「國畫大師」可列出一串名字，每個名字背後都有他得以稱雄天下的現實政治因素。門戶派別之下有一群忠貞的徒眾門人，也各有其地盤與市場。這些傳統大師數十年來也是美術教育中的部分主控者。現代化過程中兩極化的無奈，傳統派的僵化痲痺，良有以也。

（四）中國藝術現代性的思考

中國藝術的現代性，也就是說，其現代的特質，究竟應具備什麼內涵？這些內涵當然不可能憑空出現。如何對待來自歷史的傳統與來自西方的現代思潮，差不多就成了中國藝術現代特質內涵的決定性因素。

從理論上言，傳統的現代化與外來的本土化，應該是理想的方向。但是，在現實上，這個共識一直未能建立。以中國社會的政治為例，傳統的專制主義正以各種形式和化妝，仍頑強霸佔主導地位；而外來的民主制度則變成朝野鼓譟喧嘩的民粹主義。我們還未有民主政治的共識。政治與藝術的問題與困境各不相間，不過就缺乏認知的共識而言，是共同的困境。

中國傳統藝術現代化的困難原因何在？為什麼現代化的自覺與要求並不普遍？這牽涉到中國傳統文化所薰陶的中國人對藝術的態度，基本上不重視藝術的時代精神與個人的獨創性，所看重的是民族集體的感情與願望，以及典範化的技藝功夫。對於這個問題，可分三方面來說明：

中國文化是早熟的文化，在古代已有很光輝的成就。梁漱溟這個看法，的確如此。中國人喜歡崇拜祖先，比較厚古薄今。中國詩到今天還有許多文人做五七言詩、用典故、對仗工整、平仄合轍；現代詩還各說各話，未能成為足以取代舊詩的現代「中文詩」規範。戲劇則還是古人古事古裝，唱腔動作基本上是傳統成規。音樂、舞蹈也相似。繪畫則「山水、花鳥、人物」，從內容到形式基本上是定型於古代，沿襲到今日。這說明了中國藝術在歷史與傳統文化中基本上不重視時代變遷。所以沒有明顯的時代差異，也就無所謂不斷演變的時代精神。

其次中國藝術的實用性和功利性，以中國繪畫來說，第一，表現賞心悅目的自然之美，有其實用的目的，中國人常說藝術美化生活、美化人生，正是指這個因素。第二，旨在表達對道德的嚮往。梅蘭竹菊是道德楷模。中國人又常說：藝術陶冶性情，也正說明了其功利性的目的。第三是歌頌與祈願。歌頌造化自然，歌頌祖國，表達吉祥如意的願望，賀喜祝壽，都有實用功利思想在其中。

第三方面是中國繪畫傳統的表現方法，喜歡追求某些「典範」，崇奉這些標準化的「典範」。書法與繪畫技法都如此。事實上是把藝術創作所需求的表現技法僵固化、公式化。但中國人認為那是行家的規矩，掌握得透徹純熟便稱為功力深厚。這不利於個人風格的創造。

上面所提出各點，便造成中國傳統藝術現代化重重的困難。中國傳統的藝術，民族文化特色非常強烈濃厚，但時代精神與個性非常薄弱。我在過去三十年中有不少文章早已討論過這些問題。中國社會千年不變的情境早已消失了，現在正在加速地變遷。如果我們要發展出中國藝術現代性的特色，當然對傳統必須有所繼承也有所批判。西方藝術在反映時代精神與推崇個人獨特創造這些方面正好對我們提供啟示與借鑑。

中國藝術的「現代性」特質需要融匯西方乃至其他國族藝術上的成就，但不可能以西方現代主義為範本。我們不應以為傳統的因襲就為民族文化保住命脈，以致於永遠有一代代的「中國文人畫的最後一筆」的荒謬現象；而以西方現代、後現代主義的模仿為「走向世界」、與「國際藝術同步」的迷夢也只是虛妄。傳統文化的現代化與外來文化的本土化應合成一個現代中國文化的整體，這才可能走出自卑與麻痺的兩極，才可能有我們的新生命。

（一九九七年四月）

藝術是更高的真

二十世紀最末一年，我應台灣國立歷史博物館的邀請，舉行「何懷碩九九年畫展」。距離我上一次在台北市立美術館的個展已經九年，真可說是慎重與懶惰兼而有之。

繪畫創作我一直沒有間斷，作品數量不多，而且也很慢，其實我一向如此。六、七年一次個展，過去常常有。時代的腳步越快，人生與藝術在急速變遷的人間世界越顯示了不可索解的虛浮與荒謬，也越困惑每個敏感的心靈。這是一個更需要殫精竭慮去思考的時代。

世紀末的虛浮，需要在時間中積澱、淘洗，重新檢視，重新評估。最近台北立緒出版社出版《懷碩三論》一套四冊，是我在世紀末清點過去寫作思考的成果。九九年畫展，則是我檢閱近十年的藝術創作，以迎接廿一世紀。這次九九年個展，有必要作一番自述：

「虛妄」與「實在」界線模糊

現代世界「虛妄」與「實在」界線模糊。價值與反價值、智慧與愚昧、建設與破壞、創意與噱頭、嚴謹與輕率、文化與垃圾、藝術與兒戲……幾乎越來越難以釐清。現代人正處於真假混沌的時代，若不能堅守自己對藝術的信念，便只有淪為時潮中的泡沫，一味追逐時代「主流」的漩渦，賴以獲得自我的定位。這種「實在」，實際上也是「虛妄」。

我自少不期然而然地走上逆抗「流行意識」之路。在藝術上，不論在因襲傳統為主流的時代，或者在崇奉西方現代、後現代，望風景從的時代，我總持懷疑與批判的態度，不甘盲目倚傍「時潮」，溷跡偷生。思想上如此，創作亦然。事實上，我所扮演的角色並非我執意的選擇，而是我的天秉、性格，我的感受與認知所形成的信念，鑄造了我的意志的結果。我寧願逆抗我在感情上無法共鳴，在理念上無法相信的一切，也不肯背叛我的良知去盲從。我認為藝術家若不忠於自己的信念，現實的得失、利弊與成敗皆毫無意義。

三十多年來我的藝術創作一脈相續。我的信念、我的審美觀；我對人生、時代與生存環境的種種感受、感想、感動與感慨；我對生命與世界的領會、品味、熱愛、依戀、關切、悲憫與某些無可奈何花落去的悲愴之情的體驗，所有難以言語訴述的情思，都通過畫筆傾注於我的繪畫創作中。所以，我的繪畫歷程是「我」這孤獨個人的「藝術史」。那個集體的大藝術史與當代中外藝術界的表現，雖然是我學習與研究，汲取與借鑑的對象，亦是我檢討與批判的對象，而不是我依附的靠山。我認為有自覺的藝術家都必以他的生命去創造他個人與眾不同的「藝術史」——亦可以說是以藝術去表現個人的生命史。所以繪畫不止於視覺的呈現，更重要的是那獨特個人。

夢幻比實在為更高的真

依附流行，追逐潮流，輕率兒戲既然皆為虛妄，但追求真實，卻不是模仿「實在」所能達到。古今第一流的藝術家都在追求宇宙人生最高本質的真實的表現，但什麼是「最高的真」？似乎永遠沒有答案。「實在」所呈現於吾人感官之前者只可能是「現象」（Phenomenon），最高的真實應為精神「本質」（Essence），然而，視覺藝術所能呈現的只可能是感官的形式，要表現內在的本質有先天性的困難。所以，當代的畫家必須在「模仿自然」與「抽象形式」的舊路之外另覓途徑。

「夢幻比實在為更高的真。」斯特林堡（August Strindberg, 1849-1912）這句話是我的知音。肉體的人寄生於實在的世界皆不自由，只有自由的心靈可以做無限的追求。凡超越的追求皆如夢幻，卻是生命的消耗唯一值得努力的事業，故為生命中最高的真。

我的繪畫是一連串個人內心幻景的視覺構築。我用廣義的寫實手法表現最曲折幽昧，抽象隱晦，難以訴說的心理活動。或可稱之為「夢幻的寫實」。喜歡用不斷出現的視覺意象來做隱喻或象徵的表現。這一點也許是近十年來我的畫所呈現較前更為顯著的特色。

夢幻是生命存在最真實，最可貴的意義。一九九三年遊俄羅斯歸來，以「心象風景」為題畫了兩幅畫。後來有時用「寓言風景」；以前則多為「造境」。不論是心象、意象、寓言造境，都接近於夢幻。以夢幻來揭示、深測生命存在的真實，以及世界的真相，漸漸成為我的創作所追求的旨趣。

我想廿一世紀將是人類社會重新檢討人的意義與藝術價值的時代。當現實變成虛妄，夢想應變回真實。夢想者，人類永恆理想之夢也。

（一九九九年二月）

藝術「全球化」我們應有的自覺

——致中國大陸藝術界的朋友們

大陸藝術界的朋友給我寫信並寄來《榮寶齋》期刊編輯部約稿函。這一本迎向兩千年的新刊物將對中國藝術有重大的影響與貢獻。這是我的祝頌，也是期望。

藝術方面值得談的題目太多了，我現在先選這個議題，因為這是我最急切想說的衷心的話。

「全球化」的迷思

一九九九年八月十一日香港傳訊電視中天頻道訪問北京幾位新潮畫家、評論家和畫展策劃者，看後感慨良深。一方面驚詫於中國改革開放十幾二十年間，文化藝術一窩蜂地崇洋，生吞活剝把西方的「前衛藝術」當自己的目標，何其急躁而速成！另一方面不免深感中國藝術未來還有一段坎坷的長路。從過去的一個極端，如今是擺向另一個極端，這種迷惘倒錯的困境，何時能夠擺脫？何時才能找到有自己文化主體性的現代中國藝術的方向？

那三位中國大陸藝壇「新銳」都認為西方的現代、後現代主義已是「全球化藝術」的共同語言。也說到現在已進入現代生活，也西方化了，很難分辨中西；他們還說，雖然表面上是西方的，其實那是全球化的藝術樣式。

這些觀點在台灣的我們來說，一點也不陌生。而且台灣自六十年代早已有此聲響。台北的「五月」和「東方」兩個畫會，就是響應西方的前衛藝術而起來「革命」的。

全球化（globalization）確是近代以來西方隨著資本主義崛起的霸權文化所鼓吹與運作的目標。一個半世紀之前馬克思在寫《共產黨宣言》時就說過：「資產階級由於開拓了世界市場，使一切國家的生產和消費都成為世界性了。」這種全球化的世界市場，使「落後國家」只能充當墊底的角色。若不能努力追隨附驥便被淘汰，所以永難有自主性之可言。

近年亞洲金融風暴受國際金融資本體系全球支配性的威力，國際投機資金的抽吸，亞洲經濟的榮景似乎一夜間而破滅。韓國的金融體系兩年前曾遭到接管的命運，韓人的悲憤，覺得不啻淪為經濟殖民地。可見失去自主性之可悲。當「全球化」的權力握在西方經濟強權手中時，你妄想融入「國際」，結果只是墊底。我從來沒有想到經濟問題與藝術發展有如此相類的一面。總以為藝術應強調文化的主體性；政治與經濟則不然。因為「民族主義」、「愛國主義」很容易走向極端，而「地球村」的經濟結構自由化、全球化當是最佳途徑。最近觀看亞洲金融危機的背後種種，才知道並非如此簡單。

在一篇談經濟的文章〈警惕金融權力的全球支配性〉（《亞洲週刊》一九九七年十二月一號）中說金融不只是金錢的一種，更是一種權力。一九八〇年國際經濟的南北會議發表的「阿魯沙提案」，說「貨幣是一種實力。這個簡單的真理存在於國家的，國際的種種關係中。那些實力雄厚的國家控制著貨幣。國際貨幣體系是現實實力結構的一種功能體現及一種運作工具。」任何國家的金融體系被接管時（如被「國際貨幣基金組織」即ＩＭＦ），該國即失去借著金融決策制訂經濟發展策略的自主性；因ＩＭＦ的運作，國際垂直分工將更加確定，更無法突破。因此，就古典政治經濟學裡有關金融資本的理論而言，亞洲貨幣危機應視為國際金融資本支配性角色的一次「功能體現」。它抽吸了亞洲累積的大量成果，更壞的是還將亞洲掉進再也難以攀爬的國際分工體系的下層。

文化霸權

我特別引用了談論國際經濟問題的這些論述，因為金融資本全球支配性的可怕情景，在文化藝術方面也並沒有不同。經濟方面西方霸權所鼓吹的全球化的事實，啟發了我對當代西方前衛藝術的思考與進一步的批判。從經濟上的例子，也說明了我多年來強調現代中國藝術文化主體性的堅持；抗斥盲從、屈服於西方現代、後現代主義；批評有人將其當作國際性、世界性範式的謬誤與迷思等論述並非我個人的偏見。仿上述經濟論題的話來說藝術，相類似的述說便是：西方現代、後現代藝術不只是藝術的一種，更是一種權力。那些實力雄厚的國家控制著藝術「進步」的主導權。國際性、世界性的模式與論述是現實實力結構的一種功能體現及一種運作工具。

所謂「現實實力結構」便是西方中心的文化霸權。任何文化體系中的藝術若被他文化體系中的藝術所取代，原來的文化體系中的藝術便失去創造發展的自主性，也失去源泉。因為自陷於「全球化」的迷夢之中，藝術殖民地化的命運便不易掙脫，難有回復自我獨特創造的可能。

強勢文化推廣所謂「全球化」的前衛藝術，其實是一種文化霸權的擴張。「後進國家」的「前衛之士」以為與「全球化」的主流接軌，實則是強勢文化的俘虜。全球化的文化霸權的擴張，以藝術為手段（運作工具）。我們可以舉美國五十年代後期所謂「抽象表現主義」運動之所以成為「國際化的主流」，使以紐約為中心的美國賴以由地區性的藝術地位轉變成「國際化」的領導者，歸功於美國的《藝術新聞》（*Artnews*）雜誌長達十五年持續不斷的鼓吹；更重要的是白宮政府「刻意拿美國當代藝術作為文化宣傳的利器，以及整個美國大眾所凝聚而成的社會慾望（socialdesire）——期望美國成為全球政經、文化、軍事的主導者，此三大因素促成抽象表現主義運動的國際化。」（對此事的真相很詳細的論述參見謝東山《當代藝術批評的疆界》，台北帝門基金會出版）

我們應可明白：全球性、世界性、國際性等名稱的虛妄以及背後的政治動機。

藝術，有時不是單純的藝術，而是一種權力，一種強國為實現全球支配性文化霸權的「運作工具」。文化霸權因「國力」而膨脹，但終將受到抵制與抗拒；依附這「權力」，可能博取一時的虛榮，但終必歸於虛妄。

獨特自主的文化心靈

中國兩岸三地，即大陸、香港與台灣。因為近代歷史的原因，中國文化在三個地區從過去到當代，各有不同的發展和變遷。就接受西化現代藝術的影響來說，港台最早，大陸則自開放後才「急起直追」。將來的歷史如何姑且不論，中國文化歷史共同的傳承在與外來文化的衝擊交流之後所應有的理想的方向，三地不應該也不可能有巨大的差異。

很可惜，港台文化藝術在現代歷史中的經驗，大陸沒有研究與了解，也就不能借鑒，港台近數十年以西方現代、後現代前衛藝術為先進的、世界性的、全球化的模式追逐附驥，唯恐不能得到西方藝術界、美術館、畫廊、評論家、收藏家與社會的青睞。試看港台出名的藝術界人物，哪一位不經洋人的品題而能身價百倍？當然，洋人不無有極高明的品味力與眼光者，但洋人而能站在中國藝術的民族特色來看中國創新的藝術，豈比鳳毛麟角更多？（洋人喜歡異國古董，收藏山水畫、美人圖者另當別論）港台以外的「新潮」藝術，差不多是西方現代、後現代的翻版，或者說「逾淮之枳」。

香港的文化藝術，處於中國與西方兩者的「邊陲」地帶，這是很特殊的情況。傳統的「中國畫」以嶺南派為主，而大幅度的商品化，與高氏兄弟首創時不同，趨向豐麗悅人，主要在賣錢。全盤西化的藝術則完全是西方的「複製羊」。居中的是中西摻半的水墨創作：用中國線與筆墨，糅合美術設計的理念與技法，或以分割的畫面，或以幾何形，或以自動性技法，具象抽象都有，這是香港本土的特殊產物，是中國與西洋現代派的混血兒。香港的文化歸屬的矛盾造成在過去歷史中的尷尬處境，因而孕育了藝術上特殊的產物，好像半杯白干與半杯洋酒拌攪而成，其異化了的歷史的無奈，也說明了時空條件對藝術的制約。

大陸近代以來，二十世紀前期已有許多先鋒人物，開創了新局面。大略而言，這裡面有從傳統發展出來的（如齊白石、黃賓虹、潘天壽等），也有融中外於一爐而不失中國文化主體性的創造（如林風眠、徐悲鴻、傅抱石、李可染等）。而外來畫種的「中國化」（如油畫、水彩的中國風格的追求），都是非常了不起的抱負。中國藝術的現代化，應該說已經有了總體的大方向，而且也已取得相當豐碩的成果。這個大方向大概可以歸納為：「本土藝術的現代化，外來藝術的本土化。」這裡面包含了：一、中國藝術不論如何創新，中國文化的主體性、獨特性的堅持；二、中國藝術的多元化。「中國畫」以及「文人畫」是中國繪畫寶貴的遺產，應該有現代的新創造，不再必定是中國繪畫的「正宗」式「主流」，它要與其他繪畫公平競賽。而外來的畫種不再是「洋畫」，它要融入中國文化；它也是現代中國畫壇參與公平競賽的新成員，它必須努力本土化，落地生根。

但是，改革開放以來，由於種種原因，上述這個大方向混亂了，偏離了。似乎大半個世紀以來先輩的努力頓成絕響，歷史的承傳不能延續發展，這是非常令人憂慮的事。這種種原因之中，大概有兩個重要的因素，一個是崇洋之風，一個是商業市場的興起。我們看到大陸（包括由大陸移居海外）的藝術界在這兩大因素的衝擊之下，表面上風起雲湧、花團錦簇，但本質上是依附商業大潮，喪失了理想性；追逐、臣服於西方前衛藝術，喪失了自主性與獨立性。

以前百餘年中國人對於列強軍事、政治的侵略與壓迫，艱苦卓絕地反抗，終於擺脫控制，維護自己的主權，如今以經濟與文化的「全球化」，中國人都不自覺地以「全球化」為目標。尤其在文化藝術上，西方文化霸權全球化的擴張，中國文藝界相當多的人認為是「世界性的主流」而追隨膜拜。我們已於不知不覺中喪失了文化大國具現代性的自我。我們看國內外的報導、圖片與評論，西方後現代千奇百異的前衛藝術在中國文化中異軍突起，沛然莫之能禦。此外則是追逐市場利益的各種商品藝術。近代以來艱辛探索、創造、積累的成果，在西化與商業化的衝擊之下，我們忍看它灰飛煙滅？

即使中國的科技與軍力強盛，政治獨立自主，經濟繁榮，但如果文化心靈卻喪失獨特的主體性，在二十一世紀「世界藝術」中拿不出具有中國文化與民族特色的獨特創造，我們是什麼？如果在經濟及其他方面得到成果，而失去我們的文化心靈，我們所有努力的意義是什麼？

這不但值得所有關心中國文化的人深思，更值得藝術界急切認真的省思。

（北京《榮寶齋》十月創刊號，一九九九年七月應邀所寫）

「筆墨」與中國繪畫的抽象性

香港藝術發展局主辦，香港大學與香港中文大學藝術系協辦的「筆墨論辯：現代中國繪畫國際研討會」，五月五日到七日在香港太空演講廳舉行，筆墨是中國傳統繪畫的基本元素，過分強調筆墨是否會阻礙中國繪畫的發展？這問題，從十九世紀之後一直是中國美術史家、學者與畫家多所關注的焦點之一，大陸、香港、台灣多位知名學者、專家將在研討會上發表論文，國立藝術學院的何懷碩教授與台灣大學的石守謙教授獲邀代表台灣發表論文，《典藏　古美術》率先刊登何懷碩的論文〈「筆墨」與中國繪畫的抽象性〉。

清代畫家惲南田說過一句代表典型的中國傳統畫家觀點的話：「有筆有墨謂之畫」①。這已遠遠不只陳述了「筆墨」對中國繪畫的重要性，它的弦外之音是：如果沒有「筆墨」，簡直就稱不上是「畫」了。

什麼是「筆墨」？熟悉中國繪畫傳統的人都不陌生，但是，明確認識、清楚陳述其包含的內容，還是極有必要。「筆墨」兩字，在今天應該有三個層次的解釋：第一，「筆墨」是中國繪畫（以水墨畫為主）工具材料的名稱，即筆與墨。第二，「筆墨」是已有悠久傳統的中國繪畫表現技法（運筆用墨）的統稱。第三，「筆墨」不僅指過去所累積的經驗、傳統的精華，也包容從傳統筆墨技法基礎上所發展、增富、創造的，更多元化的表現技法。換言之，「筆墨」不應局限於工具材料；也不應局限於傳統已有的規範與程式；還應包含今日與未來發展創新的筆墨技法。

筆墨構成中國繪畫抽象表現

中國繪畫在表現技法上可以「筆墨」兩字作最精確的概括性表述，西方繪畫似乎就沒有相對應的概括性表述。這是因為中西繪畫雖然面對同一對象，也取材於同一對象（這一對象便是宇宙中的人與萬物），但是文化、藝術觀念與表現技法上的差異，顯示了中西繪畫兩大體系鮮明對比的兩種風格。

儘管中西繪畫各有鮮明、獨特的風格，就同為繪畫而言，總有基本上的共通性。中西繪畫在表現技法上都同樣包括「具象性」與「抽象性」兩部分。繪畫中對客觀物象的視覺樣式的模擬、描繪、再現，是具象性的部分；而繪畫中主觀的理解、感受、表現，是抽象性的部分。繪畫之所以能表現來自不同的文化、不同的個人獨特風格，繪畫的抽象性發揮了最重要的作用。

中國繪畫中的「筆墨」，正是構成中國繪畫抽象性表現最重要的手段。期望中國繪畫永能以獨特的風格展現其光采，中國繪畫「筆墨」這一傳統，應該發揚創新，不應該廢棄、取消。突破傳統的規範與程式化的束縛，「筆墨」的無限追求，不但是創作的方向，也是品評的基準。

但是，無可懷疑，當代對於中國繪畫之「筆墨」問題有分歧的見解，也有少數人主張廢除毛筆，加入種種非「手繪」的自動性製作技術，主張中國水墨畫的創新應無限擴大工具材料的限制，出現了中國水墨畫幾乎與西方前衛藝術的拼貼、複合媒材乃至裝置藝術逐漸混同的趨勢。這些主張與創作實踐，表達了藝術界一部分人認為中國水墨畫如果不向西方主流靠攏，不大量引進西方前衛藝術的觀念與製作方法，便無法具備「世界性」或「國際性」的資格；不認同這個以西方現代與後現代的「全球化」主流，便落得只有「邊緣」的地位。這就遠遠超過了「筆墨」的存廢絕續的問題，而是中國繪畫往何處去？中國繪畫是否還應該維護、發揚自己的獨特性？藝術的「世界性」真正的意義是什麼？全球化可能而且應該迫使「弱勢」文化放棄文化差異與多元價值的堅持，歸順於「強勢」文化嗎？藝術創造在時代現實的威壓（所謂「世界性的主流藝術」）之下豈不喪失更多的自由與自主？等等更多更大的問題，最後便不能不觸及中國文化往何處去，這個超過一個世紀以來國人殫精竭慮，至今仍未有明確答案的老問題。本文不為討論這些大問題，但是深知這些問題沒有共識，「筆墨」的討論便難有交集。因為「筆墨」的存廢絕續，肯定與否定，各種不同的意見，都源自對上述諸問題不同的理解與答案。

所以我不能不簡略表述我的基本見解。我認為不同文化各有獨特而珍貴的價值。「強勢」、

「弱勢」只是時代現實競鬥的一時現象，是階段性的起伏興衰。當代所謂「主流」只是強勢文化稱霸，壓制其他文化的現實勢力，與優劣高下無關。文化藝術的所謂「世界性」與「國際性」不應以一時成為霸權的「主流」為一元化的模式，而應該是各種不同文化中最高成就的多元化集合。那些能提供人類獨特貢獻的創造性成就，都是世界性的成就。例如二十世紀非強勢文化中的魯迅、川端康成、馬奎斯等文學家，因為成就卓越並代表不同文化的多元價值，所以與海明威、卡繆等歐美作家同樣是世界性的文學家。我認為中國的水墨畫在歷史中發展出「筆墨」這一傳統，才構成中國繪畫鮮明的特色。拋棄這一特色，中國水墨畫便喪失獨特性。工具材料與製作技術全然革命性的改變或可創生另一種繪畫，但就不是中國水墨畫。水墨畫代表中國傳統繪畫最高的成就，在歷史上早就有世界性的地位。未來水墨畫是否能有同樣的世界性成就，要看我們今日與未來的認識與創作成果，絕不因為捨棄「落伍」的「筆墨」採用「先進」的西方現代畫技巧就能向「世界性」的主流「進軍」。

所以，惲南田那句老話，如果我們對「筆墨」有新的認識與創造性的運用，「筆墨」還是中國繪畫獨特風格的支柱。

筆墨被稱為中國繪畫的根本，是中國水墨畫基本的造形方法。許多人認為是中國人自古用毛筆蘸墨寫字畫畫，所以當然特別強調筆墨。但是，更深層的探討，便知這種說法是因果顛倒。

毛筆本來與刷子同義，用來塗、刷，比刀石的刻、劃有更佳的效果。如果只為塗刷的功能，中國的毛筆必不會有不斷的改造與發展。西方的油畫、蛋彩、水彩所用的筆，至今還基本上是刷的功能。我們斷不能認為能發展高度科技的西方人沒有做好毛筆的智能與技術。刷子在中國，發展為極具功能性的毛筆，是因為中國人要以「線」來表現萬物（「以一管之筆擬大虛之體」）②，便要求毛筆具有多元豐富的書寫點劃線條的功能。而「線」的表現，則與中國人的自然觀以及繪畫思想有密切的關連。這裡只能簡略陳述。

中國繪畫技法主客觀難解難分

西方主客觀的對立與中國的主客一體（所謂「物我兩忘」、「天人合一」），造成中西哲學的不同，也造成中西科學發展的大異。在繪畫上說，西方長期的寫實主義傳統，從希臘的「模仿」理論開始，至近現代未絕的逼真如實物的寫實與具象，在中國從來不曾發生。因為中國沒有以與客體對立的立足點去觀察、測量，準確描繪客觀物象在視覺上「真實」形象的傳統。所以中國沒有發展出等同於西方以塊面、色彩、光暗、體積、空間、透視等再現客觀形象的繪畫技巧。中國繪畫是以主觀的心智情思進入客觀物像之中去體會、領悟，發現其情趣、韻味、神采、精神，再予表現。很明顯地，中國缺乏客觀再現的觀念與方法，所以從來沒有西方式的嚴格的寫實主義。中國的技法是主客觀難解難分。西方繪畫的傳統是視覺上如實的模擬，如實的呈現；中國繪畫是心智情思「變造」了的，與「真實」有距離的意象。

自然萬物在中國繪畫中要經過一番「翻譯」的程序，變成與實在大異其趣的「藝術語言」（即「筆墨」），才能被認為是藝術的表現。所以，世界上中國繪畫最早創造了獨特的「造形符號」，西方傳統繪畫近代以前缺乏「符號」的特性，要到後印象派以後才急速走上中國早已發達的「造形符號」之路。後來走上極端而出現抽象繪畫。西方從具象的極端客觀到抽象的極端主觀，其發展路徑與中國繪畫大相逕庭；中國是客觀與主觀的「中庸」。

中國繪畫重點在線的表現（點是最短的線，而皴擦等技法也是線的發展和變化。概括而言，可以「線」為代表），所以才努力研究探索創造最能表現變幻多端的線的工具。筆墨的精良製作是長期歷史中集體智能的成果。而好的工具更要優良卓越的操作方法。於是，「筆墨」從工具材料的名詞變成卓越使用筆墨技法的統稱。中國繪畫是因為要把物象「翻譯」成筆墨式的「語言」，才注重筆墨的技法：為使筆墨技法豐富多樣，才努力改進、創製更好的毛筆與墨。中國精良的筆墨工具不是偶然發展而來的。

中國的毛筆，是世界上古今人類所製作的書寫工具中最高的成就，因為它有無可匹敵的多種功能，是最卓越的筆。中國的毛筆，從新石器時代彩陶上畫花紋開始，距今已四、五千年。最原始的筆，是用獸毛或植物的纖維捆紮在樹枝、竹管上。後來不斷改良，到秦代已知道把筆毛栽入鏤空的筆桿中，與後來的毛筆基本相似。漢代更發展出把各種不同性能的動物毛安排在不同的位置，使毛筆堅挺而又增加含墨量。唐代白居易〈紫毫筆〉詩云：「江南石上有老兔，吃竹飲泉生紫毫，宣城之人採為筆，千萬毛中選一毫」。毛筆製作不斷擴充，各種不同的毫毛、尺寸、形式、功能的毛筆，不勝述說。明朝屠隆編著的《考槃餘事》說毛筆有「尖、齊、圓、健」，稱為「四德」，是第一部完整記載中國毛筆發展與製作的文獻。

中國的墨也一樣經歷了悠久的發明與精進的歷程。墨由黑土到用松、桐油、菜子油等材料燃燒後的煙煤和膠製成。各種不同燃料材料與方法之不斷改進，以及製膠的材料、方法與副料的種類之複雜與精研，歷代均有典籍記載，不勝枚舉。中國書畫之有筆、墨、紙、硯，所謂文房四寶，其製作之精良，品類功能之繁富，為世界之最，殆無可懷疑。

繪畫造形手段是抽象性的來源

假如說，西方近代以來繪畫之工具與材料，有推翻絹布紙張、色料筆墨、畫筆畫刀，而無所不用其極使用其他工具、材料與方法（如用人體沾色料在畫布上滾動拓印，或者甩、潑、釘、噴、壓、刮等技巧）也可以是「藝術表現」方法的話，那麼，功能最豐富的中國筆墨（包括工具材料與運用技巧），在多元化的藝術表現中，當然應保留一席之地位。任何工具必有其局限，毛筆也不例外。毛筆表現的功能之豐富多樣，遠非其他任何「筆」所能達到，說明各種筆中，其局限性最小，可能性最大。或許是因為中國毛筆的運用要達到充分發揮功能，較其他任何筆（或非筆）的運用難度較高，所以當代才有廢除毛筆的主張，很值得研究。誠然中國毛筆在書法與繪畫上的運用，因為要學習、掌握過去豐富的經驗與成就，需要長期認真的基礎訓練，不是一蹴可幾。而西方現代主義興起以來，從杜象的《噴泉》（Fountain，一九一七年，以瓷製小便器實物為「作品」）以後，顛覆傳統，不必手繪，而且取消平面與立體的限制，也取消「藝術」與實物的界線，藝術的「基本訓練」已漸形「落伍」，也逐漸受到藐視與鄙棄。任何一個念頭，採用任何物料，都可變成「藝術」。這種西方前衛風潮，大概是懷疑中國筆墨價值，甚至主張廢除毛筆的時代背景。苟不論炫奇怪異的形式是否能自動產生意義與價值，西方極端主義的危機將如何發展？這是另一層次的問題。我們所關心的是現代中國水墨繪畫包括「筆墨」在內的獨特性，已然不是我們的資產而是負債嗎？答案顯然不是。我相信未來中國水墨畫的「現代性」與「世界性」不是建立在自己的獨特性的取消，更不因歸順西方前衛主流而前途光明。

繪畫的抽象性是構成獨特風格最重要的因素。不同的文化、民族、國家與地域，在悠久的歷史中創發、陶融、積累以及不斷發展演化的藝術觀念與表現方法，形成不同文化間有明顯差異（即各具獨特性）的造形手段。換言之，繪畫中的造形手段，便是繪畫中抽象性的來源。

西方繪畫的抽象性從希臘開始即顯示了理性化的傾向。均衡、對稱、秩序都可歸結到數理的關連。畢達哥拉斯有名言：「美是數的和諧」。這個理性化的傳統直到近代的塞尚以圓球、立錐體和圓柱體來化約自然界物體的基本形式，以至蒙德里安的純幾何造形，都是一脈相傳。在色彩上的抽象性表現，西方從文藝復興注重客觀物體的「固有色」觀念，到十九世紀隨光學原理的發現，印象派捕捉變幻不定的色光變化，發展到色彩的象徵意義與主觀情感的追求，才逐漸由具象性（寫實、客觀的再現）趨向抽象性（突破寫實，結合理性與感性的表現）。西方在二十世紀初的一部分繪畫已逐步越過了抽象性的追求，直接發展為抽象繪畫。

中國繪畫的抽象性因素和形態與西方大異其趣。大略而言，線的運用、筆墨的表現、傳神（「以形寫神」、「傳神寫照」③、「離形得似」④、「不形不似」⑤）、空白與虛實的運用、書法美感與金石美感的融入等，都是中國繪畫抽象性生成發展的憑藉。其中各項都可歸結到「筆墨」上，尤其是線的運用、書法美感與金石美感的融入等根本就是筆墨表現中的要項。所以可以說中國繪畫的抽象性形態，捨「筆墨」則再無多少獨特性之可言。

中國的筆墨，不像西方的畫法從客觀的極端（具象寫實）發展到主觀的極端（抽象，否定實象），從來就是主觀的融合。筆墨的最高要求是體現了物象的精神氣韻（不是再現的描繪），表現物象的生動與精妙，同時又表現了主觀的情趣與意理。前者傾向「具象性」，後者傾向「抽象性」。但筆墨既是主客觀的融合，兩者已如羚羊掛角，無跡可尋，渾然一體，主客冥合。因為一方面要表達物象的情態、形象，所以筆墨要能「應物象形」；一方面筆墨要發抒主觀的情思、意趣、氣勢、風采，所以筆墨要逸興遄飛。兩者的融合，形成高難度的中國筆墨技法。與西方的摹寫客體，維妙維肖的寫實畫法，或者與近代西方自由潑灑、縱橫塗抹的抽象畫法相較，客觀（具象性）與主觀（抽象性）兩者，中國的「合一」與西方的「分裂」，完全不同。而兩者辯證統一，成為極獨特、超越的藝術表現技巧，這就是中國繪畫的抽象性形態，也是中國繪畫最珍貴的資產。

中國筆墨語言豐富深奧領先群倫

中國筆墨工具材料有極複雜的運作功能：用筆的中鋒、側鋒、偏鋒、散鋒、順鋒、逆筆等等，加上快、慢、提、壓、頓、挫。用筆的濃、淡、乾、濕、枯、焦、渴、潤，以及積墨、破墨、潑墨、宿墨，加上用水的方法，有無窮的技巧。這無窮的技巧，呈現了視覺豐富多樣的形式：大小、粗細、長短、方圓、橫豎、曲直、輕重、繁簡、厚薄、偏正、虛實、動靜、疏密、聚散、張弛、開合、斂放、緩急、剛柔、疾徐、澀滑、榮枯以及嚴謹與放逸、柔嫩與老拙、樸素與穠麗、清淨與繁富、蒼勁與嫵媚、明晰與模糊、鋒利與鈍滯、磅礴與優雅等等。以廣義線的表現形式，建構了中國繪畫獨特的筆墨造形技巧，來表達對宇宙萬物的「道」（精神、原理、本質）的體悟與藝術創作者「心」（人格精神）的抒發。

這一雙雙辯證關係的抽象性形式，對立的兩頭中間還有無限層次。由此可見中國的筆墨語言之豐富與深奧，獨特與超越，在世界一切繪畫中無出其右，當不是誇大其辭。

認為「筆墨」妨礙創作的自由奔放，從某一角度而言也並非毫無道理。如果將「筆墨」理解為指元代以降到明清士大夫文人畫家所總結並代代相襲的傳統規範與程式化老套，這樣的「筆墨」確已定型化、公式化，成為僵化的「語言」，確實對自由的創造有負面的作用。尤其是「筆墨」傳統中過分墨守「書畫同源」理論、要求繪畫的筆墨技法以書法為圭臬，更造成套式化、概念化，阻塞了筆墨技法活潑創造的生機。不過，這些都是「筆墨」狹隘化、定型化的觀點所造成的弊端，都是對「筆墨」誤解、曲解、墨守成規、不思創造的結果，不是筆墨本身的罪過。

如果以本文開頭所說，「筆墨」兩字第三個層次的理解，筆墨應包容不斷發展、更多元化增富創造的技法，則「筆墨」對創作自由只有助益。筆墨既有活潑創造的可能，當然不可能反而成為障礙。

筆墨不論在過去與現在，都是中國式的繪畫語言。也是中國水墨畫獨特風格的命脈。好比中國文字與語言，不但是工具性的語言也是中國人思維方式有機組成的部分，與思維的內涵有密切的關連。筆墨可以而且必須發展、創造。筆墨所依賴的工具材料也應容許發展、創造，這都不成問題。但是，創造的指標不能只寄託在先求「異」，或只求狂怪新奇——那是西方新潮藝術的老路（已有近百年的歷史了；顛覆傳統並不就等於創造新價值）。使用新奇怪異的工具與方法不是創造的目的，更好的創造才是目的。創造的品質要「優」，不是「劣」；要「精」，不是「粗」；要「深」，不是「淺」；要「雋永」，不是「炫奇」。

依我的淺見，中國的水墨畫，不論現在或未來，都要能承繼、發揚中國筆墨的特色與神髓，運用有中國特色的「筆墨語言」。如果不用中國毛筆，不採用中國「筆墨語言」，而運用取自西方現代「複合媒材」的觀念與技法，雖然使用了中國水墨的部分材料（紙、墨），也還是屬於「複合媒材」的繪畫。中國畫家移植西方「複合媒材」之後若能本土化（即表現出不同於西方的風格，有自己的文化特色與個人的獨創性），並獲得創造性的成就，也當成為中國繪畫的新品種，但不能勉強稱為中國水墨畫。

中國的水墨畫絕不只是運用了水、墨與手工的紙而已，那只是皮毛。更重要的是要有中國繪畫抽象性之所寄，以及中國水墨畫獨特風格之憑藉——「筆墨」。

（二〇〇年一月）

註釋

①惲南田，《甌香館畫跋》。
②王微，《敘畫》。
③顧愷之，《論畫》。
④司空圖，《詩品》。
⑤齊白石〈白石文抄〉：「作畫妙在似與不似之間，太似為媚俗，不似欺世。」

百年「中國畫」的省思

這篇文章是應「百年中國畫展」同時舉辦的「理論研討會」之邀所寫。為回顧廿世紀一百年間中國畫的成果，北京「中國美術館」隆重推出這個大型畫展，精選廿世紀有代表性的中國畫家參展。有幸被邀請提供作品參加，並要我對百年的回顧與新世紀的前瞻提出看法。因為時間倉促，只能簡要陳述拙見。大會建議在「廿世紀中國畫藝術的回顧與前瞻」的總標題之下，討論如下幾方面的議題：

一、廿世紀中國畫發展的基本脈絡。

二、在中西文化交流與融合的背景下，中國畫「改造」與「繼承」兩種選擇的情況下取得的成果與經驗。

三、廿世紀中國畫發展的過程中，地方畫派的形成、發展、貢獻和未來。

四、從廿世紀中國畫在技法、技巧、材質工具與筆墨審美精神的演進，看它的包容性、適應性及其前景。

五、在世界經濟全球化，科技更進步，文化交往更多的今天與未來，做為民族文化精華的中國畫，將有怎樣的前景，將如何弘揚傳統。

我這篇小文就針對以上五個議題做簡明扼要的「回答」。因為主辦單位允許「文章長短不限」，所以本文不拘泥於論文的形式，旨在表達了具體的看法，對於一個世紀以來的中國畫，留下我的省思與見解，供關心這個議題的人士參考。

有關「中國畫」的回顧、思省、探索與展望的文章與研討會多年來屢見不鮮，但不是高談闊論，便局於一隅；思路清晰，切中肯綮，言簡意賅，有真知灼見的並不太多。我只想按照大會討論提綱簡略表達，說些具體明白的意見。

首先，我一直不贊成用「中國畫」或「國畫」這個名稱，我認為「中國畫」原泛指「中國繪畫」，不是單一「畫種」的名稱。大家所常用的「中國畫」這個名稱，應改為「水墨畫」，以與油畫、版畫等合稱「中國繪畫」。我二、三十年來發表過多次文章論述這個觀點，茲不細說。

廿世紀「中國畫」發展基本脈絡，可說有三條。

第一是崇拜古人，走傳統的舊路；第二是追隨西方，以中國材料與形式去模仿、依附西方現代主義；第三是融貫中外，努力創造。第一條路的畫家佔大多數，仍然在山水、花鳥、人物，或工筆寫意，或青綠、淺絳、水墨等格局中討生活，基本上是復古派。第二條路多半是廿世紀下半葉以後的新潮，大陸上有吳冠中，台灣劉國松，香港王無邪。此三位是兩岸三地最有名的「樣板」，其他知名者也不少。尤其近廿年，大陸開放改革接觸西潮以來，朝此方向者如雨後春筍，中青年畫家尤多。第三條路包括兩類：一是從傳統中求超越，追求個人創造，代表人物如黃賓虹、齊白石、潘天壽等等；一是立基傳統，汲取外來營養（各人所憑藉的傳統均各有選擇，所汲取的外來畫派畫風也各有不同），努力做融匯、創造的追求。典範畫家如徐悲鴻、林風眠、傅抱石、李可染、石魯、周思聰等等。三條路之中，應該說第三條才是近現代中國畫理想中應走的方向。因為不能超越傳統（第一條路）或缺乏傳統根基（第二條路。西化派很明顯傳統的修養與認識都極有限，甚至只有皮毛。），與不知時代變遷（第一條路）或只知附驥西方大潮（第二條路），都同樣是「偏枯」之路。

我不認為「中國畫」的發展有「改造」與「繼承」兩種選擇。任何創造都兼具「改造」與「繼承」。合起來應說是「發展創造」，裡面便兼含改造與繼承的成分。不會有專走「改造」或專走「繼承」之路而有理想的創造成果。

地方畫派的差異已漸不明顯，因為各地中國畫家都同樣面對如何處理「傳統」與「現代世界」的關係，彼此的分界與隔閡已打破。現在特別標舉北方畫派、金陵畫派、嶺南畫派已漸漸失去意義，在不斷交流、汲取與淘汰之下，南北差異必然漸漸統合。如何面對西方強勢文化而不致於喪失我們自己的獨特性已變得更為重要。但地方畫派還有其價值，應任其自由發展。

許多畫家強調創新要發明新工具、新材料，這是皮毛之見，也是受西方現代主義的影響而有的人云亦云。材料工具當然可以擴大、改進、採擷外來、創發新品，但以此為創造的主體便走上膚淺的形式主義。以撕貼、印染、水拓、撒鹽巴、加藥水……等方法來謀求「創新」，是緣木求魚。技法與技巧不應孤立於創造的情思之外，不建基於工具材料的特性上，更不以「耍特技」、「玩魔術」為上乘。如果繪畫思想沒有創新、繪畫題材照搬傳統或仿效西方，毫無個人的體系與新探索，只在材質與技術上刻意求新求變，乃是形而下的製作，缺乏藝術創作更重要的精神內涵的高度與深度，結果是藝術的膚淺化與工藝化。特技與新材料不是不可用，而是應該依據創作的精神內涵的需要適當運用。許多人以特技為「招牌」，為看家本領，這種繪畫創作已類似製作「手工壁紙」，豈不窮思濫矣。

至於「全球化」，我們應認識到在人權、政治、經濟、科技等方面，全球化是世界發展的趨勢，其中有許多具普世價值的東西（如人權的保障、民主的制度、經濟的跨越國界、知識的共享、技術與產品的統一規範等等）。但在宗教、信仰、價值觀念、藝術、品味、生活方式等方面的文化獨特性與自主性，是不可能也不應該全球化的。發達資本主義國家（所謂「強勢文化」，其實時常表現為文化的帝國主義）對其他國家民族或地區文化的壓制、歧視、摧殘甚至迫害，固為我們堅決反對，更應認識到文化霸權透過宣傳、迷惑、鼓勵、利誘等等溫和的方式，來達到文化宰制的目的，而以「全球化」的名稱做幌子，使喪失自信心的民族或個人盲目追隨，也是極可怕的事。

中國藝術界已有不少盲目崇拜、模仿、追隨西化現代主義、後現代主義的現象，而且以進步的姿態睥睨同儕。那是中國藝術現代化道路上令人最擔憂的，亡羊的歧路。以追逐西潮為「前景」，應該猛省；如果我們的前景在「弘揚傳統」，也不啻自我設限。我們理想的方向還是發展創造。

（二〇〇一年九月，原刊《藝術家》、《美術》二〇〇一年十月號）

民族特色是珍貴的價值

——與大陸藝術界朋友共勉

王仲先生：

拜讀《美術》諸文，有感而發，願意表示我在台北的想法，呼應大陸諸先進，好友的高論，寫此小文，敬致貴刊與同道共勉。

出刊後，敬請賜寄一本給我，先致謝忱並祝藝祺！

二〇〇四年十一月十九日

何懷碩

四十年來在台灣，我從念大學，留學、任教美術系、寫美術論評以及創作現代水墨畫，至今仍是美術界一份子。就文字著述方面來說，從一九六四年開始發表藝術論，數十年間，出版了十幾本著作。主要的論旨，簡要而言，一方面是對中國美術傳統精華的闡揚，對傳統僵化部分的批評；一方面是對西方現代文化霸權的擴張，西方文化中心論述的傲慢與台灣崇洋風潮的批判；一方面提倡「中國藝術的現代化」與「外來藝術的本土化」（有時用民族化或中國化的字眼）。六年前，台北立緒出版公司將我的文集匯編為《懷碩三論》出版。今年年底之前《三論》將由天津百花文藝出版。

兩岸藝術界朋友不無知道我一向的主張者。在我的那冊藝術論（書名《苦澀的美感》）的自序中我曾寫到：「台灣文藝界找不到另一人如我一樣在藝術的論述上長期反對西方（尤其是美國）現代主義的文化宰制，強調文化的獨特自主精神的可貴與必要。三十多年來我的觀念與論述是忠於我對藝術的認知與信仰，忠於我的知識與良知的」。……我踽踽獨行，被譏評為「保守」與「傲慢」，但我甘願承受思想與藝術的孤獨。我還相信未來中國藝術一定有普遍覺醒，走自主之路的一天。但是大陸改革開放以後，藝術界有一批人快速崇拜於西方藝術，對前衛、後現代的西方皮毛抄襲模仿的風潮之盛，甚至有「吃嬰屍」的表演。我心中非常憂慮。中國人站起來了，但中國藝術界卻部分殖民地化了。尤其看到中國某些到西方依附於後現代前衛藝術，去與西方「接軌」，而得到西方點頭稱讚的許多「藝術家」挾洋自重，沾沾自喜，有的回到中國，受到年輕一代視為「先進」的仰慕，我想中國藝術界普遍覺醒與自立，大概還要期待於更遠的未來吧。

最近收到從香港寄來《美術》八月號，讀了林木兄（他與我過去不只一次在研討會相識，一見如故，彼此頗多共鳴）〈為油畫民族化的再倡導叫好〉一文，又循文中指引找到《美術》五月號《中國油畫民族化研討會》的發言記錄，我太高興了。我在台灣二、三十年前（與大陸完全分隔的那段歲月）所論述：西方移入的「油畫」不該稱為「西畫」，（今天台灣還多半用此名稱），而且應該本土化、民族化；要使油畫成為「中國繪畫」天地中的新品種。——所以我也反對將「水墨畫」稱為「國畫」。（此處不及細論，我過去已寫過很多了。）我高興的原因不但因為「吾道不孤」，更因為這一群中國美術界的重量人物一致呼籲油畫發展要向民族化的道路去探索。可以預見，在大陸美術教育、創作、研究、展覽等等各環節的推動之下，油畫變成中國繪畫重要的組成部分，將使我們民族的藝術更壯大，更豐富。而對於謹守西方油畫傳統流派的畫家，必能啟迪、激發起建設油畫民族風格的熱情與信念，對於盲從西方現代「糟粕」的新潮人士，應能引領其回歸到有意義的、有自主性的藝術創造的正途上來。我們對西方的文化要吸納，但要有批判的精神與勇氣；我們要建設現代中國藝術自己的「軌」，絕不以去「接」西方現代、後現代的「軌」為滿足。事實上，健全的、合理的「全球化」，在文化藝術上，應該有此共識：各不同民族與文化區的獨特創造為全人類所尊重、珍惜、共享；不以強淩弱，不以霸權排斥非我族類；借信息的通暢、交流的便捷，所有多樣的價值全球共有，這才是文化全球化的意義。

《美術觀察》今年七月號也有三篇談中國油畫發展的文章。張祖英強調「中國的眼睛、中國的心靈、中國的土地」；郭紅專說到「文化歸屬」的重要。我認為文化民族性的可貴與不可拋棄，因為人很強烈的願望便是「歸屬感」。人生信念、生活方式、語言、宗教等使人找到安身立命、安全、自尊與價值的所賴。這就是「歸屬感」的意義。（但他文中說到「中國人性的」而不是「西方人性的」。我認為既稱「人性」，便指一切人的共性，便不應分中西；民族性才有差異。）蔡可群文中說：「藝術只有它居於一種文化價值的框架之內，其所體現的價值觀念、精神指向、審美引導與這個民族的信念、秩序與需求融和成一個整結構時，才具有本質的意義，才能得到這個民族的認同並得以繁榮。」的確，認同就是「民族化」的成功。如果它不能落土生根，吸收自家園地裡的養分，還只是水瓶裡的剪枝花，怎能葉茂花繁？林木兄的大文，批評那些總以為水墨畫是「地域文化」，有了油畫才能進入「人類文化」的淺見。其實，第一流的地域性藝術才會被認為是世界第一流的藝術。莎士比亞、《紅樓夢》與川端康成、馬奎斯的文學，原來就是鮮明的「地域性」作品，那是因有民族性的文化養分供養之後才能開出的獨特的藝術之花。

《美術》九月號浙大教授河清先生更明確地指出「國際當代藝術在根本上是一種美國藝術」。他提出了許多確切的歷史證據，令人深受啟示。多年以前我寫過這一類論點的文章，所以特別與河清先生有深切的共鳴。只是台灣美術界崇洋已久，我所論述在台灣俗話叫「狗吠火車」。現在大陸既有油畫民族化自覺的思潮，河清先生此文，應能震聾發聵，但願中國美術界自認為有「世界觀」的同行，仔細讀一讀這篇文章。

一個民族文化族群中的藝術家，互相激盪，互相啟發，互相勉勵，探求民族文化發展大方向的共識，是很必要也很有意義的。但藝術創作畢竟還有「個性」（個人獨特的創造）一環。所以，油畫民族化切莫成為口語與綱領，更不必成為「政策」。弄得像以前的「高、大、全」那樣，又成「千人一面」的局勢。沒有人能指明「民族化」的風格與技法是什麼，也不應形成某些套式化的「規範」。無限的可能性與多樣性的途徑都要求每一位藝術家自己去探索。我們共同的偏偏是當代以美國為首的西方後現代藝術狂潮，不應當是全球盲從的目標；吸取優質的外來文化，但要加工再創造才有生命，藝術的民族性風格不但不是「狹隘」、「落伍」、「保守」的東西，而且是任何藝術珍貴的、不可或缺的價值之一端。

拜讀諸先進、同道的高論，興奮之餘，「隔海唱和」，寫這篇小文表示欽遲之意，願共勉之。

（二〇〇四年十一月十七日於台北）

依傍與創造
——對於書藝的一些淺見

楔子

華梵大學美術系特別注重書法教學。去年年底邀集了台灣各校美術系兼長書法的教師的書法作品，主辦了「漢字書藝大展」。支持、贊助與協辦者有文建會、北市政府文化局、蕙風堂及何創時書藝基金會。二〇〇五年一月七日至二月四日在台北中正紀念堂中正藝廊展出。這是以前從未有過的一個書法展覽。

從古至今我們所稱的「書法」，後來日本稱為「書道」，今人有時稱為「書藝」，似乎為了與「茶藝」、「陶藝」並列。日本人善用老子的「道」字，其它如「花道」、「武士道」、「柔道」、「劍道」、「空手道」等，唯不用「陶道」，不知何故。最近見史博館研究員高以璇小姐專訪九十六高齡前輩書法家張隆延先生文，張隆延先生也不用「書法」的名稱，講「書道」。他說從唐代張彥遠到清朝包世臣，好多古人都稱「書道」，這哪是日本人新創的名稱？日本人是學中國的。我很佩服張先生的高見。我近三十年來提倡以「水墨畫」的名稱替換不合邏輯的「中國畫」名稱。因為水墨畫只是中國繪畫中的一項；而「水墨畫」三字最初在唐朝王維就用過。古已有之的名稱就不必創新。像新造的「彩墨畫」、「墨彩畫」等名稱，只徒增混亂，也徒顯不明歷史淵源而已。我贊成應稱「書法」為「書道」。而「書法」一詞只是指書道的方法。「書藝」則是書道藝術的省稱。「書法」、「書藝」不應該當作「學名」，「書道」才對。如果最重視書法藝術的華梵大學美術系自此改以「書道」為學名，我想慢慢地便會「風行草偃」；像「水墨畫」的名稱一樣，現在已漸漸普遍接受了。

「漢字書藝大展」期間，主辦單位要我作一場演講，並要以此做為這本書的序言。我演講時只有「綱要」，現在依原題寫此小文，略談幾點淺見。

一、書道藝術的自由與不自由

西方文化自希臘開始有「自由藝」（溯源於拉丁文 *Artes Liberalles*，英文為 Liberal Arts）。古代的所謂「藝」（Arts），泛指人文學的課目（如哲學、數學、音樂、文學、修辭、幾何、天文等，有所謂「自由七藝」，但在不同歷史時期有許多增刪），乃高尚的自由人（技工與奴隸皆非公民，故不是自由人）教育的內容。所以亦稱「自由教育」。（這與我們儒家的「游於藝」及所謂的「六藝」很有異曲同工之處）。「藝」又分自由的與實用的兩類。前者是培養人的學問、智識、靈性、修養、不具功利目的；後者是專門技術的知識與技能的訓練，有功利之目的。

康德（Kant, 1724-1804）論美，也有「自由的美」和「依存的美」兩種。當代美術也分「純粹」與「實用」兩大類。前者是純自由創作（水墨、油畫、版畫、雕塑等）；後者為有實用目的的創作（美術設計、建築、室內設計等）。

「書道」在中國文化中沒有人懷疑它是視覺藝術的一種。但是，它與上述兩類是否完全相同？它到底屬於兩類中哪一類？我想很少人從這個層面來思考過。書道在當代中的許多問題，大多與對書道藝術的特殊性格缺少確切認知有關。不明其特殊性格，當代「書道」難免有許多焚琴煮鶴之舉。

我認為中國的書道既非完全自由的藝術，也不是為功利目的的不自由藝術，這就是它的特殊性格。（至於寫字展覽出售，有功利的動機，那是另一回事。自由創作的繪畫、詩歌、音樂也可以賣。如果凡可出售之藝術即「不自由藝術」，則天下便無「自由藝術」了。幸勿誤解。）

為什麼它不是完全自由的藝術呢？因為書道是漢字的書寫，也就是說，文字是它的「題材」。而文字有其嚴格的規範。繪畫之所以有創造的自由，因為繪畫的題材可以是全宇宙的一切事物，日月山川人物動植物乃至任何東西（包括實在的與不實在的如夢幻與心靈中一切想像）。畫一隻鳥或一個人，並無嚴格的規範。可以用中國的工筆，千百筆的細描，也可以寫意，寥寥幾筆水墨的揮灑；可以用西洋的寫實主義，也可以是立體派或表現主義的獨特表現手法。但書道沒有這麼大的自由，它總得是漢字；如果不成字，勉強可以稱它「抽象畫」，總不是「書道」。

更有進者：寫字本來不是「藝術」，因為文字是實用的符號，用以紀錄並傳達思想感情。凡有文化的族群都有文字，而且文字是創建一切高等文明的最根本的「工具」。工具有最典型的實用性格，殆無疑問。至今為止，人類所創造各種文字之中，也只有漢字在它書寫的歷史中除了持續發揮文字這一利器的實用性之外，早已分身變成進入藝術範疇的「書道」。為什麼書道能成為藝術？簡要而言，歷代書寫漢字的先人發現「線型」的美感，並積極創造，豐富了線型的美感。中國書道創造並運用千變萬化的點劃（線的極短為點，長者為劃），組識、建構「抽象性的視覺造型」。把線型間大小、輕重、長短、強弱、分合、疏密、虛實等衝突、對比的關係組構成均衡、和諧的有機結構，使書道具備了藝術形式美感的素質。另一方面，書道在逐漸完善的中國特殊而精妙的工具材料（圓錐形的毛筆、水、墨與紙絹）的操作中，發明了能表達思想感情，彰顯個性的書法技巧——那就是與中國繪畫同源的所謂「筆墨」技法（「筆墨」兩字涵義之豐富，我曾有〈筆墨與中國繪畫的抽象性〉一文詳述，見拙著《給未來的藝術家》一書，台北立緒文化公司出版）。從最早的刀契到毛筆書寫，數千年的探索、創造與累積，線型視覺美感奧秘的抉發，各種書體（篆隸真草行各體）在歷史長河中的流變，各種書法主張與理論的闡發，不同時代與地域各種風格流派的激盪，書道與繪畫又相生相發，平行共進，且時有交涉。如此百川奔競，源遠流長。書道藝術性的形成與不斷增富，未有止境。

二、書道的依傍與創造

書道既不是完全自由的純藝術，卻也已遠離了工具功能的實用性，擺脫了不自由的「前身」身分，取得了高度的藝術性。但它以文字為題材，便須受到文字規範的制約。這招特殊的性格，使它與其它純藝術的處境不同。在書道的學習，書道的創作與書道的評鑑三方面，特別與書道的歷史傳統有最密切的關聯。

本來，任何藝術都與傳統有密切的臍帶關係。傳統是根源與養分，但個人的創造便要求能「一空依傍」，充分彰顯個人的獨特創造。而書道不同。它不但要有賴於「不自由的文字」（文字不能自由創造），要對文字的根源與流變有所瞭解，也要對歷代各體各派有認識，不能錯亂拼湊。最後，書道所書寫的文字背後有文字的「涵義」，那是文字、哲學、歷史等人文學的內容。所以，書道所彰顯的修養之廣之雜，非其它純藝術所能相提並論的。

所以，我認為書道的創造不必如繪畫一樣強烈要求高度的突破與創新，而要求表現書家對傳統獨特的理解與吸取，表現個人的修養與富於個性特色的品味，有自已的風格已足。我們看歷史大書家，顏柳歐蘇，清代「狂怪」的鄭板橋、金冬心，哪一個沒有傳統的依傍？

一切藝術的創造本來就都是相對的，非絕對的。書道相對於純繪畫，其創造必更為「相對的」。有人以狂塗亂刷或無字天書為「創造」，我認為那在「繪畫」中是否有藝術價值？可留給繪畫評論去評說；而那絕非「書道」藝術。

我們必須體認書道是一種「古藝」。我常用中國的戲曲與武術、日本的「能劇」與「歌舞伎」、西洋傳統的古典歌劇來類比。以京劇為例，傳統的劇本、演技、唱腔唱詞雖也容許才人修潤增飾，但不會不高度尊重傳統。那麼，書道藝術家是否就不能有自己獨特創造的餘地呢？我們看同樣的一齣戲曲，馬連良、周信芳、梅蘭芳、孟小冬便各有自己的風格。日本的能劇更恪守傳統。當代武術變成舞台上的表演藝術也相同。今人受到西方「進步主義」的影響，處處求個人的突破創新，結果常常只有「立異」，其藝術價值根本是一個大問號。書道在依傍（其實也即承傳）與創造的辯證關係中求取統一，常常是更困難的志業。許多人知道學畫三年，或可有一點成果，有人已開畫展。學書三五十年，能稱得上「書家」者，是鳳毛麟角，正可印證上面的論述。

三、書道與抽象畫

美術界許多人常常說書道是中國的抽象畫。若經一番思考、分析與驗證，便可知兩者外表有某些近似，本質卻大不相同。

書道與繪畫，在創作所用的題材上，兩者完全不同。有關文字的題材在書寫上有嚴格的規範；宇宙萬彙形象的題材在描繪的技法上可以自出機抒，千差萬別，並無標準，上文已有論述。進一步來看，有具體形象的繪畫，總還有「形象」的限制；「抽象畫」不具事物的形象，全無規範，與書道的差異當然更大。

為什麼許多人覺得書道與西洋抽象畫同類呢？因為同為「視覺藝術」，同樣以不具客觀事物形象的點、線、面（抽象畫多了「色彩」一項）的組合，豈不基本上相同？其實不然。我們在上文論及藝術中的「自由」與「不自由」，是從藝術創作的目的是純為個人感情的抒發，還是帶有實用性即功利的目的來區分。在「書道」與「抽象畫」的差異上，我們有可以「自由」與「不自由」來區分。不過，其差別不在「創作目的」的不同，而在創作所運用的「表現技法」的差異上。很明顯，從這個觀點來說，「抽象畫」是自由的藝術，「書道」是不自由的藝術。

抽象「畫家」必因所為屬於「自由藝術」而大喜過望。事實上，問題不是字面上這麼單純。「自由」不是最高價值嗎？但忽略了「自由」若能成為最可貴的價值，必要伴隨某種「不自由」的節制這一雙關鍵性的條件，否則光憑「自由」，一切都將倒退甚至毀滅。正如民主的重要內涵是「自由」與「法治」，缺一不可。沒有法治的自由，必導致混亂、野蠻而毀滅。有人以為藝術與政治不同，不能相提並論，我們完全同意。但推而廣之，人類一切文化、文明確實都在「自由」與「不自由」這一雙對立衝突的矛盾中求辯證的調和統一而產生創造的成果。對事物的「二分法」雖常受詬病，但宇宙間一切事物都有兩種對立的事實（陰與陽；大與小；熱與冷；圓與方；實與虛；動與靜……，人間世界則有治與亂；封閉與開放；重精神與重物慾等等。歷史如鐘擺，永遠在兩個極端之間擺盪，無法停駐於東西方哲人所讚美的「中庸」（儒家的中庸，恰與希臘the golden mean同為中庸之道）的境地。此固為世界痛苦之原因，恰也是歷史不可能「終結」的動力。兩個矛盾、對立的因素彼此的衝突、激盪，才產生出生命的活力。在現實的世界，永遠不可能因得到調和和統一而停駐，所以現實永遠是兩者的搏鬥；一次矛盾的解決，又醞釀了新的矛盾。衝突的痛苦與勝利的光榮和新矛盾的痛苦永遠循環不已。只有在理想世界，才有調和統一的美境。而理想世界只是心靈創造的產物，不可能存在現實時空之中。而藝術正是理想世界的典型創造。藝術是痛苦人生中的烏托邦或桃花源，中外同仰。

有了這一深層的體認，再來看「抽象畫」。抽象畫的「自由」，大量運用「自動性技法」（色料的流動、噴灑、滴、甩、拓印、摩擦等方法），雖然有「畫家」心思的布局、安排等成分，但其「形象、肌理」大體上是現實世界物質的「原型」，所以「人」的成分（或者說「心靈經營」的成分）甚有限，距離心靈創造的「理想」境界甚遠。近年世界趣聞報導大象尾巴綁刷子能畫抽象畫；猩猩也會畫抽象畫；今年一月十三日美聯社報導「紐約州天才小畫家瑪莉亞，四歲，她的抽象畫經評論家讚賞（也有評論家看不起抽象畫，對她的繪畫天分心存懷疑），一幅可賣到台幣約四十八萬元」（見當日台北聯合報編譯新聞）。假如把動物或小童的「抽象畫」簽上某知名畫家的名字，試問誰能一眼看穿？這些活生生的事例正好揭露了「抽象畫的奧秘」的真相。

書道可大不相同。書道沒有抽象畫絕對的自由，除了上述它受到「文字的規範」的約束外，還有歷史上書道各體各派非凡成就的繼承，融匯與發揚的「使命」。毫無傳統修養，毫無基礎訓練，拿起筆來塗抹，能稱為「書道作品」嗎？何況只有傳統修養，缺乏個人創意與風格，也不可能稱為「家」。個人創造的「自由」要有前面的「不自由」來引導提昇。抽象畫的不能站得住腳，因為妄以為絕對的自由能產生更高的藝術，結果正是因為沒有節制，沒有規範，不必有高度精深的繪畫技法，使抽象畫退反物質的原型，缺乏「人」深刻的思想與具體細膩的感情，注定只能是低層次的裝置藝術（拙著藝術論台北立緒文化公司，天津百花文藝出版的《苦澀的美感》中〈論抽象〉一文有深入的探討）。沒有不自由的條件，只憑自由，高級的藝術創造無由產生。正如自由放縱的狂呼吶喊不能成藝術，必要通過簫管弦鍵，以高度的藝術技巧，突破困難的限制（不自由），才有美妙的音樂（戰勝不自由之後所獲得的成功，才有可貴的自由）。書道與抽象畫不是同類，殆無疑義。不過，一般人將「抽象畫」與書道的「抽象性美感」混為一談。其實就連寫實的繪畫也有「抽象性美感」，都與「抽象畫」大不同，此處不容詳說。

四、重新看清代書道

清代嘉道大學者阮元倡「北碑南帖」，揚北抑南。後來包世臣與康有為先後著書，鼓吹尊碑貶帖。碑學與帖學之爭議，至今仍時起波瀾。其實，任何帶革命性的學說，矯枉難免過正。但若無他們的登高一呼，便不會有後來清代書法光輝的成就。

自來碑學與帖學之爭，多針對於究竟碑、帖何者為優。而且雙方都有太多過激之論。若說清代中後期書道的了不起成就是因為遵從碑學的結果，我認為也不妥貼。因為許多尊碑的書家原來也是從帖學出來。幾乎可說難有一個大家不是碑帖皆有所取法而成功者。

帖學是鍾繇、二王、虞世南、歐陽詢、褚遂良、李邕、孫過庭、張旭、懷素、顏真卿、楊凝式、蘇軾、黃山谷、米芾、蔡襄、趙孟頫、董其昌、王鐸、文徵明、祝枝山等等千餘年來第一流學者、文人、士大夫的大功績，為中國書道史最主要的傳統，他們在歷史上的貢獻與地位，當永不磨滅。現在，我們要探討的是為什麼清代碑學興起，對帖學的崇拜產生反動而有許多對帖學嚴厲的批評呢？

簡要而言，凡一種藝術，當其達到巔峰之後，景從者眾，對典範的遵崇膜拜，久而成為圭臬，則陳陳相因，徒具形貌，其精神、生命必逐漸衰退虛弱。此時有覺悟又有創造力的人便思另求出路，以延續創造性之藝術生命，自必對已呈僵化之「正統」有所批判。自唐朝李世民獨尊右軍，稱其「盡善盡美」，對科學的書法影響之大不言可喻。清康熙、乾隆二帝尚帖，以趙、董為典範，當然書風更形偏狹。許多士子寫字講究烏、方、光、整、書法程式之僵化，是有自覺的書家從古代書跡尋求書道復興的重要原因。康有為「以古為新」，梁啟超「以復古為解放」，確與歐洲十五世紀以古代希臘羅馬文化為師的「文藝復興」有某些相類。清代帖學之衰固有其盛極必僵化至衰敗的原因。另一方面，帖字所依持的歷代法帖，原作多為帝王貴族所私秘，或年久損毀，或以殉葬，或遭天災兵火之劫，最佳範本真跡世所難見，流傳者多為摹本與刻本。而自唐宋以來各種法書刻本，經過鉤摹翻刻，一刻再刻，不斷複製，難免原作形神盡失。以帖學為學書唯一的途徑，不啻取法乎下。所以，對帖學的迷信與崇奉大受懷疑，對其流弊的批評，也理有必然。但若因此而對歷代被列為帖派的大家的成就有所輕視，便不僅是過激，簡直荒謬。即使法書刻本有極多可詬病之處，但趙孟頫、董其昌、邢侗、王鐸等大家都從《閣帖》中來，正如《芥子園畫譜》雖然不理想，但在書畫真跡未有照相印刷的古代，齊白石等大畫家都受其嘉惠，可知對刻本一概否定，並不客觀。

碑學大興確是清代書道新成就的主要因素，碑學的優缺點也不能心存偏激，而應有較客觀公正的認識。

碑學早期以漢隸為宗，道咸以後加上北魏之墓志、造像等，後來廣及瓦當、磚刻、銅器銘文乃至漢簡甲骨，範圍之大，已不是「碑」字所能盡包，時代也超過漢魏，直追古代一切文字書跡。若稱「碑學」的書法為「民間書法」，大體而言可通，但相對不應是「官方書法」，而是「名家書法」（因為碑刻也有名家所書者，固有人認為「民間書法」一名不夠嚴謹。現在採不嚴格的標準，故說「大體而言」）。碑學的優點，主要在：其為鍾王書法正傳以外，包容更前期書法源頭更廣大的範圍，多為文人之外的趣味，一向不為文人書家所關注，因為以刀刻石，不論為文人書丹或刻工自為，其古樸、真率、雄強、奇崛、拙厚、勁峭、多樣，往往是文人名家書法所相對欠缺的特色。若論其缺點，則刀筆之侷限性，加上刻工技術之良窳不一，碑字不無生硬、錯漏、草率、拙陋之病，皆不容否認。不過漢魏石刻雖不能說「無碑不美」，但確多有出人意表之美感。而刀筆之特性、啟發，開拓了毛筆書寫用筆方面多樣化的美感追求，金石上的書跡，其筆劃與結體上的出奇制勝，在「名家書法」的正傳之外，展示了一個廣袤豐饒的天地，使書道在近代有了別開生面的創造。

清代書道的成就，與碑學異軍突起有關，但不等於是碑學壓倒帖學的結果。我認為清代書道的成就，為以前任一時代所未有的原因，第一是在文人名家書道傳統之外，吸取、發揚了民間書道生猛活潑的生命力；第二是清代書家眼界之大，見識之廣之深，非歷史上其他時代所能相比匹；第三是融帖學與碑學為一爐（不同的書家於兩者的取用各有偏重）；第四是古代鐘鼎彝器碑碣墓志在悠久歲月中所顯現的特殊風味——金石美感的發現，並引入書法筆墨之中，而有金冬心、鄭板橋、鄧石如、趙之謙、伊秉綬、何紹基、吳昌碩、康有為……等金石派書家，超邁前賢，為中國書道美感開拓了新境。清代不僅是數千年書道文化的大綜合、集大成，而且在書法的多樣、豐美與精深上達到空前的盛況。清代書道的成就常被低估，我認為它是中國書道史上有特殊貢獻的一個光輝的時代，值得繼續研究，重新評價。

（二〇〇五年二月）

全球化陰影下的中國藝術

中國大陸美術界許多人對當代中國藝術未能與國家經濟發展同步崛起、當代中國藝術未能得到世界普遍的推崇、當代中國畫家也似乎無法與「西方大師」平起平坐，而熱切焦慮，並發不平之鳴。因為亟思急起直追，多位美術界先進提倡「建樹中國藝術品牌」，並以產業營銷的方式來打入國際市場（《美術觀察》二〇〇五年七月號）。

就我的觀察，中國文化圈中所謂兩岸三地的美術界，好久以來在西方文化霸權的衝擊與籠罩之下，很有些迷失了自己、錯亂了方向與腳步的現象。雖然大家共同關心中國藝術的發展，期望中國藝術與中國文化能再振興，但是觀念的偏差、誤解與曲解，影響了我們的認知與自覺。本文擬就當代中國美術前途相關的問題直抒淺見，以就正於高明。

為什麼中國沒有「國際藝術大師」

大約兩個世紀以來，歷史上中國文化一直領先的地位才明顯地為西方近代文化所取代。工業革命後的歐洲以及二戰以後迅速崛起的美國，藉著強大的軍、政、經、科技乃至文化的力量，以唯我獨尊（西方中心論）的心態，以及近現代才發達起來的擴張工具（包括極廣袤的硬體：武器、通訊與交通工具、工業產品等等，也包括極豐富精緻的軟體：思想、觀念、知識、技術、語文、藝術、娛樂、生活方式等等），早已形成近代以來世界的霸權：不只是軍事與經濟的霸權，而且是文化的霸權。

不必多說，單看語文一項。英國加美國，人口不到全球人口二十分之一，他們的英文幾乎變成世界語言（中國人佔全球人口約五分之一，中文的世界地位今天連法文或日文還比不上）。中國受過中等教育的人，對西方的蘇格拉底、柏拉圖、莎士比亞、歌德、達文西……耳熟能詳的不計其數；而西方有知識的上流人士對孔子、老子可能還有一部分人略有聽聞，而對屈原、李白、杜甫、蘇軾、范寬、石濤、曹雪芹等人大概連名字都非常陌生。中國人用中文翻譯西方古今經典名著、現代文學、西方藝術乃至當代西方暢銷流行讀物，與西方人用西文翻譯對等的中文著作，簡直不成比例。是中國人特別「謙卑」、好學嗎？也不見得。是因為自知近代以來一切不如人，希望迎頭趕上；後來曉得船堅砲利背後有一套與我們大不同的文化，才肯「不恥下問」（日本是東方國家中比我們更會學西方的，我們還比不上人家）。是西方特別淺薄無知，不曉得中國文化中有珍寶嗎？不，西方不無某些敬重中國文化的智者，不過絕大多數的一般西方人，以他們的近代文化已足稱霸全球，當然不會像我們一樣「謙卑」。

天下講「王道」者只有古代中國文化。西方近代列強以帝國主義稱雄，民主化之後才不得不放棄殖民的野心。別忘了當代「恐怖戰爭」還可見西方強權的傲慢與唯我獨尊。

很清楚地，誰掌握操控世界的霸權，誰就掌握論述權。連帶藝術標準的解釋權，文化與藝術高低、優劣的裁判權，「國際當代藝術主流」的決定權，「國際藝術大師」的選拔權，「世界藝術品牌」的「認定或評審」權……這一切的「權」，近代至今都掌握在西方，尤其是美國手裡。我們至今沒有「國際藝術大師」，只是「西方優越論」的傲慢與偏見。

歐美如何壟斷藝術的主導權

我們當代有沒有「國際藝術大師」？也許我們努力不夠，成就不足，還未曾有；也許我們已有，只是不被「國際」承認。那麼，我們為何不問：什麼是「國際」？這個「國際」包括中、印、日等東方國家嗎？即使是西方國家，包括俄國（俄國是又東又西的大國）嗎？中近東、非、澳更不必提了。這「國際」其實不就是以美國為首的西方幾個國家嗎？（西方世界有多少學者早已指出「全球化」事實就是「美國化」，不是嗎？）

中國沒有被「國際」承認的「國際藝術大師」，那麼，俄國的列賓（Ilya Efimovich Repin）、蘇里柯夫（Vasili Ivanovich Surikov）、列維坦（Isaak Levitan），日本的橫山大觀、橋本關雪、富岡鐵齋曾被西方列為與梵谷、高更、莫內同樣的近現代「國際藝術大師」嗎？很明白，論述權被西方壟斷，光榮當然輪不到「他者」。

歐美如何壟斷藝術的論述權呢？當然因為國力強盛，有操控全球事務的力量。此外，自認為「開發中」或「未開發」國家的文化藝術界的自卑心，對西方「進步」的嚮往仰慕之心也有以致之。歐美國家通過大量具規模的博物館、畫廊、基金會、政府文化宣傳預算、企業贊助，透過大量而精緻的出版、報刊、電視、影片、文章、加上所謂「策展人」的導演，運用聲勢浩大的展覽、活動（如全球性的雙年展、文件展、博覽會等）、拍賣公司的商業操作、新聞、宣傳等等，手段無孔不入，長期性、全方位的運作，已達到預期的效果：一、藝術的革命由我主導；二、藝術的定義與價值由我裁決；三、世界當代藝術主流在我手中，此外非我族類者皆為邊緣性、地方性、落後、保守、背時、非「國際性」的藝術。而對甘願臣服於西方現代藝術的非西方藝術家（崇拜者、追隨者、學習者），則給予名利之鼓勵；或頒予獎金、榮銜，或邀請訪問、展覽，或獎助留學、提供藝術家工作室，或透過傳播媒介予以表揚。務期四海歸心，使當代西方藝術成為全球藝術殖民的共主。

毫無疑問，歐美文化霸權已獲得歷史上所未曾有的巨大的成功。因為冷戰結束之後，歐美國家取得全球性超強的政、經地位與無可匹敵的財力，其次是文化全球性的商業化浪潮的推助，以及掌握了現代極發達的傳播媒體的操控權，使文化霸權的遂行在極細膩而和平（很多自願臣服，極少反抗）中，創造了黑格爾的「合理之存在」的現實。

古代只有軍事霸權（侵略、征服），近代有了經濟霸權（掠奪、壟斷），現代加上文化霸權（滲透、同化），由少數擁有此三霸權的國族操縱全球六十多億人的命運。在軍事、政治與經貿上的霸悍與殘酷（這才是今日世界動盪不安的主要原因），舉世矚目。其於文化藝術上的傲慢與霸氣，因為屬於「軟權力」，因之更難抗拒；「中心」以外的「邊陲」地帶，受蠱日深，也益難自拔。

當代中文藝術論述常見「後現代的語境」、「當代全球化的語境」等說詞，對全球化在此不能不略加討論。

全球化文化藝術的荒謬

二十世紀末冷戰結束之後，西方發達資本主義國家一片形勢大好（主要是美國、歐盟與附驥西方的東方國家日本，一般稱之為經濟強權「三極」），漸漸浮現起全球化的論述，但一直有爭論。對此，西方學界有肯定的，如吉登斯（Anthony Giddens）等，也有持相反意見者，如魯格曼（Alan Rugman）等。這是極複雜、牽涉極廣泛的問題。所以有許多學者說全球化是個模糊、虛假、矛盾、不可能的概念。

我們千萬別以為全球化是各國承認、贊同、毫無懷疑的論題或趨勢，更不要以為全球化包括人類活動全部的範疇與文化的一切項目。

自由、平等、民主、人權等觀念與制度；面對地球生態環境與資源的破壞與耗竭，地球村應一體和衷共濟、解決危機；跨國生產與技術、市場的全球流通；資訊匯入全球通訊空間，沒有國家、地域的隔閡等——全球化是必然的趨勢，應予認同。但是即使這些應予認同的部分，也有許多地方是不公不義不合理，受到許多強烈的批判、反對與抵制，譬如經濟的全球化，其遊戲規則是西方富國所制訂，以之操控全球資源、市場與利益，使窮國更窮，資源的搶奪更製造了世界的不安。而全球化藉資本、生產、市場衝破民族國家的邊界，實質上建立了全球性的「市場極權主義」。不過，經濟的全球化趨勢雖無可避免，但未來「金磚四國」（巴西、俄國、印度、中國）的崛起，可望打破「三極」的壟斷，全球化的棋局，隨時會變動。

政經、交通、通訊之外，宗教、藝術、生活方式、價值觀等才是文化的核心價值。這些核心價值的文化，其特點是：豐富多樣、各具特色，同中有異、異中有同。不同文化之間應該互相交流與借鑑、互相理解與欣賞，尊重獨特性、珍惜差別性。斷不能以強凌弱，更不可能全球一體，而應當是多元共存。這是世界文化繁榮的原則。因為文化的一元化將導致文化的單調、枯萎而死亡。也就是說，文化在器用、工具上愈來愈趨同，但在信仰、美感、趣味、價值上永遠不會也不願一元化。有全球人類共同接受的制度、律法（但為了適應不同文化還是有某些差異），共同享用最安全、快捷的交通工具，但不可能有全球人類共同信仰一元化的神祇，共同接受一元化的藝術與美食。此外，「世界語」無法成功，少數民族文化要加以保護，全球共同致力搶救瀕臨絕滅的生物，各文化古跡努力維護……就因為多元的、豐富的、獨特的、有差異的文化與物種是世界生存發展的根本，是美好的世界豐美活潑的生命之所繫。

國族的自尊自愛以及人生心靈上的歸屬感，全賴文化的傳統。傳統是發展的，但一脈相承，不可切斷，不可替換。有歷史、有尊嚴的民族，不會期望全球整合成一元化的「國際牌」的文化，更不可能以「發達國家」的文化為全球共同的依皈。以為「世界大同」、「國際性藝術」四海一體，同質共軌，是莫大的誤解與天真幼稚的迷思（mith）。

我認為，未來將證實：一個文化是否高級、優秀、偉大、獨特、不可取代、有永恆價值，端看它能否對全球一元化的時潮有抗衡的力量，也考驗它能不能有批判地吸收其他文化的精華以發展壯大自己的傳統。盲目追隨一時的強勢文化（即使成功，已被收編、同化），將宣告這個文化的沒落。

以「西方」為「國際」的陷阱

在西方中心的歐美強權主控一切的局勢之下，當代中國藝術希望出人頭地，希望「打造國際影響力」，其志可嘉。但在整體思維與做法上，令人憂慮、遺憾。

以中國參與威尼斯雙年展為例。上世紀八十年代中國以民間剪紙及刺繡參展。「中國人一而再地送去傳統土特產，與人家的展覽宗旨和世界藝術潮流格格不入」。「再往後，義大利人就不再邀請中國參展，不再給中國人展示國粹的機會了。直到十一年後一九九三年威尼斯雙年展，中國的新潮美術已經結出碩果」，有了一批很西化派的人領軍，才在「這個國際頂級舞台站穩腳跟。一九九九年蔡國強獲威尼斯雙年展大獎，更為中國藝術在國際上爭得了寶貴的榮譽」（以上引號中文字摘自大陸中國藝術研究院美術研究所研究員王端廷〈什麼樣的藝術才能成為中國品牌〉，《美術觀》二〇〇五年七月號）。二〇〇五年這一屆威尼斯雙年展，中國開始有了「國家館」的資格，而且得到很好的待遇，而台灣只有「會外展」；台灣自己搞了一個「台灣獎」去「插花」，事實上只有自我安慰的作用。表面上所有參展者都想突顯自己的主體性，但究其實，不都表現了爭先恐後向西方中心的「主流」朝聖、歸附與臣服嗎？

回想一九七三年，當時「中華民國」在國際還很風光的年代，我曾應聘為「中國參加巴西聖保羅第十二屆國際雙年展審選委員」。現在想起來那似乎是「古代史」。當代隨著中國大陸的崛起，以後任何「國際大展」，「中國館」將會得到最佳位置，台灣將是門都沒有了。——這說明什麼呢？說明了西方的現實與勢利、媚強欺弱。台灣依附西方前衛藝術的「資歷」比大陸老得多，現在卻因政治的現實而被冷落，這樣的雙年展還有什麼值得參加？

更重要的是，當代藝術的標準、論述與裁判權在西方手裡，只接受西方流行的後現代藝術，即使是達文西、席勒活到今天，也不合規格，更不必說與他們同一年代的文徵明、傅抱石了。這好比西方的廟會，你拿關公、媽祖去參加，對不起，那不合「神」的規格；貝多芬若去跟麥可·

傑克森、瑪丹娜同台參賽，豈不也格格不入？但我們急於爭「國際」地位，只好按照人家的標準，模仿人家的做法，這是自我矮化，即使贏了也已輸了。

我們今天該憂慮的問題，不在當代中國藝術沒有「國際」地位與影響力，而在不知不覺中陷入西方文化霸權的布局，「入其彀中」。不知列強口中的所謂「國際」其實就是西方，我們將自我喪失。

「脫中入西」，中國藝術將消亡

以「西方」為「世界」，中國急欲迎頭趕上。短短的二十多年，大陸藝術界的急切躁進令人吃驚。中國的「後現代前衛藝術」雖然都是對西方前衛藝術的東施效顰，而更有甚者，眾所熟知如《對傷害的迷戀》的「食嬰屍」（使用人體標本和動物屍體為媒材）等。當然這些不能代表當代中國藝術的整體。

我們轉而看中國的美術教育又如何？多少傳統課程凋零了，引進了多少沒有批判的全盤西化的觀念、課程、技法、媒材，還有新派的教師。就連中國最重要的所謂「國畫」（我一向認為不可再沿襲「中國畫」的名稱，應正名為「水墨畫」），也盲目求「突變」，不外以西方當代新奇怪異的形式為「參照系」。有提倡「先求異，再求好」與「革毛筆的命」的謬論，有把水墨做成

「裝置」作品、有水墨加多媒材的「突破」，似乎自斷傳承，便是創新。兩岸三地同有此流弊。

大陸的美術教育過去傳統派、蘇聯派、徐悲鴻派非常僵化，當然應改革、發展，但中國藝術的主體性不能喪失。很遺憾，太激進的結果，過去數十年長期積累某些可貴的東西，本來應該成為抗衡西方當代藝術、建立中國有自己特色的當代藝術的有利因素，西潮一來，便抵擋不住，幾乎把原來的一切否定了。似乎不與「國際」接軌，便羞於見人。另一方面，許多在西方被認可的藝術家，包括早已入籍外國的老一輩，也包括近年揚名外國的老中青西化派，都成為被仰慕的「文化英雄」。凡早年追隨過西方，曾經與西方現代藝術接過軌的畫家，也紛紛「出土」成為「大師」。過去批鬥這些人，說他們是西方資產階級反動畫家，那是泛政治化的扣帽子；現在歌頌他們，因為他們是中國藝術界「國際性藝術」的先知與大師嗎？

坦率地說，趙無極先生有他在巴黎畫壇很高的地位，但這位法國華裔畫家與中國美術史的關聯和郎世寧與義大利美術史的關聯相似。假如中國畫壇的藝術大師全都是趙無極、谷文達、徐冰、蔡國強這一類的畫家，只能說華裔藝術家的「國際」地位可能大大提高，但那就是「當代中國藝術」地位提高嗎？那是「脫中入西」，中國還有藝術嗎？

藝術界的朋友並非完全不重視維護中國藝術的主體性與獨立性，但時勢所趨，信心不強，總覺得人家是現代，我們太傳統；人家是國際、先進，我們只是本土、落伍。似乎若能「脫中入西」，便能得救。這是民族文化的虛無主義，也等於在藝術上提倡「中國藝術消亡論」。

純藝術不能以品牌來打造

文化是極廣袤、複雜的東西。有器用、工具、技術的實用層面，也有風俗制度、心智認知、學術成就、思想觀念、意識形態、精神價值、心靈信仰等非實用層面（一般粗略的說法就是物質與精神的文化二分法）。藝術是文化的一部分，也有實用與非實用（所謂純藝術）兩種。文化藝術高級、深層、非實用、非功利部分是不能用「產業營銷」的方式來「打入國際市場」的。

剛好最近讀到一篇題為〈品牌價值是一種「文化問題」〉的報導（台灣《新新聞》九五六期）。台灣一位企業領導人說：「現在台灣的品牌還是用價格定位，只有價格的優勢，沒有品牌的價值。這是文化的問題。一千年前中國還有文化，現在的文化並不是自己的文化，所以要創造出自己的品牌不是那麼容易。日本因為文化保存得很好，品牌能夠建立起來。你看到過一個文化落後的國家可以建立品牌嗎？台灣什麼地方進步了，只是欺騙自己嘛！社會沒進步、沒有典範，怎麼做出好的品牌？三年後如果一個大陸品牌出來，我們的價格就打不過人家了。」這是一位有文化的企業家由深層的認識所發出來的智慧之言。他知道商品的品牌背後是文化。沒有自己獨特、深厚、雄健的文化，品牌不會有特色，不會源源不絕地產生獨樹一幟的創意。

藝術界現在卻因為急功近利，一心想快速獲得地位與影響力，打算把「文化價值」當「品牌問題」來操作，剛好顛倒過來。企業家知道品牌不理想是文化問題，藝術家卻埋怨「文化藝術」不能暢銷全球是因為沒有打造出色的品牌，沒有採用推銷商品的手段。

我們應當明白，只有實用性、消費性的商品藝術（或藝術商品），如衣服、飾品、工藝品、遊樂、動畫、漫畫書刊、玩具及許多器用工具（大如飛機、汽車，小至茶杯、耳環）等等比較具有「普世標準」（包括功能、實用及娛樂價值以及時代性的材料、技術與造型）的產品，才能夠以有魅力的品牌與靈活的現代營銷手法去推廣，去與世界市場競爭。而純藝術與藝術大師，斷不能以為傾全國之力就能「打造」成功，然後再當作商品去推銷。當藝術商品化（成為「文化產業」）、工具化（成為競爭工具）、流行化（成為時代風潮的產品），真正的藝術便死亡了，真正的藝術大師也不見了。因為藝術大師不會是一時聳動的市場「明星」。

現代西方有畢卡索，中國有張大千，此兩位可以說是最懂得商業營銷手法的畫家。他們都會製造新聞，玩噱頭，懂得「作秀」，以奇人異聞的「美談」來提高知名度。加上掮客、畫商、評論撰寫與新聞記者共同協力，確有某種程度以「打造知名品牌」而名利雙收的事實。但是世界上絕大多數誠懇、純粹的藝術家都是由天賦加上自己的努力追求藝術，或者藝術的追求就是他們生命的意義之所在，默默地、無所為而為地，甚至無懼於環境的惡劣、旁人的打擊、歧視、嘲諷與冷落，孤獨地埋首於自己所執著的創造。即使沒有人重視，沒有人支持，一張畫也賣不出去，還是不改初衷地堅忍奮鬥，才成就了他們後來在歷史上應有的評價。我們常常說偉大的思想家、文學家、藝術家是人類的先鋒，受盡誤解與冷漠，最後經由先知先覺的發現與宣揚才終於得到人類普遍的認識。是不是有人認為時代變了，「大師」應該提早受肯定，早日「為國爭光」？這當然極好，但是由誰來選拔？由什麼機構來評定？拿什麼標準？可行嗎？

想想西方現代的梵谷、珂勒惠支（Käthe Kollwitz）、孟克（Edvard Munch）、席勒等，中國的齊白石、黃賓虹、傅抱石、潘天壽、石魯、黃秋園等，是由什麼外力、以什麼戰略「打造」出來的？坦白說，偉大的藝術家不但不是「打造」出來的，而是「打壓」出來的：時代、現實的困境、人生的痛苦與理想的渴求，「壓迫」個人自發的奮鬥才是藝術大師誕生的動力。期望優秀藝術源源產出，期望國族藝術大師不斷誕生，只要讓人才有自由生長發展的環境，不要給他消極的「打壓」（如政治的限制與經濟的困苦），也不必積極的「打造」（如各種公家提供的給養，或以種種外力來「揠苗助長」）。有深厚的文化歷史，有重視人文價值的文化環境，有生命力旺盛、高文化素質的人民，人才與大師自會自生自發，藝術自會昌盛繁榮。

應有的認識、反省與抱負

我們藝術界除了一些隨波逐流、汲汲於趁勢撈取名利者之外，應該有許多對中國文化的未來有抱負、有責任感的人，在當代力抗「西方文化優越論者」對與其不同的民族文化的侵蝕與同化的陰謀。我們認為：一、文化差異在藝術上所表現的不同特色是最可貴的，所以我們堅持多元共存；二、藝術的發展與演變，不同文化各有其路數，不會齊同一致，也不可能合轍共軌；三、要維護文化的主體性與獨特性，便要有自己的史觀、藝術價值的認知與對發展前景的期望。所以，傳統的延展與開發，外來的批判與吸收，也就是我常說的「傳統的現代化與外來的本土化」是兩個不可偏廢的原則。這是觀念的建立，是第一步。

其次，我們要檢討美術教育是否有貫徹中國文化的獨特性與主體性的主旨，對傳統與西方是否有批判的繼承與吸收？是否陳腔濫調因襲傳統？是否以新奇怪異為「創造」？

第三，我們的藝術評論是否以摭拾洋人論述與概念術語為高深？我們能不能不寫瞎捧文章，不以藝評做人情應酬？我們應如何提高藝術報導與新聞的品質，培養有本土文化思想見解與世界視野的評論家？

第四，我們要有一大群有能力、真心熱愛藝術、有高素質而且對中國藝術有認識的收藏家。任何國族的天才與大師最初都依賴本國的收藏家的賞識與支持，才能最後達到世界人士的普遍賞識。假如中國的畫家要首先由西方來拔擢、讚揚才能「出頭」，這是很荒謬而且可悲的事。

第五，我們希望中國有世界品質的美術館。

第六，我們要有夠水平的畫廊、拍賣公司與藝術市場。像現在這樣高低、優劣、真假混雜的狀況，只會降低藝術的價值與水平，製造更多唯利是圖的投機客。

第七，對於假古董、假畫的製作與銷售，要有法律的規範與道德的制裁。假畫充斥市場，是踐踏中國藝術最大的罪犯。我們不應再把張大千的「故事」引為美談。製造假畫的畫家應該視同作家抄襲他人著作、盜賊竊取他人財物一樣可恥。

第八，我們應倡議中國的畫家不畫重複作品，不以畫當禮物，不大量製造雷同的作品應市，不草草大筆一揮了事，不當眾揮毫，人們不向書畫家求「墨寶」，畫家應建立個人創作的紀錄，編號攝影存證，藝術的買賣要建立經紀人的制度。只有我們決心革除傳統的種種陋習，認真、嚴謹對待自己的創作，而且學習西方上軌道的制度與運作方式，中國藝術才會提高品質，才會受尊重，也才會有高價格。西方畫家一生幾百幅畫，中國畫家動輒數萬（還不計入應酬送禮之作）。單以數量論，每一幅畫的「創作」心血未免太少，這是我們應該檢討的。

在藝術活動方面，我們要吸收外國的經驗和優點，也要有自己的主張和做法。我們辦世界藝術展覽，外國作品由我們的專家組成評審委員來決定入選與否，不要請外國策展人或評審委員，目的在彰顯我們藝術界獨立的判斷。不同意的外國畫家我們也尊重他的觀點，他可以不參展。我們舉辦藝術研討會，各國各地不同的藝術觀點可以自由辯論，我們不會以我們的藝術主張為唯一的、世界性的標準。對於西方所舉辦以他們的觀點、標準與規格、設有大獎的雙年展等，我們官方、學院與藝術團體絕不選派藝術家參加（個別私人自由參加不應設限）。因為我們不認為「國際」藝術有一致的觀念與規格，尤其不認同西方前衛藝術以「世界主流」自居的狂妄霸道。我們亦不會對別人存征服與歧視之心。我們以「王道」待人，將贏得世界的尊敬與讚賞。我們若能抗衡西方文化霸權，自己創造出獨特而優秀的藝術，我們對世界便能發揮影響力，文化地位便自然提高，那是水到渠成。

後語

中華民族在二十世紀中葉之前曾對帝國主義的軍事霸權有過勇敢的反抗，在浴血中終於解放了自己。當代列強改變策略，採用經濟與文化擴張、宰制的手段，一樣要達到操控世界、征服他人的目標。

今日西方超強確不可一世，但長遠而言，壓抑、歧視、排斥其他文化，唯我獨尊的霸權不可能持久。何況近代西方文化二百年來的光芒已漸漸消退，它貢獻於人類之巨大與對世界的破壞之深重，歷史還未能計算出其間的功罪。西方文化是狂飆，常在兩個極端中擺盪。別忘了西方在中世紀曾有一千年的「反人性時代」（俗稱「黑暗時代」），文藝復興之後才又重回溫暖的人間。近代科技的猛進而有馬克思批判的「人的異化」，也製造了馬克思還未看到的現代世界生存環境的大破壞。當代西方藝術更摧毀、顛覆了西方自己優秀的傳統，到了令人瞠目結舌的地步。所以，我相信未來西方藝術與文化，必會開啟另一個類似「文藝復興」的時代，不然的話，西方將無以為繼。西方學者早已發出「藝術終結」的呼聲，如丹托（Arthur Danto）。我們期望未來中國文化的重振，也有助於西方文化的反省與再造。

中國文化界，尤其是藝術界要有自覺，有自己的見解，有自己的主體性與獨特性的堅持。不致於在未來面對這個開放的世界，在「自由市場」自由的競爭中喪失了自我，在不知不覺中附和、盲從、追隨西方文化霸權，自動成為附庸。喪失文化主體性的獨立精神便不啻失去靈魂，那將是比過去割地賠款更大的悲哀。

（二〇〇五年九月．乙酉中秋前於台北）

異化成騙術

二十世紀的巨變中，藝術的異化是其中之一。

當代一般接觸美術館或當代藝術的社會人士，包括有專業智能，有修養的社會菁英，大概對當代的藝術有很疑惑的陌生感。有人感覺到厭惡甚至鄙視，但多半不敢表示，怕被譏笑。也有人對五花八門的當代藝術心存敬畏，覺得看不懂正證明它深奧，高不可攀。其實，就連當代藝術家，甚至美術系的教授，也一樣困惑不已。

當代藝術的異化與西方近現代化文化、社會的變遷有密切的關聯；要瞭解當代藝術，先得研究西方文化。這自然是大問題。從紳士淑女的西服洋裝到帥哥辣妹破爛的牛仔褲與鳩衣百結的衣裙，要探討期間的演變，牽涉到時代的思想、社會的形態、心理、生活方式、審美、道德等等極深廣的層面，當代藝術較時裝更為複雜，其間的流派與「主義」更為繁多，尤其是後現代的前衛藝術，千奇百怪，幾乎到什麼都是藝術，什麼人都可以當藝術家的地步。

當代藝術之有今日的現狀，反映了西方近代文化的處境。後希臘的「模仿」理論以降，西方繪畫、雕刻基本上是廣義的寫實主義。近代科技的進步、攝影、錄像技術的發明，模仿與寫實的能事已喪失藝術的光環，而有十九世紀末葉以後以形式的變異為創造的現代主義藝術。這可說是西方文化的宿命在藝術上黔驢技窮的反映。

追求不斷創新的「進步主義」，驅使現代藝術努力攀附時代思潮企求與時俱進。進化論、物理學的光色理論，柏格桑哲學、弗洛依德心理學、存在主義、後現代主義……攀附一時的顯學，或許只有一毛片羽的摭拾，許多新的藝術主義與派別如雨後春筍，爭奇鬥豔。這種種看似繁華的局面，若以哥倫比亞大學教授，西方文化史大師巴森（Jacques Barzun, 1907-2012）《從黎明到衰頹》（*From Dawn to Decadence*）大著的看法，正顯示了西方文化的衰落。還有兩個不為一般史家或評論家所忽視的因素，促成了西方二十世紀以來，尤其是後現代藝術對傳統的反叛與顛覆，進入了偏極的（extreme）境地。一個是民主（或者說「大眾化」），一個是商品化。

在過去的時代，只有少數有教養，有理想有抱負的人才能從事文藝創造，而且沒有短期的名利可得（出版、媒體、展演場所等等，現代以來才大為發達），所以藝術的創作基本上是真情的流露，沒有功利的慾念，只求成就與自得。但民主化（大眾化）的結果，藝術不再是少數菁英的專利，希望擠入藝術家行列的人大增。一八四〇年巴爾札克說巴黎約有兩千位畫家，一百多年後的今日，全球自詡為「藝術家」的人不會少於百萬吧。要多少美術館與畫廊才夠用呢？由量變到質變，藝術成為大眾遊藝，此可稱「藝術的民粹主義」。現代藝壇大師因為要樹立先知的地位，譁眾取寵，不擇手段標新立異。「那一對天下無敵的大破壞者——杜象與畢卡索，終於大功告成，完成了他們的志業」（見巴森上書）。胡搞亂塗人人都會，於是藝術的民主化不斷擴大，一個搞笑的念頭，一個噱頭，一堆廢物都可以是藝術。一大群平庸的傢伙要「翻身做藝術家」，以「藝術革命」的旗號，破壞、顛覆、篡位。有點像共產黨革命「無產階級」替換了「貴族」；一大群「前衛英雄」取代了嚴肅認真的藝術家。令人懷疑藝術的「民主化」（大眾化）其實是文明的退化。

藝術已變成一種職業。正確的說，藝術變成產業，也即是商品化。這是藝術墮落的另一個原因。G. Reitlinger 一九八二年的《品味經濟學》中說：「藝術可以作為一種投資，是二十世紀五十年代初期才興起的一種新觀念。」以往藝術為藝術家個人人格的表現，是人生世界本質的揭示，是自然與現實的關照，是現實、社會與人性的批判，是人類精神理想的追求。商品化之後，藝術完全變質。藝術只是文化商品，只是獲取名利的騙術。

當代是一個藝術已死，或者說藝術已異化的時代。

（二〇〇五年十一月《知識・通訊・評論》）

「外來本土化」與「油畫民族化」

大陸有美術學院設立了「油畫民族化工作室」，也有人質疑其意義何在。這個問題就是外來文化應如何本土化的問題。許多人有誤解，特寫此文略表拙見。

在文化交流中，一切外來文化的輸入，其文化項目如果是本土文化之所無，便可能發生兩種情況：一是接納，一是排拒。如果是本土文化所已有，也可能發生三種情況：一在本土同類文化項目中被做為新品種予以接納。一是對本土同類文化項目產生刺激，引發改革，發生不同程度，不同層面的各種融匯與創新，當然，還有第三，是因文化性格與價值觀念無法妥協而排拒。這種種交流、衝擊、批判、融合的過程，就是文化生命能不斷新生的動力。

被接納的外來文化新品種，能否在本土文化中存活，能否抽枝發葉乃至開花結果，就要看它能不能適應本土文化的「土壤」與「氣候」，也要看栽培它的「園丁」有沒有關心呵護，有沒有知識與能力，採取有效的「農藝技術」協助它落地生根，使它獲得新生命。假如此新品種沒能適應本土文化的新環境，又沒有傑出的栽培者積極照料，便無法落地生根；既吸收不到本土的養料，便將枯萎死亡，將成為如同展覽館中的「標本」。雖保留著外來品種的軀殼，但已沒有生命。

繪畫一項，為中國文化中所已有，而且早已碩果累累。外來的油畫，做為同類文化項目中的新品種，為中土文化所接納，也超過百年歷史。雖然尚在適應與栽培之中，近百年來許多有識之士不斷努力，也已取得可觀的成果。這種外來文化本土化的「創造工程」，不但極其重要、深富意義，而且是永無止境的追求，不能也不必急切要求一蹴而成。許多外來文化的交流、移植，經過數十年、數百年的努力，慢慢開花結實，例子多的是。比如西方吸取中醫的學理與技術，豐富了西方醫學的內容；基督教在東方的扎根、發揚，使東方宗教更多元化等，不勝枚舉。

中國有一個成語「逾淮淮而為枳」，本來是比喻一物遷地而變壞。我們且撇開好壞的評價，單從「橘生淮南則為橘，生於淮北則為枳，葉徒相似，其實味不同，所以然者何？水土異也。」來看，便可知外來品種除非所移植之環境相同，必然不會易地生長而毫無改變。這種改變正是人類文化不斷交流，不斷刺激、借鑑、融合、新生，創造更多元化的動因。

一個文化大國，不論在語言、思想、歷史、風習、世界觀、生活方式、價值觀、審美品味……都必有其獨特的體系與傳統。許多文化貧弱的國族，必依附文化大國，致全盤採用其文化，在文化上便只有被「同化」的命運。因為本土文化主體性不夠強壯，或者文化項目有許多殘缺，而借用大國文化以拼湊之，遂成「百衲衣」之文化，當然談不上有獨特的體系與傳統。

一個文化體之所以在世界文化中有其地位，端看該文化體是否有獨特性，是否自成一和諧、統一的體系與傳統，此與文化的多元化並無絕對的矛盾。況且存在某些矛盾也正是文化獨特性的一部分（如中國文化中儒、道之間，西方文化理性與感性之間，皆有其對立矛盾存在）。而各文化項目中，提倡包容性，鼓勵多元化，與大文化體的獨特性，統一和諧之體系與傳統也不構成衝突，因為兩者原是辨證的關係。

「油畫民族化」就是「外來文化的本土化」。透過上文的論述，可知其必然與應然的道理。藝術家就是繪畫這個大花園中的園丁，對於外來的畫種（油畫）要自覺地、積極地關心呵護，以他們的知識、智慧、藝術修養與創造力，努力使油畫在中國繪畫園地中落土生根，吸收本土的養分，使它獲得新生命，以成為中國大文化體統一和諧的新的組成部分，成為中國繪畫的新血。換言之，要使來自西方的油畫在中國文化的洗禮中展現新的獨特性，是「楚材晉用」，再創造新的光華。正如印度佛教入中土而創造了「禪宗」；中國畫在日本而有「南畫」（水墨）與「日本畫」（重彩）、中國茶入日本而成「茶道」；中國麵條傳入西方而成「義大利麵」；至於近代西方政治、經濟、科技、教育等世界性的傳播，改造、彌補、振發非西方社會與文化，更是巨大而顯著。中國當然也是接受影響極深巨的國家。近代以來西方科技、商業、開放，乃至反傳統的文化，對人類為福為禍日亟，也可以覺悟對外來文化沒有批判的承襲，沒有本土化的改造，不但自己文化的主體性有崩解之虞，而且也難以避免因盲從而喪失操控自己前途命運的自主意志。話雖然說遠了，但文化主體的自主性與外來文化的本土化是兩個極重要的觀念。油畫的本土化（或曰民族化）是必然而且必要的。

認知了文化主體在大交流中應有的觀念，明白了面對外來的衝擊應有的態度與自處之道，以下的問題，譬如如何接受、吸收外來文化？外國文化也是多元的，哪些是我們選擇接納的對象？如何使它本土化？如何融合、創造？……那是應交由每個有志參與文化創造的個體自己的選擇取捨，以自己的主張與努力去實踐的，沒有人能設定規則、發布命令。這樣，在多元化的，自由的競賽、激盪、積澱與淘洗中，最優秀、最成功、最合乎大文化體的期望的便受肯定，漸漸便成為本土文化的新創造；經過時間的考驗，便成新傳統。文化在交流中不至迷失自己，而能藉外來文化的融入，得以增富、提昇。我們所要強調的是，這些外來文化要融入本土文化的「大花園」中，必要有一個選種培植，使它落地生根，適應氣候土壤，取得新生命的過程。

沒有接納外來文化的胸懷，傳統將日漸衰敗；沒有將外來文化本土化的抱負與努力，本土文化將有被強勢文化所殖民的危機。

（二〇〇七年三月《藝術家》）

今日的「藝術」與「藝術評論」

一、藝術商業化的危機

自古以來，藝術常常成為「權力」的奴婢。有至少三個「強權」，宰制了藝術的命運。依序是：宗教、政治與商業化。

歐洲在宗教統制一切的中世紀，藝術是宗教的奴婢。千篇一律以宗教的思想為內涵，以宗教的歷史與故事為題材，藝術成為宣揚教義的工具。當政治成為獨斷的勢力，藝術換了主題，也換了題材，完全臣服於政治教條。雖不能說在宗教與政治的威壓之下，完全沒有傑出的作品，但基本上，絕大部分，藝術失去了廣袤的自由天地，也不允許個性與獨創性的發揮。千人一面，眾口同聲。藝術只是宣傳品，是權力的附庸。

現在改革開放，每個從事藝術的人可以自由創作，但不幸遇到資本主義全球化所帶來空前巨大的商業化大潮，藝術被捲入商品化的時潮之中。這個危機，是藝術有史以來更巨大，更徹底，更難以抗拒與逃避的危機。因為在宗教與政治主宰一切的時代，藝術家創作是「被動」而為；而商業化的時代，因為藝術家在競爭中有利可得，差不多都「主動」投入。為金錢而創作，藝術便走向僵死之路。

今日世界最大的危機，是精神價值的崩潰。美貌、青春、肉體、愛情、愛心都可以成商品，可以出賣。導致精神價值、道德倫理與人的尊嚴的墮落。藝術也是一種精神價值。一首詩，一張畫無法馬上估量其商品價值，因為精神價值是無法量化的。藝術作品要經過許多評論家研究、評介，名家品題，大眾的欣賞、確認，在時間的淘洗中彰顯他的藝術價值。但在急切而功利的當代，一切要以商品來交換商業價值，所以有藝術公司、畫廊、經紀人、拍賣公司來操作，各方以求取利益為目的。藝術價值遭到扭曲，其市場價格則追求最大化的利益，極盡誇大、哄抬甚至詐欺炒作之能事。經由各種宣傳技巧與速成捷徑「成名」的藝術「明星」，其作品不經藝術批評的檢驗，不經大眾的欣賞與確認，也不經歷史與時間的考驗與淘洗，完全以「市場」的行情為標準。市場行情無法衡量藝術價值，便以畫家地位、官銜、名氣為依據，所以爭官位，造虛名，買新聞，擺排場，蔚為風氣，與媒體或拍賣公司勾結作假、炒作，不擇手段。有些畫家因為市場行情看俏，匆忙趕畫，製造噱頭，重金買捧場評論，「藝術商品」與「期貨」、「股票」的投資、炒作越來越相似。當代藝術空前的商品化，導致藝術根本的異化。

二、藝術批評在藝術商品化中死亡

「藝術批評家」這種「物種」在當代已經無法存活。其情形與北極熊及許多生物瀕臨絕滅相似。

本來藝術批評是極嚴肅的工作，批評家要有相對廣博的學識（藝術史、文化史、社會、心理等知識），有自己的美學觀念與藝術理論，還要對所批評的藝術品有專業的研究（不可能有天下各種藝術門類都精熟的批評家。例如雕刻、油畫、水墨、書法、建築、壁畫等不同領域與對象都需要專門的研究。沒有「萬能批評家」，有則必為江湖術士）。此外，對不同藝術產生自不同的文化、歷史與傳統，也要有特別的研究背景（如書法、水墨之於中國文化；印度雕刻之於印度與希臘文化；法國印象派油畫之於歐洲近代文化等等）。不是一般漫談藝術的寫作者都可以勝任藝術批評的寫作。

近百年來從現代主義、後現代主義到當代藝術，原來的藝術生態環境已經崩壞、裂解、溶混、變質。西方自二十世紀初，藝術內部產生裂變。近代西方歐美成為強權，不僅在政、經、軍事上稱霸，其意識形態，包括藝術不斷擴張、滲透，以「全球話語」、「普世價值」、「全球化」、「國際前衛藝術」、「當代藝術」衝擊、引誘、蠱惑非西方世界，以統制全球為目標。東方七零八落，唯美國藝術馬首是瞻，已超過半個世紀。現在的中國藝術，主體性與獨特性岌岌可危，全盤西化成「先進」的指標。這一場藝術的「大革命」顛覆並摧毀了傳統的文化。以任意、混亂、怪誕為突破、創新、自由。沒有東西方之分（其實是西方藝術的全球化，消滅了藝術的民族文化獨特性。）；顛覆了平面與立體、藝術媒介中材質的統一性、藝術種類的不同獨特性等差異；否定了藝術的基本訓練的必要性；人人可為藝術家，任何怪異的形式都是新藝術。其混亂與虛無，與當代人間社會男女可變性，顛覆了性別的界限；同性婚姻，顛覆了夫婦與家庭的定義與本質；「桔子汁」的飲料中沒有桔子、「豆漿」中沒有黃豆、「松露巧克力」中沒有松露（都是化學物質合成）等當代商品一樣，反映了當代文化的虛幻與「真實的缺位」。

面對當代藝術的異化，加上商業化，藝術批評無可施其技。而當代藝術活動之普遍活躍，商業藝廊大增，藝術市場之熱絡，藝術評論形同「產品促銷」廣告的文宣。產品的出品人（即畫家）以優厚的稿費為報酬請評論家寫文章（這等於當代文人無顧忌為金錢而折腰），所得到的當然是誇大的頌揚或轉彎抹角，過分溢美之詞。報刊雜誌刊登作品多要畫家付費，而只要有搖筆桿本事的人，都可成藝評家。藝術批評已壽終正寢，良有以也。

三、荒謬的藝術教育制度

記得剛剛改革開放的時候，外國遊客爭相恐後來華旅遊，一睹這個文明古國的風情。萬里長城遊客最多，許多小朋友向遊客兜售禮品，以「國畫」為主。當時所謂全國一窮二白，「國畫」

是成本最低，生產速度最快的產品。記者報導，外國遊客說：中國有十億人口（當時），大概有九億個畫家。

當代中國畫家之多，大概古今中外之最。為什麼有此現象？原因不能一語說盡。大概「國畫」之套式化與「簡潔」，最易依樣畫葫蘆。另一個原因是「美術系」太多了。

認為美術是民族文化中重要的一環，所以近半個世紀，我們的大學中廣設美術、音樂兩個系，乃至成立了太多美術學院。這一錯誤的教育政策，結果沒有把我國的藝術水平提高，反而拉低了。這是十分弔詭而遺憾的事。

重視藝術教育，正確的政策應是不分科系，普遍加強藝術教育，培養藝術欣賞品味的能力，不但是有助於人格的完善，而且使高等人才有人文修養。但是透過廣設藝術專業科系，以為可多培養藝術專業人才，其結果不啻是青年生命的虛擲，國家的負擔，而且製造大量既沒有專業的知識與能力，又成不了藝術家的一群「藝術遊民」。

因為文學家與藝術家（小說家、作家、詩人、畫家）從來不是靠文學系或藝術系能直接培育的。真正的文學家與畫家在人群中永遠是鳳毛麟角，出自天賦與個人不懈的努力追求。各朝各代在歷史上都只有幾大家，明朝只有四大家，揚州只有八怪，文藝復興只有三傑，印象派大畫家也只有幾個。天下有興趣追求藝術的人越多越好，但有大成就的畫家不會多。沒有專門學問，又沒有一技之長，培養一大批以畫畫為職業的平庸藝術人才，是人才的浪費，國家社會的負擔。而且也是這些不入流「藝術家」個人的不幸與痛苦。

許多美術學院本位主義，只求不斷增班、擴大，廣招學生，有的為壯大聲勢，有的為多收學費。尤其大量設立碩士、博士，只是為了增加教授的職位與收入。「博導」滿街，藝術教育氾濫成災，每年各地有大量美術系學、碩、博士湧入社會，他們既「獻身」於藝術家的「行業」，也頂著國家所授學位的銜頭，所以他們要畫畫，要展覽，要出版畫集，雜誌上要介紹他們的畫，這一切每年、每一代不斷的增加，藝術水平因而逐年下降，乃勢所必然。還有畫家分級制，分一級二級（世界所僅見）；各地設有無數「畫院」，由國家供養（只有古代皇帝時代曾有）；藝術官方機構疊床架屋，每位有名畫家都有官位銜頭……藝術教育的錯誤，藝術政策的荒謬，造成中國藝術家多如牛毛的奇景。吳冠中先生常說些很武斷，很引起爭議的話。但他批評「畫院」制度不應繼續存在，是正確的。我早在一九九一年第一次去北京就說過畫院制度的不合理。許多畫家私下告訴我不要提冒「天下大不韙」的此事。現在已過了二十年，中國畫家傑出的少，平淡無奇，努力作怪，尸位素餐的多，還是不能說的「禁忌」嗎？

四、「藝術評論」要負起匡正風氣的大任

我們沒有真正的藝術評論已久了，有的只是吹捧與溢美的文章，甚至如「產品推銷文案」，盡寫些言不由衷、牽強附會、誇大不實、故弄虛玄、崇洋媚俗、陳腔濫調的「諛詞」。

如何建立現代中國藝術的審美基準，探索中國藝術的現代方向，批判西方後現代主義反文化、反藝術的虛無主義與偽自由主義的意識形態，批判西方文化強權以全球化與商業化宰制全球藝術的霸道策略，重建「有中國特色」的藝術思想與風格。提倡尊重並維護有民族特色、傳統根基與文化理想、合乎人性渴求的藝術。

我們在此危機時代絕不應隨波逐流，而應撥亂反正，重建藝術評論的自主方向，為中國文化的重振，向世界提供我們的獨特的貢獻。

這是我的期望。

（二〇一一年八月二十八日南瑪都颱風之夜）

全球性的大「文革」

——我所經歷與理解今日世界的危殆與藝術死亡之源

一、世變的驚覺

二十世紀末尾，我對時代的變遷有很深的疑慮，很想創造一個意象來畫一幅畫，表達我對這個世紀的所感所思。

一九九六年我畫成了一幅水墨畫，題為《世紀末之月》。這幅畫中間矗立一座危樓：高而危殆的一座大廈，陳舊殘破，上面有許多胡亂添加，不三不四的違規建物；各層樓各式窗戶吐著昏黃的燈光；像鉛一樣沉重而灰暗的夜空，上方懸著一輪發出詭異光暈的月亮，似乎暗示未來將有大災難的朕兆。畫面右邊有我的長跋曰：「二十世紀是人類史上最苦難的時代，卻也是科技文明空前膨脹的時代。余於世紀末構思此畫，以危樓詭月之意象，表現我對二十世紀之感受，憂思與悲憫。斯圖一洗山水畫之陳腔，冥想未來，但恨不晤後人。」一九九九年展出於台北歷史博物館我的個展，曾刊登《聯合報》。這是我在世紀末得意之作。二〇〇五年北京故宮博物院為慶祝建院八十周年，慎重邀請中國當代名家書畫展，我將此畫參展，並接受北京故宮收藏。

至今，二十世紀已離開我們十多年了。今日世界（包括物質的世界與心靈的世界）的危殆與藝術的異化以至死亡，令敏感深思的人觸目驚心。雖然大多數人似乎認定時代的變遷無可奈何，人類的命運好像天註定，任誰都不能左右，其實，這是大錯。如果每個人苟且享受今日空前豐裕的物質生活，在無奈之中，今朝有酒今朝醉，沒有覺醒，那是自取滅亡。現在總得有人先天下之憂，苦苦追索世變之源。

二、藝術的異化

世變的敏感與個人生存的時代背景有關。我生於珍珠港事變，成長於戰後。自少生活的動盪與堅苦，使我感到個人與人類的未來處境有隱憂。我心坎深處對時代惶惑的直覺，流露於言行，常被師友視為悲觀主義者。但我在行動上，反而更積極努力，以優異的成績從美術系畢業。我留心觀察世變，讀書、思考，亟欲知其來龍去脈。我所學是藝術，我覺得藝術的演變與時代的變遷是連動的；我從來不孤立看藝術，而認為藝術與時空環境是互相批註。

六〇年代前後，西方藝術的現代主義初始時給我很大的震撼：驚覺從文藝復興以來，西方繪畫廣義的現實主義開始動搖，文哲內涵逐漸取銷了。不過，印象主義、超現實主義、表現主義及某些形式主義繪畫等等還是有許多可喜可佩的傑作。但其後，越來越多顛覆傳統的畫派使我漸漸失望、困惑，以至於我看到人類集體心靈的衰落，人文價值的崩解，如北極不斷融冰。藝術也不斷在異化中。

早在一九七四年我第一次去美國之前十年間，我已在台北各報紙副刊發表了許多文章，評論中國藝術面臨的問題與西方的現代主義。抨擊「崇洋媚美」的風潮以及認為藝術已無國界，應該跳脫民族主義傳統的羈絆，「世界藝術」的時代已經到來了等謬誤觀念。一九七三年我第一本文集《苦澀的美感》，與第二本文集《十年燈》甫出版而不斷再版，大概有近十萬本的銷量。在小小的台灣書市，非小說類有此成績，稱「薄有文章驚海內」，也不算太誇張。當時成副刊常客，一兩年便出文集一本。那時候，中國大陸從反右到文革，一直在政治鬥爭熱潮中，與世隔絕，不但不許崇洋，連「現代主義」也未聽聞。在台灣，我最早批判西方現代主義，也批判崇洋、甘為美國現代主義附庸者，同時也批判傳統的泥古派。固然受到西化派與復古派暗中痛恨，不過，佳評與回應者更多。余光中先生讀後為我寫序，說「我特別欣賞作者批評的『雙刃鋒芒』，因為他的立場一面是外攘西化之狂潮，一面是內警沉酣之迷夢，兩面都不妥協，腹背受敵，艱苦異常。」這些話距今四十一年，我的立場未稍動搖，或更堅定。

三、現代主義在台灣

我始終認為，現代主義（以及後來的後現代主義與當代藝術）只是近現代西方文化的產物。之所以對世界產生了巨大的衝擊，乃因為歐美近現代綜合國力遙遙領先，加上交通與資訊的便捷暢通，透過侵略、擴張、溶蝕、滲透等手段，製造成一元化的「世界性的思潮」。原為殖民地或工業化落後的國度或民族，面對歐美強權，因為自卑，很自然地誤以為西方文藝的現代主義，是人人不可自外，而且是先進的，不可抗拒的世界潮流，是歷史進程之必然。這種向西方傾斜的現象，幾乎是東方各國普遍的趨勢。台灣有自己特殊的時代處境，為此趨勢加大力度。那就是六、七〇年代中國大陸正當「文革」如火如荼之時，台灣對中國文化前途的晦暗不明與失望，加上日據以來分離主義的滋蔓，因而加劇了與中國文化的疏離。小島孤懸海峽，八〇年代以前依靠美國第七艦隊的卵翼，形成了一個崇洋親美的時代氛圍，是不可忘忽的另一個重要因素。台灣不少藝壇識時務的「俊傑」熱烈附和西方現代主義是世界性、國際性，先進的時代潮流，「大一統的世界藝術」即將來臨的論調。投時代之機者立刻受到美國新聞處的青睞與寵掖……。美國式現代派的追隨者一時聲名大噪，也號召了更多盲從者聚眾成群。台灣新派畫會於是如雨後春筍，最有名者如「東方」、「五月」與「現代」等畫會，曾經叱吒風雲。誰會想到大陸改革開放之後，社會主義現實主義告退，而有「八五新潮」，二十年後追接台灣六、七〇年代的新派的後塵形成了藝術全盤美國化兩岸合流的局面。

我對傳統派有批評，對附庸於西方現代派更有批判。背腹受敵使我成了藝壇孤鳥，成了單幹戶。我覺得應該由「邊緣」走入「中心」，到歐美去親自觀察體驗，深入瞭解，才能為中國藝術的未來找答案。

四、邊緣與中心

一九七四年秋，我應邀到紐約勒辛頓大道的中國文化中心（當時台美還未斷交）及賓州大學等多所美術館個展。剛到紐約就巧遇「跳機」來紐約，沒學過畫的台灣青年謝德慶，來美國當不必畫畫的「行為藝術家」，中文報上大加報導。可見當時美國現代藝術顛覆傳統之誘人與台灣崇美之熱潮。

在美四年餘，參觀了美國各著名美術館、博物館、現代美術館、惠特尼與古根漢美術館、歐洲各地美術館，對西方美術有較深入的瞭解。尤其見識紐約最著名的「蘇荷區」（Soho）還未大盛之時，最早是破敗的廢棄廠房，治安的死角，也是美國未成名前衛畫家、流浪漢、酒鬼、同性戀、吸毒者、乞丐的棲宿地。從極廉價到極搶手，後來成為最摩登的餐廳酒館與高級商店的時髦一條街。我同班同學，洋氣十足的一對夫婦因經營房地產而發跡為富商，卻也是台灣報刊上的旅美名畫家。畫家挾洋自重之路，紐約成新捷徑。

紐約已取代巴黎，成為現代主義的藝術新都。美國為擺脫歐洲傳統的權威，強力令藝術變種、變貌。藝術不用筆繪，而像工廠製作，棄絕傳統工具材料，可自由用現成物拼集。不避污穢、怪誕、雜亂、血腥……無所顧忌。藝術甚至可以不表現在客觀化的材質上，而以人體或特異的行為，曰「行為藝術」、「身體藝術」。這些後來稱後現代主義、前衛藝術，後來又以「當代藝術」統稱這一切。紐約是藝術反傳統、反文化，對傳統肆無忌憚顛覆與戲弄之樂園。美國以強大國力令藝術徹底「異化」而登上當代藝術之霸主地位。此誠令人驚心悚慄，但我否認、反對、抗拒藝術必共同遵循某強霸所標榜大一統之藝術潮流的觀點。七〇年代末，我回台灣教書，創作之外，寫作如前，批判如前。

到了八、九十年代，後現代各式前衛藝術在台灣已移殖、仿製成功。許多人覺得做西方前衛藝術的附庸是先進而榮耀的；有人且抱憾台灣比西方遲了三十年，批評徐悲鴻吸取西方寫實派，沒引進最先鋒的新派而延誤現代主義輸入本國。

二十世紀中葉以來，時潮力量之巨大，如狂風海嘯。先進份子吆喝在前，便有盲目追隨者蜂擁在後，以至成為決瀾之勢。中國的藝術在此風潮之中遂難以保持獨立不搖。西方的觀點、材料、技巧，幾乎漸成中國藝術最依賴的範本。連中國最獨特的水墨畫與書法，也摭襲西方的模式與規格，以東施效顰的方式來「創新」，竟能博眾采，漸漸奪取「新傳統」的地位。只要考察大陸與台灣美術館的展品而可知。曾幾何時，不論是自覺或不自覺，藝術界已普遍否認民族文化的特色是藝術價值不可或缺的要素；而迷信有所謂國際性與世界性的藝術思想及風格。許多人相信傳統的「地域性」的藝術當然要與先進的「世界性」接軌。殊不知以「邊緣」向「中心」看齊為榮，正掉落「西方中心論者」的陷阱。台灣半個多世紀以來藝術界最嚴重的謬誤就是在心智上屈從於美國，以及民族文化精神的自我放棄。更糟的是把屈從與自棄當成先進而驕傲自滿。現在中國大陸已走上與台灣同樣的方向，且後來居上，實令人扼腕……這是整體中國文化空前的劫難。

二十世紀末，我發表了一篇「論抽象」長文（收入台北立緒出版《創造的狂狷》，也收入天津百花文藝《苦澀的美感》書中），批判抽象畫的膚淺空洞，志在徹底拆解抽象藝術的理論基礎。在台灣長期反抗西方現代主義的宰制，強調文化藝術獨立自主精神的堅持之不可妥協，數十年立場不變，海內外始終如一的，我正是孤獨一人。新世紀之後，網路大興，副刊萎縮，我逐漸把思考與寫作轉向更深廣的領域去索解藝術的衰變，很少寫報刊文章，而寫專書（尚在寫作中）。在最近十多年來，我逐步領悟到帝國主義在政經之外，對文化藝術早已有計劃地進行全球性的「文化大革命」。

五、發現更早更大的「文革」

現代主義是西方近現代文化的產物，上面已說過。此思想本來在歐洲形成。因為兩次世界大戰重創歐洲，不只在物質上，更在心靈上。歐洲老了，衰敗了，文化信心喪失，虛無頹廢方滋，正是美國崛起，一片形勢大好的二十世紀中葉以來的世界局勢。

中國大陸改革開放以後，新世紀不久已展現大國崛起之勢。但在藝術上，與五十年前的台灣一樣，擋不住西方的狂潮，甚且因急切爭取與「國際」接軌而切斷了與中國傳統文化藝術的臍帶……以「傳統」為「現代」的反面，中國藝術遂一步步急速走向異化之路。國家富強，心靈卻陷落。半世紀以來，我追索中國藝術文化在當代遭遇空前危機的原因；思索西方如何從工業革命、資本主義興起到今天整體文化全球擴張，不但威脅、排斥非西方文化，而且連人類所共同創造、積累的普遍性價值，包括倫理道德，與一切各有特色的藝術與生活風格，如何被西方所謂「現代性」的神話所擊潰、壓抑與破壞。〇七年我參觀北京當代藝術紅火之地「七九八」，寫了一篇〈「七九八」雜感〉發表在《美術觀察》〇八年十一月，感慨萬千。

「文革」一詞是借用中國大陸一九六六—一九七六年十年「文化大革命」的名稱。不同之處是前者是一國的，一時的，敲鑼打鼓進行的；而後者是全球的，長期的，是潤物細無聲，又無孔不入的。它靜悄悄要全面從文化的根本上同化「他者」，達成美國宰制全球的目的。

拉丁美洲文學家馬奎斯（G. G. Maquez, 1928-2014）一九八二年接受西方記者訪問，談到殖民一事說：拉美比起非洲來幸運多了。野蠻的西班牙人雖然是殖民者，但比其他國家好。他們殖民後，和拉丁美洲人民整合，因而產生了文化上的變革。可是英、法、葡等國則不同，他們甚至連語言都沒有留下來，只是一味殘酷的掠奪。他們的文化被殖民者的枷鎖窒息了。

美國這個帝國主義，比上面兩種都更可怕。它用硬、軟兩種實力去使各國喪失自我，全球美國化，一元化。從冷戰以來，美國便悄悄策畫一個我現在稱為「全球性文化大革命」的戰略，以國家與民間的力量去推行，這在世界歷史上是前所未見的陰謀。

六、美國贏了冷戰

二戰結束，冷戰開始。世界基本上形成兩個陣營的對峙。即資本主義與社會主義。一右一左，兩邊壁壘森嚴。吊詭的是，雖然意識形態互相敵對，但卻同樣玩弄、利用民粹的力量。右邊的資本主義，是自由經濟（市場經濟）與個人主義。資本主義注重經濟發展，鼓勵自由競爭。西方近代科技的發達，生產技術不斷創新與躍進，生產大為提升，工商業高度發達，物質財富激增。所以大眾均可在物質生活上得到滿足，但機械化的生產工作，造成人成為生產機器的工具，加上資本主義造成階級矛盾，社會公平正義受到嚴酷的挑戰。多數人的苦悶與空虛則來自一切商品化，道德崩潰，拜金主義流行，色情與毒品氾濫，社會安全受威脅。因為貧富懸殊，資本主義天堂的神話破產，社會動盪，所以不得不採納許多社會主義的福利制度，以緩和階級矛盾所造成的社會危機。

以美國為首的歐美資本主義得以延續至今，固然因物質的滿足可緩和矛盾，更在於它對人的宰制有一套極高明的設計。人性中自私自利、好逸惡勞、貪圖享受與感官刺激，對物質佔有的欲望，對金錢與財富無限的貪求等等，是人性中的負面、消極面或黑暗面。資本主義正是利用人性不完美的這一面來達到對人的掌控。資本主義的意識形態，所謂開放的社會，鼓勵自由競爭，優勝劣敗，每個人都可由其天賦、努力與運氣，去獲得各種欲望無止境的滿足。它不但自由開放，而且縱容、鼓動、甚至巧妙設法製造無窮的欲望。每個人因之不知不覺為這種制度的設計者所宰制而難以反抗、超越，也難以回頭，而且沉迷不起不能自拔。

左邊的社會主義，是計劃經濟與集體主義。這與資本主義的市場經濟和個人主義完全相對立。原初的用心在發揚人性的正面、積極面或光明面，消除私心私產，謀集體的和諧與幸福。馬克思主張集體利益在個人利益之上。這種觀點其實從希臘亞里斯多德、中世紀阿奎那都到黑格爾都有類似思想。早期共產黨採用集體主義，提出把個人利益與集體利益結合起來（蘇共）和個人與集體利益辯證的統一（中共）。社會主義，作為一種社會思想，一種政治主張，一種制度，同資本主義一樣，也希望擴張、發展、同化其他國家，使其陣營有更加壯盛的競爭力，以埋葬人剝削人的資本主義制度，達到全球的「赤化」。兩個陣營的冷戰，表面雖是「和平」的，但暗地裡手段之激烈，範圍之廣泛，也無所不用其極。不過，現在回顧起來，冷戰二元化對峙的世界，恐怖的平衡，固然令當時全球擔憂，但更可怕的是今日西方推行全球化，因而文化成為一元獨尊的局勢，將導致多元民族文化的大劫。

到了二十世紀末，社會主義陣營與資本主義超過半世紀的對峙，終於隨著東柏林圍牆的拆除，東歐與蘇共的自我解體而結束；中國則在鄧小平宣導改革開放之後，走上「有中國特色的社會主義」之路。其中大量吸納了資本主義的成分，如市場經濟，停止階級鬥爭，容許私有制等。在短短三十多年間一躍而為僅次於美國的經濟大國，舉世矚目。

以追求人性光明面為高標的共產主義（社會主義的一種）為什麼輸給以縱容人性黑暗面為誘餌的資本主義呢？因為馬克思錯估人性的陰暗面可因改造而向上；違背有私心私欲的人性；忘忽了人極不完美，也沒有聖人，而人性的自私與貪欲絕大多數難以克制。不容許私有財產，便造成勞動的積極性喪失，生產力下降。共產主義赤化全球與資本主義同化全球兩造的鬥爭，最後，前者因經濟衰落，民生凋蔽而失敗。二十世紀末，日裔美國學者法蘭西斯・福山（Francis Fukuyama）發表《歷史之終結》，石破天驚指出兩個陣營的較勁，資本主義獲得最後的勝利，不止是冷戰的結束，而是意識型態鬥爭的結束，也是歷史的終結：資本主義與民主政治將使世界成為一個同質（homogeneous）的社會。此書一出即引起大爭議。並因其獨斷而受質疑。可以見到美國在全球「文革」的勝利，四顧已無敵手，是如何躊躇滿志。

七、商業化與大眾化

雖然福山的歷史終結的預言不可能成真，但自「蘇東波」解體與中國轉型以來，資本主義在全球普遍被不同程度的接受，是不爭的事實。自由市場與民主政治是資本主義社會的兩個主軸，美國向世界文化輸出也就是憑藉這兩個「法寶」。借著美國超強的國力與無孔不入的宣傳滲透，全球逐漸「美國化」，已明顯的見效。

吊詭的是商業化與大眾化一方面造福現代世界，同時也是造成世界價值沉淪，道德崩壞與地球耗竭衰變，世界危殆的原因。

商業化使道德崩潰，人的品質下降，文化趨向淺薄與庸俗，過去的經典與法則遭毀棄，更重要的是造成平庸的大多數上台，卓越的少數自然地邊緣化，也即優敗劣勝的趨勢。全球文化與人才普遍的劣質化，是不爭的事實。

科技使生產技術不斷大幅提升，生產力大增，產品充斥市場，使商業空前發達。一方面滿足每個人無限的物質享受，也提高了物質的欲望（我想起愛因斯坦一九三〇年曾說過：「我從來不把安逸和享樂看作生活的目的——這種倫理基礎，我稱之為豬玀的理想。」），現代不計其數的科技產品，用過即棄，奢侈浪費，銹蝕了儉樸、惜物、節制欲望等等美德；糟蹋資源，大量垃圾與污染也造成生存環境的大破壞（這是愛氏當年所未曾見的）。

商業化更大的惡是鼓勵消費，製造流行文化，以「名牌」商品吸金，激發虛榮心理，使貧窮者為了虛榮心的滿足付出不合理的代價（少女為得名牌商品不惜賣身的新聞並不少見）；使富者窮奢極慾，兩者都使人的品質與尊嚴下墜。製造大量魅力超過舊時代鴉片的新商品：如打鬥、殺人、科技神話與色情的電影，連續劇與娛樂節目，電動遊戲機（多少青少年荒廢學業流連網咖，夜以繼日，以致猝然昏死的新聞，時有所聞），電腦與手機上的各種資訊與社群網站，不但虛耗生命，而且培育了依附潮流，缺少獨立思想的大眾，並且傷害我們的新世代。對於一切人，美式文化透過無休止的，多樣而令人喜愛的娛樂商品，灌輸資本主義的價值觀，塑造統一的流行思想、品味、信仰與生活習慣。尼爾．波茲曼（Neil Postman, 1931-2003）在《娛樂至死》一書中給當代人類發出最令人驚心動魄的警告：「在《一九八四》（奧威爾〔George Orwell, 1903-1950〕此書於一九四八年在臥病中完成）中，人們受制於痛苦。而在《美麗新世界》（著者赫胥黎〔A.L. Huxley, 1894-1963〕，此書在一九三二年出版）中，人們由於享樂失去了自由。簡而言之，奧威爾擔心我們所憎恨的東西會毀掉我們，而赫胥黎擔心的是，我們將毀於我們所熱愛的東西。」

　　這就是當代世界最可怕的事。馬克思沒有想到資本主義到二十世紀以後利用迎合人性貪欲一面改造了人成為商品的奴隸。如同吃了迷魂藥，任由擺佈。廣告、商展、商品代言（一般都用女色來做誘惑吸引的工具）、促銷、媒體製造潮流與名牌的神話。一切皆虛幻，一切皆謊言，連媒體都不可信任，真（知識）、善（道德）、美（文藝）皆不可靠，一切皆商品。不單物質是產品，連人的智慧、能力、美貌乃至肉體都是。出賣商品以換取金錢，於是拜金主義流行（money worship，即認為金錢代表成功，也是衡量一切價值的標準），成為人生哲學的主流。歷史上不曾有過這樣的時代：所有的人都時刻在思考如何競爭，如何牟利，然後是如何得到最大化的官能享受與娛樂。所有過去人類社會所崇敬、讚賞、仰慕的一切，如果不能產生實利，變成金錢，便因為不合時宜，都遭受訕笑、冷落與拋棄。漸漸地，最有理想，最有學問，品格最高尚的人因不識時務，過於迂闊而自慚形穢，也感受到一股龐大而無形的壓力，因而被動或主動地邊緣化。世界各領域的卓越人才不斷由最能適應商業化時代的、功利的新式人才所替換。於是，世界性的文化大革命經由商業化獲得了翻轉歷史巨輪的驚人動力，而得天下。

馬克思在《共產黨宣言》中說過：生產的不斷革命，一切社會關係不停的動盪，永遠的不確定和騷動不安，這就是資產階級時代區別於過去一切時代的特徵。又說：一切新形成的關係等不到固定下來就陳舊了。一切堅固的東西都煙消雲散了，一切神聖的東西都被褻瀆了。——十九世紀的這一位思想家的遠見，至今仍令人欽佩。

資本主義取得勝利的同時，美式民主政治也在全球擴散。雖然資本主義社會貧富極端懸殊，但因為生產力超強，物質富裕，社會矛盾便得到緩和。占人口絕大多數的中下階層對文化的需求，構成一個無與倫比的廣大市場。這個大眾化的文化市場排斥文化的精英主義而得到壓倒性的聲勢。高深卓超的精英文化被擯斥於潮流之外，於是，一大群平庸、狡黠、投機、善於媚俗、嘩眾取寵之輩、資質中下流的人物，如雨後春筍般竄出，開啟了一個主要由中下流人才主導全球各種行業的時代。

這個時代文化產品，要適應「民主化」的大眾社會，以強烈媚俗，用過即丟，價格廉宜，淺顯粗糙，簡單庸俗卻豔麗逗趣，不須很多知識，卻要具有極盡刺激感官，挑動欲望等特色的魅力。這種時代文化供大眾享用，又回過頭來薰染、塑造大眾的思想感情。資本主義雖然個人主義很發達，但是商業化與大眾化所造成思想觀念、行為模式、心理趨向都相當統一、雷同。比較起左派曾以政治洗腦與勞動改造所期望達到的思想統一，資本主義這一套顯然更為徹底而持久。商業化與民主化，不能不說是近代西方資產階級文化所產出兩種福國利民的文化。但任何事物的發展不加節制，都會走向與它原來相反的方向；中國古人所謂物極必反。很不幸，許多方面已經開始應驗。人類數千年在歷史的屯邅中孜孜矻矻建立起來的光輝偉大的傳統文化，無可奈何地讓位於當代快速而粗糙的大眾商業文化。

八、美式民粹文化的狂飆

美式文化由西方的現代文化而來，是一種民粹文化（culture of populism）。最適當的名稱可稱為「當代全球性的美式民粹文化」。這是歷史上未見的文化現象。其基本性格是：反傳統，反權威，反經典，反菁英主義；色情、性、同性戀大幅度自由開放；利用後現代文化理論對傳統的顛覆找到民粹文化的正當性……。美式文化的產品，像大痳一樣風靡世界，尤其吸引年輕世代。從貓王、麥可．傑克森、瑪丹娜到女神卡卡，好萊塢電影，可口可樂，麥當勞，牛仔褲，《花花公子》、《閣樓》等色情雜誌、比基尼……。美式文化才是真正「走群眾路線」的文化。它以兩個途徑使大多數人不易抗拒而且如蟻附膻。第一個是訴諸人性的貪欲（如前所述），第二是把冠冕（其實就是名利）頒給平庸的、投機、背德的反叛者。並對所有反叛行為佩上光榮、進步的徽章。（反叛的物件即傳統文化、社會規範、倫理道德、菁英知識與技巧，公認的價值觀念等等。）所以居人類大多數不學無術的平庸大眾得到鼓舞而加入美式文革的行列，樂於打倒過去的文化，踐踏桂冠，宣佈新的「律法」，謳歌新的「文創產業」，推出新的文化英雄……風起雲湧，一時許多豪傑！半個世紀以來東亞已被收編進入美式文化版圖，連改革開放只三十年的中國大陸，這個有數千年偉大文化歷史傳統的國度，因為新的世代受文革的影響，對中國文化的無識、生疏與反叛，盲從新潮，不知不覺落入美式文化的陷阱中，因群體互相壯膽而沾沾自喜。民粹狂飆已成氣候，美式文革正如大海嘯之難以抵擋。

九、藝術的異化與死亡

今天很少人願意談論「什麼是藝術」。因為自從全球性大文革以來，一切傳統都被顛覆推翻，一切規範都被搗毀，原來的藝術已被整得面目全非了。當傑克遜．波洛克用各色油漆滴灑在平鋪地上的畫布，成為「抽象畫」，在美術館中與達．文西的油畫平起平坐，同稱「藝術」；當劉國松把沾墨的刷子在粗麻紙上塗刷，再撕去紙筋；或在浴缸水中滴墨、色，做「水拓」，與黃公望的《富春山居圖》都稱為中國水墨畫時，雲泥已然無別，便知道評判什麼是藝術的基準已被毀壞殆盡了。

藝術應該是不同民族文化中藝術家個人獨特的創造。不論是視覺的圖畫、雕刻或聽覺的歌、曲，都各有民族特色與不同的審美途徑。而任何藝術都志在表達意念與情感，因為人性相近，所以各種真正的藝術都可以與欣賞者發生共鳴，沒有隔閡。另一方面，因為民族性、歷史、傳統等等相異，各民族的藝術在觀念、風格、技巧與工具材料上各有優勝，所以才有百花齊放的多元價值。因為有所不同，互相觀摹、欣賞、交流與互相學習才更有意義。藝術的本質在獨特性，不能也不應該提倡全球統一的觀點與規格。因為藝術若統一規格，民族特色，個人創造便受到戕害與限制。何況文化的單一化便是文化的死亡。

現代西方文化在全球強力擴散，由其新興的美國奪得領導地位之後，魯莽驕妄地以美國式的新藝術，取代歐洲，並統帥全球。這是歷史上從未曾有的荒謬與霸道。二十世紀中期以來各種不利的因素（如上述商業化與大眾化）逐漸造成藝術的異化甚至藝術的死亡。美國崛起，利用藝術作為全球戰略的一部分，以對抗蘇聯。這方面的詳情，請參閱《藝術評論》二〇一三年十月二十八日第九十六期〈當代藝術的冷戰背景〉等文章，指出藝術被當成文化帝國主義稱霸的工具。因此，現代藝術的危機，因為美式藝術的興風作浪，無疑加速藝術的異化與死亡。

從全球大文革的觀點來看，藝術不再有機會經由人類中少數最傑出的藝術家，在個人自由創造中，為未來人類光輝的藝術史增添傑作。藝術的菁英被罷黜，被排斥，被邊緣化，乃至藝術菁英已然消失，也不可能再孕育成長，藝術全由大多數平庸、投機的反叛者，傳統的顛覆者來主導與掌控，藝術已像沙特的《嘔吐》，不是精華，而是渣滓。愛因斯坦曾說：立體派、抽象派對他來說毫無意義。（他看到林布蘭，低迴讚歎，深有感觸。）現在的藝術家，有點像「紅衛兵」，可以為所欲為，「革命無罪，造反有理」。無人非藝術家；無物非藝術。這就是最多數投機名利客大批大批皈依美國「當代藝術」麾下的原因。（部分歐洲畫家，為了名利，回應美國新潮而「抽象」而「波普」，受到美國的支持，其實即投奔美國旗下，公主當成婢女矣！）說藝術死亡的書中外都已不少，但如果不從更深度的近現代整體歷史演變的脈絡來追索，不免片面而不易深入。美式的「當代藝術」是藝術的終結者。許多人不明白為什麼繪畫（painting）這個名稱不見了？因為美式全球大文革之後，繪畫已不限於平面也不遵守不同工具材料而來的類別，甚至也不再畫畫，任何東西任何形式，包括立體的現成物都可以加入，原來繪畫的基本條件都破除了，所以無法稱為繪畫，只能以「當代藝術」來言說、命名。

有人會問：當代藝術包容任何物質形式都是藝術，不是最大的自由解放，最「多元」嗎？是的。但是，一堆垃圾成分也很多元。世上可以有多元的價值，並非凡多元皆為價值。當代許多人只樂見「多元」，避談「價值」。的確過去太執迷權威一元化，有時太偏狹；當代若只重視多元，而不強調價值，卻是災禍之源。「多元價值」才是應該追求的。只求多元，不講價值，其實也是大眾人人均可做藝術家的原因。

十、應有憂患，心存期望

西方自一九一七年杜象以《噴泉》（其實是廁所裡男性用的尿斗）作為藝術品展出之後，世界上就漸漸不再有像林布蘭、米勒、梵谷等那樣的大畫家了；美國自五年前九十一歲的安德魯·懷斯逝世之後，已沒有真正的，用筆畫畫的美國優秀畫家了；中國畫家在傅抱石、林風眠、李可染等人之後，同「等高線」的畫家難以出現了。以後，中外古今所崇仰的那種「藝術」（也即是當代藝術認為「過時的、保守的傳統藝術」），很可能終結了。

大眾化的時代，人人想當家做主，所以痛恨菁英，痛恨天才；美國藝術勇於顛覆傳統，因為他自己沒有多少傳統。所以當美國成為世界的強霸，它要把全球美國化（常假借「國際性」的名稱來誘人入彀），而且宣稱「歷史終結」。美式政經文化從此萬世一系，宰制全球？由美國開始歷史新紀元，各國只是美國的「一區」？地球簡直可稱「美球」矣！

中外自古優秀的畫家不可能每一世代有一大群。因為菁華總是鳳毛麟角；平庸才能如恆河沙數。當代藝術家全球車載斗量，其數目之龐大，與過去比較，當知如何懸殊。美國以民粹文化攻掠全球，討好多數平庸之眾。民粹的巨力以量勝。全球多了多少現代、當代藝術的美術館與展覽活動；藝術雜誌與展覽廣告，加上拍賣市場的炒作，暴富者將藝術品當股票投資，不擇手段哄抬，價格暴漲，價值卻錯亂。這是一個黃鐘毀棄，瓦釜雷鳴的時代。一位朋友對我說：每次看到「當代藝術」，都感到有如看到一批無賴佔據了聖殿，居然在上面食宿拉撒一樣令人難受。

美國依然強大，但社會與文化敗象已露。美國現代以降著名畫家，從波洛克、馬瑟韋爾、勞申堡、安迪·沃荷、涂尼克（Tunick，曾在〇二年及〇五年，邀集二、三千男女在歐洲各國裸體臥地拍攝肉體的河或海，驚世駭俗，激怒各國教徒的美國當代藝術家），到今年才四十九歲的達明・赫斯特（Damien Hirst, 1965-，他就是把鉑金和碎鑽貼滿一個骷髏頭上做成《為了上帝的愛》〔*For the Love of God*〕那件「當代藝術」，〇七年以一億英鎊賣出去的大名家），他們與貓王、麥可・傑克森、瑪丹娜到近年大紅的女神卡卡（用生牛肉披在身上做「時裝」的那個舉世皆知的歌星）是一樣的美國「流行文化」。它們不止於顛覆了藝術，動搖了文化價值觀念，對時代風氣與全球青年的人格養成也有極大負面影響。美式民粹文化的流行，是目前世界在精神文化方面令人憂心忡忡的所在。

物質世界方面的危機是地球生存環境的災難，眾所周知，不庸細說。可敬的美國前副總統，十多年孜孜矻矻致力於地球危機的探索、考察與研究，現在成為全球知名專家學者，對人類不斷苦口婆心提示、警告的高爾先生（Mr. Al Gore, 1948-）。當美國只為自身利益，不顧公義，欺弱助惡，橫行霸道未肯收斂之時，高爾對人類所提供的卻是正面的奉獻。我們應該對這位美國人深致敬意。

本文對近百年間世界的巨變以及巨變對人類生存、文化和藝術的衝擊與破壞提出警告，對美式民粹文化的毒害予以批判，也對中國藝術界那些民族自卑、奴顏媚骨、依附強權的種種現象提出批判。只有在人類逐漸明白現代世變的源頭，產生猛省與自覺，由少數擴及多數而星火燎原，產生大覺醒，人類世界另一次類似中世紀之後的「文藝復興」（Renaissance）才可能期望到來。

當我在談論當代世界文化之淪落，常常感到所有的人似乎很贊同我的分析與批判，但又流露出舉世如此，是時代演變所必然，又能奈它何的無奈心情。我便說：的確，今世這種一元化的全球民粹文化力量已大，美國文化帝國主義軟硬實力之雄強，許多人會覺得時代進程似乎已是命定。但我會充滿信心地說：想想歷史學家所謂歐洲「黑暗時代」的中世紀，一共有一千年之久！後來，由名叫「再生」的文藝復興時代所取代。我們當代的民粹文化還不足百年，而地球已發生各種大災難的訊號，美國這個大帝國，也不斷出現衰退之象。中國文化藝術界應有自覺、自尊與自信，那些隨人俯仰的都只是時代的泡沫。我們中國藝術應有自己的發展史，期望多元價值，百花齊放，百鳥爭鳴的未來時代再生，我們要以什麼獨特的貢獻與不可取代的成就貢獻世界？中國人，必須預作準備。

現代世界變遷之快，出乎人的預料，這個世界若不能「再生」，便將毀滅。所以，期望人類的覺醒將在一聲春雷之後。我們應該懷憂，但永不絕望。

（二〇一四年四月二十二日於台北）

後記：本文啟自去年耶誕，斷續數月才寫成。將這個可寫一本書的大論題以一篇文章來寫，採用平實敘事的方式，記述半個多世紀以來個人的體驗、求索、發見，以及對當代美式民粹文化的批判。夾敘夾議，發人所未發；不避譾陋，嚶鳴以求友聲也。正當我寫完此文，外出在書店買到廣西師大出版，河清譯的《論美術的現狀——現代性之批判》，法國讓·克雷爾一九九三年出版，二〇一二年中文譯本出版。這本書使我雀躍，因為，我四十年來對西方現代主義的批判，在歐洲早有共鳴者。不過我的批判比他更早了大約二十年。在台北這個「全球化」（美國化）主流之外的邊緣小城，我用中文批判美式文革，其聲如蚊。來日中外像克雷爾這種「同志」漸漸多了便將聚蚊成雷。克雷爾的觀點差不多與我相共鳴。讀者幸勿錯過此書。

「當代藝術」的陷阱與覺醒

一、當代的陷阱

一百多年前，馬克思和恩格斯在《共產黨宣言》中早已預告：工業革命和資產階級「由于開拓了世界市場，使一切國家的生產和消費都成為世界性的了。」今日所謂「全球化」就因為生產與消費成為世界性的結果，而科技發達又成為這個「結果」的原因。

二十世紀下半的「全球化」是從經濟領域開始的。因為經濟的全球化，資本主義也乘勢在各國擴張。很自然地，知識與新聞，生活方式，社會制度，價值觀念與文化藝術，也隨之有某種程度的「全球化」的趨勢。不斷的開放與交流，使新的變局天天在各地發生；國家與民族的界限逐漸消失；生活的物資大量增富；原來民族的精神，文化，傳統，習俗……急速在渙散與消失之中。而資本主義最發達的國家便漸成世界性的霸權，利用全球化以宰制世界各國，形成歷史上所不曾出現過的，囊括物質生活與精神生活全面的操控，全球超級的霸主，便是二戰之後崛起的美國。全球化其實是美國化。由一個科技大國來壟斷全球政治、經濟與文化，為一國的「利益」而芻狗天下。這正是弱小國族以恐怖主義對抗強權的原因。但是，恐怖主義只有仇恨與報復，也不能給受苦的人類帶來幸福，反而造成世界的災難與危機。激起恐怖主義的原因正是發達資本主義，美國不先自反省，世界難有和平。

各國的傳統文化與民族精神，是世界多元文化的根源，其獨特的精神價值不但極其珍貴，而且是各國各族人民世世代代安身立命，精神寄託，心靈歸屬的所在。長久來看，人類斷不能接受世界最後由一個強霸宰制天下；更不能容忍所有不同文化被迫放棄，馴服地成為某個「文化帝國」的附庸。

但是，今日自甘為美國「當代藝術」鷹犬者為何如此之普遍？連中國最有聲望的藝術院校，名教授，名畫家，在此歐風美雨中紛紛傾倒。有的自願，有的盲從，有的無奈依附。今日華夏域中，西方的行為藝術、裝置藝術、觀念藝術、政治波普、策展人、多媒體……完全呼應美國藝術，中國藝界的激進有時甚且過之。為什麼會有這種情況？

欲回答這個問題，不是幾句話所能盡言。簡要地說：人性本來有趨炎附勢，羨慕強者，盲目崇拜的本性。大多數的「人群」尤其容易淪為跟隨「時勢」者（這種情況台灣有一句很生動的話，叫「西瓜倚大邊」，以表達人的現實與勢利）。其次，因為科技、經濟強國，聲勢浩大，容易被視為「先進」、「進步」、「先鋒」、「偉大」，容易引起崇拜、仰慕；能依附也感與有榮焉。加上歐美宰制全球的野心，有其全面戰略方針與實行步驟。對非西方國家甘願追隨西方時潮者予以支持、嘉獎、利益輸送、刻意培養，所以有許多被洗腦、感化、被培植，甚至被收買的藝術界人士，有意或無意中，都充當急先鋒，在各處造勢。當然，大多數單純而喜歡新奇的年輕人，很容易為放任、自由、好玩、不必苦學苦練，只憑膽大妄為便可出名的「當代藝術」所吸引而自願附庸。許多人以為「大多數人（尤其其中有許多校長、博導、名人）所做的應該不會錯吧？」很少人想想「中世紀黑暗時代」與「文革時期」，大多數人豈不都狂熱參與潮流？現在中國可說絕大多數美術系的課程早已接受「當代藝術」的觀點，或受其影響。最明顯、具體的粒子，可從傳統中國的筆墨與傳統西方的素描訓練已變質或取消了。這是很令人驚心的。」現在是「當代藝術」當道並普遍蠱惑美術界的時代。我以兩篇深陷「當代藝術」陷阱中而不自知的文章，另外兩篇質疑中國藝術應該回到鄉土中國，不應盲目協助西方以當代藝術「進行文化謀略活動」，傷害中國美術的健康發展。我現在以(1)Roger Atwood，(2)蔣奇谷，(3)宋永進，(4)錢海源四篇文章為例，呈現基本的贊同與反對的兩造，加上我的評析。我們應該深入了解中國藝術今日的處境，並努力找尋我們自己應該堅守的宗旨與應走的大道。如果我們有幾代人盲目接受這個「陷阱」，而無「覺醒」，等到我們只有艾未未、徐冰、曾梵志、岳敏君、方立鈞、張曉剛、蔡國強……這些「藝術大師」，我們要回歸中國藝術的正途便更艱難了。

二、荒謬的伊拉克「當代藝術」

上海《東方早報》二〇一四年七月十六日的「藝術評論」有一篇譯文，題目是〈伊拉克藝術家的當代藝術之路〉（作者 Roger Atwood，譯者朱洁樹）。前面有一段該文的摘要：

「去年的威尼斯雙年展上，十個名不見經傳的藝術家把伊拉克館變成一個怪異的、令人驚訝的場所。一年以後，他們的國家再次陷入戰爭泥沼，當時的一些藝術家開始自力更生地向世界展示、推銷自己的作品。而此時，恰逢中東藝術吸引著策展人和評論家充滿興趣的注意。」

伊拉克與伊朗皆古文明國。若干年前美國覬覦伊拉克的石油，找一個下流而且後來證實只是憑空揑造的理由侵略伊國，摧毀伊國一切並殺死暴君海珊。但小布希對伊國的傷害其實更甚。現在更造成伊拉克國內各種族間沒完沒了的內戰，本來已脫離英國獨立幾十年的伊拉克幾成廢墟。現在伊拉克人民為逃避戰禍，流離失所，其處境與巴勒斯坦人相似，水深火熱，生靈塗炭，不是死於砲火即死於饑、病，婦孺為甚，且不知伊於胡底？

這樣的國家，這樣的民族，如果還有藝術的話，怎麼會是「當代藝術」呢？難道都不知道什麼是「當代藝術」嗎？大家對中東各國族的歷史文化與藝術，實在太陌生了。因為我們只對歐美、日本等經濟發達國有興趣，而且追隨美國之後充當附庸，對其他國族未免太過漠視、輕視了。

沒有人不知道中東、阿拉伯、印度乃至非洲的文化藝術，與歐美，與中國，是截然不同；不會不知道各各有其珍貴的歷史與傳統。一個國族的藝術不從他們自己的歷史文化那個傳統的大流延續下來去求發展，求新的創造，為了什麼原因，今日世界各國、各民族都盲目地匯入美國的所謂「當代藝術」的狂潮中？把美國式的「當代藝術」認為必然是全球性、大一統、最先進（藝術豈有先進與落後？）、最卓越的「主流藝術」？在我看來，不但荒謬，而且是何等愚昧，何等可恥而不自覺，多麼令人痛心！

今日世界各民族，各國，各地為什麼會有這麼普遍缺乏自覺的現象呢？是因為歷史的忘失與對傳統的無知，國族自尊心的喪失。

沒有自覺的其實不僅伊拉克。很早，十九世紀末二十世紀初，日本不但在科學上拜歐洲為師，在藝術上也是。日本等於法國巴黎藝術公司的支店。（在那以前，日本原在文化藝術上完全是中國的跟班。）後來，歐洲現代藝術的地位被美國所篡奪，歐洲竟反過來追隨美國。美國提倡世界性、國際性的藝術（與當年美國跟隨歐洲侵略中國，因為他後到，所以高唱「門戶開放」是一樣的技倆。）其實就是美國式的「現代藝術」，後來演變成「當代藝術」，直到今日。日本也早已美國化了。

因為屈從於美國軍事與經濟的強權，半個多世紀全球連文化都相當的美國化（美其名叫「全球化」）。大家不論自覺或不自覺都認同這個現實。台灣在六十年代已跟日本一樣臣服於美國藝術。中國大陸從「八五新潮」以來，也與日本、台灣一樣走上美國化之路。伊拉克與中東、非洲各地，幾乎也都不自覺地、胡裡胡塗走上「當代藝術之路」。

土地淪陷他人之手；經濟為強國所操控；典章制度沿襲「先進國」；思想與知識仰賴「進口」……，這些都可以說是自己力量不如人，知識與技術不如人所致。但藝術上臣服於人，甘願追隨他人，以模仿「先進國」為榮，毫無自立自強的自覺，其實是精神的淪落，心靈的空洞與虛無，遠比政、經、科技的不能自立自主更可悲。

美國摧毀伊拉克，但伊拉克的藝術卻「皈依」美國的當代藝術，是心靈的空洞與錯亂，毫無骨氣，毫無自覺，可悲之至！這個國家復興之路該有多麼遙遠啊！

三、中國的水墨要進入「當代」？

中國國家畫院的《中國美術報》二〇一四年第一期十九頁刊登〈蔣奇谷：水墨為什麼沒有當代〉一文很長（約九千字；以下簡稱「蔣文」）。該文的關鍵在「水墨」與「當代」兩概念。蔣文談到當代、當代藝術以及當代藝術與現代藝術的關係時，基本上很準確。不過，蔣文完全沒有指出當代藝術是現代藝術的美國化名稱。現代藝術起於歐洲。當美國漸漸在各方面大國崛起，他的野心大到連藝術也要歸他全球控管的時候，他把現代藝術的龍頭地位從巴黎偷偷轉移到紐約，就是以傑克遜．波洛克的「抽象畫」為美國的「國畫」為濫觴。後來的波普藝術、超級寫實、照像寫實以至後來的裝置、觀念藝術……等，透過國家機器與財團的戰略輸出，在全球壯大聲勢，巴黎逐漸失色，美國取得上風，再用「當代藝術」來取代現代藝術，名正言順地奪得世界性的領導地位。正如好萊塢的電影取代了歐洲電影一樣。

其次，蔣文對這樣的「當代藝術」——「應該不是關心藝術自身本體的藝術，即不再關心藝術的媒介、風格、語言以及形式上的原創等問題；當代藝術應該是這樣的一種藝術：即要對歷史和現實的社會問題、對人生的生存狀態進行深刻的反思。因此，當代藝術從創作到評判，從欣賞到被接受都不再以藝術風格作為對象，而是要看藝術家是否具有社會批判意識。以上這些關於當代藝術的定義構成了藝術的『當代性』，並已經成為當代藝術的遊戲規則。」——蔣君為什麼完全沒有批判就接受了？還有，試問我們要認識、欣賞、研究或評判藝術，捨棄藝術的媒介（就是物質材料）、風格、語言與形式於不顧，如何可能？說當代藝術「只對歷史和現實的社會問題、對人的生存狀態進行深刻的反思」、「不再以風格作為對象，而要看藝術家是否具有社會批判意識」，這些正是所謂對傳統的顛覆。但蔣文沒有說出他服膺當代藝術這些「遊戲規則」的理由是什麼；而這些「反思」或「批判」，分明是社會與政治批判的範疇，「藝術」豈能勝任？以藝術去擔任社會與政治批判的任務，其荒謬不正如命令雞拉車，馬司晨一樣？蔣文為什麼沒有對這樣荒謬的當代藝術的「定義」與「遊戲規則」先做一番批判？社會與政治的深刻反思與批判以視覺材料的形式來表現，只是皮毛。（只有文學戲劇或電影才能表現，因為運用語言才使其可能。音樂與美術很難「深刻」反思與「批判」。）

當代藝術既如上面蔣文所言，對中國的水墨畫，雖然傳統型態之外，還有「抽象水墨、裝置水墨、觀念水墨等」，蔣文說「初步具備當代意義上的水墨格局，但在當代藝術的總體中尚不成熟，與其他類型的中國當代藝術相比，水墨還遠沒有成功。」即是說，水墨要進入「當代」，「出路在于轉型，如果轉型成功即可進入當代。」憑什麼非入「當代藝術」就不能自存？是這樣嗎？

蔣文是完全主張中國繪畫應該進入「當代」，也即非入籍美式「當代藝術」不可的一個典型「案例」。我原來無意評論蔣文全文，只是要借他來指陳我們今日的崇洋已到了可以為美國文化霸權代言而氣不喘，臉不紅的地步。這確使有心繼承、發展中國文化藝術的人驚駭不已。

蔣文細數石濤以及二十世紀的齊白石、黃賓虹、傅抱石、林風眠等，「但這些新水墨若以當代性作判斷標準來看的話又顯然不屬於當代藝術，因為明顯缺乏社會意識和反叛性。」

蔣文更驚人的結論，不但認為水墨未能進入當代，而且因為「水墨」關注對象是古老的水墨媒介而造成「當代性」的大減，所以水墨不可能進入當代。

蔣文題目是「水墨為什麼沒有當代」，我認為更應關注的題目應該是：「為什麼新時代中國的藝術要進入『當代藝術』？」；「為什麼一國的藝術要與『世界』接軌？」；「為何西方就是『世界』？」自我否定，不是很可憐又荒謬嗎？

四、我們應有的覺醒

上面兩段文字，標舉了今日非西方的藝術界向歐美「當代藝術」傾斜甚至全面臣服、追隨的觀點。其實是隨處可見的現象中的二個典型例子而已。

當然，也有大不相同的觀點。我在台灣，不可能也沒有特地去搜尋中國大陸這類文章，僅就我有機會讀到的有限的一隅，多數使我憂心；不過，也有些文章的觀點使我感到一點安慰——能站在中國藝術的正道上去看問題的人還是有的，雖然力量顯得單薄點。

二〇一三年十月《美術觀察》第一百二十頁〈論摘〉中有「中國當代藝術重要的不是國際亮相而是返鄉」，該短文摘錄二〇一三年七月二十七日《美術報》第三版，作者是宋永進。他檢討近十年參加六屆威尼斯雙年展的中國當代藝術，雖不乏佳作，「不過大多延續或重複了往屆作品的創作思路和形式：或用西方當代藝術的語言和形式去翻譯中國性的內容，或借一些『中國元素』（如古建築、瓷器、中醫、莊子、禪意等）開場。……移植於西方文化土壤的中國當代藝術，既割裂了中國藝術史的延續性，又缺乏對當下現實的深度切入，斷了地氣。（他們很多人）雖努力樹立中國當代藝術的國際形象，卻仍然無法改變中國當代藝術在國際舞台上貧乏的表現和邊緣性的地位。……中國當代藝術必須返鄉，返回到原本就屬於自己的一方熱土，以主人翁的文化姿態和獨立的審美氣質……無論是表現方法還是表達形式，都必將與西方當代藝術拉開距離，呈現出中國藝術家獨有的價值判斷、審美特色和文化魅力。」

這是中國藝術家應有的認識。但作者似乎不大認識所謂「當代藝術」不是指「今天所創作的藝術」，而是特有所指，是由西方「現代藝術」演變下來，由美國主導之後，把大約自二十世紀中期、抽象、波普、裝置、身體、混合媒材、觀念……等五花八門，完全顛覆傳統，具有反人文的意識形態的新「藝術」，以當代藝術為名，以區隔開其他藝術。作者宋永進似不知歐美今日的「當代藝術」是一個專有名詞，所以，他所說的「中國當代藝術」，若寫做「當代的中國藝術」便符合他的本意吧。

「當代藝術」不只反人文，反傳統，也反藝術。原來藝術以訴諸吾人不同的感官，可分許多不同的類；以其運用的媒介，也有不同的分類；就其功能，也各有其類。從現代主義以來，他要打破界限，顛覆規範。「當代藝術」，到了極端的地步。試想想：以前「現代主義」的繪畫稱為「現代畫」（modern painting），為何到了「當代藝術」不能稱為「當代畫」（contemporary painting），為什麼？因為「當代藝術」不但打破繪畫——平面與雕塑——立體的區別；連「畫」都不必，可以用噴、滴、丟、拓、爆炸…任何想得到的方式；不一定用紙、布、板，顏料、墨、油等等，可以用現成物，用任何破布、鐵絲、木頭、垃圾……任何物質與形態；其「創作」不必是一件在時空中成為客觀的存在物，可以是一些動作、音響與光，可以是「藝術家」自己或他人的身體的表演，可以是一次爆炸……。所以，無法稱為「當代畫」，也即是「畫」已經被消滅了，甚至把人類千萬年所建立起的，稱為「藝術」的那些「東西」徹底摧毀，而以不可能是藝術的這些「東西」來取而代之。

在《美術觀察》月刊二〇一四年四月號，有中國美協理論委員會委員錢海源〈解析「當代藝術」的迷霧〉一篇長文。指出：

「自二十世紀八〇年代中期以來，中國美術界某些主張全盤西化的先生，公開宣揚建國不到三百年歷史的美國是當今世界上『文化藝術的中心』和『國際藝術中心』；而具有五千年文明歷史偉大的中國……卻被全盤西化派貶損成了……『文化落後的邊緣國家』」。

錢文對中國三十多年來的開放、變遷有詳細的描述，也舉名指出中、外美術界某些人如何處心積慮要使中國藝術「走向世界」，其實是「迫不及待地要將中國美術早日納入西方當代藝術的軌道。」

錢文的基本觀點（除了某些政治性的信念以外），的確應為中國文化藝術界所有的人所重視。對今日中國文化中的繪畫發生根本性的變異，應該從藝術的本質，從藝術與人類的關係，藝術的價值與意義，藝術與民族文化的特質，從中國文化的前途等重大觀念上展開理性的大討論。

我讀後，在此文空白處寫了一句話：「這樣的文章，可以預見未來中國文化藝術界必有藝術的大辯論。」我要說，儘管大辯論不一定很快就出現，卻一定會到來。因為這是有關中國文化、中國藝術何去何從的大問題；也可說是中國人民在擺脫了近代的慘痛歷史，迎來了國族的振興，大國的崛起，面對著三十多年來藝術界的異化（包括方向的誤認、商業化的腐蝕、藝術心靈的庸俗化等等），不能不深切猛省。因為這是經濟昌盛，國力茁壯的背後更深層次的，中華民族是否有自己獨立的價值觀念、人生信仰與民族靈魂的終極問題。

（二〇一四年九月四日凌晨三時）

坎坷心路識大師

楔子

從鴉片戰爭到二十世紀末葉（一八四〇—一九八九），如果說中國畫壇誰是第一流大師，由誰說了算，似乎極誇張，極狂妄。但若有一個少年，對於近代畫家前輩，從任伯年到李可染；還有潘天壽、蔣兆和、高劍父等等約十餘人，自少是他最心儀，最敬佩的一群。等到他大學畢業，旅遊世界，在大學美術系教書多年，寫了許多藝術論評文章，他四十多歲了，發願寫「近代中國畫家論」，他精選了認為最傑出的八位畫家，後來出版了《大師的心靈——中國近代畫家論》。裡面所選的八大畫家，到今天幾乎是全世界中國畫史家、評論家、鑑賞家、美術館、畫廊、收藏家所一致推崇與公認。大家可去查證，這個人青少年時代所心儀的中國畫家，竟一個也沒有缺漏，那不等於說他早就「說了算」嗎？藝術評鑑的先見之明，總不能說只是「巧合」吧。認識我的前輩、師友、同學、畫壇的某些朋友、學生，後來看了我的文章，與我有交往者，這八大畫家的家人、學生、評論家，也都可以證實我就是很早認知誰是大師的那個人。

不過，我沒有把藝壇與社會認為最有名的另一位畫家張大千列大師。許多人認為是「疏漏」或「偏見」。為什麼張大千不在第一流畫家之列？我在《大師的心靈》書中的「初版自序」中說清楚了。

要知道為什麼張大千畫得這麼美好，卻不是第一流畫家；要知道中國社會對於誰是大師，為什麼會一片迷糊，常常錯認？為解此問，我現將《大師的心靈》一書中前後兩篇序文中的論述做節要的綜合，以饗讀者。

近代中國畫壇與張大千

自從近代中國書畫家的作品在國際藝術拍賣公司列為拍賣品，漸漸有了國際市場，中外收藏家才興起收藏中國近代書畫的熱潮。我在本書《大師的心靈》〈緒說〉中說，如果不是外國美術博物館與拍賣公司的重視，中國近代書畫的價值與價格不要說與西方近代繪畫作品有天壤之別，就連與中國明清的瓷器工藝來比，也不能相提並論。這是很值得深省的事。

國際藝術拍賣公司使近代中國書畫有了市場；市場價格的貴賤才使中國社會大眾與收藏家逐漸認識到書畫作品水準的高低。「大師」、「名家」與「小名家」的差距才逐漸有較清晰的層次之別。這些都是改革開放以後才有的事。卻也因為有了「價格」，對藝術價值與畫家的地位的評判，便有了定位，自然產生「名實」是否相符的問題。

與之相應的書畫家評介、書畫作品的鑑定、藝術品投資與書畫市場的「指南」遂日益發達，已有的出版品令人目不暇給，一時間，「專家」應市而生，盛況空前。濫竽充數的「專書」與「專家」也不在少。

這本拙著不專為藝術收藏與投資者而寫。遠在許多急就章的「藝術投資指南」上市之前，我早已開始寫作此書，延擱到現在才出版是因為懶惰的緣故。這本書寫作的醞釀期之長，更出乎想像之外。因為這八位大畫家是我從十多歲認識他們的作品以來所仰慕的對象。如果說醞釀了四十年才寫成此書也不為過。本書寫作的目的是為了把我所認知的近一個半世紀（也即從近代史的開端，清末鴉片戰爭以來）的中國大畫家指認出來，並對其人其藝發表我的看法。因為我自己是承接這些前輩大師繼續追求中國繪畫現代化的畫家，我對歷史不能沒有自己獨特而深入的見解。這些見解，一方面為我自己批判地接受前人遺產釐清方向，決定取捨，以吸取營養與教訓，一方面也把我個人主觀的見解交付歷史，以供後人參考與再評判。

所以，這本書不像其他畫家評介的專著一般，選定「名家」，搜集資料去做文章。而是從我個人的藝術觀念出發，去選評歷史人物。正如太史公司馬遷以他的思想去判定誰放在「世家」，誰放入「列傳」一樣。沒有一本歷史評論不是主觀的「一家之言」，問題只在於此「一家之言」能否禁得起時間的考驗。或為泡沫，消失於未來歷史的長河中；或為砥石，「江流石不轉」。所以，此書是我對一個斷代史中最高代表性畫家的認定與評論，不是一般泛泛的「名畫家評介」。

這八位沒有一位不是我從少年時期就景仰的大師，他們今天普遍得到公認，我心中有驕傲與欣慰。因為五十年代我與同儕說傅抱石、林風眠等人是近百年第一流中國大畫家，常受到訕笑。而那時台灣藝術界連黃賓虹、傅抱石、林風眠、李可染的名字也沒幾人知道。而回首前塵，許多數十年來聲名大噪的畫家，到今天有的已經褪色，有的差不多被人所遺忘。

不過，有很特別的一位畫家，過去我從來沒有認定他是近代中國第一流畫家，但是近二、三十年來他聲譽日隆，兩岸及海內外評論家、收藏家及藝術市場等行家都認為他是第一流畫家，甚至是第一流中的頂尖一位。這似乎是我唯一「看走眼」的畫家。他就是「張大千」。如果現在有人問我：張大千算不算第一流藝術家？我的回答還是否定。不過我要略加解釋。通常我們認定一段歷史中少數人物為某一專業中的第一流人物，不只是表明他的優秀，而且著重在他具創發性成就而為時代的代表性人物。比如希臘的三大哲；文藝復興畫壇三巨匠；明朝的沈文唐仇等。代表性一方面是指具備時代精神突出範例的特質，另一方面是個人特性所發出無可取代的魅力。以張大千為例，他雖然在中國傳統繪畫古今技法的掌握是第一等的能手，但在時代精神與個人無可取代的獨創性上都沒有代表性。因為他是復古派，他的優點與魅力大半是取自前人。所以張大千是極優秀的畫師，卻不是第一流的藝術家。

為什麼在對張大千的評價上我與大多數行家差異如此大呢？一言以蔽之，那是對於藝術的真正價值判斷上認知差距的問題。

大多數人佩服張大千，第一是他的萬能。不論山水、花鳥、人物；南宗與北派；工筆與寫意；從古代的敦煌到明清的文人畫；水墨與設色，淡彩與重彩；院畫的工整與遺民畫家的亂頭粗服；最後還有跟上西式時髦的半抽象潑墨潑色，他都無所不能。第二是功力之深。他學習、模仿古人，學誰像誰；製作贗品幾可亂真，甚至行家大老都被他瞞過。第三是他為人四海，一生交遊廣闊，名氣特大。名公巨卿，政商學軍各界，都是座上之客。很少權貴家中沒有他贈送的畫作掛在中堂。的確，媚俗與投其所好可以在現實社會中成為名家，但卻不是一個真正的大藝術家必經之路。除第三點之外，第一、二點是張大千技藝上過人之處。他確具備畫家技能上最卓越的功力，在畫史上也難得一見。

可是畫史上第一流藝術家更重要的條件是與其人格統一的，獨特創造的個人風格，而不是多項技藝的總和。而且藝術家的獨特風格必顯示了時代的精神與對民族文化的發揚、拓展的貢獻，以及個人對宇宙人生獨特的看法。張大千是傳統的畫師，今之古人；他筆下彙集了古人最甜美的筆墨，以製作視覺上最圓熟優雅的圖畫，他是裝飾畫的巨匠，但只是古書畫「集錦」式的匠家，油滑而庸俗居多；他摹模古人即使幾可亂真，但沒有開創新路的抱負；而他個人長期自外於民族的苦難，做一個享受錦衣玉食的高蹈逸士，他的藝術便不能為時代與人生做見證；他的趣味、美感、巧藝都承襲自前人，他的藝術中沒有他自己鮮活獨特的人格。至於晚年的潑彩，一方面是西方新潮粗淺的移用，另一方面他還脫不了傳統山水的格局。從他潑墨潑彩的畫面上免不了以樓閣亭台、水草、崖石等來收拾殘局，可知他並沒有經營新形式的企圖與能耐。他還只是復古派的大匠。他在中國社會贏得這樣崇高的聲譽，正反映了中國社會對藝術真正的價值認識不充分的積弊。萬能、廣博、精妙的功夫，是一個優秀畫家必要條件的一部分，卻不是一個真正的藝術家充足的條件。張大千學八大山人幾可亂真，但八大是政治異議份子，是痛苦悲憤的遺民。張大千所能模仿究只是古人的形式技巧而已。張大千學古代名家，雖可令人歎為觀止，但他的畫中沒有個人獨特而強烈的人格精神。所以他學誰像誰，恰恰是他缺乏藝術中本來最不可喪失的「自我」的證明。

（一九九八年八月）

撥開迷霧，認識大師

我在廣東鄉下出生，自小喜愛畫畫、讀書。初中畢業相信男兒志在四方，立志到外面去見識世界，以免為鄉曲之見所蔽。竟有機會到武昌去唸師院美術系附中。果然大開眼界，見識了近代名家和他們的作品。清末到二十世紀的畫家中，我最心儀的大師已然在胸，卻常常與我的老師、同學大不相同。這使我老早嚐到「孤獨的滋味」（後來我一本散文集有此書名）。藝術的品鑑，我的觀點與判斷常常與我周遭的人士不大相共鳴。譬如近六十年前，許多人未聞其名之時，我私底下對黃賓虹、傅抱石評價極高，師友及旁人總覺得很好笑。因為當時許多人覺得黃畫太髒，傅畫太亂，怎麼會是上品？後來張大千在台灣、香港地區及海外被捧上天，我認為他是大畫師，不是第一流藝術家。至今很多同道還不以為然。

我在武昌那幾年，命運之神對我特別眷顧：我竟有機會見到我景仰的三位畫家的真迹。對別人沒什麼，對我是天賜良機。我校系辦商借來武昌展覽的傅抱石和李可染先後兩個旅行寫生畫展的兩批作品，供學生觀摹。傅先生並為我們做了一次我畢生難忘的演講。（我記得他講中國繪畫的精神，充滿對民族藝術的自豪與對中國文化的自尊，他開我茅塞，至今難忘；李先生沒有來武昌，所以當年無緣拜見。）還有一次因為從住在武漢的黃賓虹先生的公子那裡借來約一百幅山水小斗方（未裱）。這三次良機，就已不枉我到武昌受苦數年，變成非常值得。當時我在課餘，沒日沒夜認真學習。三次親炙原作的機會，臨摹了不下百幅。全系學生如此拼命也只有我。當年的少年習作有一部分我還保留至今。我的興奮與用功，真是夙興夜寐，難怪別人覺得我有點瘋。二十世紀六十年代，我大學在台師大美術系就讀，覺得台灣學風很狹隘。學生只師法受業師一人，而且教學方式還在臨摹老師畫稿，實在太陳舊（今天還有此陋習）。我心中立志將來要寫二本書：一本是教學方法；一本是論近代中國畫家。這兩本書都出版了十多年了，前者是《給未來的藝術家》；後者就是《大師的心靈》。

中國社會對自己民族的藝術天才不能有正確的認識，實在很可悲。許多庸俗、粗淺、錯誤的觀念與眼界，習慣性的風尚與陳腔濫調造成多數人看不清真正有創造性的藝術成就，對傳統有繼承，對未來有開拓性的貢獻，將來在歷史上有崇高地位的大畫家是哪些人？因為我自己是畫家，所以我要提出我的見解，留下我的證言。當然，我的評斷要交付歷史去裁決，我對我的見解有絕大的信心。自從上世紀末之後，贊同我者已漸漸成為絕大多數。我的期望沒有落空。

中國社會甚至「藝術界」（包括美術教育界、書畫收藏界、美術館等）向來為什麼不能正確認識近代中國的大畫家？其實有中國近現代歷史的苦楚。

近代以來，中國社會動盪變遷，內外交困。歐美帝國主義與日寇的侵略、抗日戰爭、國共內戰、「反右」與「文革」浩劫……侵略者的掠奪與破壞，如斬佛頭、挖壁畫、搶文物（歐美博物館中多少中國歷史珍寶）；戰爭的摧毀與逃難歲月中文物的流失、損毀；「破四舊」中藝術品遭沒收與燒毀，是一長串傷心史。百餘年中數不清的中國大量書畫文物經由多種管道外流到美國（紐約、舊金山）、香港和台北。真正的行家是在新的收藏市場與活動中成為國際級的教父（如王己千、王方宇、劉均量、翁萬戈等），教導中外人士如何認識民族瑰寶。這些重量級海外收藏家，也保護了國寶，修補「斷層」的缺口，有大功於中國美術珍品的維護與發揚。當然也有許多冒充的行家從中混水摸魚。無數的中國古董書畫珍品，通過各種奇特的途徑，以極低賤的價錢流入美、港、台三地。那是千年未有的歷史大轉移，也是藝術收藏界的大斷層。形成一個混亂、無序、無知、荒謬、玉石不分的市場。是千載未曾有的劫難，投機掮客才有了大發國難財的機會。

「文革」前後，不論是逃難為求存而賤賣，或者沒收「封建餘毒」拋售海外，或者走私偷運，大量古董書畫出現在海外，因為來源多，不須本錢或者本錢很輕，所以市場售價幾乎與壁紙同等，跟從日本的規矩，計尺論價。八十年代，年輕畫家的畫價錢比蕭謙中、錢慧安、蒲華還高，就因為舊畫價錢很低。這是我大學畢業後到八、九十年代的事，大陸比港台更低得多。對今日的青年一代，聽起來會覺得是不可思議。最近，上海《東方早報》的《藝術評論》正好有一篇文章談到此事。蘇州大收藏家龐萊臣家族的後人龐戎說，他父親龐美南十六歲時，他祖父叫他去買畫，「那時畫不值錢，吳昌碩大洋一塊八一張，齊白石就六七毛一張……」，又說：一九五八年他父親的好友程十髮組織拍攝任伯年的影片，他父親借給程一百五十幅任伯年的畫，後來全部送給他。他說「不過當時任伯年的畫也不值什麼錢。」他還說「文革」爆發，他父親帶著四個子女下放農村，全家缺糧票，程十髮給龐美南寄去十幅畫，賣掉之後換糧票。「有一張賣得特別高興，人民幣八元。剩下兩張，幾年前拿去「朵雲軒」拍賣，一張成交價人民幣十五萬元，另一本小冊頁拍了人民幣三十八萬元」。他說「可見幾十年間書畫行情的變遷。」八元變成十五萬，是一萬八千多倍，「文革」時期與今天人民幣的比價有一萬多倍的落差嗎？可見中國書畫數十年來的價格高低不成比例，是不可思議的荒謬。

還有，《藝術評論》六月十日曹星原報導美國「商人藏家安思遠」的故事。說安被「過譽」為「亞洲藝術的教父」。我知道安氏其人，把安思遠當教父是笑話，他根本連當「亞洲藝術」的學徒還未曾「出師」呢。他的「收藏」，不分好壞、真假、上等與垃圾，一律賤價買入。當年有這種機會，總會有一部分中上品被他碰到。曹文最後說：「安思遠是典型的古董商，沒有明確的收藏系統，良莠俱存」。他最近去世，他的「收藏」量大如山堆，賣了數億元，其中重要的原因是過去賤如垃圾，今日貴比黃金。安思遠一屋子雜貨，其實他連真正收藏家的資格都談不上。

了解現代中國社會與文化藝術界那一段歷史的混亂、荒謬與悲慘，才能理解二十世紀中後期中國藝術品身價地位極低是使國人對藝術的價值與價格迷失判斷力的原因。我在〈緒說〉那一章中說到洋人主導市場，我們才有了自覺與反省。的確如此，因為洋人是中國人苦難的加害者，他們的社會沒有中國近現代的悲慘遭遇。他們掠奪、收藏並好整以暇研究中國美術史與作品（到今天，英美兩國的中國美術史研究權威尚未褪色），所以他們有眼光，有見識，有許多史料與研究成果。歐美的中國古董商的識見絕非港台可比。國人對中國近現代畫家的認識非常粗淺，因為我們沒有自信，也搞不清楚藝術成就與技術高超並不是同一層次。

商業化，藝術的大劫難逃

很不幸，當中國改革開放，中國人漸漸富裕起來，大國也即將崛起，我們還來不及在藝術上建立中國人獨特的思想觀念，來不及重估近現代中國書畫藝術的價值，建設合宜的藝術市場之時，我們馬上追隨歐美資本主義市場經濟而有了照搬洋人模式的藝術品拍賣公司。從此，我們很難避免資本主義藝術商業化的毒害，自此畫家、收藏家與畫商變成同一種心態，同樣地眼睛為金錢所蔽。我們再一次無法弄清楚藝術的價值，也就不能正確認識昨日的大師並期待明日的人才，因為藝術已商品化了。

即就市場來說，我們也不夠精細。我們不知道少數大師與其他畫家的畫價應有極大的差別，（我們只有二、三倍之差）也不知道同一畫家，其傑作與平庸之作或劣作，雖出自同一人，價錢也應有雲泥之別。

更令人難過的是二〇一一年有「中國藝術院校優秀作品專場」，拍賣還在大學就讀的大學生的畫作（最年輕的是一九八九年生，二十二歲）。藝術的商業化正在引導青年提前「上市」。如此，中國藝術院校何異於「牧場」？專供上等牛肉以饗食客。我們未來如何掙脫商業化的戕害，如何建立我們的審美判斷，如何維護藝術真正的價值，認識藝術家的意義？

回頭說過去，在未有拍賣公司之前，中國書畫的價值（藝術家的成就與歷史地位，作品的優劣高下等）與價格（市場的金錢價格），取決於許多因素。大略而言，史家評論界的品評（如有大名家品題，身價就上升）；文人學者與大畫家的意見與風評；收藏界的意向與態度（收藏家願意收藏的熱度）；畫廊的宣揚；社會上大眾的普遍反映；藝術品商人與市場事實的反映；畫家本人的作風（如畢卡索的女友無數、張大千的道袍長鬚等傳為美談，也有助於其聲價）；見諸出版品（報刊、媒體）與畫冊的多寡……眾多因素很微妙的綜合、激盪，互相參照影響而形成價值與價格，也還不斷有起伏升降。而且藏家也常是評論家，他們與市場、藝術商家、畫廊關係也極密切，身份也常重疊。論藝術價值，有資格的深度評論較能影響藝術家與作品藝術價值的定位。論藝術品的價格，收藏家的意向與市場的行情（有些是假行情，例外）是主導因素。美國最重要的書畫收藏大家王己千，收藏主力是宋元明重量級書畫。香港與台灣的收藏家，舉三人為例：香港「虛白齋」（劉均量），台北「蘭千山館」（林柏壽），「藝珍堂」（王世杰）。這些大收藏家都有極重要的收藏，其眼光、見識也是個中翹楚。他們都幾乎一樣是繼承過去大陸大收藏家的餘緒，收藏歷代有定評的書畫傑作。三家所收最近期畫家都只到清中期鄭燮，清末的任伯年到二十世紀的齊、黃都不入列。因為還未入藏家法眼也。

二十世紀中期以後，大陸沒有收藏活動與藝術市場，海外及港台大藏家所帶動的市場只到清中期，所以，鴉片戰爭以後百餘年中國畫家的評論與評價，因為時代的動盪，沒有以前那個環境讓藝術界、收藏家與社會大眾互相激盪，互相參照，而形成某種越來越具普遍性的定評以及市場普遍接受的價格。因為尚無定評，也未有收藏活動的測試、醞釀與淘洗，所有的鑑賞與交易，便只能在意見混雜，龍蛇不分的狀態之中各是其所是。中國人因為教育尚未普及，藝術教育更見缺乏，對藝術的愛好與品味，尚停留在功利與粗淺的階段。喜歡大吉大利，富貴長壽，或者孔雀美人，神仙老虎等題材，書畫最多只在裝飾美化。我們一般人的審美能力比洋人大不如。（譬如梵谷的《烏鴉飛過麥田》，洋人會搶購，華人絕無興趣收藏）。我大學畢業前後，台北最有名，身價最高者，山水黃君璧，花鳥高逸鴻，美人季康。而高逸鴻最貴，牡丹以朵論價，一朵二十萬。後來張大千來台定居，便居畫壇龍頭。那時中國畫多為大官大賈，上流社會裝飾廳堂，以示高雅與地位。港台最大收藏家都以器物古董為主。中國百餘年來積弱又貧窮，無法支撐國寶級藝術品的高價。外國人有眼光也有錢，中國古董的市場與價格，早已由歐美所主導。有了「世界價格」作「靠山」，港台收藏家的「投資」才有那樣的膽量。而對近現代中國書畫的收藏，那時華人還未出現真正的大藏家。就我所知，這方面不能不承認也是由外國人開了頭。日本人近代富強之後侵略亞洲各國人人皆知。但日人喜愛並收藏近代中國書畫；歐洲很早收藏二十世紀早期名家畫作，知者較少。外國人收藏之外，研究很用心，各項專家多比國人謹嚴，我們實在慚愧。二十世紀中期以後，中國古代瓷器價錢已經上攀天文數字，外國人發現，「積弱又貧窮」的中國人，只會與洋人追逐古董，還不曉得重視自家近現代中國書畫，也不知道它們將是國寶級的新珍寶。等到外國人開始收藏，蔚為風氣，華人才與瓷器的古董商一樣從外國人那裡得到「膽量」。

八〇年代下半，蘇富比開始把中國近現代繪畫列入拍品之前，有一位在西方很有資格與地位，出版許多著述的的古董商莫士撝（Hugh Mosse）跟我說，他們經營中國古董瓷器，好東西越來越少，價錢卻越來越高。而瓷器打破一個便少一個；收藏家若捐給博物館，就再也回不到市場。他們發現一個幾百萬美元的古瓷器，幾乎可買下齊白石、黃賓虹等人一生的作品。為什麼還收藏瓷器，不收藏近現代中國畫？當時我親身見證了畫壇、市場與收藏家最早轉變的過程。拍賣公司開拍近現代中國書畫由蘇富比始，是受到莫士撝等先知先覺者的影響。在內地改革開放之初，台灣正是經濟起飛開頭。那時一幅齊畫從幾百元到幾千元台幣。三十年後的今日已達到千、萬倍的天價。當畫價不斷上漲，利潤豐厚，收藏家與畫商所撐起的市場便不斷膨脹，港台也有畫廊跟進，專營二十世紀畫家。蔡辰男眼光很高明，最先創辦了第一個民間的「國泰美術館」。（後來因故草草收場，蔡也於內地另創事業。）

八〇年代我發表了從任伯年起近現代畫家一系列的評論，剛好正是蘇富比開拍近現代中國畫之時。當時專家很少，他們曾請我赴港為他們鑑定一部分拍品的真偽。我到指定酒店，一開門，桌上水果盤有印我名字金色的歡迎卡，我受寵若驚。後來評論近代名家的專家學者與出版品很快暴增，大陸在近二十年繼港台之後，近代中國書畫拍賣公司也如雨後春筍冒出。大陸凡事一興，馬上沸沸揚揚，後來居上。而且其規模、聲勢特大。現在，商業化與人為操作，畫作真假莫辨，近年港台經濟衰退，近現代中國書畫都回流大陸，因為內地有火紅的拍賣市場。現在能鑑真偽的人才不多，而商業化之後，各謀其利，誰會擋人財路？所以假畫增多。加上其他複雜的社會因素，賄賂與洗錢，拍品的價值與價格、混亂與顛倒，與股票投機市場相似，已非外人所能理解。大泡沫何時破滅？也沒人能斷定。中國書畫既如此暴利，贋品的製作也更見普遍，這是雪上加霜。因為資本主義市場經濟拍賣公司的介入，藝術已商品化，金錢已成為無上權威，「價格」決定「價值」，只有拜金藝術（Mammon art），更難分辨藝術真正的價值。藝術的生死存亡，令人擔憂。

花了不少篇幅，就我所知，略述近數十年來這段歷史。因為大約生年遲於一九五〇年的國人大概都不知道這些變遷與內情。留下一點歷史見證，供後來參考或有益處。我要寫這本書，要在混亂中撥開雲翳，使人認識與我同世紀中國真正的大師，正是苦心孤詣。

七〇年代，我當時三十多歲，在紐約近五年歲月中與哥倫比亞大學華人學者夏志清教授比鄰，時相過從。我談起要寫此書，他鼓勵我一定要寫。他在《夏志清自選集》（廣東版《感時憂國》）中有一篇為我一九七七年寫的序，他說，羅斯金（J. Ruskin, 1819-1900）也是畫家，又是藝術評論家與散文大家，與我很相似。他的成名作就是《近代畫家》。我當然同意並感謝志清兄的勉勵，回台後不久便動筆，很多年才寫完。我常想：世界上有兩種最珍貴的文章：一種是偉大的原作（後來被奉為經典），一種是名家（或大師）寫大師的文章。我們要讀經典，然後我們渴望我們所景仰的大師評說早先的大師及其作品。我們要從巨人的眼中去看其他巨人，從大師的心中去體味他品評其他大師的卓見。我少青年時代起愛讀羅曼·羅蘭的《巨人三傳》（貝多芬、米開朗基羅、托爾斯泰）；瓦萊里寫伏爾泰、歌德、雨果、波特萊爾等；毛姆寫評論十篇傑作與作家；霍夫曼編《大師筆下的大師》（雨果、艾略特、奧威爾等人寫巴爾札克、伍爾芙、馬克·吐溫等人）之類的書。每當我得到一位知名作家寫我心中崇仰的人傑的書，便好似得到他給我一支可以闖入大師幽秘的心靈花園的鑰匙那樣的快樂。

我希望成為能引領讀者進入天才的心靈花園的藝術家與評論家。不過，我不一定能做到，但心嚮往之。我一生之所學，之所景慕激賞，之所探尋追求；我一生在藝術學習中所積蓄的功夫、能力與識見，似乎都成為我寫此書的儲備；換個角度說，這八位在我少年時代還只是名家的天才（傅、李當時才四、五十歲，尚未有普遍的大名），他們最早進入我的藝術心靈，激發我成長，是我的「圯上老人」。因此我要寫這本與我密切相關的書。

二十世紀中國畫壇在八位大師之外還有不少大畫家。如潘天壽、蔣兆和、葉淺予……，都是我所敬佩。但我們看史書，每一段歷史時期的代表人物只有少數人。文學的「唐宋八大家」、畫有「元四家」、「明四家」；歐洲文藝復興，畫史也常只列「三傑」等等，沒見過十幾二十家。

我還要順便說一句：八大家之後，也就是林風眠（一九九一年逝世）之後，我沒有看到可與上列「八人加三」相提並論的畫家。中國畫家人才花果飄零，不見「替人」，近似物種絕滅。也許這不是那一個「融貫傳統與時代的藝術」的結束，很可能就是數千年來人類所稱為「藝術」者，到此為止。這是一個全球性人文價值大危機的論題，我在別的文章中有許多談論，這裡不容許我多說了。

（二〇一八年三月）

管窺中國戲曲

二〇一二年春，好友汪榮祖、陸善儀夫婦請我與友人同看崑曲，在台北外雙溪國立故宮的「文會堂」。那天看的是《荊釵記》，通俗小品，九十分鐘。看完以後，我好似茅塞頓開，領悟中國傳統戲曲的「祕密」。不論南北東西，各路不同的地方戲曲，都有一個特色，就是堅持傳統最古早民族風格的執著。

可能因為我不是專研中西戲劇的人，所以當我管窺中國戲曲的妙諦，便以為是「頓悟」；更因為我聯想到我比較了解的傳統中國通俗小說、中國文人畫與民間藝術，發見與中國戲曲彼此若合符節，觸類旁通，因有開悟，心中竊喜。

當時我對同車回台北的友人大放厥詞。然後迅速在車中寫在紙條上：「中國戲曲表達普遍概念，不重人物與事件的特殊性，詩文歌樂都提煉成制式化的典範以訴諸視聽大眾的『固定反應』。中國戲曲不同近代普遍性與特殊性統一創造了藝術的『典型』，倒近乎十九世紀黑格爾『觀念的感性形式』的藝術定義。中國戲曲早已一往情深走這條路。」

這幾句話是否能說已簡要、中肯的表達了中國戲曲的特色？汗牛充棟的中國戲曲研究是否同意我這個觀點？我不知道。而我聯想中國章回小說及傳統文人畫，都顯示了這個共同的特色，便不容我不對我的「頓悟」有信心。

藝術的表現方式沒有窮盡，也沒有進步與落後可言，只有好壞高下，是否恰當等問題。而藝術的觀點與手法，卻有演進的事實。人類觀察宇宙萬物，粗見其同，細見其異。首先看到「紅花綠葉」，進一步看到不同的紅與不同的綠，更有形狀的多變。看人，粗見好人壞人二分。慢慢才見好中有壞，壞中有好；以至看到人之極其複雜。粗略所見者是普遍；細察所見者是特殊。一物總有屬於類的同，也有個體的獨特的異。同者「普遍」，異者「特殊」也。就藝術所表現人生、人物之深刻、豐富，《紅樓夢》比《西遊記》、《三國》、《水滸》更高一層，沒有人不同意。

任何藝術，在表現宇宙人生萬彙的時候，要求真實、生動，就要把握事物的普遍性與特殊性。普遍性包括某類事物的共同性，一致性；特殊性則是某個具體事物的獨特性與個性，這是世界萬事萬物存在的真實性中必然具備的兩個要素。以風景山水來說，大自然有其普遍的規律，但不同地域與時代又必有其獨具的特色。比如美國的山與中國的山，風貌很不同；但任何山基本上必上窄下寬，這是「山」普遍的性質。天下沒有倒金字塔形的山。就人來說，普遍性就是「人性」。但因時空、環境不同，個人的基因、特質不同，人人各有面目，各有特色。藝術表現一方面要顧及其共同的普遍性，又須表現出特定角色的個性，所以藝術家塑造藝術形象，要有兼顧、統合兩者的手段才成。

事物普遍性的特質，是知識、概念與觀念，是訴諸理性的；事物的特殊性的特質，是真實，具體，鮮活的存在，是訴諸感性的。事物必有普遍與特殊兩個性質，普遍寄寓於特殊之中，兩者是辯證的統一。

雖然真實世界萬物是兩者的統一，但藝術的表現不會，也不可能是客觀世界機械的翻版。事物的普遍性與特殊性在藝術表現中雖然缺一不可，但在不同的文化，不同的藝術中常各有所偏重。重普遍性者，較有思想的深度，便較概念化；重特殊性者比較形象化，也即較顯示鮮明的感官的真實性，所以比較寫實。前者其藝術之內涵與意義較為清晰而確定，缺點是易流於枯燥與說教；後者其藝術內涵與意義雖較隱晦，但活色生香，極感官視聽之娛，缺點是過於重視外在的實感而中心思想較含糊。

傳統戲曲是過去悠久時代大眾化的藝術。由於古代文盲佔絕大多數，勞苦百姓鮮少接觸文化教育，看戲聽曲是唯一欣賞藝術、享有休閒娛樂的機會。而由於中國文化是首重人生意義的文化，戲曲不只是給大眾休閒娛樂、欣賞藝術的「節目」，也是宣揚立身處世之道，教忠教孝，宏揚倫理道德，古人所謂「寓褒貶，別善惡」的文化「教材」。這就是中國戲曲的藝術表現較偏向概念化，其內涵與意義含有鮮明清晰的道德教條的原因。中國戲曲宣揚忠孝節義等概念，雖是「良藥」，但看戲畢竟為了尋歡娛樂，所以一定要有「糖衣」為包裝。戲曲的無言不歌，無動不舞，而且節奏強烈，旋律優美，語言唱曲都是極優雅的詩詞。而且有詞牌曲調，反覆詠唱。戲園子直如文學、音樂教室，多少販夫走卒，在日常生活中，隨口哼唱，以寄其情，以悅其性。這都充分說明了中國文化、中國社會與中國戲曲共生的關係。

傳統章回小說也與戲曲一樣，有濃重的寓褒貶，別善惡，負有文化教育的使命。故事多為才子佳人，因果報應，忠孝節義等等。很雷同的故事，很概念化的人物描寫。藝術表現也很「制式化」。譬如英雄人物是虎背熊腰，力能扛鼎；美人閉月羞花，沉魚落雁；小人必是獐頭鼠目；君子自然眉宇軒昂。這與戲曲中以臉譜、水袖、手眼的身體語言，表現身份、性格、感情，以什麼動作表示划船、騎馬，用什麼曲牌、唱腔渲染什麼氣氛，皆有「制式化」的手段。這就是利用圖騰、符號等象徵性表現來做概念的表達，清楚、簡潔，容易達到傳達的效果。

傳統的中國畫，不論是民間畫或文人畫，也同樣形成一套套制式化的表現技巧（如反覆畫松竹梅歲寒三友等等）。都顯示了中國戲曲、舊小說與傳統繪畫偏向概念化的內涵與制式化的表現，三者如出一轍。為什麼中國藝術有這樣的特色傾向？我認為中國過去農村社會，文盲居多，要使大眾看「懂」，首先必要言簡意賅，主題明確，涵義要能一目了然才行。其次是中國文化重道德，所以編劇演戲，要寓教化於娛樂。普遍性、概念化的角色與故事，不斷宣揚忠孝節義，表達人間的悲苦與黑暗，渴求報應與團圓，成為集體「療傷止痛」的慰藉，制式化的不斷重複，產生撩撥「固定反應」的快感。許多固定曲牌與唱腔，許多詞句與表情，不避陳腔爛調，力求一目了然，可知其用心矣。中國戲曲可以一看再看，百回不厭，許多老戲迷跟著台上搖頭擺腦，哼哼唧唧，「借酒澆愁」。即便在平時，也喜歡借用名句以自況（「我好似籠中鳥」、「蘇三離了洪桐縣」……），也許中國的歷史中世界意義的「近代」遲遲未至，「中古」的歷史延續太久太長。滿清倒台之後，我們忽然從「中古」進入準「現代」。那些在長遠歷史歲月中凝成的古老的戲曲，已成為中國戲劇定型的萬金油與八卦丹，隨身必備清神退火的良伴。普遍性、概念化、道德教條、制式化已成為經典的中國戲曲的特性。也正因為這個堅固的特性使中國戲曲只能表現古代故事、歷史人物，要表現近現代人生只能借外來的「話劇」與「歌劇」來另起爐灶。其情形與中國自唐以降的五七言詩一樣，「現代」突然降臨，時代風尚、語言演變，西方文化衝擊……舊詩失去傳統文化的「水土」，中國詩歌只能別了「舊詩」，另以仿自西方的「新詩」來延續詩的生命。（但至今並未成功。）

中國畫家若沒受到西潮的衝擊，不還在畫「四君子」、「深山論道」、「竹林七賢」、「修竹美人」、「荷花翠鳥」……嗎？（試看近現代黃君璧、吳湖帆、張大千等復古畫家畫得最多還不是這些嗎？）現代中國畫創新的傅抱石、林風眠、徐悲鴻以及二十世紀下半我這一代才逐漸呈現了現代中國文化從傳統開出的新生命。（但這五十年來，過分以西方馬首是瞻的西崽派漸成主流，又走偏了路，此處不能離題細論。）

中國戲曲突顯中國表演藝術的另一種品性。它訴諸固定反應、重普遍性、輕特殊性，它制式化，概念化。有如陳年老酒，越陳越香。它不想改變配方，而有永遠的魅力。曹操的橫槊賦詩、孔明的失空斬、霸王別姬、四郎探母、薛平貴回窯、打漁殺家、楊乃武與小白菜……種種典型的「人生型式」的表演，使國人一代一代永遠感動、共鳴、陶醉。這樣的中國戲曲已無時代界限，只表現人性與人生，這種古藝，何能強求它與時俱變。

《紅樓夢》之所以能成為足與西方近代小說頡頏的巨著，就在曹雪芹揚棄了過去傳統章回小說概念化的毛病。在藝術上升高一層，他表現普遍性，也突顯特殊性。他塑造的林黛玉，一方面表現了具備千古不幸才女的共性，另一方面也表現了清代中國文化與社會中，林如海家這一位孤女獨特的性格與命運。中國章回小說中足以與西方如安娜・卡列尼娜、包法利夫人、黛絲姑娘等相提並論者也只有一部空前的《紅樓夢》。曹雪芹沒有受西方近代小說的影響，而能領悟到小說人物不能「千人一面」，而應為普遍性與特殊性的統一，這是曹雪芹令人驚艷的原因，也是中西文學高峰在近代超越過去，不約而同齊頭交會的奇緣。曹雪芹難道有受近代西方文學的影響？這要由「紅學」家去回答。

我近若干年來思考中國書法的新變，看到王冬齡、歐陽中石、沃興華、王墉等等書家的努力開新路，我覺得基本上受西方現代、當代藝術的影響，以為藝術要不斷直線向前，不斷創新式樣。這還是逃不開一心想與西方接軌的套路。為匯入西潮而創新，多半把傳統扭曲了，弄成非驢非馬。我認為他們大有從頭反思的餘地。我對中國戲曲的「頓悟」，覺得順應世界潮流，不斷求變，大膽革命不一定是所有藝術共同必走之路。如果藝術的本質是民族文化的產物，怎麼會有全球性共同的潮流？那其實是西方中心的產物。而有些藝術，例如小說、作曲、繪畫，確有不斷創作新作品的可能。但中國的書法、戲曲、西方的歌劇、芭蕾、日本的歌舞伎、能劇等我稱為古藝（古典藝術也）。這些經典在當代似乎不再適合不斷追求演變、創新。只能向更完美去改進，追求藝術家個人的風格上（如伊秉綬與何紹基；梅蘭芳與尚小雲等等個人風格無限的追求。）如果有一天，個人風格的差異漸趨雷同，其實就顯示了某種古藝已成定型的歷史經典，只宜保存在博物館了。藝術既是人的創造，它的創造力有如人的生命力，不可能永生，它也必有壽終正寢之時。但既成古典，便將不朽。

我對中國戲曲的領悟與見解，也許能給欣賞中國傳統戲曲的人提供參考。我從其他中國藝術中發現與戲曲有相近的特性，證明中國文化基因是中國藝術不可或缺的要素，我們對藝術的民族性，應有更大信心與認知。

想起近現代中國各地戲曲的著名藝術家，如梅蘭芳、馬連良、蓋叫天、周信芳、袁世海、馬思曾、紅線女、郭小莊、楊麗花……。展望下一代，全世界古老的傳統藝術與日本的「能劇」一樣，漸漸後繼無人。這是以科技為主流文化的今世無可奈何的悲劇。西風狂掃，許多傳統文化岌岌可危。而中國正在崛起，民族文化偉大復興的呼籲已在喚起中國人的集體意志。我們希望與其他國族共同迎接一個文化多元價值的未來。我們不贊成一元化的文化霸權，我們相信一元化的「世界藝術」，就是藝術的死亡。藝術永遠要求多元價值的百花齊放。

「中國戲曲」的頓悟使我有這些體會，願聽高明指教。

（二〇一八年三月十九日於台北）

何懷碩著作一覽

著述：

● **大地出版社**

《苦澀的美感》（一九七三年）
《十年燈》（一九七四年）
《域外郵稿》（一九七七年）
《藝術・文學・生活》（一九七九年）
《風格的誕生》（一九八一年）

● **圖文出版社**

《中國的書畫》（一九八五年）

● **圓神出版社**

《煮石集》（一九八六年）
《繪畫獨白》（一九八七年）

●聯經出版公司

《藝術與關懷》（一九八七年）

●林白出版社

《變》（一九九〇年）

●天津百花文藝

《何懷碩文集》（一九九四年）

●立緒文化出版社

《藝術論：苦澀的美感》（新編）（一九九八年）
《藝術論：創造的狂狷》（一九九八年）
《畫家論：大師的心靈》（一九九八年）
《人生論：孤獨的滋味》（一九九八年）

《給未來的藝術家》（二〇〇三年；二〇一七年增訂版）

● 天津百花文藝

《苦澀的美感》（原藝術論二冊合編）（二〇〇五年）

《大師的心靈》（二〇〇五年；二〇〇八年增修版）

《孤獨的滋味》（二〇〇五年）

● 安徽美術出版社

《給未來的藝術家》（二〇〇五年）

● 廣東人民出版社

《大師的心靈》（二〇一六年一月；十一月增訂版）

《給未來的藝術家》（二〇一七年增訂版）

● 立緒文化出版社

《批判西潮五十年：未之聞齋中西藝術思辨》（二〇一九年）

《什麼是幸福：未之聞齋人文藝術論集》（二〇一九年）

《矯情的武陵人：未之聞齋批評文集》（二〇一九年）
《珍貴與卑賤：未之聞齋散文、隨筆》（二〇一九年）

編訂：

《復讎者：契訶夫短篇傑作選》（台北遠景出版社，一九八一年）
《近代中國美術論集》（六冊）（台北藝術家出版社，一九九一年）
《傅抱石畫論》（台北藝術家出版社，一九九一年）

畫集：

《何懷碩畫集》（何懷碩畫室出版，一九七三年）
《懷碩造境》（香港Hibiya公司出版，一九八一年）
《何懷碩畫》（香港Umbrella公司出版，一九八四年）
《何懷碩庚午畫集》（香港Umbrella公司出版，一九九〇年）
《何懷碩四季山水長卷》（香港Umbrella公司出版，一九九〇年）
《何懷碩九九年畫集》（國立歷史博物館，一九九九年一月）
《The Paintings of Ho Huai-Shuo》（M. Goedhuis, London, 1999）

內容簡介

何懷碩教授是當今中國藝術界重量級人物，不僅是水墨畫家與書法家，同時也是知名的評論家與文學家，創作與著述甚豐。

「未之聞齋四書」為《批判西潮五十年》、《什麼是幸福》、《矯情的武陵人》、《珍貴與卑賤》，是將其近二十年所發表的文章，與過去已經絕版的舊文，在立緒文化出版的《懷碩三論》及《給未來的藝術家》之後，分類合集，耗時近兩年編為四部文字精華選輯。

《批判西潮五十年》是何懷碩教授大半生對中西藝術五十年思辨歷程的文集。全書共分為兩輯。第一輯「昔我往矣，楊柳依依」收錄一九六四至一九九九年文選，第二輯「今我來思，雨雪霏霏」則為二〇〇〇至二〇一八年之論述文章；不僅是其一生藝術評析之精要紀錄，同時更是一部中國藝術、文化在西潮衝擊之下困頓顛躓的滄桑史。

《什麼是幸福》是人文與藝術的論集。

《矯情的武陵人》為批評文集。分文學、藝術與社會批評三輯。

《珍貴與卑賤》是隨筆、散文集。

何懷碩教授一生致力於思考藝術與民族文化，中西的異同，傳統與現代，以及中西藝術傳統中的成就與如何借鑒、融通等等論題。二〇一九年「未之聞齋四書」之編輯出版，集結了他自二十多歲到七十多歲的文章，可見其思路發展的軌迹，一生堅持的觀點；是寫給現在，也是寫給未來，以召喚今日與明日同聲相應，同氣相求的同志。

作者簡介

何懷碩

一九四一年生，台灣國立師範大學美術系畢業；美國紐約聖約翰大學藝術碩士。先後任教於文化大學、國立藝專、國立師範大學、清華大學、國立台北藝術大學教授。文字著述有：大地版《苦澀的美感》、《十年燈》、《域外郵稿》、《藝術．文學．人生》、《風格的誕生》；圓神版《煮石集》、《繪畫獨白》；聯經版《藝術與關懷》；林白版《變》；立緒版《孤獨的滋味》、《創造的狂狷》、《苦澀的美感》、《大師的心靈》、《給未來的藝術家》等。繪畫創作有《何懷碩畫集》、《何懷碩庚午畫集》、《心象風景》等，編訂有《近代中國美術論集》、《傅抱石畫論》等。

國家圖書館出版品預行編目 (CIP) 資料

什麼是幸福 : 未之聞齋人文藝術論集 / 何懷碩著.
-- 新北市 : 立緒文化, 2019.05
面；　公分. --（新世紀叢書）
ISBN 978-986-360-135-7(平裝)

1.文藝評論　2.文集

812.07　　108006388

什麼是幸福：未之聞齋人文藝術論集

出版——立緒文化事業有限公司（於中華民國 84 年元月由郝碧蓮、鍾惠民創辦）
作者——何懷碩

發行人——郝碧蓮
顧問——鍾惠民

地址——新北市新店區中央六街 62 號 1 樓
電話—— (02) 2219-2173
傳真—— (02) 2219-4998
E-mail Address —— service@ncp.com.tw
劃撥帳號—— 1839142-0 號 立緒文化事業有限公司帳戶
行政院新聞局局版臺業字第 6426 號

總經銷——大和書報圖書股份有限公司
電話—— (02) 8990-2588
傳真—— (02) 2290-1658
地址——新北市新莊區五工五路 2 號
排版——菩薩蠻數位文化有限公司
印刷——祥新印刷股份有限公司

法律顧問——敦旭法律事務所吳展旭律師

分類號碼—— 812.07
ISBN —— 978-986-360-135-7
出版日期——中華民國 108 年 5 月

定價◎ 650 元　立緒